DIANA

Das Buch

Über zehn Jahre lang unterhält Sara eine Dreiecksbeziehung mit ihrem Ehemann Heinrich und ihrem Liebhaber John – eine Situation, die nicht nur sie an Goethes Roman *Die Wahlverwandtschaften* erinnert. Doch Sara ist nicht Ottilie, für sie ist alles viel komplizierter als für ihre literarische Vorgängerin, denn im Gegensatz zu Ottilie ist Sara ebenso wie ihr Geliebter John verheiratet. Auch Charlotte und der Hauptmann aus den *Wahlverwandtschaften* haben Entsprechungen in Saras Leben, in Gestalt von Johns Ehefrau Ellen und Saras Mann Heinrich. Der Letztere, der Vater ihrer zwei Söhne, verkörpert für Sara die Geborgenheit in der Familie, während die heimliche Beziehung zu John ihr ermöglicht, aus dem Alltag auszubrechen, romantische Liebe und spannende Leidenschaft zu erleben. Sara möchte keinen der beiden Männer verlieren, doch es ist nicht einfach, die Zeit zwischen Arbeit, Familie und Liebhaber gleichmäßig aufzuteilen. Zehn Jahre lang gelingt dieser Balanceakt, dann beschließt Sara, dass mit den Heimlichkeiten Schluss sein soll. Gegen alle herrschenden Konventionen will sie das Dreiecksverhältnis von nun an ganz offen fortführen. Wird das Experiment gut gehen?

»Das klare, auf Wahrheit zielende, der Selbstkritik fähige Ethos der Autorin gewinnt wie von selbst die Sympathie des Lesers.«
FAZ

Die Autorin

Sigrid Damm, 1940 in Gotha/Thüringen geboren, studierte in Jena Germanistik und Geschichte. 1993 war sie als Gastdozentin an den Universitäten Glasgow und Edinburgh tätig, 1994 erhielt sie eine Gastprofessur in Hamburg. Neben Werkeditionen schrieb sie Prosa und Romane sowie Biographien über J. M. R. Lenz, Caroline Schlegel-Schelling und Christiane Goethe. Viele Auszeichnungen – u. a. der Lion Feuchtwanger-Preis, der Mörike- und Fontane-Preis und die Ehrengabe der Schillerstiftung – dokumentieren ihre schriftstellerischen Erfolge. Ihre Biografie *Christiane und Goethe* war monatelang auf den deutschen Bestsellerlisten. Sigrid Damm lebt als freie Schriftstellerin in Berlin.

Sigrid Damm

Ich bin nicht Ottilie

Roman

DIANA VERLAG
München Zürich

Diana Taschenbuch Nr. 62/0114

Taschenbuchausgabe 10/2000

Der Diana Verlag ist ein Unternehmen der
Heyne Verlagsgruppe München
Printed in Germany 2000

Umschlagillustration: Ferenc Regös
Umschlaggestaltung: Hauptmann und Kampa
Werbeagentur, CH-Zug
Satz: Schaber Satz- und Datentechnik, Wels
Druck und Bindung: Elsnerdruck, Berlin
Gedruckt auf chlor- und säurefreiem Papier.

ISBN 3-453-17145-4

http://www.heyne.de

I

An diesem Tag begann er, der Zwang, sich zu erinnern. Absurd, warum an diesem Tag? Er war voller Gegenwart.

Es war ein Dezembertag.

Die Grenze zu Frankreich. Neben Sara der fremde Mann. Seit langem wissen sie voneinander. Aber sie sind sich nie begegnet. Sie haben Briefe gewechselt. Nun, nach Jahren, führt der Zufall Sara in seine Stadt. Sie hat dort in einem Archiv zu arbeiten. Es ist eine westdeutsche Stadt. Der fremde Mann zeigt ihr sein Institut. Engagiert, besessen. Das fasziniert sie. Abende lang reden sie. Lassen die Welt in Teile zerfallen, setzen sie zusammen. Nähe entsteht.

Am letzten Tag ihres Aufenthaltes schlägt der fremde Mann vor, Sara Straßburg und Waldersbach in den Vogesen zu zeigen.

Sie war nie dort. Aber sie kennt es. Ihre Reisen im Kopf. Sie wandert durch den Thüringer Wald und stellt sich die Vogesen vor. Sie besieht alte Pläne, Kupferstiche, die »Alsatia illustrata« von Schöpflin und ist in Straßburg. Sie hat einen Bildband über das Straßburger Münster aufgeschlagen und stellt sich vor, sie steigt die Treppe des Münsterturmes aufwärts. Wie ein anderer zweihundert Jahre vor ihr. Ein Dichter, mit dessen Werk sie sich befasst. Damals, als sie über ihn arbeitete, hatte sie eine Reise nach Straßburg beantragt. Sie bekam kein Visum. Da blieb nur der Kopf. (Später dann, als die Arbeit fertig war, hatte sie ihren ersten Pass für ein westliches Land erhalten. Da war sie fünfundvierzig. Vor zwei Jahren war das.)

Die Grenze zu Frankreich. Die Rheinebene. Sara kennt

das Licht über dem Fluss. Im Frühsommer, im Herbst. Kennt die Gerüche. Als sie sich Straßburg nähern, schlägt ihr Herz bis zum Hals.

Die Jungfrauen am Portal des Münsters, sie sieht sie, alle zwölf. Jedes einzelne Gesicht, wenn sie die Augen schließt.

Straßburg. Stadtinneres. Sie suchen einen Parkplatz unweit des Münsters. Es gelingt ihnen nach einiger Zeit, eine Parklücke zu finden. Es ist Samstagmittag, kurz vor Ladenschluss.

Eine Buchhandlung. Der fremde Mann kauft eine Menge Bücher. Sie tragen die Bücher zum Auto. Das Münster muss in dieser Richtung sein. Es ist nicht zu sehen. Sie überqueren einen Platz, biegen rechts ein, links. Da ist es. Sara schließt die Augen.

Dann läuft alles wie in einem Film. Reale Ebene, phantastische. Schwarzweiß, farbig. Die Trennung perfekt. Die Schnitte scharf. Sara in beiden Ebenen.

Ein Straßenhändler röstet Maronen. »Fünf Minuten noch«, sagt er. Sie warten. Der Dialog des Mannes mit dem Händler. Elsässischer Dialekt. Die heißen Maronen. Die Stufen der Treppe zum Münsterturm. Die vielen Stufen. Wie viel waren es doch gleich? Sie hat es vergessen. Der Mann steigt vor ihr hinauf, sieht sich ab und an um, bleibt stehen, wartet. Die Stelle im Turmhals, kaum eine Elle im Geviert, haben sie erreicht. Steigen weiter. Bis zur Aussichtsplattform.

Dunstschleier in der Ferne. Dezembersonne. Stimmengewirr. Erklärungen. Auch der Mann erklärt ihr etwas. Sie weiß nicht was, sieht seine seltsam verzögerten Bewegungen, hört seine Stimme. Die Dächer der Stadt. Sie blickt hinunter. Das sind sie, die ihr vertrauten. Die Eingravierungen der Namen im Stein, ihre Finger zeichnen den einen nach.

Schweigend steigen sie die Stufen des Münsterturmes hinab.

Saras Verwirrung, Erregung. Das im Kopf Existierende – das Wirkliche. Unvereinbarkeit. Ihre Bitte. Der Mann lässt sie allein. Ohne ihn betritt sie das Schiff. Auch hier das gleiche: Mit geschlossenen Augen sieht sie alles. Langhaus und Querschiff, die Raumphantasie; Farben: Ocker und Blau, Zinnoberrot, tiefes Braun. Ihre Angst, die Augen zu öffnen. Endlich tut sie es.

Der Film reißt ab.

Tränen, befreiende. Durch sie hindurch sieht sie das Wirkliche. Nimmt es an. Sie geht umher, setzt sich. Schaut. Weiß nicht, wie lange sie im Schiff des Straßburger Münsters geblieben ist.

Den fremden Mann findet sie in einem Café dem Münster gegenüber. Im Gespräch mit einer alten Dame. Sie breitet ihr Leben aus. Als Sara dann einen Moment mit ihr allein ist, nennt sie ihr Alter. »Zweiundachtzig. Keine Wünsche mehr, nur noch leidenschaftslose Betrachtung.« Das sei der beste Zustand, den habe sie immer gewollt. Sie lacht.

Fragt, als der Mann zurückkommt, nach ihrer beider Alter. Glaubt ihnen nicht. Siebenundvierzig und einundvierzig. Sie hält sie für ein Paar, meditiert, wie gut sie sich zueinanderfügen. Spielt sie? Der Mann geht sofort darauf ein, legt seinen Kopf auf Saras Schulter, sagt du zu ihr. Als sie sich von der alten Dame verabschieden, das Café verlassen, fragt er draußen, im Rücken das Münster, Sara wendet sich noch einmal um, ob sie nicht beim Du bleiben wollen.

Sie gehen zum Auto zurück.

Die kurzen Dezembertage. Sie möchten noch vor Einbruch der Dunkelheit in den Vogesen sein. Sie fahren in Richtung Saint-Dié, biegen hinter Schirmeck ab.

Das Steintal, Ban-de-la-Roche, elsässisches Sibirien mit

den Rossschinderwinden, der schneidenden Kälte, Eis und Schnee. Nichts von alledem an diesem Tag. Mild ist dieser Dezember, ungewöhnlich warm.

Fouday. Waldersbach. Sie fahren auf die Höhe bis Bellefosse. Dort lassen sie das Auto stehen. Laufen den Berg hinauf. Ohne Weg, durch Ginster, niederes Gestrüpp. Waldarbeiter sind dabei, es zu lichten. Aufgeschichtetes Dürrholz und Buschwerk. Rauch steigt aus den Reisighaufen. Seltsam vertrauter Geruch. Sie sprechen kein Wort.

Die Berggipfel klar und scharf. *Das Gewölk lag fest und unbeweglich am Himmel, so weit der Blick reichte, nichts als Gipfel, von denen sich breite Flächen hinabzogen, und alles so still, grau, dämmernd.*

Die Sinnlichkeit der Landschaft. Saras Empfinden. Verführung, die Ruhe, Harmonie. Austritt aus der Welt. Lüge, Sara weiß es. Ihre Angst vor atomarer Vernichtung, vor Zerstörung der Natur. Und ihre Hoffnungen. Euphorie der Hoffnung? Es ist wenige Tage vor dem 8. Dezember 1987.

Die im Dämmer unter ihnen liegenden Berge. Nebelflächen in den Tälern. Die Erde. Dezemberwärme. Kein Luftzug. Ihre Füße auf dem Höhenweg. Der Horizont.

Vor Sara plötzlich jener, um dessentwillen sie gekommen ist. Der hier im Januar durchs Gebirge ging. Vor Jahrhunderten. Aus Deutschland gejagt, verzweifelt. Auf der Höhe des Gebirges sieht sie ihn, einsam, *der Wahnsinn auf Rossen hinter ihm.* Sie sieht ihn stehen, *keuchend, den Leib vorwärts gebogen, Augen und Mund weit offen. Das Biegen seines Fußes tönte wie Donner unter ihm.*

Alles in sich fassen, er dehnte sich aus und lag über der Erde, er wühlte sich in das All hinein, es war eine Lust, die ihm wehe tat. Die Stimme des fremden Mannes neben Sara.

Ihre überreizten Sinne. Unerträgliche Spannung. Sie

wendet sich ab, hockt sich hin, legt die Hände auf die Erde. »Dies ist das einzig Verlässliche, was es noch gibt«, sagt sie, sagt es wider besseres Wissen.

»Und die Kohabitation«, sagt der Mann.

»Ja«, sagt sie.

Sie lachen.

Das Lachen löst die Spannung, schafft zugleich eine andere, neue.

Sie gehen auf dem Höhenweg zurück. Langsam. Die Hände ineinander. Formen fliehen, Dämmerung wandelt sich in Dunkelheit. Der Weg führt nicht nach Bellefosse. Sie müssen ihn verlassen. Stolpern über Rinnsale, Steine, durch Gesträuch, laufen auf die Lichter des Dorfes zu.

Im Dorf ist kein Mensch zu sehen. Die Gaststätte ist geschlossen. Der Mann sucht ein Telefon. Telefoniert mit dem Pfarrer im Nachbardorf. Ob sie noch kommen können. Er findet eine Erklärung für die späte Stunde. Sagt, warum es für sie wichtig ist.

Sie fahren nach Waldersbach. Die junge Frau des Pfarrers, eine kleine Person mit Kindergesicht, öffnet. Ihre dreijährige Tochter kauert im Nachthemd auf der Treppe, steckt die Hände durch das Geländer, ruft: »Jouez avec moi, s'il vous plaît.« Sie greifen nach den Händen des Kindes, schäkern mit ihm. Gehen dann durch die Räume. Fremdheit überfällt Sara, nicht zu überwindender Abstand. Beim Abschied wieder das Kindergesicht der Pfarrersfrau. Als sie das Haus verlassen wollen, erscheint das kleine Mädchen noch einmal, zwängt seinen Kopf zwischen die Stäbe des Treppengeländers, winkt, ruft.

Draußen. Das Oberlinhaus ist umgebaut. Wie auch das gegenüberliegende alte Schulhaus. Es ist um ein Stockwerk erhöht worden. Dennoch scheint es niedrig. Hier stürzte er sich aus dem Fenster des ersten Stockes. Sara sieht ihn, schmutzverschmiert, mit ausgerenktem Arm, ins

Haus zurückgehen. Blickt auf den flachen Brunnentrog, kaum einen halben Meter hoch.

Der Mann wartet schon im Auto. Hat Kopfhörer auf. »Antonio Vivaldi«, sagt er. Nimmt die Hörer ab, setzt sie Sara auf. Die ersten Töne. Der Einbruch.

»Ich halte das nicht aus«, sagt sie und gibt ihm die Hörer zurück.

»Nein, ich nicht, ich hatte es für dich ausgesucht, genau diese Stelle.«

Er lässt den Motor an. Die Autoscheinwerfer durchschneiden die Schwärze der Nacht. Ein Bauer nennt ihnen ein Wirtshaus im Nebental. Sie haben Hunger, haben den Tag über kaum gegessen, am Mittag in dem Café eine Kleinigkeit. Sie fahren das Tal hinab, ein anderes hinauf. Struthof, liest Sara auf einem Wegweiser.

»Ja, das Konzentrationslager«, sagt der Mann.

Nach einer Viertelstunde das Dorf, das der Bauer ihnen nannte, das Gasthaus. Es ist Samstagabend. Spät. Die jungen Köche sitzen schon im Schankraum, ihre Mädchen neben sich. Das ganze Dorf scheint hier zu sein. An langen Tafeln Familien. Feiern. Frohe Stimmung. Dennoch ist es angenehm leise. Die weichen französischen Laute. Ein Tisch für sie, die Wirtin kommt, ist freundlich. Die Köche verschwinden wieder in der Küche.

Die weiße Tischdecke, frische Blumen. Es ist doch Dezember, denkt Sara. Die Stimmen im Raum. Hunger, Müdigkeit. Die Wirtin bringt die heiße Suppe. Fragt nach dem Wein, den sie gewählt haben. Sie wollen beide keinen. Als die Wirtin den Fisch aufträgt, erklärt der Mann auf Französisch den Grund ihrer Abstinenz. Sara versteht nicht, was er sagt. Sieht nur, wie die Frau von ihm zu ihr, von ihr zu ihm blickt, mütterlich lächelt. Sie essen, trotz ihres Hungers, langsam, mit Genuss. Reden dabei.

Der Lichtkegel der Lampe leuchtet das Gesicht des

Mannes aus. Er spricht über seine Arbeit, über die ihre. Das seit Tagen, seit dem Moment, da sie sich begegnet sind.

Diese durch Reden herzustellende Nähe.

Wie süchtig ist sie danach. Sie hat es sich schon abgewöhnt, darauf zu hoffen. Ist der männlichen Selbstdarstellungen überdrüssig.

Und plötzlich geschieht das hier. Gemeinsamkeit, sie öffnen sich, erkennen einander. Sara muss sich nicht auslöschen. Ist ganz sie selbst. Seltenes Glück, Abenteuer, sinnliches. Nähe, der andere folgen wird.

Und sie folgt. In jener Nacht in dem französischen Vogesendorf. Ein Zimmer zu ebener Erde. Ein Bett. Der Küstenstreifen, auf dem sie liegen.

Sie setzen ihre Gespräche fort, ganz selbstverständlich mit Zungen, Lippen, Bauch, Brust, Armen und Beinen. Kommen zueinander. Ihr Schoß öffnet sich ihm. Übereinstimmung. Einssein ihrer Körper. Überaus erfinderisch ist der Freund, seine Lust erweckt die ihre immer aufs Neue. Er schlingt ihre langen Haare um seine Hand, zieht ihren Kopf über die Bettkante, kommt zu ihr.

Sie bannen in jener Dezembernacht, sich haltend, im Schrei und Stöhnen, die Einsamkeit ihres Geschlechts, ihr Alleinsein, ihre Angst vor Vernichtung der Erde. Die Erde sind sie, ihr nacktes Fleisch, ihre Kreatürlichkeit. Sie spüren einander. Sind Mann und Frau, waren es schon immer und werden es immer sein.

Der kalte Vernunftgedanke, es ist nur die eine Nacht, die sie zusammenführt, der Morgen wird sie trennen, ist fern. Fiele er in sie, hätte er keine Macht. Dauer gibt es nicht, das ist bittere Erfahrung. Dauer ist nur im Augenblick. Im Jetzt. In diesem Vogesendorf, diesem Zimmer zu ebener Erde.

Von Zeit zu Zeit lassen sie erschöpft voneinander. Liegen Seite an Seite. An die niedrige Decke der Kammer steigt der Rauch aus der Zigarette des Freundes. Er zieht das Laken über ihren Körper, küsst sie auf die Nase. Sie reden. Dieses Reden zwischendurch. Er liest etwas vor. Sie lachen, Sara spürt die Heiterkeit bis in ihre Zehen.

Über sich sprechen sie nicht; wie der andere lebt, mit wem er lebt. Umgehen es. Schweigen darüber. Sie haben einander in der Arbeit erkannt. Das ist viel. Das ist fast alles. Von ihren Kindern aber reden sie. Er von seiner fast erwachsenen Tochter, sie von ihrem fast erwachsenen und dem erwachsenen Sohn.

»Du und zwei Söhne«, sagt er. »Dein enger Schoß.« Er zieht das Laken weg.

Ihre Lust beginnt von neuem.

Erst im Morgengrauen schlafen sie ein. Rücken an Rücken, ihr Fuß zwischen seinen Beinen.

Drei Stunden später wird Sara wach. Sofort der Gedanke an den Aufbruch. Sie muss bis zum Abend zurück sein.

Zwei Grenzen sind zu überqueren. Frankreich zu verlassen, nach Deutschland zu fahren. Dann muss sie von dem einen in das andere Deutschland. Da gehört sie hin. Er wird zurückbleiben. Er gehört in das andere.

Deutschland, das sind wir selber, hat er in der Nacht gesagt. Heine zitiert, aus der Vorrede zum ersten Band des »Salons«. Hat ihr jenes kleine blasse Mädchen unter den deutschen Auswanderern in Erinnerung gerufen, das in Frankreich am Strand steht, aufs Meer hinaussieht und den Dichter fragt, ob das das Weltmeer sei.

Sie denkt daran, während sie im Bad das kalte Wasser über ihren Körper laufen lässt. Als sie sich abtrocknet, hört sie den Regen. Stößt das Fenster auf. Die Berge sind in Nebel gehüllt.

Sie weckt den Freund.

Sie müsse am Abend bei den Eltern sein.

»Ein Telegramm werden wir schicken, lass uns den Tag noch haben und eine Nacht«, murmelt er schlaftrunken.

Sie müsse fahren, müsse noch heute über die Grenze. Ihr Pass sei abgelaufen. (Sara will nichts riskieren, weiß, was geschehen kann, wenn man zu spät kommt.) Der Freund richtet sich im Bett auf, ist hellwach. »Der Pass abgelaufen?« Er lacht schallend. »Und du kannst nicht *einen* Tag und *eine* Nacht länger bleiben?« Wortreich erklärt er, *wie* skandalös, *wie* unmöglich das sei. »Und dahin willst du zurück?« Er schlägt die Hand auf die Bettdecke. »In was für einem Land lebst du eigentlich?«

Sara sieht auf den fremden Mann. Soll sie ihm sagen, dass sie es liebt, ihr Ländchen. Er würde nur noch lauter lachen. Sie sitzt auf der Bettkante und schweigt.

»Ich fahre«, sagt sie dann. – Er zögert, zieht sie zu sich. »Verzeih«, sagt er, »ich stehe gleich auf.«

Das Haus ist völlig still. Nur die beiden jungen Köche stehen gähnend in der Küche. Sara bittet sie, Frühstück zu bringen. Wartet eine Weile.

Der Freund kommt. Sie sitzen sich gegenüber in der leeren, kalten Schankstube. Sie sieht ihn an, gießt heiße Milch in die großen, halb mit starkem Kaffee gefällten Tassen, nimmt Weißbrotscheiben und bestreicht sie mit Butter und Marmelade.

Das Bemühen, den Dialog von vorhin zu übergehen. (Was weiß er von meinem Land, denkt Sara.)

»Geht es dir gut?«, fragt er.

»Ja.«

»Mir geht es auch gut, ungemein gut sogar.«

Sie frühstücken in Ruhe. Der Freund zündet sich danach eine Zigarette an, sieht auf die Uhr. *»Und dann legen wir uns in den Schatten und bitten Gott um Makkaroni, Melonen und Feigen, um musikalische Kehlen, klassische Leiber und eine* *kommode Religion«*, sagt er. »Wir müssen los, sonst schaffen wir es nicht, wir schaffen es eh kaum.«

Sara hat ihrer beider Sachen schon zum Auto gebracht. Sie verlassen das Tal, verlassen die Vogesen.

Sie nähern sich Straßburg, durchfahren die Stadt, menschenleer ist sie an diesem Sonntagmorgen. Dunkles, regennasses Pflaster. In der Rheinebene Dunstschleier. Der Regen wird stärker.

Die Grenze. Keinerlei Formalitäten. Nur ein freundliches »Bonjour Monsieur, Madame«. Der Rhein, sie überfahren ihn, Kehl auf der anderen Seite des Flusses.

»Woran denkst du?«, fragt der Freund nach einiger Zeit. Sie sind bereits hundert Kilometer auf der Autobahn gefahren.

»An dich fremden Mann«, sagt Sara.

Nach drei Stunden machen sie eine kurze Pause. Zehn Minuten.

»Wir schaffen es nicht«, sagt er.

»Wir müssen.«

»Es wird noch einen anderen Zug geben.«

An der Ausfahrt Gießen-Ost geben sie auf, fahren von der Autobahn ab.

Am Gießener Bahnhof erkundigen sie sich. Es gibt keinen anderen Zug. »Aber wenn Sie mit dem Auto nach Bebra an die Grenze fahren, erreichen Sie den versäumten noch«, sagt der Schalterbeamte.

Eine halbe Stunde vor Abfahrt des Zuges sind sie in Bebra. Fahren auf einen Feldweg. Umarmen sich hektisch, wissen, dass sie sich verlieren. Sehen nach der Uhr.

Der Bahnhof. Schmutziggrauer Bahnsteig. Der Zug steht schon da.

»Keine Abschiedszeremonie.« Sie sagen es beide zu gleicher Zeit, finden es komisch. »Jeder darf sich etwas wünschen, aber nicht verraten, sonst erfüllt es sich nicht«, sagt Sara.

Sie steigt ein, schließt die Tür, blickt nicht zurück, sieht nicht, ob er winkt. Geht den Zuggang entlang, sucht einen Platz.

In einem Abteil zwei ältere Leute. Ein dicker Mann, die schweren Arme angewinkelt, die Hände nach innen gekehrt auf die Schenkel gestemmt. Eine Frau ihm schräg gegenüber. Ebenso beleibt. Betont gerade sitzt sie, umfasst eine Einkaufstasche.

Der Zug fährt. Nach wenigen Minuten hält er wieder. Gerstungen. Grenzstation im anderen Deutschland. »Wir wünschen Ihnen einen angenehmen Aufenthalt in der Deutschen Demokratischen Republik«, eine freundliche weibliche Stimme aus dem Bahnhofslautsprecher. Ihr wärmendes Ländchen.

»Wir sind da nicht gemeint«, sagt der dicke Mann. »Nein, weiß Gott nicht«, bestätigt die Frau, hebt ihre schwere Tasche kurz an, stößt sie mit Nachdruck auf ihren Schoß. »Wir nicht.«

Sara blickt die beiden an, sieht zum Gepäcknetz. Koffer, Taschen, selbst noch auf dem Sitz Beutel. Immer schämt sie sich, wenn sie diese alten Leute sieht, in Massen, in Zügen oder auf dem Bahnhof Friedrichstraße. Des Morgens mit leeren Taschen, des Abends vollbepackt. Ist ihrem Land gram dafür. Auch für die Worte der beiden Alten.

Die Zollbeamten interessiert nicht, was die Rentner in den Taschen haben. Sie öffnen Waschräume, Toilettentüren, alle Deckenklappen im Gang. Dafür haben sie Schraubenschlüssel. Sie leuchten überall hinein. Sara wartet darauf, dass auch in den Abteilen unter die Bänke gesehen wird. Es geschieht nicht.

Passkontrolle. Ein Polizist öffnet die Tür, knipst das Licht an, fordert, Pässe und Zählkarten bereitzuhalten.

Verschwindet. Des längeren passiert nichts. Steif sitzen die Rentner da. Dann ein anderer Polizist. Er kontrolliert, stempelt. Wortlos. Zu Sara, sie hat das Kinn auf die Hand gestützt, sagt er: »Nehmen Sie die Hand aus dem Gesicht.« Er sagt nicht bitte, nicht danke. Die Tür schlägt zu.

Vielleicht bin ich nur müde, überreizt, denkt Sara.

Schließt die Augen, versucht zu schlafen. Vergeblich. Der Zug steht noch immer.

»Eine Stunde«, sagen die Rentner, »das ist normal.«

Sara tritt auf den Gang, zieht das Fenster herunter. Scharfe Luft, es ist kühler geworden. Sie starrt auf die Grenzschutzanlagen. Sieht sie und sieht sie nicht.

Denk ich an Deutschland in der Nacht, / Dann bin ich um den Schlaf gebracht. Schon wieder Heine. Ihr nächtliches Gespräch. Die dünnen Haarsträhnen ihres Deutschlehrers tauchen vor ihr auf, sie hängen im Gesicht; mit spitzem Mund spricht er die Verse in die Klasse. Später, auf der Universität, wieder dieses *Denk ich an Deutschland …*

Mit ihr hat das nichts zu tun. Vorzeit. Sie lebt in einem Lande, das alles für sie regelt. Jeden Tag hört sie, wie gut es ihr geht. Da braucht sich keiner um den Schlaf zu bringen.

Vergangenheit bewältigt. Sie lernt die Zahl der Opfer des Faschismus. Die Wahrheit. Liest das Tagebuch der Anne Frank. Die Tagebücher der Justyna, der Janina Hescheles, der Noëmi Szac-Wajnkranc. Im Feuer vergangen.

Niemals aber taucht sie die Finger in die Asche und zeichnet sich ein Kainsmal auf die Stirn.

Trügerische Ruhe. Der Zukunft zugewandt. Die Sieger. Schuld erlassen.

Ohne Trauer wächst sie auf.

Deutschland, das ist nicht sie. Deutsch, ein merkwürdiges Wort. Schwindend aus dem Sprachgebrauch, das Adjektiv, das Substantiv. Die Nationalhymne, Strophe für Strophe von dem Mädchen in der Schule gelernt, versinkt. Wenn die Hymne erklingt, steht Sara und schweigt. Wie die anderen auch. Aus dem Fach Deutsch in das Fach Musik wandert die Hymne. Ihre Söhne kennen den Text nicht mehr.

Als Sara achtzehn wird, fährt sie zum ersten Mal nach Osten. Weitere Reisen dann. Die Jahresringe ihrer Besuche dort.

Sie fühlt sich heimisch in den Galerien der Tuchhallen von Kraków, wandert über die Höhenzüge der slowakischen Berge, liegt in Pomorie am Schwarzmeerstrand. Die Straßen Moskaus, die Kirchen, das alte Viertel Kitalgorod hinter dem GUM, Kolomenskoje am Rande der Stadt. Sie geht bei fünfundzwanzig Grad Kälte, hohem Schnee durch Sagorsk, in den hellen Juninächten über die Brücken Leningrads.

Hat Freunde in Estland und Lettland. Einmal ist sie mit einem im Rigaer Theater. Ein Volksstück aus dem neunzehnten Jahrhundert. »Sachsa tulleb!« Ein Schreckensruf.

»Was heißt das?«, fragt sie.

»Die Deutschen kommen«, antwortet der Freund.

Die nächtlichen Gespräche mit den Freunden. Und ihr Schweigen. In Salaspils an der Betonwand der Opfer. Auf dem Friedhof in Leningrad. An der Wolokolamsker Chaussee.

Ihr Gang durch das Jüdische Museum, in Kraków, allein. Warschau. Mit dem betrunkenen Übersetzer auf der Dachterrasse des Stalinschen Kulturpalastes, er deutet in Richtung des ehemaligen Gettos. Die Polinnen, die sie auf den Ettersberg begleitet. Junge Volksarmisten erläutern sich im Exekutionsraum lautstark die technische Perfektion der Details.

Die Gesichter der Polinnen.

Ihre erste Fahrt nach Prag. Mit dem Reisebüro. Neunzehn ist sie. Halt in Theresienstadt. Fünfzehn Minuten das Lager, die Gräberreihen. Der Busfahrer schaltet das Radio nicht ab, lässt es laut laufen, deutsche Stimmungsmusik. Sara kommt als letzte zurück. Der Reiseleiter fragt sie am nächsten Tag, ob ihre Vorfahren Juden gewesen seien.

»Wegen meines Namens? Nein«, sagt Sara.

Sie versteht nicht.

»Weil Sie Blumen auf ein Grab legten«, sagt er.

Sie begreift noch immer nicht.

»Das macht man doch nicht ohne einen persönlichen Grund«, sagt er.

Sie kann nichts darauf erwidern.

Sie starrt noch immer auf die Grenzschutzanlagen. Pfiffe. Der Zug setzt sich in Bewegung. Sie schließt das Fenster, mit einem Ruck schnellt es nach oben. Im Abteil dumpfe Luft. Die Rentner sind in der Geschäftigkeit der Ausstiegsvorbereitungen. Sara trägt Koffer, Taschen und Beutel auf den Gang, hilft ihnen beim Aussteigen.

Die nächste Station ist Gotha. Vierzig Minuten Verspätung. Die Eltern werden schon auf dem Bahnsteig unruhig hin- und herlaufen. »Da bist du ja endlich, Kind«, wird der Vater sagen, das sagt er schon seit zwanzig Jahren. Es ist schwer vorstellbar, dass sie einmal nicht mehr dastehen werden, wenn ihr Zug einfährt. Der fünfundachtzigjährige Vater, von Mal zu Mal scheint er ihr kleiner. Die Mutter mit ihren merkwürdigen Hüten, den schmalen Lippen. Saras unseliges Verhältnis zum Vater. Immer ihr Wunsch, einen anderen zu haben. Oder gar keinen. Schon mit fünf wollte sie das.

Sie entsinnt sich, damals war sie mit der Mutter bei den Großeltern. Die Erwachsenen haben etwas zu besprechen, schicken das Kind ins Nebenzimmer. Es ist kurz vor Heiligabend. Ein Geschenk vielleicht, denkt es, bleibt an der Tür, horcht.

Es geht um den Vater. Dass er nichts tauge, sagt der Großvater, die Mutter sich von ihm trennen solle. SCHEIDEN LASSEN. Das Jahr fünfundvierzig eine einmalige Chance. Ein Neulehrerkurs, Lehrerin könne sie werden. Ein Beruf. Die erregte Stimme des Großvaters. Die der Großmutter. Die leise der Mutter. Sara kann sie nicht verstehen. Hört nur ihr Weinen.

Sara riecht noch das Holz der Tür, sieht die Maserung, fühlt den glänzenden Messinggriff, spürt ihre zusammengepressten Knie, die angstvoll verschlungenen Beine. Das hellrote Kleid aus Waschsamt mit den bunten Stickereien trug sie.

Der Vater taugt nichts. Der Großvater sagt es. Die Wahrheit also. Ihre Mitwisserschaft von nun an.

Jede spätere Chance, diese Wahrheit zu widerlegen, verpasst der Vater in den Augen seiner Tochter. Ihre Ungerechtigkeit, Anmaßung.

Und die Mutter, warum tut sie nicht, was die Großeltern fordern? Später einmal fragt Sara sie. »Weil es deine Schwester und dich gab«, antwortet die Mutter.

Als der Zug in Gotha einfährt, sieht Sara die Eltern stehen. »Da bist du ja endlich, Kind.« Der Satz des Vaters. Blass erscheint er ihr, wieder ein wenig kleiner. Die Lippen der Mutter ein dünner gerader Strich.

Die Umarmung des Vaters. Er will sie küssen. Ritual wie als Kind. Sie hält sich steif wie einst. Streckt den Kopf wie ein Vogel vor. Nur nicht der Mund. Zur Seite der Kopf, ruckartig, der Vater trifft das Ohr.

Die Leute in der Straßenbahn sehen nach ihnen. Die Schwerhörigkeit des Vaters hat zugenommen. Sara antwortet auf alle Fragen. Löwenplatz – Bertha-von-Suttner-Platz. Hier stiegen sie früher aus. Aber das Haus der

Eltern, um die Jahrhundertwende erbaut, im Jugendstil, wurde vor einigen Jahren abgerissen. Sie fahren vier Stationen weiter. Laufen in das große Neubauviertel hinunter.

Sara kann sich nicht an die Neubauwohnung gewöhnen. Sehnt sich nach dem Haus zurück.

Die Mutter hat gekocht, gebacken. Berichtet, wo und wie lange sie dafür anstehen musste, welche Wege nötig waren.

Sara ist müde, erzählt dennoch von ihrer Reise, Städten, Leuten. Erheitert die Eltern. Von dem fremden Mann, ihrer Fahrt nach Frankreich schweigt sie.

Endlich ihr Bett im Wohnzimmer auf der Liege. Sie schläft sofort ein. Nach einer Stunde Schritte auf der Treppe. Türenklappen, Stimmen. Geräusche des ihr fremden Hauses. Sie ist wach, liegt mit offenen Augen. Lichtspuren vorbeifahrender Autos an der Zimmerdecke. Sich wandelndes Formenspiel.

Sie kann nicht schlafen.

In was für einem Land lebst du eigentlich? Überscharfe Bilder. Sie als Vierundzwanzigjährige, mit dreißig, vierzig. In diesem Land, das einer Puppenstube gleicht. Eingeschlossen von den Wänden. Die Fenster aufgemalt.

Neben ihr Heinrich, ihr Ehemann. Und John, ihr Geliebter. Die Beziehung zu beiden Männern über lange Zeit. Über ein Jahrzehnt und mehr. Die lange quälende Trennung von John. Später dann die Scheidung von Heinrich.

Sara wehrt sich, will nicht zurückdenken, sich erinnern. Warum auch? Und warum jetzt? Sie will nicht.

Die gestrige Nacht. Sie ist es. Lässt alles aufbrechen. Vision von Partnerschaft. Orgasmus als Tor zur Utopie. Die Maßlosigkeit ihrer Ansprüche. Ihre törichte, durch nichts zu belehrende, durch nichts zu erstickende Sehnsucht. Der Küstenstreifen.

Erschöpfungszustand zwischen Wachen und Schlaf. Sie will ins Bewusstlose. Wird ruhiger. Eine Gedankenkette, sie kann sich daran festhalten. Dann wieder Bilder, hart gegeneinander.

Irgendwann schläft sie ein.

Der 7. Dezember. An diesem Tag trifft Gorbatschow in Washington ein.

Am Morgen will Sara einen Spaziergang durch die Stadt machen. Der Vater wird mit ihr kommen. Immer ist das so. Immer gehen sie die gleichen Straßen. Unentwegt wird der Vater gegrüßt. Bleibt stehen, lüftet seinen Hut, ein paar Worte; Wetter, Krankheit, so, die Tochter, die jüngere, aus Berlin. Ja. Der Vater genießt das Ritual.

Beim letztenmal trafen sie ihren Deutschlehrer. Die Haarsträhne in der Stirn. Ein Tropfen an der Nase. Es ist kalt. Auch beim Vater dieser Tropfen, fast ständig jetzt. Das Alter. Sie will ihren Lehrer um Verzeihung bitten. Damals, sie lachten, als er die »Kinderschuhe aus Lublin« vortrug, lachten über seine Erschütterung. Ob er sich dieser Demütigung erinnert? Sechzehn war sie, die ganze Mädchenklasse lachte. Sie stehen auf dem Marktplatz. Er ist schwerhörig geworden, ihr Lehrer. Sie müsste die Sätze schreien. Sie zögert. Es bleibt für immer ungesagt.

»Geh du allein, mir ist es heute zu viel«, sagt der Vater. Das erstemal. Sara ist erschrocken, sieht in sein blasses Gesicht. Er bringt sie zur Haustür, schließt hinter ihr ab.

Unerwartetes Geschenk, allein durch die Stadt zu gehen. Die Füße entscheiden. Zuerst dorthin, wo ihr Haus stand.

Am Wassergraben entlang. Als Kinder machten sie hier die Mutprobe. Ein Rinnsal unterquert den Trütschler-Platz. Gebückt, halb kriechend muss man durch die Betonröhre. Es ist düster und riecht nach Moder und Aas. Ihr wird übel. Auf der anderen Seite ein schwacher Lichtpunkt. Auf ihn zu. Sie muss es schaffen. Schafft es. Dann die alte Scheune. Da spielten sie mit zwölf. Die Jungen spuckten durch die Löcher des Scheunentores. Friedrich, den größten Spucker, mag Sara. Zu der Zeit will sie Förstersfrau werden. Als Friedrich ihr über seine Schwester mitteilt, er wolle Förster werden und mit ihr gehen, antwortet sie ihm, ebenfalls über die Schwester, sie sei einverstanden, möchte aber noch ein Jahr warten. »Ziege«, sagt Friedrich, »entweder gleich oder nie.«

Sara biegt in die Kleine Fahnenstraße ein. An der Ecke das Haus der Sippentante. Die Ahnentafel-Frau, die die arische Abstammung ihrer Familie nachwies. Nach einigen Häusern das der dummen Annemarie. Ihr Gang mit schlenkernden Armen, eine Gliederpuppe; ihr breitflächiges Gesicht mit dem ewig offenen Mund. In den Reden der Erwachsenen kam sie oft vor. Staunen, dass sie noch in der Stadt war, ja sogar ein Kind geboren hatte und das 1943. Was alles möglich sei. Sara verstand nicht, das Wort Euthanasie hatte sie noch nie gehört.

Als sie das Ende der Straße erreicht, sieht sie die Neubauklötzer. Da war ihr Haus, ihr Garten. Eine ganze Straßenzeile, keineswegs baufällig, Ende der siebziger Jahre niedergerissen. Der Sinn? Wenn es einen gäbe, hätten Stadtväter und Architekten ihn den Bewohnern mitgeteilt. Das war nicht geschehen.

Das Haus. Sara erinnert sich. Drei Stockwerke. Schmutzig warmes Gelb der Fassade. Die Wetterseite mit Schieferplatten. Ihr Klappern im Wind. Schlafgeräusch in ihrer Kindheit.

Dachboden und Keller die aufregenden Orte.

Die dröhnende Stimme des Luftschutzwartes im Kellergang. Er erklärt den Fluchtweg, nimmt lose aufeinander gefügte Ziegelsteine aus dem Wandquadrat, schichtet sie hinter sich geschickt zu einem Stapel. Das Ganze dann rückwärts. An den Außenmauern in Höhe der Kellerfenster dicke weiße Pfeile, sie weisen zu jenem Quadrat.

Die Luftangriffe. Nächte im Keller. Sara im Liegestuhl in eine Decke gepackt. An der Wand die Schemen der Hausbewohner, in der Düsternis unterscheidbar nur an den Stimmen. Lebhaftigkeit beim Geräusch der Flugzeuge. Sara richtet sich auf. Sie hat keine Angst, sie ist vier. Sie entsinnt sich an die Schreie des jungen Mannes. Sie sind über uns, jetzt, jetzt, er schlug die Hände vors Gesicht, saß wieder mit hängenden Armen, schluckte seinen Speichel. Wie kam er in den Keller? Keiner kannte ihn. Die zusammengekauerte Großmutter, die Mutter des Vaters. Ihr Wimmern, immer in der gleichen Tonhöhe. Der süß-faulige Geruch aus den Apfelhorden und des dumpfen Mauerwerks, den Sara einsog. Dann zunehmend ein abstoßender nach ungelüfteten Räumen und Urin, der den dicht sitzenden Menschenleibern entströmte. Der Geruch der Angst. Endlich Entwarnung.

Kurz nach dem Krieg steht Sara auf dem Treppenabsatz im ersten Stock. Die Großmutter ist gestorben. Der schwarze schwere Sarg wird von zwei Männern aus dem Haus getragen. Der massige Körper der Großmutter vor Saras Augen.

Am Abend fragt sie, warum man die Großmutter nicht esse. Selbst den kleinen Hund aus der Nachbarschaft hat man gefangen und ihn verzehrt. Sara wird aus dem Zimmer gewiesen. »Ausspucken müsste man vor dir«, sagt die Schwester.

Saras Alleinsein. Der Dachboden des Hauses. Im Winter die gesamte Fläche von den zugigen Fenstern bis zu den Kammern mit Leinen bespannt.

Steifgefrorene Wäschestücke darauf. Beine und Arme, fuß- und händelos, zur Seite gestreckt. Sara erschafft

Hände und Füße, ordnet sie, je nach Art und Größe, den Wäschestücken zu. Oben, zwischen die hölzernen Klammern, setzt sie die Köpfe, große und kleine. Die Münder beginnen zu reden; Lustiges, Trauriges, die Gesellschaft wird lebendig, Hände und Füße gestikulieren, nur die steifgefrorenen Körper bleiben reglos. Dissonanz. Sara läuft auf und ab, dreht sich, erwidert die Reden, lacht, schimpft.

Im Sommer ist die Bodenfläche leer. An den Türen der Kammern sind Metallschilder mit den Namen der Hausbewohner. Auf der gegenüberliegenden Seite Bretterverschläge, gerade eingerichtet, für die Umsiedler. An Stricken hängen, mit Bleistift beschriftet, Pappschilder.

Ein Blick in den Dachstuhl. Das Gewirr der Holzstreben, Pfeiler, das Gebälk. Die Gespenster, die für Sara dort wohnen. Ihre Anrede an sie, wenn sie den rostigen Schlüssel dreht, die Bodentür einen Spalt öffnet.

»Ich sehe euch«, sagt Sara. »Ich weiß, wo ihr seid.«

Betritt den Dachboden. Bleibt oft bis zur Dunkelheit. Die Mutter sucht sie.

Einmal findet Sara eine Leiter an den Schornstein gelehnt, sie führt zum Oberboden. Sara klettert hinauf. Elf Sprossen, vier fehlen. Oben Spinnweben, Dreck.

Eine Dachluke, ihr gelingt es, das Fenster zu öffnen, die schmale Eisenstange einzurasten. Sara zieht sich hoch, legt ihre Arme außerhalb der Luke auf die Ziegel. Klammert sich fest, die Beine baumeln.

Weiter Himmel. Nah. Sara hält das Gesicht hinein. Sieht dann nach unten. Ziegelrote Dächer in Reihen, Stufungen. Die Stadt. Am Horizont die Schlosstürme. Dunkler Schiefer gegen farblosen Himmel.

Seltsames Gefühl. ANDERSSEIN. FLIEGEN WOLLEN.

Als Sara sich wieder hinablässt, sie kann sich nicht lange dort halten, befühlt sie ihren Rücken. Winzige Hügel. Sie ist überzeugt, die Flügel werden wachsen.

Kehrt immer wieder zum Himmel zurück. Klettert auf den Oberboden, öffnet die Dachluke.

Trotz Verbot, Androhung von Strafen.

Saras schmutziges Kleid überführt sie. Sie wird findig. Legt es gewendet, zusammengefaltet auf die unterste Leitersprosse. Dann, als sie erneut ertappt wird, auch Hemd und Hose. Den Schürfungen an der Haut, die beim Hochziehen entstehen, geht die Mutter nicht weiter nach. Später versteckt Sara für den Winter alte Kleider hinter dem Schornstein.

Die Flügel wachsen.

Der Garten am Haus. Beete, Rasenstück, eine Laube mit Weinranken. Der Weg zur Gartentür, die Steinplatten, in feuchten Sommern bemoost.

Trennung vom Nachbargrundstück der dunkle Plankenzaun, weiches Kiefernholz. Malen mit weißer Kreide darauf. Meterlang Geschichten. Der Regen wäscht sie ab. Saras Wunsch, bunte Kreide zu haben. Es gibt sie nicht. So bestimmt sie die Farben. Leuchtendes Rot, Gelb, Blau.

»Du spinnst«, sagt der Umsiedlerjunge, der im Haus wohnt, als Sara es ihm erklärt. Saras Schwester pflichtet ihm bei. Alles sei weiß, das sehe doch jeder.

Vor Saras Augen plötzlich das Haus, wie es bei der Sprengung in sich zusammenfällt, dann die Planierraupe, die das Gelände ebnet.

Kein einziger Baum bleibt.

Sara wendet sich ab, geht weiter. Fünfzig Meter hinter dem Haus biegt sie links ein.

Ihr alter Schulweg. Wie damals von den Kohlen des Stadtbades schwarz. Der Schulhof. Gerüste an der Fassade. Die breite, geschwungene Steintreppe gesperrt. Man konnte sie hinauf- und hinabfliegen. Viele Male am Tag.

Jetzt verschluckt eine winzige Tür im Seitenturm die Schüler. Es klingelt.

Sie kann nicht widerstehen, lässt sich verschlucken, die enge Wendeltreppe nach oben treiben. Die Gänge, die gefliesten Wände, die Fußböden, dunkles Grün, Braun, wohltuend. Im Keller ihr Klassenzimmer der Unterstufe, im ersten Geschoss das der vier Jahre bis zum Abitur. Sie findet alles mühelos. Steigt zur Aula hoch. Verschlossen. Daneben der Musikraum. Auch zu.

Sie sieht den Musiklehrer am Flügel, rotgesichtig, überreizt. Immer wirft er ihnen mangelnde Begeisterung vor. Dröhnende Stimme. Herweghs »Reiterlied«. *Den ersten Schluck, ans Schwert die Hand, den trink' ich, für das Vaterland zu sterben, zu sterben. / Und schnell den zweiten hintendrein, und der soll für die Freiheit sein … Zum Sterben. Zum Sterben.*

Der Biologielehrer. Auch bei ihm Freiheit und Sterben. Freiheitsgefühl beim Fliegen. Bei der Luftwaffe war er. Seine Heldentaten sind atemberaubend. Er ist jung, schön, hat braune Haut. Alle in der Mädchenklasse sind in ihn verliebt.

Und der Russischlehrer. Er stirbt wirklich, stirbt an Lungentuberkulose. Er hatte die russische Sprache gelernt, weil er im Osten auf ein Landgut gehofft hatte, mit den ukrainischen, den russischen Nachbarn leben wollte. Davon erzählte er oft. Seine Augen in dem immer unrasierten, von Backenknochen beherrschten Gesicht leuchten für Momente. Dann die Klasse auf dem Friedhof.

Sara geht die Treppe wieder hinunter, sieht in die Schülergesichter, versucht sich in ihnen zu finden, findet sich nicht. Die kleine Turmtür spuckt sie auf den Schulhof. Der Hof ist leer, sie überquert ihn, geht zur Eisenacher Straße.

An der Ecke unten der Bäcker Bonsack. Da hatte sie mit der Mutter gestanden, als die Russen eingezogen waren.

Fünf war sie. Die Rote Armee. Soldaten, Panjewagen, Pferde. In ihrer Erinnerung ein lautloser Zug. Sie sieht nur Soldatengesichter. *Die Russen fressen die Kinder*. Reden der Erwachsenen.

Stunden später russische Offiziere im Wohnzimmer. Einquartierungen werden verhandelt. Die Mutter lässt die goldenen Ringe in die Schürzentasche gleiten. Noch am gleichen Abend ziehen die Offiziere und Soldaten in das Haus ein. In alle drei Stockwerke. In ihrem in das separate Zimmer. Wasser holen sie in der Küche. Sie müssen an der Korridortür klingeln. Sara wird nie öffnen.

Am nächsten Tag auf dem Treppenabsatz ein Bierfass. Soldaten aus der nahegelegenen Kommandantur und der Kaserne auf den gebohnerten Stufen. Abend für Abend dann. Manchmal schon am Morgen. Zwanzig und mehr. Sie rauchen, trinken, singen. Eine Ziehharmonika. Anschwellender Lärmpegel, auch Streit, Schlägereien.

Sara versteckt sich.

An einem Mittag, sie ist im oberen Stockwerk, ruft die Mutter. Sara steht am Rande des Treppenabsatzes. Kein Weg, eine Wand von Uniformblusen. Wieder die Stimme der Mutter. Jetzt ungeduldig. Ein Soldat, schwammiges Gesicht, braune Zähne, dreht sich zu Sara, packt sie. Sie schreit. Fleischige Hände, Machorka- und Schweißgeruch. Panische Angst. Er ist die Treppe schon hinuntergegangen, hat sie vor ihrer Mutter abgesetzt. Sie schreit weiter.

Tagelang ist sie unsichtbar. Dann wagt sie sich erneut nach oben. In die Küche von Schmidts. Da ist Maria, die einzige Frau unter den Russen. Sie hat die meisten Sterne auf ihrer Uniformbluse. Grußlos geht sie im Haus an allen Bewohnern, auch an der Mutter, vorüber. Sara beobachtet Maria. Die steht am Herd, zieht mit einem Haken die Eisenringe weg, um die Feuerstelle zu vergrößern. Meist aber wäscht sie. Die ausgewrungenen Stücke liegen in der

Emailleschüssel auf dem Ständer neben dem Ausguss. Wenn sie sich umwendet, sieht Sara ihre Augen. Leer sind sie, weit weg. Sie lächelt nie.

Einmal klirren die Glasscheiben der Korridortür. Sara und ihre Schwester sind schon im Bett. Trunkene Stimmen. Die Frau soll rauskommen. Die Mutter ruft aus dem Fenster um Hilfe. Kein Nachbar rührt sich. Schläge an die Tür. Das Holz splittert. Dann eine weibliche Stimme. Dumpfe Geräusche wie von einem Fall. Nach einer Weile Stille. Maria hat die betrunkenen Soldaten die Treppe hinuntergeworfen. Jurka bleibt im Geländer hängen. Jahrelang fehlen drei Stäbe.

Anderntags verschwindet das Bierfass. Die Zusammenkünfte werden in das Waschhaus verlegt. Stapel von Kästen mit roter Limonade stehen dort.

Als die Birnen im Garten reif werden, werfen die Soldaten die gefüllten Flaschen in den Baum. Scherben, zerquetschte Früchte. Sara steht oben am Fenster, sieht ihnen zu. Ihre Tante Elisabeth, die im Parterre wohnt, geht zu den Soldaten. Fällt einem, der zum Wurf ausholt, in den Arm, tippt sich mit der Hand an die Stirn, verschwindet für einen Moment und steht mit einem Birnenpflücker da. Das Flaschenwerfen hat sofort ein Ende.

Mit der Tante wagt sie sich in den Garten.

Der Soldat mit den braunen Zähnen lässt sich auf die Hände nieder, auf allen vieren galoppiert er unter den Zurufen der anderen im Karree der Gartenwege. Bei jeder Runde macht er vor Sara halt, hebt den Kopf, stößt wiehernde Laute aus, deutet, sie solle auf seinem Rücken Platz nehmen.

Viele Tage wiederholt sich das. Dann tut sie es.

Von da an der tägliche Ritt. Sich steigerndes Tempo. Ihre Hände klammern sich in Dmitris Uniformbluse, die Beine um seinen massigen Körper. Machorka- und Schweißgeruch werden ihr vertraut.

Zeremonie des Morgens vor der Laube. Die Tante mit ihrem Tablett. Sie will frühstücken. Nackte Füße ragen aus dem Laubeneingang. Meist vier, manchmal sechs. Die Tante stößt daran. Starres derbes Grau schlägt auseinander. Tausendundeine Nacht entfaltet sich vor Sara. Rot, blau, grün, braun. Reiter und bunte Vögel. Ein Perserteppich. Und himmelblaue Seidensteppdecken, Kopfkissen mit weißer Spitze. Soldaten, nur mit Uniformhosen bekleidet, schälen sich heraus, greifen nach Bluse und Koppel. Glätten, von der Tante unterrichtet, ihr kostbares Bett, rollen den Teppich ein, verstauen ihn hinter der Bretterwand der Laube. Die Tante stellt ihr Tablett auf den kleinen Korbtisch und frühstückt.

Anzeigen solle sie die Schläfer, die das Kasernentor nicht rechtzeitig erreichen, die Diebe, sagen die Hausbewohner und Nachbarn. Sich auf der Kommandantur beschweren. Die Tante tut es nicht.

Eines Tages steht der schlanke, dunkelhäutige Offizier (höchstens siebzehn könne er sein, sagt die Mutter) im Kinderzimmer. Nimmt die Puppen von Sara und ihrer Schwester hoch, eine nach der anderen. Dreht sie, hält sie von sich ab, als ob er weitsichtig sei. Sara sitzt auf dem kleinen Holzstuhl, die Füße nach innen gekehrt, den Mund offen. Zuletzt, sie haben viele Puppen, nimmt er die größte und schönste, Anna Helene. Seidige Locken, lange schwarze Wimpern, mit Augen, die sich öffnen und schließen. Kopf, Hände und Füße aus Porzellan, der Rumpf aus Leder, die Glieder beweglich. Mit seinen Stiefeln steigt der Offizier über Saras Puppenbett, betrachtet Anna Helene am Fenster, wendet sich wortlos zur Tür, verschwindet mit der Puppe.

Die Mutter protestiert, die Schwester weint. Es ist fortan die seine.

Sara beobachtet, was mit Anna Helene geschieht.

Des Tags liegt sie bäuchlings auf dem Stuhl neben dem Klavier. Manchmal sogar darauf, ein Bein hängt auf die Tasten. Am Abend beginnt ihr Leben. Das Fenster wird geöffnet, zwei Kissen hineingelegt, der Offizier mit der Puppe im Arm sieht auf die Straße. Unten Lachen, Winken. Manchmal eine Gruppe, die Soldaten klatschen, verbeugen sich, bringen ein Ständchen.

Über Monate geht das. Selbst an Regentagen.

Eines Morgens aber, die Mutter macht das Zimmer sauber, liegt Anna Helene auf dem Fußboden. Der Kopf gespalten, eine Seite hängt noch am Rumpf. Die andere ist zerschellt. Auf den dunklen Holzdielen die Porzellanscherben. Ein Stück vom Kinn, eine Wange. Das Auge von innen, ein hässliches Drahtgestell.

Sara weint. Die Mutter tröstet, verspricht eine neue.

Aber um die Puppe geht es nicht. Sie kann es der Mutter nicht sagen. Sagt es der Tante. Es geht um den Offizier. Er wird traurig sein.

Ist Sara ein Russenweib? Wie die Kinder sagen.

In der Eschleber Flur passierte das. Sie trifft Dmitri inmitten von Soldaten. Er winkt, sie läuft hin. Als sie zu ihren Spielgefährten zurückkommt, spuckt ein blasser Junge vor ihr aus. Dann das Wort. Später stehen die Kinder öfters am Gartenzaun, rufen das Wort, schmähen. Dmitri, auf dessen Rücken sie durch den Garten galoppiert, beschleunigt das Tempo.

Sara will kein Russenweib sein. Einmal (sie rodelt im Windgässchen, hinter der Arnoldi-Schule, ist allein) nimmt sie die Zelluloidpuppe, die in ihrem kleinen ovalen Schlitten mit der eisernen Lehne sitzt, hebt sie hoch, holt aus, schlägt mit aller Kraft den Kopf der Puppe auf die Schlittenkante.

Geht nach Hause. Erklärt, ein Russe habe ihr die Puppe weggerissen, habe sie an eine Hausmauer geschleudert.

Sie beschreibt den Russen, beschreibt das Haus, nennt die Straße.

Meist untersucht die Mutter Saras Berichte auf ihren Wahrheitsgehalt. Diesmal bleibt es aus.

Dafür Trösten, Extraessen, allen wird es erzählt. Empörung. »Denken Sie nur und das einem Kind.« Auch der blasse Junge erfährt es. Sie könne zurückkommen, sagt er. Sara geht nicht.

Eines Tages verlassen die Russen das Haus, die Stadt. Die rote Fahne auf dem Dach der Kaserne bleibt. Von ihrem Platz am Esstisch im Wohnzimmer sieht Sara die Fahne. »Wenn sie verschwunden sein wird, wird alles besser werden«, sagt die Mutter. Sagt das oft.

Der Vater ist noch in Kriegsgefangenschaft. Als er aus dem Lager entlassen wird, sucht er sich in der amerikanischen Zone eine Arbeit. Aussichtsreich, gut bezahlt, schreibt er, drängt, die Mutter solle mit den Töchtern kommen. Die Mutter will nicht.

An einem Morgen steht an der gegenüberliegenden Wand, aus dem Fenster auf der Straßenseite kann Sara es sehen, in den Farben der Kasernenfahne: WÄHLT SED. Dicke Buchstaben, ein breiter Pinsel, die rote Farbe ist aus jedem Buchstaben geflossen, ist erstarrt.

Die Mutter folgt der Aufforderung nicht. »Schmiererei«, sagt sie. Es ist die Wand von Kohlen-Eberhardt. Hinter dem Tor der Lagerplatz, noch weiter hinten ein hölzerner Schuppen, daran Emailleschilder mit Werbung für Briketts. SONNE steht darauf. Das sind die ersten Worte, die Sara lesen lernt.

Saras Gang durch die Stadt.

Die Bürgeraue. Die Kaserne. Auf der anderen Seite Häuserabrisse, Schutt, Neubauten. Da waren die Gassen, die alle zum Markt strebten; Gretengasse, Fritzelsgasse, Hützelsgasse, Salzengasse. Sie mit der Mutter im »Prinzenhaus« in der Hützelsgasse zum Gottesdienst. Wenn sie des Sonntags den Saal verlassen und auf die Gasse treten, schreit August, den alle Idiot nennen: »Die Erleuchteten kommen.« Die Mutter gehört einer Sekte an. Der Christlichen Wissenschaft. Sie heilt die Menschen.

Auch Sara wird geheilt. Von ihrer Herzkrankheit. Fast das ganze erste Schuljahr musste sie im Bett verbringen. Dann der Beitritt der Mutter zur Sekte. Die Ausüberin. Frau Lisa heißt sie (später Tante Lisa, die Mutter befreundet sich mit ihr). Das aufgeschlagene Buch der Mary Baker Eddy. Sara, sagt Frau Lisa, sei ein Kind Gottes und als solches gesund, sie könne aufstehen, mit anderen Kindern spielen, Roller fahren.

Noch am selben Tag, entsinnt sich Sara, nahm sie die Teile ihres kleinen Holzrollers unter die Arme, drängte die Mutter, mit ihr zum Schlosser in die Gadollastraße zu gehen. »Du kannst auf dein Gefährt warten«, sagte der Schlosser. Sara sah zu, wie er die Lenkgabel schweißte. Rollerte nach Hause. War fortan gesund.

Pakete von der Christlichen Wissenschaft aus Amerika treffen ein. Die Mutter übernimmt die Verteilung. Im separaten Zimmer, in dem der russische Offizier mit Anna Helene gewohnt hatte, werden sie geöffnet. Tüten mit Milchpulver und Mehl stapeln sich auf dem Tisch. Frauen klingeln an der Haustür und holen sie ab.

Die Sonntagvormittage und Mittwochabende im Saal in der Hützelsgasse. Mittwochs Heilungsberichte. Sara langweilt sich, zieht den Bauch ein, streckt ihn vor, rollt ihn. Das Harmonium quietscht. *Hirte mein, zeige mir, wo ich soll gehn, über die finsteren, die steinigen Höhn …*

In der Sonntagsschule für Kinder erzählt die Unterausüberin Welchior, wie Jesus Christus über die Wasser des Teiches schreitet, um die Aussätzigen zu heilen. Sara denkt darüber nach, probiert selbst. Beim nächsten

Mal hebt sie den Finger. Wie das möglich sei, sie könne es sich nicht vorstellen. Sara – eine ZWEIFLERIN; Frau Welchior tadelt sie vor allen Kindern. Auch die Mutter tadelt sie. Sie sei doch geheilt worden. Sei das ihre Dankbarkeit?

Sara ist schon in der Höhe der Myconiusschule. Klosterplatz. Augustinerkirche. Hier wurden alle Mädchen ihrer Klasse konfirmiert. Nur sie nicht.

Sie ging auch nicht mehr in die Hützelsgasse. Die Sekte war 1951 verboten worden. Elf war Sara da. »Du darfst nie mehr darüber zu jemandem sprechen.« Ängstlich überwachte die Mutter die Einhaltung des Gebotes.

Sara wollte konfirmiert werden, ein schwarzes Taftkleid wie die anderen haben, die ersten Seidenstrümpfe tragen. Aber die Mutter forderte Saras Verzicht, erinnerte an ihre Heilung, sprach von Undank. Sara wurde nicht konfirmiert.

»Die glaubt an nichts, die ist rot«, hörte Sara einmal eine ihrer Banknachbarinnen sagen.

Hinter der Augustinerkirche das alte Kloster. Sara kann nicht widerstehen. Geht hinein, geht zum Kreuzgang der Augustiner-Eremiten. Vollkommene Ruhe. An den Wänden Grabsteine vom eingeebneten Katharinengottesacker. Der von Myconius und andere Steine mit ihr unbekannten Namen. Dann Johann Georg August Galetti; der Sandstein im Geschmack des Biedermeier mit einem Leichentuch drapiert. Auf dem Rückweg durch das Gemeindehaus die Tür. Dieselbe Klinke wie damals. Hier war der Konfirmandenunterricht. Mehrmals hatte Sara heimlich eine Mitschülerin begleitet. Sie wollte *dazugehören.*

Die Jüdenstraße, die zum Hauptmarkt führt. Sara geht den Hauptmarkt aufwärts, biegt rechts in die Augustinerstraße ein. Auch hier Schuttberge. Wieder sind Häuser abgerissen, Wände liegen bloß; zwischen dem Balkenwerk Lehm- und Strohfüllung. Verletzender, faszinierender Anblick. Das Abrissviertel unterhalb des Schlosses.

Mit ihren Söhnen ging Sara jedes Mal, wenn sie nach Gotha kam, durch dieses Viertel. Stufen und Treppen, Gassen und Winkel. Reste der Stadtmauer. Kleine Gärten. Schiefe Häuser, noch bewohnt, daneben leerstehende. Sie treten durch Türen, steigen Treppen hoch, Modergeruch. Gerümpel. Tapeten in herabhängenden Fetzen, manchmal verraten sie noch die Bestimmung des Raumes. Sie erkunden Küche, Rauchfang, Nischen, Abtritte. Steigen bis zu den Dächern.

Bei jeder Wiederkehr werden die Erkundungsgänge waghalsiger. Halbe Häuser manchmal nur noch, Aufgänge ohne Geländer, herausgerissene Treppen, ragendes Dachgestühl, die Dächer abgedeckt.

Jetzt, sieht Sara, ist alles verschwunden. Sie ist, ohne Acht auf Verbotsschilder, quer durch Trümmer und Baugelände bis an den oberen Rand des Nonnenberges gelangt. Blickt hinunter.

Auch das Haus Augustinerstraße 13 ist weg. Sara entsinnt sich der alten Frau, ihrer Klagen über die Feuchtigkeit ihrer Wohnung. Neugierig kam sie, als sie Sara vor ihrem Haus stehen sah. Sara erzählte ihr, wer einst hier wohnte; Gotter, Caroline Schelling. »Nein, so was, dass man das nicht weiß.« Die hohe, dünne Stimme der alten Frau. Sie wollte mehr hören, bat Sara ins Haus, band die Schürze ab, stellte einen Becher Kaffee vor sie hin. »Nein, so was.«

Sara verlässt den Nonnenberg. Geht den geschwungenen breiten Weg zum Schloss Friedenstein hinauf. Betritt durch das Portal den Innenhof. Die ungewöhnlich weiträumige Anlage. Drei Flügel, der Haupttrakt viergeschossig. Der schöne umlaufende Arkadengang aus Sandstein mit den überdeckten Bögen. Klar, verlässlich alles, Frühbarock. Jedesmal ihre Freude.

Vor ihr die beiden Türme, die sie als Kind aus der Dachluke gesehen hat, ihre Gestalt seit der Kindheit vertraut. Der nüchterne Westturm mit dem Zeltdach, gradlinig, der Helm darauf mit der Laterne; der Ostturm mit der welschen Haube, dem geschwungenen runden Kuppeldach, dem aufgesetzten achteckigen Tambour, in dem sich der Schwung der großen Kuppel im Kleinen wiederholt.

Wie oft war sie mit den Söhnen im Schloss; im Museum, im Thronsaal, im Ekhof-Theater, auch in der Landesbibliothek.

Nie, wird ihr bewusst, hat sie ihnen erzählt, wie sie als Kind dieses Schloss erlebt hat. Der Vater ging mit ihr hin. Das Schloss war voller Umsiedlerfamilien. Sie besuchen Frau Schenk. Sie ist aus Gotha, ist keine Umsiedlerin. Wohnt dort, weil ihr Mann ein Nazi war und die Russen ihr Haus requiriert haben.

Der Aufgang zum Schloss. Kälte schlägt ihnen entgegen. Steinstufen. Sie gehen sie hoch. Die weißen Flügeltüren im ersten und zweiten Stockwerk sind mit Brettern vernagelt. Sie steigen bis unters Dach. Da lässt sich eine hohe, dunkelbraune Tür öffnen. Ein riesiger Vorraum. Ein Kamin darin.

Eine zweite Tür. Die Wohnungen. Über Leinen gehängte Decken, Schränke oder Sperrholzwände markieren die Abgrenzungen der Wohnverschläge. Am Ende die Wohnung von Frau Schenk. Ein richtiges Zimmer. Langgezogen, schmal und dämmrig. Mit Dachschräge, kleinem Erker.

Dort, im Erkerchen, möchte Sara immer sitzen. Darf es.

Frau Schenk bringt Bücher und einen (Sara weiß es schon) gelben, scheußlich schmeckenden Pudding. Beides will sie nicht.

»Das Kind langweilt sich«, sagt Frau Schenk zum Vater.

»Wir müssen etwas tun, damit es sich nicht langweilt.«

Aber Sara will sich langweilen. Langeweile ist aufregend. Das mit Holzstreben in vier winzige Quadrate unterteilte Erkerfenster. Der Blick vom Schloss nach tief unten in den Park. *Rapunzel, Rapunzel, lass dein Haar herunter …* Da unten muss er stehen, der Prinz. Sara flicht in Gedanken ihre beiden Zöpfe zu einem, länger und länger wird er. Sie öffnet das Fenster, lässt ihn herunter. Oder sie verwandelt das Erkerchen in eine Turmkammer mit Spindel und Spinnrad. Zählt bis zwanzig, fünfmal von vorn, hundert Jahre sind vergangen. Sie streckt den Kopf vor, der Kuss des Königssohnes.

Wenn sie sich von Frau Schenk verabschieden, müssen sie wieder an den Notverschlägen der Umsiedler vorbei, dann durch den riesigen Vorraum.

Im Kamin brennt jetzt ein Feuer. Sara sitzt im grauen Kittel und in hölzernen Schuhen davor, sortiert Erbsen und Linsen aus der Asche. Die Tauben fliegen. »Komm«, sagt der Vater ungeduldig, hält die braune Tür auf. Sara folgt ihm. Die steinernen Stufen atmen keine Kälte mehr. Gerüche, Farben. Sara hört hinter den Flügeltüren Musik. Dort wird sie um Mitternacht sein, silbern wie der Mond ihr Kleid. Der Prinz wird zu ihr treten und sie zum Tanz auffordern.

Der Vater schilt auf dem Heimweg. Die Schwester müsse man nicht dreimal fragen, sie antworte sofort, esse den Pudding, bedanke sich. »Pudding in diesen Zeiten«, sagt der Vater, »was denkst du dir denn.«

Sara denkt an den Prinzen. Den Zopf herunterlassen, hundert Jahre hinter der Dornenhecke warten, Aschenputtel sein. Der Prinz. Er ist es, dem alles gilt. Er ist das Maß. Auf ihn zu warten das ihre. Dann dieses: *und sie lebten vergnügt bis an ihr Ende.* Auch im Alltag.

Die Ermahnungen der Mutter. »Wenn du am Daumen lutschst, werden deine Zähne vorstehen und du bekommst keinen Mann.« – »Wenn du mit den Füßen nach innen gehst, wirst du keinem gefallen.« – »Schneide keine Fratzen, das macht dich hässlich, keiner wird dich nehmen.«

Schönheit, das magische Wort. Sara sieht in den Spiegel, sie ist hässlich. Hätte sie einen Bruder, zählte nicht allein ihr Äußeres. Dann wäre ihre Tat gefragt. Ihr abgeschnittener Finger als Schlüssel für die Tür zu den verzauberten Brüdern. Mehrmals ritzt sie mit dem Küchenmesser ihren kleinen Finger, bis Blut kommt. Ihr heftiger Wunsch, Brüder zu haben. Bruder und Schwester.

Sie hat keine Brüder, nicht sieben, nicht einen.

Aber sie hat einen Großvater. Ihre Hand in der seinen. Die Stufen zum Erfurter Dom. Der Domhügel, die Kavaten. Sie zählen die Türme der Stadt. Die Wege im Steigerwald, die sie gehen. Das Lokal an der tiefliegenden Eisenbahnstrecke. Übervolle Nachkriegszüge donnern über die Schienen. Manchmal kehren sie in dem Lokal ein, knirschenden Kies unter ihren Füßen, Malzkaffee und Limonade. Oder die Cyriaksburg, die Gartenbauausstellung. In einer Tüte Kirschkerne für die Wildschweine. Dahlien und Astern auf weiten Flächen.

Im Mitschurin-Garten ein riesiges Porträt eines freundlichen Alten mit Schnauzbart und Strohhut. Der Jähzorn des Großvaters dagegen. »Deutsche können auch etwas«, sagt er. Vom Großvater erfährt Sara, dass es einen Ersten, einen Zweiten Weltkrieg gab, der Einfall in Russland Sünde war und die deutsche Nation in Schande untergegangen sei. Und der Großvater ein Freimaurer ist.

Er weiß alles, kann alles. Saras Hand in seiner, er erklärt ihr die Staubgefäße, die Atmung der Fische, den Aufbau einer Orgel, die Rinden der Bäume, die Formen der Blütenblätter.

Aufregend der Geruch seiner Zigarre. Seine tiefe Stimme. Seine großen Hände. Sie wandern über ihr kleines Hinterteil, ihren Rücken; bäuchlings liegt sie neben ihm in der Besuchsritze im Ehebett der Großeltern. »Was für ein hübscher kleiner Hintern«, sagt der Großvater.

Die ängstigende Schönheitsvorstellung der Märchen fällt in sich zusammen.

Die Sonntagvormittage. Blaskonzerte im Stadtpark. Der Großvater besucht sie mit Sara. Die Großmutter zieht ihr das Häkelkleid über den Kopf. Es ist aus hartem Soldatenzwirn. Das militärische Grau ist eingefärbt. (Bei Kriegsende hat die Großmutter aus dem Versorgungsdepot der Nordkaserne einen Handwagen voll Soldatenzwirn nach Hause gefahren.) Das Kleid umschließt Sara wie ein Panzerhemd. Die Großmutter hängt ihr eine kleine Tasche aus hellem weichen Leder um. Ihr Geburtstagsgeschenk. Aus Schweißeinsätzen von Stahlhelmen genäht. Als letztes wird ihr eine große Schleife ins Haar gebunden.

Sara möchte zappeln, hüpfen, kann es nicht. Für den Großvater unterlässt sie es.

Das Blaskonzert im Stadtpark. Sie trippelt neben ihm. Sein massiger Körper. Dunkler Anzug. Hut, Spazierstock. Sie sieht zu ihm hoch. Er sieht zu ihr herab, lächelt ihr zu.

Sie spazieren. Die Leute betrachten sie.

»Seht her, das ist mein Prinz.«

Sie will es allen sagen.

Der Großvater und der Vater, sie mochten sich nicht.

Saras Sicht auf den Vater.

Die beherrschende Erinnerung ihrer Kindheit: Abend für Abend, der Vater, schlafend, schnarchend im Wohnzimmer auf dem Sofa. Im Sommer konnte man ausweichen. In den anderen Jahreszeiten war man gefangen. Das Wohnzimmer wurde als einziger Raum geheizt.

Die Mutter, die Schwester und Sara an dem runden Eschenholztisch. Das an- und abschwellende Geräusch vom Sofa her.

Nur für Momente konnte man es unterbrechen. Durch einen heftigen Fußtritt gegen die Unterseite des Tisches zum Beispiel. Sara tat das oft. Die Mutter wehrte es nicht, im Gegenteil, zwinkerte ihr zustimmend zu. Oder die Schwester stieß Sara an. Sara holte aus, trat. Aber die Wirkung war gering. Was sei, fragte der Vater. Und schnarchte weiter. Die grotesk endlose Wiederholung dieses Vorganges, Jahr für Jahr.

Und Abend für Abend, wenn der Vater dann wach wurde, seine den Tag beschließenden Gänge durch das Haus. Treppauf, treppab. Haustür, Vorgartentür, Hoftür, Seitentür, Dachbodentür, Korridortür. »Wer hat den Schlüssel an der Klotür steckenlassen?« Verhör. Betrachtungen. Die Welt gerät aus den Fugen. Und renkt sich ein. Alle sieben Schlüssel in Reih und Glied an dem blaugeblümten Schlüsselbrett im Etagenflur.

Und der ewige Streit der Eltern. Immer, so schien es Sara, waren es Nichtigkeiten. Sie blähen sich, dehnen sich; zähflüssige Masse, die das Haus füllt, alle lähmt. Selbst das Land Langeweile ist versperrt. Dieser Streit um Nichtigkeiten, das ist die Ehe, lernt Sara.

Kindheitsängste.

Das hell erleuchtete Weihnachtszimmer. Immer endete der Heilige Abend mit den Tränen der Mutter. Das Spiel Heilige Familie. Wenn Sara und die Schwester schon schliefen, kam die Mutter schluchzend ins Kinderzimmer, hockte sich auf den Fußboden. Sara wurde wach, stieg aus dem Bett, umschlang die Kauernde. Auch die Schwester tat es, fragte, was sei. Aber die Mutter antwortete nicht;

schluchzte, flüsterte, sie sollten ins Bett zurück, die Dielen seien kalt. Saras Nachthemd war feucht von den Tränen. Die Mutter zitterte, wurde vom Weinen geschüttelt. Sara und die Schwester kletterten in ihre Betten zurück. Die Mutter blieb auf dem Fußboden. Sara hatte nicht gefragt. Sie wusste, warum die Mutter weinte, sie kannte das Geheimnis: Der Vater taugt nichts.

Die Großeltern waren zu Besuch. Jedes Weihnachtsfest. Und jedes Weihnachtsfest endete so.

Das festlich erleuchtete Zimmer. Der Großvater mit dunklem Anzug, weißem Hemd, Krawatte. Seine Stimme, tief und voll. *Es ist ein Ros' entsprungen aus einer Wurzel zart*, sang er. Und *Vom Himmel hoch, da komm' ich her …* Die feine Stimme der Mutter dazu. Sara begleitete die beiden auf dem Klavier. Wochenlang hatte sie in der Kälte geübt für den Tag, für den Großvater. Seine Stimme, seine Gestalt füllten das Weihnachtszimmer.

Es war das große Esszimmer mit den weißen Türen, den hohen Fenstern und dem Jugendstil-Kachelofen. Nur zu den Festtagen wurde er geheizt. Der Esstisch in der Mitte war ausgezogen, das Geschirr mit dem feinen Goldrand stand darauf. Auf dem Büfett, auf dessen Konsole die Kristallvasen und -schalen aufgereiht waren, lagen die Geschenke, die sich Eltern und Großeltern gemacht hatten. Auf der Erde, zwischen den hohen Fenstern, stand der Tannenbaum. Seine Spitze berührte die Zimmerdecke. Er war über und über mit Lametta behängt. Die Lichter brannten. Das Wachs tropfte auf die matten Kugeln und die Wärme der Kerzen bewegte die Lamettafäden.

Sara drückte den Rücken gegen den heißen Kachelofen. Sie saß an ihrem kleinen Gabentisch, der extra am Weihnachtsabend vom Boden geholt und neben den Ofen gestellt wurde. Strich mit den Fingern über die Geschenke. Die schönsten kamen immer aus Blankenburg, vom Bruder der Großmutter, von Onkel Georg und seiner Frau

Gertrud. »Vorkriegsware«, sagten die Erwachsenen. Aus dem Laden, den Sara für einen Zauberladen hielt. Sie entsinnt sich an ein strohgedecktes Hühnerhaus, Bauer, Bäuerin, die an einem Weihnachtsabend auf ihrem Gabentisch standen. An einem anderen eine Nähmaschine mit surrendem, mit der Hand zu bewegendem Rad, an einen eisernen Puppenherd mit Ringen und tief hineinzusetzenden Emailletöpfen und kleinen Pfannen (in einer brieten sie später Spatzen), die Hitze wurde mit einer Petroleumflamme erzeugt. Und an einem Heiligabend die große Überraschung: die Puppenstube. Mit Standuhr, Vitrinen mit kleinen Gläsern darin, geschwungenen Korbstühlen, Betten, einer Waschkommode. Die Tür vom Wohnzimmer in das Schlafzimmer ließ sich öffnen und schließen.

Sara beschäftigten die Fenster. Sie strich mit den Fingern darüber. Sie waren nur aufgemalt. Sie drehte die Puppenstube auf dem Gabentisch; von außen gab es keine Fenster, alles war eine einheitlich graue Fläche. Später versuchte sie heimlich, die Fenster zu durchstoßen, aber das Küchenmesser und die Schere aus dem Nähkasten versagten den Dienst, die Pappwände der Puppenstube waren stabil. Und Sara richtete sich ein. War Mutter und Vater, meist aber war sie der Großvater.

Das Weihnachtszimmer. Die kleine Lade ihres Tischchens. Sie öffnete sie, legte die Süßigkeiten, die sie am längsten aufheben wollte, hinein. An Honigbonbons, Melasse- und Bucheckernplätzchen erinnert sie sich, an Kuchenstücke mit gerösteten Eichel- und Kastaniensplittern bestreut. Sie war unschlüssig, wechselte die Süßigkeiten aus, schloss und öffnete die Lade mehrmals. Sog den Duft des Weihnachtszimmers ein; eine Mischung aus Fichte, Stearin, Scheitchen, Äpfeln und dem Tabak des Großvaters.

Alles war friedlich. Der Vater las, die Schwester saß auf dem Schoß der Großmutter. Die Mutter stand ans Klavier gelehnt und unterhielt sich mit dem Großvater. Immer am Weihnachtsabend, erinnert sich Sara, in dieser eigenartigen Beleuchtung, in der die Mutter zum Großvater gewandt stand und zu ihm aufsah, schien ihr das schmale Gesicht ihrer Mutter besonders schön.

Lass sie sich vertragen, lass es nicht so enden. Sara presste den Rücken an die heißen Kacheln, bis es schmerzte.

Sie wusste, wie es enden würde. Nach dem Zubettgehen der Kinder brach das Spiel Heilige Familie ab. Alle fielen aus den Rollen.

Am anderen Morgen dann, wenn die Kälte durch das zum Lüften geöffnete Fenster in das Weihnachtszimmer fuhr und Sara der Mutter half, die Geschenkpapiere zu falten und in einen Karton zu legen und die Bänder zusammenzuwickeln, spürte sie an den Blicken und dem Aneinandervorbeigehen der Erwachsenen, wie der Tag werden würde. Wenn am Mittag die Weihnachtsgans knusperbraun gebraten war und alle um den großen Tisch im Esszimmer saßen und die Großmutter die Thüringer Klöße auftrug und die Kinder belehrte, sie niemals mit dem Messer zu berühren und ihnen vorführte, wie man sie vorsichtig und leicht auseinander machte, der Vater schweigend und mit beleidigter, unbeweglicher Miene am Tisch saß, der Großvater mit den Fingern nervös auf das weiße Damasttischtuch trommelte, da nahm Sara ihre Serviette vom Schoß, hob sie in die Höhe, bis über ihre Augen. Kniff zusätzlich die Augen zu und entfernte den Vater aus der Runde. Das schien ihr die Lösung. (Niemals als Kind kam sie auf den Gedanken, dass es nicht der Vater sein könnte, der die Schuld trug.) Sie flüsterte das vom Großvater gehörte Zauberwort SCHEIDEN LASSEN. Die Mutter musste es tun. Sie musste es tun. Sara behielt die Serviette vor den Augen. Wiederholte das Zauberwort. Bis jemand sie ermahnte. Die Großmutter war es meist. »Lass das

Kaspertheater«, sagte sie. Sara war gezwungen, die Serviette herunterzunehmen.

Wenn sie sie senkte, sah sie, wie die Mutter Soße über den Kloß auf dem Teller des Vaters goss, ihm eine Gänsekeule auflegte. Und der Vater mit unbeweglicher Miene mit dem Messer den Thüringer Kloß zerschnitt, auf die Gabel spießte und zu kauen begann. Da wusste sie, Weihnachten würde immer so enden. Sie hätte schreien mögen, und einmal tat sie es und wurde rausgeschickt und bekam eine Strafe.

Einmal – da war der Großvater schon tot, die Weihnachtsfeste aber hatten sich nicht verändert – packte Sara am Weihnachtsmorgen den kleinen Vater plötzlich, schlug mit ihren Fäusten wild auf seine Brust. Ließ dann entsetzt von ihm ab. Alle waren starr. Keiner sprach. Jeder lief in eine andere Richtung in der Wohnung.

Niemals hat Sara sich dafür bei dem Vater entschuldigt. Er hat es auch nie verlangt, ist nie darauf zurückgekommen. Das Weihnachtsfest aber, als das geschehen war, wurde danach ruhig und friedlich; es war dieser erbärmliche, kleine bucklige Ehefrieden.

Sara hat den Schlosshof wieder verlassen, geht auf das Geländer zu. Der Blick über die Stadt. Hier blieb der Vater immer mit ihr stehen, wenn sie von Frau Schenk kamen, examinierte sie. Himmelsrichtungen, Türme, Höhenzüge. Die gleichen Examinationen wie auf Familienspaziergängen an Sonntagen. Krahnberg – Großer Seeberg; der Vater zeigt mit dem Finger in die Richtung. Sara muss antworten. Topographie ist sein Steckenpferd. Weingarten, Metebach, Sonneborn, Eberstedt, Wangenheim, Goldbach, Tüttleben, Pferdingsleben, Friemar, Tröchtelborn, Zimmernsupra, Nottleben. Von der Düppler Schanze auf dem Großen Seeberg die Fahnerschen Höhen, der Ettersberg, bei gutem Wetter die Hainleite.

Sara sagt nach einer Zeit immer die falschen Namen und der Vater nennt sie widerborstig. »Ausgesprochen renitent«, sagt er vorwurfsvoll zur Mutter und macht sie für die Fehler in der Erziehung verantwortlich. Der Streit endet immer bei dem Punkt, dass die Mutter ihm nicht in die amerikanische Zone gefolgt sei.

Sara sieht auf den steinernen Rücken Herzog Ernsts des Frommen hinab. Erinnert sich an die Bibel in seinen Händen. Wenn Schnee fiel und das Weiß sich auf der kleinen rechteckigen Fläche türmte, sah es aus, als trüge er ein Kuchenpaket.

Widerborstig. Warum hat sie damals die falschen Namen genannt? Warum ist sie mit den Fäusten auf ihn losgegangen?

Der kleine Vater, einsfünfzig groß, heute am Morgen an der Haustür, verknittert, blass. Wie alt er geworden ist!

Ihr Gefühl, ihm Unrecht getan zu haben. Erinnerungen an ihre Auseinandersetzungen über Politik. Ihre heftigen Vorwürfe als junges Mädchen. Wie war der Faschismus möglich geworden? Ihre Ungeduld, Besserwisserei, ihr Nichtverstehen. Das Schweigen des Vaters. In ihren Augen sein Schuldeingeständnis.

Einmal, der Vater hat auf dem Katasteramt zu tun, noch einen anderen Gang zu erledigen, Sara begleitet ihn, biegen sie von der Gartenstraße kommend in die Mosslerstraße ein. Hinter rostigen Eisengittern Trümmer, in sich zusammenfallende Steinhaufen.

»Was war hier?«

»Krieg, Bombardierung, Trümmer, was soll hier gewesen sein«, entgegnet der Vater.

Hier stand die Synagoge. Sara weiß es von Tante Elisabeth, weiß auch von den Flammen in der neunten Novembernacht achtunddreißig. Mit der Tante war sie auf dem jüdischen Friedhof. »Sprich nicht darüber«, sagte die

Tante, als sie den Friedhofsschlüssel an einer Tür, aus der Kohldunst kam, zurückgaben.

Der Gedanke, den Namen, der auf ihrem Taufschein steht, den ihr die Eltern gegeben haben, abzulegen und den Namen Sara anzunehmen. Jahre später tut sie es.

Und noch viel später, da gab es ihre Söhne schon, sprach der Vater das erste Mal. Ein kleiner Mitläufer sei er gewesen.

Sara entsinnt sich, er war zum Schreibtisch gegangen, hatte die Stahlkassette aus der untersten Schublade geholt, den kleinen Schlüssel umständlich gedreht, der Kassette ein Schriftstück entnommen und vor sie hingelegt. *Unvölkisches Verhalten,* las Sara. Eine Rüge, ein strenger Verweis. Er hatte seinem langjährigen Chef, dem alten Herrn Goldschmidt, wie alle Jahre zuvor, zu seinem Geburtstag gratuliert. Aus Bedrängnis sei er dann der SA beigetreten. Aus Angst. Er habe eine Familie gründen, seine Arbeit nicht verlieren wollen. »Ein kleiner Mitläufer nur war ich«, wiederholte er.

Das kleine Leben des Vaters vor Sara. Die Mutter zog ihn und drei Schwestern allein auf. Sein Vater war im Ersten Weltkrieg vor Verdun gefallen. Mit vierzehn kam er als Lehrling in das traditionsreiche Bankhaus der Gebrüder Goldschmidt am Hauptmarkt 41. Er wurde Bankkaufmann. Dreißig war der Vater, als Hitler an die Macht kam, zweiundvierzig, als der Krieg zu Ende war. Wegen seiner schwächlichen Konstitution und einem Magenleiden wurde er nicht an die Front geschickt. Machte nach Feierabend Rotkreuzlehrgänge bei den Flakschützen. Wurde in den letzten Monaten des Krieges zum Dienst im Fliegerhorst eingezogen.

Als er neunundvierzig wieder nach Gotha kommt, darf er wegen seiner SA-Mitgliedschaft nicht in die Bank zurück, wird in einem winzigen Landwirtschaftsbetrieb Buchhalter. Sara erinnert sich, der junge Kriegsversehrte, der dem Vater am Schreibtisch gegenübersaß, schoss aus dem Fenster nach den Spatzen auf dem Misthaufen. Der Vater brachte sie schon gerupft mit nach Hause, Sara und die Schwester brieten sie auf dem eisernen Puppenherd aus Blankenburg, stritten um das letzte Knöchlein.

Später arbeitete der Vater als Hauptbuchhalter in einem volkseigenen Betrieb. Die häuslichen Szenen steigerten sich in der Zeit. Am Abend trank der Vater Kannen voll Beruhigungstee und schließlich brach sein Magengeschwür wieder auf. Der Betriebsleiter, ein *großer Parteigenosse,* wie der Vater immer verächtlich sagte, hatte sich nach dem Westen abgesetzt und Unregelmäßigkeiten in der Buchhaltung wurden aufgedeckt. Untersuchungen. Der Vater ging straffrei aus. Er war lange krank. Wechselte die Arbeitsstelle. Fing, gegen ein wesentlich geringeres Entgelt, in einem kleinen Privatbetrieb an. Der Arzt, der ihn behandelte, riet der Mutter mitzuverdienen. Allein schaffe er es nicht. Sie sei die Intelligentere, sie müsse ihn stützen, habe der Arzt ihr gesagt. So die Mutter zu den Töchtern. Die Mutter fing im selben Betrieb als Hilfe des Vaters an. Wenn die Monatsabrechnung nahte, saß sie abends zu Hause über den Lohnlisten (vom Sofa kam das bekannte Geräusch) und suchte nach Fehlern, meist waren es Pfennigbeträge. Auch als der Betrieb enteignet und sie einem volkseigenen zugeordnet wurden, blieben sie dort, blieben bis zur Rente.

Ihre niedrige Rente. Ihr bescheidenes Leben. Sie hatten sich wenig leisten können. Die Töchter gingen immer vor. Niemals Reisen ins Ausland. FDGB-Plätze alle fünf Jahre. Und ihre Tagesausflüge in den Thüringer Wald. Auch jetzt noch. Erinnerung an die Wandervogelzeit des Vaters; seine Erzählungen von den Reisen in die Schweiz, nach

Österreich mit seinem Freund Harry Schenk. Auf dem Domplatz zu Salzburg die unvergessliche Aufführung von Hugo von Hofmannsthals Mysterienspiel vom »Jedermann«.

Sara geht den steilen Schlossberg hinunter. Ihr Blick fällt auf die Wasserkunst, die leeren Brunnenbecken, Plastebecher und Knüllpapier in ihnen.

Der langgezogene rechtwinklige Hauptmarkt. Der obere Markt. Hier standen einst Bäume. In der Hitlerzeit wurden sie gefällt. Sara hat es gelesen. Wie sie auch gelesen hat: 31. Januar 1933, ein Tag nach der Machtübernahme Hitlers, Fackelzug und Kundgebung von SA, SS und Stahlhelm auf dem Gothaer Markt. 5. März 1933 Reichstagswahl: Mit 14 727 Stimmen bekommt die NSDAP die absolute Mehrheit in Gotha. 28. März: Ernennung Adolf Hitlers zum Ehrenbürger von Gotha. 8. April: Die NSDAP hat 23 von 31 Sitzen im Stadtrat. 12. November 1933 Reichstagswahl: 30 208 Stimmen für die NSDAP in Gotha. Einwohnerzahl der Stadt am 16. Juni 1933: 46 888.

Straßen werden umbenannt: Gothaer Straße in Adolf-Hitler-Straße, Jüdenstraße in Dietrich-Eckart-Straße, die Gartenstraße in Straße der SA, der Löwenplatz in Skagerrakplatz.

4. März 1933: *Tag der erwachenden Nation* in Gotha. 6. März: Beflaggung mit Hakenkreuzfahnen anlässlich des *Sieges der nationalen Revolution.* Tage der nationalen Arbeit, Appelle und Propagandamärsche des Deutschen Jungvolks, Stamm Grimmenstein. Braune Messen in der Arnoldi-Oberschule. Aufmärsche der Deutschen Arbeitsfront auf dem Hof des Schlosses Friedenstein, Sonderzüge der NS-Gemeinschaft »Kraft durch Freude«. 1. Oktober: *Erster Eintopfsonntag.* 1. Januar 1934: Angliederung eines Erbgesundheitsgerichtes an das Amtsgericht. 19. Februar 1935: *Erste Luftschutzverdunklungsübung.* 7. Dezember: Erste

Reichstagung des *Volksbundes der deutschen sippenkundlichen Vereine* in Gotha.

Reichsführer SS Himmler besichtigt die SS-Standarten in Gotha, General von Lettow-Vorbeck im Schießhaus, Baldur von Schirach im Ekhof-Theater, Generaloberst Göring bei der Gothaer Luftwaffe.

Das Kopfsteinpflaster des oberen Marktes. Bäume sind wieder angepflanzt. Noch nicht sehr hoch gewachsen. Diese Fakten! Niemals in der Schule gehört. Niemals von den Gothaern erwähnt. Erst spät, erst in diesem Jahr, hat Sara sie zufällig in zwei dicken Bänden über Bau- und Kunstgeschichte, wissenschaftliche Sammlungen und natürliche Grundlagen der Stadt, gefunden: »Gotha. Das Buch einer deutschen Stadt.« 1931 bis 1937 erschienen.

Ein Gespräch mit dem Vater darüber? Zu spät. Einen kleinen Mitläufer hatte er sich genannt. Entschuldigend, bedauernd. Und was ist sie, Sara?

Der Hauptmarkt. Ihr zur Rechten das Renaissance-Rathaus, einst Kaufhaus, dann Residenz des Herzogs, seit dem siebzehnten Jahrhundert das Rathaus. Sara geht vorbei, entsinnt sich, nach dem Krieg hatte es einen verwaschenen weißlich-gelben Anstrich. Jetzt hat es sein ursprüngliches warmes, dunkles Rot zurückerhalten.

Sara geht zur Nordseite des Gebäudes, bleibt vor dem reichen Portal mit dem Wappenaufsatz stehen. Die dünnen Haarsträhnen ihres Deutschlehrers. Seine Stadtführung in der neunten Klasse. Der Spruch rechts neben dem Portal. Sara musste ihn laut lesen. Sie geht näher. Noch immer steht der Spruch da. *Immer strebe zum Ganzen und kannst du selber kein Ganzes / Werden, als dienendes Glied schließ an ein Ganzes dich an.* Goethe. Ein verdächtiger Satz.

Sara dreht sich um. Vor ihr eine geschmacklose Leuchte. Sie beherrscht den unteren Marktplatz. Links der Schellenbrunnen. Die alte Kastanie, die ihn mit ihrem dichten Blätterdach überschattete, ist gefällt. Zwei winzige Bäume sind neu angepflanzt, stehen verloren neben dem alten Brunnen. Sara steigt die Stufen zum massiven Brunnenbecken hoch. Noch immer die lustigen, Delphine tragenden Knaben. Und auf dem geschweiften, steigenden Sockel die Sandsteinfigur, das Ruhmesgenie mit der verkehrt gehaltenen, nach unten weisenden Trompete. Der Mutwille des Steinmetzen.

Saras Blick auf die Häuserreihe, die den unteren Hauptmarkt abschließt. Der Gasthof »Zur Schelle«, der Hauptmarkt 41. Das geschwungene eiserne Fenstergitter erinnert noch an die Bank der Gebrüder Goldschmidt. Darüber, im ersten Stockwerk, wohnte nach dem Krieg Saras Freundin Helga. Heimlich hörten sie aus dem Trichtergrammophon Zarah Leander und Lale Andersens »Lili Marlen«: *An der Kaserne, vor dem großen Tor …*

Und einmal hatten sie die Fenster geöffnet, Kissen hineingelegt. Sara entsinnt sich genau an den Tag. Es war ein Märztag. Er war schulfrei. Der 9. März 1953. Noch niemals hatte Sara so viele Menschen auf dem Hauptmarkt gesehen. Vom unteren zum oberen Markt bewegte sich ein schweigender, düsterer Zug ohne Anfang und Ende. Aus den schnurrenden Lautsprechern, die über den Marktplatz verteilt waren, klang Trauermusik. *Unsterbliche Opfer, ihr sanket dahin …* Stalin war gestorben, der größte Genius der Epoche. *Und aller Ruhm der Welt wird Stalin heißen! / Lasst uns den Ewig-Lebenden lobpreisen!*

Sara sieht ein rechteckiges Erdloch vor sich. Neun war sie, als sie ihren Teddybären im Garten vergraben hat. Generalissimus oder Josef Wissarionowitsch nannten ihn alle. Die Mutter hatte dem Bären mit den dicken plumpen Beinen einen Anzug genäht, die Hosenbeine waren zu eng geraten. Sie hatte rote Stoffbahnen dazwischen gesetzt; sie wirkten wie breite Generalsbiesen. Daher hatte der Bär seinen Namen. Als er eines seiner Glasaugen verlor und ihm in der Puppenklinik neue, andersfarbige eingesetzt wurden, war er für Sara nicht mehr der alte. Sie mochte ihn nicht mehr und beschloss, Josef Wissarionowitsch hinter den Rhabarberstauden im Garten zu beerdigen. Sie legte ihn in einen Pappkarton, grub das Loch. Nach Wochen konnte sie die Neugier nicht zähmen, nahm wieder den Spaten. Aber sie fand nur Holzwolle, die zwei Glasaugen und ein vermodertes rundes Teil, die Stimme.

Saras Rücken an dem kalten Brunnenrand. Sie löst sich, läuft, ohne noch einmal einen Blick auf den Hauptmarkt zu werfen, auf die Enge mit den Fachwerkgiebeln zu. Geht den Brühl hinab, Bertha-von-Suttner-Platz, Bohnstedtstraße. Wieder der Trütschler-Platz.

Kurz vor zwölf ist sie zu Hause. Der Vater steht am offenen Fenster, schließt es, als er sie kommen sieht. Er wird zur Mutter sagen: »Das Kind ist pünktlich.« Das Essen dampft auf dem Tisch. Die festen Zeiten der Eltern, auf die Minute, zwölf Uhr, wird gegessen. Grüne-Bohnen-Suppe mit Hammelfleisch hat die Mutter gekocht. Saras Lieblingsessen.

Am Nachmittag machen die Eltern mit Sara einen Spaziergang. Der Wiesengrund der Klinge. Galberg, Krahnberg. In der Höhe des Lüderitzbrunnens Debatte, ob sie noch bis zum Berggarten und zu Freunds Ruh gehen sollten. Dem Vater ist es zuviel. Sie laufen zurück.

Am Abend sehen sie im Fernsehen, wie Gorbatschow in den USA eintrifft, von George Shultz auf dem Luftwaffenstützpunkt Andrews empfangen wird. Schalten danach aus.

Dann der 8. Dezember. Der Fernsehapparat läuft. Sara, die keinen besitzt, will die Ereignisse auf dem Bildschirm verfolgen. Bleibt deswegen einen Tag länger bei den Eltern.

Die feierliche Zeremonie im Weißen Haus. Michail Gorbatschow und Ronald Reagan unterzeichnen den Vertrag über die Beseitigung der sowjetischen und amerikanischen Nuklearraketen mittlerer und kurzer Reichweite. Sieben Jahre Vorbereitungszeit für den Vertrag. Einen Sieg der Vernunft und des Menschenverstandes nennt Reagan ihn. Gorbatschow einen Wendepunkt im Leben der Menschheit. Der 8. Dezember 1987, sagt er, werde als ein Datum in die Geschichte eingehen, das die Ära des Anwachsens der nuklearen Gefahr von der Ära der Entmilitarisierung des Lebens trenne.

Sara sieht auf den kleinen Vater. In den letzten Jahren meidet sie den Streit mit ihm über Politik. Es ist Feigheit, weiß sie plötzlich. Ihr Versagen. *In was für einem Land lebst du eigentlich?* Der Satz des fremden Mannes.

Wenn Sara in den vergangenen Jahren dem Streit aus dem Wege ging, sagte der Vater meist: »Nun hast du wohl endlich Vernunft angenommen.« Jahr für Jahr sieht er allabendlich die Aktuelle Kamera und die Tagesschau, schläft ein wenig dazwischen. Dann sein wiederkehrender Satz: »Die sind ja alle verrückt.« An diesem achten Dezemberabend 1987 unterbleibt der Satz. Der Vater schläft auch nicht. Sitzt kerzengerade, seinen Hörapparat im Ohr, auf dem Stuhl neben der Mutter. Verlässt nach der Übertragung der Unterzeichnung des Vertrages durch Reagan und Gorbatschow das Zimmer, kommt mit einer Flasche Sekt zurück.

Sie sprechen nicht über das Gesehene, Gehörte, meinen es aber, jeder auf seine Weise, als sie anstoßen.

Die Reduzierung der Angst? Saras irre, phantastische, jetzt greifbar werdenden Hoffnungen.

Am Mittag des folgenden Tages bringen die Eltern sie zum Bahnhof. Wie immer sind sie eine Dreiviertelstunde zu früh da. Wie immer winkt Sara noch, als der Zug schon längst den Bahnhof verlassen hat, winkt, bis Mutter und Vater Punkte auf dem leeren Bahnsteig sind.

In Erfurt steigt sie in den Berliner Zug. Ist allein im Abteil. Setzt Kopfhörer auf, nimmt das Buch zur Hand, das sie im anderen Deutschland gekauft hat. Schon nach der ersten Seite schaltet sie den Walkman aus, er bleibt bis Berlin neben ihr auf dem Sitz. Worauf sie sonst wartet, Domtürme von Naumburg, die Saalewindungen, findet keine Beachtung. Der durch die geschlossenen Zugfenster dringende schweflig-faule, üble Geruch lässt sie einmal kurz aufblicken. Schon Bitterfeld. Die Lektüre Gorbatschow. Erst als der Zug in Berlin einfährt, nimmt sie die eineinhalbstündige Verspätung wahr.

Es dämmert schon. Sie geht im Strom der Leute bis zum Ende des Bahnsteiges, dann die Treppe zur U-Bahn hinunter. Steigt am Alexanderplatz um. Fährt bis zum Spittelmarkt.

Der Moment, wenn sie aus dem U-Bahn-Schacht kommt. Vor ihr diese am Tag kalte, abscheulich blauweiße Hochhäuserreihe. Jetzt, in der hereinbrechenden Dunkelheit, verteilen sich gelbe, lila, rote und grüne Lichter asymmetrisch über die Hochhausflächen. Im Sommer sitzen die Trinker im Biergarten am Spitteleck. Wenn Sara nach zwölf kommt, nur das gleichmäßige Geräusch fallenden Wassers vom Brunnen auf der anderen Seite. Von oben herab in die erste Schale, dann von der ersten in die zweite, weitausladende, große. Jetzt ist der Biergarten leer. Der Brunnen abgestellt. Reif liegt auf der Straße, in den Sträuchern.

Sie geht die Stufen zur Spree hinab, unterquert die breite Fahrbahn. Am Geländer ein Betrunkener, er erbricht sich in den Fluss.

Auf der anderen Seite, auf der Brücke für Fußgänger, die steinerne Gertraude, Schutzgöttin der Handwerker.

Ihre Silhouette gegen den Himmel. Das schwarze Wasser des Spreearmes. Links, von starken Scheinwerfern angestrahlt, die Gebäude des Zentralkomitees, weiter hinten das Außenministerium.

Sara biegt links ein. Die Reihe der kleinen Ahornbäume. Sieben waren es bis vor zwei Jahren. Einer starb; langsam, sie hat es verfolgt. Sechs nun. Ihr fehlt der siebente. Wo er wuchs, sind jetzt Pflastersteine auf dem leicht abschüssigen Weg. Das siebente Bäumchen. Aus den Alt-Cöllner Schankstuben dringt Bierdunst und Lärm. Die Bar nebenan, sieht sie durch das Fenster, ist überfüllt. All die Einsamen, die Gespräch suchen.

Die schmutzigweiße Wand des großen Neubaukarrees. Ihre Haustür. Es ist immer die gleiche aufregende Freude, der Weg von der U-Bahn zu ihrer Wohnung.

Sara kommt gern nach Hause. Die kleine Wohnung, die vertrauten Gegenstände. Ihr Alleinsein. Als sie den Koffer den Etagenflur entlang trägt, hört sie schon: Keith Jarrett, »The Köln Concert«, überlaut.

Öffnet die Tür.

Im Flur auf dem Fußboden verstreut Stiefel, Hosen, ein Farbkasten, Wäschestücke, Hefter, Bücher, eine Zeichenmappe. Ein phantastisches Stilleben. Also Joschua. Er hat sie nicht kommen hören. Ist im Bad, duscht, singt, begleitet Keith Jarrett mit Urlauten, Wortfetzen, Textstücken, die wohl im Moment entstehen.

In ihrem Arbeitszimmer auf der Liege Platten, Konstantin Wecker, Heller, van Veen. Im anderen Zimmer auf dem Tisch ein Zettel. »War gestern da, du nicht. Komme morgen.« Von Jakob, dem jüngeren Sohn. In der Küche wildes Durcheinander von Tüten. Die Töpfe schon auf dem Herd, alle Schranktüren offen.

»He«, sagt Sara und steckt ihren Kopf ins Bad. »Mutter.«

Noch nass kommt Joschua heraus, umarmt sie.

»Gleich koche ich dir ein Begrüßungsessen«, sagt er.

In der Küche stehen sie dann beieinander, hantieren. Zwiebel- und Knoblauchduft, der Reis ist schon fertig, sie reicht ihm Curry, Paprika.

Wie immer, ganz gleich, ob sie sich vier Wochen oder drei Tage nicht gesehen haben, sich überschlagendes heiteres Gespräch. Sie kippen alles voreinander aus, unsortiert.

Sie erzählt von Frankreich, dem Mann, der Nacht. Den Eltern. Von ihrer Arbeit während der Reise.

Er vom Studium, der Giacometti-Ausstellung, die er nicht sehen kann, weil sie im anderen Teil der Stadt ist. »Wir haben eine Resolution verfasst, brauchen keinen Pfennig Westgeld, kommen alle wieder. Nichts. Scheißstaat«, sagt Joschua, »man muss sich gegen ihn entwickeln, wenn man für ihn sein will.«

Er löst die Bänder der Zeichenmappe, breitet die Blätter vor Sara aus. Sie setzen sich auf den Fußboden, nehmen ein Blatt nach dem anderen vor.

Seine Haltung radikalisiert sich, sieht sie. Freude darüber. Besorgnis.

Ihre Gespräche, die gestrigen Ereignisse, die Zuglektüre, Bewegungslosigkeit ihres Ländchens, später, als sie am Esstisch im kleinen Zimmer sitzen. Joschua hat den Tisch gedeckt, sie trinken Wein, essen. Bis nach Mitternacht sitzen sie.

Dann verabschiedet sich Joschua. Fährt mit dem Fahrrad durch die nächtliche Stadt in seine Wohnung im Prenzlauer Berg.

II

1

Sara geht durch das Zimmer, öffnet die Balkontür, tritt hinaus. Der weite Innenhof liegt in völliger Ruhe. Der Schein des kalten Neonlichtes der Flurfront fällt auf Bäume und Rasen.

Die Hände auf der Betonbrüstung.

Wieder die Bilderflut. Heinrich, der Ehemann, John, der Geliebte, sie; in all den Jahren. Die Kinder. Die Arbeit. Wirrnis. Ihre Vergangenheit eine absurde Fremde. Zurück. Weiter zurück. An den Anfang.

Sara geht ins Zimmer. Schließt die Tür nicht. Setzt sich, wickelt sich in eine Decke.

Die kalte Nachtluft. Sie ist hellwach.

Der Widerstand fällt, die Abwehr der vergangenen Tage. Sara liefert sich der Erinnerung aus, will es erfahren. Die verworrene Bilderflut einzeln, auflösen, in ein Nacheinander bringen. Der Sinn?

Das Jahr, da sie Heinrich wiedertrifft und ihn heiratet. Das Jahr, da sie Johns Geliebte wird. Beides rückt in einem Atemzug zusammen. Ungeheuerlich. Trügt die Erinnerung? Es ist das Jahr 1964 gewesen. Vierundzwanzig war sie da. Nicht einmal ein Jahr war es. In wenigen Monaten geschah beides.

Heinrich.

Als Sara vierzehn ist, begegnet sie ihm zum ersten Mal. Er ist der Sohn von Onkel Georg und seiner Frau Gertrud. Sara ist mit der Großmutter zu Besuch in Blankenburg.

Heinrich ist neunzehn, ist schon Student. Seine Augäpfel stehen ein wenig vor. Er hat eine hohe Stirn und Geheimratsecken und kneift, wenn er lacht, ein Auge zu. Er lacht oft. Immer im gleichen Rhythmus. Beim Gehen schiebt er den Unterkörper vor. Und manchmal knackt er mit den Fingern. Sara findet, dass er ulkig aussieht. Aber wenn sie mit ihm zusammen ist, vergisst sie es.

Sie fahren mit Fahrrädern, erst Sara auf seiner Lenkstange, dann besorgt er ihr ein Rad. »Von einer meiner Freundinnen«, sagt er. Sie radeln durchs Schwarzatal, klettern auf den Griesbachfelsen, baden in der Schwarza, sonnen sich auf den Steinen im Fluss. Er könne einen Fisch mit den Händen fangen, sagt Heinrich und legt seine Hände auf Sara. Sara mag Heinrich. »Du bist mein Bruder«, sagt sie, als sie wegfährt.

Im nächsten Jahr sehen sie sich nicht. Wenn Sara mit der Großmutter im Erdbeermonat nach Blankenburg kommt, heißt es, Heinrich klettere in den Bergen Österreichs, er radle durch die Schweiz.

Onkel Georg zeigt Sara seinen Garten und den verschütteten Brunnen auf der Burg Greifenstein. Er weiß, wo Morcheln zu finden sind und wo an den steilen Kalkhängen die violett blühende Küchenschelle wächst. Sara geht gern mit ihm, er ist immer voller Späße. Wenn sie zurückkommen, sitzt Tante Gertrud, sie ist Köchin in der HO, müde und verschwitzt im weißen Kittel im Umgang des Hauses auf der Hofseite. Onkel Georg macht das Abendbrot und Sara hilft ihm dabei.

Als Sara in Jena zu studieren beginnt, sieht sie Heinrich wieder.

Ihren Studienplatz verdankt sie der Mutter. Sara ist abgelehnt worden, ist ein Angestelltenkind, fällt unter die Rubrik bürgerlich. Die Mutter, die sich vor Stoppeltouren in umliegende Dörfer und vor den wenigen Reisekilometern zu den Eltern nach Erfurt fürchtet, fährt in die Universitätsstadt, weicht nicht aus dem Prorektorat und kehrt mit einer Zulassung zurück.

Im ersten Studienjahr werden die Germanistikstudenten, um die Verbindung zur Arbeiterklasse zu festigen, in einen Großbetrieb geschickt. Es ist das Kunstfaserwerk »Wilhelm Pieck« in Rudolstadt-Schwarza, ganz in Heinrichs Nähe. Sara arbeitet Schicht. Um am Montagmorgen pünktlich dreiviertel sechs am Werktor zu sein, übernachtet sie bei den Verwandten in Blankenburg.

Heinrich hat sein Studium beendet, ist Konstrukteur in einem Ingenieurbetrieb in Saalfeld, wohnt noch bei seinen Eltern. Kneift noch immer ein Auge zu, wenn er lacht. Legt seine Hände wieder auf Sara.

Die Sonntagabende verbringen sie gemeinsam. Später dann manchmal auch die Wochenenden.

Einmal, entsinnt sich Sara, kam sie im Blauhemd und Heinrich zog sie vor den Spiegel, hielt sie an den Schultern und die kleinen rhythmischen Lachstöße wollten nicht enden. Sara war beleidigt. Und er lachte auch darüber.

Er war nüchtern, rational; er glaube an nichts, sagte er.

Sara bat ihn, aus dicker Pappe einen Kompass zu schneiden. Im Betrieb und in der Universität lief das FDJ-Aufgebot PERSÖNLICHER KOMPASS. Man teilte den Kreis in Felder ein, schrieb seine persönlichen Verpflichtungen hinein, richtete die Kompassnadel auf das Feld mit der Verpflichtung, an der man gerade arbeitete. Heinrich schnitt eine runde Pappscheibe aus. Sara zeichnete mit schwarzer Tusche hinein. Zwei Felder waren noch frei. »Jeden Morgen aufstehen und die Zähne putzen, kannst du eintragen.« Sara wurde wütend. »Verstehst du keinen Spaß? Dann trage doch ein, Beethoven und Bach niemals vom Feindsender hören.«

Sie fingen an, sich zu streiten. Nach einer Zeit sagte Heinrich: »Rede doch mal mit deinen Worten.« – »Das tue ich doch.« – »Nein, du sprichst wie eine Zeitung.«

Er legte die ausgeschnittene Kompassnadel vor sie hin.

Sara verteidigte sich, erzählte von ihrem Bedürfnis, irgendwo dazuzugehören. Von dem Ereignis in der zwölften Klasse, das den Anstoß gab.

Der erste Schultag nach den Sommerferien. Sara steht an der Vorgartentür, wartet auf Friedrich, den Spucker, seine Zwillingsschwester Gundula, auf Pit und Lettes. Seit Jahren ist das so, sie sind Freunde, gehen immer zusammen. Sara tritt von einem Bein auf das andere. Wechselt die Straßenseite. Nur zwei alte Frauen mit Einkaufstaschen. Was ist los? Einer kann sich verspäten. Aber alle vier? Das ist noch nie geschehen. Das Klingelzeichen der Schule. Nach Minuten rennt sie los. Der Kohlenstaub am Stadtbad wirbelt. Oben auf der geschwungenen Treppe steht wie immer, breitbeinig und drohend, Hausmeister Jäger, um Zuspätkommende in Empfang zu nehmen. Sara rennt an ihm vorbei, rennt bis zum Klassenzimmer der 12A. Ohne die Jacke auszuziehen und draußen an den Haken zu hängen, öffnet sie die Tür.

Vorn auf dem Podest stehen der Direktor, der Klassenleiter und der FDJ-Sekretär. Die Mädchen sitzen steif in den Bänken. Der Direktor fordert Sara mit einer Kopfbewegung auf, hereinzukommen. Während sie auf ihre Bank zugeht, fällt in ihrem Rücken das Wort REPUBLIKFLUCHT. Namen. Auch der Saras. »Es waren Ihre besten Freunde. Was wissen Sie?« Sara dreht sich um, fassungslos. Setzt sich in ihre Bank.

»Ich habe Sie etwas gefragt«, sagt der Direktor. Sie steht wieder auf.

Vor drei Wochen noch, in der Klinge, sie saßen alle fünf dicht gedrängt in den Wacholderbüschen beim Müllertempelchen. Pit hatte Schnittlauch gegessen, sie regten sich darüber auf. Alles war wie immer, ihr Gespräch, ihr Abschied. Nach den Ferien, sagten sie.

»Ich verstehe es nicht, ich finde es schrecklich«, sagt Sara. Setzt sich.

Das sei eine eindeutige Stellungnahme. Der FDJ-Sekretär tritt auf dem Podest einen Schritt vor. Seine hohe Krähstimme. In allen Debatten, die er führt, gibt sie Anlass zum Spotten. Seit einem halben Jahr ist er hauptamtlich an der Schule. Der Direktor hat ihm das verwinkelte kleine Zimmer hinter den Jungstoiletten zugewiesen. Und jeder Schüler weiß, dass ihm noch nicht einmal die Hofaufsicht übertragen wird, wenn einer der Lehrer krank ist.

»Ja«, sagt der Direktor jetzt und zu Sara gewandt: »Sie werden Ihre Stellungnahme an der Wandzeitung wiederholen und der Genosse FDJ-Sekretär wird Ihnen bei der Formulierung behilflich sein.«

Der dunkle Nadelstreifenanzug des Direktors, der rote Westover über dem blauen Hemd des FDJ-Sekretärs verschwimmen zu Farbflecken. Das grüne Gesicht des Klassenlehrers. Es nimmt erst wieder Konturen an, als sich die Tür hinter den beiden anderen schließt. Saras Blick fällt auf das Ulbricht-Bild an der Wand. Einmal hatten sie es mit Kartoffelschalen beklebt und mussten deshalb eine ganze Woche nachmittags nachsitzen. Das sei die geringste Strafe, sagte der Klassenlehrer, und sie sollten nicht darüber reden. Sein Gesicht bleibt bis zum Ende der Stunde grün.

Am anderen Tag wird Sara in der Hofpause in das verwinkelte Zimmer geholt. Aus dem Nichtverstehen ist Verurteilen geworden, aus Flucht feiger Verrat.

»Nein«, sagt Sara. Der Bogen wird nochmals eingespannt, der feige Verrat fällt weg. »Selbstverständlich«, sagt der FDJ-Sekretär, »es ist deine Stellungnahme.«

Stunden später hängt das Papier an der Wandzeitung neben der Loge des Hausmeisters. Die Schüler stehen davor.

Am Abend geht Sara zu Tante Edith. T. E. sitzt in ihrer winzigen Kammer, die anderen Räume der Wohnung sind versiegelt. Der erste Brief aus dem Flüchtlingslager von Friedrichs und Gundulas Eltern ist gekommen. Kein Gruß an Sara.

»Nein«, sagt T. E. »Ich habe es auch nicht gewusst.« Sara glaubt ihr nicht. Sie rennt zu Pit. An der Korridortür die roten Siegel. Bei Lettes ist die Haustür verschlossen. Das Klingelschild mit dem Familiennamen ist entfernt.

Zu Hause streiten sich die Eltern. »Andere haben noch heute den Mut wegzugehen«, sagt der Vater.

Die Hofpausen. Kleine Gruppen überall. Jede hat ihren Platz. Sara steht dort, wo sie immer mit Gundula, Pit, Lettes und Friedrich gestanden hat. Steht allein. Einmal tritt der FDJ-Sekretär zu ihr. Es ist ihr peinlich. Es würde ihn interessieren, sagt er, warum gerade sie, die nicht Mitglied der Kirche sei, sich im vorigen Sommer zur Wortführerin der Jungen Gemeinde gemacht habe, wie er den Akten entnehmen könne. Sie verteidige offenbar Dinge, von denen sie wenig verstünde. Er empfehle als Lektüre Ludwig Feuerbach: »Das Wesen des Christentums«. Ohne eine Antwort abzuwarten, macht er auf dem Absatz kehrt.

Ludwig Feuerbach geht Sara nicht mehr aus dem Sinn. Aber weil es der im Winkelzimmer sagte, wehrt sie sich.

Eines Tages steht sie dann doch in der Buchhandlung Schöler an der Marktecke und verlangt das Buch. Herr Schöler senior verschwindet hinter dem letzten seiner Regale, legt ein kleines helles Reclamheft auf den Ladentisch. Die Kasse klingelt. Er sagt: »Auf Wiedersehen und einen Gruß an die werten Eltern.«

Sara liest das Buch. Jeder Satz ist ein Ereignis. Alles

wird leuchtend klar. Die Welt stellt sich vom Kopf auf die Füße. Und endlich bekennt sie sich dazu, dass sie ein Russenweib ist.

Der Vater sagt, dann sei sie wohl auch für die SED. Sara denkt an die Buchstaben auf der gegenüberliegenden Wand, aus denen die Farbe geflossen ist und noch immer fließt. Das Geschmiere ist noch da.

»Ja«, sagt sie.

Das blaugeblümte Schlüsselbrett im Korridor gerät am Abend durcheinander. Sara fühlt sich gut.

Zuweilen sitzt sie dann in der großen Hofpause im Winkelzimmer und debattiert mit der Krähstimme über das *Wesen des Christentums.* Aus einer *Kandidatin des Jenseits* – Zitat Feuerbach –, sagt der FDJ-Sekretär, sei – ebenfalls Zitat Feuerbach – eine *Studentin des Diesseits* geworden. Und er fragt Sara, ob sie Westsender höre. »Ja, natürlich«, sagt sie, »Jeder hört die.« Und ob die Lehrer Westsender im Unterricht verwenden, fragt er. Sara nickt. Und das Blauhemd erklärt, das seien Feindsender, von denen man sich abwenden müsse. Es sei das bürgerliche Element in ihr, dass sie das bislang nicht zu erkennen vermochte. Sara löst sich in ihre Elemente auf und versucht, das bürgerliche zu fassen. Es auszumerzen. Es ist schwierig, sie scheint völlig durchdrungen.

Sara will nicht sofort wieder eine Zweiflerin sein; Jesus kann über die Wasser des Teiches schreiten. Jetzt *will* sie glauben.

Heinrichs Lachen kommt in kleinen Stößen. Sie habe nur die eine gegen die andere Religion vertauscht. Onkel Georg, der die Zeit über, ein Buch in der Hand, im Sessel geschlafen hat, nimmt Sara in Schutz. »Das Mädchen möchte sich festhalten«, sagt er, »das wollten wir auch, als wir jung waren; nur, es ist schiefgegangen, gründlich schiefgegangen.«

Heinrich hat die Pappe durchbohrt, die Kompassnadel lässt sich drehen. »Bitte«, sagt er, gibt Sara den Kompass.

Später legt sie ihn auf ihren Stuhl in der Lehrlingsbaracke. Dort wohnt sie. Ein Bett, ein Stuhl für jeden, die Sachen im Koffer unter dem Bett. Dreißig Mädchen in einem Raum. In einem zweiten die Jungen. Der dritte Speise- und Studiensaal. An zwei Tagen haben sie dort Vorlesungen und Seminare. Sie wischen Brotkrümel und Marmeladereste vom Tisch, legen ihre Hefter darauf. Die Dozenten der Germanistik kommen mit dem Auto aus Jena, die Assistenten mit Motorrädern. Die übrigen vier Tage arbeiten sie im Betrieb.

Im ersten Halbjahr, dem ersten Semester, wird Sara einer Reparaturbrigade von fünfzehn Schlossern zugeordnet. Sie absolviert einen Grundlehrgang Metall, lernt bohren und fräsen und fertigt als praktische Abschlussarbeit ein Scharnier. Wenn sie sich an diese Zeit in der Schlosserei erinnert, ist ihr, als hätte sie die Leute unablässig von der Arbeit abgehalten. Sie ließ sich alles zeigen, erklären. Die Schlosser machten das gern. Sie schwatzten auch gern mit ihr. Halbe, ganze Stunden. Wenn sie an der Bohrmaschine stand, entsinnt sie sich, hielten zwei ihren Pferdeschwanz. Nur bei der Reparatur der engen Spindelköpfe der Streckzwirnmaschinen waren ihre schmalen Hände nützlich. Der alte Haubieke und Rudi, der Brigadier, hatten das Vorrecht, sie damit zu beschäftigen.

Die Schlosser waren alle in dem Alter, dass sie im Krieg gewesen sein konnten. Nachdem Sara einiges von ihren Fußball-, Briefmarken- und Schrebergartenleidenschaften, ihren Frauen, Kindern und Enkelkindern wusste, die Inhalte ihrer blechernen Frühstücksbüchsen kannte (jeden Tag durfte sie eine Schnitte aus einer anderen wählen), wagte sie ihre Frage. Niemals, wenn alle dabei waren, erinnert sie sich. Sie fragte jeden einzeln.

Aber keiner hatte im Krieg getötet. Keiner war ein Nazi gewesen. Details, Schilderungen. Edgar, der Parteisekretär, reagierte als Einziger heftig. »Die kannst du alle drüben suchen«, er knallte sein Werkzeug in die Blechkiste. In der Frühstücksrunde wiederholte er den Satz vor allen. Sara wurde rot. »Ja, drüben«, bestätigte Rudi und hielt ihr versöhnend seine geöffnete Brotbüchse hin. Edgar schlug auf seine Schenkel. »Diese pferdeschwänzigen Grünschnäbel«, sagte er. Aber keiner lachte. Sara saß verlegen in der Männerrunde. Vielleicht haben sie recht, dachte sie damals, bestimmt haben sie recht und sah auf ihre Schnürstiefel und ihre ölbefleckten blauen Schlosserhosen hinunter.

Eine andere Erinnerung. Der 7. Oktober 1959, der zehnte Jahrestag der DDR. Die Schlosser werden mit dem Titel »Brigade der sozialistischen Arbeit« ausgezeichnet. Sara wippt mit ihrem Petticoat (kein West-Schaumstoff, sondern mit Wäschestärke steif gemachtes Leinen, es kratzt an den Beinen) durch den niedrigen zischenden Rohrgang im Kunstfaserwerk.

»Ein kleiner Festakt zwischen den Werkbänken«, sagt der Brigadier Rudi. »Die Losung des Tages heißt Optimismus.« Er hält einen Zettel vor sich. »Wenn die Geschichtsforscher und Ökonomen«, ruft er – Haubieke schiebt ihm einen Werkzeugkasten an die Füße, er steigt darauf –, »einmal die Frage zu untersuchen haben werden, wo die Werktätigen in Deutschland ein wahres Wirtschaftswunder vollbracht haben, dann werden sie den kühnen und sprunghaften Aufstieg der Deutschen Demokratischen Republik als Beispiel nennen müssen.« Er blickt in die Runde. »Otto Grotewohl«, sagt er. »Die kalten Krieger werden sich die Füße abfrieren, Walter Ulbricht«, ruft Edgar.

Rudi zerknüllt den Zettel, steckt ihn dann in die Jacketttasche seines neuen Anzugs, rückt seinen Schlips zurecht. Der ständige Aufstieg sei für jeden an den Ziffern des Siebenjahrplanes ablesbar. Die Rappbode-Talsperre, eine Großbaustelle des Sozialismus, werde heute übergeben, sagt er, und im Kreis Neuruppin das modernste Offenstallkombinat Europas.

»Kunststück, kein anderer mutet das den Kühen zu«, ruft der alte Sigulla, der ein Bein im Krieg verloren hat und schnarrt, das Wirtschaftswunder sei hier noch nicht angekommen, Rudi solle den Bogen erklären, den es um ihr Werk, ihre Stadt mache. Alle lachen und die Rede des Brigadiers ist beendet. Sie schlagen die Bierflaschen auf das Wohl der Brigade aneinander. Rudi schlägt seine an Saras. »Du wirst die nächste sein, die in unserer Brigade für die Partei geworben werden wird.« Der käsebleiche Haubieke ruft: »Wenn er es sagt, ist es so sicher wie das Amen in der Kirche.«

Sie laufen zum Werktor. Die Busse nach Saalfeld stehen bereit. Nach der Ankunft dort formiert sich der Marschblock. Der Zug setzt sich in Bewegung. Der Saalfelder Marktplatz. Aus den Fenstern von Treppenturm und Zwerchhäusern des Rathauses lassen die Kleintierzüchter Friedenstauben fliegen und vor dem »Anker« sitzt das Orchester der Bewaffneten Organe und spielt *Mit uns zieht die neue Zeit.* Das Leben scheint Sara ein Fest, wenn all das wahr wird, was die Arbeiter-und-Bauern-Macht verkündet. Im gegenläufigen Marschblock entdeckt sie Heinrich. Sie winkt ihm. Er trägt eine Fahne.

»Na, siehst du«, sagt sie, als sie sich nach der Demonstration am Oberen Tor treffen. Und Heinrich entgegnet: »Du Kind.«

Im zweiten Semester arbeitet Sara in einer großen Halle an einer Streckzwirnmaschine. Die jungen Frauen, die die Maschinen bedienen, lernen zwei Jahre. Die Studentinnen werden eine Woche lang angelernt, dann bekommen sie vierzig Spulen zugewiesen. Sara ist geschickt, schafft sechzig, dann achtzig (die Norm), es macht Spaß. Nach achtdreiviertel Stunden die Heimfahrt mit dem Bus. Lautloses Öffnen und Schließen der Münder; groteske Szenerie. Der Maschinenlärm hat das Gehör genommen. Erst spät am Abend kommt es zurück. Aus der Marienturm-Gaststätte oberhalb der Lehrlingsbaracke tönt in den Mädchenraum der Gesang der Studenten, *eine Wiege will ich dir wohl bauen, aber nicht der Vater sein ...*

Im Winter neunundfünfzig/sechzig, entsinnt sich Sara, gab es viel Schnee. Sie bleibt an den Wochenenden in Blankenburg. Heinrich und sie laufen auf Skiern über die Kesselberge. Rasen mit dem Bobschlitten die Fahrstraße von der Burg Greifenstein hinab. Überschlagen sich immer an derselben Stelle. Kommen frierend nach Hause. Machen sich Glühwein mit viel Nelken, Zucker und Zitrone. Am Abend will Heinrich Saras blaue Flecken sehen. Und er versucht, sie zu küssen. Sara wehrt ab und ist doch neugierig.

»Hast du noch keinen Freund?«, fragt Heinrich.

»Nein, keinen festen.«

»Es wird Zeit«, entgegnet er, »du bist unterentwickelt.«

Sara schiebt ihre Füße zu ihm, lehnt sich an ihn.

»Bruder«, sagt sie. Und kleine Bruderküsse dürfen es sein.

Als ihr Betriebspraktikum im Kunstfaserwerk in Schwarza zu Ende geht, sehen sie sich kaum noch. Er habe jetzt eine Frau, sagt er, als sie einmal miteinander telefonieren. »Verheiratet?«, fragt Sara. »Nein«, entgegnet er, »Wo denkst du hin, Heirat ist eine Sache fürs Leben.«

Sie verlieren sich aus den Augen.

Sara verliebt sich zum erstenmal heftig. Ein Student des Schwermaschinenbaus aus Magdeburg. Alle Warnungen der Großmutter und Mutter: *Hüte deine Unschuld, Männer wollen nur das eine,* sind vergessen. Sie zeltet mit dem Mann eine Woche in Thiessow auf der Insel Rügen. Lange, aufregende Küsse am Strand. Sara würde alles tun. Aber des Abends im Zelt zieht der Mann den Reißverschluss von Saras Schlafsack bis unter ihr Kinn. Tippt auf ihre Nase, dreht sich um, schläft. Sara liegt wach, ist enttäuscht.

Als sie nach Hause kommt, vom gemeinsamen Zelten erzählt, bricht die Mutter in Tränen aus, spricht von Schwangerschaft. Sara schweigt. Betrachtet ungerührt die Mutter. Lässt sie mit ihrer Angst allein.

Ihre Kommilitoninnen, mit denen sie im Anna-Seghers-Wohnheim in einem Zimmer lebt, haben längst Beziehungen zu Männern. Alle vier Wochen das gleiche. Sie warten auf ihre Tage, jammern, schicken Sara in die Apotheke, Senfmehl zu kaufen. Sara geht, kauft Senfmehl. Hilft bei der Prozedur. Sie schleppen Töpfe mit heißem Wasser den langen Gang von der Küche zu ihrem Zimmer. Gießen das heiße Wasser in einen Eimer. Schütten das Senfmehl dazu. Zuletzt die Beine rein. Krebsrot werden sie. So heiß wie möglich. Man muss es aushalten. Es soll das Blut im Körper nach unten ziehen. Schwüre, wenn man jetzt davonkomme, vernünftig zu sein. Schwüre, nie wieder.

Und Tage später ist alles vergessen. Und nach vier Wochen wird Sara wieder in die Apotheke geschickt. Man kennt sie dort schon. Das hintergründige Lächeln der Apothekerinnen. Einmal hört Sara, als sie im Windfang steht, wie eine sagt: »Schamlos. Die hat ja einen Männerverbrauch.«

Sara sieht dem Phänomen der vier Wochen weiter zu. Ihr fällt ein, dass Heinrich sie unterentwickelt genannt hat.

Es muss etwas geschehen. Und im August 1961 geschieht es.

Wieder das Meer. Wieder die Insel Rügen, diesmal der südöstlichste Teil, die Halbinsel Zudar. Wieder ein Student. Sie kennt ihn seit einem Jahr.

Die strohgedeckte Kate seiner Umsiedler-Eltern. Sara bekommt die winzige Schlafkammer zu ebener Erde neben der Wohnküche. Die Wände der Kammer, erinnert sie sich, hatten einen wässrigen preußischblauen Farbanstrich und an den unteren Stellen blühte der Salpeter. Ein hohes Holzbett mit Kugeln und Verzierungen. »Du bist wirklich noch unschuldig«, hatte der Mann auf dem Weg von der Kleinbahn ins Dorf gefragt. Am ersten Abend rudern sie zur Insel Tollow. Am zweiten Abend, als alle schlafen, kommt er zu ihr. Küsse, Streicheln. Sara erwidert es. Nach einer Zeit richtet er sich auf, erklärt ihr, es sei unmöglich, dass sie ihre Unschuld noch besäße, so, wie sie sich verhalte.

Ihr Schrecken. Was hat sie falsch gemacht? Sie überprüft von dem Moment an jede ihrer Reaktionen, ist völlig gehemmt und unnatürlich. Der Mann bleibt bei seiner Behauptung.

Am nächsten Tag nimmt er sie auf dem Heuboden über den Ställen, überzeugt sich von ihrer Un-Schuld. Schläft danach ein.

Ihre völlige Ernüchterung. Das ist das *eine.* Wenn sie an jenen Tag denkt, erinnert sie sich an den Duft von Heu, vermischt mit dem aufsteigenden, strengen Geruch der Tiere, an ihre leisen Geräusche, das Kauen, das Geklirr der Ketten.

Über allem eine laute Stimme. Bis zur Scheune schallt sie, schallt in die weite, stille Landschaft der Halbinsel Zudar hinein. Rias Berlin – Feindsender – die Stimme Willy Brandts. Der schwerhörige Vater des Mannes sitzt den ganzen Tag in der Küche vor dem Radio, die Tür ist geöffnet. Es ist der 13. August.

Sara kehrt nach Thüringen in die Universitätsstadt zurück. Kauft wieder Senfmehl für ihre Kommilitoninnen. Schweigt über ihre Erlebnisse auf Rügen. Stürzt sich ins Studium, in die FDJ-Arbeit. Wird zur FDJ-Sekretärin der Fachschaft gewählt.

Sie verliebt sich mehrmals. Doch hat sie keinerlei Beziehungen zu Männern. Drei Jahre geht es so. Der Satz hat alles versperrt. Sie gibt sich die Schuld. Mit ihr als Frau muss etwas nicht stimmen.

Dann sieht sie Heinrich wieder. Es ist im fünften Studienjahr. Sie hat vom Lehrer- zum Diplomstudium gewechselt, ein zusätzliches Jahr erhalten. Im September wie immer die ROTE WOCHE. Für Studenten in Funktionen ein Vorbereitungslehrgang außerhalb der Universitätsstadt. Zufällig in Heinrichs Ort, in Blankenburg.

Sie geht am zweiten Tag für eine Stunde hin, am dritten auch. Sie reden. Er lacht und ist der Alte und legt den Arm um sie. Und Sara sagt ihm, dass mit ihr als Frau etwas nicht stimme.

Am letzten Nachmittag lädt er sie für den Abend ein. »Nein, heute ist der Abschluss des Lehrgangs, einer vom Zentralrat der FDJ aus Berlin spricht.«

Heinrich macht eine Kopfbewegung, die Sara über die Nichtigkeit dieser Sache in seinen Augen aufklärt.

»Du lebst wohl noch immer nach deinem persönlichen Kompass mit dieser Pappnadel?«

Sara zögert. Ahmt dann heiter seine Kopfbewegung nach.

»Ich bleibe.«

»Gut«, sagt Heinrich, »ich sehe, du bist entwicklungsfähig.«

Sie gehen in sein Zimmer, das über der Ladenstube liegt, drei kleine Fenster zur schmalen Gasse hin, die vom Marktplatz zum Kirchhof führt. Heinrich erzählt von

Onkel Georgs kurzer Krankheit, seinem Tod. Holt dann das dicke Familienalbum, schlägt es auf, blättert.

Ein kleiner alter Herr, listige Augen, Zwirbelschnurrbart, steife Haltung, Uhrkette, die Hände im Schoß gefaltet.

»Mein Großvater«, sagt Heinrich, »und zugleich dein Urgroßvater.«

»Komisch«, erwidert Sara, »unsere Verwandtschaft.« Kinderbildnisse von Saras Großmutter und Heinrichs Vater. Das Geschwisterpaar. Sie die älteste, er der jüngste. Fünf dazwischen. Bilder dann als junge Leute, als Ehepaare, mit ihren Kindern.

Fotografien vom Laden. Die beiden Schaufenster zur Marktfront hin. Der Familienname in großen Buchstaben über dem Laden. Buchhandlung und Andenken. Seit vielen Generationen hat die Familie das Geschäft. Eine Buchdruckerei gehörte dazu und eine Buchbinderei. Der Zauberladen. Von hier kamen Saras kleiner eiserner Herd, die Nähmaschine, das Hühnerhaus, die geschwungenen Korbmöbel, die Puppenstube. »Es gab alles«, sagt Heinrich. »Spielsachen und Schreibwaren, Bücher und Porzellan, Leuchter und Vasen. Landkarten aus Leinen, Baedeker, Meyers Reisebücher, Postkarten, Ansichten vom Thüringer Wald, Wander- und Spazierstöcke, Stockschildchen mit Inselsberg und Schwarzatal, Marlitt-Romane, Wachs und Petroleum, Würfel- und Kartenspiele, Kratzhändchen für die Damen und jede Menge kitschiger Andenken vom grünen Herzen Deutschlands.«

Heinrich blättert die Seiten mit den alten bräunlichen Fotos um. Die Fürstin von Schwarzburg-Rudolstadt mit großem weißem Hut als Kundin vor dem Laden. Sara erinnert sich an die Ladenstube, das geschwungene lila Sofa, sie alle um den ovalen Tisch. Thüringer Klöße, der beleibte Onkel Carl über den Teller gebeugt. Onkel Carl und Onkel Georg in der Werkstatt auf der Hofseite am Ende des Umgangs, der Geruch von Kleister und Gelantinewasser, von angefeuchtetem Leder, auf das Ornamente mit Metallstempeln oder Blattgold mit heißem Werkzeug aufgetragen wurde. Die großen Halbfranzbände.

»Sieben muss ich gewesen sein, als ich zum erstenmal hier war. Wo warst du da?«

»Im Kinderferienlager vielleicht«, entgegnet Heinrich.

Er schlägt das Album zu, steht auf. Es ist kalt. Er geht zu dem kleinen Ofen, zündet Feuer an. Legt dann nochmals nach. Holt hinter der Kohlenschütte eine Flasche sowjetischen Sekt hervor. Der Korken knallt an die Zimmerdecke. Der Sekt schäumt heraus. Heinrich gießt zwei Gläser voll. Sie stoßen an. Die Platte des Öfchens beginnt zu glühen. Und das an der Decke spielende bewegliche Rot erhellt das Zimmer, als Heinrich später das Licht löscht.

Er zieht Sara langsam aus, flüstert beschwichtigend. »Dein brüderlicher Dienst«, flüstert sie zurück.

Sie bleiben die ganze Nacht zusammen. Ab und an laute Stimmen aus der Kirchhofgasse zu ihnen herauf. Um Mitternacht die letzten Heimkehrer aus der Marktschenke. Heinrich hat für einige Augenblicke die Fenster geöffnet. Sie beobachtet ihn unverwandt und gerührt. Und ihr Körper schweigt. Alles sei ganz normal mit ihr, sagt er und sie sagt, es sei schön, weil sie ihn nicht enttäuschen will.

Am nächsten Morgen wird der Lehrgang beendet. Sara holt ihre Sachen. Der Lehrgangsleiter droht mit einer Rüge. Nicht weil Sara fehlte, die Nacht wegblieb, sondern weil sie weder bereit ist, ihre Abwesenheit zu erklären noch sich zu entschuldigen. »Man kann doch nicht einfach lächeln«, sagt er, wiederholt es, erst ungeduldig, dann empört.

Sara lächelt.

Als nach Wochen ihre Tage ausbleiben, kauft Sara kein Senfmehl. Sie ist einverstanden mit den Vorgängen in ihrem Körper. Sofort.

Wenn sie morgens zur Universität geht und sich der Paradiesbrücke nähert, braucht sie ihren Rücken nicht zu betasten. Sie fliegt. Brücke, Fluss und Himmel sind verändert. Sie ist in einem euphorischen Glückszustand. Ein Kind, *mein* Kind, denkt sie. Es ist nicht zu fassen.

Oft hat sie gesagt, im letzten Studienjahr wolle sie eines, und die Mutter hat spitz darauf erwidert, ihr fehle der Mann dazu. »Der ist nicht so wichtig«, entgegnete sie. Das stimmt. Dass sie Heinrich, dem Vater des Kindes, gut gesonnen, er ihr Freund, ihr Bruder ist, scheint ihr ausreichend. Der Lauf der Dinge.

Sie wartet noch, geht zum Arzt, ruft dann Heinrich an, lädt ihn nach Jena ein, in ihr Studentenzimmer in der Ziegenhainer Straße, das sie gerade bezogen hat. Sagt es ihm.

Er ist außer sich vor Freude. Noch nie hat sie ihn so ausgelassen gesehen. Er hebt sie hoch, wirbelt sie durchs Zimmer.

Dreißig wird er. Er spricht von einer Wohnung, von Heirat. »Oh, Gott«, sagt Sara und er lacht und kneift das Auge zu und legt die Arme um sie.

Und John?

Die Nachtluft, Saras Rücken ist völlig kalt, sie wirft die Decke weg, steht auf und schließt die Balkontür.

Sie erinnert sich daran, wie sie John zum erstenmal begegnet war. 1962 war das. Es ist in einem überfüllten Hörsaal gewesen. Auch auf den Treppenstufen saßen Studenten, hinter den letzten aufsteigenden Bankreihen standen sie an die Wand gelehnt. John hielt seine Antrittsvorlesung. Er war gerade von Berlin nach Jena gekommen.

Alle waren gespannt. Ein Mädchen aus Saras Seminargruppe war ihm schon im Institut auf dem Flur begegnet, hatte ihn ihr beschrieben. Sara war skeptisch, sie mochte keine gutaussehenden, keine schönen Männer.

Als er eintrat, hatten alle mit den Fingerknöcheln auf die Bänke geklopft, mit den Füßen getrampelt. Er hatte Vorschusslorbeeren bekommen. Die Sympathie, die ihm entgegenschlug, war zunächst nur der Ausdruck ihrer Unzufriedenheit mit den anderen Dozenten und Professoren.

Die Studentin hatte Recht gehabt, er sah wirklich gut aus. Saras Antipathie wurde sofort wach. Er war hochgewachsen und schlank, hatte dichtes, schwarzes Haar, das seinen Kopf wie eine Mütze umschloss. Seine Gesichtshaut war großporig, der Nasenrücken breit, zwei tiefe, steile Falten zogen sich von der Nase zum Mund.

Es wurde still. Er begann. Sara entsinnt sich des merkwürdigen Umstands, dass schon seine ersten Sätze sie von seinem Äußeren ablenkten. Sie vergaß sein Aussehen, versöhnte sich damit geradezu.

Es war völlig still im Hörsaal. Er sprach sehr langsam, fast stockend, mit großen Pausen. Er hatte Aufzeichnungen vor sich, sah aber nicht hinein; es war, als entwickle er seine Gedanken beim Sprechen. Manchmal ließ das Ende eines Satzes lange auf sich warten. Dieses Zögern bewirkte, dass man das Ende des Satzes selbst zu finden suchte. In aufregender Weise wurde man einbezogen. Er ließ den Raum dazu.

John sprach über Goethes »Wahlverwandtschaften«. Sara hatte den Roman im dritten Studienjahr angefangen zu lesen, sie fand ihn überspannt und langweilig und hatte ihn weggelegt. Auch jetzt verstand sie fast nichts; eine nicht endende Wirrnis zwischen Eduard, Charlotte, Ottilie und dem Hauptmann. Je mehr sich die Handlung vor ihr entfaltete, desto verworrener, unerklärlicher, unlogischer wurde das geheimnisvolle Spiel.

Es ergab keinen Sinn. Sara schrieb kein einziges Wort

mit. John sprach von Natur und Unbewusstheit, von Eros und Logos, von Sinnlichkeit und Sittlichkeit. Sie starrte ihn an, sah auf seine gestikulierenden Hände, hörte seine Worte. Ihre Neugier war geweckt. Wenn sie sich heute daran erinnert, ist es ihr, als sei es ein fortwährendes Zwiegespräch gewesen. Aber sie hatte ja stumm in ihrer Bank gesessen. Es war jene Art von Zwiegespräch, das auch später ihre Beziehungen charakterisierte. Selbst wenn nur er sprach (und das geschah oft) redete sie mit ihm. Oder mit sich? Das schien eins. Die Begegnung mit ihm brachte sie sofort in ein geistiges Spannungsfeld, die erzeugten Kräfte wirkten lange nach; auch, wenn er längst nicht mehr da war. Und ihre erotischen Bindungen waren von den geistigen nicht zu trennen. Es schien ein und dieselbe Intimsphäre. Das hat sich in ihrem Leben nie wiederholt, denkt Sara – eine Sekunde sind der fremde Mann und das Bett in dem Vogesendorf vor ihren Augen – dann wieder John, wie er seine Antrittsvorlesung gehalten hatte, damals. Sie sieht seine Hände, er hatte große, schmale Hände, sieht, wie er sie beim Reden gebraucht. Zwei Sätze, die er damals gesagt hatte, sind Sara bis heute im Gedächtnis geblieben. Dass Eduard und Ottilie *die Sünde wie Wasser hinabtranken. Und: Das Leben war ihnen ein Rätsel, dessen Auflösung sie nur mit einander fanden.*

Der Beifall am Ende der Vorlesung war nicht so stark wie der anfängliche gewesen. Die Meinungen waren geteilt.

Als Sara die Stufen des Hörsaals hinabging, stand er, umringt von Studentinnen, neben dem Pult, zündete sich gerade eine Zigarette an, Sara sah das Nikotingelb an den Fingern. Er lachte, fuhr sich jungenhaft mit der Hand durch die Haarmütze. Plötzlich reduzierte er sich für Sara wieder auf sein Äußeres. Sie fand ihn ein wenig eitel, seine Selbstsicherheit störte sie.

Dieses Gefühl von Abgestoßen- und Angezogenwerden

beherrschte sie noch eine ganze Zeit. Aber mehr und mehr überwog die Anziehung. Und immer war sie aufgeregt, wenn sie ihm begegnete, mit ihm sprach.

Sie ging in seine Vorlesungen, besuchte seine Seminare, hatte bei ihm Konsultationen. Am Ende eines Seminars, entsinnt sie sich, lud er alle zwölf Teilnehmer zu sich nach Hause ein. Seine Frau war zugegen. Sie hatte den gleichen Beruf wie er. Und zwei Kinder waren da, ein dreizehnjähriger Junge und ein neunjähriges Mädchen. (Später erfuhr Sara, die Kinder waren aus erster Ehe, ihre Mutter war gestorben.) Die Wohnung wirkte auf Sara karg und nüchtern. Sie hatte sie sich anders vorgestellt. John, erinnert sie sich, war gut gelaunt, holte seine Gitarre, spielte und sang Lieder von Frank Wedekind und Bertolt Brecht. Er sprach alle mit Du an und sagte, sie könnten auch du zu ihm sagen.

Sara tat das nicht. Auch nicht in den Parteileitungssitzungen, an denen sie manchmal als Vertreterin der Studenten teilnahm und neben ihm saß. Nach einer dieser meist endlosen Sitzungen lud er sie zum Essen ein. Der Assistent, den er ebenfalls aufgefordert hatte, entschuldigte sich. Sie gingen unter den Bäumen die breite Goetheallee hinunter, fanden im »Schwarzen Bären« zwei Plätze. Beim Nachtisch sprach er davon, dass seine Frau Ellen sich in Jena schwer eingewöhnen könne; ihre wissenschaftliche Laufbahn ihr alles bedeute und sie sich durch ihn zurückgesetzt fühle. Er gebrauchte, erinnert sich Sara, das Wort depressiv. Depressiv sei seine Frau, sagte er, es war das erstemal, dass er über sie sprach. Sara sah auf seine Hände, sah seine großporige Haut im Gesicht und auf die zwei Falten und alles war angenehm und sie war verwirrt und er sagte wieder, dass sie du zu ihm sagen könne.

Sie blieb beim Sie, beim Nachnamen, beim Titel, auch in Gedanken. Er war ihr Lehrer, der Abstand der Jahre.

Ein andermal, fällt ihr ein, saß sie bei einem Vortrag im Klub der Kulturschaffenden neben Ellen. John, der später kam, setzte sich auf die andere Seite. Sara wollte mit Ellen den Platz tauschen. Er wehrte ab. »Meine Frau habe ich jeden Tag.« Sara wurde rot. Ellen sah zur Seite. Am späten Abend dann an der Bar fragte sie jemand, ob sie die Tochter sei. Sara rechnete Johns Jahre, dachte, es könnte sein.

Es war an einem Freitagmittag, weiß sie noch, er fuhr sie zum Paradiesbahnhof – er müsse sowieso vorbei, sagte er da erzählte sie ihm, dass sie im November heiraten werde.

Wenig später die Konzerteinladung. Es muss an einem der letzten Septembertage oder Anfang Oktober gewesen sein. Seine Frau war für vier Wochen zu einem Lehrgang nach Moskau gefahren. Es sei schade, wenn die Karte verfiele, er würde sich freuen, wenn sie mitkäme.

Sie ging mit. In einer törichten Weise, so scheint ihr heute, hatte sie sich gefreut, dass er sie gewählt hatte. Sie saßen im Volkshaus im ersten Rang in der ersten Reihe. Das Klavierkonzert Nr. 5 von Ludwig van Beethoven. Sara betrachtete John von der Seite. Sein Profil. Sie fragte sich, was ist mit mir los? Nach dem Konzert lud er Sara für eine Stunde zu sich nach Hause ein. Die Wohnung war nicht weit entfernt, sie gingen zum Magdelstieg.

Er sah nach den schlafenden Kindern. Sie blieb in der Tür stehen. Dann kam er zurück, brachte eine Flasche Wein mit. Sie redeten, tranken. Saras Befangenheit. Nach einer Zeit sagte er, er wolle ihr sein Arbeitszimmer zeigen. Führte sie vier Treppen hoch. Eine Kammer unter dem Dach. Ein kleiner elektrischer Heizofen glühte. Die Schreibtischlampe war kaputt. Hier arbeitete er? Staub lag auf dem Tisch, von der Decke hing eine Glühbirne herunter, sie gab ein hässlich grelles Licht.

Es ging alles sehr schnell. Er zog sie an sich, küsste sie. Sie ließ es geschehen. Wenn sie heute daran denkt, ist es ihr unbegreiflich, dass sie sich nicht gewehrt hatte. Nicht einmal der Gedanke, sich zu wehren, war ihr gekommen. Nicht für eine Sekunde.

Sie blieben die Nacht zusammen. Die ganze Nacht will sie ihm sagen: »Ich erwarte ein Kind.« Spürt die Unangemessenheit. Er ist nicht auf Worte aus, darauf, was sein wird in ihrem Leben. Er lebt diesen Augenblick der Lust, wild, ungehemmt, völlig für sich. Sara sieht ihm zu.

Erst als zögerndes Morgenlicht durch die Dachgaupe in die Kammer fällt, sie das grelle Licht löschen und er still neben ihr liegt, sagt Sara es ihm.

Er richtet sich auf. Sieht sie lange an. »Das ist wunderbar«, sagt er dann, beugt sich herab, will ihren Leib küssen. Sara zieht erschrocken das Laken darüber, als hätte sich mit ihren Worten alles verändert. Er streichelt über das Laken, betrachtet sie unverwandt. Schwangere Frauen seien für ihn etwas Wunderbares, sagt er.

Von dem Moment an, da sie es ihm gesagt hat, erscheint er ihr verändert. Sie hat das Gefühl, er nimmt sie zum allerersten Mal wirklich wahr; sie, Sara, als die, die sie ist.

Für Sara beginnt ihre Geschichte mit John an jenem frühen Morgen, als das zögernde Licht in die Dachgaupe fiel. (Würde er die Geschichte erzählen, würde sie anders beginnen, es wäre überhaupt eine andere Geschichte.)

In den folgenden Tagen und Wochen denkt Sara, wenn sie nicht mit den Gedanken bei ihrem Kind ist, unablässig an ihn. Heinrich tritt völlig zurück. Nur John. Immer wieder er. Wenn Sara im Institut im Studentenarbeitsraum sitzt, steht sie auf, läuft durch die Gänge der Bibliothek, in der Hoffnung, dass er sie dort suchen werde. Er sucht sie dort. Sie geht an seiner Tür vorbei, vielleicht öffnet sie sich. Sie öffnet sich. Sie können ihre Blicke vor den anderen schwer verbergen.

In den folgenden Monaten treffen sie sich heimlich. Wenige Stunden sind es, die sie für sich haben. Zwei oder höchstens drei in der Woche. Es sind die Stunden, wenn Ellen zum Sport geht. John kommt mit dem Auto zur Ziegenhainer Straße, holt Sara aus ihrem Studentenzimmer ab. Sie fahren aus der Stadt. Lassen das Auto stehen. Laufen. Landgraf, Hausberg, Mühltal. November, Januar, Februar. Regen und Schnee, Nebel. Sie erinnert sich an ein enges Tal, Felswände zu beiden Seiten. Die Schwärze der Fahrstraße, auf der sie gehen. Für Momente Helligkeit, Lichtkegel von Autos, sie werden geblendet, das Licht schwindet. Ihre Schritte hallen.

John ist sanft; Lippen an ihrer Nase, ihren Ohren. Er sei in ihre Schwangerschaft verliebt, sagt er immer wieder. Will viel über sie und das in ihr wachsende Kind wissen. Will wissen, wie Sara als Kind war. Sie erzählen einander ihr Leben.

John ist der erste Mensch, der ihr sagt, als Siebzehnjähriger sei er ein begeisterter Nazi gewesen. Freiwillig habe er sich an die Front gemeldet. Später dann der Überlebenskampf in der russischen Gefangenschaft. Die Antifa-Lehrgänge im Lager. Russische Offiziere, die deutsch sprechen, Heine zitieren. Die Wende. 1947, mit fünfundzwanzig, Entlassung aus der Kriegsgefangenschaft. Sara sieht ihn abgerissen, abgemagert über die Oderbrücke in das zerstörte Frankfurt gehen. Eine Lungentuberkulose wird ausgeheilt. Dann der Neubeginn. Sein Engagement, sein schneller beruflicher Aufstieg.

John spricht auf ihren winterlichen Abendgängen von seinen weiteren Plänen, er ist ehrgeizig, will hoch hinaus. Er bezieht Sara ein, lobt ihre Seminararbeiten, ihre bisherigen Prüfungsergebnisse, denkt mit ihr über ihre künftige

Arbeit nach. Sara hat ihren Posten als FDJ-Sekretärin aufgegeben. Die Leute in der Hochschulgruppenleitung verbergen ihr Befremden darüber nicht. Weibliche Kader in diesem Zustand, sagt einer, seien Störfaktoren im gesellschaftlichen Getriebe der Universität.

John aber ist anders. Das ist die Natur, sagt er und teilt mit ihr die Freude über das zu erwartende Kind, nimmt Veränderungen an ihrem Körper wahr. Wenn er Sara dann zur Ziegenhainer Straße zurückfährt, wenn sie in ihr Zimmer hochgeht, wieder allein ist, wenn sie an den Wochenenden bei den Eltern ist oder mit Heinrich die Sonntage verbringt, dann ist ihr alles unbegreiflich. Wie soll es weitergehen?

Nur Entfernung kann die Lösung bringen.

Als Sara John das letztemal in Jena trifft, sagt sie, sie sei fest entschlossen, sich von ihm loszumachen. Sie hat sich den Satz lange zurechtgelegt.

»Heinrichs wegen«, sagt sie.

Er erwidert nichts.

»Sag doch etwas.«

Er schweigt. Presst die Lippen aufeinander, sie werden ganz schmal, ein Zug erscheint in seinem Gesicht, den sie nicht kennt.

»Ich kann so nicht leben«, sagt Sara.

»Bringe du dein Kind zur Welt«, sagt er.

2

Sara verlässt die Stadt im Talkessel der mittleren Saale. Zieht in eine andere Stadt am gleichen Fluss. Bergbaustadt im Mittelalter, Silber-Kupfer-Alaunschiefer-Bergwerke. Einst Machtzentrum Ostthüringens. Kaiser Friedrich Barbarossa hat die Stadt im zwölften Jahrhundert durch Tausch für das Reich wieder erworben. Von 1578 bis 1597, als in Jena die Pest herrschte, hatte die Universität ihren Sitz in der Stadt. Der träge Fluss, die Burgruine Hoher Schwarm, die Stadtkirche St. Johannis, die vier Tore.

Heinrich hat von seinem Ingenieurbetrieb eine Wohnung in Saalfeld bekommen. In einem riesigen Neubauviertel, am Rande der Stadt, hinter dem Bahnhof, nach Gorndorf zu. Endlose graue Blöcke. Die einzige Unterbrechung der Eintönigkeit, die Blöcke stehen längs und quer. Fatale Symmetrie. Kein Baum, kein Strauch. Wenn es regnet, ist das ganze Gebiet ein Schlammgelände.

Ihre Wohnung im fünften Stockwerk. Gegenüber ist die Fläche noch unbebaut, ist freies Feld. Weiter hinten sind Bingen, Bodensenken aus der Zeit, da hier Erz geschürft wurde. Ein Waldsaum. Links die spitzen schwarzen Kegel der Schlackehalden und die Schlote der Maxhütte Unterwellenborn. Über der Maxhütte steht dichter, brauner Rauch. Vier Thomasbirnen hat das Werk. Jede Birne bläst zwanzig Minuten in der Stunde. Wenn der Wind von Osten kommt, ist der Himmel auch über ihrem Haus braun.

Heinrich und Sara richten ihre Wohnung ein. Zweieinhalb Zimmer. Heinrich stellt sein großes Reißbrett ans Fenster. Sie haben beide viele Bücher. Die Reiseliteratursammlung, die Heinrich vom Vater geerbt hat, braucht allein eine halbe Wand. Saras Grünpflanzen. Ein Mittelding zwischen botanischem Garten und Bibliothek nennt die Schwiegermutter ihre Wohnung. Auf dem Dachboden in Blankenburg haben sie eine alte Bauernwiege entdeckt. Heinrich repariert sie, bemalt sie mit alten Blumenmustern. Sara näht weiße Bezüge für Kopfkissen und Zudecken.

Am Abend gehen sie manchmal durch die Bodensenken und der Himmel ist braun. Oder sie sind zu Hause. Heinrich arbeitet am Reißbrett; ein leises Quietschen, wenn er die Schiene auf dem Laufwagen hin- und herbewegt. Geräusch, wenn er die Fünfzehn-Grad-Einteilung am Zeichenkopf einschnappen lässt. Oder er liest im »Spaziergang um die Welt«, seinem Lieblingsbuch. Sara steht vor dem Spiegel und betrachtet ihren gewölbten Leib oder sie sitzt untätig im Schaukelstuhl und verfolgt die heftigen Bewegungen des Kindes. Sie flüstert mit ihm, zählt die Tage bis zur Geburt, kann es kaum erwarten.

Und endlich ist es so weit. Heinrich fährt sie ins Agricola-Krankenhaus am anderen Ende der Stadt.

Eine alte Hebamme mit zerfurchtem Gesicht. Schon nach den ersten Sätzen spürt Sara, sie strahlt eine große Ruhe aus. Dem jungen Arzt sagt Sara: »Ich brauche Sie bestimmt nicht, ich kann das.« Er lacht und in der Tat sieht sie ihn erst am Abend des folgenden Tages wieder. Da ist das Kind schon längst da.

Sara ist die ganze Zeit mit der Hebamme allein. In einem kleinen Raum hinter dem Kreißsaal. An der Wanduhr rückt der Zeiger mit lautem Geräusch von Minute zu Minute. Fliegen summen. Sonst ist es völlig still. Vor dem Fenster bewegen sich die Zweige eines Ahornbaumes. Die Hebamme wickelt Mullbinden auf, legt Wäsche zusammen, Windeln, Jäckchen, große Tücher. Sie ist weit über siebzig, erzählt von ihrem Leben. Ihre schönen Augen in dem alten Gesicht. Nach der dritten Stunde haben sie nur noch ein Thema. Die Hebamme singt im Chor der Stadtkirche St. Johannis. Sie studieren gerade Zoltán Kodálys »Psalmus hungaricus« ein und Sara hat eine Schallplatte davon zufällig im Vorjahr in Ungarn von einem Freund geschenkt bekommen, hat sie oft gehört. Die Hebamme ist entzückt, dass jemand das kennt, mit ihr darüber sprechen kann. Sie verliert sich völlig im Detail, redet von den Schwierigkeiten einzelner Absätze. Singt Sara Stellen vor. »Weiter atmen, richtig, das machen Sie gut«, ruft sie dazwischen und singt eine andere Stelle. Die vierte Stunde vergeht so.

Dann die letzte Dreiviertelstunde. »Der Endspurt«, sagt die Hebamme, »volle Konzentration.« Sara hat keinerlei Schmerzen, es ist nur eine schwere Arbeit. Sie tut alles, was die Hebamme sagt. Deren große Ruhe und Besonnenheit überträgt sich. Dann die letzte Anstrengung und der kleine Kopf erscheint zwischen ihren Schenkeln. »Es ist geschafft«, sagt die Hebamme. Dann kommt das Körperchen. »Einen Sohn haben Sie.« Sie hebt ihn hoch, feucht und blutig ist er. Sie trennt die Nabelschnur, trägt ihn zum Tisch hinüber.

Sara ist, als habe sie für eine Zeit vor Erschöpfung das Bewusstsein verloren. Denn als sie den Kopf hebt und zum Tisch hinübersieht, ist das Kind schon gebadet, gewickelt und angezogen. Die Hebamme kümmert sich wieder um Sara und bringt ihr dann das Kind. »Ein kleiner Friedfertiger.« Sie legt ihn Sara in den Arm. »Ich lasse Sie beide allein«, sagt sie, geht, schließt die Tür hinter sich.

Im Zimmer die Stille. Wie vordem nur das Vorrücken der Zeiger der Wanduhr, das Summen der Fliegen. Sara betrachtet den Sohn. Er legt die Stirn in Falten, zieht den Mund breit, gähnt, spitzt die Lippen. Gibt keinen Laut von sich.

Sara spürt ihr nasses Gesicht. Noch nie in ihrem Leben hat sie vor Freude geweint.

Vierundzwanzig Stunden später trinkt der Sohn zum ersten Mal an ihrer Brust. (Sie musste darum kämpfen, denn man redet ihr ein, Flaschennahrung sei besser und sie verderbe ihre Figur nicht.) Der Sohn stellt sich geschickt an, fährt aufgeregt mit dem Mündchen hin und her, findet ihre Brustspitzen, zieht, schmatzt und schluckt, als ob er das schon immer täte. Schläft danach. Alle fünf Stunden wiederholt sich dieses Glück für Sara.

Nach sechs Tagen darf sie nach Hause. Heinrich holt sie mit der Taxe ab. Als sie durch die Stadt fahren, erklärt er dem Sohn Türme und Brücken. Sie lachen darüber. Gehen durch Schlamm, balancieren über Bretter zum Eingang ihres Hauses.

Joschua nennen sie den Sohn. Heinrich ist vernarrt in ihn. Er will ihn baden und wickeln. Und er wiegt ihn auf der Küchenwaage, wenn Sara ihn von der Brust nimmt, kontrolliert, ob der Sohn genug getrunken hat. Manchmal streiten sie sich, wer an der Reihe ist.

Alles wird gut werden, denkt Sara. John ist weit weg.

Als Joschua etwa zwei Monate alt war, stand John eines Tages mit Frau und Tochter in Saalfeld vor der Wohnungstür. Es war ein Sonntagnachmittag, Ende Juli, ein heißer Tag.

Nach dem Mittagessen sei es ihnen eingefallen, sagt er. Überreicht Sara einen großen Strauß. Mohn, Wegwarte und Kornblumen. Frau und Tochter hätten ihn gepflückt. Er entschuldigt sich, dass es nichts Besseres sei. Die Läden wären geschlossen gewesen. Sara errötet. Er weiß, dass sie Feldblumen allen anderen vorzieht.

Die Gespräche am Kaffeetisch; Vorgänge im Institut, sie haben ein gemeinsames Projekt begonnen, zehn Leute, auch Sara soll einbezogen werden, Fragen an Heinrich, Fragen nach seiner Arbeit. Sara sieht zu Johns Frau, zu ihrem Mann. Sie sind beide völlig ohne Arg. Unbefangen. Am unbefangensten aber wirkt John. Das verwirrt Sara. Vor ihren Augen der Abend, als die beiden Männer sich das erste Mal begegneten. Es war in diesem Februar zu einer Institutsfeier. John zog Heinrich sofort in ein Gespräch, saß lange mit ihm zusammen. »Du hast Glück mit deinem Chef«, sagt Heinrich auf der Heimfahrt im Zug zu Sara, »ein sympathischer Mensch.«

Sara steht vom Kaffeetisch auf. Geht ins Nebenzimmer, nimmt Joschua aus der Wiege, wickelt ihn, legt ihn an die Brust. John kommt, bleibt im Türrahmen im Gegenlicht stehen. Ihr Herz klopft rasend. Nach einer Zeit geht er ins Wohnzimmer zurück.

Sara hört seine Stimme, hört die Stimme von Heinrich, die Stimme Ellens. Johns Tochter sitzt neben Sara im Schaukelstuhl, wippt, wickelt unaufhörlich Bonbons aus dem Papier, kaut sie, blättert die Seiten der Geschichte von Max und Moritz aus dem Wilhelm-Busch-Album um. Als Joschua nicht mehr trinken will, legt Sara den Sohn in die Wiege zurück.

Ein Abgrund wird sich auftun und uns alle verschlingen, denkt sie und geht wieder zum Kaffeetisch.

Halb zu ihr, halb zu Heinrich gewandt, spricht John über Saras Arbeit. Bis zum Semesterbeginn könne sie zu Hause arbeiten, sie stille das Kind ja. Dann brauche sie einen Krippenplatz. »Fünfundvierzig Kilometer bis Jena, die schlechten Fahrverbindungen«, sagt er, »da kommt nur eine Wochenkrippe in Frage.«

Hatte sie, Sara, vor Monaten nicht selbst so gedacht? »Im Oktober soll hier eine Tageskrippe fertig werden«, sagt Heinrich und Sara wünscht, dass selbst die nie fertig würde oder einstürze, ehe man sie beziehen könne.

Sie will ihr Kind nicht weggeben. Nicht in die Wochenkrippe, nicht in die Tageskrippe. Was ihr einst wichtig war, scheint ihr jetzt völlig nebensächlich. Beruf, Universität, Wissenschaft; fremde, ferne Worte. Ihr Ehrgeiz ist geschwunden.

Zwei Wochen nach jenem heißen Julisonntag sendet John einen Brief. Arbeitsmaterial liegt bei. Von dem Projekt, von dem er erzählt hat. Widerwillig sieht Sara zunächst hinein, fängt dann zu lesen an. Es macht Spaß. Sie beschäftigt sich damit, wenn der Sohn schläft. Sie macht Entwürfe, Teilausarbeitungen, schickt sie an John. Sie wechseln Briefe. Sara ist wieder einbezogen.

Gespräche werden notwendig. Mit dem Kind nach Jena? John schlägt vor, mit der Kollegin, die für das gleiche Kapitel wie Sara Vorarbeiten macht, nach Saalfeld zu kommen. Er setzt sich ins Auto und kommt mit Frau Brandau. Sara erinnert sich, drei- oder viermal kam er in jenem Sommer.

Joschua liegt in der Wiege und spielt mit den Händen. Er schreit kaum. Er ist ein ruhiges Kind. Sie arbeiten zu dritt. Debattieren. John gibt die Linien vor. Sie streiten. Frau Brandau heftig, Sara zaghaft. Zwischendurch stillt Sara ihr Kind.

Und immer geschieht Gleiches. Wenn Sara es aus der Wiege nimmt, kommt John in das kleine Zimmer, setzt sich neben sie. Beobachtet ihr Tun.

Dann ist das Schlucken Joschuas zu hören, sein Schniefen. Sara starrt auf das Kind, auf ihren Finger, den sie auf die Brust drückt, damit die kleine Nase Platz hat. John sieht sie unverwandt an, spürt sie. Sie blickt nicht auf.

Sie schweigen. Immer. Beide.

Ein einziges Mal sagt John einen Satz, der Sara lange nachgeht. »Ich brauche dich«, sagt er.

Dann kommt der Oktober. Die Bauarbeiter erfüllen ihren Plan. Die Krippe wird übergeben. Saras Antrag auf einen Tageskrippenplatz wird abgelehnt. Gott sei Dank, denkt sie.

»Ich setze aus«, sagt sie zu Heinrich.

Heinrich ist dagegen. Sie werde es bereuen, meint er. Er telefoniert mit John. Das erfährt sie erst später. Die Universität schickt ein Schreiben an den Rat des Kreises. Sara bekommt zunächst einen Krippenplatz für einen Tag in der Woche.

Sie legt die Seminare, die sie mit den Studenten zu machen hat, auf diesen einen Tag. Kurz nach vier Uhr morgens geht sie aus dem Haus, nach Mitternacht ist sie wieder zurück.

Ihr ist das lieb. Sie muss Joschua nur einen Tag entbehren. Dann, im Frühjahrssemester zwei. Sie hat mehr Lehrveranstaltungen.

Vier Semester lang hält sie ihre Seminare immer regelmäßig. Ist das Kind krank, sucht sie eine Bekannte oder Heinrich bleibt zu Hause. Das ist oft schwierig. Aber sie schafft es. Nicht ein einziges Seminar fällt aus. Sie ist stolz darauf. Völlig zu Unrecht, wie sie zunehmend merkt. Man ist unzufrieden mit ihr im Institut. Stimmen werden laut, sie fehle in Versammlungen, nehme nicht am Institutsleben teil. Funktionen, für die sie vorgesehen war, können ihr nicht übertragen werden. Der hoffnungsvolle Kader enttäuscht. Wo bleibe ihr Eingreifen in den ideologischen Kampf? Gastrollen spiele sie mit ihren zwei Tagen in der Woche.

Ihre Lehrveranstaltungen zählen nicht. Nur die gesellschaftliche Arbeit.

Sara erinnert sich an eine Montagabendsitzung. Kurz vor zehn Uhr hatte sie einen Zettel ins Präsidium gegeben, ob sie gehen dürfe, um ihren Zug zu bekommen, der Bus fahre erst in zwei Stunden. Ihr Antrag wird abgelehnt. Zehn nach zehn ist die Versammlung zu Ende.

Sie geht durch die nächtliche Stadt. Die Mitropa am Bahnhof ist geschlossen. Ins Paradies wagt sie sich nicht. Die Parkwege sind zu dunkel. Sie wartet in der kalten Vorhalle. Kurz vor zwölf hält vor dem Bahnhof der Schichtbus. Zwei Haltestellen hinter der Stadt leert er sich, sie ist die Einzige, die bis nach Pößneck fährt. Dort muss sie umsteigen, eine halbe Stunde auf den Anschlussbus warten.

Die Platanen an der Haltestelle. Die riesigen alten Platanen. Sie geht auf und ab unter ihnen.

Viele Male später dann. Sie reicht kein zweites Mal einen Zettel ins Präsidium. Schnee, Frühlingswind, Blätterfall. Die Platanen in Pößneck. Ihre Angstvisionen. Das Kind hat die Decke über sich gezogen, verwickelt sich, es klettert aus dem Bett, fällt.

Wenn Heinrich für mehrere Tage auf einer Dienstreise ist, bringt eine Bekannte Joschua zu Bett; Frau Kutzer, die zwei Treppen tiefer wohnt, nimmt den Schlüssel. Saras Anwesenheit in Versammlungen ist sinnlos. Sie hört nicht zu.

Wenn sie Viertel nach zwei nach Hause kommt, die Kinderzimmertür öffnet, den Sohn schlafend findet, ist sie völlig erschöpft von ihren Ängsten.

Als Joschua dann wirklich aus dem Gitterbett klettert, mehrmals um Mitternacht mit bloßen Füßen im Treppenflur herumwandert, schreit, bis andere Nachbarn Frau Kutzer wecken, lässt Sara das Kind nicht mehr allein.

Von da an vergrößert sich ihr Schuldkonto rapide. Zur Wahlversammlung wird sie für ihr Fernbleiben von Versammlungen, für ihre schlechte Beteiligung an der gesellschaftlichen Arbeit gerügt. Zahlen werden im Bericht genannt, eine Stellungnahme gefordert. Von Notwendigkeit der Kollektiverziehung ist die Rede. Nicht die Gedankenlosigkeit der Männer ist es, Frauen haben das in den Bericht gebracht.

Was soll sie erwidern? In der Pause bedrängt man sie, sie müsse Stellung beziehen. Auch John meint das. »Sonst komme ich ins Gerede«, sagt er.

Sie meldet sich. Versucht zu erklären.

Kämpferisch müsse man sein und nicht lamentieren, ruft einer dazwischen.

Sara stockt. Dass sie ihre Seminare immer gemacht habe, will sie sagen. Sagt es nicht, setzt sich.

Saras wilde Gedanken nach der Versammlung. Wie immer fährt der Bus erst um Mitternacht. Ihre Schritte in der Bahnhofshalle. Die Wartezeit in Pößneck.

Das Auf und Ab unter den Platanen.

Es ist kalt, sie friert. Bewegt die Zehen, vergräbt die Hände in den Mantelärmeln, umklammert ihre Arme. Wind schlägt die froststarren Äste der Bäume gegeneinander. Klirrendes Geräusch, in unterschiedlichen Tönen.

Warum kein Wort über ihre Lehrtätigkeit?

Die steht nicht zur Debatte.

Nur die Anzahl besuchter Versammlungen. Von Übereinstimmung von individuellen und gesellschaftlichen Interessen war im Referat die Rede.

Die ewige Leier. Sara kann nicht so sein wie eine ihrer ehemaligen Kommilitoninnen. Drei Wochen nach der Geburt ihres Kindes hatte sie das Studium fortgesetzt. Ihre Mutter behielt das Kind. Die Studentin pumpte die Milch ab, brachte sie in die Klinik. Dafür wurde sie öffentlich belobigt. Vorbild für alle, stand über sie an der Wandzeitung. Ihr Foto daneben. Darunter, ihre individuellen Interessen habe sie zugunsten der gesellschaftlichen zurückgestellt.

In einer Versammlung, Sara saß im Präsidium, erinnert sie sich, kam diese Studentin zu ihr nach vorn, bat flüsternd, gehen zu dürfen, zeigte auf ihre FDJ-Bluse. Sara starrte auf die dunkelblauen Flecken unterhalb der Brüste. Ihre Milch laufe über, sie müsse abpumpen. Sara nickte erschrocken, »geh schnell«, flüsterte sie zurück. Am anderen Tag erfuhr sie, dass die Studentin von dem Geld für die Milch sich im neueröffneten Exquisitladen eine Silastikhose gekauft hatte.

Ihre Empörung und Scham damals. Wie konnte dafür Lob ausgeteilt werden?

Hat sie das vergessen? Sie hat es verdrängt. Auch sie ist manipuliert. Wortmüll ist in ihr, aus Versammlungen, aus dem Radio, aus Zeitungen.

Diese Übermenschinnen, die mehrere Kinder und den Beruf spielend vereinbaren. Papiergeschöpfe, die es nicht gibt. Erfindungen. Illuminationen des grauen Alltags. Leuchtende Vorbilder, die bewirken sollen, dass man angesichts eigener Niederlagen sein schlechtes Gewissen wachhält. Der Beruf ist immer die Hauptsache. Die Kinder sind das Privatvergnügen.

Die Passage im Referat. Erziehung durch das Kollektiv, die Sara helfen soll.

Sara lacht auf einmal unter den Platanen in die Kälte und Dunkelheit hinein. »Das Kollektiv liegt schief«, sagt sie laut, wiederholt: »Das Kollektiv liegt schief«, schreit es ein drittes Mal in die Nacht. Warum ist sie diesem gewaltigen, gegen die Natur gerichteten Unsinn aufgesessen? Ihre Gläubigkeit! Sie lacht immer mehr, befreit sich, hängt die Klischees in die klirrenden Zweige der Platanen und lässt ihre Gläubigkeit gen Himmel fahren.

Der Schichtbus kommt. Der ältere schiefschultrige Fahrer, der sich manchmal mit ihr unterhält, deutet mit einer Kopfbewegung an, dass sie vorn neben dem Fahrersitz Platz nehmen solle. Wie jedesmal, wenn sie da sitzt, zeigt er ihr, dass man selbst mit einem solchen klapprigen, fast auseinanderfallenden Bus elegante Kurven fahren kann und Sara bewundert es. Dann reden sie über die Länge des Winters und die Aussichten für das kommende Frühjahr. Im Radio singt Harry Belafonte *Cocoanut Woman* und *Island in the Sun.* Hinter Unterwellenborn, die meisten der Hüttenwerker sind ausgestiegen, nur wenige zugestiegen, biegt der Busfahrer von der Hauptstraße ab, fährt in das Neubauviertel hinein, setzt Sara vor ihrer Haustür ab. »Danke.« Sie schlägt die Bustür zu, winkt, als er losfährt.

Am nächsten Abend zieht Sara die Schubfächer auf, sucht den Kompass vom FDJ-Aufgebot, nimmt ihn heraus, öffnet die Ofentür, wirft ihn ins Feuer.

Heinrich sieht wortlos zu.

»Vergiss die Pappnadel nicht«, sagt er dann.

Und Sara sucht und wirft auch die ins Feuer.

Warum hat selbst John sie zu einer Stellungnahme gedrängt? Auch er vertut seine Zeit in Versammlungen. Lehnt sich nicht auf. Warum?

Sie würde ihn gern fragen. Würde so vieles mit ihm bereden wollen.

Aber wenn sie in Jena ist, weicht sie ihm bewusst aus. Und die Umstände machen es ihr leicht. Sie hat nie Zeit. Ihre Seminar- und Konsultationstermine mit den Studenten sind dicht gedrängt. Es gibt kein Hin und Her mehr in den Gängen der Bibliothek, kein Warten vor seiner Tür. Manchmal ein kurzes Gespräch zwischen zwei Lehrveranstaltungen im Sekretariat oder im Assistentenzimmer. Kein Essen zu zweit. Sara hat nur eine halbe Stunde Mittagspause. Kein Mit-dem-Auto-zum-Bahnhof-Bringen. Johns Frau arbeitet jetzt auch häufiger in der Universität. Zwei Semester über hat sie an den Tagen Institutsdienst, an denen Sara da ist, sitzt im Assistentenzimmer, einem Durchgangszimmer zu Johns Arbeitsraum.

Ihr Händedruck. Ihre Blicke. Davon leben sie. Immer sind andere dabei. Ein einziges Mal, erinnert sich Sara, waren sie allein. Sie suchte irgendwelche Akten in seinem Schrank, hockte am Boden. Er umfängt sie, küsst sie auf den Hals. Sie steht auf, geht aus dem Zimmer, ohne sich umzublicken.

Die Vertraulichkeit von Gespräch und Berührung, damals, in den Wintertagen, als Ellen zum Sport ging. Ihre Sehnsucht danach. Das darf nicht wiederkehren. Sie redet sich ein, es sei nur das Gespräch, das sie wünsche. Er ist ihr Lehrer. Er wird ihr Freund sein. Nicht mehr. Ich schaffe es, denkt sie.

Denkt das auch an jenem heiteren Maitag.

Es ist schon sommerlich warm. Der Himmel ist ohne Wolken. Sie ist das erste Mal mit dem Sohn nach Jena gekommen. Ihre Kollegen wollen ihn sehen. Er sitzt schon im Sportwagen. Es ist der Erste Mai. Sie treffen sich zur Kundgebung auf dem Marktplatz. Stehen in der Nähe des Hanfriedes. Die Sonne liegt auf den Walmdächern des Rathauses. John zeigt Joschua den Schnapphans, der in der Uhr am Rathausturm erscheint.

Später gehen sie alle zusammen unter den alten Bäumen im Paradies spazieren. Schlendern in kleinen Gruppen oder zu zweit.

Sara läuft mit Johns Frau. Unter anderen Umständen, denkt sie, würde ich Ellen gern zur Freundin haben. Sara mag Ellen. Natürlich und offen ist sie in ihrer Rede, ihrem Habitus. Immer auf die Arbeit konzentriert. Nie gibt es mit ihr diese überflüssigen Frauengespräche. Niemals Klatsch. Ihre kräftige Gestalt, ihr schönes Gesicht. Sie schminkt sich nicht. Auch das mag Sara.

John geht wenige Meter vor ihnen, ist im Gespräch mit dem alten Professor, ihrem Institutsdirektor. John dreht sich mehrmals um, lächelt den beiden Frauen zu.

Sie kommen an Karussells, Würfel- und Schießbuden. Sie bleiben stehen. Dem alten Professor, den sie immer den bürgerlichen nennen, ist es zu lärmig, er verabschiedet sich. Die anderen treten an die Schießbude. John schießt eine Papierblume für seine Frau. Dann einen Schornsteinfeger für Saras Sohn.

Und er sagt – seine Frau steht dabei –, er müsse einmal in Ruhe mit Sara einige Arbeitsdinge besprechen. Es habe sich so viel angehäuft. Ihre Situation sei kompliziert, man solle in Ruhe Varianten überlegen. »Wir könnten uns außerhalb des Universitätsgetriebes treffen«, sagt er. Sara müsse sich die Zeit nehmen.

Und Sara nickt.

Er komme ihr entgegen, meint er und schlägt die Mitte zwischen ihren beiden Städten vor.

Sara sieht überrascht auf Ellen. Aber sie zeigt keine Regung im Gesicht, steht ihrem Mann zugewandt, streicht mehrmals über seinen rechten Anzugärmel, konzentriert sich auf einige Fusseln, nimmt sie vom Ärmel ab.

Dann ist Joschua krank und zweimal sagt Sara ab. Sie weiß die ganze Zeit über, es geht nicht um die Arbeit. Sie weiß es verzweifelt genau.

Und dann sagt sie doch zu.

Der Ort zwischen Saalfeld und Jena mit dem schönen Namen ist zweigeteilt. Der eine, größere Teil mit der alten Kemenate liegt auf einem Hochplateau, der andere, langgestreckte, unten im Tal. Durch das Tal fließt die Saale. Und die Eisenbahnlinie führt hindurch.

Sara kommt mit dem Zug, John mit dem Auto.

Es ist ein heißer Junitag. Schwarze Schatten liegen über den Windungen des Flusses. Der Himmel ist dunkelgrün.

Sara geht über die Gleise mit den gerissenen, Hitze ausströmenden Holzschwellen. Geht durch die Schwingtür der Bahnhofsmitropa. Bestellt einen Kaffee. Sie ist müde. Ihr ist schlecht. Warum ist sie gekommen? Eine Männerrunde von Biertrinkern hockt am Stammtisch. Sara setzt sich mit dem Rücken zu ihnen. Laute und starke Reden. Anspielungen. Sie ist gemeint. Sie will Geld auf den Tisch legen, will gehen. Da bringt die Kellnerin den Kaffee. Die angeschlagene Tasse. Sara trinkt einige Schlucke. Zahlt. Vom Erdboden möchte sie verschwinden.

John ist noch immer nicht da. Sie geht in die Vorhalle, sieht auf den Fahrplan. In einer Stunde fährt ein Zug zurück. Wenn doch sofort einer führe. Sie geht zum Bahnhofsvorplatz. Warum nur ist sie hier? Sie läuft auf und ab. Ein Auto nach dem andern fährt vorbei. Sie wartet auf ein dunkelrotes. Manchmal hält eines. Auch ein dunkelrotes. Ihre Angst. Unerträgliche Spannung.

Endlich sein Auto. Er. Die Tür öffnet sich. Sara steigt ein.

Ihr sofortiges Gespräch. Ohne Übergang, rückhaltlos. Die Spannung weicht. Nähe. Heiteres Einvernehmen in der sich von beiden Seiten überstürzenden Rede. Das Projekt, Saras ungenügender Anteil daran, Johns Kritik, die Veränderungen in ihrem Gesicht, die John wahrnimmt, mit den Fingern deutet, Joschuas Größe und sein Gewicht, die Jugendweihefeier von Johns Sohn; Johns Warten auf Sara, Ellens Depressionen, durch die Tätigkeit im Institut zurückgedrängt, Saras Gerügtwerden. Ihre Betroffenheit, dann ihr Widerstand. Sie erklärt John, was sie davon hält. Er stimmt ihr zu. Aber seine Bedenken. Auch er sei den Zwängen unterworfen, gerade in ihrem Falle. »Wieso?« – »Wieso!«

Als einzigen Ausweg, fährt er dann fort, sähe er eine Aspirantur, wenn sie nicht mit Heinrich nach Jena ziehen könne oder wolle. Er spricht über Vor- und Nachteile. Sara spürt, das wäre das Beste für das Kind und auch für sie.

Sie fahren nach der Flussseite hin. Fahren eine halbe Stunde. Stellen das Auto am Straßenrand ab.

Die Landschaft ist hüglig geworden. Sie steigen. Der Fluss liegt schon in der Ferne. Sie können seine Windungen überblicken. Sie gehen durch Wiesen. Kommen an eine Kirschplantage. Dann eine Kiefernschonung. Schließlich wieder Wiesen. Sie sind schon abgemäht. Nur an den Rändern des sie durchziehenden Weges wuchert noch eine verschwenderische Juniblumenfülle. Hahnenfuß, Mauerpfeffer, Spitzwegerich, weiße Margeriten. Johanniskraut mit seinem stechenden Gelb. Sara pflückt eine

Blüte, zerreibt sie zwischen den Fingern. Blutrot werden sie. Ihr Reden, ihr unaufhörliches.

Der Himmel ist noch immer dunkelgrün. Aus dem heißen Weg steigt Staubgeruch, mischt sich mit dem der Felder, an denen sie nun vorbeigehen. Das Getreide ist schon armhoch. Für Momente kommt die Sonne. Alle Farben leuchten, werden intensiv in ihrem Widerschein.

Sara und John kommen an einen Hohlweg. Er ist zu beiden Seiten von Walnussbäumen gesäumt. Sie gehen hindurch. Der Halbschatten der Bäume fällt auf sie.

Der Weg führt in eine Senke. In der Senke machen sie Halt. Ihr Gespräch verstummt so plötzlich, wie es begonnen hat. John zieht seine Jacke aus, breitet sie auf das Gras.

Sanftheit und Geduld, er hat beides im Übermaß an diesem Tag. Und an diesem Tag wird sie eine Frau, wird seine Frau, empfindet ihn, empfindet überhaupt zum ersten Mal.

Und danach ist noch immer tief grüner Himmel. Sara hat das Zeitmaß verloren. Sie sieht, am Rande der Senke bewegen sich die Baumwipfel heftig. Vor dem stürzenden Gewitterregen erreichen John und Sara das Auto. Sie fahren nach Orlamünde zurück. Am Bahnhof sehen sie, der nächste Zug in Richtung Saalfeld fährt erst in zwei Stunden. John bringt Sara mit dem Auto nach Hause. Die Straßen sind überschwemmt. In weitem Bogen spritzt das Wasser nach beiden Seiten, klatscht mit hartem Schlag gegen den Unterboden des Wagens. Wenn ein anderes Auto ihnen entgegenkommt, doppelt sich der Bogen und das Wasser stürzt über dem Autodach nieder. Der Regen prasselt an die Scheiben, die Wischer schaffen es nicht.

John will Sara vor ihrem Haus absetzen. Aber sie steigt an der Ecke aus, rennt das kleine Wegstück bis zum Neubaublock. Ist völlig durchnässt.

Heinrich ist schon zu Hause. Hat Joschua aus der Kinderkrippe geholt. Sie muss es sagen, sofort. »Ich bin die Frau eines anderen.« Diesen Satz in den Raum stellen.

Heinrich kommt mit dem Fön, bringt trockene Sachen. Joschua krabbelt über den Boden des Zimmers. Abendbrot steht auf dem Tisch. »Ich habe Joschua noch nicht gefüttert. Mache du es. Wir haben auf dich gewartet.«

Die verdeckenden rettenden Alltagsdetails. Sara nimmt Joschua auf ihren Schoß. Setzt ihn dann in den Kinderstuhl. Macht Brote zurecht, schneidet kleine Happen, schält einen Apfel, eine Birne, zerteilt sie, gibt sie ihm.

Sie selbst bringt keinen Bissen hinunter. Heinrich bemerkt es nicht.

Er isst und redet. Er könne in wenigen Monaten in Berlin als Chefkonstrukteur anfangen, sagt er. Sie wisse, die Stelle, die ihn am meisten interessiere.

»Ich habe heute die Zusage bekommen. Sara, was sagst du?«

Er wartet ihre Antwort nicht ab. Ein Zimmer in einem Ledigenwohnheim vorerst. Wann er die Familie nachholen könne, sei ungewiss. Der Kaderleiter des Ingenieurbüros habe am Telefon von zwei Jahren gesprochen. Das wäre für eine Wohnraumzuweisung in der Hauptstadt eine äußerst kurze Frist. »Nicht wahr, Sara?«

Wieder wartet er nicht auf eine Antwort, spricht von Theateraufführungen, Konzerten, Ausstellungen, die er in Berlin besuchen könne, spricht von all dem, was er seit dem Studium in Halle hier in der Kleinstadt am Rande vermisse.

»Ich freue mich für dich«, sagt Sara.

»Aber ohne dich macht es keinen Spaß und es ist ungerecht«, entgegnet Heinrich und spricht dann von der Trennung von Joschua, die ihm schwerfallen werde. Er bedauert sie. »Vielleicht ist es falsch, jetzt in seinem Alter«, sagt er. »Zumindest ist es schade, er verändert sich jeden Tag.«

Sara fällt ein, John ist es gewesen, der den Anstoß gab. Damals, als er mit Frau und Tochter bei ihnen am Kaffeetisch saß. Ob Heinrich für sich eine Perspektive in Berlin sähe, hatte er gefragt. Die seine sei dort und damit auch die Saras. Dann war davon nicht mehr die Rede. Johns Pläne hatten sich geändert.

Sara überfällt eine große Angst. Heinrich wird weit weg sein und John in der Nähe. Und der Nachmittag in der Senke ist vor ihr, ihre spitzen kleinen Schreie. Ihr vollkommen veränderter Körper. Alles scheint ihr unwirklich. War sie das?

Sie sieht auf Heinrich und das Kind. Und ist sie das, die hier sitzt?

Sie muss es ihm sagen, muss ihm den Satz sagen.

Sie wird das Kind ins Bett bringen und es dann tun.

Sie nimmt Joschua, die üblichen Abendriten, mechanisch verrichtet Sara sie. Joschua ist deutlich unzufrieden mit der Mutter. Nach einer Dreiviertelstunde kehrt Sara ins Wohnzimmer zurück.

Heinrich hat Gläser und eine Flasche Wein auf den Tisch gestellt.

»Ich bin nicht die, die du in mir siehst«, sagt Sara. Bleibt an der Tür stehen. Eine feige Abwandlung dessen, was sie sagen muss. Sie holt Luft.

Heinrich kommt auf sie zu. »Ich weiß«, sagt er. Überschüttet sie mit Worten. Sie werde es schaffen, diese Jahre des Alleinseins. Vielleicht werde es nur eines. Und am Wochenende komme er ja. Sie habe die ganze Arbeit mit dem Kind, gut, aber sie werde es schaffen.

»Nein, das meine ich nicht«, sagt Sara.

»Ich bin eine andere, von der du nichts weißt.« Sie stockt.

Heinrich knackt mit den Fingern. Nie hat es Sara bisher gestört. Jetzt erfasst sie ein heftiger Widerwille. Sie sieht auf seine hohe Stirn, die Geheimratsecken. Johns Gesicht vor ihr.

Ihre Feigheit. Der Satz bleibt aus.

Heinrich redet, ihre verschwommenen Selbstbezichtigungen beantwortet er mit Ermutigungen. Sara klammert sich daran. Missverstehende, täuschende Worte. Sucht nach Harmonie. Das Gespräch verliert sich in Harmlosigkeiten. Sie werde es schaffen, versichert er ihr immer wieder. Umarmt sie.

»Auch John meint das.«

»Wieso John?«

»Ich habe in letzter Zeit mehrmals telefonisch mit ihm über deine Arbeitsprobleme gesprochen«, sagt Heinrich.

»Du hast mir davon nichts gesagt.«

»Nein, warum?«

Saras Verwirrung. Ihre peinigende Niederlage: Sie war feige, hat es nicht gesagt.

Zwei Monate später fängt Heinrich in Berlin zu arbeiten an. Es ist der September siebenundsechzig. Sara hat in diesen beiden Monaten mehrere Gespräche in der Universitätsleitung gehabt. Hat ihre Lage dargestellt. Im Ergebnis nehmen die Dinge für sie einen guten Ausgang. Ihr Institut bietet ihr eine dreijährige Aspirantur an. Ein geringes Stipendium nur, aber dafür Freistellung von Studentenbetreuung und Lehrtätigkeit. Ausschließliche Arbeit an der Dissertation.

»Auf Grund Ihrer bisherigen Leistungen und Ihrer besonderen Situation«, sagt der Institutsdirektor. Eine FRAUENGEFÖRDERTE nennt er sie; und das Wort klingt im Munde des alten Professors wie minderbemittelt. Sara stört das nicht, sie lächelt, sieht in der Männerrunde von einem zum anderen. John ist bei der Aussprache nicht dabei.

Sara ist erleichtert und froh. Sie muss fortan nur ein-

oder zweimal im Monat zum Doktorandenseminar nach Jena fahren. Von Versammlungsbesuchen ist keine Rede mehr. Man hat sie einfach von der Teilnehmerliste gestrichen, ist so keiner übergeordneten Leitung mehr Rechenschaft schuldig und sie drückt nicht die Prozentzahlen.

Sara arbeitet zu Hause.

Und das Kind wächst. Es spielt im Zimmer, während Sara arbeitet. Kriecht umher, klettert auf den Schreibtisch. Manchmal schafft Sara Joschua am Vormittag für einige Stunden in die Krippe. Meist aber kann sie sich nicht von ihm trennen. Später passt sie ihren Rhythmus seinem Leben an, arbeitet abends und nachts. Tagelang spricht sie mit niemandem. Nur mit Joschua. Freunde und Bekannte sind weit. Sie vermisst nichts. Sie hat den Sohn.

Saras Erinnerung: Gebrauchtwerden, absolutes Glück. Alles geschieht zum ersten Mal. Joschua sieht Baum und Himmel, die Benennung mit den Worten Baum und Himmel. Erfahrung sammeln, heiß, kalt. Sein kleines Gesicht, das Mienenspiel, Heiterkeit und Schmerz im gleichen Moment. Die Beweglichkeit seines Körpers. Sein Anschmiegen.

Die Wiederkehr des gleichen jeden Tag. Laufen lernen, Schritt um Schritt. Einen Löffel halten; Kunststück, ihn zum Mund zu bringen. Lernen, ohne Windeln zu sein, Übung über Monate.

Kinderkrankheiten. Zähne. Zum ersten Mal das Wort ICH. Wutausbrüche. Tränen. Saras Lieder und Märchen für Joschua jeden Abend. Seine Nachahmungen. Sein Sprechenlernen. Die Wortverdrehungen, ulkigen Erfindungen. Sein Singen.

Die erste Karussellfahrt. Auf dem nahegelegenen Dorfplatz in Gorndorf ein kleines, quietschendes Karussell. Sie erinnert sich, es war das Volksfest anlässlich des 50. Jahrestages der Großen Sozialistischen Oktoberrevolution. Sara denkt an ihre Kollegen in Jena, sie werden von Festakt zu Festakt eilen, Verpflichtungen eingehen und sie einlösen müssen. Sie feiert mit Joschua. Pfützen um das Karussell herum, aufgeweichte Erde, Schlamm. Vico Torrianis Stimme, *ein Traum … ein schöner Traum, der Wahrheit wird …* aus einem blechernen Lautsprecher. Joschuas glückliches kleines Gesicht. Seine winkende Hand, wenn er an der Mutter vorbeikommt. Die schneller werdenden Umkreisungen. Nieselregen. Saras kalte Füße. Joschua ist nicht wegzubringen. Er muss alles probieren. Später trägt sie ihn nach Hause, er wacht auch nicht auf, als sie ihn auszieht und zu Bett bringt.

Die erste Kasperpuppe, der Dackel mit den Knopfaugen und langen Schlappohren. Sara lässt ihn über ihre Schulter oder in der Armbeuge agieren. Er ist Respektsperson. Sie gebraucht ihn für Unbequemes, für Warnung und Tadel.

Wenn Vollmond ist, will Joschua zum Fenster getragen werden, greift nach dem Mond. Der erste Schnee, Joschua beugt sich weit nach hinten, öffnet den Mund. Alles geschieht zum ersten Mal.

Seine Malversuche. Farbstifte und Papierbögen auf dem Tisch. Wildes ungelenkes Umherfahren. Die Mühe, den Stift zu halten, den Blattrand zu akzeptieren. Der ganze Körper kommt zum Einsatz. Kommentierung der Vorgänge auf dem Blatt mit Lauten, Satzfetzen. Ein Rhythmus wird gefunden, Farben übereinander gelegt. Andauernde intensive Beschäftigung.

Der einjährige Joschua. Der Zweijährige. Der Dreijährige.

Ereignisse in jenen Jahren. Die Bombardements der Amerikaner auf Vietnam. Täglich. Kein Ende abzusehen. Als Joschua zwei ist, erinnert sich Sara, der Einsatz von Kugelbomben, von Napalm. Die Fotos in den Zeitungen, eingebrannt in ihr Gedächtnis. Jenes etwa achtjährige Mädchen. Fliehend, im Hintergrund Vernichtung. Der Mund zu einem Schrei geöffnet. Unfassbarkeit des Geschehenden. Verzerrt die Züge. Zugleich etwas Unantastbares in dem Gesicht. Auf dem Rücken trägt das Mädchen einen dicken kleinen Jungen. Viel zu schwer ist er für sie. Schützende Geste. Ihre Arme umklammern den Jungen auf ihrem Rücken. In Saras Wachsein, ihrem Traum das Bild, noch heute.

Die Conterganinder in jenen Jahren. Die Vorgänge in Persien. Der Schahbesuch im Juni siebenundsechzig in Westberlin. Die Ermordung Benno Ohnesorgs. Die dadurch ausgelösten Protestaktionen der Studenten. Dann achtundsechzig der Höhepunkt. Kurz vor Ostern die Schüsse der Neonazis auf Rudi Dutschke. Der Ostermarsch. Dreihunderttausend Menschen auf den Straßen. Frankreich, Cohn-Bendit in den Studentenheimen in Nanterre bei Paris. Die Phantasie an die Macht.

Merkwürdig, an all das erinnert Sara sich. Sieht sich inmitten der Schlagstöcke und Wasserwerfer, sich schätzend, schreiend; sieht sich, den Sohn im Kinderwagen, den Sohn auf den Schultern, im endlosen Zug der Ostermarschierer. In einer Kommune, Lebensexperiment, Joschua im Kinderladen.

In ihrem Land aber sieht sie sich nicht. Diesem sie wärmenden Ländchen, das keine Notstandsverordnungen kennt, in dem die Solidarität mit Vietnam selbstverständliche Staatsdoktrin ist.

Wie kann das angehen, warum sieht sie sich nicht?

Zurückdenken. Siege, immer die Nachrichten der Siege, im Radio, in den Zeitungen. Die höchste Ernte in jedem Jahr, die steigende Produktion, Übererfüllung, Planvorsprünge, Wettbewerbsaufrufe. Der Weg dahin ausgespart. Damit alle Schwierigkeiten, Widerstände – das eigentliche Leben.

Sara erinnert sich auf einmal doch eines Vorganges.

Ende Juni achtundsechzig, der fünfundsiebzigste Geburtstag des Partei- und Staatsoberhauptes. Am Vortag eine Manifestation der Jugend des Landes im Stadion. Arbeitsergebnisse als Geschenk für Walter Ulbricht.

Auch eine Festübung der Frauen.

Sara starrt in den Fernsehapparat, den ersten, den sie sich gerade gekauft haben. Sie will es nicht glauben, kneift die Augen zusammen, presst ihre Lippen: da werden Frauen zu Losungen, Bewegungen von Menschenmassen, um wechselnde Bilder zu erzeugen.

Sara sieht sich als Buchstaben, als Teil eines solchen, im Querbalken des Fs zum Beispiel, als einen Punkt, als Ausrufezeichen.

Absurd.

Die Kamera schwenkt zu den Gesichtern einzelner Frauen. Keinerlei Missmut, fröhlich, zufrieden scheinen sie.

»Mache das bitte aus«, sagt Sara zu sich und sie schaltet den Fernsehapparat aus. Dieses Fest der Lebensfreude verfolgt sie lange.

Der Stein. Die Standbilder. Diese den Fliegen und Kamelen vergleichbaren Tage.

Wenn wir fortfahren, die Welt derart
mit den Regungslosen anzufallen,
wo sollen da die Lebenden leben?

Ich will, dass du überdrüssig bist mit mir
all dessen, was da wohlbereitet ist.
All dessen, was uns altern lässt.
Dessen, was sie vorbereitet haben,
die anderen zu ermüden.

Sara schreibt die Verse Pablo Nerudas auf einen Zettel, zerknüllt ihn dann. Holt einen neuen Bogen. Schreibt die Strophen mit großen Buchstaben darauf. Nimmt eine

Reißzwecke, drückt das Blatt mit der flachen Hand an die Wand in Augenhöhe neben dem Schreibtisch.

Sie sieht noch heute den Zettel mit den großen Buchstaben, sieht sich an dem Schreibtisch sitzen, es war Heinrichs Schreibtisch, den er aus Blankenburg mitgebracht hatte, er stand am Fenster; das freie Feld gegenüber war längst Baustelle. Es war am Ende dieses Saalfelder Jahres, das sie so intensiv mit dem Sohn gelebt hatte. Oder war es auch eine Flucht zu dem Kind? Und in ihre Arbeit?

Die verworrenen, immer stärker sich verwirrenden Beziehungen zu beiden Männern.

Heinrich kommt jeden Freitag. Spätabends, eine halbe Stunde vor Mitternacht. Sara holt ihn stets vom Bahnhof ab, steht auf dem leeren, spärlich erleuchteten Bahnsteig, auf dessen linkem Gleis der Berliner Zug einfahren muss. Am frühen Abend des Sonntags steht sie wieder da, mit Joschua. Heinrich steigt in den Waggon und Sara und Joschua winken, wenn der Zug den Bahnhof verlässt. Sara geht mit dem Kind nach Hause, bringt es zu Bett. Am Sonntagabend beginnt die Woche von neuem.

Und Sara fragt sich, ob John kommen werde. Seit ihrer Umarmung in der Senke ist ihr Widerstand geringer geworden, ja fast ausgelöscht. Sie sehnt sich nach ihm, zählt die Tage.

Und John kommt. Manchmal überraschend. Manchmal schickt er ein Telegramm. Das bedeutet: Lass uns Zeit füreinander haben. Wie er es Ellen erklärt, nie fragt sie ihn. Wenn er in Berlin zu tun hat, fährt er einen Umweg, macht auf der Hinfahrt bei Sara halt und auch auf der Rückfahrt. An Vormittagen, an Nachmittagen, an Abenden kommt er in jenem Jahr, als Heinrich nicht mehr in Saalfeld arbeitet.

In der ersten Zeit, erinnert sie sich, lässt sie das Kind zu Hause. Als ob es sie schützen könne. Einmal dann bringt sie es auf Johns Drängen doch noch in der letzten halben Stunde zur Nachbarin.

Wenn John durch die Tür tritt, sind alle ihre Bedenken vergessen. Er überfällt sie mit seinen Wünschen. Er eröffnet ihr eine völlig neue erotische Welt. Ihr Reden und Lieben. Zwischen ihrem Kopf und ihrem Schoß, sagt John, gäbe es eine geheime Verbindung. Seine Wünsche werden die ihren. Alles ist zwingend. Er kommt zu ihr, sie ist seine Frau.

Nach Stunden dann das Klappen der Tür, das Anlassen des Motors, das sich entfernende Geräusch seines Autos. Sara ist wieder allein.

Die unbegreifliche Heiterkeit danach. Tagelang … Selbst das tötende Gleichmaß der Neubaublöcke kommt in Bewegung und der braune Himmel wird hell …

Die Lieder und Späße für Joschua am Abend hören nicht auf. Ihre Arbeit geht voran. Und wenn Sara Freitagnacht auf dem menschenleeren Bahnsteig wartet, scheint es ihr auch für Heinrich auszureichen. Fast immer hat sie sich eine kleine Überraschung ausgedacht, die ihm Freude machen könnte. Heute weiß sie, es war ihr schlechtes Gewissen; es war nur ihre überflüssige Liebe, die sie ihm gab.

Das Wochenende verbringen sie in dem Jahr meist in Blankenburg im Haus am Markt. Joschua ist Mittelpunkt. Heinrich beschäftigt sich fast ausschließlich mit dem Kind. Er will erfahren, was der Sohn die Woche über gelernt hat. Sara ist es recht, sie tut alles, um die Aufmerksamkeit auf das Kind und von sich abzulenken. Tagsüber machen sie bei jedem Wetter lange Wanderungen. Auf steilen, unwegsamen Strecken trägt Heinrich den Sohn auf den Schultern, dann wieder sitzt Joschua in seinem kleinen hölzernen Handwagen und wird gezogen.

Am Abend darf er lange aufbleiben. Da ist auch Heinrichs Mutter von der Arbeit zurück. Und später liegt er in der verwinkelten Schlafstube im alten Eschenholz-Ehebett der Großeltern zwischen Sara und Heinrich.

Manchmal hebt Heinrich Joschua behutsam hoch, legt ihn an die äußerste Bettkante, deckt ihn wieder zu. Und kommt zu Sara. Sie lässt es geschehen. Alles ist selbstverständlich.

Aber das passiert selten.

Meist, wenn Heinrich die Hand über das Kind streckt, das schniefend zwischen ihnen liegt und schläft, flüstert Sara, es werde wach werden.

Heinrich zieht die Hand zurück und Sara schämt sich, dass er ihren Vorwand akzeptiert. Manchmal fragt sie sich, ob er das, was sie ihm nicht gibt, bei anderen Frauen sucht.

Nie sprechen sie über ihre intimen Beziehungen. Nie beklagt er sich. Bei der geringsten Andeutung einer Abwehr lässt er von ihr. Seine Rücksichtnahme. Sara nimmt sie wie ein Geschenk. Erwidert sie mit schwesterlichen Zärtlichkeiten bei Tage, mit kleinen Gesten der Freundlichkeit. Glaubt, es damit zu erwidern.

Erst viele Jahre später, als sie schon getrennt sind, wird Heinrich ihr sagen, wie sehr ihre Zurückweisungen ihn damals verletzt haben.

In diesem Saalfelder Jahr wünschte sich Sara heftig und bedingungslos, dass John sich für sie entscheiden werde. Und sie glaubte, auch er habe keinen anderen Wunsch.

Ein Bild kommt Sara in den Sinn. Einmal, nach einem Doktorandenseminar, stand Sara noch mit einer Gruppe von Kollegen, sich lebhaft unterhaltend, am Seitenportal der Universität. Ellen hat es eilig und zieht John aus dem Kreis. Ohne sich zu verabschieden gehen sie. Sara sieht ihnen nach. Sieht sie zum ersten Mal als Mann und Frau. Johns Gestalt. Sein Schritt, sein Gang. Die schmale Gasse, in der sich die Giebel zueinander neigen, ist leer. Nur die beiden laufen da. Entfernen sich in den Abend. Ihre Begier, dort an seiner Seite zu gehen, mit ihm nach Hause zu kommen, den Alltag zu teilen.

Ein andermal, das Seminar war am Vormittag, Ellen ist für eine Woche zum Skiurlaub, bietet John Sara an, sie nach Saalfeld zurückzubringen. Er müsse nur vorher zu Hause vorbei, die Tochter sei krank. Sie fahren zusammen. Sara kocht einen Hagebuttentee und macht der Tochter Schnitten. Im Kühlschrank ist nur Wurst. Nichts Grünes. Sara belegt die Brotscheiben, schneidet sie in lustige Formen, ordnet sie zu einer Blume auf dem Teller. John hatte sie später oft an dieses Detail erinnert. Es sei eine Kleinigkeit, hatte sie damals auf sein Lächeln hin gesagt und er hatte sie umfasst und erwidert, sie bestünde aus solchen Kleinigkeiten. Ellen würde das nie einfallen.

Sara hatte sich in der nüchternen Einrichtung der Wohnung umgesehen und sich auf eine – wie sie heute begreift – kindisch-törichte Weise dieser Frau überlegen gefühlt. Ellen war einfach anders. Sie hatte andere Werte. Und die Kinder waren nicht ihre eigenen. Und John half ihr nie.

Als sie der Tochter Tee und den Brotteller ans Bett brachten, beklagte sich John über Ellen. Nie backe sie am Wochenende Kuchen. Seine Kinder würden durch das Treppenhaus laufen und an Türen stehenbleiben, aus denen süßer Kuchenduft ströme. Ellen denke nur an ihre Wissenschaft. Einmal, zu Weihnachten, habe sie einen Artikel beenden wollen und es sei keine Zeit zum Schmücken des Weihnachtsbaumes geblieben. »Warum hast du ihn nicht geschmückt?«, fragt Sara und er sieht sie verständnislos an.

Seine immer wiederkehrende Klage aber war: Ellen wolle niemals mit den Kindern in den Urlaub fahren.

Für Sara war das unbegreiflich. Sie bemitleidete John und übernahm – ohne sich in Ellen zu versetzen – seine

Sicht auf seine Frau. Es tat ihm gut, spürte sie, und ihr tat es ebenfalls gut. Sie hörte es auch gern, wenn er sagte, es sei schön, wie sie mit ihrem Sohn umgehe, er liebe ihre Mütterlichkeit. Auch damals sagte er das, erinnert sie sich. Und sie verabschiedeten sich von seiner Tochter und ließen sie allein.

Es war Mittag. Sie fuhren nicht nach Saalfeld, sondern in die entgegengesetzte Richtung, fuhren in die Schlachtfelderdörfer um Jena und Auerstedt, hielten in Vierzehnheiligen und besuchten den »Grünen Baum zur Nachtigall« in Cospeda. Auf dem Marktplatz von Naumburg aßen sie eine Thüringer Rostbratwurst und auf dem Weg durch die Gassen gerieten sie in ein Antiquariat. Der an einen Marabu erinnernde Antiquar sah über seine Brille, beobachtete ihr Tun und öffnete ihnen nach einer Zeit seine hintere Ladenstube. Sara fand eine schöne alte Ausgabe von Gottfried von Straßburgs Epos und John eine kleine Einzelausgabe von Goethes Eheroman. Sie unterhielten sich lange mit dem Antiquar. Als sie dann draußen vor dem Schaufenster standen, neideten sie einander das Gefundene und beschlossen zu tauschen und die beiden Bücher sich gegenseitig zum Geschenk zu machen.

Am gleichen Abend noch begann Sara die »Wahlverwandtschaften« zu lesen und legte das Buch nicht wieder weg und las auch den Satz, dass ihnen *das Leben ein Rätsel war, dessen Auflösung sie nur mit einander fanden.* Den anderen, der ihr von Johns Vorlesung im Gedächtnis war; von der *Sünde,* die Eduard und Ottilie *wie Wasser hinabtranken,* fand sie nicht.

Ihre eigenen Verstrickungen. Ihre darum kreisenden Gedanken. Eine Trennung von Heinrich? Sie scheint ihr möglich. Wünschenswert. Wenn sie aber an Heinrichs Verhältnis zu dem Kind denkt, ist eine Trennung ausgeschlossen.

Ein Leben mit John! Alle ihre Gesinnungen gehen dahin. Ohne Maß ist sie. Kein Gewissen spricht mehr zu ihr. Er liebt sie, sie liebt ihn. Seine Gegenwart verschlingt alles: das Leben mit ihm teilen, den Alltag.

Diesen Alltag, über den sie manchmal sprechen.

»Ich möchte mit dir jeden Abend zu Bett gehen«, sagt John.

»Mit dir Kohlen aus dem Keller tragen«, sagt Sara.

»Mit dir aufwachen, zur Arbeit hasten«, sagt John.

»Straßenbahn fahren.«

»Zähne putzen.«

»In der Kaufhalle an der Kasse stehen. Mit dem Kind spielen. Blumenerde kaufen. Kochen. Abwaschen.«

»Zeitung lesen«, sagt John, »während du Kaffee machst.«

Sara erwidert: »Mit dir schweigen, einen ganzen langen, langen Tag.«

»Von dir meine Arbeiten durchgesehen bekommen, als strenge Kritikerin«, sagt John.

Und Sara: »Von dir ein Kind bekommen.«

Sie wünschte sich das damals so heftig, dass ihr völlig entging, dass die Dialoge über ihren fiktiven Alltag an dieser Stelle immer abbrachen. John schwieg.

Er schwieg auch, als sie ihm mehrmals erzählte, von einem winzigen Kind habe sie geträumt, mit seinen Zügen und einem Pullover, der die Farbe des seinen gehabt habe und so lang und weit wie der seine gewesen sei. Er schwieg dazu.

Sara war es nicht vorstellbar, dass er nicht den gleichen Wunsch wie sie haben könnte. (Erst später begriff sie, dass er wohl in dieser Zeit kein einziges Mal an ein gemeinsames Leben gedacht hatte.)

Einmal, sie stritten über die Arbeit, sagte Sara zu ihm: »Du bestehst nur aus deiner Arbeit.« Er fügte hinzu: »Und aus Frauen.« Ganz selbstverständlich gebrauchte er die Mehrzahl. »Die Kinder hast du vergessen«, sagte Sara noch. Auch da schwieg er. Und ihr fiel ein, dass sie ihn einmal nach den Geburtstagen seiner Kinder gefragt hatte und er lange überlegen musste. »Warum hast du kein Kind mit Ellen?«, fragte sie. »Sie will nicht.« Er stand auf, das Gespräch war beendet. Sara erinnert sich, sie war auf einmal misstrauisch, glaubte ihm nicht, fühlte sich in seiner Gegenwart elend und allein.

Annähernd zur gleichen Zeit sagte Heinrich an einem Wochenende, die Trennung werde bald beendet sein; eine Wohnung in Berlin und der Umzug stünden in Aussicht. Und zum erstenmal sprach er von einem zweiten Kind.

Da war es Sara, die nichts erwiderte. Sie wurde glutrot. Heinrich schien nichts zu bemerken. Das verwirrte sie noch mehr. Er sprach ruhig und überlegt wie immer, sprach vom Abstand der Geschwister, vier Jahre seien gut, er nannte Saras Aspirantur eine günstige Zeit. »Du kannst das Kind das erste Jahr zu Hause behalten.« Sara nickte kaum merklich, schwieg. Ihre völlige Verwirrung. Sie wollte ein Kind, aber nicht von ihm. Du musst dich stellen, du kannst Heinrich nicht mehr ausweichen, du musst es tun, dachte sie, du musst es entwirren.

Um abzulenken und in ihrer Verlegenheit begann sie, von ihrer Arbeit zu erzählen. Heinrich ging sofort darauf ein. Sie hatten noch nie ausführlich darüber gesprochen. Wann sollten sie auch Zeit dafür finden. Heinrich erkundigte sich nach dem gegenwärtigen Stand, Sara erklärte ihn langatmig und umständlich. Dann sagte sie, sie sei oft unzufrieden mit sich.

»Warum?«

»Weil ich nur ausführe, was John vorgibt. Ich entwickle es lediglich an einem anderen, fremden Stoff. Ich denke mit seinem Kopf, habe keinen eigenen.«

Heinrich versuchte, sie zu beruhigen. »Unsinn«, sagte er, »deine Abhängigkeit von deinem Lehrer ist normal, du lernst dabei.« Und abschließend: »Wenn es dich bedrückt, sprich doch mit John darüber.«

Sara tat es. »Ich bin wie Ottilie«, sagte sie beim nächsten Mal, ohne Einleitung, Begründung.

»Wieso«, fragte er.

»Erinnere dich an die Stelle in den ›Wahlverwandtschaften‹, als Eduard Ottilie ein Schriftstück von sich zur Abschrift gibt. Sie schreibt zunächst mit ihren Zügen. Dann, je weiter sie fortfährt, werden die ihren den seinen immer ähnlicher, schließlich, am Ende, gleichen ihre Schriftzüge völlig den seinen. Eduard hält das für Liebe. Ich nicht.«

Es sei ein absurder, unpassender Vergleich, sagt John. Einfach Unsinn.

Was sie sich einrede, beträfe auch andere, ihre Arbeit diene einer größeren, kollektiven, da sei jeder ein Teil.

»Du aber nicht«, erwidert Sara. Sie erschrickt über ihre Anmaßung. Der Abstand der Jahre. Sie fängt erst an.

Genau das hält er ihr auch vor. Aber das ist es nicht, weiß sie. Er spricht von ihrer Isolierung durch das Kind, ihrer Entfernung von der Universität, dem fehlenden Gespräch mit den Kollegen, der Unmöglichkeit für sie, im Moment Bibliotheken zu benutzen. Alle Termine ihrer Aspirantur habe sie eingehalten. Was wolle sie mehr. Und – Heinrichs Worte – die Abhängigkeit vom Lehrer sei ganz normal.

»Ist sie schlecht«, fragt er.

»Nein. Aber ich bin es nicht. Du bist es.«

Sara will nicht seine Beruhigung, will ihr Ungenügen an sich von ihm bestätigt haben. Er müsste sie doch verstehen.

Er versteht sie nicht. Schweigt gereizt.

Sie berühren das Thema nicht wieder.

Vorerst. Später dann, in der beginnenden Zerstörung ihrer Liebe, wird der Streit darüber zu den bitteren, dunklen Vorgängen gehören. Im Sprachlosen ablaufen. Im halb Unbewussten. Ihr Losmachen, sein Festhalten, grotesk, sinnlos, schmerzlich.

Damals, nach dem Gespräch, kehrt Sara an ihren Schreibtisch zurück. Gestärkt in dem Gefühl ihrer Minderwertigkeit, ihrer Unfähigkeit zu eigenem.

Abend für Abend sitzt sie an ihrem Schreibtisch.

Und einmal ist es der letzte Abend. Anfang Juni 1968 bekommt Heinrich eine Wohnung in Berlin. Sara kann sie sich ansehen. John, der gerade in Berlin zu tun hat, nimmt Sara im Auto mit nach Thüringen zurück.

Vierzehn Tage später ist der Möbelwagen bestellt und die Kisten sind bereits abgeladen.

Die letzte Nacht, in der Sara an ihrem Schreibtisch arbeitet. Ihre kleine Lampe. Die Scheinwerfer auf der Baustelle, wo einst das freie Feld war. Das Klingeln des Kranes die ganze Nacht über. Sie hat sich daran gewöhnt. Wie an das dumpfe Aufschlagen der schweren Teile. Und, wenn der Kran still steht, an die Stimme des Kranführers, die lauten Rufe der Bauarbeiter.

Sara öffnet die Balkontür, tritt hinaus. Der Kran steht genau gegenüber, keine dreißig Meter entfernt. Ein Bauarbeiter schwenkt seinen Helm, ruft etwas zu ihr herüber, zwei andere fallen ein. Sie kann nicht verstehen, was sie rufen, hebt den Arm, die Bauarbeiter winken zurück. Ihr Licht ist wohl das Einzige im Block. Die Schichtarbeiter der Maxhütte, die Arbeiterinnen in der Schokoladenfabrik in Saalfeld und die im Kunstfaserwerk Schwarza haben andere Zeiten.

Vom Bahnhofsgelände her hört Sara die Güterwagen aneinanderschlagen, hört das Rangieren, die Pfiffe. Es muss Westwind sein. Die Lichter des Bahnhofsgeländes sind nicht zu sehen. Als sie einzog, breiteten sie sich in der Ebene aus. Jetzt werden sie von den sich auf Sara zubewegenden Betonstaffeln der schwarzen Häuserquader verdeckt.

Auch der Waldstreifen hinter den Senken ist verschwunden. Nur zur Linken gegen den Nachthimmel ragen die spitzen Kegel der Schlackehalden und die Schlote der Maxhütte. Zwei speien leuchtendes Rot. Es wird abgefackelt.

Sara geht ins Zimmer zurück. Schließt die Balkontür. Sie hört früher als sonst zu arbeiten auf. Ordnet Zettel und Manuskripte. Legt sie übereinander.

Am nächsten Tag kommt Heinrich und die restlichen Kisten werden gepackt. Joschua quirlt dazwischen. Er ist außer sich über die wilden Vorgänge in der Wohnung.

Dann sind die Räume leer. Sie gehen ein letztes Mal hindurch. Fahren mit dem Nachtzug nach Berlin. Gegen fünf kommen sie vor der neuen Wohnung an. Der Möbelwagen steht schon vor der Tür. Ungeduldig warten die Träger.

3

Wieder sind sie in einer symmetrischen Welt. Wieder ist es ein Neubauviertel, wieder stehen die grauen Blöcke, ermüdend, längs und quer. Diesmal ist es eine Eckwohnung im Parterre. Ohne Balkon. Vom Wohn- und vom Kinderzimmer die Aussicht auf ein Müllhaus. An der Stirnseite des Blockes Schrebergärten.

Heinrich und Sara richten die Wohnung ein. Sie machen alles gemeinsam.

Während sie die Räume tapezieren, Fenster und Türen streichen, setzen sie Joschua auf die quadratische Wiese zwischen den Blöcken. Unter den im Keller gestapelten

Bücherkisten befindet sich seine mit dem Spielzeug. Ehe sie zum Auspacken kommen, ist Joschua versorgt. Von den Kindern aus den Blöcken, den Erwachsenen. Eine ältere Frau sieht Sara mehrmals bei ihm.

Joschua ist drei geworden. Sara beantragt einen Kindergartenplatz. Als sich im Korridor des Stadtbezirkes die Tür mit dem Schild Bereich Kindergärten öffnet, sitzt jene Frau von der Wiese hinter dem Schreibtisch. Sara ist überflüssig. Das Gespräch geht zwischen der Frau und Joschua hin und her. Er erhält einen Platz.

Der Kindergarten liegt am Rande eines Waldes, eine Dreiviertelstunde entfernt. Sara fährt mit dem Fahrrad hin. Hohe Kiefern sind auf dem Grundstück. Ein Planschbecken gibt es und große Holzfiguren, die Herr Rohrbeck, der Hausmeister des Kindergartens, geschnitzt hat. In den Hecken befinden sich, auch von ihm gebaut, kleine Bänke; die Kinder können sich ihre Nester bereiten. Joschua sitzt da oft. Auch allein. Es gefällt ihm im Kindergarten. Er verlangt, hingebracht zu werden. Seine Erzieherin, Frau Urban, toleriert sein Schwanken zwischen Aufgehen in der Gemeinschaft und Absondern, Sucht nach Alleinsein. Sie gibt letzterem nach. Sara ist froh darüber.

Sie hat auf einmal viel Zeit für ihre Arbeit. Konzentriert und in Ruhe kann sie sie tun und sie fährt oft in die Stadtmitte, arbeitet in der Staatsbibliothek Unter den Linden oder in der Stadtbibliothek in der Breiten Straße.

Ihr kleines Leben zwischen Wohnung, Kindergarten, Kaufhalle, Bibliotheken und Zuckerhäuschen.

Im Zuckerhäuschen, einem bunt zusammengestückelten Laubenpieperbau, sind die Versammlungen der Wohnparteigruppe, zu der Sara nun gehört. Die zerstrittenen alten Genossen. Einen FDJ-Zirkel in der Schule möchte sie übernehmen, sagt sie. Ein abschätzender Blick. »Viel zu jung.« Dann die Entscheidung, sie dürfe die Parteiliteratur austragen. »Beschluss, keine Widerrede.« Sara tut es. Die alten Genossen. Meist leben sie allein in ihren Wohnungen. Eine Tasse Kaffee, ein Schnaps. Gespräch. Sara weiß bald, hinter welcher Tür nach dem Rücken, dem Herzen oder den Beinen, die nicht mehr wollen, zu fragen ist. Weiß, wer KPD war, wer in der SPD-Siedlung wohnte, wer in den einstigen SA-Blöcken. Dreiunddreißig die Kämpfe mit Blut ausgetragen, die *Köpenicker Blutwoche.* Widersprechende Aussagen. Wer war wirklich Zeuge? Wo fängt die Legende an? Jeder gegen jeden. Der Wust gegenseitiger Beschuldigungen, noch immer nicht begrabener Hass. Einmal wird ein Lehrer, der in Rente geht, in ihre Gruppe aufgenommen. Vor fünfundvierzig war er in der SPD; das Verhör, die Kälte, er bleibt ein Schuldiger, als habe es die Vereinigung nie gegeben. Sara trifft ihn manchmal in der Kaufhalle und sie reden miteinander. In den Versammlungen aber schweigt der Lehrer. Sara lernt, die Schnellzüngigen und Scheinaktiven zu meiden. Sie selbst wird, wenn sie eine Meinung sagt oder eine Frage stellt, wie ein Schulkind belehrt.

Die eintönigen Versammlungen im Zuckerhäuschen. Sie hängen Sara zum Hals heraus. Vertane Zeit. Immer öfter entschuldigt sie sich. Die Parteiliteratur aber trägt sie aus.

Anderes soll sie tun. Ein Hausfest zum Beispiel organisieren. Der eifernde Genosse, der in den Wohnblöcken die Nationale Front vertritt, sich selbst den Nationalen Frontler nennt, spricht mit Sara. Erzählt von den Anfangsjahren, jeden Monat hätten sie gefeiert. Jetzt sei nichts mehr los. Nun wären die Jungen dran.

»Vielleicht gibt es kein Bedürfnis«, sagt Sara. Sie zum Beispiel brauche kein Hausfest. Anderentags muss Heinrich sich auf der Straße von dem Nationalen Frontler sagen lassen, der Kollektivgeist seiner Frau sei unterentwickelt, er solle sich um sie kümmern. Heinrich erzählt es, sie spotten und Sara denkt an die Versammlungen in Jena, an die klirrenden Zweige der Platanen in Pößneck und an den Satz vom schiefliegenden Kollektiv, der in die Zweige hoch stieg.

Das tägliche Zusammensein mit Heinrich. Ihre Übereinstimmung in allen Alltagsdingen. Nie gibt es Streit. Der Zwiespalt – Heinrich oder John – quält sie nicht mehr so. Sara glaubt, sich dem gewünschten Gleichgewicht zu nähern. Heinrichs Gegenwart bestimmt alles. Mit ihm lebt sie. Er ist Joschuas Vater.

Wieder spricht er von einem zweiten Kind. Und Sara will es. Es ist für sie wie eine geheime Festlegung: für ihn entscheide ich mich. Ihr fällt ein, wie er damals, noch in ihrer Studentenzeit, am Telefon gesagt hatte, Heirat sei eine Sache fürs Leben.

Den Mut aber, offen mit Heinrich über ihre Liebesbeziehungen zu John zu sprechen, hat Sara nicht. Auch nicht den, sich endgültig von John loszusagen. Sie schiebt es vor sich her. Für eine Zeit werden John und sie sich trennen müssen, ganz gewiss. Nicht mehr Mann und Frau sein. Nur Freunde. Ein halbes, ein oder anderthalb Jahre. Der Gedanke an das Kind beherrscht Sara. Sie wird es ihm beim Wiedersehen sofort sagen.

John ist in diesem Sommer im Krankenhaus gewesen. Im August kommt er für drei Wochen nach Berlin, er hat die Leitung einer großen Projektgruppe übernommen. Eine Herausforderung, es mache ihm großen Spaß.

Sara sagt es ihm. Ihre Erinnerung an dieses Gespräch. Ihre Empfindungen. Alles ist sofort und fast lückenlos in ihr.

Im efeuumrankten Innenhof der Deutschen Staatsbibliothek ist es gewesen. Sie saßen auf einer Bank. Aus irgendeinem Grund, sie weiß nicht mehr welchem, hatte sie Joschua bei sich. Das gleichmäßige Geräusch fallenden Wassers. Die Fontäne in der Mitte des Hofes. Joschua spielt am Brunnenrand, lässt ein kleines Schiff auf dem Wasser schwimmen, stößt es hin und her, beugt sich über den Rand des Brunnens.

John reagiert unernst auf ihre Vorstellungen. Das kränkt sie. Er hält sie für einen Spaß. Sie lebten doch nicht im Mittelalter, sagt er, greift nach Saras Hand. Sie entzieht sie ihm, lehnt sich zurück, nimmt die Hände in den Nacken.

Johns Beredsamkeit; ohne vorher zu fragen, ihn aus ihrem Leben ausschließen, einfach so, eine Zeit der Entsagung festlegen, wie ein Buchhalter.

»Das kann nicht dein Ernst sein.«

»Es ist mein Ernst.«

Sara presst die Nägel in die Handflächen, sieht von der Seite auf die schmale, zornige Linie um seinen Mund.

Er redet und redet. In Sara tauchen Erinnerungen auf. Johns Leben mit Ellen und den Kindern ist festgefügt. Bestimmt er damit nicht auch über ihr Leben? Fügt sie das ihre nun in Folge des seinen? Zwangsläufig? Verwirrende Frage. Die Träume von einem gemeinsamen Alltag. Zum erstenmal ahnt Sara, sie sind leichtfertig und unredlich.

Warum sagt John nicht, lass uns dieses Kind zusammen haben. Alles wäre noch möglich. Ausbruch, Veränderung, Tilgen der Lüge, Klarheit.

Er wird es nicht sagen. Niemals hat er ihr das geringste Zeichen gegeben. Auch jetzt wird er es nicht tun.

Wenn sie nun sagen würde, ich will dieses Kind von dir. Sara probiert eine Bewegung der Lippen. Stellt sich vor, was geschehen würde. Vielleicht würde er seine Aufmerksamkeit plötzlich Joschua zuwenden, würde aufspringen und das Schiff, das das Kind zu weit in die Mitte des Brunnens gestoßen hatte, mit langem Arm holen und ihm geben. Einige Worte mit ihm wechseln. Den hochgekrempelten Hemdsärmel wieder herunterrollen.

Würde dann zu Sara auf die Bank zurückkehren. Und

Sara würde im Ungewissen bleiben, ob er den Satz überhaupt vernommen hatte oder vorsätzlich schwiege. So oder ähnlich würde es sein.

Aus Saras Händen im Nacken ist das Blut gewichen. Joschua, sieht sie, liegt fast waagerecht über dem Brunnenrand. Eine Spatzenschar wechselt lärmend von der einen zur anderen Efeuwand. Sara verfolgt sie mit dem Blick. Die Spatzen verschwinden im dunklen Grün des Efeus. Und Sara weiß auf einmal – sie erinnert sich genau an den Moment –, sie haben die Grenze der Aufrichtigkeit schon längst überschritten.

»Es ist schlimm, wie wir leben«, sagt sie und nimmt die Hände aus dem Nacken.

Und er sagt, »ja, es wird schlimm ohne dich«. Und die schmale zornige Linie ist noch immer um seinen Mund und widerspricht den Sätzen, die nun folgen. Er werde es akzeptieren, müsse es wohl, er verstehe es ja, werde sich danach richten.

Als sie von der Bank aufstehen und Sara am Brunnen Joschua ein Taschentuch auf den nassen Bauch schiebt, sagt er, sie habe kein Wort über seinen Krankenhausaufenthalt verloren, es sei ihm schlecht gegangen. Sara holt es schuldbewusst nach und als sie durch das eiserne Gittertor auf die Linden treten, sagt er: »Einmal lass uns noch zusammen sein. Ein letztes Mal. Das kannst du mir auf keinen Fall abschlagen.« Er nennt einen Tag in der kommenden Woche. Halb neun werde er im Auto in der Nähe ihrer Wohnung auf sie warten.

Auf dem Heimweg kann sie nicht begreifen, dass sie zugesagt hat.

Es ist ein Tag Ende August. Schon der Vortag war brütend heiß, auch dieser verspricht so zu werden. Am Morgen bringt Sara Joschua mit dem Fahrrad zum Kindergarten.

Sie singen beim Fahren. Sie machen Späße, als Joschua die Schuhe wechselt. Er sieht in seine Brottasche. Sara hat sich etwas Besonderes ausgedacht. Er schlingt die Arme um sie. Rennt dann, winkend, in die Kindermenge. Am Abend wird sie an seinem Bett sitzen, er wird seinen Tag erzählen, eine Mischung aus Realem und phantastischen Erfindungen. Als Sara den Kindergarten verlässt, am Zaun entlanggeht, kommt Joschua noch einmal, drückt sein Gesicht zwischen die Latten.

Sara fährt zurück. Zehn Minuten sind es bis zur vereinbarten Zeit, dann wird John da sein. Sie räumt die Wohnung auf, schaltet das Radio ein. Nachrichten.

Der Tag bricht zusammen, ehe er begonnen hat. Es ist der einundzwanzigste August. Einmarsch sowjetischer Truppen und auch der ihres Landes in die Tschechoslowakei. Sie dreht die Sender, versäumt die Zeit. Rennt los. John wartet schon im Auto.

Sie sieht, er weiß es noch nicht. Die Freude auf den Tag ist in seinem Gesicht, er zieht sie an sich, als sie ins Auto steigt.

Sie sagt es ihm.

Er wird bleich. »Es ist nicht möglich«, sagt er. Sie schalten das Autoradio ein, fahren in die Mark. Gehen Wege, die sie später oft gehen werden. Nehmen sie nicht wahr. Es ist ein quälend langer Tag. Immer wieder kehren sie zum Auto zurück, um Nachrichten zu hören. Am Nachmittag sucht John ein Versteck. Üppiges Grün ist um sie. Holunderbüsche, kreischende Vögel, die sich um die Beeren streiten. Wie kommen die Holunderbüsche hierher, denkt Sara. Wie immer Johns Jacke auf dem Waldboden. Seine, ihre Sinne abwesend. Sie liegen nebeneinander, berühren sich nicht. Reden. Schweigen. Die Mücken zerstechen ihre Körper. John steht auf, setzt sich abseits. Mit finsterer, Sara unbekannter Stimme singt er: *Ließen uns einen entzündeten Leib und kein Bacchanal.* Starrt auf den

Waldboden, stochert mit einem Stock in den Kiefernnadeln. Sara betrachtet seinen gekrümmten Rücken, die einzeln hervortretenden Wirbel, die abfallenden Schultern, den nach vorn geneigten Kopf.

»Sie werden uns Loyalitätserklärungen abfordern, schon morgen«, sagt John in den Wald hinein.

»Und wirst du deine Unterschrift geben?«, fragt sie in seinem Rücken.

Es ist still. Nur das Stochern des Stockes ist zu hören. Sara steht auf, nimmt ihr Kleid, das sie auf den Zweigen eines Baumes ausgebreitet hat. Zieht sich an, langsam. Nimmt Johns Sachen, geht zu ihm.

»Willst du eine Antwort?«

»Ja«, sagt Sara.

Er sitzt und schweigt und die Hitze ist unerträglich. Die Mücken, sieht Sara, belagern seinen Rücken. Er schlägt nach ihnen und sitzt wieder, ohne sich zu bewegen. Sara spürt, wie ungewöhnlich erregt er ist.

»Ich werde meine Unterschrift nicht geben«, sagt er nach einer Zeit, wirft den Stock in hohem Bogen in die Holunderbüsche. Greift nach Hemd und Hose, zieht sich an. (Erst viele Jahre später wird er Sara erzählen, welche Konsequenzen die Verweigerung der Unterschrift für seine Karriere hatte. Warum er sich ihr nicht anvertraut habe, damals, wird Sara ihn fragen und er wird antworten, sie sei sehr jung gewesen, habe naiv auf sein Nein gebaut, ohne die Kompliziertheit der Lage zu kennen. Ob er es bereue, wird sie ihn fragen. Er wird antworten, moralisch gesehen nicht, aber er habe seinen Handlungsraum für eine lange Zeit eingeengt, er wisse nicht, ob es richtig gewesen sei.)

Damals, an jenem einundzwanzigsten August, gehen sie durch den brütend heißen Wald zum Auto. Zeitiger, als sie wollten, fahren sie in die Stadt zurück. John hält am

Kindergarten. Joschua ist nicht mehr da. Heinrich hat ihn schon abgeholt. Zu einer ungewöhnlichen Zeit. Sara läuft nach Hause, beeilt sich.

»Ich hatte keine Ruhe«, sagt Heinrich. »Vielleicht stellen sie die Kinder aus den Kindergärten mit Blumen und Winkelementen an die Straßenränder, um die in Richtung Prag rollenden Panzer zu grüßen.« Er sagt es bitter. Sara macht Abendbrot für Joschua, bringt ihn zu Bett. Ihre Aufmerksamkeit für seine Geschichten ist gering. Sie will es gutmachen, streichelt Joschua. Er richtet sich im Bett auf, legt die Arme um die Mutter, stellt sachlich fest: »Du bist traurig.« – »Weil der Tag so heiß war«, sagt Sara verlegen und Joschua erzählt ihr von seinen Sprüngen ins Planschbecken und fragt, warum sie nicht ins Wasser gegangen sei. Ja, warum. Sara schließt die Kinderzimmertür.

Im Wohnzimmer hat Heinrich den Fernseher eingeschaltet, drückt an den Knöpfen. Sie sehen bis spät in die Nacht, debattieren erregt. Auch Heinrich spricht von Unterschriften und dass er die seine nicht geben wird. Und so vielleicht eher von seiner leitenden Funktion loskomme. Gegen seinen Willen ist er ein halbes Jahr nach Beginn seiner Tätigkeit als Chefkonstrukteur in sie berufen worden. Er möchte an sein Zeichenbrett zurück.

Sara bezweifelt, dass es eine solche Unterschriftenaktion geben werde. Aber schon am nächsten Tag liest sie in der Zeitung von einer Flut von Telegrammen, Fernschreiben und Telefonanrufen. Betriebe, Künstler, Rektor und Senat der Humboldt-Universität begrüßen die Maßnahmen. Von ungeteilter Sympathie, von Aufatmen, von Genugtuung und tausendfacher Zustimmung der Bevölkerung ist die Rede.

»Das kann nicht wahr sein«, sagt Sara am Abend.

»Es ist wahr«, entgegnet Heinrich.

»Aber man muss etwas dagegen tun.«

»Arbeite du«, sagt Heinrich, »Arbeit ist das Einzige.«

»Und die Kinder.«

»Ja, die Kinder.«

Von Sara will niemand eine Unterschrift. Niemand fragt sie nach ihrer Meinung. Und sie arbeitet. Und Jan Pallach brennt. Und Heinrich hat viel Arbeit und kommt oft spät.

Der Alltag zieht wieder ein.

Damals sprach Heinrich von zehn Jahren, die der Sozialismus zurückgeworfen würde. Ihr Alltag, wie ging er weiter? Sie versucht, es sich zu vergegenwärtigen. Nichts Fassbares. Alles zerfließt.

Auf einmal doch eine Empfindung: ihre körperliche Annäherung an Heinrich damals. In der Zeit, da sie sich das Kind wünschte. Seltsam.

Heinrich streichelte sie so sanft, dass sie den Übergang von der Reglosigkeit zur Bewegung seiner Hände erst nach einer Zeit wahrnahm. Er blies die Kerze auf dem Tisch aus. »Zieh dich aus«, flüsterte er. Sie hatte kein Verlangen. Und er zog sie aus. Dann sein kühler nackter Leib. Dunkelheit. Heinrich hielt sie an sich gepresst und seine Hände wanderten forschend über sie hin. Sie hatte die Augen auf und lag still und immer hatte sie das seltsame Gefühl, dass sie passiv bleiben, sich seinem Lieben hingeben musste.

In jener Zeit passierte es, dass, wenn seine Liebkosungen drängender und heftiger wurden, Sara sie zu erwidern begann.

Sie war verwirrt und glücklich darüber und Heinrich flüsterte danach: »Du bist eine andere, ich mag, wenn du dich zeigst.« Wenn sie wieder nebeneinander lagen, griff Heinrich nach den Streichhölzern, zündete wieder die Kerze an. Wenn er aus dem Bad zurückkam, legte er eine Platte auf.

Sara ging nicht unter die Dusche, rührte sich nicht, rollte

sich zusammen, drängte sich mit dem Rücken an ihn. »Ich bin dein Löffelchen«, sagte sie. Sie wünschte sich das Kind.

Ich begehre dich nicht, niemals begehre ich dich, dachte sie. Aber wenn du zu mir kommst, ist es gut. Ihr war, als sei Heinrich ein Teil von ihr, als habe sie ihn schon immer gekannt; er gehörte zu ihr, wie Joschua zu ihr gehörte. Sie fand es seltsam und zugleich erfüllte sie das mit einer großen inneren Ruhe. Und langsam trieb sie in den Schlaf hinein.

Sie erinnert sich dieser immer wiederkehrenden Empfindung. Die Entfernung von John war es, die den Raum dafür öffnete. Sie weiß es heute.

Es wurde Herbst. Ende November glaubt Sara schwanger zu sein. Sie geht zum Arzt. Es ist ein alter, rundgesichtiger Arzt mit Nickelbrille. »Ich möchte, dass Sie mir bestätigen, dass ich ein Kind bekomme«, sagt sie. Er lächelt. »Die meisten jungen Frauen wollen das Gegenteil hören.« Ja, sie sei schwanger.

Sara klettert vom Stuhl, hat Mühe, den alten Mann nicht zu umarmen, die Flure der Poliklinik hinter sich zu bringen. Die Füße heben ab, Flug; draußen nasskalter, dumpfer November, für sie durchsichtig, heiter. Glücksgefühl wie beim vorigen Mal, noch stärker, im Wissen um das Kommende.

Am Abend sagen Heinrich und Sara es Joschua und er stellt eine Menge ulkiger Fragen und schläft vor Aufregung nicht ein.

Zu Beginn des neuen Jahres beendet Sara ihre Dissertation und reicht sie ein. Sie bereitet sich nun auf ihre Sprach- und Philosophieprüfungen vor. Während sie das tut, nimmt sie öfters einen Tag frei, macht mit Joschua Ausflüge in die Großstadt.

Anonymität, die ihr behagt. Entdeckungen, Joschua an der Hand. Dahintreiben inmitten von Verkehrslärm. Windstöße, Papier, Staub, Schneematsch, zaghafte Frühlingswärme. Regenpfützen, von der Sonne hell.

Zischendes Geräusch der S-Bahn. Der eigenartig strenge Geruch beim Bremsen. Luftsog im U-Bahn-Schacht. Treppen, steigend, fallend. Schönhauser Allee. Die Untergrundbahn über der Erde. Die phantastische Eisenkonstruktion. Schönheit der Technik. Pfeiler um Pfeiler, Symmetrie und Fluchtpunkt. Sara und Joschua darunter, sie hüpfen entlang. Himmel und Hölle. Joschua wird nicht müde.

Prenzlauer Berg. Hinterhöfe. Von Fassaden bröckelnder Putz, unkenntliche Schrift an einstigen Läden, halb in der Erde, ausgetretene Stufen. Linien gegen den Stadthimmel, ragende Mauern schmaler hoher Häuser. Verfall ringsum. Die Faszination der in der Leere lebenden Häuser. In der Brandmauer manchmal ein Fenster mit einer Pelargonie.

Ein andermal Große Hamburger Straße, Rosenthaler Platz. Alles durchwandert Sara mit dem Sohn. Den jüdischen Friedhof in Weißensee; geneigte Steine, Gestrüpp, zaghaftes Weiß der Anemonen. Den Dorotheenstädtischen Friedhof. Sara sucht die Gräber von Hegel, Fichte, Brecht. Joschuas Ungeduld. Seine Atemlosigkeit, als sich im nebenan gelegenen Französischen Friedhof eine klare, volle Stimme zum Trauergesang erhebt. Ein Zug schwarzer Gestalten in den schmalen Windungen der Wege, ein Sarg, aufgeworfene Erde, die Tiefe daneben. Joschuas Fragen erst nach Tagen. Jedes Detail hat er wahrgenommen.

Ihre Wege durch Berlin enden gegen fünf bei Heinrich. Sie holen ihn von der Arbeit ab.

Laufen vom Brandenburger Tor, vom Pariser Platz die Otto-Grotewohl-Straße entlang. Parallel zur Mauer. Beim Maueranblick immer der Schock der ersten Begegnung. Niemandsland auf der S-Bahn-Strecke zwischen den Bahnhöfen Schönhauser Allee und Pankow. Grenzgebiet.

Die Mauer, Wachttürme aneinandergereiht, Posten, Hunde, Stacheldraht, mehrere Sicherheitszonen. Das Zeitungsphantom des Schutzwalles. Wie kann, was so hässlich und zerstörerisch aussieht, Schutz sein? Die Kahlheit. Was war vorher hier, Häuser, Hinterhöfe, Bäume, spielende Kinder? Es ist nicht vorstellbar.

Hier, wo Sara jetzt mit Joschua läuft, erscheint ihr die Mauer weniger bedrohlich. Dohlen- und Krähenschwärme kommen vom Tiergarten, wechseln hinüber und herüber mit lautem Gekreisch. Vor der Mauer ist eine kahle Rasenfläche. Ein älterer, gutaussehender Mann, Hände in den Manteltaschen, steht am Rande des Rasens, spricht Sara an.

»Hier war der Hitlerbunker«, sagt er, weist auf Erhebungen, Betonreste. Holt zu einer Erklärung aus.

»Es interessiert Sie wohl nicht«, sagt der Mann.

»Nein«, sagt Sara und geht weiter. Sie hört ihn hinter sich schimpfen.

Dann die Kreuzung Leipziger Straße. Das graue, hässliche Gebäude. Die hohe Vorhalle. Die Anmeldung. Sara braucht einen Passierschein. Im letzten Moment besinnt sie sich, schluckt Heinrichs Namen, nennt einen fremden. Es ist verboten, Familienangehörige zu besuchen. Mit seiner Hinterfront grenzt der Gebäudekomplex an die Mauer. Auf langen Rutschen und an Seilen sind Familien hinübergelangt. Sara will nicht über die Mauer, sie lebt hier, es ist ihre Selbstverständlichkeit. Sie kann es nicht sagen, es würde Misstrauen wecken. Das kränkt sie.

»Die Zimmernummer«, fragt der Pförtner. Sara weiß sie nicht.

»Ja, waren Sie noch nicht bei dem Genossen Meier?«

Sara beeilt sich, zu versichern, sie sei schon mehrmals bei ihm gewesen, bemüht sich um ein vertrauenswürdiges Gesicht.

Endlich erhält sie den Schein.

Die langen Flure dann, der Paternoster, an dem Joschua nicht vorbei kann. In einem Gang die schwere Tür zu dem holzgetäfelten Saal. Lange Tische dort zur Kinderweihnachtsfeier. Meister Nadelöhr singt und spielt. Es ist das einstige Arbeitszimmer Hermann Görings. Saras Unfähigkeit, sich in diesem Labyrinth zu orientieren. Dann Heinrichs Zimmer.

Er geht mit Joschua, um den Passierschein abstempeln zu lassen.

Sara setzt sich auf die Kante des Schreibtisches, stemmt die Füße gegen den Heizungskörper, sieht aus dem Fenster. Das Fenster ist vergittert. Sieht auf Hof und Mauer, die Gebäude dahinter.

Westen. Drüben. Sara starrt hinüber. Dort irgendwo muss es mit Rudi Dutschke passiert sein. Keine Regung in ihr. Sie ruft anderes ab. Keine Vorstellung. Sie zwingt sich. Kein Haus mit Türen und Fenstern, keine Straße, kein Mensch.

Wie kann das möglich sein? Dann endlich Bewegung, Bilder. Die eindimensionale Mattscheibe des Fernsehapparates. Ein Film beginnt zu laufen. Das ist real. Das ist das Leben. Ihr Bildschirmleben in ihrem Wohnzimmer HÜBEN.

Sara hat die Füße noch auf der Heizung, starrt noch immer. Für sie gibt es kein DRÜBEN. In ihrem Kopf ist an der Mauer die Welt zu Ende. Das Drüben ist ein leerer Fleck, weiß, einfach weiß, leer, völlig leer. Wie in den Kursbüchern die Streckennetzkarten von der BRD, wie die Westberlin-Karte in den Informationskästen der S-Bahnhöfe, stadtteillos, straßenlos, namenlos. In die Augen springt einzig eine dicke dunkle Linie, die Markierung der Grenze. Die Mauer in ihrem Kopf.

Sara nimmt die Füße von der Heizung. Geht zur Tür. Der endlose Flur mit den gleichförmigen Türen, die beklemmende Geschichte dieses Hauses. Am Ende des Ganges sieht Sara ihren Mann und den Sohn kommen.

Wie nach allen Stadtausflügen gehen sie in Richtung S-Bahn. Fahren nach Hause. Anderentags geht das Kind wieder in seinen Kindergarten. Heinrich nimmt es mit dem Fahrrad mit. Und Sara geht ihrer Arbeit nach.

Einmal, an einem Morgen, klingelt es und eine Frau steht vor der Tür. Sie stellt sich als DFD-Vorsitzende vor; Demokratischer Frauenbund Deutschlands. Sie habe eine freudige Mitteilung, sagt sie mit heller Stimme, Sara sei als Kandidatin der Stadtverordnetenversammlung des Frauenbundes aufgestellt.

Sara ist völlig überrascht. »Sie haben mich nicht gefragt.«

Die Frau überhört es. »Sie haben nicht mit mir gesprochen«, wiederholt Sara. Im Zuckerhäuschen sei sie ihr empfohlen worden, das genüge doch wohl, sagt die Frau.

»Ich bin kein Mitglied des Frauenvereins«, sagt Sara.

Das sei kein Problem, meint die Frau, man könne es nachholen.

Sara lehnt ab. Die Frau argumentiert. Sara kennt sie vom Sehen, aus der Kaufhalle. Durch ihre Gestik ist sie ihr aufgefallen. Wenn sie redet, bewegt sie Unterarme und Hände heftig, aber alle Bewegungen sind kantig, haben etwas Hartes, Männliches. Wie auch ihr Gesicht.

Ob sie eintreten könne, das müsse man ausdiskutieren.

Sara bietet ihr einen Kaffee an. Sie reden. Reden aneinander vorbei.

Die Frau ist darauf fixiert, Sara in die Funktion zu bringen. Saras Entgegnungen treffen auf Ungeduld, die Frau hört nicht zu; schließlich Vorwürfe für Saras Generation, sie bekomme alles, tue nichts, sei desinteressiert. Dafür habe man sich aufgerieben in der Nachkriegszeit, habe auf Familie und Kinder verzichtet. Sara ist betroffen über die Verbitterung dieser Frau, ahnt Verletzungen, Enttäuschungen. Sie schämt sich plötzlich ihres sich wölbenden

Leibes. Die Frau starrt darauf. Für Sekunden werden ihre Gesichtszüge weich, die Hände liegen im Schoß.

Dann steht sie abrupt auf, verabschiedet sich. Später wird sie Saras Gruß auf der Straße oder beim Einkauf nicht erwidern. Eine schriftliche Beschwerde über ihre Inaktivität geht zum Zuckerhäuschen, von da zum Kaderleiter der Universität in Jena. Er heftet sie in die Akte. Sara erfährt es erst später.

Dann kommt der Sommer. Ende Mai erhält Heinrich Urlaubsplätze an der Ostsee. Zwei FDGB-Durchgänge hintereinander, jemand hat die Plätze zurückgegeben. Sie fahren zu dritt auf die Insel Rügen, ans Meer und in spätestens sechs Wochen, wissen sie, werden sie zu viert sein.

Wenn sie vom Strand nach Hause gehen, kauft Heinrich sich am Kiosk Zeitungen. Der VI. Deutsche Schriftstellerkongress tagt, und eine Hitzewelle fordert in Nord- und Mittelindien hundert Tote, und die Amerikaner müssen das Tal von Thua Thien und den Berg A Bia, fünfzig Kilometer von Hue, räumen, und der Staatssekretär Joachim Herrmann übergibt der Presse ein Dokument über die friedensbedrohende Rolle Bonns. Heinrich liest die Überschrift »Vom Spalterstaat zum Störenfried Europas. Ein Quadratmeter Text«, sagt er.

»Ich möchte kein einziges Wort davon hören«, entgegnet Sara. Bringt es fertig, vierundzwanzig Tage keine Zeitung zu lesen. Lehnt es ab, dass Heinrich ihr weiterhin die Nachrichten vom Weltgeschehen mitteilt. »Ich weiß, eine Illusion«, sagt sie, »aber ich brauche für kurze Zeit das Gefühl, dass die Welt in Ordnung ist.«

Wortbedeutung Frieden. Sonne auf ihrem nackten, gewölbten Leib. Animalität. Die heftigen Bewegungen des Kindes in ihr. Windgeschützt liegt sie im Sand. Gleichmäßiges Geräusch der Wellen. Wenn sie sich aufrichtet, am Meer Silhouetten gegen den hohen Himmel, Heinrich und Joschua. Heinrichs tiefe, warme Stimme, die Vogelstimme des Kindes. Joschuas Schreien, wenn Sara schwimmen geht. Das Wasser hat elf Grad. »Das ist zu kalt für Brüderschwesterchen.« Er hüpft aufgeregt am Strand entlang. Er versteht nicht, warum die Eltern nicht wissen, ob es ein Mädchen oder ein Junge wird. Gesicht und Hände auf Saras Bauch, behauptet er, es seien zwei, so viel bewege sich da.

Und ihre langen Wanderungen, die Abende am Meer. Einmal sind sie bis früh drei Uhr zum Tanz, gehen dann zum Strand, um den Sonnenaufgang zu sehen. Sara gräbt die nackten Zehen in den kühlen Sand, umarmt Heinrich.

Nach vierundzwanzig Tagen kehren sie nach Berlin zurück. Wenig später bringt Sara das Kind zur Welt.

Einen Tag zuvor macht sie mit Joschua ihren letzten Ausflug in die Stadt. Sie besuchen ein Puppentheater. Joschua das erste Mal in seinem Leben. Das Rondell des Strausberger Platzes. Die Stalinbauten. In einem der Hochhäuser ein kleiner Saal voller aufgeregter Kinder. »Siebenpünktchen« wird gespielt. Joschuas offener Mund, seine Verzückung, Begier, alles zu fassen.

Danach gehen sie die Stalinallee, die jetzt Karl-Marx-Allee heißt, entlang. Dann die Linden. An der Ecke Friedrichstraße warten sie auf Heinrich. Joschua spaziert barfuß im flachen Brunnenbecken, Sara sitzt am Rand. Sie sieht von weitem Heinrich kommen; erkennt ihn an seinem Gang, lang ausholender Schritt, vorgeschobener Unterkörper. Vertrautheit. Dann Überschärfe, sein Gesicht vor ihr. Der hohe Haaransatz. Er sieht müde aus. Joschua erbettelt sich ein Eis. Sie finden einen Platz in dem Terrassencafé am Brunnen.

Durch die noch am Abend brütend heiße Stadt gehen sie zum S-Bahnhof. Sara hat ihre ersten Wehen. Zu Hause essen sie Abendbrot, bringen Joschua gemeinsam ins Bett. Sara gelingt es, noch zwei Stunden zu schlafen. Nach Mitternacht aber muss sie los. Heinrich telefoniert, sie bittet ihn, bei Joschua zu bleiben, fährt allein zum Krankenhaus.

Eine junge Hebamme empfängt sie. Eröffnet ihr, sie sei bereits die vierte Frau, es sei ihre erste Schicht nach dem Urlaub, womit hätte sie das verdient. Ein Wust von Papier liegt vor ihr.

»Ich kann die Formulare selbst ausfüllen«, sagt Sara.

»Das ist gegen die Vorschrift,«, erwidert die Hebamme, notiert dann missmutig. Übergibt Sara einer Schwester. Solange es geht, läuft Sara auf dem Flur auf und ab. Im Kreißsaal dann die schrille Stimme der jungen Hebamme. Ihr: womit habe ich das verdient. Sie ist ungeduldig laut. Schreit die Frauen an. Sara hört ihre ordinären Worte. Niemand, der ihr Einhalt gebietet. Sie herrscht.

Sara erinnert sich an die ruhige Atmosphäre bei Joschuas Geburt. Bemüht sich um Konzentration, Alleinsein mit dem Kind. Es ist schwer in dieser Hektik, unter den lieblosen Worten. Sie kann die Ohren nicht verschließen. Sara entschuldigt sich bei ihrem Kind, beruhigt es, beruhigt sich. Atmet richtig, entspannt sich. Schafft sich einen Raum.

Kurz vor sechs bittet sie die Hebamme, zu ihr zu kommen. Die ruft vom Ende des Saales, Sara werde wohl auf die andere Schicht warten müssen. Kommt dann doch. Die nächste halbe Stunde nur kurze Anweisungen, Hilfe. Sara söhnt das fast mit ihr aus. Zwanzig nach sechs ist das Kind da. Ein Sohn. Sara lässt keinen Blick von ihm. Ihre Angst, dass er in der Hektik vertauscht werde. Endlich dann ist das Bändchen mit dem Namen um sein winziges Handgelenk gebunden. Sara bittet um das Kind. »Ich habe zu tun, das sehen Sie doch«, sagt die Hebamme. Dann ist ihr Dienst beendet. Sara ist vor Erschöpfung und Zorn unfähig zu protestieren.

Sie wird auf den Flur hinausgeschoben. Es ist Schichtwechsel. Laute Gespräche werden geführt über die Fernsehsendungen vom gestrigen Abend. Zwei Schwestern tauschen sich über ein Strickmuster aus. Türen klappen. Guten-Morgen-Wünsche. Nicht zu Sara, obwohl sie inmitten des Trubels ist. Endlich dann ihr Zimmer.

Und nach zwei Stunden das Versehen einer Schwester. Saras zufälliges Glück. Auf dem Wagen mit den Bündeln ist auch ihr Kind. Bis zum ersten Stillen hätte sie vierundzwanzig Stunden warten müssen. Nun hat sie das Kind. Eine lange Stunde.

Sie berührt den Sohn; den schwarzen Haarflaum, die Nase, die Hände. Sie wickelt ihn aus. Er hat einen Kugelbauch, er wiegt fast neun Pfund. Winzige Füße. Sara betastet ihn überall. Unvorstellbar, dass er in ihr gewachsen ist. Sie legt ihre Lippen auf die Fontanelle, bestaunt sein Gähnen, bestaunt alles an ihm. Probiert seinen Namen: Jakob.

Das erste Dreivierteljahr mit beiden Kindern. Wieder diese völlige Übereinstimmung mit sich, der Naturzustand. Die in sich geschlossene Welt ohne Leistungsdruck, ohne Ehrgeiz.

Die körperliche Anstrengung. Das Stillen des Kindes. Über vier Monate stillt Sara Jakob. Ihre Erschöpfung, Beglückung. Heftige Sinnlichkeit, wenn ihre Brustspitzen in Jakobs begierigem kleinen Mund verschwinden, sein Saugen, Schlucken. Sein und ihr Wohlbehagen.

Wenn sie ihn aus der Wiege nimmt und windelt, sieht Joschua zu. Wenn er trinkt, sitzt Joschua ihr gegenüber. Hält im Arm eine Puppe. Die Träger der Lederhose hängen herab, sein nackter Oberkörper; er legt die Finger an dieselbe Stelle wie Sara. Damit sein Kind Luft bekomme. Sie lächeln sich an. Joschua ist schneller fertig. Sein Kind sei kleiner, sagt er.

Manchmal sitzt Sara, wenn sie Joschua am Mittag aus dem Kindergarten holt, eine Stunde unter den hohen Kiefern, im Schatten des Gebüschs oder am Rande des Wasserbeckens. Hat Jakob auf den Knien oder er schläft im Wagen. Und Sara betrachtet Joschua. Seine blonde Igelfrisur. Seine Zutraulichkeit. Er hat sich verändert in den letzten Monaten.

Das Licht ist seltsam milchig in diesem Sommer, flirrend zuweilen, verschwommen. Die Farben des Himmels sind fahl und unentschlossen. Es ist der ungewöhnlich heiße Sommer neunundsechzig. Die Blätter an den Bäumen, erst in üppigster Fülle, färben sich schon Anfang August, welken, fallen ab. Die Erde trocknet aus, der Rasen wird gelb. Die Gerüche verlieren ihre Heftigkeit. In allen ist jene gleichmacherische Mischung aus Staub und Hitze. Die Luft ist ohne Regung.

Heinrich hat viel zu tun in diesem Sommer. Nächtelang arbeitet er, auch an den Wochenenden. Er hat es erreicht, ist wieder Konstrukteur. Nicht Chefkonstrukteur. Das ermöglichte der Schritt von oben nach unten nicht. Ihm ist Konstrukteur sogar lieber. Er kann sich seine Projekte aussuchen, arbeitet relativ unabhängig. Es ist, als müsste er alle Verdrängungen der anderthalb Jahre seiner abwegigen Tätigkeit (wie er sie nennt) nachholen. Die Ideen überschlagen sich. Er arbeitet an mehreren Sachen gleichzeitig. Hat vier Patentschriften beim Patentamt in der Mohrenstraße angemeldet.

Für sein Zeichenbrett hat sich in der Berliner Wohnung kein Platz gefunden. Sie haben alles probiert, einzig im Schlafzimmer an die Wand könnte es, aber dann müssten sie ein Doppelstockbett aufstellen.

Wenn Heinrich in der Woche arbeitet, zieht er den Esstisch im Wohnzimmer aus. Übersät mit Blättern, Zeichnungen, Skizzen, Entwürfen, Tabellen findet Sara Tisch und Fußboden nach den durcharbeiteten Nächten. Gegen fünf kocht sie Heinrich einen starken Kaffee. Eine Stunde später fährt er in die Stadt.

An Sonntagen aber holt er das Reißbrett aus dem Keller, stellt es ins Wohnzimmer. Sara mag das Geräusch, das leise Quietschen der Schiene auf dem Laufwagen, das Einschnappen der Gradeinteilung. »Was wird das?«, fragt sie manchmal. Aber Heinrich spricht nicht gern über seine Arbeit. Er will oder braucht Saras Anteilnahme nicht. *Geschäft* und *Leben* solle man trennen, sagt er, nicht das *Sichere* mit dem *Freien* vermischen. Die *reinste Folge* sei alles.

Sie schweigen miteinander. Sara lernt Englisch oder liest, holt nach, wozu sie während des Studiums keine Zeit fand. Grimmelshausen, Robert Musil, Lermontow und Isaak Babel. Manchmal erzählt sie Einzelheiten, Heinrich hört zu; an irgendeiner Stelle aber kneift er das eine Auge zu und spricht von Schöngeisterei.

Der Rhythmus ihres Lebens. Gewohnheiten, die entstehen. Saras Handgriffe am Herd, wenn sich der Schlüssel gegen Abend im Schloss dreht. Sara kocht Kaffee, sie sitzen eine halbe Stunde. Dann die Kinder. Ihre Gemeinsamkeit mit ihnen. Elternteile sind sie. Heinrich ein Elternteil, Sara ein Elternteil. Mann und Frau aber sind sie in dieser Zeit nicht. Es ist wie nach Joschuas Geburt. Während Sara stillt, gehört ihre ganze Sinnlichkeit dem Kind.

»Und deine der Arbeit«, flüstert sie, als Heinrich, sie umfangend, klagt, er warte darauf, dass es mit ihr wieder anders werde. »Du irrst dich«, erwidert er.

Die Zielstrebigkeit, die er für seine Arbeit aufbringt. Die Ausschließlichkeit. Sara bewundert Heinrichs Leidenschaft. Neidvoll, beinahe eifersüchtig.

Und sie denkt an ihre Arbeit. Seminare mit Studenten. Vorlesungen. In einem halben Jahr wird sie anfangen. Es schießt die Freude in sie. Endlich! Wie wird sie alles vereinen, schaffen? Ihr wird beklommen. Jakob wird ein Dreivierteljahr alt, Joschua fast fünf sein.

Berufliche Laufbahn. Merkwürdiges Wort. Ein Stadion taucht vor ihr auf, Startblöcke. Sie müsse sich kümmern, sagt John am Telefon. Und auch Heinrich drängt.

Sara kümmert sich; Wege, Korridore, Türen, Wartezeiten. Schwierigkeiten tun sich auf. Die Hochschulreform ist in vollem Gange. Man streitet sich um die Stellen. Die ihre ist an die Jenaer Universität, zweihundertsechzig Kilometer entfernt, gebunden. Die Berliner Universität will Sara nur nehmen, wenn sie die Stelle von dort mitbringt.

Hin und Her. In kurzer Zeit entsteht eine dicke Akte. Die Entscheidung bleibt aus. Schließlich weist der zuständige Minister an, das Ärgernis zu beseitigen. Die Berliner Universität lädt Sara zu einem Gespräch ein. Sie stellt den Kinderwagen mit Jakob auf dem Flur ab. Der Protektor. Schmal, klein, dunkle Brille, ein Riesenschreibtisch, hinter dem er sitzt. Sein Vorschlag, Sara vorerst in einem anderen Fachgebiet einzusetzen.

»Marxismus-Leninismus«, sagt er, »fünfundzwanzig Wochenstunden, eine interessante Sache.« Er zeichnet Linien auf den Tisch, sieht Sara nicht an. Sie wendet ein, dass sie nicht fünf Jahre studiert und eine Aspirantur gemacht habe, um ein Fach zu unterrichten, von dem sie wenig verstehe. Davon müsse jeder etwas verstehen, sagt er und Sara erwidert, deshalb sei ihr Unterricht an der Universität in diesem Fach auch so schlecht gewesen.

Überrascht und missbilligend blickt der Protektor auf.

Dann fragt Sara, wann eine Stelle in ihrem Fachgebiet frei werden könnte. Er antwortet zögernd; in drei oder fünf Jahren, zuckt die Achseln. Feste Zusagen könne er nicht geben.

Sara lehnt ab.

Das weitere Gespräch verläuft kurz und scharf. Nur der Mann hinter dem schweren Schreibtisch redet. Von Millionen Werktätigen, die weiter als zweihundertsechzig Kilometer zur Arbeit fahren, ihre Pflicht tun, spricht er, vom gerade eingeführten arbeitsfreien Samstag, der Sara ein langes Wochenende mit der Familie garantiere; die entfernte Universität stünde zu ihrer Perspektive, alle Wege seien offen, es liege an ihr.

Sara würde ihn gern fragen, ob er Kinder hat und in welcher Abstellkammer er sie unterbringt.

Ehe sie geht, verlangt der Prorektor eine Unterschrift. Ihre Ablehnung bedeute, dass die Akte geschlossen werde, die Universität keine Verantwortung mehr für sie trage. Sara unterschreibt.

Geht. Gibt der Tür einen Schwung, schade, sie fällt langsam und lautlos zu, es ist eine schwere Polstertür.

Auf dem Flur Jakobs Stimme, er schreit, von den hohen Wänden hallt es, zwei Studenten stehen am Wagen, versuchen, ihn zu beruhigen, vergeblich. Sie tragen Sara den Wagen die Treppe hinunter. Einer hat kurze Hosen, der andere einen Beatleschopf. Sara dankt. Sie heben die Hand.

»Hallo«, sagen sie.

»Hallo«, sagt Sara.

Als sie aus dem Universitätsportal tritt, blendet das gleißende Sommerlicht. Sie schiebt den Wagen nach rechts. Dort stehen Gartenstühle. Jakob schreit noch immer. Sara setzt sich, öffnet ihr Kleid, das Kind sucht aufgeregt, die Milch spritzt ihm ins Gesicht, dann endlich schluckt es. Sara sieht auf den Verkehr, die vorbeieilenden Menschen Unter den Linden, sieht auf den steinernen Rücken von einem der beiden Brüder Humboldt. Ist es Wilhelm oder Alexander? Die Laufbahn beendet, ehe sie beginnt, denkt sie. Erinnert sich des ironisch-verächtlichen Tones, mit dem ihr alter Institutsdirektor von den FRAUENGEFÖRDERTEN sprach. Vielleicht ist doch alles erzwungener Scherz, grimmiges Spiel wider Willen? Wozu die vielen

Jahre, die Kosten, wenn man sie einfach gehen lässt? Oder liegt es doch an ihr, wie dieser Schmächtige hinter dem schweren Schreibtisch behauptet?

Sara streicht Jakob das Bäckchen, er ist eingeschlafen. Sie bläst ihm ins Gesicht. Er trinkt weiter. Ihr Blick fällt auf die Blätter, die die Erde vor ihr bedecken. Ein warmes Gelb, eine merkwürdige Form. Sara beugt sich mit dem Kind hinunter, hebt ein Blatt auf. Die Andeutung einer Zweiteilung. Sie beugt sich nochmals, nimmt weitere Blätter von der Erde. Tief eingeschnitten sind sie, bis zur Mitte, eines bis zum Blattstiel fast. Sara sieht nach oben in den riesigen Ginkgobiloba-Baum, dessen Schatten auf sie fällt.

Ist es ein lebendig Wesen,
Das sich in sich selbst getrennt?

Sara nimmt Jakob hoch, klopft ihm den Rücken, wartet eine Weile, er stößt auf, spuckt; Nässe auf ihrer Schulter.

Dass ich eins und doppelt bin?

Sie möchte wütend sein über das Ergebnis des Gespräches. Sie ist es nicht. Die Entscheidung ist das Leben. Sara legt das Kind in den Wagen, läuft die Linden entlang.

4

Sara sieht sich noch heute in dem gleißenden Sommerlicht mit dem Kinderwagen die Linden hinablaufen. Dann das Weitere.

Ihre Suche nach einer Arbeit. Gänge treppauf, treppab. Sie findet nichts. Eingabe beim Staatsrat. Ergebnislos. Entmutigung. Aufgeben. Sie wird zu Hause bleiben.

Heinrichs Entschiedenheit, mit der er dagegen spricht. Eine Frau, die zum Feierabend auf ihn warte, sich auf ihn konzentriere, nein, auf keinen Fall, das sei ein Albtraum. Jeder müsse seine Bahnen haben. Zum zweiten Mal ist er es, der Sara drängt. Sie sucht weiter. Schließlich, im Januar 1970, findet sie etwas.

In einem Amt, das die Aufsicht über alle Druckerzeugnisse hat. Ein gelber Backsteinbau mit labyrinthischen Zimmerfluchten und schachtartigem Innenhof. Mit Pförtner und Pudel. Mit einem eisernen Tor. Es ist zweiflüglig und schwer, die Klinke riesig. Sara muss sie mit beiden Händen herunterdrücken, den einen Flügel aufschieben (es gibt nur diese schwere Tür, kein Schlupfloch, keinen Nebeneingang), den Flügel von der anderen Seite halten, von innen wieder dem Schloss nähern. Den Rest besorgt das Tor allein; langsam, dumpf und nachhallend fällt es ins Schloss. Da steht man schon vor Pförtner und Pudel, der Ausweis wird kontrolliert und die Zeiten von Kommen und Gehen werden in ein kariertes Diarium eingetragen.

Nun bei Sara täglich. Ihre Arbeitszeit ist von dreiviertel acht bis dreiviertel fünf.

Ihr angefüllter Tag damals. Halb fünf steht sie auf. Halb sieben verlässt sie das Haus. Gegen achtzehn Uhr ist sie zurück. Der Weg zur Kinderkrippe, morgens und abends. Die S-Bahn-Fahrt. Heinrich bringt Joschua früh mit dem Fahrrad zum Kindergarten. Abends trifft Joschua sich mit Sara. Er kommt ihr die Hälfte der Wegstrecke entgegen, wartet an der großen Kreuzung beim Fleischerladen. Oft wird er zu zeitig weggeschickt, manchmal verspätet sich Sara. Es kommt vor, dass Joschua sich eine Stunde gedulden muss. Wenn es regnet, steht er in der Tür zum Fleischerladen, hüpft von einem auf das andere Bein. Die Fleischersfrau jagt ihn weg. Oder er spielt im Gebüsch, versteckt sich. Schmutzige Knie, Schnürsenkel offen, das Hemd verkehrt geknöpft. Sara sagt nichts. Sofort sein Plappern über den Tag. Jakob weint. Saras Müdigkeit. Sie zähmt sie. Ihre Müdigkeit am anderen Morgen. Manchmal schläft sie in der S-Bahn im Stehen ein.

Wie konnte in Saras Leben, mit Kindern, Beruf und Alltag, John Raum haben?

Nach jenem Tag an der Fontäne im Innenhof der Staatsbibliothek und dem heißen einundzwanzigsten August sahen sie sich lange nicht. John war es, der es so wünschte. »Nur reden, dir gegenübersitzen, die Hände gefaltet, nein«, sagte er. Die Kränkung. Auch ihre Telefongespräche waren knapp. Erst als Sara schon hochschwanger war, hatten sie sich wiedergesehen.

Sie trafen sich in einem Café. Er war braungebrannt und erzählte von einem Kongress in Florenz, beschrieb das Licht über der Stadt. Er schwärmte, schloss mit dem Satz, das müsse man unbedingt gesehen haben. Sara dachte daran, wie lange sie zu warten habe. Sie hasste Gespräche, wohin man im Rentenalter reisen wolle. Das Licht über dem Arno, über Florenz, über Italien, sie wollte es sich nicht einmal vorstellen. Sie sah John an und er war ihr fremd und fern und sie dachte, es ist gut so.

Wenig später begegneten sie sich am Hausvogteiplatz. Sara war mit Heinrich zusammen. John begann sofort ein Gespräch mit ihm, seit kurzem arbeite auch er hier, sagte er, erinnerte Heinrich an ihre erste Unterredung über ihre Berlinpläne am Kaffeetisch in Saalfeld. Sara wurde es heiß, sie zog Joschua an sich, hockte sich hin, band ihm die Schnürsenkel neu, er ließ es widerwillig geschehen. Warum provozierte John, vermied das Gespräch darüber nicht? Sara missfiel das. Als sie sich verabschiedet hatten und sie John nachsah, fand sie seine Schritte ein wenig zu energisch. Es störte sie, dass er den Überlegenen spielte und es sichtlich genoß. Und Heinrich, arglos und freundlich, ihm ausgeliefert war. (Heute fragt sie sich, warum sie den Vorwurf nicht gegen sich selbst gerichtet hatte? Mit gleichem, ja noch größerem Recht hätte sie das tun müssen. Aber sie tat es nicht. Zerriss das Gewebe der Verstellung nicht.)

Dann, als Jakob geboren war, besuchte John sie im Krankenhaus. Saß auf der äußersten Kante ihres Bettes, war verlegen, auch Sara war verlegen, die Frauen im Zimmer schwiegen und beobachteten sie. Als er ging, hatte Sara wieder das erleichternde Gefühl seiner Ferne.

In der Zeit, da sie das Kind stillte und Heinrich die Nächte durch arbeitete, wurden ihre Telefongespräche mit John wieder länger. Sein Arbeitsraum im Institut, ihr Wohnzimmer.

Er wollte ihren Rat, das mochte sie sehr. Das Vertrauliche in den Gesprächen stellte sich wieder her.

Die kleinen Zwischentöne.

»Rauchst du«, fragte Sara und erschrak, weil sie die geringsten seiner Geräusche zu deuten wusste.

»Ja«, sagte John. »Und du, was hast du an?« Er liebte manche Kleider besonders an ihr. Sie trug eines, das im Sommer in den Zweigen gehangen hatte. Sie zögerte. Er fragte ein zweites Mal.

»Du kennst es nicht, es ist neu«, sagte sie.

Und dann kam der November. Sara hatte ihre Englischprüfung. In einem Hinterhaus in der Friedrichstraße war es, entsinnt sie sich. Sie ist der einzige Prüfling. Sitzt in einem Durchgangszimmer. Ständig Leute, die stehenbleiben, sich laut unterhalten. Sie hat zwei Stunden, kann sich schwer konzentrieren, ihr bricht der Schweiß aus. Nachdem die Zeit vorbei ist, der Blick des Prüfers auf ihre Blätter. Bestanden habe sie auf jeden Fall. Das genaue Ergebnis schicke man ihr zu. Sie ist erleichtert, geht die vier Treppen des Hinterhauses hinab, tritt auf den Hof.

Da steht John. Sara ist überrascht.

»Was machst du hier?«

»Ich warte auf dich.«

»Woher weißt du, dass ich hier bin?«

»Ich weiß es eben.«

Er lacht jungenhaft, fährt mit der Hand durch seine Haarmütze. Sie gehen durch den hohen Flur des Vorderhauses. Sie laufen die Friedrichstraße entlang, laufen auf die Weidendammbrücke zu.

Der Himmel über der Stadt ist schon dunkel. Die Spree scheppert träge an die Ufermauern. Es ist unangenehm feucht. Die Leuchtreklame auf dem Dach des Berliner Ensembles dreht sich. Auf der Brücke bleibt John stehen. Zieht einen Schlüsselbund aus der Tasche. Er habe heute die Zuweisung erhalten, der Umzug seiner Familie nach Berlin stehe bevor. Er wolle ihr die Wohnung zeigen, lade sie ein.

Er bittet.

Sara sieht von der Brücke an dem hässlichen gusseisernen Adler vorbei auf den Fluss. Sieht die Lichtspiegelung der Reklame auf der Wasserfläche. Die angeschlagene Tasse in der Bahnhofsmitropa in Orlamünde ist plötzlich vor ihr, ihr erbärmliches Gefühl damals.

Johns Atem in ihrem Nacken. »Bitte«, sagt er. Sara rührt sich nicht. Ihr Herz klopft heftig. Heinrich wird die Kinder gerade zu Bett bringen. Sie müsste anrufen, wenn sie später käme. Sie dreht sich um. Menschen hasten vorbei. Sara starrt in die Gesichter, als ob sie in ihnen eine Entscheidung finden könne. Johns Stimme. Ihr Rücken am Brückengeländer.

Nach einer Weile löst sie sich. »Suchen wir eine Telefonzelle«, sagt sie. Und zu Heinrich dann, sie habe John getroffen, er habe sie eingeladen, es könne spät werden.

Das Hochhaus in das John ziehen wird. Sie sind eine Station mit der S-Bahn gefahren. Im Hochhaus ist der Fahrstuhl außer Betrieb. Sie steigen die Treppen hoch. Schmale, primitive Fluchttreppen. Der Bau ist gerade übergeben, die Wände aber sind schon beschmiert.

John geht vor. Probiert an der Wohnungstür drei Schlüssel. Der vierte passt. Stickige Luft, penetranter Farbgeruch. Überheizte Zimmer. Sie reißen die Fenster auf. Sara sieht auf die geblümte Tapete. Abscheulich. »Ich würde alles mit weißem Latex überstreichen.« – »Wo denkst du hin, dazu ist keine Zeit«, erwidert John. Öffnet eine Tür nach der anderen. Erklärt, hier werden die Kinder wohnen, da das Arbeitszimmer von Ellen, hier meins.

Sie gehen durch den langen Flur zurück in die winzige fensterlose Küche mit der Durchreiche. »Setz dich«, sagt John.

Sara entscheidet sich für die kleine Fläche neben dem Spülbecken. Ihre Beine hängen herab. Auf die andere freie Fläche stellt John seine Aktentasche. »Du bist mein Gast heute. Brauchst nichts zu tun.« Er öffnet die Tasche. Entnimmt ihr eine Flasche Rotwein, ein halbes Schwarzbrot, mehrere Papierpäckchen. Sara sieht zu, wie er mit dem Taschenmesser das Brot schneidet, umständlich die Papiere aufwickelt, Brote streicht, sie belegt. Selbst an zwei Gläser hat er gedacht. Er wischt mit dem Jackenärmel über die Ränder der Gläser, öffnet die Flasche, gießt ein.

Sie reden, unterschiedslos vermengen sie große und kleine Dinge; ihr Bedürfnis, einander alles mitzuteilen. John reicht Sara ein Glas mit Rotwein, sie stoßen an. Trinken. Essen. Er spricht mit vollem Mund wie immer. (Warum nur sagt sie ihm nie, dass sie das nicht mag.) Er redet dann ausschließlich über sein ehrgeiziges neues Projekt, das seinen Wechsel nach Berlin und den Umzug seiner Familie bewirkt hat. Er steigert sich hinein. Er lehnt an der schmalen Anrichte, im Rücken der Lüftungsschacht. Sara verfolgt seine Bewegungen.

Heftiges Verlangen nach ihm steigt auf einmal in ihr auf, ohne Widerstand, rücksichtslos. Sie hat sich die ganze Zeit über belogen. Wie schon einmal. Ihre Verwirrung. Er ist nicht fern, fremd.

»Hörst du mir überhaupt zu«, fragt John.

»Ja«, sagt Sara, »ich höre deine Stimme.«

Sie schweigen. Für eine Weile nur die Geräusche aus dem Lüftungsschacht. Ein rhythmisches dumpfes Klopfen, ein langgezogenes helleres.

Sara auf ihrem Platz neben der Spüle. John kommt einen Schritt näher, hockt sich hin. Umfasst ihre Fußgelenke. Löst umständlich die Schnürsenkel, es dauert eine Ewigkeit. Zieht ihr die Schuhe aus, umschließt mit beiden Händen ihre Füße. Küsst sie. Steht auf, stellt die Schuhe auf die Anrichte. Trägt Sara dann den Flur entlang in das Zimmer, das sein Arbeitsraum werden soll.

Das kahle Rechteck des Zimmers, die leeren Wände, der harte Fußboden. Der Schein von den Peitschenleuchten der Straße. Lichtstreifen von Zeit zu Zeit. Im Zweiminutenabstand die vorbeifahrende S-Bahn, das nachhallende Geräusch, wenn die Bahn über die Brücke fährt.

Johns Mantel auf dem Fußboden. Später ihre verstreuten Kleider. Ihr Wiedererkennen. Auflösung in Tast- und Geruchssinn. Seine Lippen auf ihren nackten Füßen, in ihrem Schoß. Ihre Finger wandernd. Ihre flatternden Hände auf seinem Rücken.

Ein Leib, wieder und wieder. Es ist die einzige Nacht, da ihnen eine Wohnung gehört; seine leere, noch nicht bezogene Neubauwohnung in diesem vierundzwanziggeschossigen Hochhaus.

»Wie hast du mir das ganze Jahr gefehlt«, flüstert er.

»Du mir nicht, abwesend warst du für mich, weit weg, mein Körper ohne Erinnerung an dich.«

»Du lügst.«

»Es ist die Wahrheit.«

»Nein.«

»Doch. Ich war Heinrich nah, bin ihm nah.«

Er sei rasend eifersüchtig, sagt John. Es klingt leichtfertig, tut Sara weh, sie weiß nicht, warum. Später wird dieser Dialog wieder in ihr Gedächtnis treten, sie wird ihn ratlos und verwirrt vor sich ablaufen lassen.

Bis Mitternacht bleibt Sara bei ihm. Mit der letzten S-Bahn fährt sie nach Hause.

Als sie in Köpenick die Wohnungstür öffnet, sieht sie durch die Mattglasscheibe Heinrich im Wohnzimmer im Schaukelstuhl sitzen, den Kopf zur Seite geneigt. Sie hört den Pfeifton vom Kontrollbild des Fernsehers. Geht ins Zimmer, schaltet den Apparat aus. Richtet die Betten im Arbeitszimmer. Legt sich schlafen.

»Warum hast du mich nicht geweckt, als du gekommen bist«, sagt Heinrich am Frühstückstisch. Sara antwortet nicht. Fragt, ob alles mit Jakob und Joschua in Ordnung gegangen sei. Er bejaht es. Sie aber antwortet ihm nicht auf seine Frage. Er fragt kein zweites Mal.

Warum nur fragt er kein zweites Mal. Er will auch nichts über den Abend wissen. Ihr geheimer unsinniger Vorwurf gegen ihn. Sie hält es für Trägheit.

Sara missbraucht Heinrichs Vertrauen. Die folgenden drei Jahre. Ihre intensive Zeit mit John. Unerklärlich ist es ihr heute, dass Heinrich nie etwas bemerkte. Sie musste, entsinnt sie sich, nicht einmal Geschick entwickeln im Verbergen. Er schöpfte niemals Verdacht.

War es seine Arbeit, der Alltag, die Kinder, die Familie, die ihn nicht zu sich kommen ließen?

Er teilte alle Hausarbeiten mit Sara. Trotzdem ihre Müdigkeit. Sie fühlt sich ständig überfordert. Für die Kinder kann sie ihre Müdigkeit bezwingen. Für Heinrich nicht.

Ihr Nebeneinanderherleben beginnt.

Ihre Gespräche drehen sich nur noch um die Kinder. In den Kindern liegt ihre verbliebene Gemeinsamkeit.

Sara erinnert sich. Die Klage von Joschuas Kindergärtnerin. So ginge es mit ihm nicht weiter. Er brauche das Alleinsein, müsse mittags abgeholt werden. Ihre Strafe, ihn als Bummelletzten nach dem Essen auf die Katzenbank zu setzen, habe sich in Belohnung verkehrt. Joschua sitze dort, spreche mit seinen Händen, lasse sie spielen, sie seien seine Partner. Stundenlang könne er sich so beschäftigen. Zu anderen Dingen aber müsse sie ihn drängen.

Sara und Heinrich sind froh, dass die Kindergärtnerin ihnen eine Entscheidung abverlangt. Sara beantragt, verkürzt zu arbeiten. Es wird abgelehnt. Als Sara wenig später eine Grippe hat, übt sie mit Joschua drei Wochen das Überqueren der großen Kreuzung. Nun geht er nach dem Mittagsschlaf allein nach Hause. Manchmal baut er sich Höhlen. Meist malt er, erfindet Geschichten auf dem Papier.

Und Jakob? Entwicklungen, die Sara bei Joschua Tag für Tag verfolgt hat, nimmt sie bei Jakob erst wahr, wenn sie schon abgeschlossen sind. Ihr fehlt die Zeit. Oft ist Jakob der Letzte in der Krippe. Die Schwester wartet ungeduldig im überheizten Vorraum. Jakob ist schon angezogen, er schwitzt, weint. Einmal sagt die Schwester, das Kind erfülle die Norm nicht. Sie weist auf den Plan an der Tür zum Gruppenraum. Legt Sara die Auswertung von mehreren Wochen vor. Tabellen, ein Punktsystem, rot, grün, blau. Kurven für jedes Kind. Sara hat plötzlich die riesigen Wettbewerbstafeln im Gelände des Kunstfaserwerkes in Schwarza vor Augen. Die Arbeiter gingen daran vorbei, keiner hob den Blick. Nur in der *Straße der Besten* war es anders. Witze über die Porträtierten, besonders über ältere Frauen. Diese beschämende öffentliche Preisgabe. Sara starrt auf die Kurven, eine davon ist ihr kleiner Sohn. Die strengen Worte der Schwester, sie müsse zu Hause mehr mit dem Kind üben, damit es die Norm erfülle. Sofort ihr Schuldgefühl.

Ihre Tränen zu Hause. Heinrich lacht darüber, sagt, es sei völlig unsinnig. Er lässt sich das kleine Heft geben, in das Sara die Aufgaben einträgt. Prüft Jakob am Wochenende. Der kann alles. Gegen Ende aber sagt er: »Jakob will nicht mehr.« Er wendet sich seinen Bausteinen zu.

Heiter erzählt es Sara am Montag in der Krippe. Glaubt, damit sei die Sache erledigt. Sie hat sich geirrt. Der Ton der Schwester wird schärfer. Von ihrer gefährdeten Prämie ist die Rede. Da wird auch Saras Ton schärfer. Sie bittet die Leiterin hinzu. Eine freundliche kleine Person mit rotlackierten Fingernägeln. Sie hat zwei eigene Kinder, wird es verstehen, denkt Sara. Aber auch sie spricht von Wettbewerb und Norm. »Sie wollen doch keine Normteile«, sagt Sara. Die kleine Leiterin sieht sie empört an. Holt erneut Luft. »Allseitig entwickelte sozialistische Persönlichkeiten …« Ein absurdes Gespräch. Die roten Fingernägel fahren durch die Luft.

Eine andere Krippe wählen? Das ist nicht möglich. Sara zählte die Tage, die sie Jakob noch dort hinbringen musste. Es waren nur wenige. Dann der Wechsel in jenen Kindergarten am Waldrand, in dem Joschua gewesen war. Aufatmen. Nie wieder Beschwerden. Das Gegenteil.

Joschua ist zu der Zeit schon in der zweiten Klasse. Und ein Jahr später wird ein Kindergarten im Neubauviertel übergeben, es sind nur zwei Wegminuten dahin. Gegen vier Uhr, wenn Joschua seine Schulaufgaben gemacht hat, holt er den Bruder ab.

Saras Verrücktheit, ihre Freude, wenn eines der Kinder leichtes Fieber oder eine Erkältung bekommt. Sie ruft in ihrem Amt an. Geht zum Kinderarzt. Doktor Wonnsack in seinem Ordinationszimmer. Mit energischen Schritten kommt er auf sie zu, nackte Füße in Sandalen, eine Turnhose unter dem Arztkittel (in der Erinnerung will es Sara scheinen, als habe er selbst im tiefsten Winter seine Sprechstunden so abgehalten). »Müssen Sie schnell wieder arbeiten oder kann das Kind natürlich gesund werden, Standpunkt der Werktätigen oder der Mutter?«

Er weiß, was Sara antworten wird, untersucht das Kind sorgfältig, verschreibt Brustwickel und Hustentropfen und sagt: »In einer Woche sehen wir uns wieder.«

Krankheit als Fest. Sara macht Schulaufgaben mit Joschua, liest Jakob Märchen vor, legt ihm Schallplatten auf. Kocht das Lieblingsessen der Kinder. Spielt mit ihnen Gewürze-Riechen. Augen schließen, die geöffneten kleinen Behälter vor den Nasen, Salbei, Rosmarin, Basilikum. Die Kinder lieben das Spiel. Oder sie sehen dem Schuster bei der Arbeit zu. Gehen zum Bäcker. Dürfen sich Kuchen und Gebäckstücke aussuchen, vor der Tür gleich naschen. Die Wege dorthin sind weit. Diese Feste können sie nur feiern, wenn Sara oder die Kinder krank sind. In der Nähe, im Neubauviertel, ist nur die Kaufhalle mit ihrem penetranten Geruch nach Waschmitteln, den engen Gängen, den Schlangen nach den Körben, den Schlangen an den Kassen.

Dann wieder das eiserne Tor. Saras Zwiespalt. Sie muss die Arbeit nachholen. Der Missmut ihrer Kollegen, ihre vorwurfsvollen Blicke. Saras Schuldgefühle.

Die kleine Gruppe, zu der sie gehört. Ein Philosoph, ein Ökonom, zwei Pädagogen. Die Gruppe hat keine Entscheidungen zu fällen. Sie macht Analysen zu Sachgebieten.

Am Anfang Saras Verlangen, endlich etwas zu tun. Die kleine Welt von Kaufhalle, Kindergarten, Wohnung und Zuckerhäuschen hinter sich zu lassen. Ihre Bereitschaft. Sie stürzt sich in die Arbeit.

Ihre ersten Erfahrungen.

»Immer mit der Ruhe«, sagt der Philosoph, als er Sara, die an ihrer ersten Analyse sitzt, einmal allein im Zimmer antrifft. »Die Ergebnisse stehen sowieso von vornherein fest.« – »Aber dann wäre meine ganze Arbeit sinnlos.« – »Ja, ist sie auch.« Er lacht ein hohes, lautes Lachen. Noch auf dem Flur ist es zu hören. Fast jeden Morgen macht er sich in den verschlungenen Gängen dieses Amtes mit seinem rabelaisischen Lachen bemerkbar. Dann ist er meist den ganzen Tag unsichtbar. Er sitzt in der Giftkammer, wo die von den Zollorganen konfiszierten Bücher lagern. Er liest. Das ist seine Leidenschaft. Er liest auch die Nächte durch. Seine abgewetzte Ledertasche ist jeden Morgen und jeden Abend bauchig voll. Er sei ein nutzloser, bunter Vogel, sagt er von sich und weist anderen scharfzüngig ihre Dummheit nach. Er ist deswegen gefürchtet und das Amt hat sich schon mehrmals mit Parteistrafen an ihm gerächt. Er erzählt es Sara und lacht schallend.

An wen kann sie sich halten? Das Amt eine Maschinerie. Sara kann sie nicht durchschauen. Wer bewegt sie, treibt sie an? Die meisten behaupten, eigene Entscheidungen zu fällen, das Beste zu tun.

»Das Amt hier verdirbt den Charakter.« Eine Lehrstunde, gleich in den ersten Wochen. Sara erinnert sich genau. Aus dem Zimmer, das dem ihren an dem schachtartigen Innenhof gegenüberliegt, kommen Töne. Sie reißt das Fenster auf, tatsächlich, Klavierspiel, es bricht ab, setzt wieder ein. Sara rennt den Flur entlang, hört die Töne. Klopft. Ein großes düsteres Zimmer. Ein Flügel in der Mitte. An den Wänden rundherum grobe Holzregale, vollgestopft mit Musikalien. Auf dem Fußboden Berge von

Noten. Ein völliges Chaos. An dem Flügel – Sara kann ihn nicht deutlich erkennen, so dämmrig ist es im Raum – ein Mann mittleren Alters mit einer Brille.

Als erstes ein Satz und ein Rat. Sie solle schnell hier wieder verschwinden, so jung, wie sie sei. Er werde in drei Monaten auch weg sein. »Wie lange sind Sie schon hier?« – »Acht Jahre.«

Sara geht in den nächsten drei Monaten oft in sein Zimmer. Rosenholz zieht Partituren zeitgenössischer Komponisten aus den Notenstapeln, spielt Sara vor, improvisiert, erklärt. Er liest die Partitur und hört die Musik. Immer ist es dämmrig in dem Raum. Er sitzt mit vorgerecktem Kopf am Flügel, die Augen mit der starken Brille dicht an den Noten. Als Sara Licht anknipsen will, verwehrt er es ihr. »Ich bin es so gewöhnt.«

Einmal aber ist sein Zimmer hell erleuchtet. Notenstapel vom Fußboden mit Genehmigungsformularen türmen sich auf dem Bechsteinflügel. Rosenholz drückt Sara einen Stempel in die Hand. »Schlag Seite drei auf. Dorthin.« Sara stempelt, er setzt seinen Namenszug darunter. Sie arbeiten mehrere Stunden, auch am nächsten Tag. »Also entscheiden Sie doch«, sagt Sara zu ihm. Er sieht sie durch die starke Brille an. »Mit dem Sie wirst du hier nicht weit kommen. Hier gibt es nur Genossen. Gestempelt wird hier, das siehst du doch. Weiter.« Sara schlägt wieder auf, er setzt seinen Namenszug darunter. Es staubt. Entschieden werde ganz woanders, sagt er dann, zeigt nach oben. Saras Blick folgt seinem Finger. »Nicht hier, in dem Amt«, er schüttelt sich. »Warum dann acht Jahre?« – »Das Fleisch ist schwach«; nach einer Welle fügt er hinzu, »bewirkt habe ich nichts, vielleicht aber manchmal Schlimmeres verhindert. Drei Jahre sind das Maximum hier, merk es dir.« Als Musiktherapeut ins Krankenhaus gehe er jetzt, eine reelle Sache, wenngleich weniger Verdienst, die Familie murre.

Dann ist er fort und der Bechsteinflügel wird von Trägern abtransportiert. Sara steht auf der Treppe. Diesem Genossen sei keine Träne nachzuweinen, sagt der dicke Gewerkschaftssekretär, der gerade vorübergeht. Ob er ihr helfen könne. Er pfeift durch die Zähne, betrachtet ihre Füße in den hellen Riemchensandalen, ihr Minikleid, legt den Arm um ihre Hüfte. (Das macht er bei allen Frauen.) Sara nimmt seinen Arm weg, schüttelt den Kopf. Der Gewerkschaftssekretär hilft allen, er weiß immer, wo es etwas gibt, besorgt Ersatzteile, fährt den Kollegen mit seinem Hänger Material für den Datschenbau nach Hause. PRIVAT GEHT VOR KATASTROPHE ist sein Wahlspruch. Manchmal, wenn Sara auf das eiserne Tor zugeht und die Augen zukneift, sieht sie auf der gelben Backsteinmauer des Gebäudes ein rotes Fahnentuch mit dieser Losung.

Der Gewerkschaftssekretär versucht ein zweites Mal seinen Arm um ihre Hüfte zu legen, wiederholt seine Frage. Der forsche Tritt der Kaderchefin auf dem Flur, er lässt los. Die Kaderleiterin mit ihren ewig fettigen Haaren und den ausgebeulten Präsent 20-Kleidern verwickelt ihn in ein Gespräch, sie gehen die Treppe hinunter. Sara sieht vom Treppenfenster aus, wie der Bechsteinflügel verladen wird, die gepolsterten Türen des Autos sich hinter ihm schließen.

Sara hat niemanden mehr, mit dem sie rückhaltlos reden kann. Erst anderthalb Jahre später, als der schnurrbärtige Kollege in ihrer Gruppe anfängt, gibt es wieder offene Gespräche.

Vorerst beschäftigt sich der Chef mit Sara. Obwohl er nur acht Jahre älter ist, redet er ständig von ihrer Jugend und Unerfahrenheit. Der bunte Vogel nennt den Chef – wenn er nicht dabei ist – den *Umgepimpften.* Er ist grauhaarig und hat das Gesicht eines Riesenbabys. Er ist gutmütig. Und großzügig und verständnisvoll in allen Dingen, die

Saras Lage mit den beiden kleinen Kindern betrifft. Die seinen sind schon größer, seine Frau arbeitet auch, am Nachmittag dirigiert er von seinem Schreibtisch aus per Telefon das Schulaufgabenmachen seiner Töchter. Wenn sie anrufen, unterbricht er selbst die wichtigste Sitzung.

Mit der Zeit geht Sara sein Pädagogisieren auf die Nerven. Sie sitzt vor ihm, starrt auf seinen skandierenden Zeigefinger, sieht in sein Gesicht; seine Stimme ist immer ein wenig zu laut. Er erklärt ihr zum siebentenmal Aufgaben und Unterschiede von Staats- und Parteiapparat; Verquickungen, Überschneidungen, Aufgabenteilung. Es ist nicht zu verstehen. Sara hört durch seine langatmigen, oberlehrerhaften Sätze hindurch. Fast in jedem kommt das Wort Dialektik vor. Saras Erschöpfung. Ihr fällt ein, das Wort Dialektik durch das Wort Dogmatik zu ersetzen. Die Erschöpfung verfliegt. Sein Vortrag bekommt plötzlich einen Witz. Sara muss lachen, sie nickt, lacht mehrmals. Und der Chef ist zufrieden mit ihr und entlässt sie.

Auch die nächsten Sitzungen übersteht sie so. Immer leitet er sie hilfreich mit einigen Sätzen über die Schwächen der Frauen ein. Das ist eines seiner Lieblingsthemen. Gefühlsbetont und unlogisch seien alle Frauen, sie eingeschlossen. Es gäbe noch viel an ihr zu erziehen.

Einmal widerspricht Sara heftig, sagt, was sie denkt. Der bunte Vogel hat sie gewarnt, der Chef sei cholerisch. Sie hat sein Schreien und das Zurückschreien der männlichen Kollegen schon mehrmals gehört.

Nun erlebt sie es. Nach ihrem Widerspruch eine Pause. Die Halsschlagader des Chefs schwillt an, dann wird sein Gesicht krebsrot. Er öffnet den Mund, holt Luft, schreit. Sara betrachtet fasziniert den lächerlichen Auftritt. Je lauter er schreit, desto ruhiger wird sie. Sie verschränkt die Arme, lehnt sich zurück, lächelt. Er springt auf, rennt aus dem Zimmer, knallt die Tür zu. Das ist noch nie passiert.

Der Vorwurf der Kollegen, nur mit Zurückschreien könne man das abfangen. Sie habe ihm den Auftritt verdorben.

Vier Wochen spricht er nicht mit Sara, schickt sie in andere Abteilungen, in Außenstellen. Dann gehen die Erziehungsgespräche weiter, als sei nichts gewesen. Das Schreien unterbleibt fortan.

Sara begreift, mit ihm zu streiten wäre vergeblich, schreien wäre Torenwerk. Hundert Jahre würden nicht reichen. Dornenhecke. Er ist der Chef, die Zeitung, der Staat, der Staatsrat.

Weiterhin leitet er seine Reden mit den Sätzen über die Schwächen der Frauen ein.

Sara erkennt ihre Lage und macht sie sich zunutze. Sie nimmt die Schwäche, hängt sie sich wie einen Mantel um und es wird ihre Stärke. Arglosigkeit wird ihr Schutz, ihre Weiblichkeit ihre Maske. Es ist verblüffend, was damit alles möglich ist. Sie schafft sich einen Spielraum. Sie handelt. Still, unauffällig hinter den breiten Männerrücken. Man traut ihr das nicht zu, denn sie ist schwach, unlogisch, gefühlsbetont. Wenn die Folgen ihrer Handlungen zur Sprache kommen, tut sie so, als ob sie sie nicht überblicken könne. Oder sie plappert etwas, was den Vorstellungen ihrer Rolle entspricht. Und sie entwickelt Listen. Ihre Analysen zum Beispiel bespricht sie mit Leuten außerhalb des Amtes; wenn es dann um Schlussfolgerungen geht, kann der Chef sie nicht einfach diktieren, sie ist besser imstande, ihre eigenen zu verteidigen. »Nicht schlecht, ich durchschaue dich«, sagt der bunte Vogel einmal, als er zu ungewöhnlicher Zeit aus der Giftkammer auftaucht, um sich eine neue Packung Zigaretten aus seinem Schreibtisch zu holen, »es ist dennoch sinnlos, was du tust, du wälzt einen Stein bergauf.« – »Du bist ein Zyniker«, sagt Sara. Sein rabelaisisches Lachen auf dem Flur.

Wenn sie sich heute daran erinnert, scheint ihr alles

schizophren, die Kräfte, die sie in den Debatten mit dem Chef vergeudete. Was hätte sie tun sollen? Sofort weggehen. Wohin? Der Prorektor und seine Rede hinter dem schweren Schreibtisch kommen ihr in den Sinn.

Damals glaubte sie, ihre ersten selbständigen Schritte zu tun, war stolz auf ihre kleinen Erfolge und den Handlungsspielraum, den sie gewonnen hatte. Wie sollte man auch leben mit dem Bewusstsein, ein nutzloser, nicht gebrauchter, überflüssiger Mensch zu sein?

Wenn sie an ihre Liebesbeziehung zu John denkt, ist ihr heute, als sei sie – die Kinder ausgenommen – das winzige STÜCK LEBEN gewesen. Abgerungen. Das Bodenfenster ihrer Kindheit, sie zieht sich hoch, öffnet die Luke. Ihr Rücken, die Flügel. Dieses Stück Leben das Eigentliche. Kunststück. Poesie gegen Prosa. Widerstand; alles ging von hier aus, führte hin. Utopie über Jahre, Freiheit, die sie meinten.

Sara erinnert sich, als sie im Stadtzentrum zu arbeiten begann, holte John sie ein- oder zweimal in der Woche ab. Nie fragte sie, wie er das Ellen erklärte. Und warum wollte Heinrich nicht wissen, wo sie herkam?

Dreiviertel fünf ist Arbeitsschluss. Sara sieht ungeduldig auf die Uhr. Verlässt mit den Kollegen das Haus. Schlägt nicht den gewohnten Weg ein. John wartet an der Spree. Sie geht an den Baracken vorbei, die in den vom Krieg gerissenen Häuserlücken stehen. Dann der Fluss, der träge und schmutzig unter den eisernen Bögen der S-Bahn hervorkommt. Ein hohes Gitter davor, oben Stacheldraht; Grenzschutzanlagen. John steht davor, mit dem Rücken zu Sara. Seine Gestalt vor den Rastern des Drahtverhaus.

Im Auto dann sitzt er, den Oberkörper über das Lenkrad gebeugt, verspannte Haltung, er erzählt von der

Arbeit, sucht im Gewirr des Berufsverkehrs seinen Weg, wechselt die Fahrbahnen, bremst, fährt ruckartig an. Nach der dritten Ampelkreuzung wird es Sara übel. Er kurbelt das Fenster herunter, aber die Abgase machen es nur schlimmer. Sara kämpft mit Brechreiz. Immer ist es so. Sie schweigt, wo er Antwort erwartet. Erst hinter Biesdorf wird es besser. Rechts und links Felder. Sara atmet tief, Farbe kehrt in ihr Gesicht zurück, sie gähnt. »Geschafft«, sagt sie. Der Monolog wird zum Dialog.

Hinter Kaulsdorf dann das kleine Waldstück. Dort halten sie, steigen aus. »Zehn Minuten. Sieh du auf die Uhr«, sagt Sara. Sie muss nach Hause, er weiß es, hält sich daran. Zehn Minuten.

Sie gehen nur wenige Schritte. Die Geräusche der Straße bleiben. Eine kleine Schonung, dann hohe Kiefern, Birken, Eschen. Farnkraut, Gestrüpp, kein Weg. Erst weiter links führt einer vorbei; Sara fährt dort des öfteren mit Joschua Fahrrad. Doch so weit gehen sie nicht. Sara lehnt sich an einen Baum, gleitet mit dem Rücken daran hinab, sitzt auf dem Waldboden. Johns Hand. Sie zeichnet mit ihren Fingern die Linien nach, die vorstehenden Adern, fährt bis zu den Fingerkuppen. Seine Lippen an ihren. Sara spürt sie, erwidert nichts. Wird Joschua Jakob aus dem Kindergarten geholt haben? Werden sie sich vertragen? Muss sie noch etwas einkaufen?

John betrachtet ihr Gesicht. Sara kann keine Minutenliebe. Seine Begierde versteht das nicht. Sein Ungestüm. Einmal drängt er sich in sie. »Es ist schade, dass du das allein tust«, sagt Sara. Nimmt ihn in sich auf. Eine Ameise läuft über ihr Gesicht.

In jenen Jahren essen sie oft zusammen zu Mittag. In der kleinen Gaststätte in der Invalidenstraße. Der Schankraum ist düster, weit heruntergezogene Lampen. Der Wirt kennt sie schon, weist ihnen meist den Zweiertisch unter der Urkunde mit den Wettbewerbsergebnissen zu. Fast immer das gleiche Publikum. Bauarbeiter, Gärtner vom nahegelegenen Friedhof. Rentner, die sich laut begrüßen, über die Tische hinweg reden. Sara und John sitzen vor ihren Tellern. Die Berührung ihrer Fingerspitzen auf dem weißen Tischtuch. Eine halbe Stunde Zeit. Sie zahlen und gehen. Gehen zum Friedhof der Elisabeth-Himmelfahrt-Gemeinde hinüber. Eine zweite halbe Stunde für die Kieswege. Dieser merkwürdige Friedhof, durchschnitten die Gräberreihen von grell rot-weißen Warntafeln. Halteschildern. Die Mauer dahinter.

Diese Mahlzeiten in der Invalidenstraße, die Gänge über den Friedhof, die Fahrt im Auto, die Minuten im Waldstück hinter Kaulsdorf sind oft ihr einziges Zusammensein über Wochen und Monate.

Selten Stunden in ihrer Wohnung. Haushaltstag. Heinrich ist auf einer Dienstreise, die Söhne sind in der Schule und im Kindergarten. John kommt die Straße an den Neubaublöcken entlang, mit steifen Schritten, er trägt eine Aktentasche. Sara sieht ihm hinter der Gardine entgegen. Zwiespalt. Angst vor der Entdeckung. Auch in seiner Wohnung. Ellen kann plötzlich in der Tür stehen. Saras Begierde, jene leeren Wände von Johns Arbeitszimmer wiederzufinden, das kahle Rechteck des harten Fußbodens.

Aber es gibt ihn nicht, den neutralen Ort. Überall Zeichen des anderen, in seiner, in ihrer Wohnung. Schwierigkeit, das zu verdrängen. Ein Satz über Ellen oder Heinrich kann alles zusammenstürzen lassen. Saras Scham. Johns ratlose Züge.

Und Saras wahnwitzige Angst vor einer Schwangerschaft. All die Jahre. Hat sie ihm gesagt, was heute für ein Tag ist, ein gefährlicher, ein weniger gefährlicher? Ihre Unfähigkeit, vorher darüber zu sprechen. Kann sie seinem: Ich passe auf, trauen. Sie weiß, wie wenig sie sich selbst trauen kann. Im Moment ihrer größten Nähe will sie ihn, wider alle Vernunft. Danach erst ihr ernüchternder, kurzer Wortwechsel.

Diese panische Angst und zugleich das Verlangen, ein Kind von ihm zu haben. Über all die Jahre. Und all die Jahre nur der Verlass auf die ungefährliche Zeit, das Rechnen. Sind sie so leichtsinnig geworden, weil nichts passierte? Ihr Leichtsinn wog schwer, war bitter. Ihre Verstörungen durch Abbruch. Weggehen. Spannungen. Sein Unbefriedigtsein. Das Tier in ihm könne sie nicht zähmen, sagt er. Ihre Verweigerung manchmal. Kälte, Missverständnisse.

Als Sara sich dann schützen könnte, tut sie es nicht. Die Angst, von ihm geschwängert zu werden und die Sucht danach, in jeder Begegnung ihrer Körper erneuert, haben sich untrennbar verbunden. Ihr Glück ist so vollkommen wie ihre Angst. »Ich kann dich nicht anders lieben«, sagt Sara.

Wie würde er sich verhalten, wenn sie wirklich schwanger würde? Einmal erfährt sie es.

Es ist endlich wieder Sommer (wie warten sie in jedem Jahr darauf), sie sind zum Gamensee gefahren. Es hat geregnet, die Erde ist feucht und dampft. »Der gefährlichste Tag«, sagt Sara. Aber John ist voller Verlangen und Ungeduld. Sie lieben sich auf dem feuchten, federnden Boden der Uferböschung. Ohne Vorsicht. Saras Angst danach.

Auf der Heimfahrt sagt sie es John. Und da geschieht es. Der Sturz in die Realität. Zwei Sätze nur sagt er. Der eine: Wo zwei aufwachsen, würden es auch drei tun. Der andere Satz vom fremden Nest und dem Kuckucksei darin. Sara trifft das völlig wehrlos.

Er merkt nicht, was in ihr vorgeht. Übergangslos beginnt er von etwas anderem zu reden. Erst als sie vor ihrer

Haustür halten, sie sich verabschieden, sieht er in ihr Gesicht. Da ist es schon zu spät.

Am anderen Morgen sagt er am Telefon, er korrigiere sich. Ein Missverständnis, eine Fehlleistung, ein falscher Zungenschlag. Dann schreibt er einen Brief, einen zweiten. Selbstverständlich bekenne er sich, wenn es an dem wäre, zu dem Kind. Er würde es sogar Ellen gestehen. Sara starrt auf das sogar. Bemüht sich zu vergessen. Kann es nicht. Verdrängt es nur. Die Sätze sind gesagt. Der Vorgang ist unumkehrbar.

Ihre merkwürdigen Gegenbewegungen dann. Er auf sie zu. Sie von ihm weg. Sara gesteht es sich nicht ein; erst viel später wird sie begreifen: diese zwei Sätze in jenem Sommer (war es der Sommer einundsiebzig oder zweiundsiebzig?) auf der Rückfahrt vom Gamensee sind der Beginn ihrer langen quälenden Trennung. Sie hätte ungläubig gelacht, wenn ihr es damals jemand gesagt hätte.

Denn ihr glücklichstes Jahr, das Jahr 1973, begann.

Im Februar beschließen sie, drei Tage gemeinsam wegzufahren. Noch nie waren sie so lange zusammen allein.

Joschua ist in der zweiten Klasse und in den Winterferien bringt Sara ihn zu den Großeltern nach Thüringen. John ist nach einer Krankheit zur Erholung in der Nähe.

»Ich bleibe zwei, drei Tage bei meinen Eltern«, sagt Sara zu Heinrich. Eine direkte Lüge. Heinrich hat nichts einzuwenden. »Gut, ich versorge Jakob«, sagt er sofort. Als Sara ihren Koffer packt, kommt er ins Zimmer. Ein Kleid liegt obenauf. Im Winter trägt sie fast immer Hosen. Die Tage bei den Eltern mit Joschua, wozu ein Kleid? Sie fühlt sich ertappt. Heinrich hat gar nicht hingesehen. Sara ist übernervös, bittet ihn, nicht mit zum Frühzug zu kommen. Sie führt Jakob an, der so zeitig noch schläft.

Die lange Fahrt. Sara und Joschua flüstern. Das Ohrenspitzen des ihnen gegenübersitzenden älteren Ehepaares. Sie fragen Joschua dieses und jenes. Amüsieren sich über seine ulkige Ausdrucksweise. Bald unterhält er alle im Abteil.

Sara fasst seinen Arm, ein kleiner Druck. Er nimmt Papier und Stifte heraus, malt und schweigt. Nach einer halben Stunde möchte das Ehepaar die Zeichnungen sehen. Erneute Heiterkeit. Das Gespräch reißt nicht mehr ab. Die Zeit vergeht. Beim Umsteigen in Erfurt müssen sie sich beeilen. Das Ehepaar kommt mit ihnen. Der Mann trägt Sara den Koffer.

Dann in Gotha, die Großeltern auf dem Bahnhof. Joschuas Skier, die er zu Weihnachten bekommen hat. »Schnee«, jubelt er. Springt. Das Wasser spritzt. Täuschendes wässriges Weiß, vermischt mit schwarzem Ruß, fällt bei jedem Schritt mit klatschendem Geräusch von den Schuhen. Als sie den Bahnhofsvorplatz betreten, setzt heftiger Regen ein. Ein warmer Wind weht. »Du wirst Ski fahren können«, tröstet Sara, »es wird kalt werden und der Himmel wird Flocken herabschütten, glaub mir.« Joschua greift links und rechts nach den Händen der Großeltern, ist zufrieden.

Nach dem Essen sagt Sara, dass sie bereits heute wieder nach Hause müsse. Nein, es sei nicht nötig, sie zum Bahnhof zu bringen. Joschua, schon im großen Bett zum Mittagsschlaf, wirft ihr Blicke zu, deutet mit den Augen auf einen kleinen Bücherstapel auf dem Nachttisch. Saras Kinderbücher, vom Vater aus der Bodenkammer geholt. Obenauf »Toddys Tauwetterreise«. Als Kind kam sie nie über die ersten zehn Seiten hinaus. Immer bis zu der Stelle, wo der ungezogene Eisbär, den Rat seiner Eltern missachtend, sich allein auf eine Eisscholle wagt. Auf der rechten Seite eine farbige Illustration dazu. Er sitzt, winzig klein, jämmerlich in sich zusammengekauert auf dieser ins Meer treibenden Scholle. Es wird Nacht. Immer schlug Sara an dieser Stelle das Buch zu, verkroch sich schluchzend unter ihrer Decke. Als sie es Joschua zum ersten Mal vorlas, hielt sie an der Stelle inne, betrachtete belustigt die von ihren Kindertränen gewellte Seite. »Er wird bestimmt viel erleben«, sagt Joschua, »lies weiter bitte.« Da erfuhr auch Sara endlich den Ausgang der Geschichte.

»Müsst ihr nicht zum Bahnhof«, fragt er jetzt. Er will unbeaufsichtigt sein, will während der Zeit des Mittagsschlafes lesen. Sara willigt ein. Im Druck seiner Arme spürt sie seine Freude darüber.

Die Begleitung der Eltern zwingt Sara, in die verkehrte Richtung zu fahren. Sie winkt wie immer. In Seebergen, der ersten Station hinter Gotha, steigt sie aus. Wartet auf den Gegenzug, fährt wieder durch Gotha durch. Noch dreißig Kilometer. Der Personenzug hält auf jeder Station. Bleierne Zeit. Sara öffnet und schließt ihre Handtasche. Sie kann dieses sinnlose Herumkramen der Frauen in den Handtaschen nicht leiden. Öffnet und schließt ihre dennoch, holt den kleinen Spiegel heraus, klappt ihn auf, zu. Im Oval ihr erregtes, blasses Gesicht.

Wird John auf dem Bahnsteig stehen? Er weiß die Zeit nicht. Nur den Tag. Dieser oder der folgende ist vereinbart. Sie weiß nicht, wo er wohnt. Sie werden sich verfehlen.

Als der Zug einfährt, sieht sie in der Regenschraffur unter der Bahnhofsüberdachung dunkle Gestalten. Eine davon gleicht ihm. Er ist es. Zieht Sara an sich, sie spürt, auch er ist erregt. Wortlos gehen sie zum Auto. Als er den Motor anlässt, seine Hände zum Lenkrad greifen, sieht sie, seine Hände zittern. Auf der Fahrt durch die Stadt nur gepresste, törichte Sätze.

»Ich bin froh, dass du da bist.«

»Ja, ich auch.«

»Dass wir uns nicht verfehlt haben.«

»Ja.«

»Darüber bin ich froh.«

»Ich auch.«

Enge Straßenzüge. Fachwerk, mattes Laternenlicht, das ab und zu einen Ausschnitt aus dem Dunkeln hebt. Die Stadt scheint zu Ende. Sara fragt nicht. Eine Weile Wald. Eine kurvenreiche, steil ansteigende Fahrstraße. »Siebenmal war ich auf dem Bahnhof heute«, sagt John. Verlangsamt die Fahrt, biegt ein, lässt das Auto auslaufen. »Hier sind wir.«

Seine Stimme ist verändert, gelöst. *»Sieben Male ruf ich dich, / Sechsmal bleibe fort«*, sagt er, streicht über Saras Nasenrücken, über ihre Nasenflügel, als ob er sich vergewissern wolle, dass sie es auch sei.

Ein schwaches Licht, die Umrisse eines Hauses. Sie gehen hinein. An der Rezeption eine alte Dame. Sara füllt ihre Anmeldung aus. Verheiratet schreibt sie in die entsprechende Rubrik.

»Hier, Ihr Schlüssel, bitte«, sagt die alte Dame. Zu John gewandt, sie redet ihn mit Namen und Titel an, er möge, dann folgt Saras Name, sie zu ihrem Zimmer begleiten. »Sie kennen sich ja aus«, sagt sie, keineswegs spitz, wie es Sara befürchtet. Sie atmet auf.

Sie gehen die mit bunten Läufern belegte Treppe hoch, John trägt ihre Tasche, öffnet in dem schmalen Gang eine der Türen. »Das ist dein Zimmer«, sagt er und schließt die Tür wieder. Am Ende des Ganges dann das seine. Er stellt Saras Tasche ab.

Ihr langes Abendessen in dem fast leeren kleinen Gastraum. Alte Möbel. RührendeUltersträuße auf jedem Tisch.

Ihr Zubettgehen. Ihre Umarmung. Das Tor zur Utopie.

Später dann sucht Sara eine Fensterklammer. Öffnet das Fenster. Das Rütteln der Schieferplatten. Föhnwind fährt herein, feucht-herber Fichtengeruch erfüllt das Zimmer.

Im Fensterviereck sind die Baumwipfel zu sehen, schwankend, vom Wind geschüttelt, in voller Höhe. Im nächsten Moment werden sie heftig niedergedrückt, im Fensterviereck nur dunkle, schnell ziehende Wolken. Für Sekunden der Mond. Es ist zunehmender, zwei Nächte fehlen bis zum Vollmond. Das warme Licht des Mondes. Sara und John liegen beieinander.

Am anderen Morgen ist im Fensterviereck Bläue. Kein Laut ist zu hören. Der Wind hat sich gelegt. Es sind Minusgrade. Die nassen Fichten sind in Frost erstarrt. Die Zweige hängen schwer herab. Joschua wird bald Ski fahren können, denkt Sara, küsst den schlafenden John. Schließt ihre Augen wieder. Nach einer Zeit tut er das Gleiche. Gemeinsam erwachen.

Als Sara im Bad ist, fällt ihr Blick auf ein Wasserglas, eine Zahnprothese ist darin. Nie hat sie an so etwas gedacht, nie ist es ihr aufgefallen. Es rührt sie.

Beim Frühstück muss sie die Laute unterdrücken, die beim Blick aus dem Fenster vor Freude in ihr hochsteigen. Höhenzüge, hinter- und gegeneinander getürmt, dunkelgrün, auf den Nordhängen noch geschlossenes Weiß. Ihr Wald. Einzige schöne Vertrautheit mit dem Vater, diese Wanderungen. Sie erzählt John, wie sie als Kind mit ihm dort lief. Barfuß meist, die hölzernen Klapperlatschen der Nachkriegszeit taugten nicht dazu. Zwanzig Kilometer am Tag und mehr. Meilenfresser nannten die Wanderfreunde den Vater. Waldboden unter ihren nackten Sohlen, Tannennadeln, Grasbüschel, Sternmoos. Wenn ihre Füße müde werden, schmerzhaftes Stoßen an den Baumwurzeln, die die Wege durchziehen, den spitzen Kieseln, die das Brennen verursachen. Und die erlösenden Schlammpfützen. Nicht die auf den von der Sonne erwärmten gerodeten Flächen, sondern die kühlen im Hochwald. Mit den winzigen Wassertieren, die Sara durch die Lücken ihrer kleinen abgespreizten Zehen wandern lässt. Schließlich das Eingraben der Füße in den tiefen Schlamm. Kälte. Der Vater ist schon weit voraus. Wehender Mantel, Umhängetasche, Wanderstock im Lichteinfall der Schneise. Nach einem langen Aufstieg oder einem Gang über Höhenrücken die Rast. Öffnen der Tasche. Wettermantel, Kompass und Karte sind sorgfältig zur Seite gelegt. Der Leinensack mit dem Schwarzbrot, einem Stück Wurst, einem Rettich. Das Geräusch des aufklappenden Taschenmessers. Der Vater schneidet Brot und Wurst, schält den Rettich. Reicht Sara die Wasserflasche. Ein Rest Schwarzbrot wandert in den Leinensack zurück; der Ohnmachthappen.

Der Aufstieg auf den Tausendmeterberg und ihre Enttäuschung als Kind. Sie glaubte, von oben tausend Meter in die Tiefe sehen zu können.

»Lass uns heute dort hinfahren«, sagt John, der gerade sein Ei mit dem Messer köpft. Sara macht eine unwillkürliche Bewegung auf ihn zu, zieht dann ihre Hand zurück. Auch Heinrich macht das so, ihr Bitten vergeblich.

»Ja, fahren wir«, entgegnet sie und betrachtet glücklich Johns morgendliches, ausgeruhtes Gesicht.

Die gestern regenübergossene Straße hat sich in eine Eisfläche verwandelt. Sie fahren im Schrittempo. Auf der Hauptstraße dann ist gestreut. Im Thüringer Wald oberhalb der Sechshundertmetergrenze festgefahrene Schneedecke. Die letzten vier Kilometer gehen sie zu Fuß. Steil steigt der Weg an. Das tiefe Blau des Himmels über ihnen. Die Farbe wird matter, schließlich ein milchiges Weiß, dann ein Grau. Der Himmel senkt sich. Ehe sie den Gipfel erreichen, fängt es heftig zu schneien an.

Auf dem Plateau Menschenmassen. Staketenzäune von Skiern und Stöcken. Eine überfüllte Gaststätte. Um die Füße der an langen Tischen dicht gedrängt Sitzenden stehen Wasserlachen. Aus den Wollsachen steigt Feuchtigkeit. An- und Abschwellen des Lärmpegels. Schulklassen, Urlauber. Das Klappern der Bestecke auf den Plastetellern. Geruch nach Gulasch und Kraut.

»Etwas trinken sollten wir wenigstens«, sagt John. Sara stellt sich an. Er sucht einen Platz, verfolgt von der Bank aus, auf deren äußerster Kante er hockt, Saras Vorrücken in der Schlange unter dem Schild Getränke. Als sie die heißen Pappbecher auf dem Tisch abstellt, sich setzt, die Leute rücken nochmals zusammen, sieht sie, genau gegenüber, das ältere Ehepaar aus dem Zug. Begrüßung. Sie fragen sofort nach Joschua. Sara hat John von der Zugbekanntschaft erzählt. »Ein pfiffiges Bürschchen, Ihr Sohn«, sagt die Frau zu John. Er ist verlegen, reagiert ungeschickt. Steht auf, den halb gefällten Pappbecher in der Hand. Sie verabschieden sich hastig von dem Ehepaar. »Grüßen Sie Ihren kleinen Sohn«, ruft die Frau ihnen nach.

Beim Abstieg, noch immer schneit es, aber nicht mehr so heftig, tanzt Sara plötzlich um John herum, ihre Pelzmütze fällt, sie reißt ihm seine vom Kopf, stülpt sie sich auf. »Sie haben geglaubt, wir sind Mann und Frau, Vater und Mutter.« Die Pelzmütze rutscht bis zu den Ohren, über die Augen, Sara tanzt im Dunkeln. »Was sagst du dazu?« Sie reißt die Mütze hoch, sieht ihn an. Er lächelt. »Du Kind«, sagt er, hebt ihre kleine Russenmütze aus dem Schnee, sie ist darauf getreten, gibt sie ihr, nimmt seine. »Ja«, sagt er.

Sie gehen weiter durch den Schnee, schweigen. Sara weiß nicht, ob es ein Schweigen der Nähe oder der Ferne ist. John legt den Arm um ihre Schultern, jeder von ihnen versucht sich dem Schritt des anderen anzupassen, vergeblich. Dennoch bleibt sein Arm auf ihren Schultern.

Sie verlassen den Wald. Der Weg wird eben. Es hat aufgehört zu schneien. Ist wärmer geworden, die Temperatur liegt über Null. Ein Kammweg, weit ausschwingend, vor ihnen. Über der breiten Talseite zur Rechten stehen die fernen Bergrücken.

Kurz bevor sie das Auto erreichen, sie sind zurück einen anderen Weg gegangen, bricht Sara das Schweigen. »Weißt du, dass ich Flügel habe«, sagt sie, lässt sich kerzengerade mit an den Körper gezogenen Armen nach hinten in den nassen Schnee fallen, breitet die Arme aus, schlägt sie von der Körpermitte nach oben und unten gleichmäßig hin und her. Ein Schnee-Engel. Sie erhebt sich, ohne die Hände zu gebrauchen; geht, aus Angst, er könnte wieder Kind zu ihr sagen, ohne sich umzudrehen, an ihm vorbei zum Auto.

Im Gasthof hilft John Sara aus den nassen Stiefeln. Greift zur Zeitung. Dieses übergangslose Eintauchen in das Weltgeschehen ist Sara nicht möglich. Zeitungsnachrichten verwandeln sich für sie sofort in Gesichter, bestürzende Details, Grausamkeiten; Afrika, Südamerika. John hinter den mit winzigen Lettern aus Druckerschwärze übergossenen großformatigen Seiten des NEUEN DEUTSCHLAND. Beine nur zu sehen, weit auseinandergestellt, ovale Fingerkuppen. Sara im Sessel ihm gegenüber. Schneidersitz, Hände um die kalten Füße. Über den Zeitungsseiten aufsteigender Zigarettenrauch.

»Und was steht über Chile geschrieben«, fragt Sara nach einer Weile. Er liest. Eine kurze Notiz. Schweigt wieder. Gladys Marins herbes Gesicht. Ihre Worte: Chile das stille Vietnam. Sara denkt an ein Gespräch. Heinrich und sein Bruder. Er arbeitet seit drei Jahren in Chile. Ihr heftiger Streit. Die Kupferminen in Antofagasta, die Lage in Santiago. Wenn die sozialistischen Länder das Kupfer nicht kaufen können, dann sei all ihre Solidarität eine lächerlich hilflose Geste, sagt der Bruder. »Ja, lächerlich«, wiederholt er, finster auf Heinrich und Sara blickend. Zwei Tage später fliegt er wieder nach Chile.

Geräusch. Sara schreckt auf. John hat die Blätter gewendet, reicht ihr die inneren beiden. »Nein«, sagt sie. Nimmt sie dann doch. Steht auf, trennt die Seiten, steckt die eine in seine nassen Stiefel, die andere in ihre.

Am nächsten Morgen, sie schlafen lange, frühstücken ausgiebig, bummeln sie durch die Stadt. Sehen in Schaufenster. Sara mag Schaufenstergänge nicht, er auch nicht. Aber sie tun es zusammen, da ist alles schön. Sara hakt sich ein, kein Mensch kennt sie hier.

»Warum trägst du nie Schmuck«, fragt er, sieht auf ihren schmalen Ehering. »Ich möchte dir einen Ring schenken.« Sie stellen fest, ihr Geschmack ist sehr verschieden. Sara gefällt einzig der mit einem winzigen weißen Stein, ein schön geschliffener Brillant. »Gut«, sagt er, »ich schenke ihn dir.« Sie lachen, wissen, sie werden den Laden nicht betreten. »Danke.« Sara hält ihre linke Hand vor sein Gesicht, wendet sie hin und her. »Ich werde ihn immer tragen.«

Ihre Art, sich Geschenke zu machen. Unsichtbare. Um nicht Heinrich und Ellen zu belügen. Sara schenkt ihm die Pappel, die vor dem Fenster seines Arbeitszimmers steht. Wenn sie auf einer Wiese lange nach einem Gras für ihn sucht, sagt er, sie sei geizig. Und sie freut sich, wenn er ihr alle Kornblumen eines Feldes zueignet.

Die Erinnerung an ihr allererstes Geschenk. Es war an jenem Tag, als sie in Vierzehnheiligen und in Cospeda im »Grünen Baum zur Nachtigall« gewesen waren. Naumburg, das kleine Antiquariat, die beiden Bücher, die sie draußen vor dem Schaufenster einander schenkten.

Später machten sie es so mit Schallplatten. Jeder kaufte eine, bezahlte sie, vor der Tür tauschten sie aus. »Ich schenke sie dir.« – »Ich sie dir auch.«

Und die Steine, die John Sara von seinen Dienstreisen mitbrachte. Aus Warschau, Paris, Madrid und Amsterdam. Die Konferenzorte waren Städte, er fuhr nur für wenige Tage. »Wo da Steine hernehmen«, sagte er. Einfache

Wünsche habe sie nicht, entgegnete Sara. Und unerkannt liegen seine Steine neben anderen auf Saras kleinem Schreibtisch. An jenem Februartag ist es schließlich ein Geschenk für Ellen, das John braucht.

Er ist für einen Schnellkochtopf. Doch nichts für den Haushalt, meint Sara. Etwas zum Schmücken, schlägt sie vor. Ellen schmücke sich nicht, sie sei eine graue Maus. »Dann gerade.« Sara hat bemerkt, Ellen legt wenig Wert auf ihr Äußeres. Sie gehen durch mehrere Geschäfte, finden schließlich im Exquisit eine Seidenbluse. Sie wird Ellen stehen, sie wird ihr gefallen. Sie sind sich einig.

Anschließend lassen sie sich treiben. Besehen im Bachhaus die Wiege, in die Anna Magdalena ihre Kinder legte. Lauschen den Tönen der Glasorgel, die ein kleiner verwachsener Führer ihr mit feuchten Fingern im Musikinstrumentensaal des Museums entlockt.

In ihrem Gasthof essen sie spät zu Mittag. Für die älteren Leute, die dort wohnen, ist längst Kaffeezeit. Die alte Dame von der Rezeption tritt an ihren Tisch, ein Netz über dem spärlichen grauen Haar, hochgeschlossene Bluse, Brosche mit Gemmen. Sie leite dieses Haus dreißig Jahre, sagt sie. Fragt nach Saras und Johns Befinden. Sie hoffe, der Aufenthalt sei angenehm. Feines Lächeln, ohne jede Anspielung. Sie erkundigt sich nach ihren Plänen für den Abend. »Wir gehen ins Konzert«, sagt John. Sara ist überrascht. Die alte Dame wünscht einen guten Abend, entfernt sich mit kurzen energischen Schritten. Sara sieht ihre rührend dünnen Beine in den hochhackigen Schuhen.

Das Konzert. Ein jahrhundertealter Saal im Schloss. Lüster mit Kerzen. Ihr veränderliches Licht, herabfallende Wärme, der Geruch nach Wachs. Die festlich gekleideten Menschen. Fast alle scheinen sich zu kennen, reden miteinander. Sara und John als Fremde. Blicke folgen ihnen. Johns Haarschopf, der dunkle Anzug, die Fliege. Ihr auffälliger Größenunterschied. Sara mit aufgestecktem Haar, eine Strähne, wie immer, im Nacken. Schwarzes Kleid. Der Ausschnitt gibt ihre hervorstehenden Schlüsselbeine und den Ansatz des kleinen Busens frei.

Johann Sebastian Bach, Konzert für Cembalo und Flöte. Es soll nie enden.

Es endet.

Am anderen Morgen verlassen sie nach dem Frühstück die Stadt. Es ist der dritte Tag. Der Vollmond steht noch am Himmel. Es ist klar und kalt. Die Hörselberge. Die drei Gleichen. Die Wanderslebener Gleiche, die Mühlburg, die Wachsenburg. Auf der Überholspur der Autobahn Schneereste. John fährt vorsichtig. Am Abzweig Erfurt verlässt er die Autobahn. Er will Dom und Severikirche in Erfurt sehen, er war noch nie da.

Als sie die Stufen der Domtreppe emporsteigen, erinnert sich Sara ihrer Gänge mit dem Großvater. Hier, im Steigerwald, beim sonntäglichen Blaskonzert. »Du hast viel Ähnlichkeit mit meinem Großvater«, sagt sie. John findet das wenig schmeichelhaft. »Doch, das ist sehr schmeichelhaft«, entgegnet Sara und errötet.

Sie haben die letzte Stufe erreicht. Vor dem Dom steht eine Menschengruppe, alle Augen sind auf John und Sara gerichtet. Unter den Blicken gehen sie auf die Gruppe zu. John nimmt Saras Hand. Sie erschrickt, jemand kann sie kennen. Und dann sieht sie auf die Leute und möchte rufen, seht her, das ist mein Mann.

Als sie die Gruppe erreichen, eine Stimme aus der Mitte. »Wenn Sie wollen, schließen Sie sich an. Zahlen können Sie hinterher.« Ohne eine Antwort abzuwarten, bewegt sich die Gestalt aus der Mitte dem Domportal zu, durch das nun alle drängen. Sara und John als letzte. Die Stimme gehört dem Küster, einem bärtigen und korpulenten Mann, der begrüßend nickt, als sie über die Schwelle treten, hinter ihnen mit einem schweren Schlüssel das Portal des Domes geräuschvoll verschließt.

Der schmale, steil aufstrebende hochgotische Chor. Sara sieht, John hat das nicht erwartet. Die wunderbaren Glasmalereien. Nach dem Krieg wurden die Fenster wieder eingesetzt, Sara war mit dem Großvater da.

Der Küster erklärt das Schnitzwerk des Chorgestühls. Sara fällt Joschua ein. Vor einem Jahr. Der Raum interessierte ihn nicht. Aber noch an den Handknäufen und Seitenwangen des Gestühls entdeckte er Aufregendes. Am meisten gefiel ihm der Untersatz des Lichtträgers. Eine rechteckige Platte, getragen von vier drachenartigen Tieren, auf deren Rücken kleine Groteskwesen reiten, ein Äffchen mit einem Apfel, zwei Katzen. Der Küster geht kommentarlos an dem Lichtträger vorbei.

Wenn die Gruppe stehenbleibt, lehnt sich Sara mit dem Rücken an John, er kreuzt die Arme um sie. Der Küster blickt auf sie, als ob er nur zu ihnen spräche. Sara beobachtet die anderen. Kinder an den Händen ihrer Väter und Mütter. Paare. Voneinander getrennt stehen sie da. Sara sucht nach Gesten der Zuneigung. Vergeblich. Ganz zum Schluss fällt ihr Blick auf eine Frau und einen Mann. Er erklärt ihr etwas. Sein Oberkörper ist nach vorn geneigt. Er ist groß und dürr, ein alter Mann. Er trägt Kniebundhosen, hohe Schuhe und eine für die Jahreszeit zu leichte Jacke. Die Füße der Frau stehen weit auseinander. Sie hat breite Hüften, wirkt pyramidenförmig, ihr Oberkörper ist schmal. Sie hat einen überlangen, gehäkelten Wollrock an, eine dunkelrote Samtjacke darüber. Der jeder Mode widersprechende, beinahe kuriose Aufzug der beiden steht in eigenartigem Kontrast zu ihrem harmonischen Miteinander. Sara spürt es sofort. Will näher zu ihnen. Als der Küster die Gruppe in weitem Bogen zum Einhornaltar im nördlichen Querschiff führt, gelingt es ihr. Der Mann muss weit über siebzig sein, hat tiefe Furchen auf der

Stirn, um den Mund. Züge jenseits aller Bitterkeit; ein faszinierendes Gesicht. Das der Frau, die vielleicht zehn oder fünfzehn Jahre jünger ist, ist breit und flächig, ohne jeden äußeren Reiz. Als Sara an ihnen vorbeigeht, nimmt der alte Mann eine Haarsträhne aus der Stirn seiner Frau, streicht sie mit einer vorsichtigen Geste nach hinten. Die Frau lächelt. Die Veränderung ihres Gesichtes, schön ist es. Sara sieht auf die Eheringe. Wendet sich im Weitergehen noch mehrmals nach dem alten Ehepaar um.

Nie wird sie das mit John erreichen. Neidvoll, fassungslos sieht sie die selbstvergessene Einheit, die von den seltsamen beiden ausgeht.

Zum Abschluss der Führung bleibt der Küster im südlichen Langhaus vor einer an der Wand aufgerichteten Grabplatte stehen. Das Grabmal Ernst II. von Gleichen und seiner zwei Frauen. Bis zum Papst nach Rom habe er gehen müssen, um die Ehe zu dritt zu legalisieren. Heiterkeit kommt in die Gruppe. Sara blickt auf den Stein. Die mächtige männliche Gestalt in Ritterrüstung. Die beiden Frauen, der Faltenwurf ihrer Gewänder. Ihre steinernen Gesichter ähneln sich. Die Gruppe lacht erneut. Sara hat die Worte des Küsters wieder nicht erfasst. Auch John lacht, sieht sie. Er flüstert ihr etwas zu. »Töricht. Du hast Heinrich vergessen«, entgegnet sie. Ebenso töricht, wie sie sofort merkt. Aber es ist gesagt.

Nach der Führung folgen sie dem Korpulenten in das Gebäude neben den Treppen. Sie zahlen. Die Severikirche sei leider nicht zu besichtigen, sagt er. Erzählt von den kostspieligen Restaurierungsarbeiten am Dom. Das Marien-Mosaik an der Nordfassade sei Zutat eines späteren Jahrhunderts, man werde es entfernen, den ursprünglichen Zustand herstellen. Sara erinnert sich, als Kind gefiel ihr das Mosaik besonders. Wenn sie mit dem Großvater in der Straßenbahn vorbeifuhr, funkelte es in der Sonne. Aus welcher Stadt sie kämen, fragt der Küster, wünscht John und Sara eine gute Heimfahrt. »Gute Gesundheit, Ihnen und Ihrer Frau.«

Sara und John gehen die Stufen der Domtreppe hinab, überqueren den Platz davor, biegen in die Straße ein, die zum Fischmarkt führt, gehen von dort zur Krämerbrücke. Der Strom der Fußgänger bleibt zurück, das aufdringliche Quietschen der sich windenden Straßenbahnen verliert sich. Sie glaubt ihren Augen nicht zu trauen. Seit ihrer Kindheit war Sara nicht mehr hier. Sieht fassungslos auf Fassaden, Giebel, Gassen, Torsteine und Tore, auf Zerfall, Verwahrlosung, Schmutz.

Auf einem anderen Weg kehren sie zum Domplatz zurück. Suchen eine Gaststätte. Vergeblich. Ein Café. Auch das finden sie nicht. Die zwei, die sie entdecken, sind geschlossen. »Dann halten wir an einer Raststätte auf der Autobahn«, sagt John.

Vier Stunden Fahrt bis Berlin. Es ist früher Nachmittag. Sie haben viel Zeit. »Meinst du, es ist das richtige Geschenk für Ellen«, fragt John. Sara bejaht, fühlt sich ertappt, auch sie hat gerade daran gedacht, wie Heinrich die Tage mit Jakob verbracht haben mag, was sie antworten soll, wenn er nach Joschuas Skikünsten fragen wird.

Sie schweigen und jeder hängt seinen Gedanken nach.

Es beginnt zu dämmern. Auf der Gegenfahrbahn fahren die ersten mit Licht. Es blendet. Auch John schaltet die Scheinwerfer ein. Sie haben vergessen, dass sie hungrig sind, an einer Raststätte Halt machen wollten. Sara legt ihre linke Hand auf seinen Oberschenkel. Vertraute Geste. Zuweilen legt er seine Hand für einen Moment auf die ihre, lässt sie wieder zum Lenkrad zurückkehren.

»Stellst du dir das Alter mit Ellen schön vor?«

»Ja«, sagt John, ohne zu zögern, »wenn die Kinder aus dem Haus sind, ja.«

»Ich wünschte«, sagt er, »dass ich Ellen erzählen könnte, wo ich diese drei Tage war und mit wem und ihr sagte, ich komme gern zu dir zurück. Alles ist freiwillig. Und sie das verstehen würde.«

»Sie würde es nicht verstehen«, sagt Sara.

»Aber warum«, fragt John. »Du tust es doch auch, entlässt mich freundschaftlich zu ihr.«

»Weil ich die Wahrheit weiß, sie aber nicht. Das ist der Unterschied. Auch für Heinrich«, sagt Sara. »Seine Ahnungslosigkeit quält mich. Ich müsste es ihm sagen. Wir müssten es beiden sagen, das wäre ehrlich.« John erwidert: »Zerstörerisch wäre das.«

Aufkommende Spannung. Wie immer versteht es John, sie zu lösen, Sara wieder zu versöhnen. Er spricht von den schönen Tagen, sagt, wie sehr er sie mag. »Willst du einen Vers hören?« – »Ich will.«

Wer von der schönen zu scheiden verdammt ist, / Fliehe mit abegewendetem Blick! / Wie er, sie schauend, im Tiefsten entflammt ist, / Zieht sie, ach! reißt sie ihn ewig zurück.

»Sag es noch einmal«, bittet Sara. Er tut es. Sara legt den Arm um Johns Hals, ihre Hand hängt über seiner linken Schulter herab, er sitzt konzentriert am Steuer. Dann reden sie eine kleine Welle über das merkwürdige e in abegewendet, wie über einen fremden, sie nicht betreffenden Gegenstand.

»Wo sind wir«, fragt er nach einer Zeit. Sie versucht, es auf den Abfahrtsschildern zu erkennen. Sie sind schon bei Berlin.

Schönefeld. Abfahrt Köpenick. Gegen sieben setzt John Sara ab. Dreiviertel acht wird er seine Wohnungstür öffnen. Ellen wird ihn erwarten.

Im April 1973 fährt Heinrich ins Ausland. Ellen zu einem Lehrgang. Beide zu gleicher Zeit. Vier Wochen. Saras Erinnerung an abendliche Gänge in der Vorstadt.

Wenn sie die Söhne zu Bett bringt, ruft John an. Fährt die zwanzig Kilometer vom Stadtzentrum zu Sara. Erfindungsreichtum der Kinder, das Einschlafen hinauszuzögern. John wartet, sitzt im Auto, raucht. Ungeschriebenes Gesetz, sich nicht in der Wohnung zu treffen, wenn Saras Kinder schlafen.

Ihre Wege am Wasser, dann über die Brücke, links die Freiheit mit dem alten Polizeigebäude, rechts die sich teilenden Spreearme. Vereinzelte Rufe von Blesshühnern, helle Körper schlafender Schwäne, sich entfernende Positionslichter von Schleppkähnen.

Ihre Gespräche. Meist über seine Arbeit. Er mag ihr geduldiges Zuhören, mag ihre Fragen. Saras unbegründete leichtfertige Freude darüber. Er sieht sie nicht mehr als seine Schülerin. (Erst später wird sie begreifen, dass es nicht so war.) Klischee in ihrem Kopf: ihm nützlich sein.

Aber auch er hört ihr zu. Ihre Detailberichte. »Summe des Kleinen«, sagt er, »wo sind die großen Linien?« Er zieht ihre Hände in seine Manteltaschen. Die feuchte Kälte der Aprilabende. Sie sieht zu ihm hoch. Kann er sie nicht verstehen? Er macht sich nicht die Mühe. Sein Rat, sie müsse dort weg, die Arbeit wechseln. Heißt das, wieder ihm näher sein, mit ihm arbeiten? Es bleibt unausgesprochen.

Saras Verunsicherung, ihre Abwehr. Spannungen. Sie verteidigt ihre Arbeit über das Maß. Er verstehe sie nicht, sagt er. »Nein, du verstehst mich nicht.«

Aber in ihren Berührungen ist Übereinstimmung.

Wenn sie wieder zu Hause ist, öffnet sie die Tür zum Kinderzimmer, lässt sie einen Spalt auf. Joschuas Gesicht in ihrer Augenhöhe. Seine Haare wie immer schweißnass, die Lippen geöffnet, die Hände unter dem Kinn gefaltet.

Jakob unten, die runden Glieder entspannt. Sie deckt ihn zu. Trocknet Joschuas Haar.

Verlässt die winzige Kammer. Holt Laken, Kissen und Decke aus dem Bettkasten, breitet es auf die Liege im Wohnzimmer, stellt das Telefon daneben. John wird, wenn er in der Wabe seines Hochhauses angekommen ist, zum Hörer greifen. So halten sie es an diesen Aprilabenden 1973. Manchmal schläft Sara schon, manchmal wartet sie. Ihre schlaftrunkene Stimme, ihre wache, die seine, wenige Worte nur.

Dann kommt der Mai, Heinrich und Ellen kehren zurück, beide voller Eindrücke, die John und Sara einander erzählen. Der Mai ist regnerisch und kühl. Und auch der Juni noch. Johns Hand greift prüfend auf den Waldboden, wenn sie für Stunden in die Mark fahren. Es will und will für sie in diesem Jahr kein Lager geben.

Und als es endlich heiß wird und sie frohlocken, fährt Sara mit Heinrich und den Kindern in den Urlaub.

5

Wo sind sie in jenem Sommer vor vierzehn Jahren gewesen?

Sara in ihrer kleinen Wohnung.

Die noch immer milden Dezembertage 1987. Sie würde sich gern Fotos von jenem Sommer ansehen. Aber nach der Scheidung hat Heinrich die Fotoalben behalten. Sie wird ihn um das von jenem Sommer bitten. Bilder in ihrem Kopf, Jahre drängen sich zusammen. Waren sie am Meer? Mit dem Boot unterwegs?

Auf Heinrich warten? Sie möchte es jetzt wissen.

Sara zieht die unterste Schublade ihres Sekretärs auf. Nimmt den Kasten mit den bei ihr verbliebenen Fotos. Sie leert ihn auf den Tisch. Heinrich mit den großen Söhnen in der Hohen Tatra. Nach der Scheidung schon. Der erste Spatenstich für das Haus, Anfang 1978 muss das gewesen sein, sie waren noch zusammen. Sara am letzten Tag in ihrem Amt. Joschua bei der Armee. Jakob mit vierzehn, hochaufgeschossen, ernst. Das war die Zeit, da Heinrich das Haus gebaut hatte und Jakob beim Vater lebte. Sein Jugendweihefoto, 1984, die ganze Familie, die Großeltern. Joschuas Abiturbild. Die Ähnlichkeit der Brüder. Die beiden beim Spiel mit ihrem Marionettentheater in der Schule. Ein Bild im Ferienlager in Heiligendamm. Neun muss Jakob da ungefähr gewesen sein. Jakob mit dem Zuckertütenbaum, ein Foto von seiner Schuleinführung, 1976. Seine langen, mädchenhaften Haare, die Zahnlücke.

Dann zwei Bilder vom Sommer 1973. Die Kinder auf der Wiese an der alten Spree. Alfredo und Mariella in phantastischer Bekleidung am Feuer. Sara hält die Bilder in der Hand.

Alles ist sofort wieder da. Es ist jener erste Urlaub mit dem neuen Boot gewesen. Weder ein Auto noch eine Datsche besaßen sie, Heinrich aber hatte gleich in seinem ersten Berliner Jahr ein kleines Boot gekauft, ein größeres bestellt. Nun hatten sie es bekommen. Konnten alle vier in der Kajüte übernachten. Beschlossen, die Ferien auf den Seen um Berlin zu verleben.

Es war das Jahr, in dem Sara Jakob beibrachte, wie man dem Ast einer Pappel oder einer alten Eiche die Hand schüttelt und »hallo« sagt und auf die erstaunlich unterschiedlichen Antworten hört, die Bäume geben können.

Jakob war gerade vier geworden. Jeder seiner Sätze begann mit WARUM. Sein unaufhörliches Fragen. Endlich viel Zeit für ihn. Während der Fahrt sitzt Sara mit ihm an der Spitze des Bootes. Langer See, Seddinsee, Stienitzsee. Immer sein WARUM. Seine Grimassen, seine Heiterkeit. Anschmiegen. Sein Winken zu Heinrich, der am Steuer steht. Joschua hockt meist in der Kajüte, baut, zeichnet, liest. Nur für kurze Zeit taucht er auf, sitzt mit vorn.

Sie verwandelten die über ihnen ziehenden Wolken in allerlei Getier. Sich dann in das Getier und zurück in die Wolken. Einmal sind Joschua und Jakob noch siebenköpfige Drachen, Sara aber schon wieder eine winzige bizarre Wolke. Bei einem Atemzug verschwindet sie in einer der vierzehn Drachennüstern. Ihre Klage, Joschua erbarmt sich, ein kurzes Schnauben, sieh da, eine Prinzessin. »Die langen Haare kannst du zum Rückflug auf die Erde benutzen«, sagt Joschua zur Mutter.

In der zweiten Woche, erinnert sich Sara, fuhren sie die alte Spree aufwärts und fanden die Stelle, die für Jahre ihr Lieblingsplatz werden sollte. Sie ankern dort, bleiben. Sumpfige Wiesen, verlandete Nebenarme der alten Spree. Kartoffelfelder, Mais und Gerste, Kiefernwälder. Flussabwärts Viehweiden. In der Nähe ein Dorf mit sieben Häusern. Eine Dreiviertelstunde entfernt eine Schäferei. Die Landschaft ist karg und einsam. Keine Urlauber. Sie sind für sich allein. Am Morgen laufen sie nackt den schmalen Pfad parallel zur Spree. Eine halbe Stunde und mehr, Jakobs Beine bestimmen, wie lange. Dann suchen sie eine Stelle am Ufer, von der aus sie in den Fluss können. Lassen sich von der Strömung abwärts treiben. Kaum eine Bewegung ist nötig. Die Körper gleiten. Gleichmäßiges Rauschen. An tiefen Stellen treiben sie schneller, an flachen verlangsamt sich die Fahrt, die Fersen schleifen auf dem sandigen Grund, Pflanzen berühren die Schenkel.

Viel zu schnell ist die Wasserreise zu Ende. Wenn ihr Boot zu sehen ist, entfernen sie sich mit kräftigen Schwimmstößen aus der Strömung. Joschua schafft es allein. Jakob wird von Heinrich aufgefangen, die letzten fünfzig Meter legt er mit seinen bunten Badeflügeln auf dem Rücken des Vaters zurück.

Der lange Tag. Jeder tut, was er möchte. Heinrich und Jakob holen im Dorf, in einem verfallenen Gehöft, Wasser im Kanister. Sara kocht. Wenn das Essen fertig ist, formt sie ihre Hände zu einer Höhle, legt die Lippen flach auf die gestreckten Daumen und bläst. Der Eulenruf. Er ist weit zu hören. Auf den Wiesen, nur mit Gummistiefeln bekleidet, tauchen Joschua und Jakob auf.

Der zusammenklappbare Tisch am Ufer. Wenn es regnet, essen sie unter der Plane im Boot. Weht der Wind, peitscht er die Regentropfen in Schüsseln und Teller.

Das Johannisfest, zum erstenmal in dem Jahr damals. Mit Mariella und Alfredo aus Italien. Ihren langjährigen Freunden. Als Joschua ein Jahr war, hat Sara Alfredo in Weimar kennengelernt. Seither ist er jeden Sommer im Ländchen, arbeitet bei Radio DDR-International und bei Intertext. Im Vorjahr hat er Mariella, seine junge Frau, mitgebracht. Auch in diesem. Heinrich ruft vom Dorf aus an, beschreibt den Weg von der Köpenicker Wohnung zur alten Spree. Sie kommen mit ihrem Auto.

Die Feier des Johannisfestes, die sie dann Jahr für Jahr wiederholen werden. Sara hat sie sich ausgedacht.

Der preußisch korrekte Alfredo steht mit heller Hose und leichten Lederschuhen in der feuchten Wiese und spricht von Romantik. Mariella, die Schöne mit den mandelförmig geschnittenen Augen, ist begeistert. Die Kinder stürmen davon und kommen mit Gräsern, Butterblumen, Storchschnäbeln und Margeriten zurück. Sara und Mariella flechten kleine Kränze. In der Mitte eine Kerze, darunter Silberpapier, alles wird mit dünnem Draht aneinander befestigt.

Am späten Nachmittag liegen zweiundvierzig Blumenlichter am Ufer. Für jeden sieben. Alfredo, inzwischen in Heinrichs alter Kordhose, hat die Oberaufsicht über die Feuerstelle und das Fleisch übernommen. Er schickt alle nach Holz. Mehrmals legen sie die Strecke vom Kiefernwald über die Wiesen bis zum Fluss zurück. Jakob zerrt unermüdlich dürres, abgestorbenes Astwerk hinter sich her.

Dann brennt das Feuer. Und als nur noch Glut ist, nehmen sie die angespitzten Stöcke, spießen das Fleisch darauf, braten es über der Glut. Tauchen dicke Weißbrotwürfel in süße und scharfe Soßen.

Jakob will wissen, warum es die kürzeste Nacht ist, wie die Sonne sich wendet, ob er bei Tante Mariella im Zelt schlafen darf. Alles wird ihm beantwortet. Er ist zufrieden.

Der Wind hat sich gelegt, die Nacht ist klar. Es wird kühl. Von der Uferböschung aus – auch Mariella und Alfredo haben jetzt alte Gummistiefel an – beginnen sie mit dem Lichtersetzen. Vorsichtig zur Strömung hin. Manche drehen sich im Kreis, wirbeln, kehren weiter unten zum Ufer zurück. Sie laufen hin, stoßen sie mit Stöcken zur Flussmitte. Jakob ist voller Übereifer, seine Gummistiefel füllen sich mit Wasser.

Als alle Blumenlichter auf dem Fluss schwimmen, kehren sie zum Boot zurück. Jakob mit seinen nackten kalten Füßen kriecht zu Sara in ihre weite Wollhose, verschwindet bis zum Bauch darin. Alfredo singt *Avanti popolo … bandiera rossa …* Sie verfolgen vom Boot das Hinabtreiben der Lichter auf dem schwarzen Fluss. Je weiter sie sich entfernen, desto heller scheinen sie zu leuchten. Schließlich verschwindet das letzte flackernde Licht weit unten hinter der Flussbiegung.

Am nächsten Morgen fahren Mariella und Alfredo zurück. Mariella, die sich ein Kind wünscht, aber auch ihren Beruf liebt. Beides für unvereinbar hält. Ihre Neugier, wie Sara es schafft. Im Vorjahr ihr akribisches Auflisten aller Alltagsdetails. Ihre Verblüffung, Sara kauft und kocht, was es gerade gibt. An Schlangen stellt sie sich nicht an. Die Beschränkung, der Mangel. »Es stört euch nicht, nicht wahr?« – »Nein«, erwidert Sara. Sie kann sich gar nichts anderes vorstellen. Die Wäscherei hinter der Kaufhalle. Pfennigbeträge für Wäscheberge. Mariella notiert alle Ausgaben auf einem Zettel. Für Miete, Betriebsessen, Schulspeisung. »Der Kindergarten nicht einmal dreißig Mark im Monat?«

»Hier möchte ich leben«, sagt sie. Der Sozialismus sei für die Frauen. Sara spricht von dem, was sie nicht in Ordnung findet, Mariella von dem, was gut ist. Es ist nicht wenig.

Ihre Wissbegier auf alles, was Schule und Kindergarten betrifft. Sie möchte alles sehen. Es ist nicht gestattet. Als Bürgerin eines kapitalistischen Staates braucht sie zwei schriftliche Genehmigungen, vom Kreisschulrat und von der Abteilung Gesundheit. Sara tippt an ihre Stirn, als Zeichen, was sie davon halte und sie treten ohne Papier durch die Türen und Mariella sieht sich alles an.

Nur an Joschuas Elternaktiv scheitern sie. Der Offizier besteht auf einer Genehmigung.

So kann Sara Mariella nur berichten. Von der ganz jungen Lehrerin, die alle Vorschriften noch übertreffen will und damit sich selbst zerstört. Vom Elternaktivvorsitzenden, Leiter eines Wohnungsamtes, der nie eine eigene Meinung hat, abwartet, wie die Waage sich neigt. Die Mehrheit bilden meist der Offizier, die Lehrerin und Herr Eiflein, der Polizist. Ständig hat er schwarze Ringe unter den Augen, klagt über Überstunden und Doppelbelastung. Der Offizier ist wortgewandt im Zeitungsdeutsch, fühlt sich stets als Mittelpunkt. Der Vertreter der Patenbrigade betrachtet meist die Knie der Lehrerin und lebt erst im zweiten, im gemütlichen Teil der Sitzung auf. Und schließlich Sara und Frau Ruler, die Krankenschwester aus Zwickau, sie bilden die Opposition.

Aber manchmal verschieben sich die Fronten auch überraschend. Der Offizier ist auf ihrer Seite und natürlich dann auch der Vorsitzende. Die Lehrerin schwankt.

Eine Episode fällt Sara ein. Jahre nach dem Militärputsch in Chile. Louis Corvalan, aus dem Konzentrationslager freigekämpft, kommt nach Berlin. Sein Bild seit langem mit Reißzwecken an die Kinderzimmertür geheftet, gewitztes bäuerliches Gesicht, lustiger, flacher Strohhut. Corvalan wird in Köpenick einem neuen Stadtviertel den Namen Dr. Salvador Allende geben.

Die Menschen säumen die Straßen. Die Schulkinder stehen. Ein Regentag. Die Winkelemente sind aufgeweicht. Schirme beherrschen das Bild. Joschua mit seiner Klasse. Wartezeit, lange. Dann fährt Corvalan vorbei. Die Kinder rufen, winken.

Schulaufgabe: Sie sollen das Erlebnis in einem Bild festhalten. Joschua malt auf sein Blatt von oben bis unten Regenschirme. Farben und Neigung der Schirme geben die Bewegung der Menschen wieder. In der Mitte deutet sich ein Weg durch die Regendächer an. Zwischen den Schirmen steigt – wie auf einem mittelalterlichen Bild – dünn und senkrecht ein Spruchband auf. Es lebe Louis Corvalan, ist darauf zu lesen. »Das bin ich«, sagt Joschua.

Heinrich gefällt die Zeichnung. Der Lehrerin nicht. Von einem *zersetzenden* Bild spricht sie, stellt Joschuas Arbeit als Agitator der Klasse infrage. Sara fordert eine Aussprache im Elternaktiv.

Herr Elflein verteidigt das Bild. Seine Tochter habe noch nicht einmal das Dach des Wagens sehen können, geschweige das Gesicht von Corvalan hinter den regennassen Autoscheiben. Man müsse die Erfahrung der Kinder akzeptieren. Der Offizier sagt, in Kunstfragen sei er nicht kompetent. Aber für Joschuas Arbeit als Agitator spricht er. Zweimal habe er hospitiert, es habe ihm direkt Spaß gemacht. Politische Vorwürfe seien von daher ungerechtfertigt. Der Vorsitzende spielt mit dem Kugelschreiber.

»Meiner Meinung nach …« Die Lehrerin fällt ihm ins Wort. Gerade wegen Joschuas Vorbildwirkung als Agitator müsse man strengere Maßstäbe anlegen. Überstürzt, damit ihr niemand zwischen die Sätze kommt, wiederholt sie ihre Argumente, gerät fast außer Atem. Sara versteht das nicht. Warum tut sie das? Glaubt sie, was sie da redet? Wahrscheinlich glaubt sie es, das ist das Schlimmste.

Als die Lehrerin endet, sagt Frau Ruler ruhig, in ihrem breiten Sächsisch, sie könne so viel preußische Blödigkeit nicht mehr ertragen.

Der Satz ändert die Lage. Plötzlich sind sich alle einig gegen Sara und Frau Ruler. Selbst der Vertreter der Patenbrigade gibt zwei Sätze von sich, spricht von der Parteilichkeit der Lehrerin und der Einheitsfront von Elternhaus und Schule, die Sara verletzt habe.

Um das Bild geht es längst nicht mehr.

Auf dem Heimweg fragt sich Sara, wie oft sie ähnliche Situationen schon erlebt hat, wie oft sie sie noch erleben wird. Warum sie immer wieder streitet, für Joschua, für andere Schüler. (In den Versammlungen hinter dem eisernen Tor tut sie das nicht mehr.) Sie *müssen* doch nachdenken. Es wird sich lohnen. Zu Hause ermutigt Sara Joschua zu malen, was er sieht, empfindet; zu sagen, was er denkt.

»Sie machen es Ihrem Jungen unverantwortlich schwer.« Der Offizier später einmal in einer Elternaktivsitzung. Sie findet in seinem Einfamilienhaus statt. Es ist Sommer, sie sitzen im Garten. Seine kleine, scheue Frau eilt geschäftig hin und her, lässt sich von ihm mit den Augen dirigieren.

»Sie können doch wirklich nicht so naiv sein, wie Sie da immer reden, Sie als Studierte.« Der Offizier setzt die Hollywoodschaukel in Bewegung. Sara sieht ihn zum ersten Mal ohne Uniform. »Ich erzähle immer meiner Frau von den Sitzungen. Die meint, vielleicht gibt es wirklich noch jemanden, der sagt, was er denkt.« Er lacht dröhnend, als sei ihm ein Witz gelungen. Er fühlt sich unwiderstehlich. Es ist nicht zu übersehen.

»Sie haben doch die Quittung schon«, sagt er. Er spielt auf Joschua an. Der hatte sich am Tag der Pionierwahl geweigert, wieder Agitator zu werden, obwohl alle dafür waren. Weder die Lehrerin noch der Offizier konnten ihn umstimmen. »Es macht keinen Spaß«, hatte er am Abend zu Heinrich und Sara gesagt, »es ist langweilig, eine Funktion zu haben, das wissen doch alle, ihr auch.«

Heinrich hatte den Blumenstrauß kommentarlos in die Schrankwand gestellt. Das war in der fünften Klasse.

»Die Aussichten Ihres Sohnes auf einen Oberschulplatz sind wesentlich geringer dadurch«, sagt der Offizier. Sara verneint den Zusammenhang, redet von Leistungen. Ihr Gespräch. Sie sprechen ein und dieselbe Sprache und können sich nicht verständigen. Es ist sinnlos.

Dieses Gefühl, erinnert sich Sara, wurde mit jeder Klassenstufe stärker. Das Ersticken des Denkens, die Stellvertreterkriege um das Tragen von Pioniertuch und Blauhemd, um Westsender und Demonstrationsteilnahmen. Wehrerziehung. Trotzdem gab Sara nicht auf. Die sinnlosen Debatten im Elternaktiv in all den Jahren.

Immer wollte Mariella davon hören. Bedauerte Sara, dass gerade sie *diese* Lehrerin und *diesen* Offizier habe.

Die Dinge verkehrten sich. Auch Alfredo pries ständig in seinem Besuchsmonat in den abendlichen Gesprächen die Vorzüge des Sozialismus. Heinrichs und Saras Erfahrungen seien Ausnahmen. Bis auch seine Erfahrungen sämtlich aus Ausnahmen bestanden. Von da an änderte sich seine Haltung. Sein schrecklicher Satz im vorigen Jahr: »Euer Land ist ein Totenhaus.« Sara nimmt die Fotos vom Tisch, schließt die Schublade des Sekretärs.

Am Morgen nach dem Johannisfest, erinnert sie sich, als Mariella und Alfredo sich verabschiedeten, begann es zu regnen. Es hörte drei Tage nicht auf. Der Regen trommelte ununterbrochen auf das hölzerne Dach des Bootes. Alles wurde feucht und klamm. Die enge Kajüte. Die Kinder verloren die Geduld.

Sara las ihnen vor, las von Parmenien, von Tristans Kindheit und Jugend, von Tintajol in Cornwall und König Marke. Davon, dass Tristan die schöne Königstochter Isolde im Saitenspiel und den Wissenschaften unterrichtete. Sie später als Brautwerber König Marke zuführte. Sie las von der Schiffsüberfahrt, wie die Dienerin Brangäne den für Marke und Isolde bestimmten Liebestrank verwahrte und eines Tages die bis auf den Grund geleerte Flasche zwischen Tristan und Isolde fand. Ihr Entsetzen; und die Liebe, die Tristan und Isolde überwältigte.

Wenn Sara die letzte Seite gelesen hatte, verlangten die Kinder, bei der ersten wieder zu beginnen. Sara las. Einmal legte sie das Buch aus Versehen auf das Bootsdach und vergaß es, die feuchten Seiten ließen sich kaum mehr umblättern.

Am dritten Tag ließ der Regen nach, am späten Abend hörte er ganz auf. Heinrich stellte den Tisch ans Ufer, eine Lampe, Rotwein und seine Pfeifentasche darauf. Von den Pappelblättern tropfte die Nässe. Er bleibe gern allein, sagte er.

Sara ging flussabwärts. Die Wiesen dampften. Aus der Spree stieg, senkrecht und scharf vom Ufer begrenzt, Nebel. Weit hinab markierten die über dem Fluss stehenden Nebelstreifen seine verschlungenen Windungen. Sara folgte ihnen. Das Geräusch der nassen Gräser an ihren Gummistiefeln. Feuchte Knie. Die Feuchtigkeit der Luft.

Als sie zurückging, waren Fluss und Wiese ein einziges Nebelmeer. Ein winziges, unwirkliches Licht, dort, wo Heinrich saß, die Petroleumlampe auf dem Klapptisch.

Saras Gedanken auf einmal: Niemals würde John so mit den Kindern umgehen. Niemals würden sie ein selbstverständlicher Teil seines Lebens sein, wie sie Teil von Heinrichs Leben waren. Der Gedanke fest und unabweisbar.

Als Sara ihn erreichte, ein kurzes, helles Flackern, ein Streichholz, Heinrich zündete seine Pfeife an. Sie sah auf die von Mücken und Nachtfaltern umflatterte Lampe, die ringsum alles in Schwärze tauchte. Heinrich drehte die feuchte Decke auf dem Klappstuhl, machte eine Handbewegung, goss sein Glas voll, gab es Sara. Sie saßen und schwiegen. Irgendwann dann klopfte er seine Pfeife aus. »Gehen wir schlafen«, sagte er. Und sie stiegen in das Boot.

Als Sara aus dem Urlaub zurückgekommen war, hatte sie wie in den vergangenen Jahren am ersten Arbeitstag John angerufen. Er hat viel zu erzählen. Am Ende sagt er: »Schön, dass du wieder da bist. Wann sehen wir uns?«

Einige Tage später fahren sie gegen Abend in die Mark. Es ist trocken und heiß. Noch ehe sie da sind, bricht ein Gewitter los.

In der nächsten Woche haben sie in benachbarten Städten zu tun, John zwei, Sara einen Tag. Sie beschließen, zurück den gleichen Zug zu nehmen, die Fahrt in Wittenberg zu unterbrechen und erst am späten Abend nach Berlin weiterzufahren. »Es wird regnen und wir werden in der Mitropa sitzen«, sagt John.

Aber es ist wolkenloser Himmel, als Sara in Weimar auf dem Bahnsteig steht und die Einfahrt seines Zuges erwartet. Wie immer hat der Zug Verspätung. Dann endlich. John lehnt aus dem Fenster, winkt, sie sieht es schon von weitem. Als der Zug zum Stehen kommt, lässt er den Arm fallen, sein Gesicht verfinstert sich. Jemand hat sein Winken erwidert. Ein Kollege aus seinem Institut. Sara kennt ihn, er muss die ganze Zeit unweit von ihr gestanden haben, sie hat ihn nicht beachtet. Er strebt entschlossen auf Johns Abteil zu. Sara steigt in einen anderen Wagen. Enttäuscht. Belustigt dann; wie wird er sein vorzeitiges Aussteigen erklären, er wird verlegen sein.

Sara setzt sich nicht, es ist zu heiß auf den Polsterbänken. Sie öffnet das Fenster im Gang einen Spalt. Fahrtwind. In Wittenberg steigt sie aus, geht den Bahnsteig entlang, ohne sich umzublicken. Erst im Schalterraum bleibt sie stehen. Es wird dauern, bis John kommt. Diese verdammte Vorsicht. Dieses verfluchte Sich-Verstecken.

Die Schwingtür. John. Sie stellen ihre Taschen in ein Schließfach. Verlassen den Bahnhof. Gehen an Gleisen voller Güterwagen, an Baracken entlang in Richtung des Flusses.

Eine staubige, schattenlose Straße. Ein alter Mann in Eisenbahneruniform überquert sie. Er zieht einen Handwagen. Auf dem liegen, hoch gestapelt, dürre, kleingehackte Äste. Beim Versuch, den Wagen auf den Bürgersteig zu bekommen, kippt er um. Sara und John wollen helfen, aber der Alte wehrt energisch ab. Sein ostpreußischer Akzent. Er brauche keinen, keinen Einzigen.

Sara fällt der Eisenbahner ein, der jahrelang jeden Morgen ihre S-Bahn-Karte knipste. Ein Lächeln. Wenn sie abends die Treppe herunterkam, ging sie nah an ihm vorbei, wartete, bis er hochsah und ihren Blick erwiderte. Dann wurde sein Knipserhäuschen abgerissen. Erst da nahm sie wahr, dass er ein Holzbein hatte. Er stand nun mit einem Besen auf der steilen Treppe, auf dem Bahnsteig, in der Vorhalle und fegte. Tag für Tag. Sara sprach manchmal mit ihm, er zog seinen Enkel auf. Tochter und Schwiegersohn waren bei einem Verkehrsunfall ums Leben gekommen. Später arbeitete er nur noch stundenweise. Dann war er verschwunden. Er fehlte Sara.

Sie sieht sich um, der Alte sitzt auf der Bordsteinkante und raucht. Der umgeschlagene Wagen vor ihm.

Die schattenlose Straße endet. In die staubige Luft mischt sich der Geruch reifenden Getreides. Felder tauchen auf. Den ersten Weg, der durch die Felder abwärts führt, nehmen sie.

Unten liegt die Elbe, breit und träge. Sie gehen zum Fluss. Das hohe Gras der Uferböschung. Sie legen sich hinein. Nur Himmel und Halme. Sara steht wieder auf, teilt mit den Armen das Gras, tritt mit den Füßen eine kleine Schneise.

»Was machst du«, sagt John, »man kann uns sehen.«

»Ich möchte den Fluss und die Schiffe sehen.«

»Aber jetzt nicht«, sagt er, »zu lange habe ich dich vermisst.«

Er zieht sie an sich. Auch sie hat auf ihn gewartet. Sie spürt sein Begehren, nimmt seinen Kopf zwischen ihre Hände. Er beugt sich, berührt sie. Sie schließt die Augen.

Heinrich ist vor ihr. Sie reißt die Augen auf, schließt sie wieder. Heinrich bleibt. Noch nie ist das geschehen in all den Jahren. Immer sind es getrennte Welten, völlig getrennte. Das Niemandsland dazwischen.

Sara macht sich los, richtet sich auf. John will sie zurückziehen. Sie wehrt sich energisch. »Es geht heute nicht, vor Tagen war ich mit Heinrich zusammen.« Eine Fremde spricht da. Sie hört ihren eigenen Satz, ist völlig verwirrt.

»Konntest du das nicht anders einrichten«, sagt John erregt.

»Was heißt hier einrichten«, sagt Sara barsch. Erschrickt über ihren Ton, den seinen.

»Entschuldige«, sagt er, »entschuldige. Aber du hast so etwas noch nie gesagt. Das ist noch nie gewesen. Wieso jetzt? Wieso heute?,«

»Ich weiß nicht«, sagt Sara hilflos.

Sie weiß es wirklich nicht. John legt sich zurück. Sara

hockt, umfasst ihre Knie. Die Hitze ist unerträglich. Und das Schweigen zwischen ihnen. Nach einer Zeit steht John auf, geht wortlos an ihr vorbei zum Fluss hinunter. Setzt sich dort hin. Sara sieht ihn in der Schneise. Ein Schiff taucht auf, polnische Flagge. Ein Schleppkahn zieht vorüber, ein zweiter, ein dritter. John verlässt die Schneise. Die leere Schneise. Nach einer Zeit kommt er von der anderen Seite mit Stöcken zurück, steckt die Stöcke in der Höhe ihres Kopfes in die Wiese, spannt sein Hemd darüber. »Schatten für dich«, sagt er, setzt sich neben sie. »Lass uns reden, lass uns wie vernünftige Leute miteinander reden.«

Wie reden vernünftige Leute darüber, wie überhaupt darüber reden, denkt Sara. Was soll sie sagen? Ihr wird plötzlich bewusst, dass John oft über intime Dinge zwischen Ellen und sich spricht, sie dagegen nie. Er fragt nicht. Sie fragt auch nicht. Er erzählt einfach. Über Heinrich sprechen? Unmöglich.

»Ich kann darüber nicht reden.«

»Ein glückvolles Verhältnis zu deinem Mann schließt doch das unsere nicht aus«, sagt John. Die Worte bleiben ratlos stehen. Er redet weiter, klug, analysierend und in ihr steigt Zorn hoch.

Ich bitte dich, schweig, will sie sagen, richtet sich rasch und jäh auf, die Stöcke knicken zur Seite, das Schattendach des Hemdes fällt über sie.

John greift nach Sara, hält sie fest, drückt sie ins Gras zurück, umfängt sie, wird heftig. Sie wehrt sich, macht sich steif, schlägt mit der freien Hand auf seine Brust, bäumt sich gegen ihn auf. Sie kämpfen miteinander. Er zwingt mit seinem Knie ihre Schenkel auseinander, tut ihr weh. Die wilden Stöße seines Körpers gegen den ihren, sie lassen nicht nach. Und da geschieht es auf einmal. Sie spürt, ihr Aufbäumen ist ein Entgegenkommen, sie kämpft nicht mehr gegen ihn, drängt sich an ihn. Sie hört ihre eigene Stimme, komm, komm, und dann ihre spitzen kleinen Schreie.

Später liegen sie nebeneinander. John hat das Hemd wieder an den Stöcken befestigt, zieht behutsam Kreise um Saras Nabel, streicht mit den Fingerspitzen über ihren flachen Bauch, flüstert. Sara zittert am ganzen Körper, weint, ist zu keinem Wort zu bewegen.

Auf der Heimfahrt im Zug, es ist dunkel geworden, sagt er: »Ich wüsste gern, was in dir vorgeht. Ich weiß es nicht. Ich ahne es nicht einmal.« Und er spricht die Verse mit dem kleinen befremdlichen e ... *Wer von der Schönen zu scheiden verdammt ist ...* Und das Wort verdammen bleibt als Einziges haften. »Wir allein sind es doch, freiwillig, sehend«, sagt sie.

Gegen Ende des glücklichen Jahres 1973 werden ihre Begegnungen seltener. Sie haben wenig Zeit. Jeder hat seine Gründe. Sie beklagen es, werfen es einander vor. Gereizt. Sara beschuldigt John, ihre Kinder kämen durch ihn zu kurz. Sie verweigert sich. Keine Zeit, sagt sie am Telefon. Und die wenigen Male, die sie zusammen sind, sind ihre Umarmungen hastig und haben zugleich etwas Beängstigendes und Frivoles wie jene vom Sommer am Fluss. Sie klammern sich aneinander und John sagt: »Wir sind krank und unsere Krankheit ist der Zeitmangel.«

Und dann kommt der Februar und ihre Krankheit wird offenbar. Saras bestürzend genaue Erinnerung daran. Das Essen im Hospiz. Ihr Telefongespräch am anderen Morgen, sein Drängen, er müsse sie noch vor dem Urlaub sehen. Und da sein GESTÄNDNIS. Dann der Winterurlaub, in dem sie damit fertig werden musste. Hilflose Zeit. Ihr Absturz.

Es begann mit diesem Essen im Hospiz. Ein übervoller

Arbeitstag, sie bereitet sich mit dem schnurrbärtigen Kollegen auf eine Sitzung vor, die ihnen beiden wichtig ist. John ruft an, lädt sie in die Invalidenstraße ein. »Ich habe keine Zeit«, sagt sie. »Das sagst du immer. Dann komm ins Hospiz, es sind nur fünf Minuten Weg. Ich warte dort.« Er legt auf.

Sara ist ärgerlich. »Ich muss für eine Stunde weg.« Ihr Kollege betrachtet sie. Kleine Lügen und Ausreden, sie hat sie gelernt in all den Jahren ihrer Heimlichkeit. »Du kannst nach der Sitzung gehen, unmöglich jetzt«, sagt er. Sara nimmt die Pelzmütze aus dem Schrank, zieht die Stiefel an. »Ich muss jetzt weg.« Den Ton kennt er an ihr nicht. Sie öffnet die Tür, deutet, dass sie abschließen will. Geht grußlos.

Im Hospiz sitzt John allein an einem Tisch, hat schon bestellt. Mechanisch schiebt Sara die Hände über das Tischtuch. Sieht überrascht auf. Seine Hände kommen den ihren nicht entgegen. Er betrachtet ihr Gesicht, prüfend, wägend.

»Was ist?«

»Ich sehe dich an.«

Saras müdes, abgespanntes Gesicht. Ungeschminkt wie immer. Die fahle Farbe des Pullovers. Er steht ihr nicht. Sie ist hässlich. Die ungekämmten Haare, sie hat die Pelzmütze einfach abgesetzt. Sie streicht die Haare nach hinten, glättet sie. Zieht die Pulloverärmel bis über die Handgelenke. Zum zweitenmal in den zehn Jahren ihres Zusammenseins fühlt sie sich völlig allein in Johns Gegenwart.

Der Kellner kommt, stellt das Essen auf den Tisch. John erzählt von einer Kollegin aus seinem Institut. Sie habe Tochter, Sohn und Ehemann verlassen. Um des Geliebten willen. Sie sei dem Geliebten gefolgt. Ins Ausland. Nach Afrika. Vor Tagen sei sie nach Kairo geflogen. Endgültig.

»Schrecklich«, sagt Sara, »ich kann das nicht verstehen.«

»Wieso verstehst du das nicht?«

»Die Kinder verlassen …«, sagt Sara.

Liebe sei maßlos, mitunter alles verschlingend. Das verstehe sie nicht?

»Nein.«

Sara hat plötzlich das Gefühl, es gibt diese Frau nicht. »Kenne ich sie«, fragt sie. »Ich glaube nicht, vielleicht bist du ihr flüchtig auf einer Konferenz begegnet.«

Sie kommen nicht los von diesem Thema. In der Erinnerung erscheint Sara ihr Gespräch wie ein Streit. Die zunehmende Aggressivität gegeneinander. Hatte er nicht eingangs angedeutet, er habe sie hergebeten, um ihr etwas zu sagen? Sie wagt nicht zu fragen. War es das, was er ihr sagen wollte?

Sara hat kaum etwas gegessen, auch John nicht. Er schiebt seinen Teller zur Tischmitte. Zur gleichen Zeit sehen sie auf die Uhr. John zahlt. Als er ihr in der Garderobe in den Mantel hilft, begegnen sich ihre Blicke in dem dunkelgerahmten Wandspiegel. Wieder ihre Hässlichkeit. Nur seine Augen könnten daran etwas ändern. Sie tun es nicht.

In der Albrechtstraße ist das Pflaster aufgerissen. »Ich gehe gleich hier über die Brücke«, sagt Sara an der Spree. Er wird sie bitten, mit zur Friedrichstraße zu kommen. Aber er sagt: »Ja, es ist besser, es könnte uns jemand sehen.« Immer kann sie jemand sehen. Warum sagt er das heute.

Sara läuft die Treppe hoch, wieder hinunter, beschleunigt den Schritt, rennt die letzten zweihundert Meter. Kommt dennoch zu spät. Die Sitzung hat bereits begonnen. Sie ist unkonzentriert, schlecht. »Ein Misserfolg«, sagt der Schnurrbärtige, »zusammen hätten wir es geschafft.«

Am Abend Heinrichs Fürsorglichkeit. Sie kann sie nicht ertragen. Flüchtet ins Kinderzimmer.

Jakob klettert sofort vom Doppelstockbett herab, legt

sich bäuchlings neben Joschua. Sie rühren sich nicht, warten, bis die Hände der Mutter Kreise und Linien auf ihren Rücken ziehen. Das mögen sie. Der schmale, knochige des Achtjährigen, der kindlich runde des Vierjährigen. Jeder hat seine Vorlieben. Sara konzentriert sich; mit rechter und linker Hand unterschiedliche Bewegungen. Die Söhne sind zufrieden. Sie lachen und schwatzen. Die Lampe vom Müllhaus wirft Licht ins Zimmer. Die Haustür klappt. Schritte auf der Treppe, hart, die Wand ist dünn, grenzt an den Flur.

Geschichten dann. Sara wird müde, streift die Schuhe ab, zieht die Beine hoch, kriecht ins Bett. Jakob steigt über sie. Jedes der Kinder will eine Seite haben. »Sing bitte.« – »Was?« – »Das von den *Drei Lilien* oder *Schöss' mich ein Jäger tot.*« Sara singt das eine, das andere. *Fiel ich in deinen Schoß: sähst du mich traurig an, gern stürb' ich dann.* Wieder Bitten, neue Vorschläge. Beim vierten Lied wohl muss Sara eingeschlafen sein. Vor den Söhnen, mit ihnen.

Sie wird wach, als Heinrich ins Zimmer kommt. Er legt Jakob in das obere Bett, deckt Joschua zu, zieht Sara hoch. Er hat ihr Bett im Arbeitszimmer gerichtet, hilft ihr beim Ausziehen, sie lässt es geschehen, schläft sofort wieder ein.

Am anderen Morgen das Hospizgespräch in ihrem Kopf. Im Bad ihr Gesicht im Spiegel. Sie weckt die Kinder. Die Gewohnheiten des Alltags. Sara heizt die Öfen, Heinrich ist in der Küche, Joschua deckt den Tisch, nur Jakob hüpft pflichtlos durch die Wohnung. Sie frühstücken wie immer ausgiebig, damit der Tag in Ruhe beginnt. Heinrich geht als erster, dann Sara mit Jakob, zuletzt Joschua. »Vergiss nicht abzuschließen«, mahnt Sara ihn.

Als sie in dem Haus mit dem eisernen Tor in ihr Zimmer tritt, klingelt das Telefon. John. »So früh«, sagt Sara, »du bist doch ein Nachtarbeiter. Bist du schon wach?« – »Wie du hörst, ja.« Seine Stimme klingt warm, vertraut.

Sie habe sich in seinem Beisein gestern allein gefühlt. Es täte ihm leid. »Verzeih, Sara.« Aber auch er hätte mit sich zu tun gehabt, sie habe es nicht gespürt. Der ewige Zeitdruck. »Lass uns in Ruhe zusammensein, nimm einen halben Haushaltstag.«

Als Sara den Hörer auflegt, ist ihr leicht. Ihre Füße unter dem Schreibtisch strecken sich in Flugstellung. Das Fenster öffnet sich. Die gelben Ziegelmauern des Innenschachtes, sie umkreist sie, gewinnt an Höhe, fünftes Stockwerk, dann der Dachfirst. Der februarkalte Stadthimmel. Die Runde, siebenmal. Dann kehrt sie zurück, lässt sich wie ein Stein in den Schacht fallen. Als ihre Füße wieder ordentlich nebeneinander unter dem Schreibtisch stehen, verschränkt sie die Arme glücklich hinter dem Kopf.

Sie ist schön. Steht auf, geht zu ihrem Kollegen. »Wir machen die Entscheidung von gestern rückgängig«, sagt sie, »werfen ein wenig Sand ins Getriebe.« Ungläubig sieht er sie an. Saras Entschlossenheit, sein Geschick. Nach einer Stunde lehnen sie an der Tür der Kaderchefin. »Geschafft«, sagt Sara. Übermütig umarmt sie ihn, seine Schnurrbartspitzen berühren ihr Gesicht. Er erwähnt den gestrigen Tag mit keinem Wort.

Sara geht zu ihrem Chef, bittet um einen halben Haushaltstag. Er ist wie immer großzügig. »Nächsten Dienstag«, sagt er. Am Wochenende ist Sara auf eine besondere Weise gelöst, liebevoll zu Heinrich. Immer ist es so, wenn sie sich auf eine Begegnung mit John freut.

Ihr Treffen im Friedrichshagener Forst. Der Wald mit den kleinen Kiefern. Von Jahr zu Jahr sehen sie sie wachsen. Nach der Weggabelung der Waldsaum, dann die Wiese, ihre Wiese. Sara hat sie noch nie so gesehen, reifbedeckt, verschiedene Luftschichten darüber, eine davon stahlblau wie der Himmel.

»Du wolltest mir etwas sagen.«

»Ja.«

John sagt Sara, dass er das letzte Dreivierteljahr eine intime Beziehung zu einer Achtzehnjährigen gehabt hat. Es sei Schluss. Eine vergangene, bewältigte Geschichte. Ein Vertrauens-, ein Liebesbeweis, dass er ihr es sage, das verstehe sie doch.

Saras Gesichtszüge verändern sich nicht. Es ist nicht wahr. Scherz, Probe, Spiel. Sie kennt das Mädchen. John erzählt, wie es begonnen habe, nennt das Mädchen wunderlich, nennt es wunderbar. Erzählt von ihrer Naivität, ihrer Wissbegier. Bücher, die er ihr gab, Orte, an denen er mit ihr war; es sind Bücher, die er einst Sara gab, Orte, an denen er mit Sara war, noch im Vorjahr. Zu gleicher Zeit also, denkt Sara. Er beichte ihr, sagt er, alles sei vergangen, legt die Hand auf Saras Arm, spricht von der Zukunft. Er habe gewusst, dass sie nicht hysterisch sein werde, es verstehe.

Nur nicht heulen, denkt sie, presst die Lippen aufeinander.

Als er vor ihrer Tür hält, steigt sie aus, er kurbelt das Fenster herunter. Sie geht um das Auto herum, küsst ihn auf die Nase. »Bis nach dem Urlaub«, sagt sie.

Sara lässt es nicht an sich heran. Es ist nicht wahr. Sie tut, was zu tun ist. Joschua fährt in diesem Winter zum erstenmal in ein Skilager. Einkäufe, Vorbereitungen. Dann stehen sie auf dem Bahnsteig, er winkt aus dem Abteilfenster, an dem die Kinder sich drängen. »Sei nicht traurig«, ruft er der Mutter zu, »ich komm doch wieder.« Sara lächelt, winkt; geht, als der Zug die Bahnhofshalle verlassen hat, mit Jakob an der Hand die Treppe hinunter, durch den Tunnel, fährt mit der S-Bahn nach Köpenick zurück.

»Nun fahren wir in den Winter«, sagt Jakob. »Ja«, erwidert Sara. Heinrich hat die Skier schon zusammengeschnallt, die Kraxen gepackt. Nur Jakobs kleinen Rucksack nicht, das darf er selbst tun. »Wir müssen noch eine Nacht schlafen«, sagt Heinrich. »Eine halbe nur«, fügt er hinzu, »vier Uhr, ganz zeitig, wecken wir dich.«

Halb vier steht Jakob an Heinrichs Bett, ist angezogen, hat die Tassen schon auf den Frühstückstisch gestellt. Als sie das Haus verlassen, nieselt es. In der Dunkelheit die Gestalten der Schichtarbeiter. Von und zum Bahnhof, ein lautloser Zug. Auch in der S-Bahn nur karge Gesten, ein Handheben, ein Kopfnicken. Sie kennen sich offenbar, fahren jeden Morgen zur gleichen Zeit. Stille. Nur die Vogelstimme des Kindes.

Ostbahnhof. Sie steigen in den Zug nach Dresden. Er ist eiskalt. Noch nach einer Stunde. Der Schaffner entgegnet auf die Beschwerde der Fahrgäste, auch er fröre. Heinrich sagt ihm, das sei keine Antwort. Es berührt den Schaffner nicht. Nach einer weiteren Stunde ist der Zug so überheizt, dass sie die Fenster aufreißen müssen. In Dresden steigen sie in den Zug nach Altenberg. Jakob presst sein Gesicht an die Scheiben. Die Dunkelheit weicht. Wenn der Zug zum Stehen kommt, seine Fragen. Sara liest ihm die Namen auf den Schildern der kleinen Bahnhöfe vor. Köttewitz, Niederschlottwitz. Oberschlottwitz. Sie vertauschen die Vokale, die Silben, verdrehen die Worte. Sprachspiele. Dann die Stationen Bärenhecke-Johnsbach, Bärenstein. Sie verlegen sich aufs Geschichtenerfinden.

Der Zug kriecht bergan. Einmal macht er eine große Schleife, Sara sieht vom Fenster aus die letzten Wagen. »Hoffentlich sitzen wir nicht im Knoten drin«, sagt Jakob, kneift die Augen zu. Sie lachen, öffnen das Fenster. Kalte Luft kommt herein.

Heinrich wird wach. »Schlaf du ein wenig, ich lös dich ab.«

»Nein, ich bin nicht müde«, sagt Sara. Das Kind lenkt sie ab. Angst, die Erstarrung könne sich lösen. Es ist nicht wahr.

Von Altenberg das letzte Stück mit dem Taxi. Das Dorf. Häuser aufgereiht, schmucklos, karg. Am Ende der Ortschaft ihr Heim. Eine Kammer unter dem Dach, schräg, kleine Fenster. Es gefällt ihnen.

Nach dem Mittagessen weist der Heimleiter seine Gäste ein. »Niemand betritt mit Schuhen das Haus.« Laut, befehlsgewohnt, sagt er es. »Der kommt von der Armee«, sagt Sara. Strafende Blicke von den Nachbartischen. »Seien Sie froh, dass Sie überhaupt einen FDGB-Platz bekommen haben«, sagt beim Hinausgehen eine dicke Frau zu ihr, »und so billig.« Sara will etwas einwenden. Heinrich zieht sie weg.

Am Nachmittag ihr erster Gang in die Landschaft. Bis die Häuser zu Ende sind, dann auf die Höhe. Jakob ist müde, stapft neben Sara. Heinrich ist schon oben. Dann erreicht auch Sara mit dem Kind das Hochplateau. Unendliche Weite. Der Horizont fern, verschwommen. Tafelartige Flächen zu beiden Seiten. Alles still, grau.

Sara ist nicht vorbereitet auf einen solchen Anblick. Sie bleibt stehen. Ihr laufen die Tränen. Sie weiß plötzlich, es ist wahr mit John. Heinrich, der ihre heftigen emotionalen Reaktionen auf Landschaften kennt, legt den Arm um sie und sagt: »Du bist sehr überarbeitet.« Später nehmen sie Jakob in die Mitte und laufen ins Dorf zurück. Im Vorraum müssen sie lange warten, bis sie ihre Schuhe ausziehen können.

Am Abend ist der vierte Platz an ihrem Tisch besetzt. Ein Mann um die Fünfzig, füllig. Betriebsleiter sei er, seine Frau habe ihn verlassen, ergänzt er, als ob es dazugehöre. Gut, am Tische einer intakten Familie zu sitzen. »Was ist das«, fragt Jakob. Der Mann gibt dem Kind eine lustige Antwort. Er wirkt sympathisch. Nach dem Essen lädt er Heinrich zu einer Partie Schach ein.

Sara bringt den Sohn zu Bett. Als er ausgezogen und gewaschen ist, die Arme über der Decke kreuzt, sagt er:

»Lies mir bitte ›Tristan und Isolde‹ vor, Papa hat das Buch eingepackt. Da im Schrank ist es.« Sara zögert, steht auf, geht zum Schrank, öffnet ihn, das Buch vor ihr. »Ich kann es nicht finden«, sagt sie. Jakob macht eine Bewegung. »Bleib liegen, ich erzähle dir eine andere Geschichte, eine lustige.«

Sara erzählt. Nach einer Weile ist Jakob zufrieden, schon schläfrig schlingt er die Arme um ihren Hals, drückt sie, ist mit einemmal wieder wach. »Warum weinst du, Mama?« – »Ich weine nicht«, sagt Sara. »Doch«, entgegnet er. »Nein, du Dummes«, sagt sie. Jakob kommt noch einmal hoch, der Wohlgeruch seines kleinen Körpers, er schnieft, hält Sara fest, lässt sich zurückfallen, schläft ein.

Sara löscht die Nachttischlampe, kauert sich zusammen, Kopf auf die Knie, Hände um die Füße. Es ist wahr.

Wie lange sie so sitzt, weiß sie nicht. Als Heinrich das grelle Deckenlicht anknipst, mit einem Blick auf ihr Gesicht fragt, was sei, entgegnet sie: »Nichts.«

»Leg dich schlafen«, sagt er, »du bist wirklich sehr überarbeitet.«

In der Nacht dann träumt Sara von einem Schiff mit einem riesigen schwarzen Segel. Sie sieht es vom Strand aus, wo sie in einer dicht gedrängten Menschenmenge steht. Ein Mann neben ihr ruft, König Marke fahre nach Caerlon, seine Frau Isolde dem Gottesurteil zu unterwerfen. Das glühende Eisen werde die Wahrheit an den Tag bringen, schreit er. Sein breitflächiges kindisches Gesicht kommt Sara bekannt vor. Er rückt auf sie zu, die Leiber umschließen sie wie eine Mauer. Plötzlich aber ist die Menge verschwunden. Auch das Schiff mit dem schwarzen Segel. Der Strand ist leer. Sara sieht sich um. Es ist der vertraute Küstenstreifen vom Feriensommer auf Rügen. Unweit müssen die Lehmwände mit den Schwalbenlöchern sein. Sie will hin, rennt los, bleibt auf der Stelle. Ihre Füße im Sand. Sie verdoppelt ihre Anstrengungen. Sinkt nur tiefer. Erschöpft hält sie inne. Sieht zur Düne hoch. Ein Tisch fliegt auf sie zu. Mit einem weißen Laken. Es ist aus Mehl. Dunkle Blutspuren kleben darin. Ihre Hände werden magisch angezogen. Als Sara Laken und Tisch berührt, wächst ein hohes Gewölbe um sie. An den Längsseiten des Tisches, der sich grotesk verzerrt, nehmen Männer Platz. Schwarze Barette, rote Samtkleider mit Hermelinbesatz, Orden auf der Brust. Sara versucht sie zu erkennen, fünfundzwanzig Jahre Kampfgruppe, Aktivistennadel, Stern der Völkerfreundschaft, Banner der Arbeit, Verdienstmedaille. Eine männliche Stimme hallt im Gewölbe. Ruckartig wenden sich alle Köpfe Sara zu. Da merkt sie erst, sie steht als Einzige an der Schmalseite des Tisches. Begreift, ihr gilt das Gottesgericht, das glühende Eisen. Sie will schreien, öffnet den Mund.

Wacht auf. Richtet sich in der Dunkelheit im Bett hoch. Hört Heinrichs regelmäßige Atemzüge neben sich. Jakobs Schniefen. Ihr Herz rast, dann stockt es, beginnt erneut heftig zu schlagen, verzögert sich. Sie steht auf, die Holzdielen knarren, sie deckt Jakob zu. Legt sich wieder, kann nicht schlafen, liegt wach.

Am Morgen machen sie die erste Skiwanderung. Jakob ist erstaunlich ausdauernd. Am Mittagstisch sagt der Betriebsleiter zu Heinrich: »Gut haben Sie es mit Ihrer Frau.« Sara errötet. »Sie brauchen nicht zu erröten«, sagt er.

Gegen Abend lädt er Heinrich wieder zu einer Partie Schach ein und Jakob will mit anderen Kindern das Ferienprogramm des Kinderfernsehens sehen und dann im Vorgarten an seiner Schneehöhle bauen.

Sara hat zwei Stunden für sich. Auch die folgenden Tage wird es so sein. Bei jedem Wetter wird sie den Anorak anziehen, sich in dem Vorraum am Schuhregal drängen und in die beginnende Dämmerung hinauslaufen. Das Ende des Dorfes. Dann, sie rennt fast, die Steigung. Stets kommt sie atemlos oben an.

Das Hochplateau. All die Tage. John neben ihr. Ihr unablässig wühlendes Gespräch. Zorn. Seine Brust, sie trommelt mit den Fäusten in die Luft.

Sie habe über jedes Maß reagiert auf sein Geständnis einer zeitweiligen Untreue, wird er ihr später sagen, es sei Eigenliebe gewesen, sie habe die Sache dramatisiert, es habe keinerlei Gründe dafür gegeben.

Eigenliebe? War es das? Damals versetzte sie sich nicht – wie sie es heute tun würde – in John, fragte nicht einen einzigen Augenblick, ob auch sie Schuld trage. Vielleicht waren sie sich wunderlich gleich und einer wollte vom anderen lernen, was keiner von ihnen wusste.

Sara hatte ihre Liebe zu ihm in einem naiven, bedingungslosen Glauben angesiedelt. Sie existierte und war für sie ohne Ende. Liebe hatte niemals Absichten. Wer liebt, handelt. Nun aber traten die Absichten nüchtern zutage. Und jede Rechtfertigung, aller Glanz war dahin.

John fügte ihr eine Verletzung zu, eine Wunde, die sich nie wieder schloss. So sieht Sara es noch heute.

Sara auf dem Kammweg damals. Das Wasser floss ihr aus Augen und Nase. Durchnässt das Taschentuch nach kurzer Zeit, ihr Jackenärmel, dann ihre Fausthandschuhe. Das geschwollene, heiße Gesicht in den Schnee gepresst.

Langsames Begreifen ihres Körpers: er hat eine andere umarmt. War es Eifersucht, die sie spürte? Auch. Aber noch viel bedrängender: Sara sah in dem Mädchen sich selbst. Und auch John sah sie plötzlich anders. Ein Bild von ihm, von ihr, wie sie es nie wahrgenommen hatte.

Sie vor zehn Jahren. Als John um sie warb, sie verführte, sie ihm folgte. Und Ellen damals. Mit den Kindern, dreizehn und neun waren sie. Alle Last lag auf ihr und dazu der Beruf. Sie, Sara, war unabhängig. Jetzt, zehn Jahre später, ihr Eingebundensein, ihre Kinder, ihre Arbeit. Von einer Krankheit, an der sie beide litten, hatte John gesprochen; Zeitmangel sei diese Krankheit. Jetzt die Jüngere.

Eine Reihe? Naturgesetz? John hatte sie genommen und nach seinem Bild geformt. Jetzt, da Sara dem Bild nicht mehr glich, eine andere, Jüngere, Formbarere. Sie hört seinen heftigen Widerspruch. Es ist ein Spiel, das auf den Altersunterschied baut. *Verführung ist die wahre Gewalt.* Heute begreift sie es und fragt sich, warum nicht? Sagt sich zugleich, die Zeit rinnt den Männern wie Sand durch die Finger, am Ende stehen sie mit leeren Händen da. Die Frauen aber ziehen die Kinder auf, nach Bildern, die ihnen nicht gleichen. Und mit den veränderten ändern sich auch die Frauen. Das zehrt an ihrer Kraft und macht sie zugleich reich. Aber sie verlieren die Männer.

Sara und John sind nicht ein für alle Mal füreinander bestimmt, wie Sara glückhaft naiv all die Jahre über geglaubt hatte. Es gab ein Ende. Die andere, die Jüngere, die Wiederholung.

Ernüchternder, schrecklicher Moment, als Sara das Bewusstsein der Einmaligkeit ihrer Bindung an John verliert. Schneidender Schmerz, messerscharf am Rücken. Die Abtrennung. Sturz. Harter Aufprall.

Das war am sechsten Tag auf dem Kammweg. Sara blieb stehen und blickte sich nach allen Seiten um. Klammerte sich an die Landschaft.

Wo führt der Kammweg hin? Nie ist ihr ein Auto begegnet. Kein Fußgänger, schräg gegen den Föhnwind, durch den Schnee stapfend all die Tage. Jetzt sieht sie Spuren eines Schneepfluges, Fußspuren. Für wen wird die Straße geräumt? Wer geht auf ihr? Wo führt sie hin? Zu einem Armeeobjekt, zur Grenze, ans Ende der Welt?

Sara sucht den Horizont ab. In der Weite des Hochplateaus nicht ein einziges Licht, nicht ein schwacher Widerschein, der ein Dorf, eine Behausung ahnen ließe. Da, auf einmal taucht fern, dort, wo das Massiv des Bergrückens abfällt, dahinter sich schemenhaft neue Höhenzüge erheben, ein winziges Licht auf. Flämmchen, das zuckt, schwindet, wieder flackert, ins Dunkel fällt. Scheinwerfer eines Autos oder Irrlicht? Die Schwärze des Himmels gleicht fast der der Berge. Die Trennlinie zwischen Erde und Himmel ist kaum erkennbar. Die Einöde des Hochplateaus.

Sara wird noch ein allerletztes Mal auf der Kammstraße des winterlichen Gebirges allein gehen. Zeitig läuft sie los, erreicht das Plateau noch bei Helligkeit. Ihre Tränen sind versiegt, das unablässige Gespräch hat aufgehört. Die Klarheit: sie bewohnen verschiedene Planeten. Einen männlichen, einen weiblichen. Der seine ruhig, sicher die Bahnen. Der ihre klein, taumelnd.

Gelassenheit lernen. In sich ruhen. Die Luft ist weich an diesem Tag auf dem Hochplateau. Sara streicht über die Bergrücken und zieht den Himmel zu sich herab.

Als sie ins Dorf kommt, sich dem Heim nähert, hört sie hohe Stimmen im Garten. Die Kinder spielen in der Dunkelheit in den Schneehöhlen. Jakob kommt ihr entgegengerannt, ruft aufgeregt: »Zu Abend haben wir schon gegessen und keiner wusste, wo du bist. Der Heimleiter hat geschimpft.« Er zieht Sara in seine Schneehöhle. Sie kauern darin. Sara muss die Glätte der Wände bewundern. Jakob leuchtet sie mit seiner kleinen Stabtaschenlampe ab. Sein Gesicht glüht, die Hände sind eiskalt. Sara wärmt sie mit ihrem Atem. Geht dann ins Haus.

Im Klubraum neben dem Schachbrett steht ein Teller, ein zweiter darüber gestülpt. »Danke«, sagt sie, kaut, sieht den Männern zu. Als sie Jakob ins Bett gebracht hat, geht sie zu ihnen. Sie will nicht allein sein wie die vergangenen Abende. Heinrich sieht kurz auf, konzentriert sich wieder. Nur ab und an, wenn eine Figur auf dem Brett versetzt, das Bierglas auf den Tisch zurückgestellt wird, ein Geräusch. Aus dem überfüllten Fernsehraum nebenan Gelächter.

Auch die nächsten Abende wird es so sein. Sara setzt sich, wenn Jakob eingeschlafen ist, zu den beiden Schach spielenden Männern. Nimmt ein Buch mit. Liest nicht, sieht die beiden unter dem Lampenschirm, hört ihre Geräusche. Hebt einer von ihnen den Kopf, blättert sie die Seite um, ihre Augen verhaken sich für Sekunden in den schwarzen Lettern, lassen wieder los.

Wenn das Spiel beendet ist, steht Heinrich auf, holt drei Gläser und eine Flasche Wein.

»Warum spielen Sie nicht mit Ihrem Mann, er ist ein ausgezeichneter Schachspieler.«

»Ich kann es nicht.«

»Sie will es nicht können«, sagt Heinrich, »wie oft habe ich sie gebeten, es zu lernen. Sie hat sich immer gesträubt.«

Beim Wein dann reden die Männer über Heinrichs Konstruktionen und die Produktionsbedingungen dafür und geraten in eine heftige Kontroverse. Heinrich ist scharfzüngig und schlagfertig. Sara hat ihn noch nie so erlebt.

Und dann geht der Urlaub zu Ende und das obligatorische Fest jedes Heimdurchganges findet statt. Die Tische im Speiseraum sind zu einer langen Tafel vereint. Es wird kollektiv gefeiert. Die Männer trinken Bier und Korn. Die Frauen Kirsch- oder Eierlikör. Sara verträgt das nicht, trinkt mit. Man tauscht sich über das Wetter und die Wanderungen aus. Die dicke Frau verwickelt Sara in ein Gespräch über die Kaffee- und Kuchenqualitäten der umliegenden

Gaststätten. Sara hört sich alles an, nickt, sagt so und ja. Die Themen sind bald erschöpft. Steif sitzen alle an der langen Tafel. Aufatmen, als endlich die Kapelle zu spielen beginnt, jegliche Unterhaltung damit unmöglich wird.

Sara hat mit Jakob am Auto gestanden, als die Technik abgeladen wurde. Verstärker, als wolle man ein Stadion beschallen. Einer der fünf jungen Männer fiel Sara auf. Braver Pagenschnitt. Jetzt sitzt er ihr genau gegenüber. Er ist der Sänger. Hat eine gut ausgebildete, wunderbare Stimme. Eigenartiger Kontrast, die platten Schlager. Sein noch kindliches Gesicht ist schwammig, Tränensäcke sind unter seinen Augen. »Er war im Dresdner Kreuzchor, die Frauen und der Suff«, sagt der Heimleiter, balanciert ein Tablett mit fünf Bier und fünf Korn zur Kapelle. Nach jeder Tanzrunde wiederholt sich das.

Auf der kleinen Tanzfläche drängen sich die Paare. Die Kapelle spielt *Schmidtchen Schleicher.* Der Betriebsleiter tanzt ein Solo, alle treten zurück, klatschen. Er parodiert die elastischen Beine Schmidtchen Schleichers. Sein massiger Körper bewegt sich ästhetisch.

Als dann alle wieder tanzen, wird der Ruf nach einer Polonaise laut. Der Heimleiter scheint darauf gewartet zu haben, ist zur Stelle, formiert den Zug, führt ihn an. Sara möchte unter den Tisch kriechen, aber es gibt kein Ausweichen. Die Männer tragen die Frauen durch imaginäre Flüsse, die Hosenbeine hochgekrempelt, dann kommt die Wüste und sie ziehen die Jacketts aus, die Frauen kreischen. Die Luft ist zum Schneiden. Sara weiß, es braucht nicht mehr viel, dann wird das Lied vom Polenstädtchen gesungen. Und tatsächlich, als man wieder an der langen Tafel sitzt, die Kapelle eine Pause macht, beginnen die Männer, einige Frauen fallen mit schrillen Stimmen ein. Sara sieht auf den Betriebsleiter, seine Lippen bewegen sich nicht. Auch die Heinrichs nicht. »Lass uns gehen«, sagt sie so, dass der Betriebsleiter es hören kann. »Man würde es uns übelnehmen, wir sind die einzigen Intellektuellen hier inmitten von Arbeitern. Seien Sie keine Spielverderberin.« – »Was hat das mit intellektuell zu tun?« Sara bekommt keine Antwort. Der Mensch schafft sich seine Zwänge, denkt sie. Kippt ihren Kirschlikör in das Glas der dicken Frau. Nimmt Heinrichs Schnapsglas, dann das des Betriebsleiters, trinkt beide nacheinander mit einem Zug leer, ohne zu fragen. *Da fand man ihre Leiche,* singt der Chor, *ich hab's einmal probiert und bin krepiert ...*

Der Kruzianer hängt mit geöffnetem Mund über einem der Verstärker. Auf seiner Stirn Schweißtropfen. Sara geht zu ihm, tippt ihn an. Er hebt den Kopf, ein Speichelfaden rinnt aus seinem Mundwinkel. »Ihre Stimme ist schön, singen Sie bitte.« Er blickt Sara an, als sei er taub. Sie wiederholt es. Er richtet sich auf, zieht langsam die Arme, die wie Fremdkörper über dem Verstärker hängen, hoch, sagt etwas zu Sara, sie versteht es nicht. Er gibt dem Schlagzeuger ein Zeichen, die Kapelle beginnt. Die Tanzfläche füllt sich sofort.

Sara tanzt. Mit Heinrich, mit dem Betriebsleiter, mit beiden zusammen, tanzt für sich, lächelt dem Sänger zu, er lächelt zurück. Ein arglos schöner Zug tritt unvermittelt in sein schwammiges Gesicht. *Tanze mit mir in den Morgen, tanze mit mir in das Glück ...,* singt er.

Als Sara und Heinrich, sie gehören zu den Letzten, die knarrenden Stufen zu ihrer Dachkammer steigen, sagt sie: »Und bald, mein Freund, werden wir uns im Tanz nicht mehr neigen.« Heinrich kennt das Überwache ihrer Trunkenheit. Will den Satz daher erklärt haben. »Er bedeutet nichts. Fiel mir nur ein. Ich bin betrunken.«

Am Morgen der Abfahrt dann derselbe Taxifahrer, der Zug talwärts. Wieder die große Schleife. Jakob versäumt den Knoten, liegt zusammengerollt auf Saras Schoß, schläft. Wieder Verspätung, Umsteigen in Dresden. Der Zug nach Berlin. »Woran denkst du?«, fragt Sara. »An meine Arbeit«, erwidert Heinrich. »Erzähl.« – »Ich mag nicht. Es ist zu kompliziert, würde dich langweilen.« Das Dunkel seiner Pupillen in den vorstehenden Augäpfeln zuckt im Rhythmus der vorbeifliegenden Leitungsdrähte und -masten.

Die Großstadt ist schneelos. Schmutzig-grau. Diffuser Lärm. Widerstreben. Immer hasst Sara die Stadt, wenn sie in sie zurückkehren muss. S-Bahnhof Ostkreuz, drängende, eilende Menschen, zischende Züge über den Köpfen. Rußschwaden in Rummelsburg.

Die Wohnung in Köpenick ist kältestarr. Sara zündet das Gas in der Küche an, stellt den elektrischen Lüfter im Kinderzimmer ein, heizt beide Kachelöfen. Heinrich verlässt nochmals das Haus, holt Joschua vom Bahnhof Lichtenberg ab. Zum Abendbrot sitzen sie alle vier in dicken Pullovern und Socken am Tisch.

Sara weiß, sie ist als eine andere zurückgekehrt. Nichts wird sein, wie es vordem war.

Sie täuschte sich. Vorerst blieb alles beim Alten. John warb um Sara. Auf eine Weise, der sie nicht widerstehen konnte. Er war auf Versöhnung aus. Sagte in jener Zeit Worte, die Sara noch nie gehört hatte. Betörungen. Dass er sie liebe in tausend Formen.

Er tat Dinge, die er noch nie getan hatte. Kaufte Spielsachen für die Kinder. Besuchte Sara, als sie eine Sommergrippe hatte. Kam nicht am Vormittag, sondern gegen Abend, als Heinrich zu Hause war. Sie verstand, er wollte ein Zeichen setzen. Sara sah auf den Rauch, der aus der Pfeife und gegenüber aus der Zigarette stieg und bewegte die Zehen unter der Bettdecke, um die Realität des Vorganges zu prüfen. War Heinrich blind? Oder waren ihre

Täuschungsmanöver so perfekt? Als John sich verabschiedete, begleiteten Heinrich und die Kinder ihn zur Tür.

Und doch, erinnert sie sich, gab es Veränderungen. In Augenblicken großer Nähe vermochte Sara John von sich abzurücken. Sah ihn wie einen Fremden. Dachte an das winterliche Hochplateau. Spürte Kräfte in sich, die nicht mehr von ihm kamen oder ihm gehörten. Leichtigkeit erfüllte sie.

Ernüchtert sah sie ihn, skeptisch oder gar spöttisch. Erschrecken darüber, ein schlechtes Gewissen, Freude? Alles zusammen.

In dieser Zeit verstärkten sich die Spannungen, wenn sie über die Arbeit sprachen. Sara wagte sich auf einmal hervor, probierte sich aus, stellte ihre Meinung gegen die Johns.

Seine Aversion. »Das kommt von deinem schnurrbärtigen Kollegen«, sagte er gereizt, »von den vielen Leuten, mit denen du ständig umgehst, deinen neuen Freunden.« Sie schwieg. John war nicht mehr wie in der Saalfelder oder der ersten Berliner Zeit ihr einziger Gesprächspartner in fachlichen Dingen, das stimmte. Wie aber konnte er ihr das vorwerfen?

Er wollte Übereinstimmung. Anderes ertrug er schwer. Wollte, dass sie zu ihm aufsah, an ihm hing, Widerspruch deutete er als Ablösung. Damals begriff Sara das Problem nicht. Dann durch einen Zufall doch.

Sie sind in dem kleinen Café in der Reinhardtstraße, suchen zwei Plätze. Vollbesetzte Tische. Am hintersten zwei freie Stühle, nur eine junge Frau sitzt dort. Als sie näherkommen, erkennt Sara sie, es ist Johns neue Assistentin, sie hat sie einmal auf dem Flur des Instituts gesehen. John ist einen Moment verlegen, stellt sie dann einander vor. »Meine Schülerin«, sagt er, nennt den Namen der jungen Frau. »Ebenfalls meine Schülerin, aus der vorigen Generation«, sagt er, ohne Saras Namen zu nennen. Als sie das

Café verlassen, spricht Sara John darauf an. Er reagiert heftig und unwirsch. »Ich bleibe nicht ewig Ottilie«, setzt sie dagegen. »Das hast du schon vor langer Zeit einmal gesagt und damals war der Vergleich genauso unpassend, wie er es heute ist.« Er ist erregt, bricht das Gespräch ab.

Zwei Tage später meint er einlenkend, ihre Versuche, sich von ihm als Schülerin loszumachen, würden ihn verwirren, quälen, er werde damit nicht fertig, sie müsse Geduld haben.

»Ja«, sagt sie.

Aber die Geduld erstickt sie. Sie liest seine Arbeiten. Aber er hat keine Lust, ihre zu lesen. Vergleichsweise gering, unbedeutend sind sie. Produkte ihrer Abende und Wochenenden. Sara hat es früher als selbstverständlich hingenommen, dass er sie nicht liest.

Jetzt nicht mehr. Diese Arbeiten, Zeitschriftenartikel meist, sind kleine Rettungsanker, die sie auswirft. Selbstbehauptungen gegen ihren Chef. Sie schreibt darin, was sie denkt. Das Erscheinen löst jedesmal seinen Jähzorn aus. Seine Versuche, die Veröffentlichung zu verbieten, scheitern.

Sara gibt John einen dieser Artikel. Nach vierzehn Tagen reicht er ihn ihr zurück. »Schön«, sagt er, »sehr schön.« Keine Notizen, keine Bleistiftstriche am Rand. Aus einer Frage merkt sie, er kann nur den Anfang überflogen haben.

Sie gibt ihm nichts mehr.

Immer münden Gespräche, die Sara über ihre Arbeit beginnt, in Missverständnissen oder Schweigen. Einmal vertraut sie ihm einen ihrer Pläne an. »Davon verstehst du nichts«, sagt er, rät ab. »Aha«, sagt Sara und nimmt die Blätter vom Tisch. Ist auch für seine sachlichen Einwände nicht mehr zugänglich. Sie wird es allein machen, ohne ihn.

Nimmt er das nicht wahr? Stellt er sich blind, ist er es?

Ihre zunehmende Lust dann, seine Verletzlichkeit auszuprobieren. Sie schreibt etwas gemeinsam mit ihrem schnurrbärtigen Kollegen. John ist gekränkt. Sie übersieht es. Ihre kleinen Triumphe. Entfernung, Ablösung?

6

Im Oktober 1974 dann, ein Dreivierteljahr nach Saras Gängen auf dem winterlichen Hochplateau, erfährt Heinrich von ihrer Beziehung zu John.

Wissentlich habe sie die Katastrophe herbeigeführt, wirft John ihr vor. Sie streitet es ab. Aber vielleicht hat er recht. Sie treibt dem einfach zu. Ihr Doppelleben, das sie bedrückt. Ihre Feigheit Heinrich gegenüber, die sie sich vorwirft, ohne daran zu rühren. Die Spannungen zwischen ihr und John. All die Jahre über hat sie jedes Zettelchen verborgen. Die Verstecke ängstlich auf ihre Sicherheit geprüft. Seit jenem Februar tut sie das nicht mehr, ist sorglos. Vorsätzlich? Sie kann es nicht sagen.

Sie kann es wirklich nicht sagen, ob sie jenen Brief bewusst liegen ließ, den Heinrich auf dem Schreibtisch im kleinen Zimmer findet. Als Sara an dem Oktoberabend von der Arbeit kommt, sieht sie sofort, was geschehen ist. Mit der Angst überkommt sie zugleich Erleichterung. Endlich ist es offenbar.

Heinrich steht an der Zimmertür, den Brief in der Hand. In seiner typischen Haltung. Sein Gesicht! So hat sie sein Gesicht noch nie gesehen. Sie tritt einen Schritt auf ihn zu. Stockt. Er wendet sich ab. Die Kinder stürmen durch die Wohnung.

Erst am Abend, als sie zu Bett sind, stellt Heinrich zwei Gläser auf den Tisch. Wie damals, denkt Sara, in Saalfeld, als sie von John aus dem stürzenden Regen, dem dunkelgrünen Junihimmel kam. Es ihm gestehen wollte. Ihr Stammeln, ich bin eine andere; feige Zaghaftigkeit, die er, missverstehend, in Ermutigung wandelte. Wie lange ist das her? Zehn Jahre? Zehn Jahre. Sie sieht zu, wie Heinrich die Flasche öffnet, kostet. Ihr eingießt, sich eingießt. Die Gläser bleiben unangerührt. Heinrich knackt mit den Fingern. Sara spürt ihre Wirbel in einer Linealreihe bis in den Nacken.

Endlich die ersten Sätze. Ruhig, lakonisch, beinah emotionslos. Heinrich stellt Fragen. Umgeht jegliche Intimität. Will er sich schützen oder sie? Sara antwortet. Er fragt nach Vorgängen, einzelnen Jahren. Eckdaten, wie ihr scheint. Sein technischer Verstand entwirft auf einem Reißbrett, auf durchsichtigem Papier, eine Art Umrissskizze. Ein Blatt liegt darunter, seine bisherigen Vorstellungen von ihr. Die Abweichungen der Linien werden Strich um Strich registriert. Kühl, überlegen. Voraussetzung, um Schlüsse zu ziehen.

Kein einziger Vorwurf. Seine Stimme verrät nichts. Die Ruhe in ihr erschreckt Sara.

Am anderen Morgen, Sara ist zu Hause, muss mittags mit Joschua zum Arzt, ruft sie John von der Wohnung aus an. Sagt ihm, dass Heinrich es jetzt wisse.

Sie müssten sich sofort sehen, sprechen. Sofort. John lässt nicht locker. Sein Auto sei in der Werkstatt, er setze sich in die S-Bahn, sie müsse, bitte. Sie machen die Station aus, wo sie sich treffen. Sara wartet an der Brücke, sieht den bordeauxroten Zug aus seiner Richtung kommen, sieht John den Bahnsteig entlanglaufen.

»Aber ich bin froh, ich bin erleichtert«, verteidigt sie sich. »Du bist ein Kind, du weißt nicht, was du tust«, erwidert er. »Weißt du, was auf uns zukommt?« – »Nein«, sagt sie. »Eben. – Eben«, wiederholt er. Sie haben die Brücke verlassen, sind in einen der Sandwege der Wuhlheide eingebogen. Er geht mit langen Schritten, sie kann kaum folgen. »Und warum gerade jetzt?«, fragt er erbittert.

»Ich weiß nicht«, sagt Sara, »es ist einfach passiert, versteh doch, ich bin wirklich erleichtert.«

»Das sagtest du schon.«

»Ich bitte dich, John.«

Noch immer lange Schritte. Sara bleibt zurück. Nach einer Weile hält er ein, als besänne er sich, wartet, bis Sara bei ihm ist. Zieht sie an sich. Flüstert ihr und sich Sätze zu. Dass sie vier erwachsene Menschen seien, dass sie ihre Ehen aufrechterhalten werden, ihre Liebe nicht verlieren würden; wiederholt, gleicher Wortlaut, diese Sätze. Ermutigung. Der kalte Reißverschluss seiner Jacke berührt Saras Lippen, der Größenunterschied, ihr Kopf ist in seiner Brusthöhe. Sie würde ihn gern wie sonst in seine Achselhöhle graben, eine ihrer vertraulichen Gesten. Sie tut es nicht.

Sie laufen den Sandweg zurück zum S-Bahnhof. Die Züge nach Erkner und Friedrichstraße fahren zu gleicher Zeit ein, jeder steigt in den seinen, die Türen schlagen, in entgegengesetzter Richtung entfernen sich die Züge voneinander.

Als Heinrich am Abend nach Hause kommt, schweigt er. Schweigt auch die folgenden Tage. Nur kurze Wortwechsel über Alltäglichkeiten. Bitte und danke am Tisch, ich mache das Abendbrot, bringst du die Kinder ins Bett, nein, ich, ich wasche ab, ich muss morgen zwei Stunden früher weg, ich stehe mit auf, mache dir Frühstück, nicht nötig, doch, es ist doch selbstverständlich.

Nichts mehr ist selbstverständlich. Noch nie ist Sara diese Neubauwohnung so eng vorgekommen. In der Küche können zwei kaum hantieren, ohne sich zu berühren. Im Flur nicht aneinander vorbeigehen. Heinrichs

Schweigsamkeit lässt die Wohnung von Tag zu Tag enger werden.

Zur Nacht geben sie sich die Hände wie zufällige Bekannte in einem Hotel. »Schlaf gut.« – »Gute Nacht.« Heinrich liegt wach. Stundenlang offenbar. Verstohlen beobachtet Sara ihn am Tage. Ringe unter den Augen, die Nase tritt spitz hervor wie in den letzten Jahren bei seinem Vater. Sie wagt nicht, ihn zu fragen. Wie soll sie, die Verursacherin, trösten? Ihre Scheu selbst vor den geringsten Freundlichkeiten, den kleinen Berührungen. Vor Blicken.

Gewohnheiten brechen ab. Wenn Heinrich sonst nach Hause kam, Sara mit den Söhnen badete, setzte er sich auf die Waschmaschine, stützte seinen Fuß auf das Toilettenbecken. Jeder erzählte von seinem Tag. Jetzt hört Sara den Schlüssel in der Flurtür, dann das Knarren des Leders, Heinrich hängt seinen Mantel an die Garderobe. Sara rutscht tiefer, nur Kopf und Schulteransatz über der Schaumfläche. Es ist nicht nötig. Heinrich öffnet die Tür kurz, schließt sie wieder. Die Kinder rufen vergeblich.

Abstand, Verfremdung. Der ständig in Saras Kopf laufende Film: Heinrichs Mutmaßungen über sie und John. Die Projektion ihres Schuldbewusstseins. Jedes normale Wort verkehrt sich, Anormalität. Und das Schweigen. Den Kindern entgeht es nicht. Bei Tisch sagt Joschua einmal: »Ihr seid so komisch.« Sara fallen Klischees ein, wie Ehemänner in solchen Situationen reagieren, mit Vorwürfen, lautstarken, mit Eifersucht. Einen Moment wünscht sie, dass das an die Stelle des lastenden Schweigens treten möge.

Nach einer endlos langen Zeit (in der Erinnerung scheinen es Sara Monate, aber es können nur Tage gewesen sein) will Heinrich ein Gespräch. Die Kinder sind zu Bett. Die Spannung vorm ersten Wort. Wieder sein Gesicht! Es sei ihm, sagt Heinrich, unvorstellbar, so lange neben ihr gelebt zu haben, ohne zu wissen, was in ihr vorgehe. Das sei das Deprimierendste. Es sei kein Vorwurf. Er halte es für sein Problem, er verzeihe sich das nicht.

Sara ist beschämt.

Dann fragt er, sachlich, als spräche er über einen anderen, ob sie sich von ihm trennen oder mit ihm und den Kindern leben wolle. Er sagt es in einem Atemzug: mit ihm und den Kindern. Saras Herz kommt aus dem Rhythmus. Was bedeutet das UND. »Ich will mit dir und den Kindern leben«, entgegnet sie, ohne zu zögern, zögert jedoch nicht hinzuzufügen, »aber ich will auch John nicht verlieren.«

Heinrich fragt nicht, wie sie sich das vorstelle. Er entgegnet nichts. Sagt weder zu dem einen noch zu dem anderen etwas. Er nimmt es zur Kenntnis. Das Gespräch scheint beendet.

Nach einer Zeit schaltet Heinrich den Fernsehapparat ein. Die Tagesschau ist vorbei. Er drückt die Knöpfe. Sonst Signal für Sara, das Zimmer zu verlassen. Heute bleibt sie, sitzt wie angenagelt auf dem Sofa. Heinrich im Schaukelstuhl. Sara starrt auf den Bildschirm, die Entwicklung eines neuen Typs von Kampfflugzeug der NATO wird vorgeführt, ein Mann mit fleischigem Gesicht teilt Daten und Fakten mit. Zum besseren Verständnis werden Diagramme eingeblendet, mit dem Zeigestock fährt er daran entlang. Danach ein Bericht von der Börse. Sara sieht auf Heinrich, er sitzt mit vorgestrecktem Kopf, auf seinem Nasenrücken Lichtreflexe vom Bildschirm. Nach dem Börsenbericht ein Tierfilm. Nestbau, Brutpflege, das Flüggewerden der Jungen. Heinrich steht ab und an auf, drückt die Knöpfe. Bilderflut. Zum Schluss ein Krimi. Sara versteht nicht, worum es geht. Nie versteht sie Krimis, nicht die primitivsten. »Weil dir der Spieltrieb fehlt und die Logik«, sagt Heinrich sonst. Heute gießt er ihr einen Kognak ein, erklärt ihr die Vorgänge.

Sara will es gar nicht wissen, nickt aber. »Ja, aha, so«, sagt sie. Kurz vor Mitternacht, endlich dann, erscheint das Kontrollbild auf dem Bildschirm.

Sara hat den ganzen Abend auf einen Satz von Heinrich gewartet. Lass uns von vorn beginnen, lass uns sehen, was zu retten ist – so oder ähnlich könnte er lauten. Der Satz bleibt aus. In Heinrichs Kopf aber muss er existieren.

Denn seit dem Abend, als er die Frage stellte und Sara die Antwort gab, ist sein Verhalten verändert. Er spricht wieder mit ihr. Gewohnheiten kehren zurück. Gesten des Alltags. Die Wände der Neubauwohnung treten wieder auseinander. Heinrich, so scheint es Sara, hat erneut eine Reißbrettzeichnung gefertigt. Die Perspektive festgelegt. Den Weg dahin berechnet. Striche, Linien, Querverbindungen, perspektivische Verkürzungen. Mit vollkommener Sicherheit hat er gezeichnet.

Die Veränderungen ihrer Beziehung. Der Fernseher bleibt oft ausgeschaltet. Heinrich ist für einen Abendspaziergang. Sie gehen in die Vorstadt, laufen am Ufer der Spree entlang. Hier war sie mit John in jenem feuchtkalten April 1973, als Heinrich zum Lehrgang war. Jedes Detail ist in ihrem Gedächtnis. Gespräche, Berührungen, Fingerkuppen, sein Haar, das scheppernde Schlagen des breiten Flusses an die Ufermauern. Nüchtern registriert sie es. Heinrich fasst nach ihrer Hand. Hinter der zweiten Brücke kehren sie um, laufen nach Hause.

Manchmal schlägt Heinrich auch vor, die Fahrräder zu nehmen. Sie radeln in den Wald Richtung Mahlsdorf, biegen nach Kaulsdorf ab. In einem heruntergekommenen Gartenlokal mit alten Kastanienbäumen trinken sie in der Schankstube im Stehen ein Bier. Auf dem Rückweg kommen sie durch das kleine Waldstück, das Sara und John oft für zehn Minuten gehörte. Ganz dicht fahren sie an der Stelle vorbei.

Oder sie gehen ins Theater, ins Konzert. Heinrich besorgt die Karten. Nie hat er sich darum gekümmert, hat sich auf Sara oder die Gewerkschaft verlassen. »Ich habe Plätze in einem Restaurant bestellt«, sagt er.

Sie gehen ins Theater, ins Konzert, sitzen sich danach in einem Restaurant gegenüber. Es ist, als absolvierten sie ein vorgeschriebenes Programm. Keiner will etwas falsch machen. Jeder gibt sich Mühe. Ihr schwerfälliges Gespräch. Die Pausen. Heinrich würde sicher jetzt viel lieber arbeiten oder fernsehen. Sara unterdrückt ein Gähnen. Sieht, Heinrich ergeht es ebenso. Sie sind entwöhnt, miteinander umzugehen. Kennen keine Zweisamkeit. Nur ihre Gemeinsamkeit mit den Kindern.

»Wirklich interessant, unser Gespräch«, sagt Sara in die Stille hinein, spielt nervös mit dem Besteck. Heinrich zieht an seiner Pfeife, klopft sie dann aus. Öffnet die Tabakdose. »Du hast mich bisher nicht mit Reden verwöhnt.«

Sara sieht ihn auf einmal vor sich, in jener Nacht, da sie sich ihm anvertraute, er die Sektflasche hinter der Kohlenschütte hervorholte, Joschua gezeugt wurde.

Sie, Sara, war es später, die die Mauer errichtete, Sprachlosigkeit provozierte. Ihre Gedanken und Sinne bei dem anderen Mann. Reden mit Heinrich auf Alltäglichkeiten beschränkt. Ihr Wohnen an verschiedenen Orten, Heinrichs Besessenheit von seiner Arbeit, der Alltag mit seinem Korsett. Immer gab es Vorwände, Rechtfertigungen. In Wirklichkeit war sie es. Nicht einmal das Maß an Schwesterlichkeit Heinrich gegenüber. Ihn, dem es schwerfiel, über sein Innerstes zu sprechen, hatte sie im Schweigen belassen, ihn immer noch tiefer hineingetrieben. Sie ist die Schuldige für dieses Nebeneinanderleben.

Einmal an einem der Tage, als sie nach einem Theaterbesuch im Restaurant sitzen, Heinrich mit den Fingern knackt, endlich dann seine Pfeife anzündet, Sara Messer und Gabel hin- und herschiebt, sagt sie es ihm. Auch dass sie sich ändern will.

Von da an, so will es Sara in der Erinnerung scheinen, reden sie nicht mehr so gezwungen, sprechen über vieles, worüber sie nie gesprochen haben. Schwerfällig, stockend. Aber sie reden.

Manchmal holt Heinrich sie in dieser Zeit von der Arbeit ab. Er ruft nicht vorher an, steht einfach in ihrem Zimmer. Er will mich kontrollieren, denkt sie.

Niemals aber spricht Heinrich von John. Nie fragt er Sara, ob sie sich weiter mit ihm treffe. Sara beunruhigt das. Sie fühlt sich ständig beobachtet. Ihr Gewissen ist es. Wenn sie nach einer Versammlung oder einer Arbeit, die sie fertig machen muss, später nach Hause kommt, sagt sie, wo sie war, was sie tat. »Du brauchst nichts zu erklären, das war nie zwischen uns üblich.« Sara errötet, als sei sie ertappt.

Wenn sie John trifft, fragt er, wie es stehe. Sara macht das nervös. »Wie soll es stehen!« – »Das ist doch eine berechtigte Frage«, sagt John einlenkend. »Heinrich will nicht wissen, ob wir uns treffen, er fragt niemals.«

Dann sei doch alles in Ordnung, dann akzeptiere er es doch stillschweigend, meint John. »Für dich ist alles sehr einfach.« Sara ist gereizt, ungeduldig. Ihre Ratlosigkeit wandelt sich in Vorwürfe. John versucht, sie zu beruhigen. »Wir müssen nur zusammenhalten, einer muss für den anderen denken«, sagt er besänftigend.

Zieht sie an sich.

Sie will nicht.

Einmal versucht John, sie im Auto zu lieben. Sie wehrt sich. »Schläfst du mit Heinrich?« Sara schweigt. Was würde ihr Nein bedeuten? Heinrich rührt sie nicht an. Sie müsse es sein, die komme, ein Handausstrecken genüge, hat er gesagt.

»Hast du keine Angst um uns«, fragt John.

»Nein.«

»Spürst du nicht, dass du mir entgleitest, Heinrich immer mehr Macht über dich gewinnt? Er ist der Anwesende, ich bin der Abwesende, ich muss zusehen, er kann handeln. Ich bin völlig darauf angewiesen, wann er dir Stunden lässt, damit du mich sehen kannst.« – »Aber nein«, entgegnet Sara, »alles hängt von uns ab.« Mechanisch Johns oft gesagter Satz. »Aber du tust nichts, Sara, überhaupt nichts.« – »Ja«, sagt sie. Und dann: »Lass mir doch Zeit.« – »Die Zeit arbeitet gegen uns«, erwidert John.

Und es wurde Herbst und Winter und dann kam jener Januartag, an dem John überraschend einen Vorschlag machte, der die Wirrnisse lösen sollte. In ihrem Gedächtnis nur Details; Blicke, Geräusche, Gerüche, die Atmosphäre jenes Raumes, in dem er es aussprach. Ein unwirklicher Vorgang.

Ein Hotelrestaurant in der Nähe der Chausseestraße. Sie schwänzen beide die erste Versammlung im neuen Jahr. Ihre kleine Gaststätte in der Invalidenstraße neben dem Friedhof ist geschlossen. Sie gehen in Richtung Chausseestraße. Der Schnee knirscht unter ihren Stiefeln. Weiße Atemwolken steigen aus den Mündern der Vorübergehenden. Johns Augenbrauen sind bereift. Sie finden das Hotel. Im Foyer schälen sich Russinnen aus ihren Mänteln und Pelzen. Füllige ältere Frauen mit mütterlich weichen Gesichtern. Das Durcheinander ihrer Stimmen, ihre Fröhlichkeit. Der starke Geruch nach Maiglöckchenparfüm.

Auch im Restaurant überwiegend Russen, Kirgisen, Kasachen. Männer, Dienstreisende. Die Tische voller Speisen, Gläserklirren, das Nasdarowje vom Nebentisch.

Sara fühlt sich sofort wohl. »Ich möchte russisch essen.« Sie entdecken die russischen Gerichte auf der Speisekarte. Bestellen. »Wir werden tafeln«, sagt John, »die Versammlung wird lange dauern.« Erst da fällt ihr Blick auf Johns dunklen Anzug.

»Für die Versammlung, zu der du nicht gegangen bist?«

»Für dich.«

Sara lacht. Die Männer vom Nebentisch sehen herüber. Der befrackte Ober gießt den Borschtsch aus kleinen silbernen Bechern auf ihre Teller. Spricht dabei, zur Seite gewandt, laut russisch mit den Gästen am Nachbartisch. Sara und John essen langsam. Erzählen. Erst vom Weihnachtsfest. Sara bemüht sich, Heinrich aus der Erzählung zu lassen. Nie hat sie das bisher getan. Sie nimmt dieselbe Vorsicht bei John wahr. Er unterschlägt Ellen. Über die Feiertage sei er bei Tochter und Schwiegersohn gewesen, habe seinen ersten Enkel besichtigt. Er beschreibt das winzige Kerlchen. Dann reden sie über Moskau. John war schon oft dort. Sara erst zweimal. »Lass uns gemeinsam nach Moskau fahren«, sagt er. »Unser erster Reiseplan. Du wirst immer deinen dunklen Anzug und den Schlips tragen.« John lacht. Er denke eher an andere Dinge. Er lehnt sich zurück, sieht auf Sara und sie schiebt die Hände über das weiße Tischtuch.

Da beugt er sich vor, greift heftig und schnell nach ihren Fingern, zieht sie heran, umfasst ihre Unterarme, drückt sie schmerzhaft. »Sara, lass uns ein Kind haben.« Sie glaubt, nicht richtig zu hören. »Ich möchte ein Kind von dir.« Er wiederholt es. »Wir werden heiraten. Sara, ich werde mich scheiden lassen, ich will dich heiraten.«

Sara starrt ihn an und kindische, törichte Freude schießt in sie. Wie lange hat sie darauf gewartet. All die Jahre. Endlich sagt er es. Der Raum weitet sich. Die Gläser klingen und hinter den Samtvorhängen im Nebenraum steigt das Gelächter der Maiglöckchenfrauen auf und ab und die Frackschöße des Kellners wehen. Er hat es gesagt.

»Sara, wir werden heiraten. Ich werde mich scheiden lassen. Werde mich von Ellen trennen. Ich habe alles überdacht. Sie wird bald eine Professur bekommen, wirtschaftlich ist sie selbstständig. Und meine Kinder sind erwachsen, sind aus dem Haus. Sara, lass es uns tun. Wir müssen es jetzt tun.« Wie um seinen Worten Nachdruck zu verleihen, presst er noch immer Saras Unterarme. »Du wirst dich von Heinrich scheiden lassen.«

»Und die Kinder?« Das erste, was Sara sagt. »Sie werden mit uns leben. Sie gehören dir. Das Gericht wird dir die Kinder zusprechen, selbstverständlich dir.«

War es das Wort vom Gericht oder dass ihr die Kinder *gehören* würden? Saras Rausch verflog von einer Sekunde auf die andere. Nüchternheit überkam sie. Erschreckende Kälte. Sie Törin. Gläubige.

»Was heißt zusprechen, was heißt Gericht, es ist keine Frage der Justiz, wem die Kinder gehören. Doch nicht mir, weil ich sie geboren habe. Es sind genauso Heinrichs Kinder, wir haben sie gemeinsam aufgezogen.«

John will einlenken. »Eine Trennung von deinen Kindern, ich weiß es, ist dir unmöglich. Aber wenn du es anders siehst, lass uns darüber reden.«

»Reden?« Sara erinnert ihn an das Kuckucksei und den anderen Satz damals auf der Rückfahrt vom Gamensee. »Du kannst mir doch nicht vorwerfen, was ich vor Jahren gesagt und längst korrigiert habe.«

Sie kann. Versteht es selbst kaum. Aber der damals zugefügte Schmerz ist lebendig; sie wird ihn los, indem sie ihn endlich benennt. John hat eine völlig andere Reaktion erwartet. Ist erschrocken über ihre Heftigkeit. »Sara, beruhige dich, es ist nur ein Vorschlag, ich will mit dir reden, einen Ausweg aus unserer Lage finden.«

Aber Sara will sich nicht beruhigen, ist nicht aufzuhalten. War er es nicht, der keine Veränderung wollte? Auch im Oktober, auf jenem Sandweg in der Wuhlheide, hatte er vom Fortbestand ihrer Ehen gesprochen. Gericht? Nie hatte das für sie existiert. Das ganze Jahrzehnt über nicht. Und nun wollten sie diese verkommenen offiziellen Institutionen zu Hilfe rufen, sich der hergebrachten Muster bedienen?

Als sie das Hotel verlassen, schlägt ihnen klirrende Kälte entgegen. Das Thermometer ist noch um einige Grade gesunken. Die Fahrstraße ist spiegelglatt. Es schneit leicht. Sara bittet John, sie nicht mit dem Auto nach Köpenick zu fahren. Am Bahnhof Friedrichstraße verabschieden sie sich. Der Motor ist schwer angegangen. John lässt ihn laufen. Sie stehen im Parkverbot.

Der Zug nach Erkner. An der Jannowitzbrücke steigt weißer Dampf senkrecht aus den Schornsteinen des Heizwerkes. Die lange Reihe dünner hoher Pappeln an der Warschauer Straße steht reglos in der Kälte. Er sagt das alles um Jahre zu spät, es ist alles vertan. Sara bewegt die Zehen in den Stiefeln, die S-Bahn ist eiskalt.

Der Winter verging. Und die Situation zwischen Sara und John wurde immer gespannter. Wenn sie nicht bereit wäre, über seinen Vorschlag auch nur nachzudenken, dann müssten sie eine Lösung zu viert suchen. Sie weiche aus, taktiere, wirft er ihr vor.

Es war jener Winter, in dem sich Saras kleiner zurückhaltender Kollege das Leben nahm. Er hängte sich auf. Trotz mehrfacher Erziehungsmaßnahmen und gründlicher Aussprachen habe er es getan, sagte tadelnd der Parteisekretär. Sara bewunderte den Mut des Kleinen. Dachte an den altmodischen Hut, den er als Einziger im Haus trug, die Geste, mit der er ihn beim Gruß zwei Zentimeter vom Kopf hob, sich leicht gegen den Grüßenden neigte.

Erinnerte sich ihrer einzigen, seltsamen Begegnung in ihrem Zimmer. Er, der schüchtern und verschlossen wirkte, kam eines Tages unverhofft herein. Stellte eine Flasche polnischen Wodka auf den Tisch. Er wolle mit ihr einen Sieg feiern, sagte er sehr bestimmt. Es war die Zeit, da man *überholte, ohne einzuholen,* dieses *kühne, zupackende Prinzip* eine *sprunghafte Steigerung der Arbeitsproduktivität in Dimensionen* bewirken sollte, die die *Grenzen bisheriger Denkgewohnheiten sprengte.* Der kleine Kollege hatte ein Referat überarbeitet. Zwölfmal sei der Partei- und Staatschef mit Zitaten darin erschienen. Zehn habe er getilgt. »Von zwölf auf zwei, stell dir das vor«, sagte er triumphierend und schenkte Sara das Glas voll. Sie schwieg und dachte daran, dass sie, wenn nicht solche, so doch ähnliche Siege heimlich für sich gefeiert hatte und dass es schmähliche Niederlagen waren. Sie wollte kein zweites Glas.

Er trank, und als die Flasche halb leer war, hatte sie das Gefühl, sein Rausch verflog und Ernüchterung trat ein. »Sag was.« Sara sagte, was sie dachte. Sie stritten heftig und kamen überein: Das Maß der Dummheit, gegen das man ankämpfen, bestimme die eigene Dummheit. »Meinst du wirklich«, sagte er. Und nach einer Welle: »Mitgefangen, mitgehangen.« Sie tranken die Flasche bis auf den Grund leer.

Anderentags war er wieder der zurückhaltende kleine Kollege. »Vergiss alles, erzähl es niemandem«, sagte er im Treppenflur zu Sara, hob seinen Hut zwei Zentimeter vom Kopf, verneigte sich leicht gegen sie. Nie wieder kam er in ihr Zimmer.

Die kleinen Siege, die auch Sara zu großen erklärt. Man rechnet den Aufwand an Kraft. Das macht sie groß. In Wirklichkeit sind sie klein, lächerlich. Sie hat es vergessen. Hat die Maßstäbe verloren. Der Tod des kleinen Kollegen holt sie zurück.

Ihre Unzufriedenheit mit ihrer Arbeit. Sie soll nur funktionieren. Ihr Kopf ist ständig im Wege. Alles ist vorgedacht, festgefahren. Der Zettel an der Wand neben ihrem

Schreibtisch in Saalfeld. Die Welt mit *Regungslosen* angefüllt. Das Stadion. Menschenleiber, die mit ihren Körpern Losungen bilden. Jetzt sind es nicht mehr die anderen, die Sara auf dem Bildschirm sah. Jetzt ist *sie* es. Vorschriftsmäßige Bewegungen nach Stichworten. *Sie* agiert da. Statist. Winkelement. Sport frei, Sport hell. *Sie* in den Buchstaben. Im Querbalken des Fs. Das Wort FRIEDEN. Jeder Streit – die sachlichen Argumente werden beiseite geschoben – mündet letztlich in die Frage, ob man gegen den Frieden sei. Man verneint erschrocken, ist gelähmt und kapituliert. Ihr Aufbegehren dann wieder, hilflos, naiv, verbissen, unentschieden, zaghaft, mutig, verzweifelt. Sie hält es nicht aus, überflüssig zu sein. Und ist es doch. Ihre Geschäftigkeit ist nur Rechtfertigung. Ist Lüge.

Erinnerung an das dämmrige Zimmer, an Rosenholz am Flügel. Von drei Jahren hatte er gesprochen.

Das vierte beginnt für Sara schon in jenem Winter.

Und dann unerwartet, kaum mehr geglaubt, kündigen sich Veränderungen in dem gelben Backsteinbau mit den labyrinthischen Zimmerfluchten an. Von Tauwetter ist die Rede. Und tatsächlich wird der Leiter des Amtes entlassen.

Das eiserne Tor. Sara drückt am Morgen mit beiden Händen die schwere Klinke herunter, schiebt den Torflügel auf, nähert ihn von innen wieder dem Schloss, ein Stoß nur. Leicht erscheint es auf einmal. Selbst Pförtner und Pudel sind verändert. Der bunte Vogel steigt aus der Giftkammer und arbeitet wie besessen und sein rabelaisisches Lachen hallt durch die Flure. Und all die vielen Großredner und Nichtstuer fürchten sich.

Ein neuer, jüngerer Amtsvorsteher wird eingesetzt. Die ersten Handlungen, die ersten Wochen geben Hoffnung. Er räumt auf. Der Widerstand der meisten. Er zwingt sie zur Arbeit. Der dicke Gewerkschaftssekretär mit dem

Wahlspruch PRIVAT GEHT VOR KATASTROPHE schwitzt und stöhnt, findet keine Zeit mehr für Einkäufe und Fahrten mit dem Hänger. Saras Chef ist nervös. Nach einigem Hin und Her wird er abgelöst, in eine andere Stadt versetzt. Dem bunten Vogel dagegen überträgt der Amtsvorsteher die wichtigste Fachabteilung des Hauses mit ihren drei Sektoren.

Er bietet dem Schnurrbärtigen die Leitung des einen Sektors an. Sara die des kleinsten der drei, Musikalien und Kunsttheorie. »Vier Wochen kannst du überlegen, dann musst du dich entscheiden«, sagt er zu ihr, »du willst doch immer etwas tun, jetzt könntest du es.«

»Für alles hast du Zeit, nur für mich nicht«, sagt John. »Deine Arbeit, dein Haushalt, deine Kinder, dein Mann« – seit dem russischen Restaurant sagt er niemals mehr Heinrich, immer *dein Mann* –, »du baust es auf, bauschst es auf, überdimensionierst es, du stellst alles wie eine Mauer um dich, hinter der du dich verschanzt.«

»Warum sprichst du mit Kriegsvokabular? Führen wir Krieg?«

»Ja, Sara.«

»Den nächsten Haushaltstag werde ich mit John verbringen«, sagt Sara am Abend zu Heinrich. Ist selbst überrascht. Zum ersten Mal spricht sie es aus. Ist verlegen. Sie müsste hinzufügen, dass sie dann auf Heinrichs Hilfe im Haushalt am Samstag verzichte.

Am Abend vor dem vereinbarten Tag bekommt Jakob Fieber. Auch am Morgen hat er welches. Sie muss den Arzt holen. Ruft vorher John an.

»Immer diese Schwierigkeiten«, sagt er.

»Jakob liegt hier neben mir«, sagt Sara.

»Warum ist Jakob nicht im Kinderzimmer?«

»Weil die Kinder immer, wenn sie krank sind, im

Wohnzimmer liegen, der Plattenspieler ist hier, sie können Märchen hören.«

»Dann kann es nicht so schlimm sein. Ist er überhaupt krank?«

Sara hat diesen Dialog befürchtet. Sie wusste, er wird aggressiv reagieren. In der Stimmung rief sie ihn schon an. Warum hat sie den Satz gesagt? Wortwechsel. Nichts wird gemildert. Im Gegenteil.

Als Jakob wieder gesund ist, sehen sie sich an einem Nachmittag. Auch dieses Treffen hat Sara zweimal verschoben. Heinrich sagte immer kurz vorher, er könne an dem Tag nicht pünktlich zu Hause sein.

»Er entscheidet jetzt darüber, wann wir uns sehen und wann nicht«, hält John ihr vor, als sie ins Auto steigt. »Sag mir guten Tag.« Sara ist entschlossen, keinen Streit aufkommen zu lassen. Für einen kurzen glücklichen Moment gelingt ihnen das. Aber dann ergibt ein Wort das andere. Sie streiten sich beschämend heftig.

Sie tue nichts für ihre Beziehung, wirft er Sara vor. Ihr Mann habe sie gut im Griff, sie mache, was er wolle.

Sara verneint. Alles geschehe jetzt vor Heinrichs Augen, das eben sei die Veränderung seit Oktober, die er nicht wahrhaben wolle. Er lasse sie allein damit. »Immer sprichst du nur von uns beiden, John.«

Die tiefe Falte über seiner Nasenwurzel, der bittere Zug um seinen Mund. Sie erlebt ihn nicht mehr anders. Nur vorwurfsvoll.

Das Heitere, Leichte ihrer Beziehung ist geschwunden. Die Liebe ist kein freiwilliges Geschenk mehr. Sie wird eingeklagt, gefordert. Ihre eigene Wirklichkeit, die des Doppellebens, holt sie ein, tritt mit harten Schritten in ihren Traum. Der keiner mehr ist.

Wo ist der Ausweg? Sara greift nach einem Strohhalm. Als die Kaderleiterin mit dem fettigen ungepflegten Haar durch die Zimmer eilt und jemanden für einen vierwöchigen Lehrgang sucht, meldet sich Sara freiwillig. Alle sind überrascht. Am meisten die Kaderleiterin. Seit Jahren hat Sara sich mit dem Hinweis auf ihre noch kleinen Kinder Lehrgängen verweigert. Nun wird die Statistik für weibliche Teilnehmer verbessert. Die Kaderchefin lobt Sara, schlägt ihr anerkennend und derb auf die Schulter, als sei sie ein Mann.

Am Abend bittet sie Heinrich um sein Einverständnis. Ihr Aufatmen bei dem Gedanken an die vier Wochen. Entfernung, Flucht; die Entscheidung im Amt, die Situation mit den Männern.

Noch nie war Heinrich so lange mit beiden Kindern allein. Sara bereitet alles vor. Wäscht, plättet, näht, längst fällig, alle fehlenden Knöpfe an, stapelt die Kindersachen in den Schränken. Erklärt Heinrich, was zusammenpasse. Joschua und Jakob stehen daneben. Jakobs größte Sorge ist seine Brottasche. Wird der Vater wissen, was dort hineinkommt? Er brauche vor allem Phantasie, sagt Sara. Heinrich bezweifelt, dass bei dem Angebot in der Kaufhalle mit Phantasie etwas auszurichten ist. »Möhren und Rettich?« Sara zählt alle Varianten auf. »Soll ich notieren?« – »Wo denkst du hin«, sagt Heinrich. »Ich lasse mir schon etwas einfallen.« Jakob ist zufrieden. Die Neugier, wenn er seine Brottasche im Kindergarten öffnet, wird während des Lehrganges der Mutter nicht verkümmern. Er verspricht dem Vater, dafür beim Abwasch zu helfen.

Als sie am letzten Tag vor dem Lehrgang, es ist ein Sonntag, beim Abendbrot sitzen, klingelt das Telefon. John. Er ist seit vierzehn Tagen wieder im Krankenhaus. Hatte Sara gebeten, ihn zu besuchen. Sie fand keine Zeit, schrieb ihm, sie werde zum Lehrgang gehen, von dort zu ihm kommen. »Dein Brief, Sara, besuche mich morgen, bevor der Lehrgang beginnt, bitte.« Sara zögert, überlegt, was noch zu tun ist. »Ich schaffe es nicht und wie soll ich von der Klinik dort hingelangen?«

»Bau doch nicht immer Hindernisse auf, notfalls nimmst du eine Taxe.« Die Ungeduld in seiner Stimme. »Wir essen gerade Abendbrot«, sagt Sara, um ihm zu bedeuten, dass sie nicht allein ist.

»Ich stehe im Schwesternzimmer«, sie hört Frauenstimmen, das Klappern von Instrumenten, »Sara, es ist unerträglich.« – »Ich werde dich so bald wie möglich besuchen, aber morgen geht es nicht.«

In welcher Klinik er sei, fragt Heinrich, als Sara wieder am Abendbrottisch sitzt. Nichts weiter.

Am andern Morgen fährt Sara mit S-Bahn und Linienbus zu ihrem Lehrgangsort, läuft das letzte Stück quer durch den Wald, die schwere Tasche auf dem Rücken. Folgt dem Pfeil Weiterbildungsstätte. Ein schmaler Waldweg geht in einen breiten aus Sand über, Grundstücke, fünfhundert Meter weiter mündet der Weg wieder in hohen Kiefernwald. Vor einem der Häuser parken Autos. Nummernschilder aus verschiedenen Bezirken der Republik. Da muss es sein.

Sara stellt die Tasche ab. Ein Mann kommt auf sie zu, er hat nur einen Arm. Wirkt sympathisch. Leichter Dialekt, Sara kann ihn landschaftlich nicht zuordnen. Er bringt sie zu ihrem Zimmer, ein Einzelzimmer. Dann zu ihrem Tischplatz. Zwei Männer sitzen schon da. Der ältere, kugelrund und rotgesichtig, sagt, er sei der Jagdhornbläser. Den anderen nennt Sara für sich sofort den Schönling. Er stellt sich mit Namen und Titel vor.

Nach dem Essen eröffnet der Einarmige den Lehrgang. Verteilt mehrseitige Literaturlisten. Sagt, wer meine, er müsse alles durcharbeiten, solle es machen, wer meine, er brauche es nicht, könne es lassen. Jeder sei hier verpflichtet, das zu tun, was er für sich als richtig erachte. Studieren, rote Broschüren exzerpieren, schlafen, Bier trinken,

Skat spielen, reden, spazieren gehen. Die Gegend übrigens sei sehr schön. Er beschreibt einige Wanderwege. Ungläubige Heiterkeit geht durch den Raum. Der Schnürleib fällt ab. Der Einarmige sichert sich in dieser Minute die Disziplin aller Lehrgangsteilnehmer. »Morgen früh acht Uhr«, sagt er, nennt das Thema der ersten Vorlesung, wünscht allen einen guten Tag.

Das Geschenk des freien Nachmittags und Abends. Sara geht ans Telefon, wählt die Nummer des Krankenhauses. Bekommt es nicht. Einmal ist es kurz in der Leitung. Aber nicht Johns Station. Sie fragt in der Küche nach den Verkehrsverbindungen. Es gibt keine direkten. Sie muss fast bis ins Stadtzentrum zurück, von da aus fahren. Sie sieht auf die Landkarte, Luftlinie ist es nicht weit. Sie sucht die Straßen. Es bleibt nur eine Möglichkeit. Sie fragt den dritten Mann, der als Letzter an ihren Tisch kam.

Eine Stunde später geht Sara die Treppe zur Station hinauf. Und wenn Ellen bei ihm ist? Oder anderer Besuch? Auf ihr Klingeln öffnet eine Schwester. »Zu wem wollen Sie?« Sara sagt es. »Es ist keine Besuchszeit. Wer sind Sie?« Sara nennt ihren Namen. »Ich meine den Verwandtschaftsgrad. Die Tochter?« – »Nein, ich bin seine Schülerin.« Wie lächerlich, sie fällt in die Falle. »Er ist mein Chef«, verbessert sie sich. Erinnert sich, als John sie nach Jakobs Geburt im Krankenhaus besuchte. Die peinliche Befragung. Wenn er nicht der Vater sei, könne er das Kind nicht sehen. Er sah es dann doch. Sie gewinnt wieder Sicherheit. »Ich möchte ihn gern sprechen.« Im Gesicht der Schwester keine Bewegung. »Warten Sie.« Nach einer Zeit kommt sie zurück. »Bitte.« Sara folgt ihr.

»Ich bin krank nach dir«, sagt John, »sonst geht es mir gut.« Die Untersuchungen hätten noch nichts ergeben, alle Werte seien normal.

»Wie lange kannst du bleiben?«

»Lange.«

Ihre Unterhaltung ist hektisch und verkrampft. Der Mann im Nebenbett zieht sich den Bademantel über und geht aus dem Zimmer. Allmählich werden sie ruhiger. Sara streicht über die Falte an seiner Nasenwurzel.

»Begreif doch, Sara, ich liege im Krankenbett und kann keine Buchseite lesen, ohne dazwischen zehnmal blicklos vor mich hin zu starren und böse Sätze zu formulieren und ich weiß nicht, was ich gelesen habe. Ich muss wieder ein Buch lesen können. Ich schrecke nachts hoch und beginne sofort das stumme Gespräch mit dir. Ich bin krank vor Misstrauen. Chimären quälen mich. Du bist nicht mehr zutraulich wie früher, verschweigst, schluckst hinunter, trägst eine Maske. Ich fürchte, dein Herz wünscht die Fortsetzung unserer Beziehungen nicht mehr, hat sie schon aufgegeben. Das ist es. Und mein Misstrauen häuft Vorwürfe auf, macht mich unerträglich, ich weiß, eine Zumutung.« Er nimmt ihre Hand von seiner Stirn.

Reifen seien um seine Brust. Und sein Herz sei reglos. »Versteh doch, Sara, in meiner Sehnsucht, ungestört mit dir zusammen zu sein, ist dies ganz stark: der Wunsch, die Reifen von der Brust und vom Herzen wegzusprengen, frei zu reden und das Gleiche von dir zu spüren. Die Begier nach deinem Schoß ist eins mit der Gier nach weit offenen Toren von dir zu mir und von mir zu dir. Sich lieben und miteinander reden … Du aber verschließt dich, entfernst dich, aus Ratlosigkeit, aus Angst vielleicht. Ich verstehe ja deine Situation. Sara, wir sind nicht mehr wir selbst, wir sind Objekte der Umstände.«

Erstmals seit langer Zeit erreichen seine Worte Sara.

Sie sitzt auf seinem Krankenhausbett, er hat sich aufgerichtet, sie lehnen sich aneinander.

Später steht er auf, zieht sich an. Sie verlassen das Krankenhausgelände durch das große Tor. Laufen auf dem schmalen Gehweg neben der belebten Fahrstraße in Richtung S-Bahnhof. Lärm. Staub und Abgase. Johns Gesicht für Momente im Scheinwerferlicht der Autos, dann im Zwielicht der mit Straßenstaub getränkten Dämmerung.

Schon von weitem sehen sie die Schlange am Taxistand. »Zwei Stunden mindestens«, sagt einer der Wartenden. Im Zwanzig-Minuten-Rhythmus, immer wenn eine Bahn ankommt, verlängert sich die Schlange. Sara und John stehen. Sein Atem auf ihrem Scheitel. Dann laufen sie auf und ab. Dass sie sich ordnungsgemäß einreihen müssten, ruft ein alter Mann erzürnt, oder wieder ans Ende der Schlange sollten. Nach knappen zwei Stunden bekommt Sara eine Taxe.

Das Lehrgangsgebäude liegt schon im Dunkeln. Sie klingelt. Der Einarmige erscheint im Bademantel. Sara entschuldigt sich.

Am anderen Morgen beginnt der Lehrgang. Vorlesungen und Seminare sind dicht gedrängt. Gastdozenten, gescheite Leute, die das sagen, worüber im Fernsehen, in den Zeitungen, im Rundfunk geschwiegen wird. Saras Misstrauen. Das Privileg: WIR UNTER UNS. Reden, die im kleinen Kreis bleiben. Dann aber zunehmende Öffnung. Die gesamte Lehrgangsatmosphäre ist ermutigend. Die Zeichen, die es im gelben Backsteinbau gibt, zeigen sich auch hier. Deutlicher noch. Saras Lust zu streiten. Die Richtung aus den Köpfen reißen. Alle debattieren, als könnten sie das kleine Ländchen verändern.

Die Vorträge sind gut. Bis auf zwei Ausnahmen. Das erste Mal sitzt Sara mitten unter den sich Langweilenden, macht ein interessiertes Gesicht. So ist sie es gewöhnt aus Versammlungen und Besprechungen, in denen nur Überflüssiges gesagt wird. Alle machen es so. Sie kennt es nicht anders. Bei der zweiten bratenden Langeweile aber kann sie nicht mehr stillsitzen, steht auf, geht betont langsam durch die Tischreihen zur Tür. Alle Augen folgen ihr.

Die großen Flurfenster draußen gehen nach Westen, die Sonne liegt auf ihnen. Sara setzt sich auf eine der flachen breiten Fensterbänke. Ihr fallen zwei Verszeilen aus einem gerade erschienenen Gedichtband ein: *Wir lernen dazu / Was wir immer gewusst haben.* Die Sonne wärmt ihren Rücken. Die Tür. Zwei weitere Lehrgangsteilnehmer. Sara sagt den Vers. Sie lachen. *Verhungerte, höchst eigene Berichte,* ergänzt der eine. *Die Linie, sicherlich, ist eine Gerade: Die kürzeste Verbindung zwischen zwei Epochen,* der andere. Sie stellen fest, dass sie alle drei derselbe Jahrgang sind.

Wieder die Tür. Der Einarmige. Warum sie hier draußen stünden. Ihre Erklärung. Ob sie es nicht besser fänden, dem Referenten ihren Unmut mitzuteilen?

»Ja.« – Sara malt den Vers in Druckbuchstaben auf ein Blatt, alle drei unterschreiben. Der Lehrgangsleiter erschrickt, verhindert aber die Übergabe nicht. Sagt nur, »wenn er wenigstens von einem Institut wäre, aber von dort …« Sie warten, was geschieht. Nichts. Der Referent steigt ins Auto, fährt ab. Stunden später sagt der Einarmige, der Referent habe es als einen groben Disziplinverstoß gewertet und von einem Nachspiel gesprochen. Es bleibt aus. Leider.

Die erste Woche vergeht. Freitag verlässt Sara am Nachmittag mit den anderen das Haus, die Tasche über der Schulter. Stellt sich auf die Zehenspitzen, verengt ihre kurzsichtigen Augen zu Schlitzen, blickt den Sandweg entlang. Wer sie mitnehmen solle, wird gefragt. Wenn Ellen das Auto zum Krankenhaus bringe, werde er sie abholen, hat John am Taxistand gesagt. »Wir gehen eine Stunde spazieren und ich liefere dich bei deiner Familie ab.« Am Ende des Sandweges die Farbe seines Autos. Sie verabschiedet sich, winkt im Gehen den Kollegen.

John küsst ihre Nase. »Ich warte schon eine Stunde.« Er zieht sie an sich, lässt sie los. Ein Auto nach dem anderen startet, fährt langsam an ihnen vorbei. Als alle weg sind, fahren sie. Die Landstraße führt durch die Rieselfelder. Ein weiter wolkenloser Himmel darüber. Sara fällt ihre missglückte Liebe im Auto ein. Im Dezember war es. Seither waren sie sich nicht mehr nah. Sie fahren eine kurze Strecke Berliner Ring, verlassen die Autobahn wieder und biegen in ein Waldgebiet ein, in dem sie vor Jahren mehrmals waren.

»Erinnerst du dich, die Schonung«, sagt John, »es war jener heiße und trockene Sommer.« – »Ich erinnere mich.« Und es schießt ihr ins Blut. Sie sieht nicht hoch, kurbelt am Fenster, fragt, wie es mit den Untersuchungen stehe. Er antwortet mit Blutdruck- und Leberwerten, die ihr nichts sagen. »Ich meine, gibt es einen Befund?« – »Nein, noch nicht.«

Der Weg im Kiefernwald dann. Wieder tastendes, suchendes Gespräch wie im Krankenhaus. Er spüre, die Tore öffneten sich einen Spalt, das besänftige sein Misstrauen. Sie müssten sie nun ganz aufstoßen, einander sagen, was sie quäle. Sara atmet auf. Sie reden, merken nicht, wie die Zeit vergeht.

»Wie spät?« fragt Sara. John schiebt den Mantelärmel zurück. »Fast zwei Stunden sind vergangen, wir wollten eine bleiben.«

Sie finden das Auto nicht, laufen kreuz und quer durch den Wald. Sind nervös. Endlich finden sie es.

Freitagnachmittagverkehr, die Straßen sind voll. Das letzte Stück ist schlimm. John fährt konzentriert, blickt mehrmals auf die Uhr. Als sie in Saras Straße einbiegen, bremst er scharf. Heinrich und die Kinder kommen gerade aus der Kaufhalle. Sara hat sie nicht gesehen. Sie steigen aus. Die beiden Männer begrüßen sich. John spricht mit den Kindern. Jakob hält mit beiden Armen einen Brotlaib.

Joschua ist in einer phantastischen Bekleidung, nichts passt zueinander. Heinrich hat den Einkaufskorb abgestellt, den Kartoffelbeutel daneben. John erklärt, zu ihm gewandt, warum er Sara bringe, spricht vom Krankenhaus und davon, dass er sie nächsten Freitag wieder bringen werde, etwas eher, wenn der Lehrgang pünktlicher schließe.

Sie verabschieden sich.

Gehen ins Haus. Sara will Jakob den Brotlaib abnehmen, er steht an der Wand in der Küche. Gibt ihn nicht. Erzählt, was sie die Woche über gemacht haben. »Wir können alles allein, wir drei«, sagt er.

Montag fährt Sara wieder zum Lehrgang. Die Abende verbringt sie in ihrem Zimmer. »Eine ungesellige junge Frau«, meint einer der Lehrgangsteilnehmer und der Jagdhornbläser erwidert, »aber am Tag ist sie gesellig, lasst ihr doch den Abend.«

Sara hockt am Abend anzogen auf ihrem Bett, sucht einen Radiosender, klassische Musik, Jazz. Sie legt sich hin, steht auf, hält ihren Kopf unter fließend kaltes Wasser. Soll sie die Stelle annehmen? Wer handelt, wird schuldig. Der tote Punkt. Wie soll es mit Heinrich und John weitergehen? Das verwirrte Kreisen ihrer Gedanken.

Sie setzt sich an den Tisch, knipst die kleine Lampe an. Der Lichtkegel fällt auf ihre Hände. Sie schreibt an John. Marineblaue Buchstaben auf weißem Grund.

Und schon bald hält sie seine Antwort in Händen. Schreibt wieder. Er zurück. Das Hin und Her der Briefe zwischen Weiterbildungsstätte und Klinikum.

Einmal, als Sara spätabends einen Brief zum Postkasten unweit des Hauses trägt, begegnen ihr auf dem Rückweg drei Lehrgangsteilnehmer. Sie kommen aus der Dorfschenke. Sie studiere wohl fleißig die roten Broschüren, bis nach Mitternacht brenne bei ihr Licht, sie hätten es mehrfach gesehen. Sara lacht. Die roten Broschüren hat sie gleich am ersten Tag vom Bücherbord in das unterste Schrankfach neben die Schuhbürsten geräumt. »Ja«, sagt sie, »warum nicht?« – »Immer die ehrgeizigen Frauen«, erwidert der Schönling.

Johns Handschrift. Die kleinen, flüchtigen, nach links geneigten Buchstaben, weit auseinandergezogen, manchmal mitten im Wort. Die Querstriche und Punkte, letztere in phantastischen Abständen die Sätze bändigend.

Sara öffnet die Schublade, zieht ihre Bögen heraus, legt sie neben seine. Ihre steilen Schriftzeichen, groß wirken sie neben den seinen. Die Unregelmäßigkeiten ihrer Linienführung, steigend, fallend, am Ende des Blattes immer fallend. Tintenblau und Kugelschreiberschwarz im Lichtkegel der Lampe. Sara lehnt sich zurück, kneift die Augen zu. Kommt wieder näher, betrachtet wechselnd die Blätter.

Liest dann ihre, liest Blatt um Blatt. Sie hat ihr Zögern aufgegeben, ihr Stehen am Abgrund, die Zehen in den Rand gekrallt. Hat sich fallen lassen. Hat geschrieben und geschrieben, rückhaltlos, ohne ausgleichende Gerechtigkeit. Nur für sich.

Sie legt die Bögen in die Schublade zurück. Holt sie wieder heraus. Warum nur schreibt sie so viel über die Kinder? Sie hört Jakobs Stimme: Wir können alles allein, wir drei.

Sie faltet die Blätter, sie haben weder Anfang noch Ende, sind ohne Anrede, Unterschrift. Sie holt zwei Kuverts, Marken, ein drittes, stopft die Blätter hinein, schreibt, nachdem sie alles mit Leim zugeklebt hat, Johns Adresse darauf.

Er sei beglückt, dass sie sich ihm anvertraue, aber … Sara starrt auf das Aber, liest. Aber es sei zerstörerisch, dass sie die vergangenen zehn Jahre durchforschen, nach Fehlern suche. Sie solle nach vorn, auf die künftigen Jahre ihrer Liebe blicken, er habe keinen anderen Wunsch.

Sie könne nicht, antwortet Sara.

Sie müsse, schreibt er. Es sei nutzlos und gefährlich zurückzublicken.

Aber Sara blickt zurück.

Füße im Bodenlosen. Tasten, Fallen, Erheben, jagende Bewegung im Kreis. Wie sie sich auch wendet, immer steht sie sich gegenüber.

Ihre Frivolität. Sie, die ihr Kind, es kann noch nicht laufen, zur Nachbarin bringt, um eine Liebesstunde mit John zu haben. Sie, die ihren Fünfjährigen in den Tierpark schickt, um mit John zusammen zu sein. Nur wenn das Wetter freundlich sei, ginge es. Er ruft an, das Wetter sei zu vertreten. Ihre Ängste, dem Kind könne etwas zustoßen. Und die Verdrängung ihrer Ängste. Nach Stunden dann, John ist gerade gegangen, kommt das Kind unendlich langsam die Straße entlang, die Hände zu einer Höhle geformt, ein flügellahmer Spatz darin. Er stirbt am Abend. Das Grab auf dem Rasen, die Kinder darum herum, als ein Hagelschauer niedergeht, schützend ein Frottierhandtuch darüber. John meint, es sei doch gut gegangen. Für Sara ist die Wiederholung unmöglich.

Anderes. Ihr Zuspätkommen in Kindergarten und Krippe manchmal, weil John und sie sich nicht voneinander lösen konnten. Ihre Bedrängnis damals, als sie die Arbeit in der Stadtmitte begann. Die Kinder kämen zu kurz, sie müssten sich trennen. Saras Beharren, ihr völliges Verschließen. Ein Vierteljahr halten sie es durch, dann ist sie, Sara, es, die zu ihm zurückgeht. Erneut die Verstrickung.

Beschämender Egoismus.

Heinrich versorgt die Kinder, wie es Ellen die Jahre getan hat, als sie noch in anderen Städten wohnten und Johns Kinder klein waren. Und sie reden ihren Partnern zu Lehrgängen und Dienstreisen zu, Uneigennützigkeit vortäuschend und denken an ihr Beieinandersein.

Einmal, es war in ihrer frühen Zeit, noch an der Universität in Jena, Ellen und Sara haben zusammen Dienst, sitzen in einem Zimmer. John ruft von zu Hause an und bittet Ellen, Sara zu ihm zu schicken, er müsse dringend mit ihr etwas besprechen. Er täuscht Arbeit vor. Sie reißen sich die Kleider von den Leibern, lieben sich. Ellen ruft an. Ja, sie sei schon auf dem Weg zurück, sagt John, umarmt sie erneut. Diese Szene hat Sara auf einmal vor Augen.

Wie hat sie die zehn Jahre so leben können? Immer neue Einzelheiten fallen ihr ein. Scham. Jagen im Kreis.

Innehalten.

Nichts kann so sein, wie es war, alles muss anders werden. Wie aber?

Sara sitzt in ihrem Zimmer, hört, drei Räume weiter, den kugelrunden Rotgesichtigen das Jagdhorn blasen. Seine Leidenschaft. Jeden Morgen halb sechs weckt er alle, immer das gleiche Signal. Jetzt bläst er, langgezogen, sentimental, ein deutsches Volkslied.

Sara steht auf, will zur Tür, hört Schritte im Flur, Stimmen. Schon nah. »Ein Seitensprung, wo immer es geht«, sagt eine Männerstimme laut. Es ist der Schönling. Sara erkennt ihn am selbstsicheren Lachen. »Und du, bist du deiner Frau treu«, fragt er. Die Schritte sind in der Höhe der Tür. Sara hält den Atem an. »Aber nein, was wäre die Welt ohne die EXTRAS, die Frauen«, sagt der andere. Die Schritte hallen im Flur, sie entfernen sich. Auflachen noch einmal. Lauthals. Jetzt der andere mit. Wer war das? Sara hat die Stimme nicht erkannt.

Sie tritt ins Zimmer zurück, was geht sie das an. Drei Schritte bis zum Schreibtisch, sie läuft wieder zur Tür. Lehnt ihren Kopf daran, widersteht der Versuchung, ihn dagegen zu schlagen. Ihr bricht der Schweiß aus. Sie kehrt zum Schreibtisch zurück. Wieder das Jagdhorn, das sentimentale Lied.

Die vierte Lehrgangswoche. Die vergangenen Freitage hat John Sara nicht abholen können, weil Ellen das Auto hatte. Er telegrafiert, diesen Freitag komme er.

An einem der Abende wird für die Lehrgangsteilnehmer ein Film gezeigt. Eine Literaturverfilmung, Goethes »Wahlverwandtschaften«. Im Vortragssaal sind Stuhlreihen aufgestellt. Auf den Tischen im Hintergrund stehen Gläser und Weinflaschen. Anschließend soll es ein Gespräch mit Regisseur und Szenaristin geben.

Es wird dunkel. Sara sitzt steif, den Rücken durchgedrückt, schiebt den Kopf nach vorn, starrt auf die Filmleinwand. Sie ist völlig hingerissen. Die Vorgänge zwischen vier Menschen. Der Hauptmann, Charlotte, Eduard und Ottilie. Anziehung und Lösung, neue Verbindung ...

Ach, dieser Hauptmann, der *Geschäft* und *Leben* trennt, alles versteht, rechtschaffen ist, empörend rechtschaffen. Man muss sich ihm zuneigen. Aber mit dem Verstand, nicht mit den Sinnen.

Charlotte, maßvoll, stets die Folgen bedenkend. Da es nicht von ihnen abhänge, ihre *Gesinnungen zu ändern* – sagt sie zum Hauptmann –, müsse man den *Mut* haben, die *Lage zu verändern.* Saras Bewunderung. Aber ist Charlotte glücklich? Sie, vom Leben nicht verwöhnt, verliert am Ende alles.

Und dieser Eduard. Sein Leben nur *Zeitvertreib,* nur *Zeitverderb,* bis er Ottilie fand und sie liebte. *Ich will den sehen, der mich im Talent des Liebens übertrifft. Das Bewusstsein, zu lieben und geliebt zu werden, treibt ihn ins Unendliche.* In seinen *Gesinnungen wie seinen Handlungen ist kein Maß mehr.* Nur zwischen *Elend und Genuss* habe er noch *zu wählen.*

Sara starrt auf Eduard. Anziehend und abstoßend ist er, kindisch und männlich, sophistisch im Egoismus seiner

Leidenschaft. Seine Kraftlosigkeit und die Unbedingtheit seiner Liebe. Augen, Hände, jeder Blick, jede Geste, Wendung, jedes Wort. Das ist ER.

Saras Angst, das Licht werde angehen. Es geht an. Die Stuhlreihen werden aufgelöst, die Stühle an die Vierertische zurückgestellt, die Weinflaschen geöffnet. Der Einarmige nimmt mit dem Regisseur vorn Platz. Er ist allein gekommen, ohne seine Szenaristin.

»Ein wunderbarer Film, bravo, ich gratuliere«, ruft der Jagdhornbläser in Richtung des Regisseurs, ehe die Debatte eröffnet wird. Steht mitten im Raum in seiner Leibesfülle. »Wunderbar«, ruft er nochmals, setzt sich.

Sein Enthusiasmus wird nicht geteilt. »Ästhetisch sehr reizvoll«, sagt der Schönling, »aber doch wohl abwegig.« Diese Inselsituation, wen könne das heute interessieren. Aber schon das Buch klammere ja die historisch bewegten Vorgänge der Zeit aus, der Regisseur solle es also nicht als Vorwurf gegen sich auffassen. In den Partnerschaften stünden doch heute ganz andere Fragen, ergänzt der dunkelhaarige Schmale, dessen Urteile immer überlegt und zurückhaltend sind. Diese Stimme! Sara erkennt sie auf einmal. Er war es auf dem Flur mit dem Schönling.

Was sie denn meine, fragt der Einarmige an Sara gewandt. Sie zögert, sagt dann, sie fände alles sehr heutig. Eine Pause entsteht. Alle warten auf eine Erklärung. Sie folgt nicht.

Der Film in Saras Kopf, die Wiederholung einzelner Szenen, Schnitte dazwischen. Sätze aus Johns Krankenhausbriefen, aus ihren, im Lichtkegel geschrieben. Ottiliens: *Ich bin aus meiner Bahn geschritten.*

Noch am gleichen Abend holt sich Sara das Buch aus der Lehrgangsbibliothek. Als sie es aufschlägt, der erste Satz, auf den ihr Blick fällt: *Das Leben war ihnen ein Rätsel, dessen Auflösung sie nur mit einander fanden.* Der makabre Doppelsinn, nicht das Rätsel des Lebens wird aufgelöst, sondern das Leben selbst. Ottilie und Eduard gehen zugrunde, ihre Liebe findet keine Erfüllung.

Eine ausweglose Geschichte mit einem traurigen Ende.

Diese Ottilie. Ein zartes, anhängliches, rätselhaftes Geschöpf, ein *Augentrost,* lammfromm, medial veranlagt, ätherisch. Ohne Ehrgeiz. Ihre Hingabe an Eduard, die Entäußerung der eigenen Wesenskräfte. Saras Misstrauen. Ottilie ist eine männliche Erfindung. Geheimes Wunschbild?

Ottilie, die, das Kind im Arm, ein Buch liest. Das ist für Sara unbegreiflich.

Ottilie, die dem Eros verfällt und von ihrer Leidenschaft verzehrt wird. Nur Eduard existiert noch für sie, alles andere versinkt. Sein können wie sie. Sara fällt ein, wie John im Hospiz, als er von der Kollegin erzählte, die Mann und Kinder verlassen und dem Geliebten nach Afrika gefolgt war, gesagt hatte, Liebe sei maßlos, mitunter alles verschlingend. Dann liebe ich nicht, denkt Sara und liest Ottiliens Sätze: *Ein Leben ohne Liebe, ohne die Nähe des Geliebten ist nur eine Comédie à tiroir, ein schlechtes Schubladenstück. Man schiebt eine nach der andern heraus und wieder hinein …*

Nein, Sara wehrt sich. Für sie hängt alles zusammen. Die Kinder, die Arbeit – die Männer. Die Kinder aber, denkt sie, stehen in meinem Leben an allererster Stelle.

Der letzte Tag des Lehrgangs. Bis spät feiern sie. Sara tanzt mit dem Jagdhornbläser. In der Nacht beginnt es zu regnen. Als Sara am Mittag mit den anderen das Lehrgangsgebäude verlässt, ist der Sandweg aufgeweicht. Ein ausdauernder Landregen.

John fährt denselben Weg wie vor drei Wochen, biegt aber in ein anderes Waldstück ein. Sie bleiben im Auto, von der Kühlerhaube springen Blasen und die Tropfen trommeln aufs Dach. John öffnet das Fenster einen Spalt.

Alles, was sie über Frivolität und Egoismus geschrieben habe, sei unbestreitbar wahr. Aber sie hätten es doch immer gewusst. »Du kannst mich doch nicht glauben machen, du habest das nicht gewusst.«

Sara sieht ihn fassungslos an. »Ich habe es stets geahnt, aber erst jetzt begreife ich es.«

Und wenn es so wäre, was sei die Schlussfolgerung, fragt John. »Buße tun? Das sündige Fleisch kasteien?« Der heftige Streit plötzlich über den Film. Auch er hat ihn gesehen. »Eduard, ja«, sagt er, »verkennt, wie du sagst, Charlottes Wert, verhält sich schlecht, hässlich, zerstörerisch. Aber doch nur, weil er nicht zu Ottilie kann. Er wird durch die Unerfülltheit seiner echten und großen Liebe zum Krüppel geschlagen.«

... während Eduard und Ottilie die Sünde wie Wasser hinabtranken ..., Sara sagt den Satz aus der Vorlesung damals, der in ihrem Gedächtnis ist.

Johns Reaktion. Wolle sie sich der verlogenen Moral anschließen – er sagt, wo das Zitat herstammt –, der offiziellen? So denke auch die Gestalt Mittlers im Buch, dieser heruntergekommene Apostel dogmatischer Ehevorstellungen.

»Sara, du kannst das Schuld-und-Sühne-Schema anlegen. Die Schuld wird mit dem Tod gesühnt, das Bestehende gerechtfertigt. Wer sich auflehnt, hat Unrecht. Wer resigniert, hat Recht. Mittler hat Recht, so profan ist es. Eduard und Ottilie sind tot, Charlotte und der Hauptmann, die verzichtet haben, leben.«

»Sag was, Sara.«

Sara schweigt.

Ein Zustand, fährt John fort, in dem Natur und Sittlichkeit unvereinbar seien, die Liebe geopfert werden müsse, freiwillig oder erzwungen, sei ein unmenschlicher, der die Liebenden in Schatten ihrer selbst verwandle.

Sara schweigt noch immer.

»Du gibst deinen Anspruch preis, Sara, was sich dir in deinen Briefen entringt, ähnelt verzweifelt einer Kapitulation.« Er wiederholt, was er ihr schrieb, sie dürfe nicht zurücksehen auf die vergangenen zehn Jahre, sie entdecke an ihm nur schlechte Eigenschaften, an sich diese Frivolität; es sei zerstörerisch.

»Aber ich kann es nicht, versteh doch, ich sehe nicht mehr nur uns allein, dieses Gefühl habe ich verloren, dieses traumhafte, schwerelose, ich denke Heinrich und Ellen immer mit.«

»Nur was wir beide wollen, ist wichtig für unsere Zukunft.«

»Das ist eine Utopie, wir sind vier.«

John geht nicht darauf ein. Die verheerende Bilderfolge in Saras Kopf: Das Leben als Rätsel, dessen Auflösung sie nur mit einander finden können.

»Heute entlasse ich dich heiter in deine Familie«, sagt John. Der unbegreifliche Satz. Sie halten die Zeit ein, sind pünktlich in Köpenick.

Sara wird noch nicht erwartet. Zwischen Müllhaus und Neubaublock steht schräg der Regen. Die Haustür fällt hinter ihr zu, das Schloss ist immer noch kaputt oder schon wieder. Sie geht die Stufen bis zur Parterrewohnung. Klingelt nicht, lehnt sich an den Sicherungskasten.

Hinter der Tür die Kinder, Heinrich. Ihre Stimmen, sich nähernd, entfernend. Hin- und Herlaufen zwischen Küche und Wohnzimmer. Sie decken offenbar den Tisch. Ihre Schritte, Satzfetzen erreichen Sara; Gelächter. Plötzlich Angst, ausgeschlossen zu sein, nicht mehr dazuzugehören. Ihr Rücken am kalten Sicherungskasten.

Die Haustür klappt. Sara öffnet ihre Tasche, als suche sie das Schlüsselbund. Dann Jakob, ganz nah. Doch, hört sie ihn sagen, im Wasserglas wachsen die Stängel, Mama hat es mir gezeigt. Sie erinnert sich, im Vorjahr, die ersten

Gänseblümchen von der noch halbgefrorenen Wiese, kaum einen Zentimeter waren die Stängel und sie verfolgten ihr Wachsen im Glas von Tag zu Tag.

»Jakob«, ruft sie, und im selben Moment, so scheint es ihr, reißt er die Tür auf. Springt an ihr hoch, ihr feuchter Mantel. »Du Regen«, sagt er zur Mutter.

Der Tisch im Wohnzimmer ist tatsächlich gedeckt, mit lustigen Zeichnungen von Joschua geschmückt. Um ihren Teller, sieht Sara, liegen Mengen winziger Gänseblümchen mit noch geschlossenen Köpfen. Sie wird in die Küche gezogen, Gerüche raten, Topfdeckel werden angehoben. Heinrich steht an den Herd gelehnt. »Ich habe einen halben Tag freigenommen«, entgegnet er auf Saras Blick. Die Kinder drängen, dass auch die Backröhre einen Spalt geöffnet werde, Sara muss die Augen schließen, rät auch da richtig.

Heinrich hantiert, wärmt die Teller an, verbannt, um die letzten Arbeiten zu machen, die drei aus der Küche, sie bleiben in der Tür stehen. Er reicht ihnen die gefüllten Schüsseln, sie tragen auf, setzen sich zu Tisch.

Es schmeckt. Sie klatschen. Eine irgendwann eingeführte Sitte, wer gut gekocht hat, wird beklatscht. Sie sitzen lange am Tisch. Die Kinder wollen alles erzählen, reden gleichzeitig. »Nacheinander«, sagt Sara. »Du hast doch zwei Ohren«, sagt Jakob pfiffig. Endlos ihre Geschichten. Was sie mit dem Vater unternommen haben. Wieder: wir können alles allein, wir drei. Saras große Augen. »Aber wir freuen uns trotzdem, dass du wieder da bist«, sagt Joschua, macht eine komisch gönnerhafte Handbewegung. Heinrich lacht. Erst spät kommen die Kinder ins Bett.

Am anderen Morgen der Schlafgeruch im Kinderzimmer. Wie ihr das gefehlt hat. Sie weckt Joschua. Sein feuchter Morgenmund. Sein Prusten im Bad.

Als sie seine Schultasche öffnet, Heftränder und Buchumschläge voller Zeichnungen. (Es ist ausgemacht, nur auf Löschblätter zu malen, aber selbst das verbieten die Lehrer.) »Wir müssen zwei Pfund neue Löschblätter kaufen«, flüstert Sara, Jakob soll nicht wach werden, als Joschua noch nass aus dem Bad kommt. Er nickt erleichtert. Als sie sein Hausaufgabenheft aufschlägt, sieht sie die vielen Eintragungen über vergessene Arbeitsmittel. »Aber Joschua!« Er setzt für Sekunden eine schuldbewusste Miene auf, deutet dann auf den Papierstapel. »Das zeige ich dir nach der Schule, habe ich alles gemalt«, flüstert er zurück. Auch beim Frühstück flüstern sie, es ist gar nicht nötig. Als die Haustür hinter Joschua klappt, geht Sara wieder ins Bett, schläft noch eine Stunde.

Ein Regensonnabend, dem ein Regensonntag folgt. Mit einem so dichten und ausdauernden Regen, dass sie nicht einmal eine halbe Stunde hinausgehen können.

Heinrich und Sara machen die Wohnung sauber, am Nachmittag wäscht Sara, plättet. Jakob ist immer neben ihr, schwätzt unaufhörlich. Hat eine Bürste in der Hand. »Gut, fünf Minuten«, sagt Sara, löst die Schnur, die ihre Haare im Nacken zusammenhält, setzt sich im Schneidersitz auf den niedrigen Tisch im Kinderzimmer, Jakob steigt auf den Stuhl, bürstet ihr Haar. Das mag er. Sie bewundert, was er aus den Teilen des Metallbaukastens gebaut hat. Jakob sei geschickt, habe Geduld, sagt Heinrich, der ins Zimmer tritt, Sara über die Schulter sieht, als sie Joschuas Zeichnungen betrachtet. Knochenmänner, Lafetten, Kriegstrommeln, Planwagen, Soldaten mit spitzen Hüten, im Stechschritt, im Laufschritt, Heerscharen auf den vielen Blättern. Reiterbataillone, galoppierende Pferde mit wehenden Mähnen, die Säbel der Reiter geschwungen, von rechts nach links über das Blatt stürmend.

»Warum Soldaten?« – »Wenn ich heimkam, lag auf dem Plattenteller die ›Mutter Courage‹«, sagt Heinrich. Joschua könne den Text fast auswendig. In der Straßenbahn habe er zu zwei Offizieren der Volksarmee gesagt: »Ihr müsst alle ins Gras beißen.« Sara lacht. Überlegt, wie sie den Aufmarsch des Militärs auf dem Papier stoppen könne. Joschuas Kopf mit anderem füllen. Noch am selben Abend liest sie den Kindern »Blauflügelchen« vor.

Als Sara ins Wohnzimmer tritt, ist Heinrich dabei, eine Flasche zu entkorken. Vorgang, der in Sara die Vermutung weckt, ein grundsätzliches Gespräch stünde bevor. Als er die Reißbrettzeichnung entwarf, sie fragte, ob sie mit ihm leben wolle, sprach er von einem halben Jahr. Dann werde man weitergehen. Das halbe Jahr ist um.

Heinrichs wiederholter Satz in diesem halben Jahr: Sara solle ihn ohne die Kinder, unabhängig von ihnen sehen. Unmöglich. Sie kann es nicht. Heinrich allein, das ergibt keinen Sinn. Er und die Söhne.

Heinrichs andere Bemerkung: die vom unvollkommenen Leben. Öfters in dem halben Jahr. Ohne Erklärung. Einfach hingesagt. Sara weiß, die Fremdheit ihrer Körper ist gemeint. Der kühle Satz zur Erinnerung: sie müsse es sein, die die Hand ausstrecke. Der Nachdruck, der mit dem Zeitabstand in den Satz kommt.

Er wird eine Entscheidung von mir verlangen. Sofort. Die Lehrgangszeit einfordern. Auch er wird sie zum Nachdenken benutzt haben. Sara erstarrt. Und ich? Keine Haltung, kein Vorschlag. Vier Wochen die Vergangenheit mit John gerichtet. In der Verlängerung dessen nur Unmögliches, das sich türmt.

Das helle Rot des Weines in den langstieligen böhmischen Gläsern. Sie stoßen an. Heinrich fragt nach dem Lehrgang. Sachlich. Saras Worte, sie lässt keinen Raum zwischen ihnen. Von der Offenheit, dem guten Klima erzählt sie. Heinrich, der Sara gewöhnlich dämpft, mit sarkastischen Reden in die Wirklichkeit zurückholt, sie seine kleine Gläubige, eine Idealistin nennt, die ihre Pionier- und FDJ-Zeit noch immer nicht ganz abgestreift habe, widerspricht ihr überraschenderweise dieses Mal nicht. Auch er habe das Gefühl, zur Zeit öffne es sich. »Vielleicht«, sagt Heinrich spottend, »wird aus dem ökonomischen Krüppel doch noch dein kleines wärmendes Ländchen, an das du glaubst.« Der Betriebsdirektor spreche auch von einer Öffnung. Zwei Nächte hätten sie in der vergangenen Woche debattiert, hier an diesem Tisch, bei ebendiesem Wein, hätten alle alten Projekte wieder angeschoben. »Es muss anders werden«, sagt Heinrich.

Er redet Sara zu, die ihr angebotene Stelle zu übernehmen. »Wenn man nicht handelt, wird man auch schuldig«, entgegnet er ihr. »Aber die Kinder«, sagt Sara. »Wenn sie krank werden. Und bei Versammlungen und Aufmärschen fehle ich stets.« – »Das ist völlig unwichtig. Deine Arbeit allein zählt.« – »Das sagst du, Heinrich, meine Kollegen sehen es anders.« – »Eben deshalb kommen wir zu nichts.« Heinrich zerstreut Saras Bedenken. Verspricht, sie zu unterstützen. »Mehr als bisher«, sagt er.

Sara errötet. Der Gedanke an John. Den möglichen Missbrauch des Angebotes. Heinrich betrachtet Sara. Wendet seinen Blick nicht weg. Sagt nochmals ganz ruhig, dass er sie unterstützen werde. Eine Pause entsteht. »Allerdings bin ich nicht bereit, die Kinder zu hüten, wenn du dich mit John triffst.« Sara ist blutübergossen.

Als sie später aufstehen, die leeren Gläser und die Flasche in die Küche tragen, sagt Heinrich, morgen habe er eine Überraschung für sie. Auch Joschua und Jakob haben an den beiden Regentagen mehrmals geheimnisvoll getan.

Als Sara am anderen Tag von der Arbeit nach Hause kommt, liegt ein Kuvert neben ihrem Abendbrotteller.

»Die Überraschung«, sagen Jakob und Joschua. Drängen, sie solle hineingehen. Blicke aus den Augenwinkeln zum Vater hin, sie sind offenbar eingeweiht. Heinrich nickt. »Mach es auf.«

Sara öffnet das Kuvert. Zwei Flugtickets. Und eine Hotelbuchung. Ein Zweibettzimmer. Eine Reise nach Prag. Noch nie in all den Jahren sind sie ohne die Söhne in Urlaub gefahren. Sara begreift sofort, das ist die Reißbrettzeichnung, Aufforderung zur Entscheidung.

»Aber die Kinder«, sagt sie zögernd. »Die Großmutter kommt.« Joschuas und Jakobs Stimmen überlagern sich. Jakob hüpft durchs Zimmer. »Ja, meine Mutter, es ist alles geklärt. Freust du dich nicht?« – »Doch, ich freue mich«, sagt Sara.

Tage später sind die Taschen gepackt. Die Schwiegermutter ist da. Sara und Heinrich fahren im Morgengrauen mit der Straßenbahn, dann mit dem Doppelstockbus nach Schönefeld. Die Kühle eines Vorfrühlingsmorgens. Klare Luft. Ihr Flugzeug. Nach einer knappen Stunde die Landung in Prag. Es ist noch immer zeitig, der Morgen zögert. Eine Taxe bringt sie vom Flughafen zur Stadtmitte. Ihr Hotel liegt hinter dem Pulverturm, dem Prašná brána. Ihr Zimmer ist noch nicht frei. Sie stellen ihr Gepäck ab. Laufen in Richtung Altstadt.

Die Straßen sind menschenleer. Zusammengeschmolzene Schneereste sind an den Rändern der Straßen zu kleinen schmutzigweißen Häuflein aufgeschichtet. Im Fenster einer Blumenhandlung stehen Christrosen, daneben lila und gelbe Krokusse in kleinen Töpfen. Die Beete in den Anlagen sind mit Reisig bedeckt. Auf den Brunnen liegen noch Holzbretter, die Winterverkleidung. Heinrich und Sara lassen sich treiben. Ein Straßenzug. Dunstschleier über ihm. Die Morgensonne ist ahnbar. Rollos klappern. Vor einem Kellergeschäft werden Milchkannen von einem Fuhrwerk gehoben. Die Stimmen eines Alten und die des Fuhrmannes hallen von den hohen graumüden Häuserwänden. Eine Frau, klein und verknittert, kommt mit einer Milchkanne aus einer Toreinfahrt. Heinrich und Sara sagen auf Tschechisch guten Morgen. Die Frau erwidert den Gruß.

Die blecherne Kanne. Sara als Kind. Die Mutter schickt sie in den Brühl zur Milchfrau Dünnebell. Die Schlange. Geruch nach Molke und Magermilch. Auf dem Rückweg verlangen die Jungen die Mutprobe von ihr. Die Kanne in schnellem Tempo durch die Luft zu kreisen. Sara verkippt die Milch, die Jungen lachen. Später, sie hat, Wasser in der Kanne, im Garten geübt, besteht sie die Probe. Die Jungen pfeifen durch die Zähne.

Die kleine Frau vor Heinrich und Sara, im Rhythmus ihrer trippelnden Schritte wippt die Kanne in ihrer Hand.

Heinrich faltet den Stadtplan auseinander, sucht. Dann laufen sie Straßen, Querstraßen, stehen schließlich vor einer Synagoge. »Die will ich dir zeigen. Hoffentlich ist sie schon geöffnet.« Heinrich geht zur großen Tür, die schwere Klinke gibt nach. Sie sind allein in dem kalten, hohen Gewölbe. Gehen bis zur Ostwand, wo der Altarschrein mit den Thorarollen steht. Heinrich erklärt.

Sara denkt, was weiß er von mir, was weiß ich von ihm. Was will ich von ihm wissen?

Sie gehen zurück zu der mit einem gotischen Gitter abgeteilten Kanzel. Ihre Schritte hallen.

Als sie die Synagoge verlassen, blendet das Licht. Die Frühsonne liegt hell und stark in den Straßen. Sie laufen zum Alten Jüdischen Friedhof. Die über- und gegeneinander gezwängten Grabsteine. Das Sonnenlicht wirft die Schatten der Steine aufeinander, vervielfacht das Gewirr. Gedrängter Tod. Über den hebräischen Schriftzeichen, auf den oberen Kanten der Grabsteine, winzige Kiesel, sorgsam übereinandergetürmt. Auf fast allen Gräbern.

Die Wünsche der Lebenden. Sara nimmt einen flachen kleinen Kiesel vom Boden, zwei größere, legt alle drei auf die Schräge eines Grabsteines. Lass mich mit beiden leben, mit beiden.

Heinrich steht hinter ihr, liest im Stadtführer, sucht dann die Grabmäler des Mordechai Maisel und des Jehuda Löw ben Bezallel. Sara folgt ihm langsam, er zeigt sie ihr, erklärt ihr den Sinn der ornamentalen und figürlichen Ausschmückungen der Steine. Sie sieht auf die undeutbaren, verwitterten hebräischen Schriftzeichen im Stein, folgt Heinrich auf den schmalen Pfaden zwischen den Gräbern.

Auf dem Marktplatz des Altstädter Ringes stehen die eingerüsteten Türme der Teinkirche gegen das gleitende Licht. Vor dem Rathaus drängen sich die Touristen. Es ist neun Uhr. Heinrich hebt Sara hoch, der zwölfte Apostel verschwindet gerade in der schmalen Fensteröffnung über dem Horologium. Krähend flattert der Hahn. Der Stundenschlag ertönt. Die Menge zerstreut sich. Sara betrachtet den mittleren Teil der Uhr, Stunden und Minuten, die Bewegungen von Sonne und Mond im Tierkreis. Die Erde ist noch Mittelpunkt des Alls.

In der Karlowa dann der Menschenstrom. Sara ist nervös, ihre Hände zucken, als fehle ihr etwas, beim Überqueren der Straße greift sie hinter sich. Die Kinder fehlen. Es ist ungewohnt ohne sie. Das ständige Aufmerksamsein entfällt. Sara fühlt sich allein. Müde. Es ist nicht die Müdigkeit des frühen Aufstehens. Es ist innere Erschöpfung, Angst vor der unvermeidlich heranrückenden Auseinandersetzung. Sie sieht, Heinrich wirkt gelöst und selbstbewusst.

Sie gehen an den Schaufenstern vorbei, betrachten die Auslagen. Sara entdeckt im Fenster einer Galerie ein Jugendstil Exlibris von Emil Orlik. Sie geht in den Laden. Der Verkäufer holt das Exlibris aus dem Fenster, zeigt Sara noch mehrere Arbeiten von Orlik. Bleibt auch freundlich, als er merkt, dass Saras Kronen keinesfalls zum Kauf reichen. Als sie die Galerie verlässt, ist Heinrich verschwunden. Sara steht in der Gasse. Sieht in die Gesichter der vorüberhastenden Einheimischen. Nichts geben sie preis von Hoffnungen und Enttäuschungen zurückliegender Jahre, geschäftig, gleichgültig scheinen sie.

Nach einer Zeit kommt Heinrich, er hat eine Rose in der Hand. »Zu dieser Jahreszeit?« – »Wenn man will, ist alles möglich«, sagt er und gibt ihr die Rose.

Sie gehen weiter. Nahe der Karlsbrücke warten sie im Dunst der Abgase an der Ampel. Dann die Brücke aus gemauerten Sandsteinquadern. Die barocken Statuen stehen gegen den Himmel. Sara und Heinrich schlendern bis zur Mitte der Brücke. Die Sonne liegt wärmend auf ihren Rücken.

Beim heiligen Johannes klettert Sara auf den steinernen Sockel, wirft von dort die Rose in den Fluss. Verfolgt, wie sie sich im Fallen verkleinert, winziger Punkt auf dem Strom. Mehrmals dreht sie sich im Kreis, bis sie langsam und gleichmäßig die Moldau hinabschwimmt. Sara behält sie im Blick, bis die Augen schmerzen. »Das bringt Glück«, sagt sie, wendet sich zu dem verwunderten Heinrich, steigt vom steinernen Sockel Johannes des Täufers.

Jenseits der Karlsbrücke auf der Kleinseite finden sie ein Café. Altmodisch gediegenes Mobiliar. Es riecht nach Bohnerwachs. Gedehnte Laute des Prager Deutsch. Sie essen übersüßen Kuchen, trinken Mocca. Heinrich studiert den Stadtführer. Dann steigen sie über die vielen Stufen zur Burg hinauf. Sara denkt an ihren ersten Prag-Besuch. Da war es Winter und sie war allein.

Oben der weite Platz, der erste Burghof, der zweite, die Säle der Bildergalerien, der dritte Burghof, der Veitsdom. Besichtigung um Besichtigung. Sara will nicht so viel sehen, aber Heinrich sagt: »Wenn wir schon einmal hier sind.« Er erklärt ihr alles, der Stadtführer wippt in seiner

Hand. Sie will ihm die Freude nicht nehmen, geht neben ihm.

Dann endlich der Loreto. Im Garten der Barockkirche werden Saras Sinne wieder wach. Vor ihr der Innenhof mit seinem Kreuzgang. Die Santa Casa in der Mitte. Als das Glockenspiel einsetzt, überqueren, als gehöre es zur Zeremonie, zwei Geistliche in ihren Soutanen den Hof. Die langen, weiten Gewänder fliegen, geben die profanen Schnürstiefel frei. Kontrast – ihr hastiges, zielsicheres Schreiten – die Wehmut der hellen Glocke.

Sara schließt die Augen. Heinrich lehnt sich an den Stein, auf dem sie sitzt. »Ich will nicht mehr«, sagt sie und er gibt nach. »Ende der Besichtigungen«, sagt er.

Die Sonne steht schon tief, das Licht ist noch intensiv, aber es wird merklich kühl. Vom Hradčany laufen sie zurück, sehen vom weiten Platz vor der Burg auf die Stadt hinab. Einzelne Lichter gehen an. Sara blickt in die Richtung, in der sich das Hotel befinden muss. Vor ihren Augen ein kahles, ödes Hotelzimmer, in der Mitte das Ehebett. Sie bleiben eine Weile stehen. Die Straßenbeleuchtung schaltet sich ein, ihre gelben Lichterketten segmentieren die dunklen Flächen in der Ferne. Dazwischen die endlosen roten und weißen Lichter der Autos. Die terrassenförmig an den Berglehnen angelegten Gärten verschwimmen in der Dämmerung. Die vereinzelten Lichter in den Häusern unterhalb des Berges mehren sich. Ferne wird nah.

Der Weg die Stufen hinab. Mehrere Gaststätten. Aus einer kommt der Geruch nach Holzfeuer. Sie gehen hinein. Ein spärlich erleuchteter Raum. Kein offenes Feuer. »Vielleicht der Herd in der Küche«, sagt Sara. Der Holzfeuergeruch lässt sie bleiben. Sie setzen sich an einen langen Tisch, an dessen anderem Ende vier junge Tschechen sitzen. Heinrich bestellt etwas zu essen. Sie sind hungrig.

Der Geruch, die Wärme in der Gaststube. Sara spürt

ihre Müdigkeit. Sie lehnt den Kopf für einen Moment an die Wand, schließt die Augen. Johns Gesicht.

Sie blickt auf Heinrich. Jetzt wird er mit ihr sprechen, jetzt.

Und Sara sagt ohne Übergang: »Ich kann nicht von John lassen.« Stellt den Satz wie einen Schild vor sich, stellt ihn zwischen Heinrich und sich. Ist erregt, klammert unter dem Tisch ihre Hände schmerzhaft aneinander; sie wird keine Antwort wissen, wenn er fragen wird, wie sie sich die Zukunft denke.

Heinrich hat seine Pfeifentasche vor sich, legt die eben gewählte Pfeife wieder hin, greift nach einer anderen, legt auch die zurück, nimmt die schön gemaserte dunkelköpfige, dreht den Pfeifenkopf ab, zieht einen Reiniger aus dem rotweißen Bündel, säubert den Biss. Sara sieht alles in Zeitlupe. Er setzt den Kopf wieder auf, zieht die Luft durch die leere Pfeife, öffnet die Tabakdose, drückt mit dem linken Daumen die hellen Tabakstreifen mehrmals fest, legt die Streichholzschachtel auf den Tisch, fährt mit einem der Hölzer über die Schmalseite der Schachtel, zündet die Pfeife an. Ziehendes Geräusch. Sara sieht in Heinrichs Gesicht, sieht auf den aufsteigenden Rauch.

»Ich will mit dir darüber nicht reden«, sagt Heinrich. Geht, als nähme er Saras Erregung nicht wahr, als habe sie ein beiläufiges Thema berührt, zum Tag über. Erzählt von dem, was sie gemeinsam sahen, nimmt die Pfeife aus dem Mund, blättert im Stadtführer, fragt Sara etwas, erklärt ihr etwas. »Iss«, sagt er, als der Wirt die dampfenden vollen Schüsseln und Teller vor sie hinstellt. Sie essen.

Auf dem Heimweg verlaufen sie sich mehrmals. Die dunklen Gassen scheinen alle bogenförmig an ihren Ausgangspunkt zurückzukehren. »Es macht nichts«, sagt Sara, »irgendwann werden wir schon ankommen.«

Aber Heinrich nimmt den Stadtplan aus seiner Manteltasche, bleibt unter einer Laterne stehen, schlägt die Karte auf, orientiert sich und schon bald sind sie auf dem richtigen Weg.

Das Hotel ist geschlossen. Sie klingeln. Der Nachtportier öffnet, seine Livree scheint aus der Zeit der österreichisch-ungarischen Donaumonarchie zu stammen. Sie nehmen ihre Taschen, gehen über die roten, abgeschabten Samtläufer in den zweiten Stock. Ihr Zimmer am Ende des Ganges ist riesig und hat eine prunkvolle Stuckdecke. Die Ausstattung dagegen ist jämmerlich. Ein Kleiderschrank aus Sprelacart. Die eine Tür hängt schief, schließt nicht. Zwei verschnörkelte Nachttische stehen verloren neben dem Ehebett. Eine grelle Deckenleuchte. Wände mit hässlichen bunten Tapeten. Gelbe Vorhänge. Nichts passt zusammen.

Sara zieht die Vorhänge zurück, stößt das Fenster auf, blickt in einen schachtartigen Innenhof. Aus einem schräg gegenüberliegenden Fenster kommt laute Schlagermusik. *Theo, wir fahr'n nach Lodz.* Eine Männerstimme brüllt. Das Radio schweigt von einer Sekunde auf die andere. In der Tiefe des Schachtes sanft klappernde Geräusche. Sara lehnt die Fensterflügel aneinander.

Als sie das Licht gelöscht haben und schweigend nebeneinander liegen, fehlen die kleinen Atemzüge der Söhne im Dunkeln. Sie gehören zum Urlaub. Ohne sie ist er für Sara nicht denkbar. Sie lauscht. Nur Heinrichs Atemzüge. Regelmäßig und flach. Er ist wach.

Saras Körper ist starr, ihre Hand liegt fremd neben ihr. Sie hebt sie ein wenig, sie ist schwer. Sie lässt sie fallen, schiebt sie dann langsam über das kühle Laken, legt sie in Heinrichs Hand.

Er ergreift sie. Greift dann nach Sara, zieht sie heftig und schnell zu sich herüber. Sie spürt den quälenden Hunger seines Körpers. Gibt nach. Ihre Angst. Sie bleibt innerlich fern. Und plötzlich spürt sie, wie er erschlafft, von ihr lässt, sich still neben sie legt.

»Komm«, flüstert sie.

»Du bist nicht hier«, sagt er. Nicht anklagend, sondern ruhig, feststellend.

Am zweiten Abend wieder ihre Hand über dem kühlen Laken. Es widerfährt ihnen dasselbe. Erst in der dritten Nacht kommen sie zueinander. »Ich will hier bei dir sein«, sagt Sara. »Und ich bin hier.« Und Heinrich umarmt sie.

Wie würde sie sich später an diese Tage und Nächte in Prag erinnern, was würde sie davon im Gedächtnis behalten? Heinrichs »Du bist nicht hier« und ihr »Ich will hier bei dir sein. Und ich bin hier«, den krähend flatternden Hahn über dem Horologium der Rathausuhr, die Schnürstiefel unter den fliegenden Gewändern der Geistlichen im Loreto, den steinernen Sockel Johannes des Täufers?

War es Pflicht, Neigung, Schuld oder die unerträgliche Spannung, die sie am ersten Abend die Hand ausstrecken ließ?

War es die Wahrheit? Was war die Wahrheit?

Wenn sie sich heute neben Heinrich in Prag sieht, erschrickt sie, wie sie da lustlos, sich selbst bemitleidend, neben ihm ging. Immer erwartete sie etwas von anderen, was aber von sich?

Es war eine Zumutung für Heinrich, wie sie sich verhalten hatte. Warum schluckte er das, nahm es hin? Sara verhielt sich, wie die Märchen es vorgaben, wie die Mutter es ihr beigebracht hatte: sie wartete immer, was die Männer tun würden. Folgte dem einen und dem anderen, erfüllte ihre Erwartungen, widerstrebend oder freiwillig. Sie ließ sich von ihnen bestimmen und hielt damit beide – unbewusst – in der Schwebe und in gewisser Weise auch in der Entfernung. Sie selbst tat fast nichts. Das war das Übel.

Am vierten Tag kehrten sie nach Berlin zurück. Die Kinder, entsinnt sich Sara, standen auf der Aussichtsterrasse des Flugplatzes. Ehe Sara sie erkennen kann, hört sie ihre Eulenrufe, erwidert sie vom Rollfeld aus, die Hände zur Höhle geformt. Die aufgeregten Kinder. Die erschöpfte Großmutter.

Saras neue Arbeit.

Die Anwesenheit der Schwiegermutter in diesen Tagen. Wenn Sara von der Arbeit kommt, ist eingekauft, der Tisch gedeckt, die Wäsche geplättet, der Stopfkorb leer. Paradiesisch. Aber immer das Gefühl: die Schwiegermutter ahnt alles, weiß es. Mit deren Augen sieht Sara plötzlich Heinrich, den Sohn. Hat er solch eine Frau verdient?

Wie verdient man eine Frau? Das Leben anständig, geregelt, ausgewogen, vorhersehbar, wie es sich gehört. Heinrichs Rechtschaffenheit, die Sara plötzlich empört. Und ihre Undankbarkeit, die sie entsetzt. Verdient, nicht verdient, verdient ... Die Augen der Schwiegermutter. Ihr ganzes Leben hat sie schwer gearbeitet, sich nie etwas gegönnt; ihr Leben für die beiden Söhne. »Noch nie hat sie das Meer gesehen und ist schon so alt.« Jakob kann es nicht fassen. Die Zärtlichkeit der Kinder der Großmutter gegenüber. »Malt etwas für sie«, sagt Sara.

Die Bilder der Kinder. Jakobs: fünf bunte Strichmännchen, aufgereiht am Strand, sich an den Händen haltend, eine gewaltige Woge vor ihnen, der Himmel übersät mit schwarzen dünnen Möwen. »Wir mit der Oma am Meer.« Auf Joschuas Zeichnung steht die Großmutter allein am Meer. Es ist still und glatt und der Himmel ist leer. Ihre rundliche Gestalt, mit dem kleinen Haarknoten im Nacken, verloren am äußersten unteren Rand des Blattes, als ob sie und das Meer nichts miteinander anzufangen wüssten.

»Im nächsten Sommer fährst du mit uns ans Meer«, sagt Sara und die Kinder und Heinrich stimmen zu und die alte Frau lächelt und sagt: »Wenn ich Zeit habe.« Sie ist längst Rentnerin, arbeitet aber noch als Köchin, oft zwei Schichten hintereinander, wenn der junge Koch nicht ausgeschlafen hat oder krankgeschrieben ist. Es dauert Jahre, bis sie Zeit hat. Aber in einem der Sommer fährt sie wirklich mit ans Meer. Das ist vier Jahre vor ihrem Tod.

Saras neue Arbeit. Ungewohnt, anstrengend. Schmerzhaft schnell begreift sie in wenigen Wochen, was sie in Jahren nicht gelernt hat. Denn immer geht es jetzt um Entscheidungen. Eine jede hat Folgen. Verzögern, beschleunigen. Der Apparat hämmert, dröhnt. Sara blickt atemlos ins Räderwerk. In dem sie nun selbst steckt. Hände, Köpfe, Nerven. Die Abhängigkeit der Köpfe von anderen Köpfen, weiter oben. Beharren, seinem eigenen Kopf folgen, die Köpfe weiter oben ignorieren. Das Sinnvolle tun. Kühle. List. Und wieder die Erfahrung, sich tarnen mit Arglosigkeit. Lächeln. Was man tut, verhüllen, das Gewand der Weiblichkeit darüber werfen. Die vielen Leute, denen Sara begegnet. Und die Erfahrung: einige verstehen ihr Tun, fördern es. Offenheit, Aufrichtigkeit auf kleinstem Raum. Freundschaften. Alles bekommt einen Sinn. Es bewegt sich etwas, sie und andere bewegen es. Für kurze Zeit dieses Gefühl.

Saras Müdigkeit nach dem vollen Tag. Wenn sie am Abend das Laken berührt, schläft sie schon. Hört am Morgen den Wecker nicht, auch nicht den telefonischen Weckdienst. Jakob und Joschua stehen an ihrem Bett, schieben mit den Fingern ihre Lider nach oben, bis die Pupillen frei sind. Graben zusätzlich ihre kleinen Zähne in Saras Wangen.

Heinrich ist nachsichtig, hat Geduld. Manchmal kommt er gegen Mitternacht, wenn er den Fernseher ausgeschaltet hat, manchmal gegen Morgen, wenn er die Nacht über seinen Konstruktionen und Zeichnungen gesessen hat, zu Sara. Sie dreht sich um, schlingt die Arme um seinen Hals, schläft sofort wieder ein.

Wenn Sara und Heinrich am Abend von der Arbeit zurückkehren, sagt er: »Kümmere du dich um die Kinder.« Heinrich kauft ein, macht das Abendbrot. Er weiß, die Kinder sind Saras Ruhezone, die Sinnlichkeit, die sie braucht. Sie hören Schallplatten, liegen auf dem Fußboden oder dicht beieinander auf dem schmalen Sofa. Sie liest vor, die Kinder an sich gekuschelt. In jenen ersten Arbeitsmonaten war es »Prometheus«, entsinnt sie sich. Joschuas Neugier nach der letzten Seite, wie es weitergehe. »Ich weiß es nicht«, sagt Sara, »du musst den Nacherzähler fragen.« Er setzt sich hin und schreibt die Fragen auf. Die überraschende Antwort. Die Brieffreundschaft, die dann zwischen Joschua und dem hageren Dichter entsteht. Später das Kennenlernen. Er wird nicht nur der Freund der Kinder, er wird auch Saras Freund werden.

Wenn sie die Söhne zu Bett gebracht hat, gießt Heinrich ihr einen Kognak ein. »Erzähl«, sagt er. Seine nüchternen Ratschläge. Er hat alles schon durchlebt, was Sara beschäftigt. Sein trockenes Lachen mit zugekniffenem Auge. Seine lakonischen Kommentare, die beruhigende Stimme. Nie hat Sara früher über ihre Arbeit gesprochen. Das ist neu zwischen ihnen.

Sie habe eine falsche Entscheidung mit ihrer Arbeit getroffen, sagt John. Sara verteidigt sich, ist gekränkt. Aber auch er ist gekränkt, weil sie ohne ihn entschieden, ihn nicht gefragt hat. Erzählt von den neuen Leuten, mit denen sie zu tun hat. Er fühlt sich ausgeschlossen, ist eifersüchtig. Sein Gesicht. Sie bricht mitten im Satz ab.

Einmal ihr zaghaftes Reden über Prag. Andeutung, sie seien zusammengewesen. John reagiert heftig. Er wünsche nicht, über die Freuden ihres ehelichen Liebeslebens unterrichtet zu werden. »John.« – »Ich wünsche es nicht, hörst du.« Die Verletzungen, die sie gegeneinander kehren.

»So kann es nicht weitergehen«, sagt John, als er Sara nach einem Treffen nach Hause fährt.

»Nein«, erwidert sie, »so kann es nicht weitergehen.«

Ihr Gefühl, es ist nur eine Atempause, sie hält nur still aus Ratlosigkeit. Angst.

Es ist John, der den Dingen entschlossen eine Wende gibt. Endlich habe er es über sich gebracht, sagt er zu Sara. »Ich habe Ellen alles gebeichtet. Habe ihr gesagt, die Voraussetzung für unsere Ehe ist die Beziehung zu dir, Sara.«

»Das hast du gesagt, so, wie du es mir jetzt sagst?«

»Ja. Sara, erinnere dich, es ist dein Satz, du hast ihn einmal in Bezug auf deine Ehe zu mir gesagt.«

»Vor Jahren, ja.«

»Gilt er nicht mehr?«

»Ich weiß nicht. Ich hätte nicht den Mut, den Satz Heinrich zu sagen. Ich verfüge damit über sein Leben.«

»Das haben wir all die Jahre über getan, Sara.«

Sie könnten sich jetzt nicht sehen, sagt er Tage später am Telefon, es sei eine schwierige Situation zwischen Ellen und ihm entstanden. Er fahre mit ihr in die Ferien. Wenn es das Urlaubsklima erlaube, lasse er von sich hören.

Es kommt kein Brief.

Sara ahnt die Vorgänge. Ist dennoch erleichtert. Endlich wissen es alle vier. Das scheint Sara die Voraussetzung für eine Lösung, deren Form sie nicht kennt, die nicht einmal verschwommen in ihrem Kopf existiert. Nur: die *Auflösung mit einander* finden.

In jener Zeit macht Heinrich einen Vorschlag, der Sara überrascht, dem sie sich aber sofort zuneigt. Er will mit John sprechen. Und sie soll mit Ellen reden.

Alle vier sind einverstanden.

Zuerst treffen sich John und Heinrich. Ihre Verabredung am Telefon. Sara ist im Zimmer, schneidet Jakob die Fingernägel, er sitzt auf ihrem Schoß. John bietet offenbar das Du an. Heinrichs kurze Verlegenheit, dann der Vorname. »An der Baumgarteninsel«, sagt Heinrich. Eine Bootsfahrt also.

Der verabredete Tag. Es ist trübe. Die Wolken hängen tief. Sara packt Abendbrot ein, stellt Bier in den Korb. Heinrich wirkt gelassen, als er aus dem Haus geht. Saras Vorstellung, jetzt sind sie auf dem See. Heinrich schaltet den Motor aus. Das Boot treibt. Oder sucht er eine Stelle im Schilf? Die Männer reden. Was reden sie? Sara bringt die Kinder zu Bett, liest ihnen Märchen vor. Bis spät liegt sie wach. Sommerregen hat eingesetzt. Nach Mitternacht erst kommt Heinrich zurück. Sara stellt sich schlafend. Am anderen Tag kein Wort. Sara fragt. Das Notwendige hätten sie besprochen. Heinrichs Lakonismus. Auch John weicht aus, als sie ihn fragt. Viel später erst wird er sagen, die Gespräche hätten nur Ungutes gebracht. Besonders ihre mit Ellen.

Saras Aufregung vor dem ersten Treffen mit Ellen. Sie ruft sie an. Hat auf einen Zettel geschrieben, was sie sagen will, es viermal durchgestrichen, neu formuliert. Das Freizeichen. Saras Stimme zittert. Ellen ist ebenso erregt. Sie stimmt überraschend schnell zu.

»Wann«, fragt sie, »und wo?«

Einen Tag später steht Sara in der Vorhalle des S-Bahnhofes Köpenick. Sie ist viel zu früh da. Geht auf und ab. An ihrem Haaransatz bilden sich kleine Schweißperlen.

Endlich kommt Ellen. Sara hat sie über ein Jahr nicht gesehen. Füllig ist sie geworden. Aber ihr schönes Gesicht. Sara denkt an die Zeit, da sie Ellen kennenlernte, sie sich zur Freundin wünschte. Ellen ging nicht darauf ein. Dann

Saras Enttäuschung über Ellens Zuhause, ihren Umgang mit den Kindern.

Sie gehen über den Zebrastreifen, biegen in das Zickzack der Wege zwischen den Neubauten ein. Sara beobachtet Ellen verstohlen. Wie immer ist sie unvorteilhaft gekleidet, der Rock zu kurz, die Farben passen nicht zueinander. Warum sagt ihr das niemand? Warum John nicht? Sie halte sich für eine graue Maus, hat John gesagt. Sie leidet also darunter. Ihre Depressionen. Tagelanges Einschließen. Ihre Schwierigkeit damals, mit der heranwachsenden Tochter fertig zu werden. Handgreiflichkeiten. Alles über diese Frau weiß Sara von John. Kleine und große Dinge, intime Vorgänge.

Die Rückhaltlosigkeit, mit der er über seinen Ehealltag spricht. Nie böse oder entblößend, eher ratsuchend. Tastend erwidert Sara meist, wie sie es empfinde und sie denke, dass Ellen, die so andere, es empfinde. In den Gesprächen mit John über Ellen spielt Sara das Leben durch, das sie mit ihm führen möchte. Wenn es Wirkungen zeigt (Sara weiß es nicht), ist Ellen die Empfangende. Manchmal sagt John, Ellen müsste hören, wie wir reden. Sara stimmt ihm zu. Nie spricht er hässlich von ihr. Die gleichbleibende Neigung Johns für seine Frau und die Achtung, die er ihr entgegenbringt über die vielen Jahre, ist für Sara Teil ihrer Beziehung zu ihm.

Es sind Johns Augen, mit denen sie Ellen sieht. Sein Bildnis. Nie hat Sara das problematisiert. Vielleicht ist Ellen eine ganz andere.

In der Wohnung geht Ellen durch beide Zimmer. Das Kinderzimmer übersieht sie. »Schön habt ihr es.« Sara nimmt den Filter von der Kaffeekanne. Sie setzen sich an den Tisch. Ellen prüft mit den Fingern die weiße Decke. Sara denkt an die buntkarierte aus dem Kunstgewerbeladen, die in Ellens Wohnung, schon in Jena, jetzt in Berlin, auf dem nierenförmigen Couchtisch liegt; seit zehn Jahren, nie hat sie eine andere gesehen. »Lochstickerei, von meiner Großmutter«, sagt Sara, Ellen hebt das Tischtuch an, wendet es, betrachtet es lange. Ihr Blick dann auf die Blumen, das Geschirr mit dem blauen Zwiebelmuster. Sie sieht es also. Umso weniger kann sich Sara ihre Gleichgültigkeit erklären.

Sara gießt Kaffee ein, weist auf den Kuchen. Keiner von beiden rührt ihn an. Sie halten die Tassen in den Händen, trinken in kleinen Schlucken.

Dann setzt Ellen die Tasse ab. »John und du, ihr bindet mir einen Maulkorb um. Reden und Schweigen bestimmt ihr. Im Bösen und Guten bin ich von euch abhängig, vollständig. Es muss schlecht um euch beide stehen, denn John ist unerträglich in den letzten Monaten, er hat völlig das Maß verloren, was mir zuzumuten ist.« Sie macht eine Pause, trinkt. »Meine Haut«, sagt sie, »ist dünn geworden. Ich bin am Ende.«

Sara hat alles erwartet, Vorwürfe, Klagen, Grenzen, die gezogen werden. Nur das nicht: die rückhaltlose Öffnung. John habe ihr bedeutet, fährt Ellen fort, seine und Saras Beziehung sei die Voraussetzung für das Funktionieren ihrer Ehe gewesen; in den vergangenen zehn Jahren und würde es auch in Zukunft sein. Ein brutaler Satz, der ihr schwer zu schaffen mache.

»Ihr habt große Ansprüche an das Leben, John und du, aber auf unsere Kosten, auf die deines Mannes und auf meine.«

In Sara steigt es heiß hoch. Das ist sie, die Frivolität. Der Egoismus, der Lähmung bewirkt, seit Oktober. John will es nicht wahrhaben. Ellen legt den Finger auf die Wunde.

»Ich weiß«, sagt Sara, »so ist es«, sie zögert, sagt dann, »aber ich liebe ihn.« Sie sieht Ellen an. Ellen sagt: »Ich liebe ihn auch und werde ihn nicht verlassen.«

Die Gegenstände auf dem Tisch verschwimmen. Straßengeräusche und Rufe vom benachbarten Kindergarten dringen stoßweise durch das einen Spalt geöffnete Fenster. Sara hält den Atem an. Ellen erhebt sich, geht zum Fenster. Das Lärmen der Kinder. Sie schließt das Fenster. Steht eine Weile. Dreht sich dann ruckartig zu Sara um.

Redet. Über John. Ein Sturz von Worten. Wenn er ein Leben zu viert wirklich wolle, ernsthaft daran glaube, würde er sich in seiner Ehe anders verhalten. Er verletze die elementarsten Dinge. Es mangele ihm an seelischer Wärme und Empfindungsfähigkeit. Sara zuckt zusammen. Belege, Beispiele. Rücksichts- und respektlos spricht Ellen. Wie sie, Sara, es nie zu denken, zu sagen gewagt hätte. Ansätze dazu in sich erstickt, sich verboten hat. Das ist er, den die andere da schildert. Die Demontage. Halt ein, halt ein! Sara widerspricht, verteidigt ihn heftig. Spürt, was sie da sagt, ist nicht wahr. Sie weiß es in dem Moment, in dem sie es ausspricht. Ihn nicht verraten, schützen, nicht allein lassen; sie will ihr Bild von ihm retten.

Ellen lässt sie reden. Ihr mitleidiges und wissendes Lächeln. Das bedeutet, du glaubst nicht, was du da sagst. Und wenn du es jetzt noch zu glauben vermeinst, du wirst erfahren, dass ich Recht habe. Du weißt es jetzt schon, weißt es genauso wie ich, sprichst gegen dich selbst.

Saras Verunsicherung unter Ellens Blicken. Sie stockt, setzt neu an. Ellen unterbricht sie scharf. Saras Widerstand wird geringer, immer geringer. Sie gibt ihn auf.

Der Punkt, an dem sie John verrät.

Das Offene, Unverstellte ihrer Rede mit Ellen plötzlich. Die beiden Frauen sprechen über diesen Mann wie über ein Kind, das sie ändern und bessern wollen und das doch nicht zu ändern und zu bessern ist. Nach einer Welle sagt Ellen: »Wenn ich nur mit ihm so reden könnte wie mit dir.« Das Absurde der Situation, das Sara in dem Moment bewusst wird.

Sara denkt an den Satz, den John ihr in letzter Zeit

mehrmals mahnend, drohend gesagt hat, ihre Liebesfähigkeit in Zweifel stellend: Nicht wer Recht habe, wer mehr liebe, werde gewinnen.

»Aber du liebst ihn doch, Ellen«, sagt sie.

»Ja, ich bin achtzehn Jahre mit ihm verheiratet. Ich bin nicht blind. Verkenne ihn nicht freiwillig.«

John könne nur im Mittelpunkt leben, in der Arbeit, bei den Frauen. Daher seine Spannungen im Arbeitskollektiv. (Sara ist erschrocken, sie weiß davon nichts.) »Und die Frauen«, sagt Ellen. »Er braucht welche, die ihn bedingungslos bewundern und ihm bedingungslos ergeben sind.«

»Und du«, entfährt es Sara. Sie spürt, sie ist zu weit gegangen. Aber Ellen entgegnet ruhig: »Er hatte immer andere Frauen neben mir, jüngere, nicht nur dich. Du weißt es, weißt es vielleicht besser als ich.«

Sara schweigt.

Ellen steht noch am Fenster, geht dann die wenigen Schritte zum Tisch. Gießt sich Kaffee in ihre Tasse, trinkt im Stehen. Nimmt ein Stück Kuchen, isst auch das im Stehen.

»Ich werde«, sagt sie, »für eine Zeit weggehen. Für ein halbes Jahr.«

Saras Überraschung.

»Es ist der einzige Weg für mich. – Ich gehe nach Moskau. Ein einmaliges Angebot in meiner beruflichen Laufbahn.«

»Die Professur?«

»Auch die.«

»Freunde und Bekannte«, sagt Ellen, »werden mein Weggehen nicht verstehen. Ich werde unter allen Umständen gehen, wie immer sich Johns Krankheit entwickelt.«

Saras Frage danach. Und Ellens Antwort. Aber sie deutet nur an, sagt nicht alles. Johns Gesundheitszustand werde sich trotz der starken Medikamente nicht verbessern in dem halben Jahr, im Gegenteil. Die Ärzte hätten es ihr gesagt. Die Perspektiven seien nicht günstig. Aber er wisse es noch nicht, jedenfalls nicht in dem Umfang.

Wenige Wochen nach dem Gespräch teilt Ellen in einem Brief Sara das Datum ihres Abfluges nach Moskau mit. »Ich vertraue ihn dir an, sorge für ihn«, steht da. Und die Bitte, Ellen Nachrichten über Johns Gesundheitszustand zukommen zu lassen. Die Moskauer Adresse liegt bei und eine Moskauer Telefonnummer. Im Postskriptum steht, sie verbitte sich jegliche Nachricht, wie es um sie beide, John und Sara, stehe. Sie brauche das halbe Jahr für sich. Wenigstens das möchten sie respektieren. Das letzte Wort ist unterstrichen.

Ellen tut, was John vergeblich von ihr, Sara, verlangt. Sie handelt. Entfernung, Abstand, Zeit sind ihre Ratgeber. Sara fällt Eduard ein. Auch er entfernt sich, sucht *nach äußerer Gefahr, um der innerlichen das Gleichgewicht zu halten.* Er zieht in den Krieg. Ellen dagegen tötet nicht die Zeit, sie füllt ihren Lebensraum mit Sinnvollem.

7

Das halbe Jahr von Ellens Abwesenheit. Dieses schlimme halbe Jahr. Saras Erinnerung daran. Die Verkehrung, die eintrat.

Überflüssige Liebe – Liebe.

War es bisher Heinrich gewesen, der Saras überflüssige Liebe bekam, so wurde es nun John. Je stärker er das spürte, desto mehr forderte er sie ein. Die Liebe wurde plötzlich zur Pflicht. Abgerufen, eingeklagt, darauf bestanden.

Nein, damals begriff Sara das nicht. Erst im erinnernden

Abstand der Zeit tritt er hervor, dieser merkwürdige Wandel. Damals nur Ratlosigkeit, verzweifeltes Hin und Her. Johns Krankheit. Sein Alleinsein. Seine Forderungen. Und sie wusste dem allen nicht zu begegnen. Was sie tat, erschien ihr lieblos. Ihre Schuldgefühle, die sie zu Boden drückten. Und John bestätigte ihre Schuld, spielte sie hoch und provozierte so Saras Abwehr. Ferner und ferner standen sie voneinander.

Erinnerungsfetzen an dieses halbe Jahr. Bilder, Vorgänge. Sara das erste Mal nach Ellens Abflug in der Wohnung.

In den Zimmern, im Flur, in der Küche Zettel, mit Reißzwecken in das Holz der Regale gedrückt, an kleinen bunten Bändern baumelnd. Ellens Schrift. Sara geht von einem Zettel zum anderen. Gedächtnisstützen. Im Arbeitszimmer Versammlungs-, Institutstermine, Geburtstage von Johns Mitarbeitern, die in die Zeit von Ellens Abwesenheit fallen. Im Flur Termine für Rewatex, für die Autodurchsicht. Angaben, wo sich Staubsauger und Bügeleisen befinden. Hinweise für die Benutzung der Waschmaschine. In der Küche die meisten Zettel. Was täglich, was wöchentlich zu machen ist.

Was soll das? Sara geht die Zettel ein zweites Mal ab. So unpraktisch und hilflos kann kein Mensch sein. Sie findet es komisch, fängt zu lachen an.

John ist beleidigt. Er findet es nicht komisch. »Ellens Fürsorglichkeit«, sagt er. »Unsere Gewohnheit, für all das ist sie zuständig.«

»Wenn Ellen früher für Wochen im Ausland oder auf Dienstreisen war, nie habe ich in eurer Wohnung solche Zettel gesehen.«

»Da hatten wir eine Haushaltshilfe.«

»Die habt ihr doch jetzt auch.«

»Nein, für die nächsten zwei Monate nicht.«

»Warum?«

»Ich weiß es nicht, Ellen hat es so vereinbart, erst ab November wieder.«

Sie stehen in der kleinen Küche, Geräusche dringen aus dem Lüftungsschacht. Schmutzige Teller und Tassen türmen sich neben der Spüle, dort, wo sie damals gesessen hat, als er ihr die Schnürsenkel aufband, in jener Nacht, als die leere, noch unbezogene Wohnung ihnen gehörte. Was sollen die Zettel? Ist es die Überbetulichkeit, mit der Frauen ihre Unabkömmlichkeit zur Schau stellen? Dazu ist Ellen zu klug. Sind die Zettel für sie, Sara, gedacht? So sieht der Alltag mit ihm aus? Hat sie deshalb die Haushaltshilfe abbestellt? Sara findet keine Antwort.

»Komm in mein Arbeitszimmer«, sagt John ungeduldig. Sara folgt ihm. Er setzt sich auf sein Sofa, zieht die Beine hoch. Sie geht zum Schreibtisch, setzt sich auf seinen Arbeitsstuhl, lehnt den Kopf an die Bücherwand.

»Ein halbes Jahr liegt vor uns, wo wir allein sind, Sara, komm.«

Sie drückt den Kopf gegen die Bücher, sieht sich um, Babel, Bachmann, Benn und Bobrowski sind einige Zentimeter in das Regal gerückt.

»Komm zu mir«, sagt John. »Komm.«

Saras Blick fällt auf den Schreibtisch. Ellens Schriftzüge. Mit großen Buchstaben oben rechts auf einem Blatt eine Widmung: *Für John von Ellen* steht da. Und: *Es hilft nur die Wahrheit.* Das Datum ihrer Abreise darunter.

»Komm«, sagt John.

»In einem halben Jahr wird Ellen wieder da sein. Was dann?«

»Alles wird sich finden, Sara, ein halbes Jahr ist lang, komm her.«

Die Bücher geben nicht mehr nach.

»Ich sehe den Anfang. Du aber siehst das Ende. Warum, Sara? – Ellen«, fügt er nach einer Welle hinzu, »hat mir den Brief zu lesen gegeben, den sie dir geschrieben hat.«

Saras Angst, was er jetzt sagen wird. Das ist das Gift in ihrer Beziehung. Sie weiß, was er sagen wird. Er wird sagen, dass alles in Ordnung sei, wie damals, als er sich erkundigte, wie es mit Sara und Heinrich stünde und sie antwortete, Heinrich frage nicht. Wieso maßt sie sich an, seine Antwort vorwegzunehmen? Was ist mit ihr? Unwillen plötzlich gegen sich, gleichermaßen gegen John. Und er sagt genau die gefürchteten Worte. Es sei doch alles in Ordnung, sagt er, Ellen habe ihn ihr, Sara, anvertraut. Er lächelt, sagt: »Komm.«

»Aber du verstehst gar nichts«, erwidert Sara heftig.

Dann der Wortwechsel, das Einklagen der Liebe.

An den Mittagen, an denen sie gerannt kommt. Ihm Tütensuppen kocht. Oder Pudding, den er, noch warm, isst; sein anfälliger Magen mag das. John ist krankgeschrieben. Seine Stimmung ist nicht gut. »Warum bleibst du nicht, rennst schon wieder weg?« Sara weist auf die Uhr. Sie feilschen um Minuten. »Und morgen?« – »Nein, ich kann nicht.« Auf dem Weg zu ihm verschlingt Sara Schnitten aus der Brotbüchse ihres Kollegen. Er ist froh, wenn sie leer wird, seine Frau kontrolliert am Abend. Bei John trinkt Sara einen Kaffee. Den kocht er.

Und irgendwann, meist gegen Ende, wenn Sara schon auf die Uhr sieht, die hastige unvollkommene Umarmung. Nichtbegreifen. Finger, Stimmen, Berührungen – nichts gibt sich frei. Sara hält die Augen geschlossen und kann es nicht fassen. Nähe, die keine ist.

Nur ein einziges Mal in diesem halben Jahr – im Herbst muss es gewesen sein, die Pappeln vorm Fenster waren schon gelb, Herbstlicht lag im Zimmer – kehrt es zurück. Für einen Augenblick. Hände, Lippen, Zehen, alles wie einst; Sinne, Glück.

Wie war das möglich? Und warum blieb es sonst aus? Eine Erklärung? Es gab dafür keine Erklärung.

John sagte an jenem Herbstnachmittag: »Dreihundertfünfundsechzig Tage musste ich warten, dass du dich so unter mir bewegst.« Sara dachte an die Umarmungen seit Ellens Weggang. Er hatte es also gespürt. Und geschwiegen, es wiederholt.

»Warum hast du es getan?«

Er weiß sofort, worauf sie anspielt.

»Aus Gier«, sagt er, »und weil du meine Frau bist und weil Ellen nicht da ist.«

»Du bist heute sehr schön«, erinnert sich Sara, hatte Heinrich an jenem Herbsttag am Abendbrottisch in Anwesenheit der Kinder zu ihr gesagt. Er machte nie Komplimente. Es war ungewöhnlich. Er hatte sie nach ihrem Tag gefragt. Und sie hatte verschwiegen, dass sie am Mittag bei John gewesen war.

Sara und John in der Öffentlichkeit. Früher, wenn sie sich auf Konferenzen trafen (meist war auch Ellen zugegen), begrüßten sie sich beiläufig, betont kühl, redeten nie miteinander, setzten sich nie an denselben Tisch. Und doch ihre Blicke, das geheime, aufregende Spiel. Sara spürte, wenn er den Raum betrat.

Jetzt hält John einen Platz für sie frei. Winkt ihr. Nimmt ihre Garderobenmarke, legt für Sekunden den Arm um ihre Schultern, am Tisch manchmal die Hand auf die ihre.

Sara missfällt das. Sie begreift es selbst nicht. Auf dem Inselsberg, das Ehepaar, das John für Joschuas Vater hielt. Die Blicke der Konzertbesucher in der fernen Stadt. Das Wort des Küsters im Erfurter Dom. Ihre Frau, hatte er gesagt. Sich zeigen, auf der Straße mit ihm gehen, mit Freunden zusammen sein, ohne das demütigende Sichverstellen. Ein Jahrzehnt lang hat sie es sich leidenschaftlich und ausschließlich gewünscht. Jetzt, da es eintritt, lehnt sie es ab.

John ist traurig. »Ich dachte, du freust dich.«

Saras kleiner böser Zorn plötzlich, der sie sagen lässt: »Wenn Ellen da wäre, würdest du dich anders verhalten.«

»Es gibt nichts in meinem Tun, Sara, dem du noch zustimmen würdest.«

Saras Betroffenheit, dass es so ist. Den Wunsch, zu sagen: Seht her, das ist mein Prinz, es gibt ihn nicht mehr.

Einmal, sie gehen in der Mittagspause zur Gaststätte hinunter, wird Sara von einem Kollegen aus einer anderen Stadt angesprochen. »Wir könnten zusammen essen, wenn es Ihnen recht ist, da könnten wir alles besprechen.« – »Ja«, sagt sie und zu John gewandt, »entschuldige, wir sehen uns nachher.«

Während des Essens sitzt John in sich gekehrt, finster. Steht als Erster auf. Sara trinkt ihren Kaffee nicht aus, verspricht dem Kollegen hastig, alles zu regeln und von sich hören zu lassen.

John geht die Marmortreppe zum Saal hinauf. Die Flügeltüren sind weit geöffnet, die Gardinen an den Fenstern blähen sich. Der Saal ist leer. Nur in der letzten Reihe sitzen zwei Ausländer, in ein Gespräch vertieft. Johns müdes, trauriges Gesicht.

»Du scheinst dich mit jedem anderen Mann gern zu unterhalten, nur nicht mit mir.«

Saras Unfähigkeit, sanft darauf zu erwidern. Sie erspare sich Dienstreisen, sagt sie ungeduldig. Er wisse es doch. Sie weist ihm einen Zettel vor, auf dem steht, was sie während der Konferenz erledigen will. Lächerliche Rechtfertigung. Einer der Ausländer kommt auf John zu. Sara entfernt sich rasch.

Ihre verunglückten Theaterbesuche. »Komm mit, ich bitte dich, es geht mir schlecht«, hat John gesagt.

Sara hat es Heinrich erzählt und er hat die Kinder zu Bett gebracht und Sara ist mit John ins Theater gegangen. Schon zweimal in diesem Herbst. Wieder hat er Karten besorgt.

»Ich kann nicht, an diesem Tag wird Heinrich ausgezeichnet.« – »Ich weiß«, erwidert er, »aber ich habe von deinem Mann die Zustimmung erbeten. Nach dem Theater kannst du gleich nach Hause, da könnt ihr feiern. Heinrich ist einverstanden.«

Sara ist verblüfft. Noch nie hat es eine Verabredung über ihren Kopf hinweg gegeben. Sie kann ihre Verstimmung nicht verbergen. Auch vor Heinrich nicht.

»Ich konnte nicht ablehnen, das wäre deine Sache«, sagt er.

»Dann überlasse sie auch mir.«

»Das musst du John sagen.«

»Ja, entschuldige.«

Sara kauft nach der Arbeit in der Friedrichstraße Blumen für Heinrich und trifft sich mit John vor dem Theater. Sie sieht auf die Uhr, es ist sieben, der Sandmann, die Kinder gehen allein zu Bett.

In der Pause, sie stehen im Foyer, raucht John nervös. Als er sich am Büfett eine neue Schachtel Zigaretten holt, begrüßt ein Bekannter Sara. Als er John zurückkommen sieht, bricht er das Gespräch ab, entfernt sich eilig. Während des letzten Teils der Vorstellung blickt Sara mehrmals auf die Uhr.

Kurz vor Mitternacht ist sie zu Hause. Sieht von draußen den matten Lichtschein im Wohnzimmer, hofft einen Augenblick, Heinrich sei schon zu Bett.

Aber er ist wach, der matte Schein kommt von den Kerzen, die auf dem gedeckten Tisch stehen. Sara hat die Blumen in der Theatergarderobe liegenlassen. Sie habe die Blumen vergessen, sagt sie, gratuliert, umarmt ihn. »Seit wann bist du da?« – »Seit neun Uhr.« Wie immer verwandeln sich ihre Schuldgefühle in eine vorsichtige

Aufmerksamkeit. Das hat sie über Jahre geübt, merkt es schon nicht mehr. An diesem Abend aber fällt es ihr auf und sie beobachtet sich, während sie Heinrichs grotesk verzerrte Erzählung über den lächerlich preußischen Akt des Auszeichnungsvorganges *Banner der Arbeit Stufe Eins* anhört.

Heinrich legt ihr etwas auf den Teller, sie hat weder Appetit noch Hunger, aber sie isst. Sie möchte keinen Wein, aber sie hebt das Glas, stößt mit ihm an. Und ihr fällt jener Satz ein, den Heinrich vor nicht allzu langer Zeit gesagt hat: Du wirst das nicht durchhalten können.

Gegen halb zwei erscheint Jakob im Wohnzimmer. Er hat schlecht geträumt. Heinrich nimmt ihn hoch, beruhigt ihn, trägt ihn nach einer Weile in sein Bett zurück.

Es sei Heinrich und den Kindern gegenüber unverantwortlich gewesen, mit ins Theater zu kommen, sie werde das nicht wieder tun, sagt Sara zu John. »Und mir gegenüber?« Wieder Streit. Von ihrer Eigenliebe, ihrem Taktieren spricht er. »Sara, du machst dir nicht mehr die Mühe, darüber nachzudenken, was in mir vorgeht. Ich bin unglücklich, ich bin krank vor Verzweiflung. Und ich bin wirklich krank. Das alles gelangt nicht zu dir. Du ziehst dich zurück, machst dich von mir los, Stück um Stück, ich spüre, dass ich dich verliere. Du allein bist schuld.«

»Bedräng mich nicht.«

»Sara, ich kann nicht abwartend zusehen.«

»Du tust das Falsche.«

»Dann sag, was das Richtige ist.«

»Ich weiß es nicht.«

»Ja, ich bin misstrauisch, in Worten, Briefen, Taten. Bin unzurechnungsfähig. Aber alles – begreif das doch – durch die Verletzungen, die du mir zufügst. Verstehst du denn nicht! Alle meine Bedrängungen, Vorwürfe, Angriffe sind nur ein Ausdruck verschmähter Liebe; spiegelverkehrte Zärtlichkeit, zur Fratze erstarrte Huldigung. Warum versagt dein Gespür?«

Es versagt. Saras Gefühl, am Ende zu sein, diese Gespräche körperlich nicht mehr aushalten zu können.

In dieser Situation macht John den Vorschlag, mit ihr und den Kindern wegzufahren. »Etwas, was den Kindern Spaß macht«, sagt John, »wir nehmen einen ganzen Tag, fahren mit dem Auto.«

Ein Tag ohne Vorwürfe durch die Anwesenheit der Kinder; heiter, unbeschwert, heilend vielleicht.

»Ja, ja«, sagt Sara.

»Notfalls fahren wir zu fünft.«

Sie sieht überrascht auf, sie hat nicht an Heinrich gedacht. »Wie wäre es mit dem Indianermuseum in Radebeul«, fragt John.

Noch am gleichen Abend sagt Sara es Jakob und Joschua in Heinrichs Beisein. Lässt offen, ob die Einladung auch für ihn gilt. Er nickt, äußert sich nicht.

»Was sagt dein Mann, will er mit«, fragt John. »Ich weiß nicht, ich habe ihn nicht direkt gefragt.«

Sie taktiert in der Tat, wird ihr bewusst. Sie hat einen Samstag gewählt, an dem Heinrich Kampfgruppe hat. Es ist die Jahresabschlussübung. Fernbleiben ist unmöglich, weiß sie. »Nächsten Samstag haben wir ausgemacht«, sagt sie zu Heinrich. Es sind noch neun Tage. »Da habe ich Kampfgruppe.« Sara will erstaunt tun, kann es nicht. Errötet. »Ich weiß«, sagt sie und dreht sich weg.

Dann kommt alles anders. Am Abend vor der Abfahrt sagt Heinrich, er werde mitkommen, werde die Kampfgruppenübung vierzehn Tage später machen. Er habe mit einem Kollegen getauscht. Die Kinder jubeln. »Papa kommt mit.«

»Schön«, sagt Sara töricht und zögernd. Heinrich beobachtet ihre Verlegenheit. »Du solltest John noch anrufen«, sagt er. Und sie tut es. Aber er ist nicht zu Hause oder nimmt den Hörer nicht ab.

Am anderen Morgen ist John überpünktlich. Jakob und Joschua rennen hinaus. Sie stehen am Auto, als Sara und Heinrich kommen. Nach Sekunden von unbeherrschtem Mienenspiel und Heinrichs Erklärung, er habe getauscht, sagt John, er freue sich, dass Heinrich mitkomme. Die Kinder bilden das Echo. Beim Einsteigen trifft Sara ein misstrauischer, vorwurfsvoller Blick. Sie hebt die Schultern, lässt sie starr in der Haltung, Heinrich kann sie beobachten.

In ihrer Verwirrung steigt sie wie gewohnt vorn ein. Sie will es korrigieren, aber Heinrich wehrt ab. Er und die Kinder setzen sich nach hinten. Er spricht leise mit ihnen. Sara dreht sich um, will sich beteiligen, versucht, John ins Gespräch zu ziehen. Er hat das Fenster einen Spalt geöffnet. Lärm und Abgase. Auf drei Spuren fahren die Autos aus der Stadt. Nach einer Stunde bittet Sara, an einem Parkplatz anzuhalten.

Er liegt auf einer Anhöhe. Der dichte Nebel, der die Zeit über der Landschaft lag, ist hier nur noch ein helldunstiger Schleier. Die Sonne ist schon zu ahnen. Feuchtwarme Luft schlägt ihnen entgegen. Ein Altweibersommertag, denkt Sara und ihr fällt ein, diese spätsommerliche Schönwetterperiode wird in Nordamerika Indianersommer genannt. Endlich das rettende, alle beteiligende, unverfängliche Thema. Sara wechselt den Platz. Als sie weiterfahren, sitzt sie bei den Kindern.

Ob er schon einmal einem richtigen Indianer begegnet sei, will Jakob von John wissen. Ja, sagt er und erzählt eine phantastische Geschichte. Jakob will mehr hören. Heinrich fällt ein, die beiden Männer überbieten sich, nein, so war es, ja, genau; die Karl-May-Lektüre ihrer Jungenzeit.

Die offenen Münder von Jakob und Joschua. Sie kennen

die Bücher nicht. Jakobs aufgeregtes Fragen, das die Männer animiert. Dann die Kinder. Ihr Filmerlebnis »Blutsbrüder«. John und Heinrich erfahren, wie Grauer Elch die Bedingungen des Todesrennens erläutert, Harter Fels sich voller Hass auf Harmonika stürzt und Harmonika nach dem Tode seiner schönen Liebsten Rehkitz den besiegten Indianer durch die Schlucht trägt. »Du kannst den Film ansehen, Onkel John, nächste Woche. Mama macht die Augen zu, wenn die Pfeile sausen.«

Die Männer lachen und Sara erinnert sich an Johannes, den Sohn von Tante Lisa, der Ausüberin, die sie gesund gemacht hatte. Vierzig Karl-May-Bände besaß er. Und von der Decke seines Zimmers hingen Fledermäuse. Saras größter Wunsch, das Zimmer ein einziges Mal zu betreten. Sie war acht. Johannes zwölf. Sie feierten Fasching. Sara war eine Prinzessin. Langes weißes Kleid, mit Silberflitter bestickter Schal, eine straff mit Klemmen auf dem Kopf befestigte kleine Krone. Sie war schön. Er würde sie einlassen. Der dämmrige Flur. Sie klopfte. Öffnete. Er saß in vollem Indianerschmuck in seinem Zimmer. »Was ist dein Begehr?« Er stand auf. »Die Fledermäuse und die Bücher.« – »Nichts für Weiber.« Er schlug die Tür zu. Sara im Flur. Tante Lisa kam, wischte mit dem Flitterschal über Saras nasses Gesicht, es kratzte. Sie holte zum Trost Nesthäkchen- und Spyri-Bücher. Sara wollte nicht. Sie solle sich nicht zieren, sagte Tante Lisa. Sara nahm sie, vergrub sie am Fußende ihres Bettes, brachte sie nach Wochen ungelesen zurück. Als Johannes sechzehn war, ging er zur Volkspolizei, wechselte zur Volksarmee, später desertierte er. Fremdenlegion, dann Perlenfischer in Australien. Tante Lisa folgte ihm dorthin.

Das Gespräch im Auto dreht sich immer noch um die Indianer. Jakob ist aufgestanden, hat seine Arme zutraulich um John gelegt. Heinrich verwehrt es ihm. Es störe beim Fahren. John verneint. »Bleib nur, Jakob«, sagt er.

Jakob sieht verunsichert von einem zum anderen, schlingt die Arme dann fester.

Saras und Johns Blicke begegnen sich für einen Moment im Rückspiegel. John wirkt gelöst, lächelt. Sara lehnt sich zurück, rutscht aus der Reichweite des Spiegels.

Sie starrt auf Johns Rücken. Dann auf Heinrichs. Ihr Gefühl ändert sich nicht. Sie betrachtet Heinrichs kurzgeschorenes Haar, den schmalen Hals, der aus dem weißen Hemdkragen steigt, alles ist ihr vertraut, nah. Sie sieht auf John, dann wieder auf ihren Mann. Ihr Gefühl für beide. Es scheint ihr auf einmal selbstverständlich. Ja. So ist es. Warum Vorwürfe, Streit, Entscheidungen. Die beiden Männer sitzen vor ihr in diesem Auto, sprechen miteinander. Die Kinder sind bei ihr. Alles ist einfach und gut. Und unveränderlich.

Sara sieht über Heinrich und John hinweg auf das graue Betonband der Autobahn. Keiner spricht. Nur das Geräusch des Motors. Die Sonne steht über der Landschaft und die wechselnden Waldsäume heben sich in ihren klaren grünen Schattierungen ab.

Das letzte Stück der Fahrt weist Heinrich den Weg, er hat die Karte auf den Knien. Abfahrt von der Autobahn. Landstraße. Die Stadt. Das Museum ist noch leer. Die Räume mit den Wandtafeln und Glasvitrinen. Joschua mit dem Vater. Jakob hat seine Hand in die Johns gelegt. John hat einen Moment überrascht zu dem Kind hinuntergesehen, hat dann die Hand gefasst. Sara bleibt zurück, geht mit den einen oder den anderen, entfernt sich, setzt sich eine Weile, betrachtet die beiden Zweiergruppen von weitem.

Sieht, wie die Männer verstohlen einander beobachten. Sie erklären, keiner will dem anderen nachstehen. Die Kinder nutzen das rücksichtslos. Die Stämme der Chinook, der Küsten-Salish, der Cree, der Wakash, der Timucua.

Waffen, Geräte, Pfeil, Bogen, Fischspeer, Hängematten, Rindenboote, Rahmenschneeschuhe, die rote Bemalung des Kriegsschmuckes, der Zauberglauben. Zu fünft stehen sie an den Totempfählen, betrachten die stockwerkartig übereinander angeordneten stilisierten Tierdarstellungen. Jakob benennt die Tiere als erster. Joschua zeichnet ornamentale Verzierungen von Gebrauchsgegenständen in sein kleines Buch, das er immer in der Hosentasche trägt. Sie bewundern die Papiere aus der Bastschicht von Feigenbäumen und aus den Fasern von Agavenblättern. Nach zweieinhalb Stunden wollen sich die Kinder noch nicht vom Museum trennen.

Sara geht langsam zum Ausgang. Durch eine weit geöffnete Flügeltür gelangt sie über flache Steinstufen in den Garten. Setzt sich auf eine Bank, die offene Tür im Blick. Heinrich und John erscheinen nach einer Welle. Sie warten zu dritt auf der Bank, bis die Kinder kommen.

Jakob umrundet ein Dahlienbeet, schießt auf John zu, springt ihm unvermittelt auf den Schoß. Seine Knie auf denen Johns. Er gräbt seinen Kopf in dessen Bauch. »Papa«, ruft er, richtet sich wieder auf, beugt sich zurück, immer noch auf Johns Knie. »Ach, nein, du bist nicht Papa.« Er kneift die Augen zu. »Wer bist du eigentlich?« Er wiederholt hartnäckig die Frage. Sara fällt nicht ein, was sie sagen könnte. Heinrich kommt zu Hilfe. »Das ist Onkel John, das weißt du doch.« Von Jakob ist nur der Rücken zu sehen, er hat sich zusammengekrümmt, seinen Kopf wieder in Johns Schoß gedrückt. Aus der Tiefe: »Onkel John, ja aber wer bist du, Onkel John?« Dann richtet er sich ruckartig auf, sein Gesicht in der Höhe von Johns Gesicht. »Wer bist du?«

Sara könnte ihn ablenken, ihn zu sich rufen, ihn zurechtweisen. Sie ist unfähig. Heinrich sieht sie an, als ob er sagen wolle, es ist an dir. Dann steht er auf. »Wollen wir gehen?« John hebt das Kind von seinem Schoß.

Erst da bemerkt Sara, dass Joschua sie unverwandt ansieht. Sein ernstes kleines Gesicht. »Onkel John ist traurig, nicht wahr«, sagt er. Sara antwortet nicht, greift nach seiner Hand, zieht mit der anderen Jakob zu sich.

Die Männer gehen vor ihnen in Richtung Parkplatz.

Im Auto kein Wort. Die Kinder sitzen nebeneinander. Ihr ungewöhnliches Schweigen. Sara starrt auf Heinrichs weißen Hemdkragen.

Nach einer halben Stunde halten sie wieder. Wuchtige barocke Türme, von Wasser umgeben. Heinrich bleibt am Parkplatz zurück, stellt sich an einem Kiosk in die Schlange. Er will einen Film kaufen. John, Sara und die Kinder wandern an den Teichen entlang, warten auf der Brücke vor dem Schloss.

»Du hast von Anfang an gewusst, dass Heinrich mitkommt«, sagt John. Den ersten Moment des Alleinseins nutzt er zu einem Vorwurf. »Nein, er hat es gestern Abend gesagt, ich habe versucht, dich anzurufen.« – »Du hast es gewusst«, wiederholt er. Sara macht eine Bewegung auf ihn zu, aber er wehrt ab. Sein Gesicht verschließt sich. Die bekannten Züge von diesem Jahr. Sara ruft die Kinder vom Brückengeländer zurück. Heinrich kommt. Sie gehen im Strom der Besucher auf die Türme zu. In der Rundung der Turmhalle ist eine Menschenmenge. Stimmen hallen. An den hohen Wänden Geweihe, Tierköpfe, Hirsch, Reh, Elch, Wildschwein. Filzpantoffeln werden verteilt. Die Leute werden in Gruppen abgezählt. Im Zeitlupentempo rücken die kleinen Pulks vorwärts. Sie schließen sich keiner Führung an. Die Kinder möchten ans Wasser.

Die Sonne steht im Zenit. Es ist völlig windstill an diesem Spätsommertag. Und drückend heiß. Joschua hockt am Teichrand und beobachtet die kleinen Fische. Jakob liegt auf dem Bauch. Riesige Mückenschwärme über der Wasseroberfläche des Teiches. Sara und John sitzen auf dem Rasen. Heinrich läuft auf der anderen Seite des Teiches. Nach einer Weile vom Wasser her die Frage, ob John wisse, wie die Fische heißen. »Nein, ich kenne mich da nicht aus«, ruft er vom Platz neben Sara, »aber bei Vögeln, da ja.« Die Kinder sind sofort bei ihm. Jakobs Zutraulichkeit. Er schmiegt sich an John. Es tut John gut, sieht Sara.

Die wenigen Vogelstimmen, die vom Teich und den Bäumen in der Nähe kommen, sind bald erklärt. »Die Vögel sind bei der Hitze müde«, sagt John. Joschua beobachtet ihn die ganze Zeit über scharf. »Kannst du auch Vogelstimmen?« – »Nein.« – »Aber Heinrich kann sie.« Noch nie hat Sara ihn den Vater beim Vornamen nennen hören.

Sara starrt auf die Mückenschwärme über der Wasseroberfläche. Sie hört Heinrich. Er kommt auf sie zu. »Dreht euch um, bitte.« Das Klicken seiner Kamera. Er geht einige Schritte zurück, als wähle er den richtigen Ausschnitt. »Sara, sieh her«, ruft Heinrich. »Lass das«, sagt sie.

Aber Jakob drängt und auch John findet nichts dabei. Das Auge der Kamera. Sara steht auf. »Bitte lass es«, sagt sie nochmals.

Aber Heinrich fotografiert. Geht um sie herum, folgt ihnen, fotografiert weiter. John sagt nach einer Zeit: »Gib mir die Kamera, ich knipse euch vier.« Da ist es Heinrich, der energisch, beinah unhöflich abwehrt.

»Wir sollten jetzt zu Mittag essen«, sagt er, packt die Kamera in die Ledertasche, geht vor ihnen her.

Alle umliegenden Gaststätten sind überfüllt. Sie fahren ein Stück mit dem Auto, finden schließlich in einem Gartenlokal mit großem Saal und vorgebauter Veranda einen Tisch. Sara bittet um einen fünften Stuhl, der Ober weist sie barsch ab. Sara nimmt Jakob auf den Schoß. Als dann eine Reisegruppe aufbricht, der Saal sich merklich leert, die Fenster geöffnet werden und die Gardinen im Durchzug flattern, versucht sie es nochmals. Die Männer wollen sie hindern. »Dann bringen sie uns überhaupt nichts zu essen.« Sara kommt mit einem Stuhl zurück. Alles geht schnell, sie rufen dem Ober die Nummern der gewünschten Gerichte zu und aus der Küche kommend, ruft er sie zurück. Die Gäste melden sich wie Schulkinder. Er habe sich ein Gaststättenessen in dieser Gegend anders vorgestellt, sagt Heinrich in das Klappern der Aluminiumgabeln auf den Plastetellern hinein.

Jakob stochert mit der Gabel in der Luft und starrt John unverwandt an. »Iss bitte«, sagt Sara. Aber er starrt weiter auf John. Sara ahnt, was kommen wird. »Du schmatzt ja, Onkel John, das mag Mama nicht.« Heinrich weist das Kind scharf zurecht. Es fängt zu weinen an. Es hat das gesagt, was Sara immer empfindet und sich niemals zu sagen traut. »Ja, es stimmt, ich mag das nicht«, sagt Sara und weicht Johns Blick nicht aus. Heinrich hat sich abgewandt, gibt dem Ober Zeichen.

Der Kellner kommt. Heinrich hat das Geld bereit. John protestiert, er wolle das machen. »Das nächste Mal«, sagt Heinrich. Sara glaubt einen ironischen Zug in seinem Gesicht wahrzunehmen. Er wirkt selbstsicher. Er schlägt vor, zurückzufahren, gegen Abend nochmals an einer schönen Stelle zu halten und den Korb mit dem Kuchen zu öffnen.

Keiner erwidert etwas. Eine Andeutung von einem Nicken bei John. Jakob weint noch immer. Und auf einmal sagt Joschua zu Heinrich und Sara: »Ihr seid so merkwürdig heute.«

Das heiße Auto. Sara liest den Kindern vor. Verfolgt nervös das Gespräch der Männer. Heinrich ist es, der es in Gang zu halten versucht. Es bricht immer wieder zusammen. Ereignisse der vergangenen Woche. Breschnew, Honecker und Schmidt in der finnischen Hauptstadt. Die Schlussakte von Helsinki. Die Art ihres Umgangs, ihr Ton;

Abwehr in Johns Stimme, Bemühtheit in Heinrichs. Sara ist erschöpft vom Vorlesen und gleichzeitigen Hinhören auf die Rede der Männer.

Nach einer Stunde fahren sie von der Autobahn ab, fahren Landstraße, schließlich einen Feldweg. Heinrich sucht eine Stelle.

Sie gefällt allen. Ein kleiner Bach, Weidengestrüpp, eine Wiese. Felder. Ein Weg führt schnurgerade in den Feldern nach oben, bricht am Horizont ab.

John holt eine Decke aus dem Auto. Sie setzen sich. Sara bringt den Korb mit Tassen, Tellern, Kuchen, Kannen, einem weißen Tuch, einer kleinen Überraschung für jeden. »Der Indianersommertisch«, sagt Joschua. Sara öffnet die beiden Blechbüchsen mit dem Kuchen. »Papa hat ihn gebacken, Mama hat nur die Pflaumen entkernt«, sagt Jakob. Sara hebt ein großes Rechteck heraus, legt es auf den Deckel, schneidet es, gibt jedem ein Stück, hebt ein zweites heraus, schneidet es, ein drittes, ein viertes. Sie essen. Der Kuchenboden ist weiß und locker, über den feuchten und saftigen rotvioletten Früchten liegt eine Schicht von Butterstreuseln, Zimt und kleingehackten Mandeln. Zum Schluss lecken sie den dunklen, süßen Saft von den Fingern.

Nun bleibt noch die kleine Überraschung. Die Kinder finden, dass die für John die schönste sei.

Später ziehen sie Schuhe und Strümpfe aus und rennen den Weg durch die Felder. Heinrich zündet seine Pfeife an, John eine Zigarette. Sara sammelt die Kuchenkrümel vom weißen Tuch, das blendend in der Landschaft liegt. Das erste Drittel der Sonnenscheibe verschwindet oben am Feldrand. Sara gießt Kaffee nach. Die Kinder sind schon hinter dem Berg. Im Bach bewegt sich die tiefgrüne Brunnenkresse zwischen den Steinen. Die Männer sitzen in sich gekehrt. John mit finsterem Gesicht. Heinrichs kann Sara nicht deuten. Es ist sein Alltagsgesicht. Nichts geht daraus hervor. Nur die Anstrengung, dieses Alltagsgesicht aufzusetzen, kann Sara spüren. John häuft Vorwürfe, ahnt sie. Ahnt es bedrückt.

»Wollen wir den Weg hochgehen«, fragt sie. »Geh du«, erwidert Heinrich. John weicht ihrem Blick aus. Als sie ihn fragt, sagt er, »ich bleibe auch hier«. Soll sie ihn bitten? Vielleicht kommt er Heinrichs wegen nicht mit. Warum aber Heinrich nicht?

Sara geht den staubigen Weg zwischen den Feldern. Blickt zurück. Die Männer entfernen sich von ihr, werden kleiner und kleiner, schließlich unterscheiden Saras kurzsichtige Augen sie nur an der Farbe ihrer Hemden. Hinter dem Berg sind schon Joschuas und Jakobs Schreie zu hören. Sara vergisst, sich nochmals nach den Männern umzudrehen.

Sie ist völlig überrascht. Vor ihr eine riesige pyramidenförmige Erhebung, goldgelb. Auch die abgeernteten Felder in diesem warmen, leuchtenden Gelb. Sara zieht sich die Schuhe aus. Das Stoppelfeld massiert die Füße. Sie geht auf den Strohberg zu, von dem die Kinder herunterrutschen. Immer weiter klettern sie hoch, immer schneller die Fahrt. Sara setzt sich in das Stroh, der Sonne zu. Joschua und Jakob ändern ihre Route, sausen unmittelbar neben der Mutter herab, gefolgt von einem Wirbel aus Spreu. Sie sind zerkratzt, schwitzen. Sara hört auf ihr Lachen, ihre Zurufe; für Momente verschwindet auch sie in dem gelben Spreuwirbel. Das Stroh ist warm und ihm entströmt Sommerfeldergeruch aus Hitze, Staub und reifem Getreide.

Die Landschaft breitet sich weit, in der Ferne Hügel. Ihr ist plötzlich, als sollte sie den Feldweg nicht zurückgehen, ihre zerkratzten, schwitzenden Kinder an die Hand nehmen …

Sie erinnert sich an einen Traum, den sie in ihrer glücklichsten Zeit mit John oftmals hatte. Sie sei frei, träumte sie, Heinrich existierte nicht. Ihr Aufatmen. Sie war schuldlos. Und immer gegen Ende des Traumes der gleiche Vorgang. Sie nimmt entsetzt wahr, sie träumt. Unverzeihliche Täuschung. Aber noch im Erwachen klammert sie sich daran. Erfindet andere Frauen, phantastische Berufsangebote im Ausland für Heinrich, er kann nicht widerstehen, er lässt von ihr ab, freiwillig. Sie träumt den Traum nicht mehr.

Sara wird erneut in einen Spreuwirbel gehüllt. »Mach den Eulenruf«, sagt Joschua. Er ist atemlos wie Jakob auch. Beide formen die Hände zu einer Höhle, legen die Lippen flach an die durchgedrückten Daumen. Aber kein Laut kommt, sie sind zu sehr außer Atem. »Mach du«, bittet Joschua nochmals, »Papa hat gerufen, hast du es nicht gehört?« Im selben Moment hört Sara es. »Wieder«, sagt Joschua. Sara antwortet.

Dann laufen sie den Berg hinunter. Die Kinder winken. Die Männer erwidern es. Als Sara vor ihnen steht, scheint ihr alles unverändert. In gleicher Haltung, mit dem gleichen Gesichtsausdruck sitzen sie noch da. Sara räumt Teller und Tassen in den Korb, faltet das weiße, jetzt fahle Tuch zusammen. Die Kinder waschen ihre Füße im Bach. Sara auch. Die Sonne ist auf dieser Seite des Berges längst untergegangen. Der Bach wirkt nun dunkel, die Brunnenkresse fast schwarz.

Sara nimmt die Decke hoch, schüttelt sie mit John aus. Sie legen sie zusammen. Das Gras ist auf dem Viereck niedergesessen.

Als sie fertig sind, fasst Heinrich Sara am Oberarm. Sie sei am Rücken voll Spreu, sagt er und beginnend an den Schultern klopft er sie von oben bis unten ab. Er macht es mit einer resoluten besitzergreifenden Geste, hält ihren

Arm die ganze Zeit über fest. John betrachtet Sara unverwandt. Sein Blick ist der gleiche wie vorher. Er lächelt nicht. Auch Sara lächelt nicht. John steht mit hängenden Schultern, ungeschickt nach vorn geneigt, die zusammengelegte Decke unterm Arm. Nimmt sie unter den anderen Arm. Dreht sich dann wortlos um und geht langsam zum Auto. Sara verfolgt ihn mit den Blicken.

Das letzte Stück der Fahrt. Jakob will wissen, welche Kassetten in der kleinen Ledertasche zwischen den Vordersitzen seien. »Nur klassische Musik«, sagt John. »Sara, such etwas aus.« Als sie es tut und Heinrich, der vorn sitzt, ihr die Kassette abnehmen und ins Radio stecken will, sagt John, das Gerät sei nicht ganz in Ordnung, er solle es Sara machen lassen, sie kenne sich da aus. Ein kurzer, unguter Blickwechsel zwischen den Männern. Sara beugt sich nach vorn, berührt dabei mit Schultern und Armen John und Heinrich, legt die Kassette ein. Sie läuft nicht. Sara nimmt sie wieder heraus. Stellt das Radio ein. Die Musik ist völlig verzerrt. Die Störungen auf der Autobahn sind zu stark. Sie sucht einen anderen Sender, schaltet dann aus. Die ganze Zeit die Berührung. Verwirrung.

Joschua beobachtet alles. Und wieder scheint er sagen zu wollen, ihr seid so merkwürdig heute. Das Absurde dieses Tages. Die Zumutung für alle, die Sara plötzlich bewusst wird. Die unerträgliche Spannung. Rollenspiel. Reden, um zu verschweigen. Im Sprachlosen das Eigentliche. Das Gespür der Kinder dafür. Beschädigung. Was wäre, wenn die Männer das EIGENTLICHE sagen würden?

Saras Zorn auf John, der den Tag plante, auf sich, die zustimmte, auf Heinrich, der mitkam. Nein, sie allein ist es, auf sich muss sie den Zorn lenken … Sie begreift es in dem Moment. Ihr entschlussloses Verharren zwischen den beiden Männern.

Die Schlange der roten Rücklichter vor ihnen, weit in die Dunkelheit hinein. Die der weißen Scheinwerfer auf der Gegenfahrbahn. John fährt schon geraume Zeit auf der linken Spur. Immer häufiger bremst er ruckartig, nervös. Schließlich ist die Überholspur ebenfalls zu. Sie stecken im Stau. Der Rückflutverkehr am Samstagabend. Eine halbe Stunde noch bis Berlin. Sie brauchen fast zwei Stunden. Die Männer rauchen. Schweigen. Jakob schläft. Joschua lehnt an Sara, verwandelt die roten und weißen Lichtspuren, die sich kilometerlang vor ihnen hinziehen, in feuerspeiende Drachen und weiße Schlangen. – Spät sind sie in Köpenick. Heinrich trägt den schlafenden Jakob. Als Sara das Licht im Wohnzimmer anknipst und die Vorhänge zuzieht, ist die Straße leer. Johns Auto ist schon um die Ecke verschwunden.

Scham über den Tag. Unwiderrufliches ist geschehen. Was? Wochen später begreift Sara es.

An einem frühen Abend, sie sitzt im kleinen Zimmer an der Schreibmaschine, hat schon Licht an, legt Heinrich ihr die Fotos von dem Ausflug in den Kegel der Lampe.

Sara betrachtet eins nach dem anderen. Sie, die Hand gegen Heinrich, ihn abwehrend. Sie und John, die Kinder dazwischen. Gegenlichtaufnahmen. Dieser verführerische Spätsommertag mit dem besonderen Licht. Der reflektierende Wasserspiegel, herabhängende Zweige. Bild um Bild. Noch niemals hat Sara sich auf einem Foto mit dem Geliebten gesehen. Sie starrt darauf. Sie sind füreinander geschaffen.

Und sie begreift plötzlich, warum Heinrich die Fotos gemacht hat. Er hat fotografiert, was es nicht mehr gibt. Die Erinnerung.

Sie haben die Liebe überschritten. Und Heinrich weiß es, wusste es schon damals. Als Einziger.

Sara schlägt mit den Schmalseiten ihrer Hände auf die Tasten, die Metallbögen schnellen in die Höhe, sie schlägt hart, es schmerzt; die Tasten verklemmen sich, stehen starr, senkrecht in der Luft. Sie möchte schreien, die Bilder zerreißen. Aber sie wird nicht schreien, weiß sie im gleichen Moment. Die Kinder sind nebenan. Diese verfluchte enge Wohnung. Und ihre verfluchte Vernunft. Alles wird damit geregelt. Und erstickt. Die Leidenschaft zuerst. Und die Liebe. Heinrichs Satz: Du wirst das nicht durchhalten können. Du wirst daran kaputtgehen und ich werde das nicht zulassen.

Er hat den Kampf gewonnen. Er hat die Fäden in den Händen. Er bestimmt. Die Reißbrettzeichnung! Er hat sie, Sara, im Griff. John hat recht. Sara hört nicht auf, auf die Tasten zu schlagen.

Später sitzt sie reglos und starrt aus dem Fenster. Ein Licht nach dem anderen geht in den gegenüberliegenden Häuserblocks an. In den Küchen zuerst, dann in den Kinderzimmern. Immer in der gleichen Reihenfolge. Nach einer Zeit das Erlöschen der Kinderzimmer- und Küchenlichter, die Fernseh- und Wohnzimmerbeleuchtungen auf der anderen Seite der Waben. Abend für Abend. Tag um Tag. Jahr für Jahr. Sie drückt das Gesicht gegen die Scheibe. Der schwarze Rasen zwischen den Blocks. Die ausgerichteten Straßenlaternen, nur zwei brennen, die anderen glimmen, sind defekt. Heinrich öffnet die Tür. Das Abendbrot sei fertig. Sara antwortet nicht. Er werde den Kindern sagen, sie habe Kopfschmerzen. Später hört sie, wie Joschua und Jakob ihr gute Nacht sagen wollen und Heinrich sie von der Zimmertür wegholt.

Die Verführung durch Heinrichs Großzügigkeit, seine Geduld. Die Entscheidung ist schon längst gefallen. Daher ihre Abwehr von Johns Drängen. Es ist alles schon geschehen. Die Details, die sich mit einem Mal fügen.

Die Klarheit: sie muss sich von John losmachen, endgültig.

8

Lange nach der Trennung sagte John: Damals, nach jenem Ausflug mit deinem Mann und den Kindern, hätte ich von dir lassen müssen. Du warst schon verloren für mich. Die einzige Möglichkeit, dich zurückzugewinnen, fügte er hinzu, wäre gewesen, dich für kurze Zeit aus dem Spannungsfeld zwischen mir und deinem Mann zu nehmen, dir eine Atempause zu geben. Aber die Angst, dich zu verlieren, machte mir das unmöglich. Wo ich nicht war, war er.

Du wärest zurückgekommen, sagte er immer nach einer Pause. Und Sara darauf: Vielleicht. Aber vielleicht war es schon zu spät.

Es war zu spät.

An jenem Abend steckte Sara die Fotos in ein Kuvert, klebte es zu, ging mit geschlossenen Augen an die Bücherwand, schob es hinein. Sie würde mit John sprechen.

Dass es unmöglich sei, ihre Ansprüche aufrechtzuerhalten, dass sie sich trennen müssten. Formulierungen jagen durch ihren Kopf, alle scheinen untauglich. Aber sie würde es sagen.

Und sie tat es. Gleich beim ersten Wiedersehen. TRENNUNG. Das Wort stand im Raum. Er schob es von sich. Fasste sie bei den Schultern, schüttelte sie. Sie dürfe nicht aufgeben, was sie sage, sei nur ein Ausdruck momentaner Schwierigkeiten. Er besänftigte sie, wich aus. Er habe es nicht gehört, sagte er. Und Sara ließ sich ein letztes Mal besänftigen.

So verging eine Zeit.

In dieser Zeit sprachen sie an den Mittagen, an denen Sara zu ihm ging, über die Arbeit. Was sie lange nicht getan hatten. Sie lernten wieder, einander zuzuhören. Sara schien, als deckten sie Reisig über eine tiefe Grube. Im

Traum rannte sie angstvoll durch den Wald, sie hatte die Stelle vergessen, sie würde hineinstürzen.

Und eines Tages war es so weit. Das war Ende November 1975. Sie trafen sich in Johns Wohnung.

Er trug ihr sein neues Forschungsprojekt vor. Am Wochenende hatte er es endgültig fixiert. Ein Gegengewicht zu seiner Krankheit. Seit er daran saß, hatte er kaum mehr über die Krankheit geklagt. Sara wusste, was das Projekt für ihn bedeutete. Auch in seinem Verhältnis zu seinen Mitarbeitern. Aufregend fand sie sein Konzept. Sie sagte es ihm. Er ging in seinem Arbeitszimmer auf und ab, drehte sich energiegeladen zu ihr um. Blieb im Türrahmen stehen, die Hände in Kopfhöhe in den Rahmen gestützt. »Und jetzt etwas für dich. Ich habe für das Projekt zwei Planstellen dazu bekommen«, sagte er, »die eine ist für dich, du kannst am ersten Januar anfangen.«

Sara war völlig überrascht, aber sie reagierte sofort. Sie lehnte heftig ab. John wurde blass. Er stand noch immer vorgeneigt im Türrahmen. Diese Reaktion schien er gar nicht in Erwägung gezogen zu haben.

»Aber es ist eine einmalige Chance für dich, Sara«, sagte er nach einiger Zeit. »Du *kannst* das nicht ablehnen.«

»Doch.«

»Ich habe um diese Stellen gekämpft. Weißt du, wie schwierig das war.«

»Ja. Aber ich will nicht.«

Sara verteidigte sich, sie gebe doch jetzt nicht auf, nach einem halben Jahr. Drei brauche sie, um ihre Erfahrungen – aller Voraussicht nach die des Scheiterns – zu machen.

»Wenn du das schon weißt, warum bleibst du da?« – »Um es zu erfahren.«

Jeder könne diese Arbeit tun, sagte John. Sie sei ersetzbar, solle sich nicht so wichtig nehmen. Wenn sie für die Zukunft ernsthaft etwas wolle, müsse sie sich verändern.

Sara verteidigte sich über die Maßen, ihre Argumente werden lächerlich, sie spürt das. Endlich bewege sie etwas, werde gebraucht, könne ICH sagen. John hat es leicht, sie zu widerlegen. Emotional sei ihre Reaktion. Es stimmt. Aber Sara wehrt sich immer heftiger. Instinktiv spürt sie, die Arbeit ist die Schlinge, die er zuziehen will. Und auch er weiß es.

»Den einzigen und wirklichen Grund deiner Ablehnung verschweigst du«, sagt John, »deine Ablösung von mir.«

»Ja. Ich will nicht mehr deine Schülerin sein.«

Ob sie seine Schülerin bleibe oder seine Partnerin werde, das liege einzig an ihr und ihrer Leistung. In der Wissenschaft zähle nur diese für ihn.

Da sei sie seiner Meinung. »Gerade deshalb muss ich mich von dir entfernen.«

In Johns Nähe, spürt sie, wird sie sich niemals seiner Dominanz entziehen können. Immer wird der Abstand der Jahre bleiben. Immer wird er logischer, klüger, schneller, theoretisch-vorausgreifender denken, sie ihm nachjagen, nur eine Ausführende seiner Ideen sein; nie zu sich, zu ihrem eigenen finden.

»Absurd«, sagt John, »es ist ein Kollektiv, alle sind gleichberechtigt. Auch du. Es liegt an dir.« Unlogisch sei alles, was sie sage. Von Minderwertigkeitskomplexen, von ihrer Schwäche spricht er.

Sara presst die Fäuste in die Bücherwand, bis die Knöchel schmerzen. Ja, sie sei schwach, sagt sie in Richtung Türrahmen. Zum ersten Mal bekennt sie sich rückhaltlos und innerlich völlig ruhig zu ihrer Schwäche. Sieht den winterlichen Kammweg im Osterzgebirge vor sich, die Bahnen seines Planeten, die kleinen, schlingernden des ihren.

»Du zerstörst alles, wenn du ablehnst«, sagt John. Wie könne eine Entscheidung in der Arbeit zugleich das Urteil über ihre Beziehungen sein, erwidert Sara und erinnert sich, wie sie jahrelang mit fassungslos schmerzhaftem Neid beobachtet hatte, wie er die beiden Sphären voneinander zu scheiden vermochte. Jetzt kann sie es.

Dann übergangslos der Streit über den Ausflug. Taktlos sei es gewesen, dass Heinrich mitgekommen sei. »Du sprichst von vieren und denkst nur an uns zwei, Heinrich ist taktlos, Ellen abwesend. Erst Ellens Abwesenheit hat dir die Idee eingegeben.« Und plötzlich wirft Sara ihm sein Verhalten auf Konferenzen, im Theater vor. »Wenn Ellen da wäre, würdest du dich anders verhalten.« Ihre Stimme dünn und hoch. Es treibt sie weiter. Ihn verletzen. Es scheint, als könne sie mit jedem ihrer Worte die Entfernung zwischen sich und ihm vergrößern.

»Du starrst«, sagt John, »wie gebannt auf deinen Mann und wartest auf Ellens Rückkehr. Das ist dein Ausweichen. Du und ich sind die einzige Realität. Wir allein entscheiden über unsere Liebe. Du allein entscheidest.«

Die S-Bahn fährt im Zwei-Minuten-Rhythmus durch die Pappeln. Die Novembersonne liegt im Zimmer. Alles in dem Jahr Gesagte türmt sich. Alles in dem Jahr Zurückgehaltene kommt hinzu. Verletzungen. Alle Schranken fallen.

Das Beklemmendste: Es geschieht in beängstigender Ruhe. Sätze, die schon lange vorgeformt scheinen. Rollen; jeder ist auf seine festgelegt, das Textbuch ist vorhanden und das Ende wird erreicht sein, wenn beide erschöpft voneinander lassen.

Zum ersten Mal in all den Jahren trennen sie sich an jenem Novembernachmittag ohne Abschied.

»Ich muss gehen«, sagt Sara mehrmals. Ihre Zeit ist längst überschritten. Sie steht im Mantel im Flur. Er rührt sich nicht. »Auf Wiedersehen.« Keine Reaktion.

Die Tür fällt ins Schloss. Sara eilt durch die Schlucht

der zerkratzten Treppenwände, in jedem Stockwerk die Türen. Sie muss raus, wieder rein, zwei Schritte im Freien. Im Eingang unten fragt eine alte Frau nach einem Namen. Sie kenne sich in dem Haus nicht aus, sagt Sara. Die alte Frau hat offenbar schon mehrere Leute angesprochen, fängt laut zu schimpfen an. Sara hört sie noch auf der Straße.

Sie fährt eine Station. Endlich ihr Tor. Im Sekretariat warten Leute auf sie. Die Sekretärin hat sie hingehalten. Nach der Besprechung zwei weitere. Die Zeit bis zum Arbeitsschluss klingelt ständig das Telefon. Sara reagiert auf alles mit angespannter Aufmerksamkeit.

Der Weg zum S-Bahnhof mit den Kollegen. Das Gespräch über die Sprengung des dem gelben Backsteinbau gegenüberliegenden Gebäudes. Morgen soll sie sein. Einer erinnert sich an Bombenangriffe, ein anderer spricht von der Zerstörung Dresdens, ein dritter vom Krieg im Osten. Sara kann nicht mitreden. Sie ist zu jung. »Was soll da hin?« – »Die amerikanische Botschaft.« Ungläubiges Lachen aller.

Das Heben der Hände auf dem Bahnsteig. »Bis morgen.« – »Bis morgen.« Die rasch ein- und ausfahrenden Züge. Sara steht als Letzte da. Sieht auf die schwarzen, mit lautem Geräusch vorwärts ruckenden Zeiger der Bahnhofsuhr. Der Zwei-Minuten-Rhythmus stimmt genau. Gleich wird sie an Johns Haus vorbeifahren, Teil des Rhythmus sein. Wenn er am Schreibtisch sitzt, wird er den Blick heben. Die Geräusche der Räder, wenn sie über die Schienenstöße fahren, die andere Tonart, wenn der Zug über die Brücke fährt. Dann der Nachhall. Es dauert nur Sekunden.

Der Zug nach Erkner.

Zu Hause, als sie das Abendbrot bereitet, wird ihr übel. Joschua und Jakob streiten sich. Heinrich ist für mehrere Tage auf einer Dienstreise. Als die Kinder im

Bett sind, geht Sara ins Bad, hält den Kopf über das Toilettenbecken, beugt sich hinab, übergibt sich. Sie dreht den Wasserhahn auf, spült den Mund aus, übergibt sich erneut, der abstoßende säuerliche Geruch. Sie hält sich an der Wand fest, hat den Kopf noch immer über dem Toilettenbecken.

Später, als sie sich hingelegt hat, treten die Sätze vom Mittag in den Raum. Kalt und laut. Unbegreiflich. Sie knipst die kleine Lampe neben der Liege an, steht auf, schaltet auch die Deckenleuchte ein. Löscht nach einer Zeit das Licht wieder. Sie schläft fast nicht. Am Morgen, beim Frühstück, muss sie wieder ins Bad. Joschua geht in die Schule. Sie bringt Jakob in den Kindergarten. Dann ruft sie die Sekretärin an, sie könne heute nicht kommen.

Als sie den Hörer auflegt, sieht sie die fahle Sonne. Dieser milde November. Sie nimmt eine Decke, legt sich aufs Sofa, zieht die Decke über den Kopf.

Gegen zehn ruft John an. Er habe sie auf ihrer Arbeitsstelle zu erreichen versucht. Ob sie krank sei. »Nein, morgen bin ich wieder da«, sagt Sara. »Wieso bist du krank«, fragt er. »Ich bin nicht krank«, wiederholt Sara. Eine Weile Knacken und Hintergrundgeräusche in der Leitung. Wieder Johns Stimme. »Mit deiner Krankheit setzt du mich ins Unrecht, machst mich zum Schuldigen.«

Saras Überdruss, irgendetwas darauf zu sagen. Steigender Widerwille; sie kann nicht mehr streiten, will nur Ruhe, Abstand.

»Bist du noch da?«, hört sie John.

»Ja.«

Erneute Pause.

Dann ihre Stimme. »Ich möchte nicht antworten.« Sie legt auf.

Bleibt neben dem Telefon sitzen. Er wird wieder anrufen. Sie wird den Hörer wieder abnehmen. Und so ist es. Sie solle nicht kindisch sein, auch ihm ginge es schlecht.

Besänftigende Worte. Eine Sekunde Weichheit. Sie solle alles überdenken, ihre Ablehnung vor allem.

Was die Arbeit beträfe, gäbe es nichts zu bedenken. Das Ende des Gesprächs.

Sara rollt die Decke zusammen. Sitzt noch eine Weile. Blickt umher. Geht ins Arbeitszimmer, von da in die Küche. Zurück ins Wohnzimmer. Ihre Hände fassen nach Gegenständen, räumen. Sie öffnet Schubladen, schließt sie wieder. Überall fällt ihr Unordnung in die Augen. Dinge, die versäumt wurden. Kein Anfang. Kein Ende. Sie holt Wasser, gießt die vertrockneten Grünpflanzen. Nimmt Leim und klebt das fünf Quadratzentimeter große Stück fest, das Joschua an der sichtbarsten Stelle vor der Schrankwand aus der neuen Auslegware geschnitten hat. Er habe zaubern wollen, hatte er erklärt. Das Stück wellt sich nach oben, hält nicht. Sara schneidet ein neues. Es ist zu klein. Ein drittes. Holt anderen Leim. Endlich.

Geht dann ins Kinderzimmer. Auf dem Fußboden, auf der einzigen freien Stelle, Jakobs Baukästen, andere Spielsachen. Sie fängt an aufzuräumen. Gibt es auf, es ist ein Unding in dem winzigen Zimmer. Ihr Blick fällt auf Joschuas kleinen Arbeitstisch; mehrere Becher mit abgestandenem Malwasser, offene Farbkästen, durcheinanderliegende Stifte, Pinsel, Stapel von bemalten Papieren. Unmut packt sie. Sie schließt die Tür. Geht in die Küche. Öffnet die Schranktüren. Im Vorratsfach stapeln sich die halbvollen Tüten; Zucker, Mehl, mehrere von jeder Sorte. Manche Tüten sind eingerissen. Sara nimmt sie heraus, kippt die Reste zusammen, wäscht die Plastebehälter aus, füllt sie nach. Der Berg von Tüten nimmt nicht ab. Mit beiden Händen stopft Sara plötzlich alles in das Fach zurück. Setzt sich auf die Anrichte, den Rücken zum Fenster. Starrt auf den Gasboiler, die im unteren Oval sichtbare winzige blaue Flamme, die Tag und Nacht brennt. Überlegt, ob heute der Tag ist, da das Haus, ihrer Arbeitsstelle gegenüber, gesprengt wird. Steht auf, bläst die winzige blaue Flamme aus, nimmt Streichhölzer, zündet sie wieder an, stellt sie größer. In das Blau mischt sich jetzt ein Rot. Sie setzt sich zurück, nimmt die Füße hoch, stemmt sie gegen die Spüle. Sieht in die Flamme. Nach einer Zeit rutscht sie runter, wirft leere Flaschen in den Einkaufskorb. Greift den Korb, zwei Beutel, ein Netz. Schließt die Wohnungstür hinter sich ab.

Die Kaufhalle ist leer. Nie geht Sara um diese Zeit einkaufen. Wie immer der widerliche Geruch nach billigem Waschpulver. Sie schiebt den Wagen an den Regalen entlang, füllt ihn. An der Kasse wird ihr übel. Sie lässt alles stehen. Hinter der Halle stapelt ein junger Mann Kisten. Sie geht einige Schritte weiter, erbricht sich in das Gebüsch neben dem Müllhaus. Geht zurück. Zahlt. Zu Hause packt sie Korb, Beutel und Netz aus. Stellt alles hintereinander auf die Anrichte, verändert die Reihenfolge, tauscht Zucker gegen Haferflocken, rückt den Saft an die erste Stelle, dann an die letzte. Mehrmals wiederholt sie das. Schiebt alles in eine Linie bis zur Kante der Anrichte vor, fährt mit dem Finger entlang. Fragt sich plötzlich, was sie da macht. Nimmt wahr, was sie aufgestellt hat. Das Wichtigste, das Brot, hat sie vergessen. Sie geht wieder in die Halle. Sie ist jetzt voll.

Auf dem Rückweg holt sie Jakob vom Kindergarten ab.

Er schiebt seine Hand in ihre. Plappert. Zu Hause folgt er ihr von einem Zimmer ins andere, gibt sich mit ihrem abwesenden Ja und Nein nicht zufrieden. Aber warum ja, warum nein. Sara schaltet die Sesamstraße ein. Als Joschua kommt, setzt auch er sich vor den Fernseher. Sara fragt nicht wie üblich nach Hausaufgaben, nach der Schultasche für morgen. Er solle sein Malzeug aufräumen, sagt sie nach dem Abendbrot. Jakob ist schon geduscht, liegt im Bett.

Sara mahnt an der Tür. Hört das Flüstern, Lachen. Sie

räumt den Tisch ab, spült das Geschirr. Öffnet dann die Kinderzimmertür. Jakob hängt über dem Rand des Doppelstockbettes. Joschua malt für ihn eine Geschichte, kommentiert sie. Stifte, Farbkästen, abgestandenes Malwasser unverändert. Dazu auf dem Fußboden die ausgekippte Schultasche, aufgeschlagene Hefte. Wortwechsel. Die Schulaufgaben sind nicht gemacht. Joschua verteidigt sich. Die Geschichte sei gleich zu Ende. Er malt weiter, sieht hoch, lächelt Sara an.

Und da passiert es. Der irrationale Umschwung. In Sekundenschnelle. Sie packt Joschua plötzlich bei den Schultern, reißt ihn hoch. Er lacht. Sie schüttelt ihn, er lacht noch, da schlägt sie ihm heftig ins Gesicht. Jakob schreit auf. Sie schlägt wieder. Nun schreit auch Joschua. Sie schlägt noch mehrmals in sein Gesicht. Ist wie von Sinnen. Ihre schrille, sich überschlagende Stimme. Und das Schreien der Kinder, das sie zurückholt.

Sie lässt entsetzt von Joschua ab, läuft aus dem Zimmer. Rutscht vor der Tür zusammen. Begreift nichts. Was ist geschehen? Der Versuch, sich zu entsinnen. Leere in ihr. Von der Flurtür her an den Füßen ein kalter Zug. Allmähliches Bewusstwerden: sie hat das Kind geschlagen. Sie kehrt sich gegen ihre Kinder. Gegen sich selbst. Es ist das Ende. Das Zeichen. Du wirst das nicht durchhalten können. Heinrichs Stimme. Ihre eiskalten Füße.

Unendlich viel Zeit scheint vergangen zu sein, als sie sich wieder aufrichtet. Im Kinderzimmer ist es still. Sie legt das Ohr an die Tür. Sie öffnet vorsichtig. Joschua und Jakob liegen zusammen im unteren Bett. Sie schlafen nicht. Ihre Augen sind auf Sara gerichtet. Sie muss etwas sagen. Sie weiß nicht, was. Stammelt dann, ihre Nerven seien durchgegangen. »Verzeiht«, sagt sie. Joschua deutet mit einem winzigen Zucken seiner Lider an, dass die Worte bei ihm angekommen sind. Jakob starrt weiter mit aufgerissenen Augen auf die Mutter wie auf eine Fremde. Sara wagt nicht, näher zu gehen, die Kinder zu berühren. Die Gute-Nacht-Umarmung unterbleibt. Sie löscht das Licht.

Noch nie in ihrem Leben hat sie sich so elend gefühlt. Als Heinrich am anderen Tag von der Dienstreise zurückkommt, erzählt Jakob ihm sofort, was vorgefallen ist. Joschua schweigt. Jakob benutzt das Wort der Mutter von den durchgegangenen Nerven. Es nimmt sich im Munde des Sechsjährigen komisch aus. Heinrich lacht darüber. Sara bricht in Tränen aus. Die Kinder wollen das Zimmer verlassen. »Bleibt«, sagt Heinrich. Später, am Abendbrottisch, spricht er von Saras Ringen unter den Augen und dass sie mehr essen solle. Ob Jakob und Joschua das nicht auch meinten. Sie meinen es. Zaghaftes Lächeln von beiden Seiten.

»Du musst es sein, die auf die Kinder zugeht«, sagt Heinrich am nächsten Abend zu Sara, »Kinder sind nicht nachtragend. Dein Zögern verschlimmert die Situation.« Aber Sara bringt es nicht fertig. Dann ist es Jakob, der nach Tagen die Spannung löst. Als Sara auf der Bettkante sitzt, umschlingt er sie plötzlich von hinten, zieht Joschua heran und drückt ihn gegen Sara. Sie legt die Arme um ihn.

Mehrmals in dieser Woche ruft John an. »Warum muss ich es immer sein, warum telefonierst du nicht einmal«, sagt er. Sara ist wortkarg.

»Es ist alles gesagt.«

»So einfach kannst du es dir nicht machen.«

»Ich habe Joschua geschlagen.« – »Ein Klaps wird ihm nicht schaden.« – »Nein, ich habe ihn heftig geschlagen, besinnungslos, es hat mit uns zu tun.«

»Sara, rede keinen Unsinn«, sagt er. »Wir müssen uns sehen.« Er führt Gründe an, immer neue.

»Erst nach Moskau«, sagt Sara schließlich. »Ich packe meine Koffer, fliege übermorgen nach Moskau, du weißt, die schon lange geplante Konferenz.« – »Du wirst Ellen sehen, nicht wahr?« – »Ja.« – »Habt ihr miteinander telefoniert?« – »Ja.« – »Hauptsache, die Verständigung zwischen euch klappt«, sagt John. »Dann bis nach Moskau.« Er legt auf.

Sara in Moskau. Ihre beinahe heitere Erinnerung an diese Russland-Tage. Die breiten Moskauer Straßen, Kälte und Schnee. Die Kuppeln der Kathedralen. Die steinerne Richtstätte auf dem Roten Platz, wo der Zar seine Erlasse verlesen ließ, Iwan der Schreckliche die Bojaren hinrichtete, der Bauernführer Stepan Rasin gevierteilt wurde. Jetzt die alles beherrschenden Milizionäre mit ihren schrillen Trillerpfeifen.

Und die seltsame Begegnung mit Ellen, ihr gemeinsamer Tag.

Abstand zu allem, was Sara zu Hause bedrückt. Nur die schmerzhafte Nähe zu dem Vorfall mit Joschua will nicht weichen. Die Dezembertage.

Zwanzig Grad minus seien es in Moskau, sagt die Stewardess, als die IL 18 auf dem Flughafen Scheremetjewo landet. Sie werden erwartet. Sara und ihr Kollege aus einem Verlag. Die Leibesfülle nennt ihn Sara, weil er so dick ist.

Umarmungen und Bruderküsse des sowjetischen Delegationsleiters. Skeptische Blicke auf Sara. Im Auto zur Stadt klären sie sich auf. Man hat einen Mann erwartet, muss das Zweibettzimmer nun in zwei Einzelzimmer umwandeln. Der Russe wiegt den Kopf. Im Hotel »Ukraina« angekommen, macht er sich an die Arbeit. Trotz der tausend Betten im Hotel ist es offenbar eine fast unlösbare Aufgabe. Sara sieht belustigt zu. Kopfschütteln, heftiger Wortwechsel. Dokumente werden durch den Schlitz an der Rezeption hin- und hergeschoben. Es wird laut hinter der Glasscheibe. Davor bleibt es ruhig. Unbegreifliche Geduld. Budjet, budjet; eine Stunde vergeht. Sie sitzen in ihren Mänteln im Hotelfoyer. Sara sucht ein Telefon, ruft Ellen an. Sie sei in der Nähe, komme gleich vorbei, sagt sie. Ihre Stimme klingt hell und fest. Dann endlich hat der Delegationsleiter den Kampf gewonnen. Er hat Schweiß auf der Stirn. »Im Mittelbau, achtundzwanzigster Stock«, sagt er entschuldigend.

Sara fährt mit dem Fahrstuhl hoch. Sie mag dieses »Ukraina«, diesen von außen hässlichen Zuckerbäckerbau mit dem Protz der fünfziger Jahre. Sie hat hier schon einmal gewohnt. Geht über die dicken roten Teppiche der endlosen, mit dunklem Holz getäfelten Flure. Der vertraute Geruch aus den kleinen Etagenrestaurants. Weit offene Türen, Männerstimmen, Lärm. Die Schlüsselmütterchen. Erstes Gespräch auf Russisch. Erinnerung an die Zeit nach fünfundvierzig. Die dort könnte Maria sein. Vom Alter her stimmt es. Aber nicht diese Augen.

Saras Zimmer. Ein hoher Raum mit Stuckdecke, an der Wand eine Marmorkonsole, schwere Holzmöbel. Es ist kalt. Mit Fingern und Mund schafft Sara sich ein kleines Rund in der Fensterscheibe. Sie wohnt auf der Seite, wo der Fluss seine Schleife zieht. Die Moskwa liegt starr im Eis.

Als sie den Koffer öffnet und auszupacken beginnt, klopft es. Ellen. Sie trägt eine Pelzmütze und eine Jacke aus dem gleichen Fell. Beides steht ihr außerordentlich gut. Ihr Gesicht ist von der Kälte gerötet. Sie wirft die Mütze aufs Bett, erzählt, zieht auch die Pelzjacke aus, wirft die ebenfalls aufs Bett. Sara steht noch im Mantel da.

»Du siehst gut aus«, sagt sie zu Ellen.

»Und du, entschuldige, dass ich es sage, siehst schlecht aus.«

»Ja, ich weiß.«

Sara könnte jetzt sagen, ich werde mich von ihm trennen, du wirst ihn zurückhaben, ganz. Vielleicht wäre das hilfreich für Ellen. Aber sie hält sich an die Abmachung. Die Art, in der Ellen dann nach John und seinem Gesundheitszustand fragt, Sara eine knappe Antwort gibt, zeigt ihr, dass sie es richtig gemacht hat. Für Ellen ist das Thema tabu. Sie erzählt von den banalen Schwierigkeiten des Moskauer Alltags. Lacht, kommentiert ihre Sätze ironisch. Fragt Sara, ob sie ihre telefonischen Ratschläge für die Kleidung befolgt habe. Morgen würden es fünfundzwanzig Grad minus. Sara bejaht. »Ich würde dir gern die Stadt zeigen, wenn du einen freien Tag hast«, sagt Ellen. Sie ist schon aufgestanden, hat nach Mütze und Jacke gegriffen und ebenso schnell, wie sie ins Zimmer trat, ist sie verschwunden.

Sara zieht ihren Mantel aus. Dieser kurze Besuch, dieses Angebot. Sie geht ins Bad, es gibt weder heißes noch kaltes Wasser. Sie braucht fast zwei Stunden, ehe sie den Zuständigen findet, dem sie ihre Beschwerde mitteilen kann. Darin geht sie zu Bett. Die Kälte. Sie legt den Mantel über die Decke. Ellens Stimme im Traum. Im Morgengrauen Lärm, die Rohre dröhnen. Es wird repariert.

Und dann die Konferenz. Vier Tage. Von morgens bis abends. In dem Haus, in dem Lew Tolstoj in »Krieg und Frieden« die Rostows wohnen lässt. In dem Saal, in dem Bälle und Vergnügungen stattfanden. Fähnchen aller sozialistischen Länder auf dem langen Tisch. Daran die Teilnehmer. Im Hintergrund, die Konferenzmappen auf den Knien, Leute aus den Unionsrepubliken als Beobachter. Ukrainer, Kirgisen, Usbeken, Grusinier. Letten und Esten, die Sara interessieren, sind nicht dabei. Die Zeremonie des Protokolls. Die endlos monologisierenden Redner.

Lebhaftigkeit nur auf den Empfängen. Trinksprüche auf Frieden, Völkerfreundschaft, Zusammenarbeit, Zusammenwachsen. Was hat die Literaturwissenschaft der Mongolei mit der deutschen zu tun, fragt sich Sara. Was soll da zusammenwachsen? Ihr Unbehagen. Die Leibesfülle lacht. »Sind Sie das erste Mal hier? Die Arbeit, wenn überhaupt, wird woanders gemacht. Das ist nur Schaum. Diensttourismus. Alle wollen reisen. Und essen«, fügt er hinzu, rollt mit der Gabel zwei dünne geräucherte Lachsscheiben zusammen, schiebt sie genüsslich in den Mund. Greift nach seinem Wodkaglas. Klärt sie auf. »Man muss es sagen«, meint Sara. Er sieht sie zweifelnd an. Aber stimmt zu.

»Ein Versuch?«

»Ja.«

»Auf Ihre Verantwortung.«

Sein Beitrag am anderen Tag ist gut. Auch der Saras. Der Sinn der Konferenz? Die Effektivität? Niemand geht auf die Fragen ein. Die Leibesfülle sagt: »Sehen Sie!« Und Sara denkt an Johns Vorwürfe. Er hat Recht. Sie macht sich etwas vor.

Und so erreichen sie nach vier Tagen das Ende, unterzeichnen ein Abschlussprotokoll. Der sowjetische Delegationsleiter ist betrunken, zweimal setzt er seinen Namenszug an die falsche Stelle, der Protokollführer hält ihm schließlich die Hand. Alle tun, als sähen sie es nicht.

Dann der letzte Tag. Der Tag mit Ellen. Sie kommt zum Hotel. Begrüßt die Leibesfülle, lädt sie zum Mitkommen ein. Sie kennen sich, haben zusammen studiert.

Zuerst Kitaigorod, das alte Kaufmannsviertel hinter dem GUM am Roten Platz, dann der Friedhof beim Nowodewitschi-Kloster. Am späten Nachmittag Kolomenskoje am Stadtrand. Ellen macht es Spaß, sie zu führen. Sie spricht Leute an, wird angesprochen. Ihr perfektes Russisch. Sie ist zu Hause. Wieder ihre Berichte über den bizarren Moskauer Alltag, über das Universitätsleben. Sie lachen. Dröhnend die Leibesfülle. Verhaltener die Frauen. Obwohl es zum Weinen ist. Unvorstellbare Zustände. »Nur mit bitterem Humor halten es die Russen aus«, sagt Ellen. Sie spendiert Eis auf der Straße. Sie schaben mit den Zähnen daran, werfen die harten Stangen in ihre Handtaschen. Achtundzwanzig Grad minus. Sara hat Ellen noch nie so unbeschwert erlebt.

Als sie das Nowodewitschi-Kloster verlassen, kommt die Sonne. Sie atmen die scharfe Frostluft. Kleine Wolken vor ihren Mündern. Das blendende Weiß des Schnees. Er knarrt unter ihren Füßen bei jedem Schritt. Russischer Winter. Die sauber gefegten Wege auf dem Friedhof. Hier wie überall in der Stadt, vor Gebäuden, Metroeingängen, die alten Mütterchen in schwarzen Filzschuhen, mit Schneeschiebern, Reisigbesen, eilfertig. Oder? Sara fällt das russische Volkslied ein, das sie den Kindern manchmal singt: *Näh nicht, liebes Mütterlein, am roten Sarafan, nutzlos wird die Arbeit sein, drum strenge dich nicht an.*

Vom Friedhofstor kommt ihnen ein Mütterchen nachgerannt, bietet ihnen an, sie zu den Gräbern der Großen zu führen. Ellen dankt, sie kenne sich aus. Zeigt Sara und der Leibesfülle die Grabstätten von Gogol, Eisenstein, Fadejew, von Stanislawski und Prokofjew. Die Gräber von Anton Tschechow und Isaak Lewitan.

Zuletzt der neue Teil. Schnelle Schritte an den Generälen vorbei. Dann, verblüffend, gegen das russische Pathos, ein überlebensgroßer lachender Kopf aus Stein. Verschmitztes Bäuerlein im Schnee. Das Grab Nikita Sergejewitsch Chruschtschows. Deshalb wünsche man den Besuch hier nicht. Deshalb die offizielle Auskunft, der Friedhof sei geschlossen.

Der Blick dann beim Weggehen auf die Kuppeln des Nowodewitschi-Klosters. Die Metrostation Sportiwnaja. Sie fahren zum Ring zurück, fahren zwei Stationen. Steigen um.

Die langen Tunnel der Metroübergänge zwischen Ring und strahlenförmig stadtein- und -auswärts fahrenden Linien. Ellen findet alles ohne Mühe. In einem der Tunnel liegt ein blutender Mann am Boden, ein anderer schlägt brutal auf ihn ein. Die Menschen hasten vorüber. Sara bleibt stehen. Ellen zieht sie weiter. »Hier will niemand mit der Miliz zu tun bekommen.« Die Trillerpfeifen sind schon zu hören. Die Menge scheint ihren Schritt zu beschleunigen. Sara blickt sich um, der Schläger gebraucht jetzt seine Füße, tritt in den Leib.

Die schweigende Menge und die Schreie des Getretenen. Sara denkt an ihren ersten Moskau-Besuch. In der Oberschule. Zwölfte Klasse. Alles sah sie verklärt. Das kommunistische Land. Jeder Mensch war ein neuer, ein guter Mensch. Ihre Erfahrungen gleich am ersten Tag. Sie gab einen Zehnrubelschein und bekam nur auf fünf heraus, die Umstehenden schützten den Verkäufer, beschimpften Sara, drohten ihr, jagten sie schließlich weg. Dann stahl man ihr aus dem Hotelzimmer den Fotoapparat. Sara machte keine Anzeige, bangte auf der Rückfahrt vor dem Zoll. Der Apparat stand auf dem Einfuhrzettel. Das Vorgefallene sei untypisch, sagte sie sich. Erzählte es niemandem, verdrängte es vor sich selbst; kleine Gläubige. Alle diese Menschen waren gut, gingen in eine lichte Zukunft.

Das Ende des Tunnels, die Metro in Richtung Kachowskaja. Sie erlebe das fast täglich, diese Schlägereien, sagt Ellen. Sara erzählt zum ersten Mal von damals. Ellen und die Leibesfülle, die als Studenten hier waren, verstehen es. Auch sie konnte die Wirklichkeit nicht erschüttern. Ihr Glaube war stärker.

Sara erinnert sich an die Schlangen vor dem Mausoleum. In Sechserreihen auf dem Roten Platz. Bis in den Alexandergarten standen sie, acht Stunden und mehr. Ausländer wurden vorgelassen. Saras Blick auf Lenin von seinen Füßen her. Schmal, dunkler Anzug, ein bescheidener kleiner Stadtschreiber. Stalin mit riesigem Schnurrbart, in Uniform, mit Ordensbrust. Ihr fielen Glasauge und Holzwolle ein, die im Gartengrab vom Generalissimus übriggeblieben waren, sie schämte sich, dass nur das ihr einfiel, nichts sonst.

An der Metrostation Kolomenskoje steigen sie aus. Gehen an den monotonen blassgrünen Zwanziggeschossern entlang, sie nehmen kein Ende. Biegen nach rechts. Kleine Holzhäuser mit bunten Verzierungen an Fensterläden und Simsen. Umzäunte Vorgärten. »Im Frühjahr werden sie nicht mehr da sein«, sagt Ellen, »sie werden abgebrannt.« – »Abgebrannt?« – »Ja, wegen des Ungeziefers. Die Leute werden in die Hochhäuser umgesiedelt.«

Sie erreichen Kolomenskoje, das alte Zarenanwesen am Ufer der Moskwa. Die beiden gehen ins Museum. Sara bleibt allein. Stille. Kein Mensch. Sie läuft zum hohen Ufer. Die Flusswindungen, im Eis erstarrt. Weite. Der Horizont. Hier, außerhalb der Stadt, ist es noch um einige Grade kälter. Die Finger in den Handschuhen scheinen abzusterben. Der Frost schneidet ins Gesicht. Ein angenehmer Schmerz. Das blendende Weiß des Schnees vom Vormittag hat sich gewandelt, ein bläulicher Schimmer liegt auf ihm. Widerschein des Himmels. Er ist von einem satten Blau überzogen. Es ist Spätnachmittag. Die Dämmerung ist schon zu ahnen.

Seltsame Verkehrung von Erde und Himmel. Die Erde in ihrem schimmernden Weiß ist luftig, durchsichtig, der Himmel dagegen von dunklem, festem Stoff.

Man müsste auf dem Kopf laufen. Sara nimmt diesen Augenblick mit allen Sinnen wahr. Dreht sich langsam, ganz langsam. Himmel und Erde.

Nach einer langen Zeit Stimmen. Schlüsselgeräusche. Das Klappen einer Tür. Ellen und die Leibesfülle kommen aus dem Museum. Eine alte Frau mit hohen, viel zu großen Filzstiefeln begleitet sie. Der Weg zurück. Schwarze Punkte im Schnee; Kirchgängerinnen, einzeln, in Gruppen. Die kleinen Schritte, das Schlurfen der Filzschuhe. Die Glocken läuten.

Das geöffnete Kirchenportal. Im Inneren Helligkeit, Wärme. Auf den Holzbänken vor den Heiligenbildern betende Frauen. Manche zünden Kerzen an, die sie für wenige Kopeken am Eingang gekauft haben. Aus dem Unsichtbaren hohe Stimmen, ein Frauenchor. Das Flackern der Kerzen. Der Weihrauchkessel. Das rote Gewand des dicken Popen. Der speckige Saum, den die Frauen berühren. Auf dem Steinfußboden liegt ein dürres Weiblein mit Vogelkopf, fast haarlos, das schwarze Kopftuch ist ihr in den Nacken gerutscht, ihr im Gebet auf- und niedergehender Körper, das Ringen der Hände. Der Anblick ist kaum zu ertragen. Sara sieht in Ellens Gesicht die gleiche Empfindung. Gehen wir, sagen ihre Augen.

Eine halbe Stunde später sind sie mitten im abendlichen Berufsverkehr der Großstadt. Die Metro ist überfüllt. Sie nähern sich dem Zentrum. Die Leibesfülle steigt als erster aus. Dann Ellen. »Ich komme noch im Hotel vorbei«, sagt sie, »ich will dir etwas für John mitgeben.« Sara fährt bis zum »Ukraina«.

Sie duscht, zieht sich um, betrachtet sich im Spiegel. Verspürt Hunger. Auch Ellen wird hungrig sein.

Im Etagenrestaurant eine lange Schlange. Sara stellt sich an. Die Schalen mit schwarzem und rotem Kaviar, die verschiedenen Pelmeni, marinierte Pilze, Sossiski mit scharfem Senf. Das Schwarzbrot. Der Sekt. Endlich hat sie alles auf dem Tablett. Verlässt, so schnell sie kann, ohne sich umzublicken, den Raum. Die dicke Russin, die sie bedient hat, schreit hinter ihr her. Zwei Männer kommen auf den Flur gelaufen. Es sei verboten, Speisen mit auf die Zimmer zu nehmen. Sara weiß es. Tut, als verstünde sie die Sprache nicht. Beschleunigt den Schritt. Rennt, das Tablett krampfhaft waagerecht haltend, drückt mit dem Fuß die Zimmertür auf, stellt es ab. Lauscht, ob ihr jemand gefolgt ist.

Als Ellen kommt, fällt ihr Blick sofort auf das Tablett. »Gute Idee«, sagt sie. Zieht ihre große bunte Tasche heran, packt aus, was Sara mitnehmen soll. Sara holt ihren Koffer, nimmt fast alles wieder heraus, schichtet es neu, legt die Sachen dazwischen. Zum Schluss hocken sie beide da, die Knie auf dem Kofferdeckel, berühren sich dabei. Endlich schnappen die Schlösser zu.

Sie erheben sich, setzen sich an den Tisch. Ellen zieht nochmals die zusammengefallene Tasche heran, holt aus ihrer Tiefe ein Heft. Legt es auf den Tisch, schiebt es in Richtung Sara, ihre Hand darauf. Ein Wachstuchheft. Solch eines, wie Saras Großmutter zum Eintragen der Kochrezepte in der Küche hatte, fettig und befleckt, mit Eselsohren. »Ich habe dir davon erzählt«, sagt Ellen, »das Buch, das ich an den Abenden hier allein für mich übersetzt habe.« Sara kann sich nicht erinnern, dass Ellen davon gesprochen hat. »Du wolltest es lesen.« Auch das ist ihr fremd. »Es steht alles drin. Lies es. Gib mir das Heft in Berlin zurück.« Ellens Hand löst sich von dem schwarzen Wachstuch, mit einem kurzen Ruck stößt sie die Kladde halb über die Tischkante. Sara fängt sie auf.

Das Wort Berlin steht mit einem Mal im Raum. Wie am ersten Abend im Hotel überfällt Sara der Drang, Ellen von John zu erzählen. Sie unterdrückt ihn. Kann es dann nicht lassen zu fragen: »Wirst du Weihnachten für ein paar Tage nach Hause kommen?«

Sie hätte nicht fragen sollen. Gedehnt, scharf im Ton, wiederholt Ellen: »Nach Hause?« Ihre Bewegungen werden von einem Moment auf den anderen starr und kantig. Die Finger gehen nervös hackend über das Tischtuch. Sie antwortet nicht.

Saras tastende Versuche in das verlegene Schweigen hinein. Gesprächsthemen, die Konferenz, der Tag. Sackgassen.

Erst allmählich, über Umwege, schwerfällig, die Rückkehr. Ellen entspannt sich, ihre Gesten werden wieder ausgeglichen.

Sara zieht das Tablett heran. Stellt die Glasschüsselchen mit dem roten Kaviar, die Pelmeni, Pilze, die Sossiski vor sie hin, ordnet Teller und Bestecke, schlägt die weiße Serviette vom Brotkorb zurück. Holt den Krimsekt aus dem Bad. Füllt die Gläser. Sie stoßen an. Später beschreibt Ellen ihre männlichen Kollegen. Sie lachen darüber. Ebenso über Saras Schilderungen der gewichtigen Männer mit ihren gewichtigen Trinksprüchen auf der Konferenz. Sie streichen die letzte Butter auf die dicken Schwarzbrotscheiben, lassen die letzten hellroten durchsichtigen Kaviarkügelchen genussvoll zwischen den Zähnen aufspringen, im Gaumen sich ausbreiten.

Hinter der Bannmeile irgendwo John. Der nicht das *ganze* Leben ist. Sara fällt der Januartag mit ihm in der Invalidenstraße ein, das russische Essen, ihr Plan, gemeinsam nach Moskau zu fahren.

Jetzt sitzt sie mit Ellen hier. Sara greift nach der Sektflasche, gießt die Gläser erneut voll.

Gegen Mitternacht geht Ellen. Sara bringt sie zum Hotelausgang. Sie umarmen sich.

Als sie ins Zimmer zurückkommt, setzt sie sich auf Ellens Stuhl, zieht ein Bein unter sich. Greift nach dem schwarzen Wachstuchheft. Blättert. Ellens flüchtige, fast unleserliche Schrift. Bleistift, Kugelschreiber, Tinte, alles durcheinander. Sara hockt mit gekrümmtem Rücken. Sie liest und kommt nicht mehr los.

Irina, im Alter zwischen Ellen und Sara, will unbedingt

und rückhaltlos leben. Wünscht sich die große Liebe. Ihr Ehemann ist ein langweiliger Funktionär. Dann die große Liebe, die scheitert. Ein schmählicher Geliebter, der nichts wagt, sie verlässt.

Das trostlos Mögliche: die winzige Bewegung im Alltag. Ohne die Männer. Irinas nüchterner, ironischer Blick. Die banale Gegenwart, das alles verschlingende, tägliche Einerlei. Der Verlust der Gefühle, der Verlust der Liebe. Die Männer sind ihrer nicht wert.

Nicht einmal der Ausweg Anna Kareninas bleibt. Man wirft sich nicht vor den Zug. Es würde eine Farce sein. Man bringt sich nicht um.

Man überlebt. Aber wozu? Ohne die Liebe?

Einen Satz dieser Irina hat Ellen unterstrichen, zweimal, dick, rot. *Die eigenen Vitamine entdecken, in sich selbst.* Ist das der schmale Steg, der hinüberführt?

Sara weiß mit einem Mal, was Ellen tun wird. Alles stehe drin, hat sie gesagt.

Ellen wird zu John zurückkehren. Die vielen kleinen Zettel werden aus der Wohnung verschwinden. Ellen wird die Stelle der Zettel einnehmen.

Ein Leben ohne Illusion. Ellen wird für John sorgen, wie sie für seine Kinder gesorgt hat. Da sein, alles machen. Den Mangel zur Tugend erklären. Die meisten werden darin das Normale sehen, das Uneigennützige. Das es – im Hinblick auf John – auch ist. Und Ellen?

Wer sich opfert, der tut es nur, um Lücken zu füllen, Leere zu verbergen, denkt Sara. Die Ehe als Mauer? Hinter ihr die geheime Suche. *Die eigenen Vitamine?* Es wird die Arbeit sein. Sie allein wird für Ellen zählen.

Sara schlägt das Wachstuchheft zu.

Ihre Glieder sind starr. Das Bein, auf dem sie sitzt, ist völlig taub. Ihr Nacken ist verspannt. Es ist vier Uhr morgens.

Vom Spasskiturm schlägt die Glocke die volle Stunde. Halb fünf wird das Auto da sein, das sie zum Flughafen nach Scheremetjewo bringt. Sara räumt hastig zusammen. Geht ins Bad, schöpft eiskaltes Wasser in ihre Hände, schlägt sie gegen das Gesicht. Öffnet den Koffer, bekommt ihn schwer wieder zu. Die Kasperpuppen, die Buratinos für die Kinder, bindet sie an der Tasche fest. Sieht sich ein letztes Mal im Zimmer um.

Die stillen leeren Flure. Sie wartet am Fahrstuhl. Zehn Meter von ihr entfernt ein schlafendes Schlüsselmütterchen auf ihrem Schemel. Sara läuft hin, kippt ihr die restlichen Rubel und Kopeken aus ihrem Portemonnaie in den Schoß. Wartet wieder am Fahrstuhl. Rennt nochmals zurück, schlägt die gestreifte Schulmädchenschürze über das Geld. Wer weiß, wann sie wach wird.

Die Leibesfülle steht in der Hotelhalle. Das Auto ist schon da. Die Fahrt durch die finstere Stadt. Auf dem Flugplatz Scheremetjewo Schneegeruch. Schneidend kalte Morgenluft. Sara saugt sie ein, tief, es tut weh, es tut gut. Auf dem Weg über das Flugfeld zur Maschine fällt die Kälte sie an. Nur das kann jetzt helfen.

9

In Schönefeld ist es wenige Grade über null. Es nieselt. Wässrige Schneereste liegen an den Bordsteinen. Johns Stimme. Was sich ihr mit dem Wort Trennung entringe, das gleiche verzweifelt einer Kapitulation, der Preisgabe eines Anspruches, den sie immer gehabt habe. Mutig die Norm missachten, ob das nicht mehr gelte? Wem sie ihre Beziehung opfere? Er weise es zurück. Sie erinnert sich, seit dem Oktober hat sie John mehrmals gefragt, was Liebe sei. Wenn man diese Frage stellt, ist es schon zu spät.

Und in den nasskalten Morgen hinein, auf dem Zickzackweg durch das Neubauviertel, probiert Sara einen Satz. Ich liebe ihn nicht mehr, sagt sie. Ich liebe dich nicht mehr, wiederholt sie.

Die Kinder schlafen noch. Heinrich ist schon aufgestanden. Sara kocht Kaffee, macht Frühstück, sie essen zusammen. Heinrich erzählt, wie es den Kindern ergangen ist.

Als Sara zwei Tage später die Treppe zu Johns Wohnung hochgeht, fällt ihr der schreckliche Streit ein, ihr Weggehen ohne ein Wort. »Ich freu mich«, John zieht sie am Arm herein. Sie packt die Sachen von Ellen aus. »Was habt ihr über mich gesprochen?« Wir haben nicht über dich gesprochen, müsste sie sagen. Er würde es nicht glauben. Sie schweigt. »Du könntest wenigstens antworten.«

»Wir haben nicht über dich gesprochen.«

Er legt die Sachen auf den Fenstersims. Dreht ihr den Rücken zu. Sie müsste es sagen. Jetzt. Sofort. »Kommst du nächste Woche mit nach Weimar«, fragt er, »die Konferenz, erinnere dich, du wolltest mitkommen.«

Sara ist es entfallen. Er wird den Hauptvortrag halten. Vor Moskau hat sie sich schon einen Dienstreiseauftrag ausschreiben lassen. Sie hat vergessen, mit Heinrich zu sprechen. »Wahrscheinlich«, sagt sie. »Fahren wir zusammen?« – »Wenn ich mitfahre, ja.«

Am Abend fragt sie Heinrich, ob er die Kinder versorgen könne. Sagt, dass John auch nach Weimar fahre. Joschua ist dabei, bettelt, mitgenommen zu werden. »Nur einen Tag, bitte, ich fahre dann allein zu den Großeltern.« Sara bringt nicht fertig abzulehnen, nach dem, was vorgefallen ist. Wartet auf Heinrichs Reaktion. Er stimmt überraschend schnell zu, obwohl Joschua zwei Tage Schule versäumen muss. Sara ahnt, warum. Joschua tanzt durch das Zimmer.

Dann kommt der Tag. Das Wetter ist unsicher, Schnee und Eisglätte sind angesagt. Sie beschließen, nicht mit dem Auto, sondern mit dem Zug zu fahren. Treffen sich am Bahnhof. Kollegen von John stehen auf dem Bahnsteig. Begrüßungen. Im Abteil sind sie allein.

Joschua ist im Gegensatz zum Ausflug zutraulich zu John. Er erzählt vom Doktor Faust, von seiner Höllenfahrt. Er hat mit Jakob und Sara am Wochenende ein Gastspiel des Puppentheaters von Hradec Králové besucht. John belustigt es, er stellt Fragen, geht auf den Jungen ein, auf seinen Plan, ein Marionettentheater zu bauen. Ihre lebhafte Unterhaltung. Sara beteiligt sich kaum. In ihrem Kopf die ganze Fahrt über Sätze, die sie John sagen muss. Mechanisch hämmert Sara sie sich ein. Die Trennung. Morgen muss es sein. Übermorgen. Nein morgen. Wenn Joschua weg sein wird. Johns Versuche, Sara ins Gespräch zu ziehen, sind erfolglos. »Mama ist müde«, sagt Joschua, als ob er die Mutter entschuldigen wolle.

Wie eine gelangweilte Ehefrau habe sie im Zug neben ihm gesessen, meint John, als sie in Weimar die Straße vom Bahnhof zur Stadt gehen. Joschua hüpft vor ihnen.

Das Tagungsbüro ist voll. Viele sind mit dem Berliner Zug gekommen. Sie erhalten ihre Zimmerzuweisungen für das Hotel. Sara schreibt die Karte aus, sie hat ein Dreibettzimmer. Joschua steht neben ihr, geht dann quer durch den Raum zu John. Auf einmal dessen Stimme, lauter als die anderen. Er wünsche ein Einzelzimmer. Das Gemurmel im Raum verstummt. Die Erwiderung der Sekretärin, seine, heftig. Die Kinderstimme. »Du kannst zu uns mitkommen, wir haben drei Betten.« Die Umstehenden lachen. Sara tut, als konzentriere sie sich auf das Ausfüllen der Karte, übermalt das bereits Geschriebene, hebt den Blick nicht. Verfolgt das Gespräch mit angehaltenem Atem. Er besteht weiter auf einem Einzelzimmer. Entgegen seiner sonstigen Bescheidenheit.

Seine erregte Stimme. Die scharfe der Sekretärin. Im Raum verfolgen alle, wie es ausgehen wird. John lässt nicht locker. Schließlich gibt die Sekretärin ihm ein für einen Ausländer bestimmtes Zimmer im »Elefant«. Sie tut es widerwillig. Man hört es. Es ist gegen die Vorschriften, sagt sie mehrmals.

John geht zur Tür. Joschua folgt ihm. Sara zögert, als alle wieder mit sich beschäftigt sind, erhebt sie sich, nimmt den kleinen Rucksack des Sohnes, den er liegen gelassen hat, ihre Tasche, geht den beiden nach. »Jetzt werden wir feudal zu Mittag essen«, hört sie John sagen. Er hat den Arm um Joschuas Schultern gelegt. Blickt sich um, lächelt, als sei nichts. Sara weiß, wie peinlich ihm dieser Auftritt gewesen sein muss.

Sie bleibt zwei Schritt hinter den beiden. Sie gehen die gewundenen Gassen bis zum Markt, überqueren ihn. Im Hotelrestaurant bekommen sie tatsächlich einen Tisch. Im Speisesaal die weißen Porzellankübel mit den Palmen in der Mitte des Raumes, die hohen holzgedrechselten Kandelaber mit den Lichtkugeln. Neun zählt Joschua, ist entzückt, dreht den Kopf nach allen Seiten. Zieht eine zerknüllte Zeichnung aus der Hosentasche, streicht sie auf dem weißen Tischtuch glatt. Was das sei, fragt John. Sein Marionettentheater, das er am Wochenende bei den Großeltern bauen wolle. Holz, Sägen, einen Geräteschuppen gäbe es da. Er erklärt die Zeichnung. Sieht erschrocken zu Sara. »Lass ihn«, sagt John. Aber es hätte seiner Aufforderung nicht bedurft. Sara ist froh über die Redseligkeit des Jungen. Und John sieht sie an, als wolle er sagen, sieh, ich bin gut und es rührt sie. Er studiert die zerknüllte Zeichnung, fertigt dann auf einer Papierserviette eine neue an. Joschua mit der Nase darüber. John spricht von Scharnieren, Schrauben, Zollbreiten. »Aber Scharniere hat der Großvater nicht.« – »Wir kaufen sie dann, ich weiß einen Laden hier.« Ab und an kommen

Leute an den Tisch, begrüßen John oder auch Sara. »Bist du wirklich ein Professor«, fragt das Kind ungläubig. Sagt, wie es sich einen solchen vorstelle. John lacht, greift Joschua ins Haar.

Nach dem Essen gehen sie wieder über den Markt. Sara wartet vor dem Eckgeschäft, einem Eisenwarenladen. Als die beiden nach einer Weile herauskommen, prüfen sie fachmännisch die Tüten.

Am nächsten Morgen bringt Sara den Sohn zum Bahnhof. Der Zug in Richtung Eisenach hat Verspätung. Sie solle nicht warten, bittet er. Möchte selbstständig sein. Aber sie wartet. Nach zwanzig Minuten klettert Joschua ins Abteil, steht am Fenster. Er winkt, bis der auslaufende Zug sich verliert.

Sara sieht auf die Uhr. Sie muss sich beeilen. Wählt den Weg durch die Gassen. Am Jakobsfriedhof verlangsamt sie den Schritt. Zögert. Öffnet die kleine Eisentür. Der Wetterbericht hat nicht gestimmt. Es ist nasskalt und nieselig.

Der Weg, den sie immer nimmt. Zuerst zum Kassengewölbe, nur wenige Meter, am Rande des kleinen Friedhofs, dann zurück zur Jakobskirche. An der hinteren Außenwand die Tafel, die die Trauung von Christiane Vulpius und Goethe vermerkt. Schließlich über die feuchten Kieswege zu Christianes Grab. Die in Stein gemeißelte Schrift mit Goethes Spruch. Verlogen hat sie ihn einmal vor Freunden genannt, heftigen Widerspruch geerntet. Sie bleibt dabei.

Geht dem Ausgang zu, schließt die kleine eiserne Tür hinter sich. Beschleunigt den Schritt.

Die Konferenz hat schon begonnen. Sara findet in der letzten Reihe Platz. John hält seinen Vortrag. Er spricht ohne Mikrofon. Seine kräftige Stimme, der vertraute Klang. Sein genaues Artikulieren, langsames Sprechen, sein Zögern; die Aufforderung. Sara lässt sich übergangslos in seine Gedanken hineinziehen. Die Entwicklung seiner Thesen.

Nach sechzig Minuten stürmischer Applaus. Als Sara die Stufen des Hörsaales hinabgeht, steht er, umringt von Leuten. Er wirkt jungenhaft wie immer in glücklichen Momenten, fährt mit der Hand durchs Haar; seine Geste in solchen Augenblicken. Wie lange hat Sara sie vermisst, wie vertraut ist sie ihr.

Er entdeckt Sara, löst sich von den anderen. »Na«, sagt er. Und Sara sagt: »Gut, sehr gut, ich gratuliere.«

Das Jungenhafte weicht von ihm. Sara sieht seine Enttäuschung. Sie versteht nicht gleich. Jemand zieht John wieder in den Kreis.

Als sie den Saal verlässt, begreift sie. Erinnerung an frühere Vorträge. Die körperliche Nähe, ihre völlige Hingabe. Seine Klugheit mache sie sinnlich, hatte er früher manchmal gesagt. Nichts mehr von dem. Ihre Sinne abwesend. Nur ihr Verstand. Allein die Gedankengänge fesselten sie. Jeder andere hätte den Vortrag halten können. Ein Redner, dem man am Ende gratuliert. Wie anderen.

Er hat es gespürt. Und es ist so.

Wieder, wie während der Zugfahrt, die mechanischen Sätze, das Einhämmern; die Angst nimmt ihr die Luft. Heute muss sie es sagen.

Am Nachmittag sind die Vorträge dicht gedrängt. Bis weit über die Zeit tagt die Konferenz. Sara ist unkonzentriert. Endlich Schluss. Sie holt ihre Jacke, wartet draußen. John kommt mit einer Gruppe von Ausländern, mit offenem Mantel, die Mütze in der Hand, gestikulierend. Hat wieder das Jungenhafte. Ruft Sara etwas zu, sie versteht es nicht. Sie geht auf und ab. Er steht bei den Männern. Dann verabschiedet er sich.

Kommt. Gibt ihr Mütze und Tasche, knöpft seinen Mantel von unten nach oben zu, umständlich, langsam. Bedeckt den Kopf. »Sie sitzt schief«, sagt Sara, stellt sich auf die Zehenspitzen, rückt sie ihm. Er nimmt die Tasche wieder.

»Machen wir einen Spaziergang durch den Park«, fragt er. »Es gibt für alle Abendbrot«, sagt sie. Letzter Aufschub, an den sie sich klammert. John lehnt ab. »Gehen wir«, sagt er.

Der Park liegt schon im Dunkeln. Von den Dachfirsten der Häuser erheben sich Vögel, fliegen krächzend parkwärts. Ihr Geschrei gibt den Weg an. Im Park also wird es sein, denkt Sara. Ihre Augen gewöhnen sich an die Düsternis. Von Stein und Gesträuch tropft Nässe. Die Stufen zur Ilmbrücke hinab sind glitschig. Sie gehen in Richtung Römisches Haus, nur meterweise hebt sich der Weg vor ihnen aus der Dunkelheit.

Sie sprechen über den Vortrag. Ach, ihre klugen Worte. Johns ausgelassenes, ihm so zu gönnendes Glück über seinen Erfolg. Seit mehr als zwei Jahren hat sie ihn nicht so heiter erlebt. Dahinein, denkt sie. Aber sie ist schon rücksichtslos. Die unerträgliche Spannung. Jetzt muss es sein.

Der Weg scheint zu enden. Die Gabelung, die sie in der Düsternis beinahe verfehlt hätten. Vor ihnen ein großer Stein. »Hier muss die Bank sein, weißt du noch«, sagt er, »es war dieselbe Jahreszeit und es war nass und dunkel wie heute. Erinnerst du dich?«

Sara erinnert sich. Ihr Verlangen nacheinander war so groß, sie waren wie von Sinnen. Und noch eine Stunde in diesem Park fällt ihr ein. Im ersten oder zweiten Jahr ihrer Liebe muss das gewesen sein. Sie sieht es vor sich, exakt, scharf, ein Foto. Aber kein Gefühl stellt sich ein, kein Geruch, keine Bewegung. Eindimensional. Auf mattem Papier zwei andere; zwei, die nichts mit ihnen zu tun haben. »Ich erinnere mich, wir müssen nach rechts.«

Sie nehmen die rechte Gabelung. Der Weg verengt sich.

Das Römische Haus kann nicht mehr weit sein. John zieht Sara plötzlich mit einer heftigen Bewegung an sich.

Und da würgt sie es heraus. Zusammenhangslos. Die eingelernten Sätze stellen sich nicht ein. Andere.

John lässt sie los. Erwidert nichts. Zwingt sie zu immer neuen Sätzen. Schweigt hartnäckig. Ihre Sätze: Sie fühle sich zu Heinrich stärker hingezogen, sie müssten sich trennen, sie könne so nicht leben. Dass sie ihn nicht mehr liebt, bringt sie nicht fertig zu sagen. Sie sollten Freunde bleiben, sagt sie hilflos am Schluss.

Sie gehen nebeneinander. Er muss doch etwas sagen. Die Zeit läuft. Eine halbe Stunde, eine Stunde, mehr muss vergangen sein. Der Weg ist schon längst wieder breit. In der Dunkelheit schimmert es weiß. Das Gartentor. Sie sind an Goethes Gartenhaus in den Ilmwiesen.

Das Nüchterne in seiner Stimme. »Freunde, hast du Freunde gesagt? Das ist unfassbar.« Sie wolle die Liebe auf Eis legen und sie zu gegebener Zeit wieder abrufen. »Deine Kinder, Sara«, sagt er, »brauchen dich noch mindestens zehn Jahre.« Ein solcher Vorschlag sei unmenschlich. Er sei eine absurde Selbsttäuschung. Wieder spricht er von Kapitulation, vom Opfer, vom Aufgeben ihrer Ansprüche. Ob sie denn ernsthaft glaube, dass er sich wie der Hofmeister nach vollbrachter Schreckenstat zu ihr setze und Fachgespräche mit ihr führe, zum Beispiel über den Anspruch auf ein volles, reiches Leben und seine Darstellung in der Literatur? Was sich ihr da mit dem Nur-Freunde-Sein entrungen habe, darauf könne man nicht ohne Bitterkeit und Zynismus antworten. Ob sie nicht wisse, dass das die Redensart sei, mit der man eine überflüssige Liebesaffäre aufzulösen pflege, wenn man es auf eine gute Manier tun will.

Sie weiß es. Sagt ihm, dass sie es weiß. Ihre Unfähigkeit, ihre Scham, ihm zu sagen, ich liebe dich nicht mehr. Sie bringt es einfach nicht fertig.

Die Schlossbrücke mit den steinernen Bögen taucht vor ihnen auf. Sie kommen ihr näher und näher. Gehen unter den steinernen Bögen durch, steigen auf der anderen Seite hinauf. Laufen über die Brücke. Es nieselt noch immer. Das Schloss liegt in der Dunkelheit. Die Pflastersteine der ansteigenden Straße glänzen schwarz vor Nässe. Die Umrisse der Häuser gegen den dunklen Himmel. Auf dem Dachfirst des alten Stiedenvorwerkes sitzen aufgereiht die großen Vögel. Die Seifengasse. Lautlos überfliegen einige den schmalen Himmelsstreif über der Gasse. Johns und Saras Schritte hallen.

Der Frauenplan ist menschenleer. Sie verlassen ihn, gehen nach rechts, nach links, folgen der Biegung der Straße. Ihre Spannung. Sara hat das Gefühl, sie nicht mehr ertragen zu können. Vor dem Hotel stehen sie im Nieselregen unter dem schwachen Licht der Laterne.

»Wenn du mir sagst, dass du dich zu Heinrich stärker hingezogen fühlst, so gleicht das medizinisch gesehen einem Selbstmord«, sagt John. »Hast du nicht Angst, dass etwas Schlimmes passieren wird?«

Das Dröhnen in Saras Kopf. Medizinisch gesehen. Die beiden Worte bleiben. Das Umfeld verfliegt. Medizinisch gesehen. Medizinisch gesehen. Der Lichtschein der Laterne macht den Sprühregen sichtbar, glänzende winzige Tropfen in dem Kegel.

»Sara, komm diese eine Nacht zu mir und wenn es unsere letzte sein sollte, komm, ich bitte dich.«

»Es ist unmöglich.«

»Nichts ist unmöglich, Sara, besinne dich.«

»Ich kann nicht.«

»Du willst nicht. Sara, es wird in dieser Nacht nichts geschehen, dem du nicht zustimmst. Ich versichere es dir. Aber komm mit, Liebes.«

Sara hat die Hand schon auf der Türklinke. »Du bist taub und blind«, sagt John. Die Tür fällt hinter Sara ins Schloss.

Der Speiseraum ist verraucht und überheizt. Konferenzteilnehmer sitzen dicht gedrängt, Flaschen und Gläser auf den Tischen, Reste von Essen. Lautes Gespräch. Sara will schnell vorbei. Aber es gelingt ihr nicht. Die Jacke wird ihr abgenommen, ein Glas eingeschenkt, sie wird auf einen Stuhl gezogen. Absurder Wechsel. Sie antwortet. Weiß gar nicht, was sie sagt. Im Nebenraum eine Gruppe sowjetischer Touristen. Ein Tonband läuft. Sie tanzen.

Das gleichmäßige Stampfen hört Sara noch, als sie sich nach einer halben Stunde aus dem Kreis entfernt, die Treppe mit den schäbigen Läufern nach oben geht. In ihrem Zimmer wird es stärker. Der Raum mit den Tanzenden muss sich genau unter ihr befinden. Sara legt sich in das Bett, in dem gestern Joschua geschlafen hat. Die Vögel über der Gasse, das Pflaster, der düstere Park, der Streit, ihre Worte, seine. Verletzung, Rechtfertigung, Mitleid, Angst. Noch weit nach Mitternacht das Stampfen … *so handeln wir beide töricht und unverantwortlich … nur um uns keiner Gefahr auszusetzen … den Mut haben, unsere Lage zu verändern …*

Am frühen Morgen träumt Sara, sie läuft nach Hause, durch Schluchten von Häusern und immer neue, vollkommen unbekannte Straßen. In Köpenick findet sie die Wohnung leer. Sie klingelt beim Nachbarn. Sein Kopf mit wirrem Bart ist so breit wie der Türrahmen. Ausgewandert, dem klingenden Zug nach, sagt er und lacht dröhnend. Er trägt eine Eisenbahneruniform und schwenkt sein Holzbein. Stößt damit die Tür zu.

Am anderen Morgen wird die Konferenz fortgesetzt. Sara will vor John da sein, geht zeitig. Aber John kommt ihr im Hörsaal schon entgegen. Hat, so wie er aussieht, genauso wenig geschlafen wie sie.

»Wir haben noch den heutigen Tag und die Nacht, Sara. Nach dem Mittagessen erwarte ich eine Antwort von dir, eine endgültige.« Jemand tritt zu ihm, verwickelt ihn in ein Gespräch. Sara sucht sich einen Platz.

Der bleierne Vormittag. Der Bannkreis ist gezogen. Die Mauer geschlossen. Beim Mittagessen werden die Interessenten für eine Exkursion nach Schloss Kochberg bei Rudolstadt gezählt. Sara sieht auf Johns erhobene Hand. Nach dem Essen, gegen zwei Uhr, bewegen sich die Konferenzteilnehmer in kleinen Gruppen in Richtung Markt. Man schlendert, hat es nicht eilig. Vor Sara, in einiger Entfernung, näher, wieder entfernter, Johns Gestalt.

Der Marktplatz liegt in grellem Licht. Die Sonne scheint. Es ist kalt und klar. Über Nacht hat es einen Temperatursturz gegeben.

Die ersten erreichen die Busse nach Großkochberg. Einige steigen schon ein.

Sara kommt in einer Vierergruppe, löst sich. Steht vor John. Schüttelt den Kopf. Oder ist es nur ein Bewegen der Augen?

John sagt: »Sara, ich fahre nach Berlin, jetzt gleich, du kannst nicht sagen, du habest das nicht gewollt, du seiest nicht schuld daran.«

Sie hat die Lippen aufeinandergepreßt, ihr Gesicht ist abweisend. Es ist, als gelte alles, was sie tut, anderen, nicht ihnen. Sie steht neben sich, beobachtend. Sie geben sich die Hand.

Dann sieht sie, wie er sich in dem grellen Licht entfernt.

Jemand ruft seinen Namen, ruft, »fahren Sie nicht mit nach Schloss Kochberg?« – »Ich muss mit dem Nachmittagszug nach Berlin«, ruft er zurück, beschleunigt den Schritt. Sara lehnt sich für einen Moment an die schmutzige Außenseite des Busses. Der Motor wird angelassen, ihr Körper vibriert. Jemand sagt, sie solle einsteigen.

Die Erinnerung an diese Fahrt in das thüringische Dorf. Das wahnwitzige Gefühl der Befreiung noch mitten im

Schmerz. Das Zurückströmen der Sinne in ihren Körper. Beschämend, beglückend. Für immer wird es für Sara mit dieser Landschaft, mit diesem Schloss verbunden sein.

Die Annäherung. Bläulich schimmernde Vorgebirge des Thüringer Waldes. Wechselnde Perspektiven. Die umgebrochenen Schollen der Felder glänzen in dunklem Braun, fast einem Schwarz. Weiter höher dann, auf der Ebene bei Neckeroda, Wintersaaten. Die grünen Spitzen sind reifbedeckt. Die sich weit über die Hochfläche breitenden Felder wirken dadurch wie von einer dünnen Schneedecke überzogen.

Das Motorgeräusch des Autobusses. Neben Sara der Gärtner der Weimarer Gedenkstätten. Er hat sich ihr vorgestellt. Ein schmaler, sympathischer Mann mit scharfgeschnittenem Gesicht. Ein Besessener in seinem Beruf, spürt sie nach seinen ersten Sätzen. Hört ihm zu, fragt ihn. Seine Rede fällt sänftigend in sie. Pflanzen, die vor zweihundert Jahren wuchsen, Parkgestaltung in Weimar, der Blumengarten in Kochberg. Als sie in Großkochberg aus dem Bus steigen, verabschiedet er sich.

Sara bleibt hinter den anderen zurück, die vom Parkplatz durch das Dorf zum Schloss gehen.

Sie tritt als letzte durch den Torbogen. Das Landgut der Charlotte von Stein. Sie hat es sich immer ärmlich gedacht. Vor ihr ein wehrhafter Bau in klarer, schöner Gliederung. Strahlendes Weiß, die Schlusssteine in warmem Englischrot. Links ein Seitenflügel, in der gleichen Farbe, mit geschwungenem Renaissancegiebel. Dazwischen ein Innenhof.

Die Fülle der Formen. Sara will alles auf einmal wahrnehmen, kann es nicht, schwankt zwischen Einzelheiten und Ganzem. Verspielte Türmchen auf hohen Schieferdächern. Eine Turmuhr. Sie schlägt. Eine heftige Zuneigung zu dem Schloss erfasst Sara sofort.

Wo sind die anderen? Sara geht schräg über den Hof,

den Stimmen nach. Erst da bemerkt sie, das Schloss ist von einem Wassergraben umgeben. Jenseits des Grabens ein kleines Gebäude in klassizistischem Stil. Da stehen die Konferenzteilnehmer. Ein Mann, kurzes Stoppelhaar, asiatisch geschnittene Augenpartie, erläutert den Ablauf des Nachmittages. Konzert im Liebhabertheater, er weist auf die Säulen in seinem Rücken, Führung durch das Museum, anschließend Kaffeetafel.

Ich werde das alles nicht können, denkt Sara. Sieht, vor ihr, wenige Schritte nur, zwischen Mauereinfassung und kahlen Hecken, führen schmale, stelle Stufen zum Wallgraben. Niemand beachtet Sara. Sie geht hinab.

Die Wasseroberfläche ist gefroren, ist spiegelglatt. Sie kauert sich hin. Unter dem dünnen Eis die Verästelung filigraner Schlingpflanzen, gesunkene Blätter; eine kleine Wunderwelt, vom schräg einfallenden Licht hervorgehoben. Sie beugt sich, verliert fast das Gleichgewicht.

Die Schritte oben auf dem Kies entfernen sich. Die hölzernen Flügel einer Tür werden aneinandergeschlagen. Stille.

Sara steigt die Stufen wieder hoch. Der Platz ist leer. Das Konzert hat begonnen.

Sie geht in den Park. Klares Winterlicht. Die grauen Buchenstämme geometrisch gegliedert. Die Hagebuttensträucher wie flammende Dornenbüsche. Kein Farbverwischen, keine Schattierung, jede Farbe für sich in diesem reinen Winterlicht.

Sara saugt die Luft ein. Schneeluft. Eine Wegrundung. Sie steht vor einer ovalen Vertiefung. Flache Stufen locken hinein, sieben Stufen. Klirrend zersplittern gefrorene Blätter unter ihren Füßen. Ein spitzer Laut bei jedem Schritt, den sie tiefer in das Oval hineingeht. Ihre Füße brechen ein. Eis unter ihnen. Da begreift sie, sie läuft in einem

Teich, dessen Wasser im Winter abgelassen ist. Kehrt zu den flachen Stufen, dem festen Weg zurück.

Läuft weiter, das Splittern der gefrorenen Blätter im Ohr. Ein Pfad, seitwärts ins Gebüsch. Der Abstand der steinernen Trittplatten bestimmt die Länge ihrer Schritte. Eine scharfe Biegung. Brusthoch ein enges Gemäuer, kammerförmig umschließt es Sara. Strenger Geruch nach Buchsbaum und Eiben. Wenige Schritte weiter ein grabähnlicher großer Stein mit der Aufschrift: *Alles ist vergänglich.* Sara wehrt sich gegen die von Menschenhand geschaffene Inszenierung in diesem Park, will sich ihr entziehen, flüchtet zurück auf den Hauptweg, geht ihn aufwärts.

Eine ebene Fläche, von Büschen und hohen Bäumen umstanden. Beete, mit Reisig bedeckt. Das muss der Blumengarten sein, von dem der Gärtner gesprochen hat.

Das Licht ist diffus. Es beginnt zu schneien. Der Schnee fällt senkrecht und lautlos in dicken Flocken.

Der Garten wird weiß.

Sara sieht auf den fallenden Schnee. Die Trennung? War das heute? Es ist ihr unbegreiflich. Die zehn Jahre. Sie geht über die Parkwege zurück, steht schließlich wieder im Blumengarten.

Die Verlockung des geschlossenen Weiß. Spuren darin ziehen. Sie fängt zu laufen an, umkreist die Beete. Wird schneller. Ihre Fußspuren, sie überquert sie. Ein verschlungenes Netz entsteht. Eine mutwillige Katze teilt Saras Treiben. Sie wetteifern. Und plötzlich reißt Sara die Winterbedeckung von den Beeten, ihr fallen die Worte des Gärtners ein und sie lässt in heißer Junifülle den Garten überlaufen von Düften und Farben. Die Kulisse der hohen alten Bäume. Sie füllt die Bühne des Blumentheaters und die Beete mit blühenden Pflanzen, taucht das Halbrund der angrenzenden Büsche in Blüten; Heckenrosen, Jasmin, Philadelphus.

Sara steht in der kalten Frostluft und alle Spannung des letzten, schlimmen Jahres fällt von ihr. Es ist, als ob Leben in sie zurückströme. Sie ist glücklich und fühlt sich frei, denkt: an diesem Tag. Wie kann es sein und schämt sich nicht.

Am Winterhimmel steht an der Nahtstelle von Luft und Erde ein karmesinroter Streif. Die Schichten darüber sind dunkel und schwer. Die Dämmerung senkt sich.

Im Liebhabertheater brennt Licht. Sara hört die Musik, als sie näher kommt. Eine Flöte, ein Cembalo. Deutlicher. Johann Sebastian Bach, die h-Moll-Sonate für Querflöte und Cembalo. Der Kerzensaal in der fernen Stadt. Sie und John. Ihre Sonate. Sie lehnt sich an die Rückwand des Gebäudes. Applaus, lang anhaltend. Nach einer Zeit, sie lehnt noch immer an der Wand, keiner kann sie sehen, hört sie Schritte und Stimmen. Sie entfernen sich über die Holzbrücke in Richtung Schloss. Danach ist es still.

Sara geht langsam in den Hof zurück bis zur Ostseite des Schlosses. Die hohen, kahlen Mauern. Blickt man genau hin, wölben sie sich nach außen. Das jahrhundertealte Schloss streckt den Bauch vor.

Sara sieht, im ersten Stockwerk geht das Licht an. Dann, nach einer Zeit, im zweiten. Sie stellt sich vor, wie sich die Menschengruppe durch die hell erleuchteten Räume bewegt. Wie der Mann mit der asiatisch geschnittenen Augenpartie vorangeht, erklärt, vielleicht gerade den Freund der Schlossherrin zitiert: *Nur uns armen liebevollen beiden / Ist das wechselseit'ge Glück versagt, / Uns zu lieben, ohn uns zu verstehen.*

Später erlischt das Licht, zuerst im zweiten, dann im ersten Stockwerk.

Sara geht auf dem Hof auf und ab. Ihre Füße sind eiskalt. Ihr ganzer Körper. Die Hände. Sie hat keine Handschuhe. Sie hat Hunger. Möchte etwas Heißes trinken, sich wärmen. Sie zögert, geht zum Schloss.

Die schwere Eingangstür. Im Vorraum Wärme. Stimmen hinter einer Tür. Sie öffnet sie einen Spalt. Weißgedeckte Tische, dampfende Kaffeetassen, Kuchenteller. Ein hoher schöner Raum. Alte Fensterbögen, eine Kassettendecke aus dunklem Holz, Lüster. Die Wände von einem eigenartigen Blau, das Gestühl mit dunkelgrünem Samt bezogen.

Es ist Sara unmöglich, sich an einen der Tische zu setzen, angeredet zu werden, selber zu reden. Sie lässt die Tür ins Schloss zurückfallen. In der Ecke des Vorraumes stehen zwei hohe alte Stühle. Sie setzt sich auf einen, schlägt die Füße aneinander, bewegt die Zehen hin und her, spannt den Körper, reibt die Hände. Ihr Kopf an der Lehne. Über ihr ein merkwürdiges Glasgebilde. Birnenförmig, eine einzige Öffnung; aus einem Stück geblasen, zwei verbundene Teile, ein größeres ovales und aus ihm erwachsend, eine schmale Pfeife. Blaues Wasser in beiden, der Wasserstand unterschiedlich, in der Pfeife niedriger, im birnenförmigen Raum höher. Eine Fliege kriecht über die Wand. Wo kommt bei dieser Temperatur eine Fliege her? Mehrere bemerkt Sara dann. Hört ihr aufgeregtes Summen in der Gefangenschaft der gläsernen Deckenleuchte. Sonst kein Laut.

Sara muss für einen Moment die Augen geschlossen haben. Erschrickt, als sie angesprochen wird. Eine dunkelhaarige ältere Frau, vertrauter, singender Thüringer Tonfall, fragt, ob sie einen Museumsführer, Postkarten oder ein Faksimile wolle. Sara begreift, sie sitzt im Kassenraum und die Frau ist die Aufseherin des Museums. »Nein«, sagt sie und dann, »doch, ein Faksimile, bitte.« – »Welches«, fragt die Frau. »Ein grünes.« – »Sie sind alle grün«, sagt die Frau und ihre Augen messen Sara. »Sie gehören doch zu der Gruppe aus Weimar«, fragt sie. Sara nickt.

»Irgendeines, es ist egal«, sagt Sara und wieder trifft sie ein prüfender, jetzt eher verwunderter Blick. Sara steht auf und zahlt. Ist unschlüssig. »Ja, setzen Sie sich ruhig wieder«, sagt die Frau, als sie Saras Zögern sieht. Sie schließt ihre Kasse. »Ein Wetterglas, wie es die alten Seefahrer benutzten«, erklärt sie, Saras Blick folgend. Sie nickt freundlich, verabschiedet sich.

Wieder nur das Summen der Fliegen in der Lampe. Der kalte Rücken, die kalten Füße. Die Kaffeetafel muss doch einmal ein Ende haben.

Auf der Rückfahrt nach Weimar, Sara sitzt allein, der Gärtner ist in Großkochberg geblieben, stellt sie sich schlafend. Medizinisch gesehen. Wieder das Wort losgelöst. Dann ... gliche es einem Selbstmord. Sara wagt nicht zu atmen. Hinzu kommen Johns Worte von heute – heute? – im grellen Licht auf dem Marktplatz. Du kannst nicht sagen, du seiest nicht schuld daran. Panischer Schrecken.

Vor dem Hotel glaubt sie, John unter der Laterne zu sehen. Blickt auf die Uhr, er muss längst in Berlin sein. Sie rennt zu einer Telefonzelle, der Apparat ist defekt, sucht die nächste, die dritte ist in Ordnung. John nimmt den Hörer nicht ab. Sie läuft zurück ins Hotel. Hockt sich in ihrem Zimmer aufs Bett. Will ihm schreiben. Hat kein Papier. Reißt das Faksimile aus der Handtasche. Die grünen, glatten Seiten widersetzen sich der Tinte. Sie schlägt sie auseinander, schreibt auf die inneren Blätter, über die Buchstaben der Handschrift, über die Seiten mit der Transkription. Es ist der letzte Liebesbrief an John.

Als sie fertig ist, fällt ihr Blick auf die alte Handschrift, die sie mit der ihren überschrieben hat. *Und zuletzt, des Lichts begierig, / Bist du, Schmetterling, verbrannt,* liest sie.

Sie klappt das Faksimile hastig zu. Will es knicken, es geht nicht. Sie lässt sich vom Hotelportier ein großes Kuvert und Marken geben. Erst als der Brief auf den Boden des Kastens fällt, wird ihr leichter. Sie läuft zurück ins Hotel; eine neue Gruppe sowjetischer Touristen, wieder das Tonband, das gleichmäßige Stampfen. Sara zieht Jacke und Schuhe aus. Legt sich, wie sie ist, ins Bett. Schläft sofort ein.

Am nächsten Morgen fährt sie mit dem ersten Zug zu ihren Eltern, um Joschua zu holen. Sie nehmen den Mittagszug nach Berlin.

Joschua hat das Marionettentheater gezimmert. Über einen Meter ist es lang, fast einen Meter hoch. Seitenflügel, Boden, alles klappbar. Noch keine Bemalung. Rohes Holz. Rau an vielen Stellen. Sie decken die Kanten mit Packpapier ab, verschnüren es, aber es bleibt sperrig. Im Zug und beim Umsteigen zeigt es sich. Ein Ärgernis für die Mitreisenden. Für das Gepäcknetz ist es zu groß, es kippt herunter, im Wagengang sind vorübergehende Hosen, Röcke und Strümpfe gefährdet. Im Abteil ist es kaum unterzubringen. Sara und Joschua stellen es hochkant zwischen sich. »Stückgut. Das schickt man Express oder gibt es in den Postwagen«, sagt ein dicker Mann, der auf dem Mittelsitz des Abteils nach beiden Seiten zerfließt. Er sagt es verächtlich. Joschuas Blick fixiert ihn. Sara sieht, er ergründet Umfang und Masse des Mannes, setzt es ins Verhältnis zu seinem Theater. Pfiffigkeit erscheint in seinem Gesicht. Sie ahnt, was kommen wird. Lenkt ab. Fragt ihn, was er als Erstes spielen wolle. Natürlich das Stück, das der Freund der Kinder, der hagere Dichter, für Joschua geschrieben hat: »Die dicke Katja oder Wie man Oberdiskutierer wird.« Auf der strickumwundenen Holzbühne wird es lebendig. Drache und Teufel, dicke Frau und Sultan, Sklave und Zauberer erscheinen, Letzterer hat ein lila Gesicht, einen weit fließenden Mantel. Der Leib des Drachens sei schon zugeschnitten. Joschua greift mit einer Hand hinter sich, das Theater lässt er nicht los, zieht den Drachen aus dem Rucksack. Riesige Rückenzähne, giftiges Grün. Sara erkennt ihr Kinderröckchen. Die dicke Katja müsse – Joschuas Blick fällt auf die Hände des Mannes auf dem Mittelsitz – Wurstfinger haben und ganz weite Haremshosen aus rosa Seide, sie lebe doch beim Sultan. Er greift nochmals hinter sich, zerrt aus dem Rucksack ein Bündel Stoffe. Ein großes Stück rosa Taft darunter. Saras Tanzstundenkleid vom Mittelball, das der Mutter so viel Arbeit gemacht hat. Wollstoffe, gelblich, grau, kariert. Joschua gibt für jeden der Stoffe den Verwendungszweck an. Stopft das Bündel mit der einen Hand zurück. Wie er Wände und Boden bemalen werde in leuchtenden Farben, erzählt er, und oben auf der Leiste über dem Vorhang stünde auf einem flatternden Spruchband: Marionettentheater der Gebrüder … Er verschluckt den Namen, sieht sich um, als habe er eine Indiskretion begangen. Der dicke Mann muss lachen, beginnt, wie die anderen Mitreisenden, sich mit dem sperrigen Ungetüm auszusöhnen. Noch weit vor Halle sagt er, hochkant sei zu anstrengend für das Kind, und weist das Kippen um neunzig Grad an. »Rechter Winkel«, sagt er. So fährt Joschuas Theater, hin- und hergeschoben, um wechselseitig die Beine ausstrecken zu können, zwischen den Knien der acht Reisenden bis Berlin.

Jakob will sofort die Stricke lösen, als sie zu Hause ankommen. Er reißt am Packpapier. Ist neugierig, zappelt. Ein Brief von John sei da, sagt Heinrich. »Ich dachte, ihr wäret zusammen gefahren.« – »Nur hin«, sagt Sara. Nimmt den Brief. Er ist ohne Marke und Stempel. Er hat ihn also gebracht. »Hast du mit John gesprochen«, fragt sie. »Nein, der Brief war im Kasten.«

Sara öffnet ihn. »Du hast es mir aufgezwungen«, liest sie, »endlich habe ich die Kraft, mich von dir loszusagen. Ich hätte es viel früher tun sollen«, steht in Klammern.

»Nur im Lossagen von dir, im vollständigen, kann ich meine Selbstachtung wiederfinden.« Er schlage auch ihr Restangebot, dieses beschämende Angebot, Freunde bleiben zu wollen, aus. »Um mir zu beweisen«, steht da, »dass ich noch nicht ganz am Boden bin, dass ich noch etwas zu wählen habe. Sara, du hättest es wissen und spüren sollen. Jetzt ist es zu spät.«

Sara lässt den Brief sinken.

Jakob tanzt um das Theater herum, schreit. Die Stricke sind gelöst. Joschua hat es aufgeklappt. Heinrich prüft die geleimten Stellen, die Scharniere. »Das hat mir Onkel John aufgezeichnet, er hat mir auch die Scharniere gekauft«, hört sie Joschua zum Vater sagen. »Fachmännisch«, sagt Heinrich. Lobt das Kind.

Sara wendet sich dem Fenster zu, liest die letzten Sätze. »Du bist von allen Verpflichtungen frei, die dir Ellen mir gegenüber bei ihrer Abreise nach Moskau übertragen hat. Ihr braucht auch nicht miteinander zu reden. Ich telefoniere noch heute mit ihr. Unterrichte sie über den Stand der Dinge. Sara, schreibe mir nicht mehr. Rufe mich auch nicht mehr an.«

Sara sieht sich am Fenster, sieht Heinrich und die Kinder in der Tiefe des Raumes. Wie ein unbeteiligter Beobachter sieht sie es.

So ist das also. So ist eine Trennung. So ist das Ende einer Liebe.

III

Saras Wohnung. Die milden Dezembertage siebenundachtzig. Abende, an denen sie sich Vergangenes ins Gedächtnis zurückruft.

Die Kerze auf dem Schreibsekretär flackert, ist niedergebrannt. Sara steht auf, greift nach dem Leuchter, stellt ihn auf den Tisch. Öffnet das Schränkchen, nimmt eine neue Kerze heraus. Als sie sie ins flüssige Wachs drückt, spritzt es nach allen Seiten. Mit dem Handballen verreibt sie das Wachs auf dem Tisch, fährt mit den Fingern über das Holz; die schöne Maserung der Eiche.

Nach der Trennung von John hatte Sara noch drei Jahre mit Heinrich gelebt. Die Scheidung fiel zusammen mit dem Losreißen von ihrem Amt, einem völlig ungewissen Anfang in einer neuen Arbeit und mit Heinrichs Entschluss, ein Haus zu bauen.

Sara war es, die die Scheidung gewollt hatte. War es wirklich die Ehe, die damit gemeint war, war es Heinrich? Oder das Haus mit seiner Endgültigkeit? Oder Saras Arbeit, die nur gelingen konnte, wenn sie mit allem Bisherigen brach? Ging es um ein Niederreißen alles Erstarrten in einem erstarrten Land? Um ein verzweifeltes In-Bewegung-Bringen?

Der Preis, der zu zahlen war? Sara verlor Jakob; nie zu verwindender Schmerz. Unbegreiflich, dass sie dem zugestimmt hatte. Der Schnitt, die Entfernung von Jakob, der Kinder voneinander. In der Erinnerung vermengt und vermischt es sich, wird überlagert, unkenntlich, nicht mehr auseinander zu halten.

Sara entsinnt sich an die erste Zeit mit Heinrich. Schien nicht alles gut? Sie fingen ein neues Leben an.

Ein intensives halbes Jahr. Sara kam am Abend immer pünktlich nach Hause. Die Ringe unter den Augen verschwanden. Auch bei Heinrich. Er hatte wieder dieses trockene Lachen, bei dem er ein Auge zukniff. Die Kinder spürten die Veränderung zwischen den Eltern. Sie unternahmen viel zu viert in diesen Monaten. Sara sah, wie Heinrich es genoss. Auch sie empfand es, sagte es ihm.

So blieb es im Folgenden. Es war die Zeit, da Joschua erste kleine Liebschaften hatte und Jakob ein Fahrrad bekam, seinen siebenten Geburtstag feierte und Abschied vom Kindergarten nahm. Schluchzend klammerte er sich an Frau Gualscherotti, seine Kindergärtnerin. Er wollte nicht zur Schule. Schule ist doof. Zu oft hatte er das von Joschua gehört. Schließlich ließ er sich von einem Zuckertütenbaum verlocken. »In der kleinen Schonung hinter der Schule wird er wachsen«, sagte Sara. »Nein, hingehen darfst du jetzt noch nicht.« Sie betrachteten das Bilderbuch vom Zuckertütenbaum. Auf der ersten Seite das Bäumchen mit winzigen grasgrünen Tüten. Die Kinder gießen es und hacken die Erde. Aber die Sonne fehlt. Die Tüten bleiben klein, hängen traurig und fahlfarben am Baum. Endlich kommt die Sonne. Prall und bunt werden die Tüten, das Bäumchen biegt sich unter der Last. Auf der letzten Seite des Buches springen die Kinder mit ihren Ranzen auf den Rücken um den Baum und ernten mit langen Stangen die reifen Zuckertüten.

Jakob achtet nun auf Regen und Sonne. Wenn Heinrich, Sara oder Joschua nach Hause kommen, geben sie vor, in der Schonung hinter der Schule gewesen zu sein und nach dem Bäumchen gesehen zu haben.

Endlich der Tag der Einschulung. Saras Eltern und Heinrichs Mutter sind gekommen. Sie sitzen in der Turnhalle auf wackligen Stühlen und die ABC-Schützen ihnen gegenüber auf kleinen Bänken aus den Umkleideräumen. Die Direktorin, eine Volkskammerabgeordnete, hält eine Rede. Lange Zeitungszitate. Nach einer endlosen Zeit lächelt sie, reckt den Kopf über das Pult, verstellt die Stimme. Märchenerzählerton. »Und jetzt, liebe Kinder, wende ich mich direkt an euch.« Dass sie die große Ehre hätten, im Jahr des IX. Parteitages eingeschult zu werden, sie würden das ihr Leben lang nie vergessen, sagt sie. Die Eingeschulten sitzen reglos. Manche mit offenem Mund. In den hinteren Reihen, in denen es schon eine Weile unruhig war – die Pionierchorsänger der zweiten und dritten Klassen sitzen dort –, wird es jetzt laut. Auch auf der Seite der Eltern, Großeltern und Verwandten knarren die Stühle. Plötzlich klatscht jemand und alle fallen ein. Der Beifall beendet die Rede. Die Direktorin verbeugt sich ohne eine Spur von Verlegenheit oder Irritation.

Auf dem Rasen vor der Schule liegen die bunten Zuckertüten im Kreis. Jedes Kind muss seine suchen, die erste Schulaufgabe. Dann die Klassenräume. Die Eltern stehen gedrängt vorn neben der Tafel. Jakob zappelt, denkt nur an das Bäumchen, sieht Sara.

Endlich ist es so weit. Sie gehen zum Wald. Eine Birkenschonung ist ihm vorgelagert. An ihrem Ende, auf einem breiten Rasenstreifen, steht eine einzelne kräftige, kleine Birke. Jakob schreit, seine langen Haare fliegen, er rennt auf den Baum zu. Der ist übervoll mit Zuckertüten behangen. Jakob berührt sie, öffnet einige, nascht Süßigkeiten, bindet die Tüten wieder zu.

Heinrich breitet Decken über die unebene Grasfläche. Sara öffnet den Picknickkorb. Die Mutter mit einem merkwürdigen Hut und der Vater im hellen Anzug stehen unschlüssig, haben ein Festessen in einer Gaststätte erwartet. Sie setzen sich zögernd.

Es ist ein warmer Herbsttag, das Licht ist mild. Sie sitzen lange, essen, reden. Die Großmütter erzählen von ihren Schuleinführungen. »Neunzehnhundertelf?« Joschua kann es gar nicht glauben. Jakob will wissen, ob auch sie einen richtigen, lebendigen Zuckertütenbaum gehabt hätten. Die Großmütter verneinen. Jakob fragt die anderen. Sie schütteln die Köpfe. Er springt auf, umarmt sein Bäumchen, tanzt glücklich um es herum. Er hat gerade die oberen Milchzähne verloren, seine große Zahnlücke wird sichtbar.

Warum fällt Sara gerade das ein? Sie sieht Jakobs Gesicht, das Licht in der Schonung. Sieht Heinrich, wie er den Arm um sie gelegt hat. Das Waldstück, wo sie so oft mit John war, ist keine fünfhundert Meter entfernt. Sara erinnert sich, dass sie das mit völliger Gelassenheit registrierte.

Jakobs erstes Schuljahr. Er ist eifrig und umsichtig. Seine Schultasche für den anderen Tag ist immer gepackt. Hefte und Löschblätter sind sauber. Er geht am Morgen als Letzter aus der Wohnung, verschließt die Tür sorgfältig. Alles ist anders als bei Joschua, den man täglich kontrollieren musste, der für den Zeichenunterricht den Sportbeutel mitnahm und zum Sport das Zeichenmaterial, der die Tür, weil er zu spät losrannte, wochenlang morgens sperrangelweit offen ließ, bis die Nachbarin Sara darauf aufmerksam machte.

Die Lehrerin ist mit Jakob zufrieden. Sara und Heinrich sind es mit der Lehrerin auch. Eine junge Frau, Mitte zwanzig. Sie strahlt Ruhe aus, geht auf jedes Kind ein. Ein wohltuender Gegensatz zu ihrer ideologiebesessenen Direktorin. Heinrich wird zum Elternaktivvorsitzenden gewählt. Er arbeitet gern mit der Lehrerin zusammen. Sie machen Wochenendfahrten mit den Schülern zum Schiffshebewerk Niederfinow und in den Spreewald, besuchen das Kindertheater und Konzerte in der Musikschule. Heinrich zeigt der Lehrerin, wie sie ihre Direktorin mit gefärbten Berichten zufrieden stellen kann. »Wer betrogen werden will, bitte«, sagt er. Der Lehrerin gefällt die Methode.

Dann kommt Jakob in die zweite Klasse, in die dritte und Joschua in die sechste und siebente.

In diesen zwei Jahren arbeitet Joschua besessen an seinem Marionettentheater. Jakob ist Mitspieler und Theatermechaniker. Sie führen das alte Puppenspiel »Genovefa« auf, spielen im Kindergarten, im niedrigen Turnraum im Keller, die Kinder sitzen auf Matten. Der Drache am Schluss des Stückes wird von allen getötet: mit Geschrei. Fünfzig schrille kleine Stimmen. Sara und die Kindergärtnerinnen halten sich die Ohren zu.

Joschua und Jakob spielten auch im Pionierpark in der Wuhlheide und in Jakobs Schule, in die auch Joschua bis zur dritten Klasse gegangen war. Die überfüllte Aula. Sie mussten das Spiel wiederholen. Die Neunte-Parteitags-Direktorin schickte ein Belobigungsschreiben und eine Prämie von zwanzig Mark und schlug vor, Joschua und Jakob sollten einen Volkskunstzirkel zur Weiterbildung besuchen. Saras Vorstellung, wie ihre Einfälle dort uniformiert werden würden. Sie ging in die Schule und lehnte es entschieden ab. Die Direktorin verstand nicht, warum, war gekränkt.

Der hagere Dichter lud die Kinder in sein Dorf ein. Die Aufregung der Kinder. Ein Lastwagen der LPG holte sie ab. Auf der leeren Ladefläche das kleine Marionettentheater. Sie schliefen auf Luftmatratzen in der Wellblechgarage, in der das Fahrrad des Dichters wohnte. Aßen mit ihm in seinem winzigen Haus. Er erzählte ihnen Schauergeschichten. Sie wollten gar nicht mehr fort, so sehr gefiel es ihnen. Sie spielten im Dorf vor den Kindern und vor den Bauern. Der Spaß des Dichters war so groß, dass er ein weiteres Stück für das Puppentheater der beiden schrieb.

Bei der Uraufführung in der Köpenicker Wohnung (seit Wochen war das Wohnzimmer zur Werkstatt geworden, der Esstisch stand hochkant im Treppenflur vor dem Sicherungskasten, der Nachbar beschwerte sich) lachte er Tränen. Sein Märchenstück war politisch-aggressiv und hintersinnig, die Kinder spielten es völlig naiv.

Wann war es passiert, dass Heinrich und Sara wieder in ihr früheres Nebeneinander zurückfielen? Nach dem ersten Jahr, dem zweiten?

Sara merkte es erst, als es schon geschehen war.

Heinrich rauchte wieder schweigend seine Pfeife, Sara schob nervös das Besteck hin und her, wenn sie ausgingen. Ihr abendliches Vorlesen – Heinrich aus dem »Spaziergang um die Welt«, Sara Gedichte – fand nicht mehr statt; jeder las wieder für sich allein. Das gemeinsame Schallplattenhören war zu Ende, zu unterschiedlich waren ihre Interessen und Sara ertrug es nicht mehr, wenn Heinrich bei den langsamen Sätzen mit den Fingern knackte. Auch die Fernsehabende zu zweit hörten auf. Die Filme von Rainer Werner Fassbinder. Politische Sendungen. Heinrich saß im Schaukelstuhl, sie auf dem kleinen Hocker daneben, den Rücken gegen den Kachelofen gelehnt. In der Ofenröhre brieten Äpfel, sie knabberten irgendwelche Sachen, wie sie es bei Ehepaaren aus Heinrichs Kollegenkreis gesehen hatten. Heinrich lud Sara öfter zu einem Krimi ein. Die Filme langweilten Sara, sie gähnte, hielt die Hand dabei nicht einmal vor den Mund. Mit jedem Krimi wuchs das Gefühl, aufstehen, einen Wandteller vom Brett nehmen und in Richtung Bildschirm befördern zu müssen. Ehe sie dem nachgab, erklärte sie Heinrich, dass sie keinen Krimi mehr sehen wolle, keinen einzigen. »Spielverderber«, sagte Heinrich und schaltete den Fernseher aus. Es gab keine Einladungen mehr.

Wenn Heinrich arbeiten wollte, bat er Sara, Kaffee zu kochen. Sonst schlief er bis zum Pfeifton des Kontrollbildes vor dem Fernseher. Sara saß im kleinen Zimmer, hörte Musik, las, starrte an die Zimmerdecke, ging gegen elf zu Bett. Wenn sie Heinrich gute Nacht sagte, behauptete er, die Zeit über wach gewesen zu sein, wiederholte, als müsse er es beweisen, den letzten Satz der Sendung. Er stimmte immer. Sara dachte an das allabendliche Schlafgeräusch des Vaters im Wohnzimmer.

Lass Heinrich wie er ist, sagte sie sich. Sei tolerant. Er will dich auch nicht verändern.

»Fehlt dir nicht etwas«, fragte sie einmal. Heinrich saß an einer neuen Konstruktion. Er legte den Stift hin, blickte erstaunt auf, schüttelte den Kopf. »Nein, ich bin sehr glücklich mit dir.«

Sie also war es. Sie allein.

Wenn sie des Morgens mit der S-Bahn zur Stadtmitte und abends wieder zurückfuhr, starrte sie manchmal auf die Reihe der Pappelbäume an der Warschauer Straße, auf die Lichtreklame am Glühlampenwerk NARWA, auf die dunkelroten Steinbögen an der Jannowitzbrücke. Entsann sich bei ihrem Anblick an ihre Empfindungen, als sie noch mit John zusammen war. Die ständigen Spannungen, Höhen und Tiefen, Glück und Angst. Jetzt waren die Pappeln die Pappeln, die Reklame die Reklame und die Bögen die Bögen.

Das Gefühl, nie wieder zu fliegen. Die Dachluke ihrer Kindheit war geschlossen. Nicht der Ansatz eines winzigen Hügels auf ihrem Rücken.

Sara drückte die Schulterblätter gegen die blassblauen, widerlichen Kunststoffpolster, wollte die Füße heben. Sie blieben am Boden, als seien sie mit Bleigewichten beschwert. Sie spürte das Schlagen der Schienen unter den Sohlen. Die Luft war stickig. Wie immer im Berufsverkehr war die S-Bahn überfüllt. Niemand sprach. Nur manchmal beim Umblättern das Knittern einer Zeitung.

Wenn Sara im Urlaub abends allein am Meer lief (der Betriebsdirektor hatte ihnen mehrmals Plätze auf der Insel Rügen in einem FDGB-Heim, das zu seinem Werk gehörte, besorgt) oder an Sommerwochenenden allein flussabwärts an der alten Spree wanderte, dann fielen all die kleinen Vertraulichkeiten der vielen Jahre mit John sehnsüchtig in sie. Sie verlangte heftig danach. Aber alles war seltsam körperlos. Sie war allein.

Wenn sie zurückkehrte und Heinrich in der Biertischrunde der Arbeiter oder Schach spielend oder Pfeife rauchend am Spreeufer neben dem Boot fand, sagte sie sich: Sei glücklich. Heinrich ist gut. Du hast die Kinder mit ihm. Er ist ihr Vater. Er ist dein Kindermann und nicht dein Liebesmann. Es liegt nur an deiner Maßlosigkeit. Bescheide dich. Du bist glücklich.

Du teilst den Tag mit ihm, warum verlangst du auch noch den Abend und die Nacht?

Selbst die Nacht, hatte nicht auch sie sich verändert? Warum erkennst du das nicht an? Heinrich überraschte Sara immer wieder. Es war, als habe er alle Bücher über die Liebe studiert. Die körperliche Nähe, die damals, als sie sich Jakob gewünscht hatten, zwischen ihnen entstanden war, kehrte zurück. Für kurze Zeit.

Dann gab es wieder diese gleichmäßig freundlichen, aber leidenschaftslosen Umarmungen, die ihre Beziehungen schon immer bestimmt hatten.

Oder war es nur sie, die es so empfand? Sie erinnerte sich an John, ein Blick, eine Geste konnte ihr Verlangen auslösen. Du bist Heinrich eine schlechte Geliebte, dachte sie. Manchmal war sie es, die ihn lockte. Aber alles lief über den Kopf. Sie fühlte sich elend. In ihrer Umschlingung war nur tröstende Zärtlichkeit.

Heinrich hatte sich angewöhnt, Sara vor der Liebe einen Kognak einzuschenken. Sie trank ihn. Später dann zwei oder drei. Ihr fiel der Satz von Immanuel Kant über die Ehe ein. Sie sah ihre Umarmungen, Jahr für Jahr, bis zum Ende.

Alles, was die Kinder betraf, schien ihr Bewegung. Was Heinrich betraf, Gleichmaß. In der Arbeit war alles Erstarrung.

Sara arbeitete noch immer im Amt. Saß in dem dämmrigen Zimmer. Wenn sie einen Schuh auszog, konnte sie im Linoleum eine kleine Vertiefung spüren, den Abdruck, den Rosenholz' Flügel hinterlassen hatte. Ihr Tag war angefüllt mit Geschäftigkeit. Am Abend war sie völlig erschöpft. Aber nicht von ihrem Tun, sondern von der Sinnlosigkeit ihres Tuns. Sie war erschöpft von dem, was sie unterlassen hatte. Sie bewirkte nichts. Es war Selbstbetrug. Sie war eingebaut in die große Maschinerie, funktionierte; war ein Teil, Rädchen, Schräubchen, das jederzeit weggeworfen und durch ein anderes ersetzt werden konnte.

Hieß das gelebt?

Das Gefühl, gebraucht zu werden und wirklich etwas zu bewirken, das sie für eine kurze Zeit erfüllt hatte, gab es nicht mehr. Allein das: vielleicht Schlimmeres zu verhindern. Aber das war zu wenig.

Ihre wachsende Angst – sie schnürte ihr das Herz ab, immer öfter musste sie zum Arzt –, sie könnte sich im Gebrauch der offiziellen Sprachmuster verlieren. Eines Tages würde sie ausgelöscht sein, ohne Gesicht; eine leere Hülle.

Sie vergegenwärtigte sich, wenn sie einen Arm oder ein Bein verlöre, würden alle aufschreien. Wenn man aber sich selbst verlor, geschah das unmerklich, still. Keiner nahm Notiz davon.

Was Sara schon lange wusste, was Rosenholz ihr gesagt hatte, wurde immer dringlicher: Sie musste weg aus diesem Amt. Sie hörte sein: Das Fleisch ist schwach. Sie musste es tun. Sich am eigenen Schopf aus dem Sumpf ziehen.

Ihre Erinnerung an diese Zeit. Sie saß mit dem Schnurrbärtigen in dem gelben Backsteinbau hinter verschlossener Tür. Sie debattierten Rudolf Bahros Buch. Kapitel für Kapitel. Aufgeregt, gierig; endlich legte jemand den Finger auf die Wunde. Analysierte klar, machte Vorschläge. Das wärmende Ländchen war zu retten. Und Wolf Biermann besang lustvoll und frech die Dinge, die es zu verändern galt. Sein großer Fernsehauftritt ermutigte alle in Saras Freundeskreis, da war Kraft zu holen, Heiterkeit.

Der Schreiber des Buches wurde verhaftet. Der Sänger außer Landes gewiesen.

Schmerzhafte Erschütterungen, die äußerst hilfreich waren und das Erkennen vorantrieben.

Der hagere Dichter saß in Saras Arbeitszimmer; »ich ziehe mit am Schopf, stark genug ist er«. Sein Vorausdenken. Seine Konsequenz.

Die widersinnigen offiziellen Debatten um die Rechtfertigung dieser durch nichts zu rechtfertigenden Schritte.

Die Zuspitzung im Amt. Sara steckte mittendrin. Die alten Dogmatiker kamen aus ihren Löchern. Es war viel zu tun. Aber wenig möglich. Die Maschinerie funktionierte.

Der bunte Vogel wurde zu Entscheidungen gezwungen, die er nicht vertreten konnte. Er bekam einen Herzinfarkt. Wer sich in diesen Zeiten ein Gewissen leiste, müsse damit rechnen, sagte der Gewerkschaftssekretär ungerührt.

Als der bunte Vogel nach einem Vierteljahr Krankenhausaufenthalt zurückkehrte, sagte er, er schlucke nichts mehr, war kompromisslos und mutig. Aber seine Anweisungen wurden vom Leiter des Amtes einfach außer Kraft gesetzt, er wurde übergangen. Er begriff es nicht oder wollte es nicht begreifen. Nach dem zweiten Infarkt dann war er willfährig. Sein rabelaisisches Lachen auf dem Flur war verstummt. Es geht nur noch ums Überleben, sagte er einmal zu Sara und sie dachte, was ist das für ein Leben und ihr fiel der Zettel ein, der auf dem Schreibtisch des hageren Dichters gelegen hatte, als sie ihn zum ersten Mal in seinem Waldhaus besucht hatte: *Die Angst um sich selbst wird zur Seele der Philosophie.*

Seit Sara zu Freunden über ihren Weggang aus dem Amt gesprochen hatte, waren Angebote gekommen. An der Universität ihre Dissertation B zu machen, bei einer Zeitschrift anzufangen, in einem Verlag. Die Freunde redeten ihr zu.

Sie lehnte ab. Konnte es nicht begründen. Sie begriff sich selbst nicht. Einmal traf sie zufällig eine Bekannte, die schon lange Jahre an der Humboldt-Universität arbeitete. Dieselben Zwänge, dieselben Reglementierungen auf anderer Ebene. Es war Saras Not, die die andere klagte. Ihr fielen Gespräche in Heinrichs Freundeskreis ein. Welcher Beruf es auch immer sein mochte, immer die Rede, man könne nichts tun, überall die Erstarrung.

Suchen und Grübeln. Wie dem entkommen? Sie ging auf die Vierzig zu. Wollte keine Halbheiten mehr.

Eines Tages traf sie ihre Entscheidung. Sie erinnert sich genau an den Ort, die Situation, in der es geschehen war. Auf dem Oderdeich bei Hohensaaten. Barfuß, die Gummistiefel in der Hand, lief sie mit Joschua nordwärts in Richtung Oderhaff. Der Strom führte Hochwasser.

Es war das Jahr 1977. Sie machten mit dem Boot an der Müritz Urlaub. Da die Wasserwege durch Westberlin gesperrt waren, mussten sie einen riesigen Umweg fahren. Den Oder-Spree-Kanal bis Eisenhüttenstadt. Dann die Oder. Frankfurt, Lebus, Küstrin, über achtzig Kilometer die Oder, bis Hohensaaten. Der Strom war breit und floss schnell, die Bojen der Schiffahrtsstrecke waren nur teilweise erkennbar, die Schleusenwärter warnten. »Immer in der Mitte halten«, riefen sie, die Hände zu Trichtern geformt, als sich die Schleusentore öffneten.

Die Oder war polnisches Gebiet, man durfte nur von Sonnenaufgang bis Sonnenuntergang an vorgeschriebenen Plätzen halten, aber auch die lagen jetzt unter Wasser. Nach vier Fahrtstunden warf Heinrich die Anker auf einer überschwemmten Wiese, eine uferähnliche Böschung dahinter. Auf der Wiese kreiste die Strömung. Hier zu baden war ungefährlich. Es war heiß, sie zogen sich aus, gingen ins Wasser. Es war verboten, wussten sie, aber weit und breit war kein Mensch.

Nach kurzer Zeit erschien auf der Böschung ein Motorrad, ein Grenzsoldat kam herab, verlangte ihre Personaldokumente. Sie waren alle vier nackt. Sara kletterte ins Boot, holte die Ausweise. Der Soldat prüfte sie umständlich. Er war jung und hatte große, abstehende Ohren. Sie röteten sich, als er Sara die Ausweise zurückgab. Von strikter Einhaltung der Vorschriften für DDR-Bürger im Grenzgebiet sprach er. Sie hätten die Staatsgrenze überschritten, gesetzwidrig gehandelt. »Überschwommen«, rief Joschua und kicherte. »Es ist schön hier«, sagte Sara. Die Ohren des Soldaten bewegten sich bei jedem Wort. Er nannte mehrere Paragraphen. Von einer Geldstrafe sehe er ab, belasse es bei einer mündlichen Verwarnung. Er hob seine Hand kurz an die Mütze, machte kehrt, stiefelte die Böschung hoch. Die Kinder rannten hinterher, standen neben dem Motorrad, beobachteten, wie er es in Gang setzte. Als es endlich ansprang, liefen sie ein Stück mit, winkten.

Zu ihrer Geldstrafe kamen sie Stunden später doch noch. Der Fahrtwind entriss ihnen die DDR-Fahne. Das Mitführen der Staatsflagge war Vorschrift. Der Grenzpolizist in Hohensaaten stellte ein Strafmandat aus, sie zahlten. Sara gab den Kindern die Quittung. Sie falteten ein

Schiffchen daraus, ließen es im Schleusenbecken schwimmen. Als die Tore sich öffneten, riss der Sog es fort.

Nach drei Wochen kamen sie von der Müritz zurück. Wieder lagen sie vor den Schleusentoren von Hohensaaten. Nun auf der anderen Seite. Diesmal blieb die Ampel rot. Der Wasserstand war weiter gestiegen. Die Oder war für jeglichen Schiffsverkehr gesperrt. Sie mussten warten. Das Wasserschutzamt stellte ihnen eine Katastrophenbescheinigung aus. Sieben Tage könnte es dauern, vielleicht auch zehn.

Überflüssige Zeit. In den Himmel starren, nachdenken, nichts denken, den Oderdeich entlangwandern. Joschua und Sara an jenem besagten Tag, als sie den Entschluss fasste. Sie trafen Bauern, die an den Deichrändern mit der Sense das Gras mähten. Sie blieben stehen, teilten den Bauern die heutigen Wasserstände und die zu erwartenden mit, die sie am Morgen auf der Tafel an der Schleuse gelesen, mit den Schleusenwärtern auf der Bank sitzend beredet hatten. Die Bauern wiegten die Köpfe, fuhren eilig mit der Arbeit fort. Im Weitergehen kamen Sara und Joschua darauf, im Fluss Wassergeister auf- und untertauchen zu lassen. Eine Nixe und einen Nöck. Bis zur Hüfte menschliche Bildung, endend im schuppigen Fischleib. Die Schwimmhaut zwischen den Zehen des Nöck. Sein grüner Hut. Grüne Zähne, wie Fischgräten. Sie überboten sich mit ihren Erfindungen.

Später saßen sie auf der Deichkrone. Joschua zeichnete. Sara sah auf die Oder, den breiten, träge und doch schnell fließenden Strom, auf das flache Ufer gegenüber. Der Himmel spannte sich unendlich weit über die einsame Landschaft.

Die Luft flirrte.

Und plötzlich kam der Entschluss. Ganz leicht, ganz klar, unumkehrbar.

»Ich steige ganz einfach aus. Gehe nirgends hin, nehme keine der Stellen an«, sagte sie zu Heinrich, als sie wieder im kleinen Hafenbecken am Boot waren. Heinrich und Jakob spielten Schach. Jakob hatte es in diesem Urlaub vom Vater gelernt und nun hatte er das erste Mal gewonnen. »Bist du dann immer zu Hause«, fragte er. »Ja.« Er sprang auf und riss dabei alle Schachfiguren vom Brett.

»Ich mache mich frei, Heinrich, stelle mich tot, um zu leben. Ich wage es.«

»Große Worte«, sagte Heinrich und kniff ein Auge zu. Aber er sprach nicht dagegen. Auch dann nicht, als sie sagte, möglicherweise werde sie mehrere Jahre wenig, in der ersten Zeit vielleicht gar nichts verdienen. Er schob das beiseite.

Da es beschlossen war, feierten sie am Abend ein Fest auf dem Boot und luden die Schleusenwärter dazu ein. Und eine Woche später wurde die Oder wieder freigegeben, sie fuhren nach Hause. Die Nächte waren schon kalt. Nebel lagen über der Oder, über Kanälen und Seen.

Sara verfolgte entschlossen ihr Ziel. Sie erkundigte sich nach den arbeitsrechtlichen Bestimmungen. Eine Kündigung konnte zurückgewiesen werden. Sie gebrauchte ein letztes Mal eine List. Schob die Kinder vor, Heinrichs Arbeit, ihren Gesundheitszustand. Die Kaderleiterin war verwundert. Wer würde sich das Gehalt entgehen lassen, den Rentenanspruch, der bei einem solchen Schritt entfiel. Als sie begriff, dass Sara es ernst meinte, war es zu spät. Das Arbeitsrecht war auf Saras Seite. Nach einem Jahr hatte sie es geschafft.

Sie stand im Zimmer der ewig ungepflegten Kaderchefin. Die schlug Saras Kaderakte zu, schrieb mit rotem Stift in großen Buchstaben quer über die Seite: AUSFALLKADER. Sie habe von Anfang an, sagte sie, ein ungutes Gefühl gehabt bei Sara. »Jung, zu jung, nicht wahr«, entgegnete diese, aber die Kaderchefin verstand die Ironie nicht, sie nickte heftig. Sara verließ grußlos das Zimmer.

Neun Jahre sind seither vergangen. Eine schwierige Zeit der Suche, bis Sara endlich die Arbeit fand, die sie erfüllte, ihr Glück bedeutete. Mit keinem würde sie heute tauschen.

Sie war eine langsame Arbeiterin. Sieben Jahre dauerte es, bis sie erste Ergebnisse vorlegte, 1985, vor zwei Jahren ist das gewesen.

Ob sie jetzt mit den Kleidern im Schrank spräche, spotteten die Kollegen, wenn sie sie traf. Selbst Freunde verstanden Sara nicht. Eine Hausfrau mit Steuernummer, schade um sie, Jammerschade. Den Eltern war unbegreiflich, dass die Tochter ohne Verdienst zu Hause saß. Kein Staat mit ihr zu machen. Unverantwortlich ihrer Familie gegenüber, nannte der Vater den Schritt. Die Urteile trafen Sara. Vor allem als sie selbst noch nicht wusste, wo sie hin wollte.

Der Wegfall aller Zwänge irritierte sie. Die Wände fehlten, die täuschenden bunten Bemalungen. Gewöhnung wirkte nach. Sie stand auf einer weiten, ihr unbekannten Fläche. Unsicher, verstört. Tastende Schritte.

Da war es wichtig, dass wenigstens ein Mensch einem vertraute. Oder zwei. Sara hatte sie, diese beiden Menschen. Den Puppenspielfreund der Kinder, den hageren Dichter. Wenn sie zu ihm nach Märkisch-Buchholz kam, erwartete er sie in ausgebeulten Cordhosen, Rollkragenpullover und gummierter Regenpelerine an der Bushaltestelle, die Arme auf den Lenker seines Fahrrades gestützt. »Schön sehen wir aus«, sagte er (sein merkwürdiges *Wir* immer), wenn Sara aus dem Bus gestiegen war. Und sein zweiter Satz: »Was haben wir gearbeitet?« Sie gingen durch den Wald zu seinem winzigen Haus. Neben dem Kanonenöfchen lagen bizarre blaue Glasstücke, gewöhnliche Rasierwasserflaschen, die er im Feuer geschmolzen hatte. Auf dem Küchentisch, an dem er arbeitete, türmten sich die Manuskripte. Seine Rigorosität, Besessenheit. Die Ausschließlichkeit, mit der er sein Leben auf das Schreiben ausgerichtet hatte. Es verschlug Sara den Atem. Heute weiß sie, er vor allem war es, der ihr Selbstvertrauen stärkte.

Der zweite Mensch, der sie ermutigte, war Heinrich. Mit seinem lakonischen: »Du packst es.« Seinem schweigenden Übergehen der Tatsache, dass sie kein Geld verdiente.

Manchmal, wenn sie vor ihren Blättern saß, stellte sie sich vor, was John dazu sagen würde. Theoretisch schwach, keine Linie. Einwände und Belehrungen. Sie hob die Arme, räkelte sich, ließ den Kopf in den Nacken fallen.

Was sie früher niedergedrückt hatte, berührte sie nicht mehr. Sie wusste, sie wollte etwas anderes als er. Sie lächelte, den Kopf im Nacken. Beugte sich über das weiße Blatt. Er hatte seine Macht verloren.

Dann geschah das mit dem Haus. Eines Abends kam Heinrich von der Arbeit. Sein Betrieb habe ihm ein äußerst günstiges Angebot für den Bau eines Reihenhauses gemacht, sagte er. Er habe keinen Moment gezögert, habe sofort zugesagt.

Am nächsten Abend breitete er Zeichnungen und Pläne aus. Im Dachgeschoss, er zeichnete den Giebel – Joschua und Jakob hingen über dem Tisch –, würde jedes Kind sein Zimmer haben. Groß, kein Doppelstockbett, mit Regalen, langem Arbeitstisch. Im Keller könne das Marionettentheater spielen, ein kleiner Zuschauerraum und Jakob bekäme eine Werkstatt.

Die Kinder waren begeistert. Sie begannen sofort, die Räume einzurichten, ihre Wünsche zu sagen. Entwarfen den Garten. Heinrich bestätigte sie, spornte sie an. So ging es tage- und wochenlang. Niemals war vorher vom Bau eines Hauses die Rede gewesen.

Sara wollte kein Haus. Sie protestierte. Ihr Protest wurde zurückgewiesen. Er wirkte auch lächerlich angesichts ihrer jämmerlichen Neubauwohnung, aus der sie nie herauskommen würden. Zweieinhalb Zimmer standen ihnen zu, mehr nicht.

»Eine einmalige Chance«, drängte Heinrich. »Überleg doch, denk an die Kinder. Die Lösung! Auch für dich, für dich gerade«, beharrte er.

Sara nickte und die Kinder zerrten an ihren Armen. Es war nichts dagegen zu sagen. Die Verführung war zu groß. »Drei Männer gegen eine Frau«, rief Jakob, »du bist überstimmt, Mama.«

Sara schwieg.

Sie hatte keine Gegenargumente. Nur ein unbestimmtes, abwehrendes Gefühl gegen den Hausbau war in ihr. Wie das erklären? Sie konnte es nicht einmal vor sich selbst. Die Freude der Kinder. Heinrichs Energie. Sara gab ihren Widerstand allmählich auf. Sie begann, sich tatsächlich auf das Haus zu freuen. Stellte sich Bäume und einen Garten vor und wie sie am Morgen mit nackten Füßen durch feuchtes Gras laufen werde. Alles hatte seine Richtigkeit.

Ihr Alltag veränderte sich. Plötzlich musste gespart werden. Sie hatten das nie getan. Sara, die die Finanzen verwaltete, führte ein strenges Regime ein. Auch ein Auto brauchte man zum Bauen. Heinrich hatte nicht einmal eine Anmeldung. Sara erinnerte sich, als sie nach Berlin gekommen waren, hatte einer ihrer Kollegen eines Mittags bei einem Spaziergang Unter den Linden aus Spaß einen Trabant für sie bestellt. Man wisse nie, hatte er gesagt und Sara vorgeführt, wie einfach es funktionierte und sie hatte unterschrieben. Irgendwo musste der Zettel sein. Sara kramte alle Fächer durch und fand ein vergilbtes Papier.

Es war zehn Jahre alt. Sicher längst ungültig. Der Mann im Autohaus nahm es, blätterte in einer Nummernliste, sagte, dass sie in zwei Jahren mit einer Benachrichtigung für ihr Auto rechnen könnte. »Aber wir brauchen es jetzt.« Der Verkäufer schlug ungerührt die Liste zu, ließ Sara stehen.

»Da muss man eben dran drehen«, sagte Heinrich zu Hause. »Drehen?« – »Ja, drehen.« Sara gewann mit der Zeit den Eindruck, dass man ausnahmslos an allem, was mit dem Hausbau zu tun hatte, drehen musste. Es war ihr unheimlich. »Lass mich nur machen«, sagte Heinrich, »ich habe schließlich dreißig Jahre den Mechanismus dieser Wirtschaft studiert, nun werde ich ihn ein einziges Mal für mich selbst nutzen.«

Dann stand das Gelände fest, auf dem gebaut werden sollte. Heinrich breitete die Stadtkarte von Berlin vor Sara und den Kindern aus. Die Stelle, auf die er den Finger legte, war nahe der rotschraffierten Linie, ragte zackenartig in das Niemandsland hinein. Eine Falle, dachte Sara und verfolgte Heinrichs Finger. Dies sei seit dem Mauerbau die einzige Zufahrtsstraße dorthin. Sara sah Warnschilder und Schlagbäume.

Aber es war nicht so. Es gab breite alte Baumalleen. In den großen Grundstücken standen hohe Kiefern und Rhododendronbüsche. Die Gärten waren gepflegt. Nur Menschen begegneten ihnen kaum, als sie das erste Mal mit dem Siebenerbus hinfuhren.

Sie ließen die Häuser hinter sich, kamen zu einem weiten Feld. Hier sei es, sagte Heinrich. Sie liefen um das Feld herum. An seinem Rand war ein kleines Fließ. Das Wasser darin stand. Hinter dem Fließ begann ein Kiefernwald. Und zur Linken lagen Felder, sie stiegen leicht an. Auf einem eine große, alte Eiche.

Heinrich und die Kinder waren auf einen aufgeschütteten, mit Gras überwachsenen Sandberg geklettert und beschrieben die Gegend von oben. Riefen Sara, winkten, sie solle hochkommen. Nun standen sie zu viert auf der kleinen Plattform und Heinrich kreuzte die Arme um Sara und sie drückte ihren Rücken gegen ihn und alles schien gut.

Dann der erste Spatenstich. Die Arbeitseinsätze an den Samstagen. Sie begannen zeitig. Die Kinder gingen allein zur Schule. Blieben den Tag über allein. Das Feld wandelte sich. Gräben begannen es zu durchziehen. Sara arbeitete neben Heinrich, stieß den Spaten in die dunkle Erde. Sie türmte sich zu großen Maulwurfshügeln, ein starker Geruch stieg aus ihnen auf, den Sara heftig einsog. In den Pausen, in denen sie ihre mitgebrachten Brote im Stehen aßen und Kaffee aus Plastebechern tranken, lachten sie viel. Die Frauen zeigten sich ihre Blasen an den Händen, die Männer erzählten politische Witze.

Sara wäre lieber mit Heinrich allein auf dem Feld gewesen. Aber das ging nicht. Sie waren ein Kollektiv. Zwanzig Häuser entstanden da.

Langsam konnte Sara sich vorstellen, wie ihr Haus wachsen, seine Mauern sie umschließen würden. Eine unerklärliche Angst erfasste sie. Sie sah Heinrich und sich in dem Haus. Sah, wie sie gegen Abend vom Schreibtisch aufstand. Auf die Uhr blickte. In die Küche ging. Den Kessel mit Wasser füllte, zwei Gasflammen anzündete, ihn auf eine der Flammen setzte, die Kaffeekanne im Wasserbad in der Kasserolle auf die andere Flamme stellte. Sah, wie sie den Porzellanfilter nahm, die Filtertüte befeuchtete, die Kaffeebüchse öffnete, sechs Löffel abzählte, das kochende Wasser aufgoss. Langsam. Und dabei auf die Geräusche draußen lauschte. Sie begriff, immer würde sie genau zum gleichen Zeitpunkt aufstehen. Und immer würde Heinrich zur gleichen Zeit nach Hause kommen und seine Begrüßungsworte würden sich Tag für Tag wiederholen. Sara sah, wie sie die Kaffeetassen und die angewärmte Kanne auf dem Tisch verteilte, die Decke glattstrich. Wie sie sich einander gegenüber setzten und Kaffee tranken und schwiegen und sie hörte die Stille und hörte, wie sie unterbrochen wurde, wenn Heinrich mit den Fingern knackte.

Was immer sich Sara in dem Haus vorstellen wollte, immer erschien dieses Bild und wie in einem Spiegelkabinett setzte es sich ins Unendliche fort. Die Kinder gab es nicht. Sie waren groß, waren aus dem Haus.

Einmal, als Sara auf den Spaten gestützt stand und auf das Feld mit der alten Eiche sah, wusste sie, in diesem Haus würde sie nie wohnen.

Sie erschrak, so endgültig war diese Gewissheit. Wochen und Monate schleppte sie diese Gedanken mit sich herum.

Dann fiel das Wort Trennung. Heinrich hielt es für eine fixe Idee von ihr. Ermüdende Gespräche folgten. Die nichts brachten. Im Gegenteil. Sie verschütteten alles. Die Vergangenheit holte sie ein. Erst jetzt.

Heinrich bat für die Kinder. »Der Kinder wegen.« Sara wusste, er hatte Recht und konnte dennoch nichts tun.

»Bei einer Scheidung werden dir die Kinder zugesprochen, selbstverständlich dir.« Johns Stimme in dem russischen Restaurant. Ihre Angst, dass es nicht so sein könnte.

Sie schwiegen darüber lange. Dann kam es, wie sie befürchtet hatte. Heinrich willigte in die Scheidung nur unter der Bedingung ein, dass eines der Kinder mit ihm lebe. Jakob sollte bei ihm bleiben. Ihr stürzten die Tränen, als er es sagte. Heinrich verließ das Zimmer. Am Abend ging er weg, ohne zu sagen wohin.

Zwei Tage später, Sara war allein zu Hause, erschien der Betriebsdirektor am Vormittag. Er beschwor sie, ohne ein Kind würde es Heinrich nicht schaffen. Sprach von

Heinrichs Arbeit im Elternaktiv, von den vielen Dienstreisen Saras, als er die Kinder versorgt hatte, sprach von Scheidungsgesetzen. Das alles werde vor Gericht ins Gewicht fallen.

Sara glaubte, ihr Kopf spränge auseinander und sie schrie, sie wisse das alles, brauche keine Nachhilfestunden und niemanden, der wie eine Krämerseele die Dinge auf die Käsewaage lege. Und überhaupt. Alles sei schon längst entschieden.

Und so war es auch. Sara wusste, dass es keine andere Lösung gab. Und sie das Heinrich schuldig war. Aber sie zögerte ihr Wort hinaus.

Als der Betriebsdirektor ging, war sie eigenartig berührt. Heinrich war also bei ihm gewesen. Der verschlossene Heinrich hatte sich seinem Freund anvertraut.

Zwei Tage brauchte sie noch, dann stimmte sie zu.

Sie sprachen mit den Kindern. Es war kurz vor Ostern. Sara erinnert sich, sie saßen um den Tisch und bemalten Ostereier. Ihre Hände zitterten so, dass sie aufhören musste. Jakob sah sie mit großen Augen an. Als sie es gesagt und erklärt hatten, stellten die Kinder ganz praktische, naive, unerwartet komische Fragen und sie lachten und das ganze Gespräch verlief unbegreiflich heiter.

Am frühen Ostersonntagmorgen gingen sie wie in jedem Jahr das Osterwasser aus dem Teufelssee in den Müggelbergen holen. Jakob hatten sie auf seinen Wunsch den Mund mit einem Pflaster verklebt. Als sie das Wasser geschöpft hatten, suchten sie an der Großen Krampe Ostereier.

Die Kinder rannten aufgeregt zwischen den Bäumen hin und her und die Sonne lag auf dem Wasser und die Grasspitzen waren von leuchtendem Grün. »Es ist absurd«, sagte Heinrich. Und Sara erbrach sich hinter einem Strauch.

Bis die Scheidung juristisch vollzogen wurde, vergingen noch fast zwei Jahre. Das Hinauszögern hatte Gründe. Zum einen das Haus. Heinrich allein bekam es nicht. Nur einer Familie wurde der Kredit gewährt. Bei allen Formalitäten waren immer zwei Unterschriften notwendig.

Der andere Grund war Jakob. Als sie die Trennung der Kinder und die Scheidung beschlossen hatten, gingen Sara und Heinrich zu einer Rechtsanwältin. Sara müsse dem Gericht erklären, dass sie wünsche, ihr Sohn Jakob solle beim Vater leben, sagte diese, als sie ihr alles vorgetragen hatten. Sara, die sich ja entschieden hatte, geriet plötzlich völlig aus der Fassung. Wenn das vor Gericht geschehe, sagte die Rechtsanwältin, müsse man mit einer langwierigen Verhandlung rechnen. Das Jugendamt werde befragt, ihre Arbeitskollegen würden eingeschaltet, die Schule, das Elternaktiv, die Lehrer. Das wollten Sara und Heinrich auf keinen Fall. Die Vorstellung allein entsetzte sie.

Sara übte zu Hause den Satz, das Kind solle beim Vater leben. Sie lernte, ihr Gefühl auszuschalten. Aber als sie das nächste Mal mit Heinrich im Büro der Rechtsanwältin saß, verlor sie doch wieder die Fassung. Es wiederholte sich, war völlig irrational.

Daraufhin schlug die Rechtsanwältin vor, sie sollten warten, das Gericht vor vollendete Tatsachen stellen. Wenn sie über ein Jahr getrennt lebten, jedes der Kinder bei einem Elternteil, ginge es problemlos.

So machten sie es. Nach Ablauf dieser Zeit hatten sie nur einen einzigen Termin beim Gericht. Das Ganze dauerte zwanzig Minuten. Vor der Verhandlung sagte die Rechtsanwältin, Sara müsse so tun, als ob sie sie nicht kenne. »Warum?« – »Weil man immer nur eine Partei vertreten kann und das ist in diesem Fall die Ihres Mannes. Dass beide zu mir kommen, wie Sie, ist die Ausnahme.« Sara nickte.

Sie wurden in den Verhandlungsraum gerufen und nahmen hinter einem zerkratzten Schultisch Platz. Die Rechtsanwältin flüsterte mit Heinrich. Sara sah auf den Tisch. Staub lag darauf.

Das Gericht saß erhöht vor ihnen. Auf der weißen Perlonbluse der Richterin, so schien es Sara, lag auch Staub. Ihr zur Seite die Schöffen. Namen und Berufe wurden genannt. Schöffe Bärmann, Gastwirt. Ein stämmiger junger Mann. Er schwieg. Schöffin Klee, Sachbearbeiterin bei der Gesellschaft für Deutsch-Sowjetische Freundschaft. Sie stellte strenge Fragen.

Nachdem die beantwortet waren, sprach die Richterin. Ihr Vokabular war ärmlich. Sie schob in ihren Wendungen immer die gleichen Worte wie Versatzstücke hin und her. Sozialistisch war das meistverwendete. Sara sah sie mitleidig an. Dann endete die Richterin. Sie wurden zum Aufstehen aufgefordert. Im Namen des Volkes wurden sie geschieden.

Im kleinen Café nahe dem Mandrellaplatz tranken sie noch einen Kognak und einen Tee und die Rechtsanwältin sagte: »In drei Jahren sind Sie wieder verheiratet, ich prophezeie es Ihnen.« Heinrich lachte in seiner gewohnten Art und sagte, sein Bruder habe auch seine geschiedene Frau wieder geheiratet, es läge in der Familie.

Tage darauf gingen sie zum Notariat und Sara erklärte ihren Verzicht auf die Hälfte des Hauses.

Zu dieser Zeit wohnten Heinrich und Jakob schon in dem Haus. Sara und Joschua waren in Köpenick geblieben. (Später, nach dem Abitur, besetzte Joschua eine Wohnung im Prenzlauer Berg, Sara tauschte die ihre gegen eine kleine Zweiraumwohnung in Berlin-Mitte.) Sie erinnert sich, wie sie Heinrichs Haus im Rohbau gesehen hatte, kurz nach dem Richtfest musste es gewesen sein. Es war Herbst. Dann ein halbes Jahr später. Viel war noch zu tun. Joschua hatte Ferien und half dem Vater eine Woche.

Auch der Betriebsdirektor war da, Wochenende für Wochenende unterstützte er Heinrich. Jakob mochte ihn, sah Sara.

Jakob hatte sich sehr verändert. Er war schmal geworden und in die Höhe geschossen. Seine Gesten und Reden waren knapp und entschieden. Wie es sich für Leute auf dem Bau gehörte.

Sara entdeckte zum ersten Mal an ihm Heinrichs trockenen Humor. Jakob saß zwischen dem Vater und dem Betriebsdirektor, stieß seine Bierflasche, in der Pfefferminztee war, an die ihren. Redete fachmännisch, die beiden bezogen ihn in ihre Gespräche ein. Sara sah, wie er das genoss und wie stolz er darauf war.

Sie hätte ihn an sich drücken mögen, aber sie wusste, das wäre weder für ihn noch für sie gut gewesen. Jakob machte demonstrativ deutlich: Er gehörte zum Vater.

Sara beruhigte das und zugleich verletzte es sie. Was ging in Jakob vor? Sara ahnte, wie oft er während des Hausbaus gefragt worden war, wo sie sei, warum sie nicht helfe. Welche Meinungen er über sie gehört haben mochte. Zwei befreundete Ehepaare hatten sich zu Heinrich bekannt und den Kontakt zu Sara abgebrochen. Andere verhielten sich abwartend.

Niemand verstand, warum Jakob beim Vater lebte. Gerade die für Sara wichtigste menschliche Entscheidung in ihrer Beziehung zu Heinrich wurde nicht akzeptiert. Stieß auf Empörung. Bei Saras Eltern, den Freunden. Jakob konnte das nicht verborgen bleiben. Sara hatte gegen die traditionellen Rollenvorstellungen gehandelt.

Spitze, hämische Bemerkungen, meist von Frauen. Die verwundbare Stelle. Sara verschloss sich. War zu stolz, sich zu verteidigen, ihre Entscheidung zu erklären. Einzig die Schwiegermutter, die immer mit dem Herzen dachte, tolerierte Saras Haltung.

Sara als Fünfjährige, das Gespräch der Großeltern mit

der Mutter. Sie geriet in Panik. Nur der Gedanke an Heinrich beruhigte sie etwas. Er würde nicht zulassen, dass in Anwesenheit des Jungen schlecht über sie gesprochen wurde. Sie vertraute ihm. Sich. Jakob.

Lang aufgeschossen saß er da auf dem Balken und sprach mit Joschua. Er wollte ihm im Keller etwas zeigen, was er allein bearbeitet hatte. Als die beiden Jungen aufgestanden waren und schon in der Tür standen, drehte sich Jakob zu Sara um. »Willst du mitkommen, Mama?« Sara schnellte hoch.

Später aßen alle zusammen, Sara hatte eine Suppe gekocht. Nach dem Abwasch zog der Betriebsdirektor Sara aus der noch provisorischen Küche in den großen, zweigeteilten Raum. Heinrich sei ein Mann, mit dem man alt werden könne, dass sie törichte Frau das nicht begreife. »Ein guter Arbeitsplatz, nicht wahr?« Er wies auf den Schreibtisch am Fenster. Im Fensterviereck stand der Kiefernwald.

Heinrich kam, sie gingen auf die Terrasse hinaus. Heinrich deutete mit beiden Armen weit über das unebene, noch wüste Gelände, erklärte, wie der Garten aussehen solle, rechnete, wieviel Hänger Muttererde anzufahren seien.

Sara sah ihn an. Wie schaffte er das alles? Arbeit, Kind, Haus, Garten? Sie dachte an Heinrichs Vater, der im Sommer jeden Abend mit einem Spankorb voller Gemüse und Früchte auf dem Gepäckständer seines Fahrrades aus dem Garten gekommen war und seine Augen hatten geleuchtet.

Im nächsten Sommer blühten tatsächlich die ersten Blumen und das erste Gemüse wurde geerntet. Bäume und Sträucher waren gepflanzt. Sara fuhr an Sonntagen manchmal hinaus, um Heinrich zu helfen.

Im August kamen Mariella und Alfredo. Zwei Jahre waren sie nicht dagewesen. Sie entschieden sich weder für Sara noch für Heinrich, wollten weiter mit beiden befreundet bleiben. Sie liefen die Linden hinab und am Bebelplatz sprach Alfredo davon, wie sie vor über zehn Jahren – es waren die Weltfestspiele, die Stadt war eine einzige taumelnde Freude – Beethovens IX. Sinfonie unter freiem Himmel gehört hatten. Die Kinder auf den Schultern der Männer, Mariella und Sara aneinander gelehnt. Joschua erinnerte an den Mann, der auf ausgebreitetem Zeitungspapier auf der Erde gelegen, mit geschlossenen Augen der Musik gelauscht hatte und den, obwohl die Menge dicht gedrängt stand, keiner gestört hatte.

Nach dem Spaziergang fuhren sie zu Heinrich. Er hatte zu seinem ersten Gartenfest eingeladen, auch Sara. Wie früher stritten sie über Politik, in diesem Jahr besonders erbittert, wie sich Sara entsinnt.

Alfredo briet auf dem Holzkohlenrost das Fleisch, Jakob schürte mit dem Blasebalg das Feuer und rannte aufgeregt und glücklich zwischen ihnen hin und her. Und als er ins Bett ging, musste Alfredo wie früher *Avanti popolo … bandiera rossa* singen und das Giebelfenster stand offen und im Garten verstummte das Gespräch.

Ein Jahr später, 1984 im Mai, hatte Jakob Jugendweihe. Es war ein warmer, schöner Tag. Wieder feierten sie im Garten. Saras Eltern waren da und die Schwiegermutter.

Jakob saß mit seinen Schulfreunden und Joschua auf dem Rasen. Sara setzte sich dazu. Sie rechneten einander vor, wie viel Westgeld ihnen die Jugendweihe eingebracht habe, verglichen die Beträge. Nur Jakob hatte keine einzige Mark bekommen. »Aber von euren Italienern«, sagte einer. Jakob zeigte einen Vogel. Und Joschua sagte einen kräftigen Satz. Alle lachten, dann aber verstummten die Zähler verlegen. Das Westgeldthema war vom Rasen.

Sara ging in Heinrichs Küche. Hantierte dort unter den strengen Blicken ihrer Mutter. Wurde nervös, ein Teller schlug klirrend auf den Steinfußboden. Später saßen Mutter und Schwiegermutter auf der Terrasse. Sara sah die roten Augen und die nassen Taschentücher und hörte, wie die Schwiegermutter sagte, dieses Frauchen kommt nicht zurück, das hat seinen eigenen Kopf. Sie sagte es nicht vorwurfsvoll oder rechtend, wie Sara es von ihrer Mutter gewöhnt war. Ihre Stimme war freundlich. Sie lächelte sogar ein wenig, schniefte, nahm ihr Taschentuch. So ist das Leben eben, hieß es.

Als Sara am späten Abend mit den Eltern in ihre Wohnung im Stadtzentrum zurückfuhr, flüsterte die Mutter (sie saßen im Bus nebeneinander, der Vater zwei Sitze vor ihnen), sie habe in ihrem Leben leider stets das getan, was andere von ihr erwartet hätten, niemals, was sie selbst gewollt habe. Wie Sara es tue.

Anklage, Bewunderung? Die Mutter griff nach Saras Hand, drückte sie heftig. Sara erwiderte ihre ungewöhnliche, vertrauliche Geste. Nähe. Jetzt müsste man miteinander reden.

An der Endhaltestelle Pankow-Vinetastraße stiegen sie aus. Wovon sie gesprochen hätten, wollte der Vater wissen. Der Blick zwischen Mutter und Tochter. Sie gingen zur U-Bahn. In Saras kleiner Wohnung gab es keine Gelegenheit, mit der Mutter allein zu sein. Die Umarmung, als Sara sie zwei Tage später zum Bahnhof Lichtenberg brachte. Etwas war verändert. Und von dieser Zeit an kam ab und an ein Extrabrief der Mutter. Als Fußnote immer darunter: »Der Vater darf es nicht wissen, erwähne nichts in deinen Briefen, du weißt, sonst muss ich es ausbaden.«

In dem Jahr, als Jakob Jugendweihe hatte, fuhr Heinrich mit ihm im Sommer in die Hohe Tatra. Von der polnischen Seite aus bestiegen sie den zweitausendfünfhundert Meter hohen Rysy. Auch der Betriebsdirektor war dabei.

Sara sah die drei Männer über die Berge wandern. Als sie zurückkehrten, zeigten sie Fotos. Jakob war stolz auf seine Bergbesteigung. »Du hättest deinen Sohn sehen sollen«, sagte Heinrich, »komm doch im nächsten Jahr mit.«

Im nächsten Sommer muss es gewesen sein – die vier Männer waren schon wieder von ihren Bergwanderungen zurück, auch Joschua war diesmal mit –, als Heinrich an einem Sonntag im Garten die Frage nach ihrer Zukunft stellte.

Sara jätete gerade mit bloßen Händen Unkraut, grub tief, um die Wurzeln zu packen. Heinrich hockte sich ihr zur Seite. Sie beobachtete ihn aus den Augenwinkeln. Ihr Nebeneinanderhocken hatte etwas Komisches.

Dass sie in das Haus ziehen solle, schlug er vor. Wie sie zusammen lebten, als Freunde, als Geschwister oder ..., das läge doch an ihnen. »Eine Lebensgemeinschaft«, sagte er.

Sara erschrak, auch sie hatte solche Gedanken manchmal gehabt. Sie grub die Hände tiefer in die Erde, zog sie wieder heraus, besah ihre schwarzen Nägel.

»Du brauchst eine andere Frau«, sagte sie. Konnte nichts erklären. Angst, zu verraten, dass auch sie das gedacht hatte. Nach einer Weile sagte sie: »Ich müsste immer die Schuld abtragen, die ich dir gegenüber habe.«

Heinrich widersprach heftig. Das sei Vergangenheit. Jetzt würden sie leben. Jeder, der sie beide kenne, fände eine solche Lösung gut.

Sie schüttelte den Kopf, grub die Hände wieder in die Erde. Heinrich stand auf, ging langsam an den Hecken entlang auf das Haus zu.

Sein Vorschlag ließ sie nicht unberührt. Er traf etwas, was sie verwirrte. Immer, wenn sie in das Haus kam, trat ihre

Vergangenheit ihr entgegen. Möbel, Bücher, Bilder, mit denen sie gelebt hatte. In den Jahren mit Heinrich und früher.

Als Heinrich sein Haus einzurichten begann, war das von Saras Eltern abgerissen worden. Heinrich holte sich einen Teil der alten Möbel. Geheime Anziehung. Sara gehörte zu den Dingen. Sie durfte sich nicht an die Dinge verlieren.

Eines Tages hatte sie es geschafft.

Es war an einem Winterabend. Ungefähr ein halbes Jahr nach Heinrichs Vorschlag.

Das Haus lag im Dunkeln, sie sah es schon von weitem. Hatte sie sich im Tag geirrt? Sie waren verabredet. Sara ging um das Haus. Es brannte nirgends Licht. Sie suchte den Schlüssel im Versteck in der kleinen Vorkammer, schloss auf. Vielleicht schlief Jakob. Nein. Niemand war da.

Sara ging durch die Räume. Schaltete das Licht ein. Sie war noch nie allein in Heinrichs Haus gewesen.

Der große, zweigeteilte untere Raum. Sara lehnte sich an das Bücherregal. Ihr Blick fiel auf die gegenüberliegende Wand, das Sofa der Großeltern, darüber die Bilder. Die Apotheose des Krieges von Werestschagin, der gähnende Junge von Munkácsy, Andrej Rubeljow. Ihr fielen die Orte ein, wo sie die Bilder zum ersten Mal gesehen, für sich entdeckt hatte. Werestschagin in der Tretjakow-Galerie in Moskau, Munkácsy in Budapests Nationalgalerie, Rubeljow in Sagorsk, nein, dieses im Andronikow-Kloster in Moskau. Die alten Rahmen, die sie für die Drucke ausgesucht hatte. Die kleinen Bilder von Albert Ebert, die rechts hängen. In der Bahnhofstraße in Köpenick hatte sie sie aufblocken lassen, Jakob saß noch im Sportwagen.

Sara geht durch die Räume, berührt die Dinge. Den kleinen Rohrtisch. Aus der Laube, in der fünfundvierzig die russischen Soldaten in den Perserteppich eingerollt schliefen. Den Korbstuhl, in dem die Tante Elisabeth frühstückte. Den Schreibtisch. Es ist der des Großvaters. Eschenholz, schöne Messingbeschläge. Sie zieht den oberen Schub auf. Vertrautes Kindheitsgeräusch. Hier bewahrte der Großvater in rechteckigen Holzkisten und schmalen, bunten aus Blech seine Zigarren auf. Dahinter im Schub lag alles, was mit seiner Freimaurerloge zu tun hatte. Bei Heinrich jetzt rote Aktivistenmappen, Stapel von Rechnungen und Kontoauszügen. Sara schließt das Fach.

Setzt sich in den Schreibtischsessel, schiebt ihn rückwärts mit den Füßen über das Parkett bis zur Zimmermitte.

Der Blick in die dunkle Höhle des Schreibtisches. Ihr Lieblingsplatz als Kind. In der hintersten Ecke saß sie. Die glänzenden Schuhe des Großvaters. Nie trug er Hausschuhe. Seine exakten Bügelfalten. Der energische Schritt der Großmutter. Unter ihren langen Röcken wurden die schmalen Fesseln sichtbar. Hin- und Hergehen. Stimmen. Geborgenheit.

Die Höhle eine Täuschung. Wie auch das Haus. Das Bewusstsein der Täuschung.

Sara steht entschlossen auf, schiebt den Stuhl über das Parkett zurück.

Rennt die Treppe zu Jakobs Zimmer hinauf. Umgeworfene Schachfiguren auf dem Tisch. Sie öffnet die Schränke. Pullover und Hemden sind unordentlich hineingestopft. Sie nimmt sie heraus, legt sie zusammen, stapelt alles. Auch die Unterwäsche, die Strümpfe. Was schmutzig oder kaputt ist, wandert wie immer in ihre große Tasche. Sara geht in die Küche hinunter. Das Frühstücksgeschirr von Heinrich und Jakob steht noch auf dem Tisch. Sie spült es ab, räumt es weg. Streicht sich ein Brot, isst es im Stehen.

Macht Abendbrot für die beiden, deckt es mit einer Serviette zu. Wo sie bloß sind? Sie sieht zur Küchenuhr. Es ist schon neun. Sie reißt einen Zettel vom Block. Sie habe den Termin der Elternversammlung in Jakobs Schule vergessen, Heinrich möchte sie anrufen. Sieben kleine Kreise malt sie darunter. Küsse für Jakob.

Sie löscht das Licht im Korridor. Schließt die Tür. Hängt den Schlüssel in das Versteck in der Vorkammer.

Geht durch den Wald. Denkt daran, wie viele Male Jakob sie mit dem Fahrrad durch diesen Wald zur Bushaltestelle gebracht hat. Sie auf der Stange des Herrenfahrrades, eingeschlossen von Jakobs Armen. Er fährt schnell. An der abschüssigen Stelle beschleunigt er stets. Das Rad springt über die Baumwurzeln. Sara schreit. Jakob tritt in die Pedale. Immer kommen sie lachend und außer Atem an der Haltestelle an.

Ihre Umarmung. Das Gefühl der Schuld, des Egoismus, wenn sie einsteigt, Jakob draußen winkt, sie sich vorstellt, er fährt allein zum Haus zurück. Der Zwang, mit zurück zu müssen. Das Kind – das Haus – die Höhle.

An diesem Abend, als sie allein an der Bushaltestelle steht, die Mondsichel über ihr hängt, es ist zunehmender Mond, zerreißt sie endlich den Zusammenhang. Die Dinge verlieren ihre Macht. Anerkennen, was ist. Jakobs Leben mit Heinrich. Das ihre mit Joschua.

Ihr Leben damals? 1984? Im sechsten Jahr ihrer Freiberuflichkeit. Noch immer hörte man nichts von ihr. Die Spottreden der Kollegen und Freunde waren die gleichen geblieben. Noch immer arbeitete sie verbissen. Hatte exzerpiert, Material für eine Herausgabe gesammelt, Staub in Archiven geschluckt. Aus den Seiten der Manuskripte stieg ein zweihundert Jahre Entfernter. Wie hatte er gelebt? Wie war er zum Schreiben gekommen, wodurch verstummt? Immer drängender und ausschließlicher beschäftigte Sara diese Frage. Sie vergaß ihren Ausgangspunkt, die Edition. Ging der Frage nach, versuchte, dieses Leben zu rekonstruieren. Mühseligkeit. In diesem Sommer, entsinnt sie sich, näherte sie sich dem Ende. Noch fünfzig Seiten sind zu schreiben.

Joschua war zu der Zeit Praktikant am Puppentheater Neubrandenburg. Nach dem Abitur für ein Jahr. Er verdiente vierhundert Mark, war reicher als Sara und wenn er nach Berlin kam, lud er die Mutter zum Essen ein.

Sara fuhr in dem Jahr öfter nach Norden.

Sie hatte sich mit der Chefin des Theaters befreundet. Gleich beim ersten Gespräch – Joschuas wegen – spürten sie ihre Sympathie füreinander. Für Sara trat ein, was sie sich immer gewünscht hatte: eine Freundschaft zu einer Frau.

In diesem Sommer lud Kristine sie in den Theaterferien in ihr gemietetes Bauernhaus nach Klein-Varchow ein. Weite mecklenburgische Landschaft, ein winziger See hinterm Haus, eine Pferdekoppel davor. Freundliche Nachbarn. Bei ihnen konnten sie sich jeden Tag Schnittsalat aus dem Garten holen. »Nehmt nur, nehmt«, sagte die alte Bäuerin lachend, »den bekommen bei uns nur die Hühner.« Am Morgen wuschen sie sich auf den Steinstufen vorm Haus, gossen das Wasser aus der Emailleschüssel über ihre Körper. Am Abend liefen sie über die Koppel und die Feldwege bis zu den Hügeln. Manchmal schwammen sie in dem winzigen See, den sie Wasserauge nannten.

Zwei lange Monate lebten sie dort. Sie arbeiteten angestrengt die ganze Zeit. Kristine hatte ein Fernstudium gemacht und schrieb ihre Abschlussarbeit. Sara das letzte Kapitel.

In einer Nacht brachen die Pferde aus der Koppel aus. Am anderen Morgen im Radio die Nachricht vom Tode des hageren Dichters. Seine Besessenheit ihr Ansporn.

Als Sara mit ihrem Buch fertig war, trat zum ersten Mal

das Gefühl in sie, es konnte nicht alles vergeblich gewesen sein. Die zähen, langen Jahre. Dankbarkeit für die Ermutigungen.

Joschua kam aus der Hohen Tatra zurück und Kristines Mann besuchte sie in Klein-Varchow. Sie feierten, hoben das Glas auf den Dichter, auf ihre Arbeit; eine heftige, befreiende Freude erfüllte Sara, ich kann nicht glücklicher sein, dachte sie. Nur Jakob fehlt.

Die Kerze ist wieder heruntergebrannt. Der Docht schwimmt schon im Wachs. Sara bläst die Flamme aus. Geht auf den Balkon. Es muss weit nach Mitternacht sein. Ein feuchter Wind weht.

Am anderen Morgen, es ist ein Montag, setzt sie sich nicht wie gewohnt gleich an ihren Schreibtisch.

Sie läuft umher, räumt, hört Radio. Wartet auf die Öffnung der Läden. In drei Tagen ist Heiligabend. Sie muss einkaufen.

Als sie die Leipziger Straße hoch geht, glänzt das Pflaster. Zwischen den Peitschenleuchten Lichterketten. Weihnachtsmusik aus Lautsprechern. Mit Jakob ist sie auf dem Weihnachtsmarkt am Alexanderplatz gewesen, sie haben Glühwein getrunken, unter dem Meißner Glockenspiel gestanden; *Oh, du fröhliche, oh, du selige gnadenbringende Weihnachtszeit …*

Wie immer in der Vorweihnachtszeit diese sentimentale Anfechtung; sie hat ihre Familie zerstört.

Sie sieht Jakob als Elfjährigen vor sich, wie er über die Großeltern mit naiver Bewunderung sagte: Die haben es geschafft und ihr Zusammenbleiben in der Ehe meinte. Ihr nicht, hieß das anklagend. Die Harmoniesehnsucht des Kindes. Auch die ihre. Wenn sie einer Familie begegnet, deren Kinder in dem Alter sind, in dem die ihren waren, als sie sich von Heinrich getrennt hat, starrt sie neidvoll hin. Die Utopie Familie.

Die Bürgersteigränder der Leipziger Straße sind mit Autos zugeparkt. Nummernschilder aus allen Bezirken der Republik. Man kauft in der Hauptstadt ein. In der überfüllten Halle drängen die Leute. Sara stellt sich in die Schlangen. Nach eineinhalb Stunden verlässt sie die Halle. Geht zum Delikatgeschäft, wo sie sonst nie einkauft, die Preise sind zu hoch. Heute ausnahmsweise, denkt sie. Es wird nicht so voll sein. Sie hat sich getäuscht. Es ist noch voller. Sie stellt sich wieder in Schlangen. Am Käsestand streitet sich ein Ehepaar, erbittert und bösartig. Sara versucht wegzuhören, aber es gelingt ihr nicht.

Als sie aus dem Geschäft geht und einem alten Mann mit Stock die Tür aufhält, drängt sich im gleichen Moment ein pelzgefütterter Intershopmantel hindurch. Dessen Träger stößt seine große Tasche in den Rücken des alten Mannes. Der wird gegen Sara gedrückt, sein Stock hängt in der Luft, er sieht sie hilflos an. Beide klemmen schräg in der Tür. Der Typ im Intershopmantel nimmt Sara und den Alten offenbar nur als Widerstände wahr, die ihn reizen, seine Kräfte zu verdoppeln. Er schiebt seine Masse rücksichtslos durch die Tür. Draußen geht er auf einen Volvo zu, steigt ein und fährt ab.

Netze und Taschen an Saras Händen. Der Regen ist stärker geworden. Sie kann keinen Schirm aufspannen. Das Wasser läuft übers Gesicht, als sie unter den Weihnachtslichterketten die Leipziger Straße hinab auf die Gertraudenbrücke zugeht.

Sara wechselte die Taschen und Beutel von der einen auf die andere Seite. Die Weihnachtszeit mit Heinrich und den Kindern. Sie sieht Joschua und Jakob, als sie noch klein waren. Die Pyramide auf dem Frühstückstisch. Die Wärme der Lichter, die Bergmänner und Kurrendesänger im Kreis trieb. Die Spieldose. Weihnachtsschallplatten. Die Überraschungen in der Vorweihnachtszeit. Am zweiten Adventssonntag meist die Bäckerei. Tagelang vorher hüpft Jakob durch die Wohnung, singt: *Oh, es riecht gut, oh, es riecht fein! Heut rühr'n wir Teig zu Plätzchen ein.*

Am Vorabend knetet Heinrich den Teig. Sara schafft in der Küche Platz, legt Ausstechförmchen, Nudelholz, Pinsel bereit. Borgt von der Nachbarin ein drittes Fußbänkchen. In jedem Jahr darf eines der Kinder sich eine Freundin einladen. Heinrich schneidet aus Zeichenkarton eine hohe Zuckerbäckermütze. Sara klebt und beschriftet sie.

Der Adventsmorgen. Das Leinentuch wird von der Schüssel mit dem Teig genommen. Sara trennt für jedes Kind einen Teigklumpen ab. Mehl wird über den Tisch und die Klumpen gestäubt, der hölzerne Roller fährt darüber, bis der Teig glatt und dünn ist. Dann das Ausstechen. Die Förmchen, die sie wählen können. Kringel und Herzen, Tannenbäume, Engel, Halbmonde, Sterne, Hasen und Vögel. Alles wird probiert. Der Pinsel taucht in das Eigelb. Entscheidung, womit man die ausgestochenen Plätzchen verziert. Die Schüsselchen mit Rosinen, Kokosraspeln, gehackten Mandeln, bunten Streuseln, Zitronat, Wal- und Haselnüssen, Schokoladenguss und Zuckerglasur wandern hin und her, die Hände überkreuzen sich.

Einmal, erinnert sich Sara, fünf oder sechs muss Jakob gewesen sein, er hatte die zierliche Kerstin eingeladen, hielt er beim Überkreuzen ihre Hände fest, lächelte, nahm seine Zuckerbäckermütze ab und setzte sie ihr auf. Dann arbeiteten sie weiter.

Das erste Blech füllt sich und Sara schiebt es in den vorgeheizten Ofen. Die Kinder hocken in der winzigen Küche auf dem Fußboden vor der Glasscheibe der Backröhre. Es duftet. Die Plätzchen gehen auf. Die Versuchung, den Herd einen Spalt zu öffnen. Warten. Ungeduld. Dann endlich. Von dem noch heißen Blech werden mit einem breiten Messer die Plätzchen vorsichtig heruntergenommen.

Das Ausrollen des Teiges, das Ausstechen, Verzieren und Backen geht bis zum Mittag.

Dann wird der Teig nach der Phantasie geformt. Auf das Blech passen nur noch wenige Figuren. Weihnachtsfrauen mit Zitronataugen und Mützen und Schuhen aus Schokoladenguss. Engel mit Mandelgewändern, Knusperhäuschen mit Rosinentüren und Dächern aus Nüssen.

Weiß überstäubt sind die Kinder, ihre Gesichter glühen. Die Mehlspuren führen bis ins Wohnzimmer, wo Joschua ab und an die Weihnachtsschallplatte umdreht und der Esstisch sich mit dem duftenden Gebackenen füllt und Heinrich alles bewundern muss.

Ihre Riten am vierundzwanzigsten Dezember. Am Morgen ist die Wohnzimmertür verschlossen und die Glasscheiben sind mit Tüchern verhangen. Heinrich und Sara haben am Vorabend den Baum geschmückt. Sie gehen in den Tierpark, um Hirsch Heinrich zu füttern. Es gibt außer ihnen kaum Besucher. Nur die Wärter sind geschäftig. Als Jakob und Joschua dem Hirsch, den sie als Hirsch Heinrich auserkoren haben, die Möhren durch das Gitter reichen, eilt der kugelrunde Professor Dathe mit einer Aktentasche und einem Blumenstrauß an ihnen vorbei dem Ausgang zu.

Am frühen Nachmittag schneiden sie das von der Blankenburger Großmutter gebackene Scheitchen an, die Kinder lecken die feuchte Oberschicht aus Staubzucker und zerlassener Butter. Sara erzählt die Weihnachtsgeschichte. Joschua und Jakob sind ungeduldig. Sie gehen zu viert in die Vorstadt. In der Backsteinkirche an der Spree steht neben dem Altar eine Krippe mit Holzfiguren. Sie laufen am Wasser entlang bis zur Schlossinsel. Auch in der kleinen Barockkirche auf der Insel, in der die Orgel spielt und die Menschen sich drängen, gibt es eine Krippe. Als sie die

Kirche verlassen, erklären die Kinder, der Himmel sei dunkel, die Bescherung könne beginnen. Sie fahren mit dem Bus nach Hause. Wenig später ertönt das Glöckchen und das Weihnachtszimmer öffnet sich.

Saras Erinnerung an schneelose Feste in Berlin. Einmal, es war starker Frost, sechsundsiebzig muss es gewesen sein, laufen sie am ersten Feiertag mit Schlittschuhen über den Müggelsee. Das Eis ist durchsichtig. Man kann an einigen Stellen auf den Grund sehen. Sie laufen am Schilfgürtel entlang, in der südlichen Bucht, wo die Eisangler sitzen, dann auf die Mitte des Sees zu. Niemand läuft hier. Das Eis arbeitet, wächst. Gibt, wenn es in feine Spalten reißt, hohe, singende Töne von sich, die sich unterirdisch weit fortpflanzen. Die Kinder haben Angst, wollen dorthin, wo sich in der Ferne von Friedrichshagen in Richtung Rübezahl ein Menschenzug über das Eis bewegt. Heinrich beruhigt sie.

An einem Heiligen Abend, entsinnt sich Sara, schüttet der Himmel feuchte Flocken im Übermaß herab, sie rennen hinaus, bauen bis nach Mitternacht Tiere aus Schnee. Am Morgen sind sie zerstört. Es kann nur der Nationale Frontler gewesen sein.

Die Weihnachtstage, die sie mit der Schwiegermutter zusammen in Cordobang, einem Dorf auf einem Höhenrücken seitlich vom Schwarzatal, verbringen. Die Wege, die sie am Heiligen Abend auf der Höhe gehen. Bläulich weiße Nebelberge liegen massiv und unbeweglich in den Tälern. Sie halten den Atem an. So schön ist es.

Nach der Bescherung laufen sie auf ein schwarzes Feld hinaus, brennen Wunderkerzen ab. Die Kinder drehen sich mit den brennenden Kerzen.

In der Nacht gibt es einen Kälteeinbruch.

Die Wanderung am anderen Tag. Wind fährt über die

kahlen, schwarzen Hänge, wenn sie aus dem Wald treten. Peitscht über Schneisen und Lichtungen. Ändert die Richtung, kommt in Böen. Er wird zum Sturm. Gegen Mittag schüttelt er die Wälder erbarmungslos. Die Wipfel der Bäume biegen sich tief, die Stämme schlagen aneinander. In den Fichtenwäldern mit ihren von Nässe vollgesogenen, im Frost erstarrten, schweren Wipfeln, dumpf und grollend. In den Buchenwäldern mit den schlanken Stämmen hämmern die Baumkörper krachend laut, hell und dröhnend aneinander. Sie bleiben stehen, hören. Noch lange erzählen die Kinder von der Baummusik.

Heinrich sucht auf der Wanderkarte den kürzesten Weg nach Cordobang. Jakob legt die letzte Strecke auf dem Rücken des Vaters zurück.

Im Dorf ist die Stromleitung gerissen, der Ort ist von der Außenwelt abgeschnitten. Kurz nach ihrer Ankunft – die Schwiegermutter hat schon beunruhigt Ausschau gehalten – legt sich der Sturm. Es beginnt zu schneien. Schneit und schneit. Die Fenster wehen zu. Die Kinder am Fenster. Unten in der Küche des Gasthauses am Herd. Sie sehen dem Wirt zu, wie er die Ringe mit einem Haken vom Feuer zieht.

Am Abend ist Tanz. Die jungen Männer sitzen missmutig neben ihrer aufgetürmten Technik und trinken einen Braunen nach dem anderen. Der Vorsitzende der LPG kommt mit einer Ziehharmonika und ein dürrer Lehrer mit einer Geige. Die Alten des Dorfes werden lebendig. Die Dielen knarren.

Joschua und Jakob dürfen bis Mitternacht aufbleiben. Sie drehen sich mit Sara und der Großmutter im Kreis. Heinrich lehnt an der Wand, wo die Kerzen flackern und der Wirt am Ausschank steht. Sie winken ihm. Lange vergeblich. Dann aber klopft er seine Pfeife aus und sie tanzen, alle zusammen, bis sie völlig erschöpft sind.

Sara sieht die glühenden, erregten Gesichter ihrer Söhne vor sich. Ein warmes Gefühl schießt in sie; Glück, Erfüllung. Vorbei, denkt sie. Alles vorbei. Die Kinder sind keine Kinder mehr. Die Familie ist zerstört. Die Netze und Taschen schneiden ein, ihr Blick fällt auf die Hochhäuser der Fischerinsel zur Rechten, diese verletzende viereckige Gegend. Der Regen läuft über ihr Gesicht.

Haben Heinrich und sie nicht in den letzten Jahren wie Saras Eltern das Spiel Heilige Familie gespielt? Unaufrichtig? Nur besser die Rollen wahrend.

Sie wollten sich nicht von ihrer Vergangenheit trennen, die sich doch längst von ihnen getrennt hatte, wollten nicht anerkennen, dass es ihre Familie nicht mehr gab.

Im ersten Jahr hatte jeder mit dem Kind gefeiert, das bei ihm blieb. Seltsam, traurig war es, wie sie einander später gestanden. Dann schlug Heinrich vor, den Heiligen Abend zusammen zu verbringen. »Der Kinder wegen.« Sara nickte, wiederholte, »der Kinder wegen«. War sich nicht sicher, ob nicht auch sie es sich heftig wünschte.

Und Heinrich und Sara schmückten den Baum wie früher. Und die Pyramide war da. Und die Spieldose.

Nur sie waren verändert. Alle spürten es. Manchmal fing Sara einen Blick zwischen Joschua und Jakob auf, der es ihr sagte. Aber niemand sprach darüber. Im Gegenteil. Sie beteuerten einander, wie schön es sei. Sara vermied, Heinrich dabei anzusehen. Die flackernden Kerzen bewegten das Lametta am Baum. Sie packten die Geschenke aus. Und sie spielten das Spiel. Und schwiegen.

Ist das Weihnachtsfest in diesem Jahr der erste Versuch, das Spiel zu beenden? Der Anstoß ist von Joschua gekommen. Er hatte erklärt, Weihnachten alternativ feiern zu wollen. Muschelsuppe wolle er kochen und drei seiner Kommilitoninnen aus der Hochschule zu sich einladen. Er sagte es im Beisein von Heinrich und Jakob und Sara stimmte sofort zu. Heinrich war dagegen, spürte sie. Er sah auf Jakob. Um Heinrich zuvorzukommen, fragte sie: »Was meinst du, Jakob?« Er könne mit Freunden feiern, sie würden alte Schuhe an den Tannenbaum hängen, sagte er, lachte verlegen und sah verunsichert auf den Vater. Sie brachen die Debatte ab.

Später kamen sie überein, jeder solle für sich entscheiden. Jakob war für die alten Schuhe. Heinrich war unschlüssig. Sara sagte, sie werde Freunde zu sich einladen, auch Heinrich sei jederzeit willkommen. Das war der Stand.

Sara schließt die Tür auf. Packt in der Küche die Netze und Taschen aus. Überlegt, ob es reichen wird.

Dann ist der Vierundzwanzigste da. Es wird Abend. Als erster erscheint überraschend Jakob. In Heinrichs Fischgrätenmantel aus den fünfziger Jahren, den er lässig auf den Fußboden wirft. Die Fete mit den Schuhen steige erst nach Mitternacht. Es klingt, als ob er sich entschuldigen müsse. Er hebt unter Saras Blicken den Mantel auf, hängt ihn an den Haken, fragt, ob er nützlich sein könne. Sie gehen in die Küche. Jakob arbeitet schnell und geschickt. Er hilft bei den Salaten, probiert die Soßen, würzt sie nach. Erzählt von der Schule. Sie räumen Saras Arbeitstisch ab. Legen das schützende Flanelltuch auf, das neue weiße, noch ganz steife Damasttischtuch darüber. Decken den Tisch. Schmücken ihn mit Fichtenzweigen, Strohsternen und Kerzen. Auf einen Baum hat Sara verzichtet. Jakob sagt, das fände er nicht in Ordnung.

Dann kommen Kristine und ihr Mann, der graubärtige Komponist kommt und der Physiker mit einer neuen Freundin, die Sara noch nicht kennt, die ihr aber sofort gefällt. Und Heinrich kommt mit Blumen. Sie sitzen alle um die große Tafel und essen. Und als sie fertig sind, klingelt es. Joschua. Die Ohrenklappen seines selbstgefertigten phantastischen roten Hutes wippen. Die Kommilitoninnen hätten ihn im Stich gelassen. Großmütter und Mütter hätten ihnen mit Tränen zugesetzt, den Weihnachtsabend in der Familie zu verbringen. »Kapituliert haben sie«, sagt er verächtlich, nimmt einen Topf aus einem Netz, stellt seine Muschelsuppe auf den Herd. Sara holt einen Hocker vom Balkon. Bringt tiefe Teller, sie essen Joschuas Muschelsuppe als vierten Gang.

Später bilden sich kleine Gruppen. Der Komponist debattiert wie immer erregt. Jakob kommt mit dem Physiker zu Sara in die enge Küche und sie sprechen über Dresden, wo der Physiker vor dreißig Jahren an der Technischen Hochschule studiert hat. Er gibt Jakob Ratschläge. Joschua sitzt mit Kristine im kleinen Zimmer. Sara mag es, dass ihre Freunde auch die Freunde ihrer Söhne sind. Manchmal hat sie die Vorstellung, wenn sie nicht mehr sein wird, wird alles weitergehen. Das beruhigt sie.

Im Wohnzimmer gestikuliert noch immer der Komponist, er ist ein scharfer Denker und Rhetoriker, der graue Bart fliegt, er sitzt auf der Truhe und hat seine Zuhörer. Heinrich, im Sessel zurückgelehnt, zieht an seiner Pfeife. Sara beobachtet ihn, er wendet seinen Blick nicht von der jungen, neuen Frau des Physikers. Sara geht auf Heinrich zu, umschlingt ihn, küsst ihn und flüstert ihm ins Ohr, im nächsten Jahr werde er eine Frau für sein Haus finden, eine passende, bestimmt, sie wisse es. Und Heinrich, der seinem Vater immer ähnlicher wird, kneift das eine Auge zu, lacht trocken, sagt, Sara sei eine große Verweigerin und Egoistin.

Später drückt der Physiker auf die Stopptaste des Tapes und bringt das Weihnachtsliedersingen von Peter Schreier und dem Kreuzchor zum Schweigen. Er holt seine Flöte aus dem Futteral. Spielt. Sein Taktklopfen mit dem Fuß.

Die Ruhe, die von den Tönen der Flöte ausgeht. Sie könnten mitsingen, sagt er. Aber niemand singt. Einige summen. Jeder scheint mit sich allein. In sich versunken. In seiner Kindheit. Anderswo. Abwesend, traurig. Nur Jakob und Joschua, sieht Sara, sind frei davon. Und Sara richtet sich daran auf.

Das Weihnachtsfest geht vorbei. Auch die letzten Dezembertage bleiben mild.

Und John? Wie ist es mit John weitergegangen? Er ist mit Ellen zusammengeblieben. Aber auch Sara trifft sich noch mit ihm.

Das seltsame Auf und Ab ihrer Beziehung. Nie haben sie sich in den zwölf Jahren aus den Augen verloren.

Sara ruft sich ihre Begegnung mit Ellen nach deren Rückkehr aus Moskau ins Gedächtnis. Sara brachte die schwarze Kladde. Sie saßen im Wohnzimmer, die Tür war angelehnt. Sie glaubte, Johns Schritte zu hören. Ihre Hände wurden feucht. Er erschien nicht. Das Klappen einer Tür, sie hörte wieder Schritte.

Ellen war braungebrannt. »Die letzten Skiwanderungen über die Moskauer Leninberge«, sagte sie. Sie war seit sieben Tagen in Berlin, war am Vortag zur Professorin ernannt worden. Sara gratulierte. Ein Berg Arbeit liege vor ihr. »Gut so«, sagte sie, fragte Sara nach John. Mitten in der Rede legte sie ihre Hand auf die Saras. »Du kannst dir eine Meinung über ihn leisten. Ich nicht. Alles, was mir zu tun bleibt, ist, für ihn zu sorgen. Zu mehr reicht es nicht.«

Ein nüchterner, bitterer Satz.

Ein Dreivierteljahr nach diesem Treffen brach John das seit der Trennung auferlegte Schweigen. Bat Sara in einem Brief um ein Wiedersehen. Von freundschaftlichen Bindungen schrieb er. (Sie sah ihn im Weimarer Park.) Ellen meine es auch, stand als Postskriptum darunter.

Saras Schwanken. Dann rief er an. Er sei krank. Sie besuchte ihn. Ellen hantierte in der Küche. Als sie sich zu ihnen setzte, lobte John ihre Kochkünste, sprach sie mit Kosenamen an. Es wirkte komisch. Sara sah Ellens spöttischen Blick. Es war ihr peinlich, Zeugin dieser Szene zu sein.

Ihre Fähigkeit zur Freundschaft entscheide über ihre Menschlichkeit, sagte John.

Die beiden Frauen schwiegen.

Ähnliche Situationen wiederholten sich. Immer waren sie zu dritt. Bemühtheit. Sara spürte, Ellen und sie spielten Rollen, die er ihnen zuwies. Er war der Spielmeister, der die Fäden zog.

Als John im Krankenhaus lag, warf Ellen ihre Rolle ab. Sara rief an, ob sie John besuchen könne. Nein, die Ärzte rieten dringend davon ab. Einen Brief könne sie mitnehmen.

Sara brachte den Brief. Aber Ellen gab ihn John nicht. Erzählte auch nichts von ihrem Anruf.

Sara begriff, Ellen wollte sie nicht in seiner Nähe wissen. Sie fand, Ellen hatte Grund dazu.

Johns Vorwürfe dann. Warum sie nicht den Arzt gefragt habe. Jederzeit hätte er Besuch empfangen können. Auf Ellen dürfe sie nicht hören. Sie werde schwer mit sich fertig, ließe ihn das spüren. Sie habe auch andere Freunde abgewiesen. Isoliere ihn. Das sei vielleicht ihre Rache. Man müsse vorsichtig mit ihr umgehen.

Was hieß vorsichtig? In ihrem Falle doch nur wie früher, verschweigend, lügnerisch. Sara sah alles von vorn beginnen. Wie früher wollte er beide Frauen in seiner Nähe wissen. Später gestand er ihr, dass es so war, er gehofft habe, aus Saras Nähe werde wieder Annäherung, die Liebe werde zurückkehren. Weil er ihre Entscheidung für Heinrich als Lösung aus Not, als falsch, ihrem Gefühl widersprechend angesehen habe. Damals sagte er das nicht. Aber Sara begriff es instinktiv.

Wenn Sara dagegen John traf – es passierte selten, weil er meist zu Hause arbeitete –, war es immer verworren und quälerisch. Sara gab nur knappe Auskünfte über ihre Arbeit; ich will darüber mit dir nicht sprechen, hieß das. Es kränkte ihn sichtlich. Er fragte nach Heinrich und den Kindern. Oberfläche. Konvention. Es war, als ob sie sich gegenseitig testen wollten. Eine eigenartige Spannung lag über allem.

Und dann geschah das Unbegreifliche. Ihre Nähe wieder für kurze Zeit. Wie sehr auch Sara in ihrer Erinnerung sucht, sie kann den Anfang nicht finden. Entsinnt sich nur: Von einem Augenblick an war alles möglich, was im Augenblick vorher noch unmöglich schien. Das waren seine Jochbögen, sein Nasenbein, über das sie mit den Fingerspitzen strich.

War es wirklich geschehen? War es ein Traum? Sara sieht einen heißen Sandweg, eine Kiefernschonung, behängte Zweige, ihre Leiber.

Ein Detail ist in ihrem Gedächtnis. Am Abend sagte Jakob, er lag mit Joschua im unteren Bett: »Mama singt wieder die alten Lieder.«

Kein Feuer, keine Kohle kann brennen so heiß ... hatte sie gesungen und *Rosenstock, Holderblüt' ...*

Ein weiteres Detail: die völlige Sprachlosigkeit, in der alles geschehen war. Ihr ist, als hätten sie nicht ein einziges Wort gewechselt. Als John dann den ersten Satz sagte, fiel alles jäh zusammen.

Das Ende ist genau in Saras Kopf. John war mit ihr ein zweites Mal aus der Stadt gefahren. Den Weg, den er fuhr, kannte Sara nicht. Hinter Tiefensee bog er in eine Datschensiedlung ein. Sie war wie alle Datschensiedlungen in der DDR: biedermeierlicher Kitsch, Wagenräder, bunte Glassteine, völlig missratene Proportionen. John hielt an einem der Häuser.

Es war weniger hässlich als die anderen, aber noch immer hässlich genug. Sie stiegen aus. Überrascht las sie auf dem Messingschild am Gartentor seinen Namen. Er schloss die Pforte auf. Ein schnurgerader Plattenweg führte zur Datsche. Der Schlüssel drehte sich laut im Schloss. John wandte sich um, machte eine auffordernde Handbewegung. Sara stand noch am Zaun. Die geöffnete Pforte, die geöffnete Datschentür. Er verschwand. Sie hörte ihn hantieren. Dann zog er die Rollos hoch.

Sie drückte ihren Rücken gegen die Zaunlatten. Hockte sich hin. Löwenzahn wuchs neben ihr.

Es verging eine Weile. Seine Schritte. Er trat den Löwenzahn nieder. »Es wird Herbst werden«, sagte er, nach einer Pause, »wir müssen äußerst vorsichtig sein wegen Ellen.«

Das war der Satz. Von dem Augenblick an war nichts mehr möglich. Sara fiel ein, dass sie früher manchmal ihre Haarnadeln und Klemmen gezählt hatte. Sie sah auf seine Schuhe. Vielleicht war es gut, dass er den Satz gesagt hat.

Ihre völlige Ernüchterung. Wie ein Film spulte sich ihre Geschichte ab, bis zum Ende. Begann wieder von vorn. Hielt an dem Punkt, an dem sie sich befanden.

Es wird sich alles wiederholen. Als Farce. Es gibt keine Rechtfertigung mehr, dachte sie.

John hatte sich auch hingehockt. Redete auf sie ein. Aber sie wollte nicht hören, was er sagte. Und sie legte ihm die Hand auf den Mund. John begriff wohl, was in ihr vorging.

Er stand auf. Seine Schritte auf den Platten des Weges.

Geräusche im Haus. Krachen der Rollos. Die Schlüssel drehten sich.

John hob Sara aus ihrer Hocke am Zaun und setzte sie ins Auto. Auf der Heimfahrt redete er davon, wie teuer die Datsche gewesen sei. Nur durch Beziehungen hätten sie sie bekommen. Er schilderte die Verwicklungen. Ein geschiedener Handwerker, Kollegen und Kollegen der Kollegen und Verwandte kamen vor. Sara starrte auf den Punkt, wo in kyrillischen Buchstaben auf dem Armaturenbrett das Wort Woda stand. Es ist gut, dass er diese Nichtigkeiten erzählt, es hilft uns. Anderes ist nicht zu sagen. Er weiß es, wie auch du es weißt.

Wenig später erfuhr sie von Freunden, John und Ellen würden für sechs Semester als Gastdozenten an eine östliche Universität gehen. Eine Fügung. Sie atmete auf. »Wann?« Die Freunde wussten es nicht. Zwei Monate später rief John an und verabschiedete sich. Es sei ihm in letzter Zeit gesundheitlich sehr schlecht gegangen, wieder Krankenhaus. Er hoffe, dass er das dort durchhalten werde. »Denk gut über mich, Sara, bitte«, sagte er.

Sara sah ihn in diesen Jahren an dem breiten Fluss entlanggehen, auf dessen Grund die Steine wanderten und in den sie die Rose geworfen hatte. Ob er gesund war? Auf Umwegen beschaffte sie sich die Telefonnummer. Und in Abständen (manchmal hielt sie sich Monate zurück, manchmal nur Wochen) wählte sie null-sechs-vier-zwei-zwei und dann seine Nummer. Wenn Ellen am Telefon war, legte sie sofort auf. Wenn er es war und hallo rief, wer ist da, hielt sie den Atem an, um sich nicht zu verraten. Dann legte sie den Hörer auf die Gabel. Es gab ihn noch. Sie versuchte aus seiner Stimme zu schließen, wie es ihm ging.

Eine ferne Nähe entstand. Sie wünschte ihn nicht an ihrer Seite. Aber sie dachte an ihn.

Während der Zeit, als sie sich von Heinrich getrennt hatte, war ihr immer klarer geworden, Stück für Stück fiel mit Heinrich auch John von ihr ab. Es gab nicht den einen oder den anderen, es gab keine Wahl. In rätselhafter Weise hing die Bindung an den einen Mann mit der Bindung an den anderen zusammen. Die endgültige Trennung von Heinrich brachte auch die endgültige Trennung von John.

Erst von diesem Zeitpunkt an, als die Männer aus ihrem Leben getreten waren, die Kinder und die Arbeit es allein bestimmten, war etwas Neues mit Heinrich und auch mit John möglich: Freundschaft.

Aber während die Beziehung zu Heinrich vertraut war und den lebendigen Berührungspunkt, die Söhne, hatte, blieb die zu John immer widersprüchlich. Manchmal dachte Sara, gib einfach auf. Aber das brachte sie nicht fertig.

Als John und Ellen von der östlichen Universität zurückkehrten, lebte Sara schon allein. Sie begegneten sich zufällig im Deutschen Theater. Sara stand an der Garderobe. Plötzlich, einige Meter vor ihr, sein dichter Haarschopf.

Ihre heftige Freude. Er muss sich umdrehen! Er drehte sich um. War es die Überraschung, die ihn ebenso reagieren ließ? John half Ellen aus dem Mantel. Gab die Mäntel ab. Ellen, die Sara nicht gesehen hatte, ging vor, während er auf die Marke wartete. Mit einem Blick ließ er Sara wissen, dass es besser sei, sich hier nicht zu dritt zu begegnen. Dann folgte er Ellen.

Sara erschrak. Er war völlig verändert. Ging gebeugt, schwerfällig und schleppend, zog das eine Bein nach. Er stützte sich auf einen Stock. Er war ein alter Mann geworden.

In der Pause beobachtete sie ihn. Die Zeichen von körperlichem Verfall in seiner Gesamterscheinung. Es schnitt ihr ins Herz.

Er suchte mit den Augen nach ihr. Sie stand hinter einer Säule, er konnte sie nicht sehen. Ellen lief mit Beschützergeste neben ihm. Sie wirkte matronenhaft. Das Harte, Männliche an ihr. Sara betrachtete ihr Gesicht. Ein seltsamer Zug. Fast trotzig. Ein Ausdruck von Beleidigtsein. Das Leben meint es nicht gut mit mir, stand da vorwurfsvoll.

Wenig später trafen sie sich zum zweiten Mal. In der Akademie der Künste in der Hermann-Matern-Straße war es. Wieder lief Ellen schützend und vorwurfsvoll neben John. Sie konnte Sara nicht übersehen haben. Ging bewusst an ihr vorbei. John hob bedauernd die Schultern, folgte ihr.

In der Pause, Ellen war in ein Gespräch verwickelt, kam John zu Sara. Behielt Ellen dabei im Blick. Wie ein Junge, der sich wegstiehlt, der unter Aufsicht steht.

Das wiederholte sich.

Es kam zu peinlichen Situationen. Sie hatten gemeinsame Freunde. Ihr merkwürdiges Verhalten konnte nicht verborgen bleiben. Man musste möglichst verschiedene Treppen hinuntergehen. Aufpassen, mit wem man zusammenstand.

Ellens Brüskierungen kränkten Sara, empörten sie, machten sie wütend, schließlich fand sie es lächerlich.

Einmal kam Ellen allein. Da ging Sara entschlossen auf sie zu, streckte ihr die Hand entgegen. Ellen nahm sie, fragte nach Saras freiberuflicher Arbeit; sie wusste über alles Bescheid. Sara war überrascht. Ellens Gesicht war entspannt. Es gab kein einziges Anzeichen, dass ihr das Gespräch unangenehm sei. Das nächste Mal, Ellen war mit John da, gingen sie wieder aneinander vorbei.

Beruflich war Ellen äußerst erfolgreich. Sie hatte sich dem Thema Emanzipation zugewandt, war eine Feministin geworden. Sie bekam Einladungen ins westliche Ausland. Referierte dort über Frauenprobleme in der DDR. Sie sprach in Madrid und Pisa, in Rom und Paris und im anderen Deutschland. Seit Mitte der achtziger Jahre reiste sie viel.

In dieser Zeit sahen sich Sara und John auch wieder öfter. Die Termine von Ellens Konferenzreisen waren die Termine ihrer Begegnungen. Nur hinter Ellens Rücken wagte John, sich mit Sara zu treffen. Manchmal konnte sie drüber lachen, obwohl sie es eigentlich traurig fand.

Ellens Flugzeug war noch nicht gestartet, da rief er an. Das Unwürdige dieser Vorgänge.

Zu Anfang hatte sie darauf bestanden, dass er es Ellen sage. Es gab nichts zu verheimlichen. »Sie will es nicht wissen. Schone sie«, bat er. Sara gab nach, aber misstraute John. Ihr Zorn auf ihn. Er sagte, er sei nur schwach, weil er krank sei, nannte es Abhängigkeit. Sara wollte es nicht gelten lassen. »Bist du wirklich so abhängig?« – »Ich bin es.« Sie dachte, so ist es in allen Ehen, die ich kenne.

War es Mitleid, das sie stets einlenken ließ?

Die Zeit des freiwilligen Verkennens, der Liebe war vorbei. Sara überhörte seine Klagen über sein mönchisches Leben. Seine Bitten um Zärtlichkeit. Seine Versuche wies sie zurück. Für sie gab es keinen Neubeginn.

Was aber war es? Nur Mitleid? Ein Rest? Widerschein des Einstigen? Freundschaft? Die Spannung blieb. Angezogen- und Abgestoßenwerden, Distanz und Nähe.

Saras Verdacht: Lässt sie sich nicht bis heute von ihm bestimmen? Er ist es, der anruft, Briefe schreibt (in den schlaflosen Nächten), Vorschläge, Pläne macht.

Ihre innere Abwehr. Ihr Zwiespalt. Dann aber, wenn er

sie zu einem Spaziergang auf einem der alten Wege in die Mark einlädt und langsam, schwerfällig, auf den Stock gestützt neben ihr läuft, sagt, es sei schön, dass sie mitgekommen sei, ihm zuhöre, denkt sie, es ist gut so. Ist versöhnt. Wie lange wird er noch leben? Sie kann für eine Welle seine Gebrechlichkeit, das Zittern seiner Hände, seinen Altmänneratem vergessen.

Vielleicht geschah das alles der seltenen, glücklichen Augenblicke wegen. Die gab es, wenn sie über ihre Arbeiten redeten. Aufregende, intime Gespräche. Er entwickelte Ideen. Sie. Jetzt nahm er Sara als Partnerin an. Oder sie erwies sich nun als solche. John war der, der er früher war. Er war mehr. Zuweilen legte sie die Hand auf seine. Und alles war selbstverständlich und schön.

Aber die Augenblicke waren rar. Immer häufiger drängte es ihn, über seine Krankheit zu sprechen. Und über Ellen. Je schlechter es ihm ging, desto ausführlicher. Sie behandle ihn wie ein Möbelstück, ein lästiges, nicht mehr recht brauchbares, das man hin- und herschiebe. Mein Konto, mein Auto, sage sie, als ob es ihn schon nicht mehr gäbe. Sie verfüge über sein Leben, organisiere es. Tue alles, aber ohne das kleinste Zeichen von Freundlichkeit.

Sara schwieg.

Vielleicht würde sie inzwischen ebenso mit Heinrich leben, wären sie zusammengeblieben.

Ihr fiel Ellens bitterer Satz ein, damals, als Sara ihr die schwarze Kladde zurückgegeben hatte, nach ihrer Rückkehr aus Moskau.

Wie hielt Ellen das aus? Seit zehn Jahren schlief sie nicht mehr mit John. Da war sie noch nicht einmal fünfzig gewesen. In der Prag-Zeit duldete sie wieder eine junge Geliebte neben sich. Sie war unglücklich. Sie nahm die Stelle der Merkzettel ein. War Krankenschwester, Haushaltsführerin.

Warum blieb sie, wenn sie ihn nicht mehr liebte? War es Pflicht, Gewohnheit, Prestige, Angst vor dem Alleinsein? War es Stärke oder Schwäche oder beides in einem? Oder war es ausschließlich Johns Krankheit, die sie zu dem Opfer bewog?

Sara konnte Ellen nicht begreifen.

Sie sah auf den Mann, der vor ihr saß und klagte. Der ewige, große Zögerer John. In den zehn Jahren ihrer Liebe hatte er durch sein fortwährendes Zaudern, sein Nicht- oder zu spätes Bekennen letztlich ihre Liebe verloren. Mit Ellen war in anderer Weise Gleiches geschehen. Er hatte beiden Frauen, die ihn geliebt hatten, kein Glück gebracht. Forderte aber unablässig Liebe.

»Ihr hättet euch trennen müssen«, sagte Sara und unterbrach damit die Beschuldigungen, die mit den Jahren an Heftigkeit zunahmen. Ihre Feststellung löste meist einen Streit zwischen ihnen aus, der eine nachhaltige Verstimmung zur Folge hatte. Es waren immer die gleichen Muster.

John nannte Sara unmütterlich, wies den Gedanken einer Trennung von Ellen brüsk zurück. Er sei doch krank.

»Hast du dir überlegt, dass sie möglicherweise nur deshalb bei dir geblieben ist?« John gab das zu Saras Überraschung erstaunlich offen zu.

»Du nimmst ihr Opfer an und klagst zugleich. Ich bewundere, was sie für dich tut.« Das Netz der Fürsorglichkeit, das sie über ihn warf. Wenn sie da war, wenn sie abwesend war.

Ellen sei auch ohne Liebe, sagte Sara. Ihre Rede hatte etwas Erbarmungsloses. Die Verletzungen, die John ihr zugefügt hatte, die sie längst verheilt glaubte, brachen in solchen Gesprächen wieder auf. Ihre Verteidigung von Ellen war auch ihre eigene.

Diese Gespräche waren ungut. Sara wollte sie nicht, aber immer wieder kamen sie an den Punkt.

»Und du«, fragte er einmal, »würdest du mit mir leben?«

»Nein«, sagte Sara. Sie sagte endlich, was sie dachte, nicht mehr wie früher das, was er hören wollte.

»Du kannst sehr hart und direkt sein.«

»Ja«, sagte sie. »Ich bewundere Ellen, ich hätte es nicht geschafft ohne Liebe.« Sie fragte sich, ob sie es überhaupt geschafft hätte. Ihre Mütterlichkeit bezog sich nie auf die Männer, immer auf die Kinder.

Vielleicht war das Ellens Geheimnis. Sie, die keine Kinder geboren, die einer anderen Frau aufgezogen hatte, richtete all ihre Mütterlichkeit auf John.

Es war ganz anders. Sara begriff es, als der Zufall sie auf einer Konferenz im Ausland mit Ellen zuammenführte. Es war eine Tagung ausschließlich von Frauen. Sie ging über eine Woche. Ellen war eine der Hauptreferentinnen. Sie habe einen scharfen, klugen Vortrag gehalten, erfuhr Sara bei ihrer Ankunft. Sie war nur für eineinhalb Tage gekommen. Am Abend war ein Empfang in einer Wohnung. Etwa dreißig Frauen.

Sara kam zu spät. Sie stand an die Tür gelehnt. Die Frauen aßen und tranken schon.

Ellen winkte Sara zu, sie saß in der Mitte des großen Zimmers auf einem Plüschhocker. Sie winkte ein zweites Mal auffordernd. Rückte auf die eine Seite des Hockers. Sara löste sich von der Tür. Ellen hatte einen großen Teller mit verschiedenen Salaten in der Hand. Sie rief nach einer zweiten Gabel. Eine junge Frau warf einer anderen eine zu. Die wollte sie Ellen geben, aber die deutete auf Sara. »Danke.« Sara nahm die Gabel. »Setz dich und iss«, sagte Ellen.

Dann saßen sie zusammen auf dem Plüschhocker. Ellen

teilte die verschiedenen Salate, Champignons, Käse, Endivien, Sojakeime, Kidney-Bohnen, Chicorée und Wurst sorgfältig in zwei Hälften, schob die eine mit der Gabel zu Saras Tellerseite hin. Sie aßen gemeinsam von dem großen Teller. Sprachen und aßen.

Ihre beiden Hälften kamen durcheinander. Sie schoben sie mit ihren Gabeln wieder säuberlich zurecht. Lachten, redeten weiter; achteten dann nicht mehr auf die Grenzlinien. Sara dachte daran, wie sie im Hotel »Ukraina« den sowjetischen Sekt getrunken und die Kaviarkügelchen zwischen den Zähnen hatten aufplatzen lassen. Zwölf Jahre war das her. Die Gastgeberin ging mit einem Tablett gefüllter Gläser durch das Zimmer. Ellen und Sara nahmen sich jede ein Glas mit Rotwein und sie stießen an.

Später lehnte Sara wieder an der Tür und beobachtete die Frauen.

Alle schienen gleichzeitig zu reden, das Zimmer war von hohen Stimmen erfüllt. Eine fast ausgelassene Atmosphäre. Ellen in der Mitte auf ihrem Plüschhocker. Junge Frauen saßen zu ihren Füßen auf dem Teppich. Sie lachten. Ellen bekräftigte ihre Rede lebhaft mit den Händen. Ihre Bewegungen waren weich, ihre Fülle wirkte nicht mehr matronenhaft; im Gegenteil, sie hatte etwas Anmutiges, Erotisches, so schien es Sara. Ellen war schön, wie sie dort saß und genoß, wie die jungen Frauen ihr zuhörten.

War das dieselbe Frau, über deren Minderwertigkeitskomplexe, Depressionen und Lieblosigkeiten John klagte? War das die Frau, die mit beleidigtem Gesicht neben ihm ging? Hier war eine andere. Sara begriff, das war ihr Leben. Ihr zweites, ihr eigentliches. Ihr Liebesersatz.

Sara sah fasziniert auf die Frauen. Sie alle einte, dass sie das Feindbild Mann errichtet hatten und so mit ihren

Ängsten fertig wurden. Sie ruhten in sich, ihre Kräfte vervielfachten sich durch die Abgrenzung. Sie sahen nur die eine Hälfte der Welt. Sara neidete ihnen ihre Blindheit, die Voraussetzung ihrer Freiheit war. Es war der Verlust der Liebe, der sie dorthin trieb. Die Sehnsucht nach Ersatz. Vielleicht musste man eine Zeit in dieser Täuschung leben.

Saras Kopf konnte das alles teilen. Ihr Körper nicht. Für sie lag die Zukunft nur in der Liebe. In den Beziehungen zwischen Mann und Frau. In der Utopie …

Als sich die Gespräche dann ausschließlich dem Feindbild zuwandten, ging Sara den langen Flur entlang, suchte die Garderobe und geriet in die Küche. Dort stand der einzige Mann, füllte die Schüsseln mit Salaten nach und wusch ab. Sara sah ihm zu. Nach einer Zeit ging sie zu ihm, schlug die Arme um ihn, küsste ihn rechts und links, wie sie das bei den Frauen gesehen hatte. Als sie sich dann in der Tür umdrehte, sah sie ihn mit nassen, tropfenden Händen und hängenden Armen verdutzt an der Spüle stehen. Sie lief durch den langen Flur zurück, fand ihren Mantel am Haken, zog ihn im Gehen an.

Die Korridortür schlug hinter ihr zu. Sie sprang die Treppe hinab, nahm drei Stufen auf einmal. Auf der Straße trieb der Wind die Blätter vor ihr her. In der kleinen Pension, in der sie wohnte, suchte ein Mann vor der Tür nach seinem Schlüssel. Sara öffnete. Er sprach sie an. Ob sie auch zu den Frauen gehöre, er habe die Unterhaltungen am Frühstückstisch verfolgt. Er drehe einen Film über alleinerziehende Männer. Er sei auch einer.

Als Sara die Bettdecke über sich zog, fragte sie sich nach der Schuld der Frauen den Männern gegenüber. Und hörte die empörten und forschen Erwiderungen der Frauen.

Die Begegnung mit Ellen war in diesem Herbst gewesen. Das Jahr, das sich neigt. Sein letzter Tag. Der 31. Dezember 1987.

Sara hat sich lautem, geselligem Feiern entzogen. Sie ist allein. Zum ersten Mal Silvester allein. Sie hat es so gewollt.

Ihre kleine Wohnung, die vertrauten Gegenstände, Schreibsekretär, Truhe. Kerzen in beiden Zimmern. Sie zieht ihr schönstes Kleid an, bindet das Haar zusammen.

Das glückliche, erfüllte Jahr. Ihre vielen Reisen. Im Frühjahr Italien. Nach den sieben arbeitsintensiven Rückzugsjahren nun unverhofft Resonanz; neue Freunde, Einladungen.

Sara fällt Heinrich ein, der sie früher oft eine Hungerkünstlerin genannt hatte. Das Thema Reisen war das Einzige, über das sie in den sechziger und siebziger Jahren oftmals in Streit geraten waren; Heinrich konnte sogar – entgegen seiner Mentalität – heftig und unwirsch werden.

Er vervollständigte die Reisebibliothek seines Vaters, sammelte Literatur, alte Landkarten, Kursbücher. Seine ständigen Pläne. Nach Spanien wollte er, nach Italien.

Einmal, entsinnt sie sich, warf er das Kursbuch der Deutschen Reichsbahn auf den Tisch. »Ein DDR-internationales«, sagte er wütend, »nach Simferopol, nach Warszawa, nach Szeged und Pécs kannst du fahren, aber Madrid und Paris gibt es gar nicht.«

»Hier«, er schlug das Kursbuch auf, zeigte auf die Streckennetzkarte der CSSR, fuhr mit dem Finger entlang, »Praha – Tabor – České Budějovice. Und?« Sara sah genauer hin, hinter der schwarz gestrichelten Grenzlinie eine leere Fläche, ein schwarzer Pfeil darin, sie neigte den Kopf, längs des Pfeils stand in winzigen Buchstaben Wien. Sara starrte auf das Wort Wien. Es hatte fast etwas Obszönes. Wie die Worte Rhein oder Frankfurt am Main. Etwas Verbotenes. Es existierte gar nicht.

Nach einer Zeit sagte sie zu Heinrich: »Du kannst in die

Mongolei oder nach China reisen, da warst du noch nicht.« Damals, entsinnt sie sich, scherzte sie nicht, es war ihr völliger Ernst.

Das war der Punkt, an dem der Streit ausbrach.

Nicht nur an dem Tag, an dem Heinrich das Kursbuch auf den Tisch warf; mit beinah geheimnisvoller Regelmäßigkeit gelangten sie von den harmlosesten Alltagsdetails auf dieses Thema. Saras Verteidigung, sie vermisse nichts, wolle nicht reisen, die Kinder seien zudem noch klein, sie habe keine Bedürfnisse. Sie zitierte ihre Großmutter: »Wo fahren wir hin? – Mit der Hand übern Bauch.« Heinrichs bitteres, sie passe gut hinein, so wünsche man sich die Staatsbürger. »Du tust so, als ob die Welt nur aus einer Hälfte bestünde«, sagte Sara. Er darauf: »Du bist es, die das behauptet.« Dann – und da wurde er immer wütend –, es ginge darum, dass er sich die Richtung nicht vorschreiben lassen wolle.

Saras Überdruss bei solchen Auseinandersetzungen. Auch im Freundeskreis kam dieses Thema immer häufiger auf. Sie verließ meist die Runde. Rentnergespräche, dachte sie, ging in die Küche, wusch ab oder sah in die fremden Kinderzimmer.

Sie weiche aus, sagte Heinrich dann auf dem Heimweg. Und ironisch, sie würde warten, bis man in der DDR Olivenhaine anpflanze – er nahm sie in den Arm –, so ein geduldiges Schaf sei sie.

Er spielte auf eine Episode mit Alfredo an. Alfredo, in einem Dorf in Süditalien in der Nähe von Reggio di Calábria aufgewachsen, erzählte einmal von der Olivenernte, wie er sie als Kind erlebt hatte. Erntezeit war im November. Die Bäume seien schon kalt und starr gewesen, beim Pflücken der kleinen blauen Früchte hätten die scharfen Kanten der Blätter Risse an den Händen verursacht. Alfredo beschrieb die Form der Blätter, die Farbe der Bäume und der Erde und Sara – die sich an Heinrichs

Italienplänen nie beteiligte – sagte: »Ich möchte durch einen Olivenhain gehen, Früchte und Blätter befühlen.« Sie sei ertappt, hieß es, wunschlos also sei sie doch nicht. Und der Olivenhain wurde fortan zum Synonym.

Sara aber wollte weiterhin nicht reisen. Heinrich erzürnte das geradezu.

Erst in den allerletzten Jahren änderte es sich. Aber Sara war nicht von selbst darauf gekommen. Ihre Arbeit hatte sie dazu gezwungen. Sich Städte vorstellen, Wege, Landschaften, in denen der, über den sie schrieb, vor zweihundert Jahren gelebt hatte. Straßburg, Vogesen, Niederrhein, Frankfurt am Main, der alte Fuhrweg von dort ins Thüringische. Notwendige Reisen im Kopf. Vergangenheit – Gegenwart. Die Grenzziehung musste aufgegeben, die leere Kartenfläche – der Westen – belebt werden. Die fatale Überraschung. Eine erzwungene Einsicht hatte sie zur gewählten Freiheit erklärt. Lächerlich und nackt stand sie vor dieser eigenen Verrenkung.

Als Sara in diesem Jahr in Italien – sie hatte eine Einladung von der Universität Florenz, besuchte anschließend Mariella und Alfredo – wirklich durch einen Olivenhain ging, ihre Füße sanken in den stumpfroten Ocker der Erde, ihre Blicke wanderten in die Zweige hoch, die Blätter von einem merkwürdigen Silber, das mal ins Blaue, mal ins Grüne spielte, da dachte sie an Heinrich, der gesagt hatte, selbst wenn man die Käfigtür öffne, werde sie, so nehme er an, sitzen bleiben und behaupten, sie hungere, weil ihr die Speisen nicht zusagten.

Ich habe von allem nichts gewusst; ihr rannen die Tränen, es ist alles zu spät, ich bin geprägt. Wie war das nur möglich? Heinrich hat recht.

Als sie zurückkam, sagte sie es ihm. Er schwieg, sie sah, ihn beschäftigte nur ein Gedanke. Warum sie fahren konnte, er aber nicht. Sie wollte sich rechtfertigen, entschuldigen. Ihre Arbeit sei es doch, wollte sie sagen. Ließ es. Es war aussichtslos, das Reiseprivileg vereinzelte, die Schmerzgrenze des anderen war zu nah. Heinrich ertrug das Gespräch darüber nicht. Sara wechselte das Thema.

Einzig mit den Söhnen konnte sie offen reden. Westmutter, willkommen im Osten, stand auf dem Zettel, entsinnt sie sich, den sie nach ihrer Rückkehr aus Italien in ihrer Wohnung fand. Saras Problem existierte für sie nicht. Sie waren sich völlig gewiss, ihre Füße schon bald in einen Olivenhain zu setzen.

Sara fallen die Dienstreisen ein, zu denen sie die Kinder, als sie noch klein waren, mitgenommen hatte. Zwei, höchstens drei Tage. Professoren ließen sich von ihren Frauen auf Konferenzen begleiten. Das brachte sie auf die Idee. Zunächst nahm sie Joschua in den Ferien mit, dann, als Jakob sechs wurde, auch ihn. Die Aussicht auf das Mitgenommenwerden erwies sich als vorzügliches Mittel, das Kinderzimmer in tadellosen Zustand zu versetzen, Küchendienste zu erledigen, Streitereien (Joschua dirigierte den jüngeren Bruder gern) klein zu halten.

Dresden und Weimar waren die bevorzugten Orte. Sara tat ihre Arbeit. Die Kinder waren sich selbst überlassen, unternahmen allein etwas. Sara ruft sich ins Gedächtnis, wie sie Jakob vor dem Goethehaus auf dem Schlussstein sitzend fand, am dritten Eis vom Bäcker gegenüber schleckend. Goethes Karlsbader Wasserglas und die Porzellantassen im Kleinen Esszimmer hatten ihn am meisten beeindruckt. Und die Reisekutsche im Hof.

In Dresden trennten sie sich stets am Bahnhof, trafen sich gegen Abend dort wieder. Die Kinder mit Stadtplan, Geld und Saras Bitten, worauf zu achten sei, ausgerüstet. Joschua verbrachte den Tag im Grünen Gewölbe und im Albertinum, Jakob ging immer ins Verkehrsmuseum. Dann bummelten sie durch die Stadt. Saras Visionen, was passieren könne. Jetzt, wo die Söhne groß sind, mit den Lastwagentrecks der Türken durch Rumänien, Bulgarien, bis zum Schwarzen Meer trampen – Jakob zum ersten Mal in diesem Jahr –, wo sie nach Polen und Ungarn fahren, nach Prag, nur um eine Schallplatte zu kaufen – ist Sara froh, damals ihre Ängste niedergekämpft und die Selbstständigkeit von Jakob und Joschua gefördert zu haben.

Am meisten gefiel den beiden, entsinnt sie sich, im Hotel zu übernachten. Ihr Alleinsein, wenn Sara noch Verpflichtungen hatte. Das Schwatzen im Bett, das Frühstück. Die viele Zeit bei den Zugfahrten. Es war immer ein Abenteuer, ein Fest für Sara und die Kinder.

Sara steht auf. Sucht eine Kassette. Wählt die, die sie schon hundertmal gehört hat. Glenn Gould spielt die Balladen op. 10 von Johannes Brahms. Sein Anschlag. Sie wartet auf jeden Ton. Hört ihn im Hintergrund mitsummen. Sie spult zurück, hört ein zweites Mal.

Geht in die Küche, öffnet eine Flasche Rotwein. Holt ein Buch, liest. Das Umblättern der Seiten das einzige Geräusch.

Das Telefon klingelt. Sara geht ins Nebenzimmer, nimmt den Hörer ab. Der fremde Mann. Sie haben beide nicht eingehalten, was wortlos abgemacht war, haben sich schon mehrmals angerufen. Lange abendliche Gespräche.

Seine Stimme ganz nah. Aus Spanien ruft er an. Aus Sevilla. Sie fragt nicht, mit wem er feiert. Er fragt nicht, ob sie allein ist oder Besuch hat.

Die Realität ihrer Stimmen. Der Augenblick.

Als Sara den Hörer auflegt, in das andere Zimmer zurückgeht, erscheint ihr alles unwirklich.

Nach einer Weile schaltet sie das Radio ein. Die üblichen Silvesterprogramme. Sie sucht. Jazz. Louis Armstrongs gepresste rauhe Stimme. Tun, wonach einem ist. Sie hebt die

Arme, beginnt zu tanzen. Das hat sie früher oft gemacht, die Kinder hat es amüsiert. Macht es jetzt, wenn sie allein ist.

Sie tanzt. Langsam ihre Bewegungen. Dann schneller. Ihre wilden Füße. Der Rhythmus des Körpers. Die Schatten an den Wänden. Das heftige Flackern der Kerzen durch die Luftbewegung. Lichtreflexe an der Decke. Sie dreht das Radio auf äußerste Lautstärke. Großes Zimmer, kleines Zimmer, Flur hin und her, bis zur Atemlosigkeit. Schließlich hält sie inne, drückt auf den schwarzen Knopf.

Stille.

Ihr erhitztes Gesicht im Spiegel.

Dann wieder das Buch. Nicht aufgeschlagen. Ihre Gedanken. Blicke auf die Uhr. Zehn, halb elf, elf. Trakl fällt ihr ein. *Unter Dornenbogen / O mein Bruder klimmen wir blinde Zeiger gen Mitternacht.*

Um Mitternacht wird der weite Innenhof von Detonationen überschwemmt. Die Wände werfen den Schall zurück. In das Himmelsrechteck über dem Hof schießen leuchtend grüne, gelbe und rote Raketen.

Die Türen zu den Balkonen an beiden Seiten des Hofes haben sich geöffnet. Trunkene Stimmen. Zurufe, Wünsche, Verbrüderungen. Auf dem Etagenflur hört Sara jetzt die Nachbarn, sie gratulieren sich zum neuen Jahr, laden sich gegenseitig in die Wohnungen ein.

Sara hat das Licht gelöscht, tritt nicht auf den Balkon. Sie will nicht an dem allgemeinen Taumel teilhaben. Hört auf die seltsame Lautheit, mit der die Menschen das anbrechende Jahr begrüßen.

Gegen die Detonationen anschreiend wünscht man sich Glück und Gesundheit, die Flut der Stimmen ebbt allmählich ab. Wie die Detonationen. Immer mehr Balkontüren schließen sich. Der matte grüne Glanz der Bildschirme in den Wohnungen erscheint wieder. Die Schattengestalten der Feiernden.

Ab und an noch eine Rakete im Innenhof; ein verspätetes Feuerrad für ein aus dem Schlaf geholtes Kind.

In den Momenten der Stille in ihrem Hof hört Sara das Dröhnen der geteilten Stadt; Kreuzberg hinter der Mauer, keine siebenhundert Meter von ihr entfernt, Mitte, Prenzlauer Berg.

Sara schließt die Tür, bleibt noch bis drei Uhr wach.

Gegen fünf kommt Jakob. Er hat bei Freunden gefeiert. Sara zieht das zweite Bett aus dem Kasten, richtet es ihm. Er schläft sofort ein.

Sie sieht belustigt auf seine dunkelbehaarten Beine, sein im Schlaf kindliches Gesicht mit dem sprießenden Bart. Seine zunehmende Männlichkeit. Das lange Kopfhaar, das er tagsüber gebunden trägt, jetzt breitet es sich über das Kissen.

Die langen Haare sind ein Ärgernis für die Lehrer. Deshalb trägt er sie. Nach dem Abitur, kurz vor der Einberufung zur Armee, wird er sie abschneiden. Mit Freunden – wie Joschua vor Jahren – eine hair-cut-Fete feiern. Die Haare werden freigegeben. Jeder kann ein Büschel herausschneiden. Die Mädchen bringen es schwer fertig. Das Brutale der Zeremonie. Schneiden und trinken; für jede abgeschnittene Strähne einen Spruch. Schließlich der geschorene Kopf.

Der Schrecken, der Sara an diesem Neujahrsmorgen erfasst. Alles wird sich wiederholen.

Ihre Fahrt Ende November 1984 nach Mecklenburg zu Joschuas Vereidigung. Mit dem Zug bis Prenzlau, dann mit dem Bus.

Am Kasernentor muss sie ihren Ausweis abgeben, den Inhalt ihrer Tasche zeigen.

Das leere Karree des Exerzierplatzes. Hinter einer Absperrung stehen die Angehörigen.

Eisiger Wind weht. Es ist sieben Grad minus. Eine Militärkapelle spielt. Ihr Spiel hallt wider, als setzten sich die Exerzierplätze ins Unendliche fort. Die Rekruten marschieren ein, marschieren ums Geviert, unmittelbar an Sara vorbei. Zweimal. Sie kann den Sohn nicht finden.

Der Eid. Die Stimme des Kommandeurs. Überlaut. Der Wind zerrt am Mikrofon, zerlegt die Sätze in groteske Wortfetzen. Der maschinenmäßige Echochor der Soldaten.

Wo ist Joschua? Saras Aufregung. Sie ist unfähig zu begreifen, Gleichschritt, Uniform und Wegschneiden der Stirn durch den Stahlhelm nehmen das Gesicht.

Joschuas Armeezeit. Nach der Grundausbildung Dienst in einem Bunker mitten im Kiefernwald. Elektrisch geladener Zaun. Ein toter Marder, seine abgeschmorten Pfoten. Im Fall eines Atomkrieges garantiert der Bunker das Überleben für achtundsiebzig Stunden. In roter Leuchtschrift steht es über der Tür. Joschua muss Positionskoordinaten von Flugzeugen in Spiegelschrift auf eine durchsichtige Tafel zeichnen. Bunkeralltag.

Monatelang bekommt er keinen Ausgang. Täglich schreibt er Briefe. Sein Halt. Sara antwortet ihm täglich. Manchmal Hilferufe zu kommen. Sara fährt. Weicht nicht vom Kasernentor. Nach endlosen Telefonaten die Erlaubnis, den Bunker für zwei Stunden verlassen zu dürfen. Wieder Warten. Später weiß Sara, wie sie Joschua von der Kaserne durch den Kiefernwald auf der Panzerstraße entgegengehen kann. Ein Punkt weit hinten. Näher kommend. Ein Uniformierter. Wenn er sich rascher zu bewegen beginnt, fängt auch sie zu laufen an. Er ist es. Umarmung. Ihre Beine in der Luft. Die Armeemütze rollt über die Panzerstraße.

Im Winter, oder bei Regen, sitzen sie im winzigen Raum hinter der Wache am Kasernentor. Im Sommer, wenn es trocken ist, bleiben sie – trotz Verbot – im Kiefernwald. Wenn die Sonne scheint, blinkt der elektrisch geladene Zaun durch die hohen Stämme.

Um Mitternacht fährt der letzte Zug von Stralsund in Richtung Berlin. Sara wartet in der Bahnhofsmitropa Prenzlau. Betrunkene liegen in ihrem Erbrochenen unter den Tischen.

Joschuas verbissener Versuch, sich nach dem Dienst auf sein Studium vorzubereiten. Er malt und zeichnet. Der Bunkerkommandant bemerkt es. Joschuas Spind wird aufgebrochen. Erheiterung sei Aufgabe der Kunst. Nicht diese Düsternisse, diese Probleme. Väterlich-aufklärerisch spricht der Kommandant. Nimmt Joschua auf die nächste Dienstfahrt nach Friedland mit. Auf der Rückfahrt hält er an seinem Privathaus. »Eine Zigarette?« Joschua raucht nicht. Die Frau bringt Kaffee. Seine Talente sollten nicht brachliegen. Der Kommandant zeigt seinen Keller. Eine Bar wolle er hier einrichten. Der Auftrag für ein Wandbild. Ein Mann, ein Bierseidel hebend, darüber ein Spruchband: Willkommen in der Stammtischrunde.

Sie liegen im Kiefernwald, als Joschua Sara davon erzählt. Er beschreibt das Schulterklopfen, als der Auftrag erfüllt ist. Sie schütten sich aus vor Lachen. »Soziale Studie«, sagt Sara.

Später ist in Joschuas Briefen von einem Wandbild für den Bunkerklubraum der Soldaten die Rede. Eine Skizze liegt bei. Warschauer Vertrag – NATO, Freund und Feind. Kollektiv beraten. Drei Ausrufungszeichen Joschuas. Immerhin, er könne sich ausprobieren.

Als das Bild fertig ist, fühlt sich ein Soldat zur Colabüchse in der Hand des Feindes hingezogen. Für den Kommandanten der Beweis, die ideologische Wirkung des

Bildes sei verfehlt. Er ordnet die Vernichtung an. Joschuas vergeblicher Protest. Die Wand wird mit Kleister überstrichen, mit geblümter Tapete beklebt, zum Schluss kommt in die Mitte der Nagel für das obligate Porträt.

Von da an zeichnet und malt Joschua heimlich. Das grobe Leinen zerschnittener Armeebettücher erweist sich als guter Malgrund. Er versteckt die Leinwandrollen und die Zeichenblätter unter der Matratze seines Bettes. Im Hosenbein oder unter dem Uniformhemd bringt er sie durchs Tor. Sara nimmt sie mit nach Hause.

Im zweiten Armeesommer, Alfredo ist wie in jedem Jahr gekommen, diesmal ohne Mariella, arbeitet bei Radio DDR-International und Intertext, trifft Joschua ihn in Saras Wohnung. In Uniform steht er schon im Flur, muss zum Stralsunder Zug. Wenige Worte, Umarmung, Schulterklopfen. Joschua rennt los.

Als er im Armeeobjekt eintrifft, beginnt das Verhör. Sein Vergehen. Er weiß nicht, worum es geht. Es wird ihm auch nicht gesagt. Eine Strafversetzung folgt.

Joschua beschwert sich. Man weist ihn ab. Der Vorwand, er habe als Soldat bei Beschwerden den Dienstweg einzuhalten. Er geht den Dienstweg. Keine Auskunft. Gereiztes, vorwurfsvolles Schweigen aller Instanzen.

Am siebenten Tag nimmt ein Offizier Joschua beiseite. Er solle endlich aufhören mit dem Rebellieren. Ob er wirklich so naiv sei. Er beschäftige alle unnötig, in ihrer Befugnis läge es auch nicht. Joschua sieht ihn verständnislos an. »Junge, Junge«, sagt der Offizier, »wo lebst du, Westkontakt – Feindkontakt, verstehst du?«

Da endlich begreift Joschua. Alfredo ist der Feind. Das ist sein Vergehen. Er beginnt nun erst recht zu protestieren.

Seine schockierenden Erfahrungen. Sie zeigen sich. Höflich, eiskalt, freundlich, erpresserisch. Sie wissen alles, geben sie zu verstehen. Details aus seinen Briefen, aus Saras.

Joschuas Verstörung. Als er acht Wochen später nach Berlin kommt, besteht er darauf, nicht in der Wohnung zu reden, sondern dazu auf die Straße zu gehen. »Ich bin von dir zur Armee gefahren, habe niemanden getroffen, gesprochen«, sagt er erregt.

Saras Vorstellung, er werde in Briefen nicht mehr schreiben, was er empfindet, anfangen, das Telefon auseinanderzunehmen, die Wände abzuklopfen oder aufzuhacken, um nach einer Wanze zu suchen. Sie hat es bei anderen erlebt. Weiß, es beginnt mit Misstrauen. Hat erlebt, welche menschlichen Zerstörungen Angst anrichten kann.

Sie will keine Angst haben und hat keine. Es ist wie als Kind, wenn sie Dachbodentür öffnete und den Gespenstern entgegenrief: »Ich sehe euch, weiß, wo ihr seid ...« Ihr lauter Satz machte ihr Mut.

Sara besteht darauf, dass Joschua und sie in der Wohnung bleiben. »Das Angstmachen ist ihr Beruf. Ihre dumme, durch nichts gerechtfertigte Macht. Wenn wir gehen, akzeptieren wir sie. Es wäre ihr Erfolg.«

Joschua erzählt alles genau, schildert die Typen. Sara schildert sie. Ihre Übereinstimmung. Verklemmte Halbmänner, Zukurzgekommene, Möchtegernmänner, als Jeans-Generation verkleidet. Sara hat öfter Gelegenheit, ihre Aufmachung zu studieren. Wenn auf dem Marx-Engels-Platz Kundgebungen sind, stehen sie an der Spree. In exakten Abständen aufgereiht spielen sie zufällige Spaziergänger, schwenken ihre schlappen Perlonbeutel, ihre Knirpse, laufen gelangweilt hin und her. Wenn man dicht an ihnen vorbeigeht und ihnen ins Gesicht sieht, kehren sie ihr aufgesetztes Selbstbewusstsein heraus. Vor diesen Schnüfflern, die unlautere Handlungen zu ihrem Beruf machen, Angst haben? Womit sie auch immer drohen. Nein. »Ich sehe euch, weiß, wo ihr seid.«

Joschua lacht erleichtert.

Ihre Erinnerung an den Sommerabend, als sie Alfredo alles erzählte. Sie saßen bis spät in die Nacht auf Saras Balkon. Alfredos Vision. Der Endpunkt seiner Erfahrung mit der DDR. In jener Nacht war es, als der Satz fiel: »Euer Land ist ein Totenhaus.« Ihr Streit dann. Saras Erklärungen, Verteidigungen. »Uns gibt es, uns alle, die es verändern wollen.« Alfredos Skepsis, Härte. Saras plötzliches Gefühl, mit den Sätzen zu verharmlosen; anders ließ sich mit den Gespenstern nicht leben. »Das wird einmal eure Schuld sein«, sagte Alfredo.

Sie schwiegen und sahen auf die taghelle Fläche, die sich über den schwarzen Innenhof und den dunklen Himmel breitete. Hinter Spreearm und Friedrichsgracht erhoben sich die Dachaufbauten, die zum Komplex des Zentralkomitees der SED gehörten. Von Scheinwerfern grell angestrahlt, wehte dort die rote Fahne. Sara fiel das Kasernendach ihrer Kindheit ein. Sie dachte an die Worte der Mutter. Und die Wand von Kohlen-Eberhardt, wo aus den Buchstaben SED die rote Farbe geflossen und erstarrt war. Was war aus dem Anfang geworden? In die Stille brachen Polizeisirenen, ein Martinshorn kam hinzu, die Wagen rasten zur Leipziger Straße.

Das Ende von Joschuas Armeezeit. Seine Entlassung im Mai. Heinrich war mit dem Auto gekommen. Jakob war da. Kristine und Joschuas Freunde vom Theater. Sie alle standen am Kasernentor. Schwenkten kleine papierne Republikfahnen, hatten sie an Hüten und Drachenschnüren, sie flatterten lustig. Einer blies auf einer kleinen Blechtrompete. Andere entrollten drei Meter roten Fahnenstoff. Eine Losung darauf. Die Hälse der Posten reckten sich misstrauisch. *Hurra – er ist wieder Da – Da,* stand breit darauf. Die Hälse gingen zurück. Joschua sprang, als er am Tor seinen Personalausweis erhielt, mit einem Schrei in die Luft, kam auf sie zugerannt.

Sara sieht auf Jakob. Er spricht im Schlaf, wälzt sich wie als Kind. Armee. Alles noch einmal. Sie rechnet, November 1988 bis Mai 1990.

Sie steht auf. Der erste Tag des neuen Jahres ist grau und trübe. Schneelos. Wie die folgenden Tage. Tiefausläufer überqueren das Gebiet. Mehrmals sinken die Temperaturen. In den Kammlagen der Mittelgebirge schneit es und im vorgelagerten Hügelland bildet sich eine geschlossene Schneedecke. Im Flachland Schneeschauer, Schneeregen, Regen.

Auch am siebzehnten Januar, einem Sonntag, regnet es in Berlin. Sara erwartet die Söhne zum Mittagessen. Sie verspäten sich. Sara geht durch die Wohnung, drückt auf den schwarzen Knopf. Ein DDR-Sender, sie hört es sofort am Tonfall des Sprechers. Ein Bericht über den Gang der Berliner nach Friedrichsfelde. Der neunundsechzigste Jahrestag der Ermordung von Rosa Luxemburg und Karl Liebknecht. Sie hat es vergessen. Ein einziges Mal, erinnert sie sich, war sie mitgelaufen. Auch da war es trübe und regnerisch gewesen. Jakob war noch klein. Sie trug ihn. Joschua schob sich neben ihr, ein Buch in der Hand, mit der Menge vorwärts. (Er las Ludwig Renns Geschichte vom Neger Nobi, las sie während der Demonstration von Anfang bis zum Ende.) Jakob wechselte auf die Schultern des Gewerkschaftssekretärs, dann zum Parteisekretär. Der Weg war lang.

Auf dem Friedhof verdeckte eine Tribüne die Stätte der Toten. Von ihr wurde geredet, gewinkt und die Menge winkte zurück. Sara winkte nicht. Sie habe eine andere Vorstellung von Gedenken an Tote, sagte sie in Richtung der Schultern. Von dort kam Widerspruch, Aufklärung. Sara blieb dabei. Ob sie es schriftlich wollen, fragte sie im nächsten Jahr. Der Gewerkschaftssekretär hob die Hände. Niemals wurde Saras Fernbleiben angemahnt. (Vielleicht nur wegen der Schultern, Jakob wurde von Jahr zu Jahr schwerer.)

Im Sommer fuhren sie einmal nach Friedrichsfelde. Der Friedhof war still, sie legten kleine Sträuße an den Stein der Toten. Als Siebenjährige hatte Sara zum ersten Mal den Namen Rosa Luxemburg gehört. Nach den Russen waren in die Kaserne in der Bürgeraue deutsche Soldaten gezogen. Kasernierte Volkspolizei. Zu Geländeübungen in der Klinge marschierten sie an der Gartenseite ihres Hauses vorbei. Immer an der gleichen Stelle setzte der Befehl zum gleichen Lied ein. In der Höhe der Pappel, ihrem Fenster gegenüber, scholl rhythmisch langgezogen im dumpfen Schrittmaß der Stiefel: *dem Karl Liebknecht haben wir's geschworen,* und an der Ecke des Kolonialwarenhändlers Rüfer: *der Rosa Luxemburg reichen wir die Hand.* Die Stimmen waren jung und fest und immer wartete Sara auf die Stelle mit dem Hand-Reichen und darin lag eine freudige, unbestimmte Erwartung.

Der Radiosprecher berichtet überschwänglich von einem kilometerlangen Zug, von einer machtvollen Manifestation, von Hochrufen und vom Beifall Tausender, die von der Karl-Marx-Allee bis zum Ehrenhain ein dichtes Spalier bilden. Drei Stunden dauere der Vorbeimarsch schon. Ein Ende sei nicht absehbar. Die Kampfgruppen würden erwartet. Von den Balkonen, sagt er, jubeln die Menschen. Pioniere schwenken Tücher und Fähnchen und die Veteranen der Arbeiterbewegung stehen, die Faust zum Thälmannschen Gruß erhoben. Sara fragt sich, ob der Sprecher überhaupt aus seiner Kabine hinausblicke oder den Text ablese, den er seit fünfzehn Jahren spricht. In dem Moment berichtet er, es seien zweihunderttausend in diesem Jahr. Er wiederholt die Zahl beschwörend. Zitiert den diesjährigen Redner: »Unser Schiff zieht seinen geraden Kurs.« Vor das feinsinnige Gesicht Rosa Luxemburgs schiebt sich für Sara das breite, brutale mit dem ewig anmaßend dümmlichen Lächeln, das große, wolfsähnliche Zähne freigibt.

Sara stellt das Radio ab. In dem Moment hört sie Jakob und Joschua heftig vor der Wohnungstür debattieren.

Als sie zwei Stunden später mit dem Essen fertig sind, wissen sie nicht, was sie gegessen haben. Freiheit sei auch immer Freiheit für Andersdenkende. Mit diesem Satz von Rosa Luxemburg habe sich eine kleine Gruppe in den Zug einreihen wollen. Polizei. Verhaftungen. Ihre Mutmaßungen darüber. Ihre Erregung.

In den nachfolgenden Wochen berichtet der Westrundfunk täglich darüber. Der DDR-Rundfunk schweigt oder verdreht. Die Leute werden zu Staatsfeinden erklärt, abgeschoben, aus dem Land gewiesen.

Jakob, der oft bei Sara schläft und seine Hausaufgaben bei ihr macht (seine Schule liegt genau in der Mitte zwischen Heinrichs Haus und Saras Wohnung), sagt, die Lehrer würden verbieten, darüber zu sprechen. Ebenso über Gorbatschow. Tabu. Anweisung von oben. Er lacht kurz und böse, sagt sarkastisch: »DDR konkret.« Wendet sich wieder seinen Mathematikaufgaben zu.

Ende Februar, es ist der einundzwanzigste, ruft Joschua an. Sein Wandbild in der Metzer Straße sei abgehackt. »Abgehackt?« – »Abgehackt, im Zuge der Vorgänge um die Luxemburg-Demo.« – »Ab-ge-hackt?« – »Ja.« Es mache ihm nichts aus. Es sei ja nicht das erste Mal. Hinter seiner gespielten Gleichgültigkeit spürt Sara die Erregung. Vor der Zelle stehe eine Schlange, er müsse auflegen. Es klickt. Sie hält den Hörer in der Hand.

Die Mauerbemalung in einem Hof im Prenzlauer Berg.

An einer Wand, die zwei Höfe voneinander trennt. Die Mauer hat eine Länge von über sechs Metern, ist zweieinhalb Meter hoch. Wie kann die Bemalung abgehackt sein?

Sara wendet sich wieder ihrer Arbeit zu. Aber ihr Versuch, sich zu konzentrieren, scheitert. Abgehackt? Der Zusammenhang, den Joschua hergestellt hat. Sara stapelt die leeren weißen Blätter übereinander, legt einen Stein darauf. Zieht ihre Kapuzenjacke an. Verlässt die Wohnung. Fährt mit der U-Bahn zum Senefelder Platz.

Geht von dort zur Metzer Straße. Sie mag die Gegend. Der typische Geruch. Die bröckelnden Fassaden: die Geschichte der Häuser. Mit Brettern vernagelte Türen und Fenster im Souterrain, verwitterte, unkenntliche Aufschriften, einstige Läden. Sara sieht hoch, Balkone, die auf die Passanten zu stürzen drohen. *Mach kaputt, was dich kaputtmacht,* steht an einer Häuserwand in Augenhöhe mit weißer Kreide geschrieben.

Sara geht die Metzer Straße entlang. Ein alter Mann kommt ihr entgegen, er unterhält sich laut mit seinem struppigen Hund. Nicht wahr, sagt er am Ende jedes Satzes und der Terrier blickt aufmerksam zu ihm hoch. Zwei Punks in Arbeitsanzügen, Trittleitern unter den Armen, feuerrote, steile Haarkämme, der eine Punk mit Nasenring. Aus einer Toreinfahrt kommt eine Frau mit Kittelschürze und Lockenwicklern, einen Aschekasten in der Hand. Sie überquert den Bürgersteig, kippt die Asche in einen leeren Kinderwagen, der an der Bordsteinkante neben einem von Sperrmüll überquellenden Container steht. Das verlebte Gesicht der Frau. Immer begegnet man hier Gesichtern.

Sara hat die Nummer des Hauses vergessen, sucht die Wandbemalung in mehreren Hinterhöfen. Endlich, fast am Ende der Straße, das Haus. Sie erkennt es wieder. Geht durch den Flur. Öffnet die Durchgangstür. Tritt in den Hof.

Geradeaus die Mauer, wo das Wandbild war. Sie starrt darauf. Schamlos weiß ist die Mauer. Frisch verputzt.

Ihr Blick nach links. Seitenflügel, vier Stockwerke. Ein verfallenes Hinterhaus. Es wirkt schwarz; flächenweise schmutziges Ziegelrot wie eine offene Wunde. Manche Fenster sind mit Zeitungspapier verklebt, vor anderen sind Leinen gespannt, Wäschestücke hängen darauf.

Ihr Blick zurück. Die weiße Mauer. Rechts die Trennwand zum Nachbargrundstück. Auch verfallen. Dort, hinter der Teppichstange, erinnert sie sich, hatten damals die weißen Zettelfahnen gehangen, als sie das erste Mal mit Joschua vor seinem Mauerbild in diesem Hinterhof gestanden hatte.

Kurz nach seiner Entlassung aus der Nationalen Volksarmee war es gewesen. Da hatte er das Bild gemalt.

Einer seiner Musikerfreunde wohnte im Seitenflügel. Sie frühstückten im Sommer an Sonntagen an einer langen Tafel im Hof. Die Polizei erschien regelmäßig und verschwand wieder. Musik wurde gemacht; Trompete, Keyboard, Schlagzeug. Die Kinder hätten die Latexbüchsen ausgekratzt, mitgemalt. Ein Riesenspaß, alle hätten sich wohl gefühlt. Am meisten er, hatte Joschua gesagt.

»Ein Konzept?« Er hatte gelacht auf Saras Frage. Er habe gemalt, was ihm im Augenblick eingefallen sei, die Musik ihm eingegeben habe, Musiker und Kinder ihm zugerufen hätten. Von rechts nach links malen, das sei das Einzige gewesen.

Sara steht vor der Mauer, verengt die Augen zu Schlitzen. Auf der glatten, weißen Fläche erscheinen Farben. Gelber Ocker, Gold, Umbrabraun, Schwarz, ein kräftiges Rot, ein bleiernes Weiß. Die Farben bekommen einen Rhythmus. Formen entwickeln sich. Die Wand füllt sich. Die Bemalung kehrt zurück. Die kühne, verwirrende Botschaft der Bilder. Sara sieht sie wieder vor sich.

Rechts unten Trichter, spitze Dornen, Zahnräder, Treibriemen; ein Maschinenwerk, bizarre Menschenköpfe darin. Dann eine Herdfläche, eine geknickte ionische Säule. Daneben ein gewalttätiger brauner Stier mit Menschengesicht und muskulösem Arm. Seine Hörner enden in einer Trittleiter. Über ihm ein Totenschädel, der auf einem Saxophon bläst.

Schräg darunter, auf dem Rücken liegend, ein Hermaphrodit. Weiße, volle Frauenbrüste. Schwarze Armeestiefel, nackte Oberschenkel, Badehose, ein dürrer Leib. Sein Gesicht alterslos. Spitze Nase, Intellektuellenbrille. Nach hinten hängender Kopf, herabfallendes Braun. Haarschopf oder Michelmütze? Über den Leib des Hermaphroditen gebeugt ein Löwe mit Sonnenbrille. Senil, alt. Dümmlich hängende Backen. (So stellt sich Sara den Bunkerkommandanten vor.) Der Löwe senkt lust- und folgenlos seine großen Zähne in den Leib des Hermaphroditen.

Von dem Zwitterwesen führt der Blick aufwärts. Köpfe von jungen Männern mit vor Schmerz oder Lust aufgerissenen Mündern unter den Hufen eines Tieres. Ein Arm hält ein Keyboard. (Das seien Porträts der Musiker, sagte Joschua damals.) Von den Hufen nach oben. Ein pferdeähnliches Fabeltier, ein Einhorn. Das Tier mit blutigem Schweif.

Der blutig quellende rote Schweif ist genau in der Mitte der Mauer, teilt das Bild. Auf dem Fabeltier mit roter Mähne und rotem Schweif reitet ein kleiner Mann mit rotem Korsenhut, die Hand in Brusthöhe in der weißen Uniformjacke verborgen; bekannte Geste.

Der Kopf des Fabeltieres ist kampflüstern gesenkt. Sein gewaltiges, gewundenes Horn auf der Stirn – die Bewegung des Bildes steigert sich – stößt in einen schwangeren Leib.

Es ist der Leib einer riesigen Frau. Die Figur ist der Mittelpunkt des Bildes. Eine Göttin der Freiheit. Nackte Brüste, Heiligenschein. Unter dem schwangeren, durchstoßenen Leib ein langes, weites, weißes Gewand mit trikoloreähnlichem Saum. Das Gewand ist wie ein Theatervorhang geöffnet. Aus dem Schoß der Freiheitsgöttin quillt eine Menschenmasse. Grau, uniform, gesichtslos.

Die gesichtslose Masse formiert sich zu einem Zug. Über ihm rote Fahnen. Vor dem Hintergrund eines Gewitterhimmels und der schwarzen Silhouette einer modernen Großstadt strebt der Zug vorwärts. In der Masse sind die Gesichter einzelner Gestalten erkennbar. Allen voran, er führt den Zug, ein feister Mann, der den Arm zum solidarischen Gruß weit hochreckt. Seine gespreizten Finger wirken wie ein Hahnenkamm. Hähne erscheinen dahinter. Köpfe, Schwanzfedern, Leiber. Schließlich, am linken Ende des Wandbildes, dort, wo die Mauer an das Hinterhaus grenzt, verwandeln sich die Hähne mit ihren roten Kämmen in bleiche, müd fliegende Broiler, stürzen ab.

Joschuas Vision der Zukunft? Alfredos? *»Ein Huhn im Topfe des Bauern macht den gallischen Hahn verenden«*, sagte Sara damals. Joschua kannte weder den gallischen Hahn noch den Satz von Büchner. »Broilerrepublik«, sagte er spöttisch, »alles vergebens.« Und Sara: *»Das Verhältnis zwischen Armen und Reichen ist das einzige revolutionäre Element in der Welt; der Hunger allein kann die Freiheitsgöttin, und nur ein Moses, der uns die sieben ägyptischen Plagen auf den Hals schickte, könnte ein Messias werden. Mästen sie die Bauern, und die Revolution bekommt die Apoplexie.«*

Sie hatten lange gestanden und geredet. Jetzt ist Sara ganz allein im Hof. Ihre Augenschlitze. Sie lässt die Lider los; die Mauer ist kahl, weiß, leer.

Sie wendet sich ab. Geht über den Hof.

In der Höhe der Teppichstange ihr Blick auf die Trennwand. Kleisterflecken, Papierreste. Von der Witterung grau und unkenntlich gemacht.

Als sie mit Joschua damals dort stand, war die ganze Wand mit Zetteln übersät. Mit dickem, braunem Leim waren die einen an die Mauer gekleistert, an deren Enden mit Reißzwecken und Klebefolie weitere befestigt, sodass sie wie Fahnen wirkten.

Urkunden zur Jugendweihe. Schulzeugnisse. Platzlisten in sozialistischen Schülerwettbewerben, Urkunden für gutes Lernen in der sozialistischen Schule, für Teilnahmen an Schulmessen, Altstoffsammlungen, an Forschungsaufträgen. Vorladungen zur Polizei; jüngste Daten. Wieder weiter zurückliegend: Eintragungen in Ehrenbücher der FDJ, Ehrendelegierungen. Urkunden der Gesellschaft für Sport und Technik. Teilnahmenachweise aus Wehrerziehungslagern, von Festen der russischen Sprache, Platzränge von Russischolympiaden, von Festen junger Talente und Galerien der Freundschaft. Joschuas Name. Andere Namen.

Urkunde für Solidaritätsarbeit in der zweiten Etappe, las Sara, darunter Jakobs Namen. Er hatte also damals auch an den Hoffesten teilgenommen, er hatte ihr davon nichts erzählt. Daneben nochmals Jakobs Name: MMM, eine Urkunde der Messe der Meister von morgen: als Anerkennung für schöpferisch-wissenschaftlich-technische Leistungen bei der weiteren Gestaltung der sozialistischen Gesellschaft. Sara sah auf die Jahreszahl, elf war Jakob da.

Am Ende der Teppichstange Abzeichen in den braunen Kleister gedrückt. Für gutes Wissen in Silber, Bronze, Gold. Sportabzeichen. Sara war zurückgetreten. *Ja, das geloben wir*, las sie, es war mit schwarzer Farbe groß an die Wand gesprüht.

Saras Leichtigkeit, Heiterkeit angesichts dieser radikalen Absage. Ihr Streit mit der Schule schien ihr plötzlich eine

Anhäufung von Sinnlosigkeiten, ein Kampf gegen Windmühlenflügel.

Joschuas Deutschlehrer in der Abiturstufe. »Ihr Sohn denkt und fragt zuviel.« Der Satz, mit dem er die Aussprache begann. Er hatte Sara in die Schule bestellt, warf ihr vor, ihr Kind lebensuntüchtig zu machen. Tüchtig hieß bei ihm anpassungsfähig. Er trug ihr das ABC des Einfunktionierens vor. Sara sah ihn an, er war noch nicht dreißig und schon ein Greis. Heftiges Mitgefühl erfasste sie. Ihre erregten Einwände aber erreichten ihn nicht. Er seinerseits betrachtete sie mitleidig. Er hielt sich für den Gesunden, sie, Sara, für die Kranke.

Sie geht durch die Tordurchfahrt auf die Metzer Straße hinaus. Die Wiederholung bei Jakob. Jakob verpflichtet sich nicht freiwillig zu drei Jahren Armee. Aussprachen, Bedrängungen. Er bleibt dabei, achtzehn Monate, der gesetzliche Wehrdienst. Von da an wird er ausgegrenzt. Seinen Studienplatz könne er sich aus dem Kopf schlagen, sagt der Lehrer erpresserisch. Hinter vorgehaltener Hand zu Heinrich, er habe sein Armeesoll zu bringen, stehe unter Druck. Dann, auf einer Wochenendparty bei einem Mitschüler, sie haben getrunken, sagt er es auch Jakob. Unter vier Augen. Vertraulich. Sara erinnert sich, mit welchem Abscheu Jakob davon erzählte. Das Janusgesicht des Lehrers.

Von da an begann Jakob sich zu fangen. Es muss ungefähr zu der Zeit gewesen sein, als die weißen Zettelfahnen an der Mauer flatterten.

Wenig später die Nacht, die er auf dem Polizeihof verbringt. Eine Wanderung sollte es werden. Ein Mädchen hat Jakob eingeladen. Sie gehört einer Kirchengemeinde an. Er kennt sie erst kurz. Da könne man wenigstens offen reden, sagt er zu Sara. Gegen zehn am Abend gehen sie los. Eine Gruppe junger Leute. Nach zwei Wegstunden, sie sind fast an der Stadtgrenze, dort, wo die Rieselfelder beginnen, kommt die Polizei. Ausweiskontrolle. Sie tragen keine Transparente, nichts. Der Pfarrer, der die jungen Leute begleitet, hat die Nachtwanderung ordnungsgemäß polizeilich angemeldet. Trotzdem wird eine Überprüfung angeordnet. Sie müssen zurücklaufen. Zwei Blaulichtwagen im Schrittempo neben ihnen. Die Autofahrer auf der von Samstagnacht zum Sonntag belebten Straße halten an, starren auf den bewachten Zug. Im Polizeihof müssen sie sich aufstellen, stehen von zwei Uhr nachts bis sechs Uhr morgens. Sie werden einzeln verhört.

Vierzehn Tage später wird die polizeiliche Anmeldung als rechtskräftig anerkannt. Die Maschinerie in der Schule ist längst weitergelaufen, sie nimmt das gar nicht zur Kenntnis. »Eine aufklärerische Lektion«, sagt Jakob ironisch.

Saras eigene Erfahrungen.

In einem Jugendklub war es. Studenten feierten die Premiere eines Theaterstückes. Einen gewichtigen Beitrag zum vierzigjährigen Jubiläum der Hochschule nannte der Rektor nach der Vorstellung das Theaterereignis, seine Sätze heiser hervorstoßend. Zur Premierenfeier aber kam niemand vom Lehrkörper.

Die polizeiliche Genehmigung gelte nicht für die Kapelle, verkündete der Klubleiter. Ein schmales Bürschlein im gleichen Alter wie Joschua, vielleicht noch jünger. Er trug einen legeren Pullover. Aber Sara sah ihn plötzlich im Blauhemd. Er erinnerte sie an ihre eigene Blauhemdzeit, wo sie wichtigtuerisch Anweisungen befolgt und umgesetzt hatte. Das Blauhemd verbot das Spiel. Geschlossene Veranstaltung so laute der Zettel von der Polizei – schließe keine Musikerlaubnis ein. »Aber die Musiker sind von unserer Hochschule«, entgegnete Joschua. Das tue nichts zur Sache. Zudem, ob das stimme, könne nur jemand vom Lehrkörper bestätigen, ein Student sei nicht dazu autorisiert. »Hirnverbrannt«, ertönte es. Joschua versuchte es mit Vernunft, Argumenten. Das Blauhemd dozierte über Vorschriften bei offener und geschlossener Veranstaltungsform. »Wiederhol dich nicht«, schallte es. »Bürokrat, wovor hast du Angst?« – »Dass er seinen Posten verliert«, rief jemand. Andere forderten: »Spielen!« Die Tanzfläche stand voller junger Leute. Der Klubleiter drohte durchs Mikrofon mit Stromentzug. Lachen. »Scheißstaat«, ertönte es. Und wieder: »Spielen!« Die Musiker probierten. Einzelne Töne. Saxophon, Klarinette. Das Bürschlein stürzte weg, drehte die Sicherungen heraus.

Rief die Polizei.

Sie war so schnell da, dass Sara nur annehmen konnte, sie müsse vor der Tür gestanden haben.

Zwei Polizisten, ein kleiner, schmächtiger, der andere untersetzt, mit Doppelkinn, fünfzig vielleicht, betraten den Raum. Es war still. Der ältere von beiden brüllte SCHNAUZE, obwohl niemand ein Wort gesagt hatte. Er verlangte die Ausweise der Musiker. »Warum«, fragte einer. Da brüllte er wieder, wenn hier einer aufmucke, werde er den Saal räumen lassen, zwei Überfallwagen und die Sache sei erledigt. »So schnell könnt ihr gar nicht denken, ihr Intelligenzler.«

Niemand erwiderte etwas. Das verstörte Sara am meisten. Der Polizist stand mit dem Rücken zu ihr. Mit einem Mal sagte sie in diesen fetten Rücken hinein: »Schreien Sie nicht so, Sie sind vom Volk gewählt und haben anständig und freundlich zu reden.« Noch während sie es sagte, fand sie sich absolut töricht, wurde rot, sah erschrocken und verlegen auf die jungen Leute, gewärtig, sie würden ihren hilflosen Satz mit Lachen quittieren. Aber das war nicht der Fall. Alle Blicke waren auf sie gerichtet. Sara sah in ihnen eine Art erstaunter, mitleidiger Sympathie, zugleich Ernst, Spannung. Im gleichen Moment schnellte der fette Rücken herum und aus dem weit geöffneten Mund über dem Doppelkinn knallte das Wort SCHNAUZE in Saras Gesicht.

Die Ausweise der Musiker wurden eingesammelt, auch Joschuas. Die beiden Polizisten verließen den Saal.

Saras Knie zitterten.

Ein Musiker öffnete eine Weinflasche. Überall dumpfes Geräusch herausspringender Korken. Die erste leere Flasche fiel auf den Fußboden, rollte ein Stück. Sara hatte das Gefühl, niemand der Anwesenden interessierte sich noch für das Vorgefallene. Nur Joschua, sah sie, stritt weiter mit dem Klubleiter. Keiner nahm davon Notiz.

Die Instrumente lagen verlassen auf der Bühne. Kein Tanz. Kleine Gesprächsgruppen fanden sich zusammen. In einigen bewegten sich die jungen Leute rhythmisch, als würden die Musiker spielen. Alles war gedämpft. Manchmal fiel eine Flasche zu Boden.

Nach einer Zeit kam ein junger Mann mit einer Black-is-beautiful-Mähne auf Sara zu. »DDR – konkret, Madame«, sagte er (sie dachte an Jakob), zog aus seiner Hosentasche ein Glas (alle sonst tranken hier aus der Flasche), goss ein, reichte es ihr. Glas und Flasche stießen aneinander. »Unser täglich Brot«, sagte er, lachte, erinnerte Sara an ein Gespräch, das er vor einem halben Jahr mit ihr geführt hatte. Sie hatte ihn der neuen Haarfrisur wegen nicht erkannt.

Der Polizist, war er auch für sie eine aufklärerische Lektion?

Sie verlässt die Metzer Straße, biegt in die Straßburger ein. Der alte Wasserturm, in dessen Kellern und Maschinenräumen dreiunddreißig das erste provisorische KZ der Nazis war. Die Kolmarer Straße. Dann nach links zum Kollwitzplatz. Sara geht durch die Grünanlagen. Der Spielplatz ist leer, kein einziges Kind. Käthe Kollwitz sitzt ernst und schwer auf ihrem Stein, die Bronze glänzt in der Nässe. Der Sprühregen ist stärker geworden.

Sara biegt in die Husemannstraße ein. Die neuen Fassaden, die geschwungenen Eisengitter der Balkone. Kleine Geschäfte, Gaststätten, Handwerkerläden. Nach sechshundert Metern wieder Verfall. Dreck, Bauschutt, Gerüste. Sara geht die Husemannstraße bis zum Ende, überquert die Dimitroffstraße.

Sie will zu Joschua. Der Hinterhof ist düster wie immer. Es riecht nach Katzenpisse. Und nach Häuserschweiß. Ein eigenartig süßlich-fauliger Geruch, der dem feuchten Gemäuer entsteigt; das Haus transpiriert wie ein verlebter Leib. Sara drückt die Daumen flach zusammen, legt die Lippen darauf. Auf den Eulenruf hin regt sich nichts. Sie geht ins Haus, auch Faulgeruch, hier vom feuchten Fußboden. Sie tastet im Flur nach dem Lichtschalter. Die Klotür steht auf. Statt eines Schlüssels ist ein Strick an der Tür. Oberhalb des Spülkastens ist ein Loch in der Decke. Saras lautes Klopfen an Joschuas Wohnungstür ist erfolglos. Vielleicht ist er auf dem Dach. Sie steigt die Treppe bis zum obersten Stockwerk hoch. An mehreren Flurtüren handgeschriebene Zettel mit den Namen der Bewohner und Nachrichten mit Kreide geschrieben. Die meisten Wohnungen aber stehen leer. Oben Metalltüren. Auf einem Schild der Paragraph 388 Nummer 5 des Deutschen Reichs- und Gesetzbuches. Polizeiverordnung vom 1. Mal 1852. Strafandrohung, sechzig Mark oder Haft bis zu vierzehn Tagen, wer Böden mit unverwahrtem Feuer oder Licht betritt. In einer Fußnote die Bekanntgabe, was unter unverwahrtem Feuer zu verstehen sei. Sara öffnet die Tür. Ein kalter Luftzug. Geruch nach frischem, feuchtem Holz. Sie geht über die neuen, lose liegenden Bretter. Neben der Dachluke ein zerschlissener Koffer mit alten Kleidern und Puppenbälgen. Die Luke ist offen. Vielleicht ist Joschua doch auf dem Dach. Aber was soll er an einem regnerischen Februarvormittag hier oben? Sie steigt die schmale Eisenleiter hoch, klettert aus der Luke.

Niemand. Wie oft hat sie Joschua hier oben arbeitend oder mit Freunden gefunden. Die Feste, die im Sommer hier gefeiert wurden. Auch Jakob war da. Einmal kam sogar Heinrich, saß, die kalte Pfeife im Mund, an einen Schornstein gelehnt, sah dem Treiben der jungen Leute zu, schwieg, wechselte dann einige Worte mit Sara und verschwand in der Luke.

An diesem Februartag liegt der Himmel in gleichmäßigem Grau. Die Dachflächen sind stumpf. Überall die mit Teer und Asphaltbitumen getränkte Pappe. Im Vorjahr sind die Dächer erneuert worden. Auch die Schornsteinköpfe. Quader, ein schmales, rotes Ziegelstück, schwarze Eisenleitern, ein über den Essenkopf ragender schwarzer Stab. Vertikale und Horizontale. Eine geschlossene Fläche; täuschend, als könne man weit über sie hingehen. Die Abgründe der Straßen sind verdeckt. Ein tellerförmiges Rund breitet sich bis zum Horizont. Sara wendet sich um, die Türme der Gethsemane-Kirche, die Lichtpeitschen des Jahn-Stadions. Charité. Fernsehturm.

Stille.

Über ihr der schwere, leblose Himmel. Das Wandbild ist zerstört. Sara versucht, sich den vorzustellen, der die Anweisung gab. Den Maurer, der es abhackte, die Wand neu verputzte. Beides gelingt ihr nicht. Was tun? Sich beschweren. Wie sie es immer macht. Auch über die Polizisten und den Klubleiter hatte sie sich beschwert. Zwei Briefe geschrieben, an die zuständige Kreisleitung, den Rektor. Die Musiker erhielten Ausweise und Spielerlaubnis zurück. Joschua musste die angedrohte Geldstrafe nicht zahlen; der Rektor versicherte, die Studenten könnten die Premierenfeier nachholen. Es sei alles ein Irrtum.

Ein Irrtum Joschuas Strafversetzung bei der Armee damals, das SCHNAUZE, die Blaulichtwagen. Das Abschlagen des Wandbildes gar?

Wo soll sie sich dieses Mal hinwenden? Das Absurde des Vorganges, sich überhaupt zu beschweren. Es wird ihr plötzlich bewusst. Sie deckt damit nicht auf, sondern im Gegenteil immer wieder zu. Sie bekommt Recht, beruhigt sich. Und das Unrecht geht weiter. Ihr Gefühl, zunehmend das Falsche zu tun. Sie will die entstellte Wirklichkeit dem Ideal annähern, will bessern, Krankheiten heilen. Sie ist die Kranke. Der Lehrer hat längst gesiegt.

Warum lernt sie nicht ihre Lektion wie Jakob? Ist nicht so radikal wie die jungen Leute mit ihrer Zettelwand?

Sara sieht über die Dächer, sieht auf den Himmel. Das Gefühl, als senke er sich unaufhaltsam auf sie herab, schlage im nächsten Moment dumpf auf das Dach. Sie macht eine unwillkürliche Bewegung, als ob sie ihn mit der Hand abstützen könne.

Dann geht sie langsam zur Luke zurück. Auf der schmalen Leiter stehend, versucht sie, das Fenster über sich zu schließen. Das Holz ist verquollen. Ein Spalt bleibt offen.

Sie läuft über die losen Bretter. Wieder der zerschlissene Koffer, die alten Kleider, die Puppenbälge. Die metallene Bodentür fällt hinter ihr ins Schloss. Im Treppenhaus ist es still. Sara klopft nochmals an Joschuas Tür. Vielleicht ist er gekommen. Nichts rührt sich. Sie nimmt eines der weißen Kreidestücke vom Fußboden auf, malt einen Hasen mit langgezogenen Gliedmaßen und dürrem Kopf an die Tür. Ihr Zeichen. Dann weiß er, die Mutter war da. Sie schreibt die genaue Uhrzeit darunter. Verlässt das Haus, geht zum U-Bahnhof Dimitroffstraße und fährt zum Spittelmarkt zurück.

Für den Abend ist sie mit Jakob verabredet. Drei Stunden noch. Sie wollen in ein Konzert im Schauspielhaus. Eine Uraufführung.

Die Zeit dehnt sich. Ihre Tatenlosigkeit. Ihr Grübeln. Viel zu früh zieht sie sich an, steckt ihr Haar hoch.

Viel zu früh verlässt sie das Haus. Sie haben sich im Foyer verabredet. Sie wird warten müssen.

Aber Jakob ist schon da. Hat seinen Mantel bereits abgegeben. Sara hat ihn noch nie so gesehen. Er winkt mit einer verlegenen Geste ab. Er probiere seinen Abituraufzug. Dunkler Nadelstreifen, ein Anzug von Heinrichs Vater. »Feinstes Tuch.« Jakob reibt es auffordernd zwischen den Fingern. Die Hosenbeine hat er abgenäht. Er trägt ein weißes Hemd, eine Fliege. Alles freiwillig. Er habe es sich für seine Lehrer ausgedacht, weil sie keine Ruhe geben wegen der langen Haare.

Jakobs Haare sind streng nach hinten gekämmt und kunstvoll zu einem Zopf geflochten. Sara bewundert das Werk. Die Freundin habe es geflochten. »Die neue?« – »Die neue.« Jakob nimmt Sara den Mantel ab, bringt ihn zur Garderobe.

Sie gehen die Marmortreppen hoch, zum Büfett auf der linken Seite des großen Saales. Holen sich etwas zu essen. Sara beginnt vom Hinterhof in der Metzer Straße. Er sei am gestrigen Abend mit Joschua dort gewesen, unterbricht er, berichtet von den letztverfügten Verboten in der Schule. Es wird immer grotesker. Aber wie Joschua wirkt Jakob völlig gelassen dabei. Als ob es ein Spiel wäre, ein spannendes, bei dem man auf Gewinn setzt. Als er die leeren Teller wegbringt, sieht Sara ihm nach. Sein Gang, seine Haltung, alles scheint mit dem dunklen Anzug und dem zurückgekämmten, geflochtenen Haar verändert. Die Sicherheit, mit der er sich bewegt.

Sie sehen, wie der Komponist, dessen Werk heute uraufgeführt wird, aufgeregt und eilig den Raum durchquert. An der Flügeltür wird er aufgehalten, seine Hand bewegt sich nervös in seinem grauen Bart.

Klingelzeichen. Sich füllender Saal. Sie steigen auf der anderen Seite die Treppen zum zweiten Rang empor. Ihre Plätze in Höhe des Orchesters. Freunde sind schon da.

Das erste Stück. Saras Bedürfnis, in die Musik zu fliehen, sich in Harmonien zu verkriechen. Töne, die Trost vorgaukeln, aber keiner sind. Sara ist unkonzentriert. Sie zählt die Zuhörer auf dem gegenüberliegenden Rang.

Als zweites die Uraufführung. Christfried Schmidt, Orchestermusik 1. Jakob hat sich über die Brüstung gebeugt, auch Sara tut es. Sie verfolgen, wie sich das Orchester formiert. Die große Besetzung einer Sinfonie. Viel Schlagzeug. Acht Pauken, acht Becken, acht Gongihi, vier Tamtam, zwei Röhrenglockenspiele, Holzblocktrommeln, Zimbeln, Kastagnetten, Xylophon und Vibraphon. Blechblasinstrumente, Trompeten, Posaunen, Hörner, Tuben. Und die Flöten, Oboen, Klarinetten, Fagotte. Die übliche Streicherbesetzung. Ein Flügel. Jakobs kleiner Stoß in Saras Seite, die Besetzung lässt Kommendes ahnen. Das Stimmen der Instrumente. Beifall für den Dirigenten. Gespannte Ruhe.

Ein dumpfer, schwerer Anfang. Langsam. Leise Paukenwirbel. Urtümliches Trommeln. Das Schlagen mit dem Holz der Bögen auf die Saiten von Celli und Bässen. Formlose Masse. Schmerzhaft zäher Zustand.

Allmählich heben sich einzelne Instrumente heraus, das Flattern einer Altflöte, Streicher. Ansätze von thematischen Gebärden, Motiven, Figuren. Kleine Individualitäten. Saras Versuch, sich daran zu halten, sie zu verfolgen. Die Erwartungen werden zunichte gemacht. Gebärden, Motive und Figuren verlaufen sich, zersplittern, verlieren ihre Individualitäten, fallen zurück in den Untergrund einer Flächenstruktur, die ihr Eigenleben führt. Befreiende Enttäuschung.

Annehmen. Faszination.

Dichtgewoben die Streicher, sich auffüllende Flächen in den Holzbläsern, ein mehrschichtiges kanonisches Gebilde der Blechbläser darüber. Schläge der Pauken. Ein Block von Flöten, Xylophon und Vibraphon. Wieder die Blechbläser. Dreinfahren. Auf- und Abgänge. Hochtreiben. (Eine alte Dame verlässt den Saal, schlägt demonstrativ die Tür.)

Maßlosigkeit. Jedes Instrument mit seiner eigenen Stimme. Das volle Orchester. Die Aufheizung des gesamten Orchesterapparates. Klangintensität. Entfesselte Aktion. Zugleich das Gefühl einer strengen Architektur des Materials.

Der Körper vibriert. Anspannung. Keine Steigerung scheint mehr möglich. Da das Ende des ersten Satzes.

Der zweite Satz. Überraschende Verhaltenheit. Zartheit. Die Spannung wird aufgefangen. Zwei Klarinetten am Anfang, weitgespanntes Intervall, langgezogene Töne. Das Quartett der Hörner. Aufatmen. Bedürfnis nach Ruhe.

Die Aufregungen dieser Ruhe. Trotz großer Verhaltenheit, äußerster Zartheit wird alles in den Widersprüchen belassen, bleibt zerrissen, zerklüftet. Keine Leichtigkeit. Schwere. Da hebt sich nichts auf, lässt sich nichts schlurfen, kann man nicht in Harmonien versinken; klar und streng wird man auf sich selbst verwiesen. Ich bin es. 21. Februar 1988. Die vergangenen Monate. Hatte es Sinn gehabt, sich das Leben mit den beiden Männern ins Gedächtnis zurückgerufen zu haben? Ließ sich wirklich etwas entwirren, durchschauen, ordnen?

Die Oboe d'amore mit ihrer Klage, die sich im Ohr festsetzt; sich in anderen Instrumenten wiederholt, ebenso klagend, elegisch.

Das Leben war ihnen ein Rätsel, dessen Auflösung sie nur mit einander fanden. Vor Sara der eine, wie er seine Antrittsvorlesung gehalten hatte, vor einem Vierteljahrhundert, der andere mit dem zugekniffenen Auge, beide, deutlich, nah, schwerer schleppender Gang des einen; der Weihnachtsabend, als sich der Blick des anderen nicht von der jungen Frau löste. Sara sieht es vor sich, das Lebensende des einen und wie in das Haus des anderen eine Frau einziehen wird.

Kein Schmerz. Eher Erleichterung. Abstand. Ferne. War das der Sinn?

Erinnerung plötzlich an einen harten Satz des einen. Lange nach der Trennung hatte sie nach dem Gespräch auf dem See gefragt. An einen Satz entsinne er sich genau, sagte der andere. Sie wird alles von dir verlangen, habe er gesagt, aber du wirst nie etwas von ihr bekommen. Ob er das gesagt habe, fragte sie daraufhin den einen. »Ja«, bestätigte er, »genauso habe ich es damals gesagt.«

Kannten die Männer sie besser, als sie sich selbst? Die Wahrheit des Satzes.

Hatte sie nicht stets alles von den Männern erwartet, wenig von sich selbst?

Ihre Täuschungen. Der eine hatte sie nur als seine Nebenfrau, seine Geliebte gesehen. Sie hatte es nicht wahrhaben wollen. Hatte alles verlangt. Das war die Liebe. Ohne diese Absolutheit wäre sie nie gewesen. Sie wollte ihm schenken, worauf er gar nicht begierig war. Und entzog es dem anderen. Dem kindersüchtigen Mann; dies vielleicht ihr zufälliges Glück.

Der Erker im Schloss. Das Kind, das sie gewesen war. Sie ließ den Zopf herunter, sie zählte bis zwanzig, fünfmal von vorn, sie wartete hinter der Dornenhecke. Der Prinz. Ihm zu folgen war ihre Rolle. Angeboren? Anerzogen. Wo aber war sie? Was war Haut, was Hemd?

War es nicht Schwäche, dass sie erst nach der Trennung, ohne die Männer, sie selbst zu werden vermochte? Es war Schwäche. Unvermögen zur Partnerschaft. In dem Hin und Her zwischen den beiden Männern, der ständigen Teilung, Zerrissenheit, so scheint es ihr heute, hatte sie ihre Fähigkeit zu lieben verloren.

Und wiedergewonnen. Im Leben mit Söhnen, Freunden, Arbeit, Landschaft. Die Metamorphosen der Liebe in den Lebensaltern.

Mit ihren Kindern war sie sie selbst. Haut und Hemd unterscheidbar. Mit ihrem Wachsen wuchs auch sie. Sie gaben zurück, was sie in sie legte, an sich selbst erprobte, waren Partner, Freunde. Jakobs Hand auf der Brüstung. Der Beginn des dritten Satzes. Sofort die Erinnerung an die Klangintensität des ersten. Wieder das volle Orchestervolumen. Sara wendet den Kopf. Sieht Jakob im Profil. Sein angespanntes Hören auf die Musik. Die Brüder werden sich immer ähnlicher. Joschua vor ihr. Der fast erwachsene Sohn, der erwachsene Sohn. Sie sieht Freundinnen, Geliebte, Frauen, denen sie sich zuwenden, mit denen sie leben werden. Ihre Neugier darauf. Wieder Bewegung. Verlust und Gewinn. Auch ihr Leben wird sich damit ändern. Sara sieht sich mit fünfzig, vierundfünfzig, neunundfünfzig. Neugier auf kommende Erfahrungen. Ihre Begier auf alles. Das Tor zur Utopie. Sie gibt nicht auf; miteinander reden, sich lieben. Jetzt kennt sie sich, weiß, was sie kann, will, vermag. Das der Sinn!

Das innere Gleichgewicht. Freisein, Konzentration auf die Arbeit. Manchmal denkt sie, das ist das EIGENTLICHE. Die aufregende Phase, wenn eine Idee zögerlich Gestalt anzunehmen beginnt. Arbeit: Bei-sich-Sein. Die Jahre in dem Amt nicht mehr vorstellbar: Puppenstube mit aufgemalten Fenstern. Der Ausstieg aus dem Amt: das Küchenmesser, die Schere, mit der sie die Wand durchstoßen, ein Fenster geschaffen hatte.

Die innehaltenden, stockenden, höhnischen, erschrockenen, gebrochenen, begeisterten Stimmen der Instrumente. Der Orchesterklang im Block gehalten, dann wieder zerrissen, kurze rhythmische Linien. Schläge, sich jagend; Gong; Röhrenglocken, Pauken. Die Streicher. Die Bläser massiv. Unterschiedliche Strömungsgeschwindigkeiten der Töne. Höchste Anspannung. Das Nebeneinander unversöhnlicher Gegensätze. Die Herausforderung. Die Grenzschutzanlagen in Gerstungen auf einmal. Auf die sie starrte. Die sie sah und nicht sah. Die kalte Luft. Das Hochschnellen des Zugfensters. *In was für einem Land lebst du eigentlich?* Die Stimme des fremden Mannes. Das wärmende Ländchen – das Totenhaus. Der Vater mit dem Hörapparat im Ohr vor dem Fernseher am 8. Dezember. Wie er die Flasche holt. Ihr wortloses Anstoßen. Hoffnungen, die von diesem Russen kommen. Sie ein Russenweib. Dieser Russe setzt etwas in Bewegung. Und die Erstattung in ihrem Land. Das kalte Land. Was tun? Nur ein kleiner Mitläufer sei er gewesen. Der Vater. Alfredos: »Das wird eure Schuld sein.« Wann lief man mit? Reichte es, sich zu verweigern, das Seine zu machen? Man musste entgegengesetzt laufen. Man hatte sich nie um den Schlaf gebracht. *Den Mut haben unsere Lage zu verändern, da es von uns nicht abhängt, unsere Gesinnungen zu verändern ... so handeln wir ... töricht und unverantwortlich ... nur um uns keiner Gefahr auszusetzen.* Die Schläge des gesamten Orchesters, fast unerträglich. Der Höhenweg in den Vogesen, das Zimmer zu ebener Erde. Plötzlich ihr Glücksgefühl unter den erbarmungslos wilden Schlägen. Gewissheit, Bewegung wird einsetzen.

Die Zurücknahme der Instrumente. Ein leiser Paukenwirbel. Eine Pause. Völlig überraschend, nochmals das klagende Solo der Oboe d'amore aus dem vorangegangenen Satz. Dann zwei gewaltige Schläge. Die Schlussakkorde?

Sich neigender Kopf, herabsinkende Arme des Dirigenten für einen Moment. Erschöpftes Innehalten. Aufrichten. Er wendet sich dem Publikum zu. Das Ende der Orchestermusik 1.

Einsetzender Beifall. Bravorufe und Buhrufe. Neben Sara springt Jakob auf. Der Physiker, der zwei Plätze weiter sitzt. »Bravo«, rufen sie, »bravo.« Sara ist noch völlig benommen. Dann auch das Zusammenschlagen ihrer Hände. Der Komponist kommt nach vorn, verbeugt sich linkisch. Ein Blumenkübel wird an ihm vorbeigetragen.

Noch immer der Kampf der Buh- und Bravorufer. Die Letzteren sind energischer und ausdauernder.

Die Saaltüren werden geöffnet, die Menschen beginnen hinauszuströmen.

Später die lange Tafel in den Turmstuben im Französischen Dom. Die Gelöstheit des Komponisten. Das Durcheinander der Stimmen. Saras Hand, die das Glas hebt. Jakobs Stimme. Lichtreflexe in dem Gewölbe. Gespräch.

Noch später Saras und Jakobs Heimweg. Sie gehen über den alten Gendarmenmarkt in Richtung Hausvogteiplatz. Das schmale Gebäude in der Niederwallstraße. Sein schmutzig warmes Gelb. Das Haus von Pappeln umgeben; im Sommer der Farbkontrast, das grellhelle Laubgrün der Blätter. Jetzt werfen die nächtlichen Laternen das Filigran der kahlen Zweige als Schatten an die Hauswand.

Jakob und Sara gehen vorüber, laufen auf den hohen Brunnen am Spittelmarkt zu. Februarluft. Aus den Schalen fließt kein Wasser. Der Brunnen ist noch leer.

DIANA

Das anspruchsvolle Programm

Bjarne Reuter

Bjarne Reuter erhielt so gut wie alle dänischen Literaturpreise und zahlreiche internationale Auszeichnungen.

Seine Romane sind Meisterwerke der neuen skandinavischen Literatur, moderne Märchen voller Poesie und Melancholie.

62/93

Das Zimthaus
62/14

Die Himmelsstürmer
62/93

DIANA-TASCHENBÜCHER